ସତୀ, ସାଧ୍ୱୀ, କୁଲଟା

ସତୀ, ସାଧ୍ୱୀ, କୁଲଟା

ହିମାଂଶୁ କୁମାର ହୋତା

ବ୍ଲାକ୍ ଇଗଲ୍ ବୁକ୍ସ

ଭୁବନେଶ୍ୱର, ଓଡ଼ିଶା

BLACK EAGLE BOOKS
Dublin, USA

ସତୀ, ସାଧ୍ୱୀ, କୁଲଟା / ହିମାଂଶୁ କୁମାର ହୋତା

ବ୍ଲାକ୍ ଇଗଲ୍ ବୁକ୍ସ : ଭୁବନେଶ୍ୱର, ଓଡ଼ିଶା ● ଡବ୍ଲିନ୍, ଯୁକ୍ତରାଷ୍ଟ ଆମେରିକା

BLACK EAGLE BOOKS

USA address:
7464 Wisdom Lane
Dublin, OH 43016

India address:
E/312, Trident Galaxy, Kalinga Nagar,
Bhubaneswar-751003, Odisha, India

E-mail: info@blackeaglebooks.org
Website: www.blackeaglebooks.org

First International Edition Published by
BLACK EAGLE BOOKS, 2023

SATI, SADHWI, KULATA
by **Himansu Kumar Hota**

Copyright © **Himansu Kumar Hota**

Cover & Interior Design: Ezy's Publication

ISBN- 978-1-64560-478-5 (Paperback)

Printed in the United States of America

ଏହି ଉପନ୍ୟାସଟିକୁ ଜଗଜ୍ଜନନୀ ମା' ସମଲେଶ୍ୱରୀଙ୍କ ପଦ କମଳରେ ଅର୍ପଣ କଲି ।

- ଲେଖକ

ପ୍ରାରମ୍ଭ

ଝିଅଟି ଠିଆ ହୋଇଥିଲା ନବୀନ ବାବୁଙ୍କ ଘର ସାମ୍ନାରେ । ଗୋରା ତକତକ ଚେହେରା । ଗୋଲାକୃତି ମୁଖମଣ୍ଡଳ ଥିଲା ଆକର୍ଷଣୀୟ । ତା' ଆଖିରେ କାହାକୁ ପ୍ରତୀକ୍ଷା କରିବାର ବ୍ୟସ୍ତତା । ମୁହଁରେ ସଲଜ୍ଜ ଭାବନମ୍ରତା ।

ଝିଅଟିର ଦେହରେ ୟୁନିଫର୍ମ ପୋଷାକ ଓ ପଛପଟେ ଦୋଲାୟମାନ ବହି ବସ୍ତାନି ଦେଖି ନବୀନ ବାବୁ ଠଉରାଇ ନେଲେ ଯେ ଏହି କୁନି ଝିଅଟି ତାଙ୍କ ଝିଅ ସୀତାର ସାଙ୍ଗ । କୌଣସି କାର୍ଯ୍ୟ ଉପଲକ୍ଷେ ଅଟକି ରହିଛି ଏଠି । ସୀତା ବୋଧହୁଏ ଘର ଭିତରକୁ ଯାଇଛି । ତା' ଫେରିବା ବାଟକୁ ଅପେକ୍ଷା କରିଛି ଝିଅଟି ।

ନବୀନ ବାବୁ ପଚାରିଲେ: ତୋ ନାଁ କଣ ମା ? ତୋ ବାପା କିଏ ?

ଝିଅଟି ଗୁଲୁଗୁଲିଆ କଣ୍ଠରେ ଉତ୍ତର ଦେଲା: ମୋ ନା ମିତା ମେହେର । ବାପା ମଙ୍ଗଲୁ ମେହେର ।

ଆଚ୍ଛା, ଆଚ୍ଛା । ମଙ୍ଗଲୁର ଝିଅ ତୁ । ନବୀନ ବାବୁ ସ୍ୱଗତୋକ୍ତି କଲେ ।

ଏତେ ବେଳକୁ ସୀତା ହାତରେ ଏକ ପାଣିଗ୍ଲାସ ଧରି ପହଞ୍ଚିଲା । ବଢ଼ାଇ ଦେଲା ମିତା ଆଡକୁ । ମିତା ଗ୍ଲାସଟିକୁ ଧରି ନେଇ ପିଇଗଲା ଏକ ନିଶ୍ୱାସରେ ଗ୍ଲାସର ସବୁ ପାଣି । ଜଣା ପଡ଼ୁଥିଲା ବହୁତ ତୃଷାର୍ତ ଥିଲା ମିତା । ଖାଲି ଗ୍ଲାସକୁ ସୀତାଆଡକୁ ବଢ଼ାଇ ଦେଇ ମିତା ନିଜ ଘରକୁ ଫେରିବାର ଇସାରା ଦେଇ କହିଲା: ମୁଁ ଯାଉଛି ତାହେଲେ ।

ସୀତା ହସିଦେଇ କହିଲା: ଯା ।

କେବଳ ସୀତା ନୁହେ ଅନେକ ଝିଅ ସୀତା ଘରେ ପାଣି ପିଇ ଫେରନ୍ତି ନିଜ ନିଜ ଘରକୁ । ସ୍କୁଲ ସମୀପବର୍ତୀ ଓ ମୁଖ୍ୟ ରାସ୍ତା ଉପରେ ନବୀନବାବୁଙ୍କ ଘରର ଅବସ୍ଥିତି ହେତୁ ସ୍କୁଲ ପିଲାଙ୍କୁ ସୁବିଧା ହୁଏ ତୃଷାର୍ତ ସମୟରେ ପାଣି ଢୋକେ ମାଗି ତୃଷା

ମେଣ୍ଟାଇବାକୁ। ଅବଶ୍ୟ ଏହାର ଅର୍ଥ ନୁହେଁ ଯେ ନବୀନବାବୁ ଘରକୁ ଏକପାଣି ଛତ୍ର ବୋଲି କୁହାଯାଇପାରେ। ସ୍କୁଲ ପିଲାମାନେ ନିଜ ନିଜର ପାଣି ଡବା ଯେ ନ ଆଣନ୍ତି ଏହା ନୁହେଁ। କେବେ କେମିତି ଯଦି ଭୁଲି ଯାଇଥାନ୍ତି ଓ ତୃଷାତୁର ହୁଅନ୍ତି, ଏଠାକୁ ଆସି ପାଣି ପିଅନ୍ତି। ତାହା ପୁଣି ସୀତାର ଚିହ୍ନା ପରିଚିତ କିମ୍ବ ଅନ୍ତରଙ୍ଗ ଛାତ୍ରୀ କେବଳ।

ସେତେବେଳକୁ ପିଇବା ପାଣି ବ୍ୟବସ୍ଥା ସ୍କୁଲରେ ହେଇ ନ ଥିଲା। ପ୍ରତ୍ୟେକ ଛାତ୍ର ଛାତ୍ରୀ ନିଜ ନିଜର ଜଳଖିଆ ଓ ପାଣି ସ୍କୁଲ ବ୍ୟାଗରେ ଧରି ଘରୁ ଆସୁଥିଲେ।

ସୀତା ସ୍କୁଲରେ ପାଦ ଦେବା ଦିନଠୁ ତାର ଅନେକ ସାଙ୍ଗ ସୃଷ୍ଟି ହୋଇଛନ୍ତି। ଅନେକ ସ୍କୁଲ ଝିଅଙ୍କ ସହିତ ତା'ର ବଢ଼ିଛି ଆମ୍ମୀୟତା। ଅନେକ ଦିନ ଧରି ଅଟୁଟ ରହେ ସେ ଅନ୍ତରଙ୍ଗତା। ପୁଣି କେତେ ଜଣଙ୍କ ସହିତ ତା'ର ନୂତନ ଭାବେ ଜାତ ହୁଏ ଆମ୍ମୀୟତା। କେଉଁଠି କେତେବେଳେ ଯୋଡ଼ି ହୁଏ ଅଠାଲଗା କାଗଜ ପରି। ସେଇ ଆମ୍ମୀୟତା, ବନ୍ଧୁତ୍ୱ ବା ସାହଚର୍ଯ୍ୟ ଭିତରେ ସୀତା ସହିତ ଯେଉଁ ଦି' ଜଣ ଝିଅଙ୍କ ଅଟୁଟ ରହିଛି ସଂପର୍କ, ସେମାନେ ହେଲେ ମିତା ଓ ଲଳିତା। ଏହି ତିନି ସାଙ୍ଗ ବନ୍ଧୁତ୍ୱର କଷଟିରେ ଅନେକ ଥର ପରୀକ୍ଷିତ ହୋଇଛନ୍ତି। ବନ୍ଧୁତ୍ୱ ଏମାନଙ୍କର ଅଟୁଟ, ଅଟଳ ଓ ସୁଦୃଢ଼। କାଳକ୍ରମେ ଏମାନେ ବାଳିକା ପ୍ରାଥମିକ ବିଦ୍ୟାଳୟର ପାଠ ସମାପ୍ତ କରି ବାଳିକା ଉଚ୍ଚ ବିଦ୍ୟାଳୟକୁ ଯାଇଛନ୍ତି। ଉଚ୍ଚ ବିଦ୍ୟାଳୟରୁ କଲେଜକୁ ଯାଇଛନ୍ତି।

ଏମାନଙ୍କ ମଧ୍ୟରୁ ଜଣେ ବଣିକ କନ୍ୟା। ଅନ୍ୟ ଜଣେ କୃଷକ କନ୍ୟା ଓ ଶେଷଟି ଶିକ୍ଷକ କନ୍ୟା। ଏଇ ସହରର ବିଖ୍ୟାତ ବ୍ୟବସାୟୀମାନଙ୍କ ମଧ୍ୟରେ ଲଳିତାର ବାପା ଅନ୍ୟତମ। ମିତାର ବାପା ଜଣେ ବଡ଼ ଚାଷୀ। ସୀତାର ବାପା ଜଣେ ପ୍ରାଇମେରୀ ସ୍କୁଲର ଶିକ୍ଷକ।

ଆସନ୍ତାକାଲି ଗଣେଶ ଚତୁର୍ଥୀ। ଶିକ୍ଷାନୁଷ୍ଠାନମାନଙ୍କରେ ଗଣପତିଙ୍କର ପୂଜନୋସ୍ବ ପାଲିତ ହୁଏ ପ୍ରତିବର୍ଷ। ବିଦ୍ୟାଳୟର ଏକ ପ୍ରକୋଷ୍ଠରେ ପୂଜାର ପୂର୍ବ ଦିନଠୁ ଆରମ୍ଭ ହୋଇଥାଏ ସାଜସଜ୍ଜା। ଚାରିଆଡେ ଝୁଲାଇ ଦିଆଯାଏ ଆମ୍ବତୋରଣ। ନାଲିନେଲି ସବୁଜାଦି ବର୍ଣ୍ଣର କାଗଜରେ ଆବଶ୍ୟକ ଭାବେ ସଜାଇ ଦିଆଯାଏ ପୂଜା ପୀଠ। ଏହି ସବୁ କାର୍ଯ୍ୟର ରୂପାୟନ ହୁଏ ଛୋଟ ଛୋଟ ଛାତ୍ରୀ ଓ ଶିକ୍ଷକ କେତେ ଜଣଙ୍କ ଦ୍ୱାରା।

ଏଥର ସେଇ ବାଳିକା ବିଦ୍ୟାଳୟର ଛାତ୍ରୀମାନେ ପୂଜା ମଣ୍ଡପ ପ୍ରସ୍ତୁତ କରି ସାରିଥିଲେ ଖୁବ୍ ସୁନ୍ଦରଭାବେ। ଏହି ସାଜସଜ୍ଜାରେ ଯେଉଁ କେତେ ଜଣ ଛାତ୍ରୀ ମୁଖ୍ୟ ଭୂମିକା ଗ୍ରହଣ କରିଥିଲେ ସେମାନଙ୍କ ମଧ୍ୟରେ ଅନ୍ୟତମ ହେଲେ ସୀତା, ମିତା ଓ ଲଳିତା।

ଏ ଏ ତିନି ଜଣଙ୍କ ମନରେ କେତେ ଆନନ୍ଦ, କେତେ ଉଦ୍‌ବେଗ। ଆସନ୍ତାକାଲି ପୂଜା ହେବ ସ୍କୁଲରେ। ବିଦ୍ୟାଦାତା ଗଣେଶଙ୍କୁ ସେମାନେ ପୂଜା କରିବେ। ଶୁଭ ଶଙ୍ଖନାଦରେ ସ୍କୁଲଗୃହ ନିନାଦିତ ହେବ। ଧୂପଦୀପର ସୁବାସରେ ସୃଷ୍ଟି ହେବ ଏକ ଭକ୍ତିପୂତ ବାତାବରଣ। ସେତିକିବେଳେ ଏମାନେ ଗଣପତିଙ୍କୁ ଦେବେ ଶ୍ରଦ୍ଧା ଓ ଭକ୍ତିର ପୁଷ୍ପାଞ୍ଜଳି। ମନାସିବେ ତାଙ୍କର ଅଭିଳସିତ ଇଚ୍ଛା। ପ୍ରତ୍ୟେକେ କହିବେ– ହେ ବିଦ୍ୟାଦାତା! ମୋତେ ବିଦ୍ୟା ଦିଅ। ମୋତେ ସବୁବେଳେ ଶ୍ରେଣୀରେ ପ୍ରଥମ କରାଅ।

ସାଜସଜ୍ଜା ଶେଷ ହେବା ପରେ ପ୍ରଧାନ ଶିକ୍ଷକ ସେଦିନ ଘୋଷଣା କରିଥିଲେ ଛୁଟି। ତା ପୂର୍ବରୁ ସୀତା, ମିତା ଓ ଲଳିତା ଆସନ୍ତାକାଲି ପ୍ରତ୍ୟେକେ ଗୋଟିଏ ଗୋଟିଏ ଫୁଲମାଳା ଆଣିବା ପାଇଁ କହିଥିଲେ।

ତିନି ବାନ୍ଧବୀ ଫୁଲମାଳା ପାଇଁ ଫୁଲ କେଉଁଠୁ ସଂଗ୍ରହ କରିବେ କଥାବର୍ତ୍ତା ହେଲେ। ସୀତା କହିଲା– ତୁମେ ତ ଜାଣ ଆମ ବାଡ଼ି ପଟେ ଫୁଲଗଛ ନାହିଁ। ଲଳିତା କହିଲା– ଆମର ବାଡ଼ି ପଟେ ତରଟ ଗଛ ଅଛି। ମାତ୍ର ମାଲା ପାଇଁ ଫୁଲ ନିଅଣ୍ଟ ହେବ। ମିତା କହିଲା– ଆମ କ୍ଷେତରେ ଗୁଡ଼ାଏ କାହାଲିଆ ଗଛ ଅଛି। ଆମେ ଯଦି ପାହାନ୍ତା ପ୍ରହରୁ ସେଠି ଯାଇ ପହଞ୍ଚିବା ଗୁଡ଼ାଏ ଫୁଲ ପାଇଯିବା। ଡେରି ହେଲେ ଅନ୍ୟମାନେ ତୋଲିନେବେ ସମସ୍ତ ଫୁଲ। ମିତାର କଥା ଶୁଣି ଅନ୍ୟ ଦି ଜଣ ରାଜି ହେଲେ। ସ୍ଥିର କଲେ ପାହାନ୍ତା ପ୍ରହରୁ ମିତା ଘରକୁ ଲଳିତା ଓ ସୀତା ଆସି ପହଞ୍ଚିବେ। ସେଇଠୁ ସେମାନେ ଯିବେ ଫୁଲ ସଂଗ୍ରହ ପାଇଁ।

ରାତ୍ରିର ସୁନିଦ୍ରା ପରେ ପାହାନ୍ତା ପ୍ରହରର ଛାଇଛାଇକିଆ ନିଦ୍ରା ଆଉ ଆସି ପାରିଲାନି। ମିତା ଅପେକ୍ଷା କରିଥିଲା ତାର ସହପାଠିନୀ ଦ୍ୱୟଙ୍କର ଆଗମନକୁ। ସେ ଦେଖିଲା ବାହାରେ ଅନ୍ଧକାର ଘେରିରହିଛି। କିଛି ସମୟ ଅତିକ୍ରାନ୍ତ ହେବା ପରେ ଅନ୍ଧକାର ଅପସରି ଯାଇ କ୍ରମଶଃ ଆଲୋକିତ ହେଉଛି ଚତୁର୍ଦିଗ।

ବାହାର କବାଟ ପାଖରେ କାହାର 'ମିତା' 'ମିତା' ଡାକରେ ମିତା ଦୌଡ଼ିଗଲା କବାଟ ପାଖକୁ। ମିତାର ବୋଉ ବି ଗଲେ ତା ପଛେ ପଛେ। ଏତେ ସକାଳୁ କିଏ ଡାକୁଛି ତାଙ୍କର କୁନି ଝିଅକୁ?

ଦେଖିଲେ–ହାତରେ ଏକ ଶୂନ୍ୟ ଫୁଲଡାଲା ଧରି ଠିଆ ହୋଇଛି ମିତା-ସଙ୍ଗିନୀ ଲଳିତା। ମିତା ବୋଉ ବୁଝିଗଲେ ଏମାନେ ଏକତ୍ରିତ ହେବାର ଅଭିପ୍ରାୟ। ଠିକ ଏତିକିବେଳେ ସେଠାରେ ଆସି ପହଞ୍ଚିଥିଲା ସୀତା।

ବୋଉ ପଚାରିଲେ– କୁଆଡ଼େ ଯିବ ଫୁଲତୋଲି?

ମିତା କହିଲା– କାହିଁ, ଆମ କ୍ଷେତରେ କାହାଲିଆ ଗଛଗୁଡ଼ାଏ ନାହିଁ କି?

ମିତାବୋଉ ରାଜି ହୋଇ କହିଥିଲେ- ହଁ,ହଁ ଅଛି। ପୁଣି ମିତାକୁ କହିଥିଲେ- ତୁ ମୋତେ ଆଗରୁ କହିଥାନ୍ତୁ ଯଦି ତୋ ବାପାଙ୍କୁ କହିଦେଇଥାନ୍ତି। ସିଏ ଏବେ ଯାଇଛନ୍ତି କ୍ଷେତକୁ। ସେ ତୁମ ପାଇଁ ଫୁଲ ତୋଲି ଦେଇଥାନ୍ତେ। ଏତେ ଛୋଟ ଛୋଟ ଛୁଆମାନେ। ତୁମର ହାତ କଣ ପାଇବ ଫୁଲ ଗଛ ଉପରକୁ ?

ପୁଣି କହିଲେ- ହଉ ଯାଅ। ପ୍ରଥମେ ବାପାଙ୍କୁ ଭେଟିବ କ୍ଷେତରେ। ତାପରେ ଫୁଲ ତୋଲିବାକୁ ଯିବ।

ମିତାବୋଉଙ୍କ କଥାନୁସାରେ ତିନି ସଙ୍ଗାତ ଚାଲିଲେ କ୍ଷେତଆଡ଼କୁ। ସେଠାରେ ଦେଖିଲେ ମିତା ବାପା ନାହାନ୍ତି।

ମିତା ଜାଣେ ପ୍ରତିଦିନ ତାର ବାପା ପାହାନ୍ତା ପ୍ରହରରୁ ଉଠି ଯାଆନ୍ତି କ୍ଷେତ ଆଡ଼କୁ। କ୍ଷେତର ସେ ପଟେ ଏକ ଛୋଟ ନଈ। ସେଇ ନଈ ପଟେ ନିଜର ନିତ୍ୟକର୍ମ ସାରି ସେ ଫେରନ୍ତି ଘରକୁ।

ତିନି ସଙ୍ଗାତ ଚାରିଆଡ଼କୁ ଦୃଷ୍ଟି ଫିଙ୍ଗି ଦେଖିଲେ । ମାତ୍ର ମିତା ବାପାଙ୍କର ଦେଖା ମିଳିଲାନି। ନଈକୂଳରେ ଆତ ଯାତ ହେଉଥିବା ପାଞ୍ଚସାତ ଜଣ ଲୋକଙ୍କ ମଧ୍ୟରେ ସେ ନ ଥିଲେ।

ଅଯଥାରେ ବିଳମ୍ବ କଲେ ଫୁଲ ଆଉ ମିଳି ନ ପାରେ। ଅନ୍ୟମାନେ ତୋଲି ନେଇ ପାରନ୍ତି ସବୁତକ। ଏଇ ଆଶଙ୍କାରେ ଆଶଙ୍କିତ ହେଲେ ତିନି ସଙ୍ଗାତ। ଫୁଲଗଛ ଆଡ଼କୁ ଚାଲିଲେ ସେମାନେ।

ଆଗକୁ ବିସ୍ତାରିତ ସବୁଜ ଧାନବିଲ। ଧାନବିଲ ସେପଟେ ଏକ ବିରାଟ ଆଡ଼ି ବନ୍ଧ। ବନ୍ଧ ଉପରେ ଆଠ ଦଶଟି କାହାଲିଆ ଗଛ ସଦର୍ପେ ଠିଆ ହୋଇଛନ୍ତି ଫୁଲଭରା ହୋଇ। ସେମାନେ ସତେ ଯେପରି ଡାକୁଛନ୍ତି ତିନି ସଙ୍ଗାତକୁ-ଆସ, ଆସ। ଆଜି କେହି ଆମପାଖକୁ ଫୁଲ ନେବାକୁ ଆସିନାହାନ୍ତି ଏଯାଏ। ତୁମର ମନ ଇଚ୍ଛା ଯେତେ ପାରୁଛ ନେଇ ଯାଅ।

ଧାନ ବିଲ ଭିତରର ଆଡ଼ି ପାର ହୋଇ ଫୁଲଗଛର ପାଖାପାଖି ହେଲେ ତିନି ସଙ୍ଗାତ। ଆଗେ ଆଗେ ଦ୍ରୁତ ଗତିରେ ପାଦ ପକାଉଥିଲା ସୀତା। ତା ପଛେ ପଛେ ଲଲିତା ଓ ସବା ପଛେ ଥିଲା ମିତା।

ଏଇ ଅତି ନିକଟରେ ପହଞ୍ଚିଥିଲେ ସେମାନେ। ବନ୍ଧଆଡ଼ି ଉପରେ ଆଣ୍ଠୁଏ ଉଚ୍ଚର ଅନାବନା ଘାସ ବୁଦା। ବାଟ ଅବାଟ ନ ମାନି ଛୁଟି ଚାଲିଥିଲେ ସେମାନେ ଫୁଲଗଛମାନଙ୍କ ପାଖକୁ।

ହଠାତ ଲଲିତା "ଉଃ, ସାପ" କହି ବସି ପଡ଼ିଲା। ମିତା ଓ ସୀତା ସ୍ପଷ୍ଟ ଦେଖି

ପାରିଲେ ଏକ ମସ୍ତବଡ ସାପ ଲଳିତାକୁ କାମୁଡି ଦେଇ ଚାଲି ଯାଉଥିଲା ଅନ୍ୟଆଡେ ସରସର ହୋଇ ଘାସବୁଦା ଭିତରକୁ।

ଦୁହେଁ ଦେଖିଲେ, ଲଳିତା ଆଉ କଥାକହି ପାରୁନି। ମିତା ଜୋରରେ ଡାକ ପାରିଲା– ସାପ କାମୁଡିଲା, ସାପ କାମୁଡିଲା। କିଏ ଅଛ, ଦୌଡି ଆସ।

ମିତା ତାର ଉପସ୍ଥିତ ବୁଦ୍ଧି ବାହାର କରି ଭଲ କରି ଦେଖିଲା ଲଳିତାକୁ। ମୂର୍ଚ୍ଛିତା ସଙ୍ଗିନୀ ଲଳିତାର ବାମ ଗୋଡର ଗୋଇଠି ଉପରୁ ଝରୁଛି ଝରଝର ରକ୍ତ। ସଙ୍ଗେ ସଙ୍ଗେ ନିଜର ବେଣୀରୁ ଫିଟା ଫିଟାଇ ଜୋରରେ ଭିଡିଦେଲା ଆଣ୍ଠୁ ଉପରେ।

ସୀତାର ମନେ ପଡିଗଲା ସେ ଦେଖିଥିବା ଏକ ଘଟଣା।ସେଦିନ ତାଙ୍କ ଘର ପାଖରେ ଏକ ସର୍ପ ଦଂଶିତା ନାରୀର କ୍ଷତ ସ୍ଥଳକୁ ତିନିଜଣ ଲୋକ ପାଟିରେ ଶୋଷି ଦେଇ ଛେପ ଫୋପାଡି ଦେଉଥିଲେ ସଙ୍ଗେ ସଙ୍ଗେ। କ୍ରମେ କ୍ରମେ ନାରୀର ବିଭିନ୍ନ ଅଙ୍ଗପ୍ରତ୍ୟଙ୍ଗକୁ ସେହିପରି ଶୋଷି ଯାଉଥିଲେ। ଅନ୍ୟାନ୍ୟ ଦେଖଣାହାରୀମାନଙ୍କ ଭିତରେ ସୀତା ମଧ୍ୟ ତା ବାପାଙ୍କ ସାଥିରେ ସେଠାରେ ଥିଲା। ସେ ଦେଖିଥିଲା ସର୍ପ ଦଂଶିତା ନାରୀ କିଛି ସମୟ ପରେ ସଂଜ୍ଞା ଫେରି ପାଇଥିଲେ। ଯେଉଁ ଲୋକମାନେ ଶୋଷଣ ଓ ଛେପ ନିକ୍ଷେପ କ୍ରିୟା କରୁଥିଲେ ସେମାନଙ୍କୁ କୁହାଯାଉଥିଲା 'ସାପ ଦେବତା'। ଏମାନେ କିଛି ମନ୍ତ୍ରଯନ୍ତ୍ର କରୁଥିଲେ ବୋଲି ସମସ୍ତଙ୍କ ଧାରଣା। ସୀତା ସେଦିନ ବାପାଙ୍କୁ ପଚାରିଥିଲା– ମନ୍ତ୍ର ବଳରେ ସ୍ତ୍ରୀଲୋକଟି ଭଲ ହୋଇଗଲା ବାପା ? ବାପା ପ୍ରତିରୋଧ କରି କହିଥିଲେ– ମନ୍ତ୍ର ବଳରେ ନୁହେଁ ? ସେ କହିଥିଲେ ସାପ ଦେବତାମାନେ ସର୍ପ ଦଂଶିତ ସ୍ଥାନରୁ ଓ ଦେହରୁ ଶୋଷଣ କରିବାବେଳେ ସର୍ପ ବିଷ ତାଙ୍କ ପାଟିକୁ ଶୋଷିତ ହୋଇ ଆସୁଛି। ତାପରେ ସେମାନେ ତାକୁ ଛେପ ସହିତ ଫିଙ୍ଗି ଦେଉଛନ୍ତି ବାହାରକୁ। ସର୍ପବିଷ ଦେହରୁ ଉଣାହୋଇଯିବା ପରେ ସର୍ପ ଦଂଶିତ ଲୋକ ବଞ୍ଚି ପାରୁଛି।

ସେଦିନ ସୀତା ବାପାଙ୍କ କଥାକୁ ଠିକ ବୁଝି ପାରିଥିଲା। ଆଜି ଏଇ ସଙ୍କଟାପନ୍ନ ଅବସ୍ଥାରେ ସର୍ପଦଂଶନ ଜନିତ ମୂର୍ଚ୍ଛିତା ସଙ୍ଗିନୀ ଲଳିତାକୁ ବଞ୍ଚାଇବାକୁ କାଲ ବିଲମ୍ବ ନ କରି ସେ ମିତାକୁ କହିଲା– ଆ, ମିତା। କ୍ଷତ ଜାଗାକୁ ଶୋଷିବା ଓ ଥୁଙ୍କିବା। ଠିକ ହୋଇ ଯିବ ଲଳିତା।

ଏତକ କହି ସଙ୍ଗେ ସଙ୍ଗେ ଲଳିତା କ୍ଷତ ସ୍ଥାନକୁ ନିଜର ପିନ୍ଧା ଫ୍ରକ୍‌କାନିରେ ପୋଛି ଦେଇ ପାଟିରେ ଶୋଷି ଛେପ ଫିଙ୍ଗିଲା ବାରମ୍ବାର। ଥରେ ସୀତା ଶୋଷିଲେ ଆର ଥରକୁ ମିତା ଶୋଷିଲା। ଏପରି ବାରମ୍ବାର କରିବାକୁ ଲାଗିଲେ ଦୁହେଁ।

କିନ୍ତୁ, ଏ କଣ ? କାହିଁକି ମିତା ଓ ସୀତାର ଦେହରେ ଜ୍ୱାଳା, ବାକ୍ ଶକ୍ତି ଦୁର୍ବଳ

ହେଉଛି । ଅଚେତ ଅଚେତ ଲାଗୁଛି । ଦୁହେଁ ଦିହିଁଙ୍କୁ ବ୍ୟକ୍ତ କରିବା ପୂର୍ବରୁ ଅଚେତ ହୋଇ ପଡ଼ିଥିଲେ ସେଠାରେ ।

ସେଇ ଦୁର୍ଘଟଣା ସ୍କୁଲକୁ ଆସି ପହଞ୍ଚି ଯାଇଥିଲେ ମିତାର ବାପା ଓ ନଳ୍ଦ ସେପଟେ ଆତ୍ମଘାତ ହେଉଥିବା ଦି ଚାରିଜଣ । ପୂଜା ପାଇଁ ସ୍କୁଲରେ ହାଜର ନ ହୋଇ ଡାକ୍ତରଖାନା ପାଖରେ ରୁଣ୍ଡହୋଇଥିଲେ ସେହି ସ୍କୁଲର ଛାତ୍ରଛାତ୍ରୀମାନେ ସେଦିନ । ଲଳିତା, ମିତା ଓ ସୀତାର ବାପାମାଆ ଓ ଜ୍ଞାତି ପରିଜନମାନେ ରୁଣ୍ଡ ହୋଇଥିଲେ ହାସପାତାଲରେ । ସେପଟେ ଡାକ୍ତରମାନେ ଚେଷ୍ଟା ଚଲାଇଥିଲେ ସର୍ପବିଷଗ୍ରସ୍ତ ତିନି ସଙ୍ଗିନୀଙ୍କୁ ବଞ୍ଚାଇବାକୁ ମରଣ ମୁଖରୁ ।

ଶେଷକୁ ଡାକ୍ତରମାନେ ସଫଳ ହେଲେ । ତିନି ସଙ୍ଗିନୀ ଫେରି ପାଇଥିଲେ ଜୀବନ । ସେଇ ଗଣେଶ ଚତୁର୍ଥୀ ଦିନ ସେଇ ତିନି ସଙ୍ଗିନୀ ଆଉ ଫୁଲମାଳ ଦେଇ ଗଣେଶଙ୍କ ଆଶିଷ ଭିକ୍ଷା କରିବାର ସୁଯୋଗ ପାଇ ନ ଥିଲେ ସତ, ମାତ୍ର ତାଙ୍କ ଅଭିଭାବକ ତଥା ଗୁରୁବୃନ୍ଦ ମର୍ମେ ମର୍ମେ ଅନୁଭବ କରିଥିଲେ ଯେଏଇ ତିନି ସଙ୍ଗିନୀଙ୍କୁ ସହାୟ ହେଲେ ଗଣପତି । ଗଣପତିଙ୍କ ଆଶିଷ ନିଶ୍ଚୟ ରହିଛି ଏଇ ବାନ୍ଧବୀ ତିନିଙ୍କ ଉପରେ ।

ସୀତା

'ଆଇ ଲଭ ୟୁ' ଶବ୍ଦ ତିନୋଟିର ଅର୍ଥ ବ୍ୟାପକ, ହୃଦୟଗ୍ରାହ୍ୟ ଏବଂ ମର୍ମଭେଦୀ। ଏହି ଶବ୍ଦ ତିନୋଟି ଉଚ୍ଚାରଣ କରିବା ପାଇଁ ଉଚ୍ଚାରକ ପାଖରେ ଥାଏ ପୁଞ୍ଜିଭୂତ ଇଚ୍ଛାର ଆବେଗ। ଏହି ଇଚ୍ଛା କ୍ଷଣିକର ଉନ୍ମାଦନାରେ ସୃଷ୍ଟି ହୁଏନି। ମୁହୂର୍ତ୍ତ ମୁହୂର୍ତ୍ତ, ଦିନ ଦିନ ଧରି ମନ ଜଳି ଯାଇଥାଏ ଏକ ମଧୁର ନିଆଁର ତାପରେ। ଅନେକ ଦୋ ଦୋ ପାଞ୍ଚ ଭାବନାରେ ଜୁଡୁବୁଡୁ ହୋଇଥାଏ ମନ। ଉଚ୍ଚାରଣକାରୀର ମନ ରାଜ୍ୟରେ ଦେଖାଯାଇଥାଏ ଏକ ସୁନେଲି କଞ୍ଚନାର ରାଜ୍ୟ। ଯେଉଁଠି 'ଆଇ' ବନି ଯାଇଥାଏ ଏକ ମୁକୁଟହୀନ ରାଜା ଏବଂ 'ୟୁ' ବନିଯାଇଥାଏ ଛନ ଛନ ଉଡିବୁଲୁଥିବା ପ୍ରଲୁବ୍ଧ ପ୍ରଜାପତି ପରି ଏକ ରାଣୀ। ହୁଏତ 'ଆଇ' ହୋଇଥାଏ ରାଜା ତ ସ୍ଥଳ ବିଶେଷରେ 'ୟୁ' ହୋଇଥାଏ ରାଣୀ। ପୁଣି ବିପରୀତ କ୍ଷେତ୍ରରେ 'ୟୁ' ହୋଇଥାଏ ରାଜା ତ 'ଆଇ' ହୋଇଥାଏ ରାଣୀ। ଏହି ଶବ୍ଦ ତିନୋଟିର ପ୍ରଥମ ଉଚ୍ଚାରଣକାରୀ ପାଖରେ କେବଳ ଉପସ୍ଥିତ ଥାଏ ଏକ ଦ୍ୱିତୀୟ ପୁରୁଷ। ତୃତୀୟ ପୁରୁଷର ଉପସ୍ଥିତି କେବେ ବି ଥାଏ ନା। କେବେ ବି ସ୍ପୃହଣୀୟ ନୁହେଁ ତାହା। ଏହି ଶବ୍ଦ ତିନୋଟି ଶ୍ରୋତା କର୍ଣ୍ଣରେ ଗୋଚର ହେବା ମାତ୍ରେ ତାହା ଲିପିବଦ୍ଧ ହୋଇଥାଏ ତାର ଅଲିଖିତ ସ୍ମୃତି ସିଲଟରେ ସବୁଦିନ ପାଇଁ। ଶ୍ରୋତା ମନରେ ସୃଷ୍ଟି ହୁଏ ପୁଲକ। ଅନେକ ଦିନରୁ ହଜି ଯାଇଥିବା ଅନୁଭବଟିଏକୁ ସଙ୍ଗେ ସଙ୍ଗେ ହାତ ପାଆନ୍ତାରେ ପାଇଥିବା ପରି ସେ ଜାବୁଡି ଧରେ ସେହି ଶବ୍ଦମାନଙ୍କୁ ମନର ନିଶୂନ ବେଳାଭୂମିରେ। ଅନେକ ମୁହୂର୍ତ୍ତ ମୁହୂର୍ତ୍ତ, ଦିନ ଦିନ ଧରି ତା ଆଖି ଆଗରେ ନାଚି ଉଠିଥିବା କଞ୍ଚନାୟିତ ନାଟକର ଶୁଭାରମ୍ଭ ଘଣ୍ଟି ନିନାଦିତ ହୁଏ। ଅନେକ ଦିନରୁ ମନର ନିଭୃତ କୋଣରେ ବସା ବାନ୍ଧିଥିବା ସନ୍ଦେହ, ଭୟ ନିମିଷକେ ଦୂର ହୋଇଥାଏ। ଶ୍ରୋତାର ଦେହରେ ସୃଷ୍ଟି ହୁଏ କମ୍ପନ। ଓଠରେ ସ୍ୱରଣ। ଓଠଦୁଇଟି ମଧ୍ୟ ଖୋଲି ଉଠି ଉଚ୍ଚାରିବାକୁ କାଲବିଲମ୍ବ କରନ୍ତିନି ସେହି ଶବ୍ଦ ତ୍ରୟକୁ।

ଏତେ ବେଳ ପର୍ଯ୍ୟନ୍ତ ପ୍ରଥମ ଉଚ୍ଚାରଣକାରୀ ଚାହିଁ ରହିଥାଏ ଗଭୀର ଉଦ୍‌ବେଗରେ। ସେ ସନ୍ଦେହରେ ଥାଏ– ତା ଓଠରେ ଫୁଟାଇଥିବା ଏହି ପବିତ୍ର ଶବ୍ଦ ତିନେଟି ଶ୍ରୋତା ମାନରେ ସୃଷ୍ଟି କରିବ ଏକ ସୁରଭିତ ଫୁଲର ବଗିଚା ନା ଏକ ଧୂ ଧୂ ମରୁଭୂମି। ତା' ଓ ଶ୍ରୋତା ମଧ୍ୟରେ ଗଢ଼ି ଉଠିବ ଏକ ବିରାଟ ପାଚେରୀ ନା ସେ ଲାଗି ଆସିବ ତା ନିକଟକୁ ସମସ୍ତ କାଚର କବାଟ ଭାଙ୍ଗି ଦେଇ। ଶ୍ରୋତାର ଓଠ ଗହ୍ୱରରୁ ଅନୁଚ୍ଚାରିତ ହୁଏ କମ୍ପିତ ଆବେଗ ସହିତ ଶବ୍ଦ ତିନୋଟି। ସେତେବେଳେ ଦୁନିଆଁ ହୋଇଉଠେ ସବୁଠୁ ମଧୁରତମ, ସୁଖମୟ। ଶ୍ରୋତା ଓ ବକ୍ତା ହୋଇ ପଡ଼ନ୍ତି ମନ ରାଜ୍ୟରେ ଏକ ଓ ଅଭିନ୍ନ। ସେତେବେଳେ ଆଉ ସେହି ଦୁଇଜଣଙ୍କୁ ଭିନ୍ନ କରିବାକୁ କାହାର ଶକ୍ତି ନ ଥାଏ ଏ ଦୁନିଆଁରେ। ଯେତେ ଆସୁ ବାଧାବିଘ୍ନ, ଡଡ଼େଞ୍ଜୋ। ଯେତେ ଆସୁ ଜାତି, ଧର୍ମ, ବୟସ ତାରତମ୍ୟର ଉଆଳ ତରଙ୍ଗ। ଯେତେ ଆସୁ ପୋଲିସ, ଅଦାଲତର ଲାଲ ଆଖିର ଭୟ। କିଛିକୁ ପରବାୟ ଥାଏନି ସେ ଦୁଇ ଜଣଙ୍କର। ସେ ଦୁହେଁ ଉଡି ବୁଲନ୍ତି ମୁକ୍ତ ଆକାଶରେ ଦି'ଟି ମୁକ୍ତ ବିହଙ୍ଗ ହୋଇ। ତାଙ୍କ ପାଖକୁ ଚାଲି ଆସେ ରିମ୍‌ଝିମ୍ ବର୍ଷାର ନାଚ। ଦେହରେ ନେସି ହୋଇଯାଏ ଜ୍ୟୋସ୍ନାର ରୂପେଲି କିରଣ। ପାଦ ତଳରେ ଫୁଟି ଉଠେ କଦମ୍ବର କୋରକ। ଦୃଷ୍ଟି ସାମ୍ନାରେ ସୃଷ୍ଟି ହୁଏ ବିସ୍ତାରିତ ଫୁଲ ବଗିଚାର ଶୋଭା। ତାପରେ ଦୁହେଁ ମଜ୍ଜି ଯାଆନ୍ତି ସୁଖର ଅପୂର୍ବ ରସ ଆସ୍ୱାଦନ କରି ନୀଡ ରଚନା ପାଇଁ।

କେତେ ପବିତ୍ର, ଶାଶ୍ୱତ ଓ ମହାର୍ଘ ଏହି ଶବ୍ଦ ତିନୋଟି ସତେ! ଆଜି ଏକା ଏକା ବସି ଭାବୁଥିଲା ସୀତା ତା ଜୀବନର ସ୍ମୃତିବହୁଳ ଅଧ୍ୟାୟମାନଙ୍କୁ। ତଉଲି ନେଉଥିଲା ନିଜକୁ ଏହି ପବିତ୍ର ଶବ୍ଦ ତିନୋଟି ସହିତ ତାର ସମ୍ପୃକ୍ତି କ'ଣ। କଣ ପାଇଛି ସେ ଜୀବନରେ ?

ସୀତାର ଜୀବନରେ ଯେତେଜଣ ଆସିଛନ୍ତି ସମସ୍ତଙ୍କ ମଧ୍ୟରୁ ସ୍ମରଣୀୟ ହୋଇ ରହିଛି ବକୁଳ। ବକୁଳ ଏକ ନମ୍ର ମେଧାବୀ ଛାତ୍ର। ଗରୀବ ଘରର ପୁଅ। ସେ ଏଇ ପାଖ ଗାଁରୁ ଯିବା ଆସିବା କରି ପାଠ ପଢ଼େ ନିକଟତମ ଏହି ସହରରେ। ତା ଗାଁରେ ପ୍ରାଥମିକ ସ୍କୁଲର ଶିକ୍ଷା ସମାପ୍ତ କରି ସେ ସହରୀ ସ୍କୁଲରେ ଆରମ୍ଭ କରିଥିଲା ପରବର୍ତ୍ତୀ ଅଧ୍ୟୟନ, ଯେଉଁ ସ୍କୁଲରେ ସୀତା ମଧ୍ୟ ଅଧ୍ୟୟନ କରୁଥିଲା। ସୀତାର ସହପାଠୀ ହିସାବରେ ବକୁଳ ଆସି ଯୋଗ ଦେଲା ତା ସ୍କୁଲରେ। ସହଶିକ୍ଷା ବ୍ୟବସ୍ଥା ଥିବା ସେହି ସ୍କୁଲରେ ବକୁଳ ଓ ସୀତା ଶ୍ରେଣୀ ପ୍ରକୋଷ୍ଠରେ ବସୁଥିଲେ ପାଖାପାଖି। ଛାତ୍ରଛାତ୍ରୀମାନଙ୍କ ବସିବା ସ୍ଥାନ ନିର୍ଦ୍ଧାରିତ ତଥା ସଂରକ୍ଷିତ ହୋଇ ନ ଥିଲା। କେବେ କେମିତି ଭଗବାନ ନାମକ ପିଲାଟିଏ ମଧ୍ୟ ସୀତା ପଛପଟେ ବସି ଯାଉଥିଲା। ସ୍କୁଲରେ ସମସ୍ତ ଝିଅପିଲା

ବସୁଥିଲେ ପ୍ରଥମ ଲାଇନରେ । ତା ପରେ ପୁଅମାନଙ୍କର ଧାଡ଼ି ଆରମ୍ଭ ହେଉଥିଲା । ସୀତା ପ୍ରଥମ ଧାଡ଼ିର ପ୍ରଥମ ସ୍ଥାନରେ ପ୍ରାୟ ବସୁଥିଲା ଓ ତାର ଠିକ୍ ପଛକୁ ବସୁଥିଲା ବକୁଳ । ବକୁଳର ଡାହାଣ ପାର୍ଶ୍ୱକୁ ଭଗବାନ ।

ସୀତା ଅନୁଭବ କରିଛି ବକୁଳ ଓ ଭଗବାନ ମଧ୍ୟରେ ଏକ ନୀରବ ପ୍ରତିଦ୍ୱନ୍ଦିତା ଚାଲିଥିଲା । କିଏ ବେଶୀ କଥା ହୋଇ ପାରିବ ଝିଅମାନଙ୍କ ସହିତ । ସୀତାର ସହପାଠିନୀମାନେ ଥିଲେ ଆହୁରି ଚାରିଜଣ । ମିତାଲି, ଲଳିତା, କୁମାରୀ ଓ ସୂର୍ଯ୍ୟକାନ୍ତି । ଭଗବାନ କିନ୍ତୁ ଅନ୍ୟଝିଅମାନଙ୍କ ସହିତ ବେଶୀ କଥା ହେଉଥିବାର ଲକ୍ଷ୍ୟ କରି ପାରିଥିଲା ସୀତା । ତା ସହିତ କମ । ଅନ୍ୟ ପକ୍ଷରେ ବକୁଳ ବେଶୀ କଥାବାର୍ତ୍ତା ହେଉଥିଲା ସୀତା ସହିତ, ଅନ୍ୟ ଝିଅମାନଙ୍କ ସହିତ ସେତେ ନୁହେଁ । ବକୁଳ ସୀତା ସହିତ କଥାବାର୍ତ୍ତା ହେବାର ସବୁବେଳେ ତାତ୍ପର୍ଯ୍ୟ ଥାଏ । ଏଣୁ ତେଣୁ, ଆବୁରୁ ଜାବୁରୁ କଥା ହୁଏନି । ପାଠ୍ୟ ପୁସ୍ତକ ସମନ୍ୱୀୟ କଥାବାର୍ତ୍ତା ତା ମଧ୍ୟରେ ସର୍ବାଧିକ । ଗଣିତର କୌଣସି ନମ୍ବର ତାକୁ ଆସୁନି, କୌଣସି ଫର୍ମୁଲା ତାର ମନେ ପଡୁନି, ସେ ସ୍କୁଲରେ ଅନୁପସ୍ଥିତ ରହିଥିବା ଦିନ କ'ଣ କ'ଣ ହୋମୱାର୍କ ଦେଇଛନ୍ତି ଶିକ୍ଷକମାନେ ଇତ୍ୟାଦି ଇତ୍ୟାଦି ଥିଲା ତା ଆଲାପର ବିଷୟବସ୍ତୁ । ଅନ୍ୟପକ୍ଷରେ ଭଗବାନ ବିପରୀତ । ଭଗବାନ ତାକୁ ପଚାରିବ ପାଠ୍ୟପୁସ୍ତକ ବର୍ହିଭୂତ ଅନେକ ପ୍ରଶ୍ନ । ତୁମେ କେତେ ଭାଇ ଭଉଣୀ ? ସେମାନେ କେଉଁ ଶ୍ରେଣୀରେ ପଢ଼ନ୍ତି । ତୁମ ମା'ବାପା କଣ କରନ୍ତି ? ସେ ଦିନ ତୁମ ଗାଁରେ ହୋଇଥିବା ଡ୍ରାମାକୁ ତୁମେ ଦେଖି ଯାଇଥିଲ କି ନା ? ଇତ୍ୟାଦି ଇତ୍ୟାଦି ।

ଭଗବାନ ଓ ବକୁଳକୁ ନେଇ ଏକ ତୁଳନାତ୍ମକ ଭାବ ସୀତା ମନରେ ସ୍ୱତଃ ପଶି ଆସେ । ସୀତା ଜାଣେ ବକୁଳ କେତେ ସଂଯତ, ମିତଭାଷୀ । ଏହି ସହପାଠିନୀ ଓ ସହପାଠୀମାନେ ଉଚ୍ଚତର ଶ୍ରେଣୀକୁ ଉନ୍ନୀତ ହୋଇ ଯାଉଥିବା ସଙ୍ଗେ ସଙ୍ଗେ ସେମାନଙ୍କର ତାରୁଣ୍ୟ ଆହୁରି ଆଗକୁ ଆଗକୁ ବଢ଼ି ବଢ଼ି ଯୌବନ ଆଡକୁ ଯାଉଥାଏ । ଶରୀରରେ ନୂତନ ସୌନ୍ଦର୍ଯ୍ୟ, କାନ୍ତି ବିକଶିତ ହୋଇ ଉଠୁଥାଏ । ସୀତା ଦେଖେ ବକୁଳ ଓ ଭଗବାନକୁ । ସେମାନଙ୍କର ପ୍ରଥମ ପରିଚୟ ହେବା ବେଳେ କେମିତି ଛୋଟ ଛୋଟ ଦିଶୁଥିଲେ ସତେ । ଆଜି ସେମାନଙ୍କ ନାକ ତଳେ ଗଜୁରି ଉଠୁଛି ନିଶ । କଣ୍ଠରେ ଏକ ପରିବର୍ତ୍ତିତ ସ୍ୱର । ସୀତା ଅନୁମାନ କରେ ଭଗବାନ ପୂର୍ବାପେକ୍ଷା ଅଧିକ ପ୍ରଗଲ୍ଭ ହୋଇ ଉଠୁଛି । କ୍ଲାସରେ ଥିବାବେଳେ ପଛପଟୁ ଡାକି ତା ସାଥିରେ ଅନେକ କଥା ହୁଏ । ସୀତା ମନା କରିପାରେନା । ତା ମନରେ ବି ଏକ ଅଜଣା ଆକର୍ଷଣ କେଉଁଠି ଲୁଚି ରହିଥାଏ । ଭଗବାନର ଡାକ ଶୁଣିବା ମାତ୍ରେ ତାହା ଟେଙ୍ଗ ଉଠେ । ତାର ଇଚ୍ଛା ହୁଏ ସେ ଘଣ୍ଟା ଘଣ୍ଟା ଧରି କଥା ହୁଅନ୍ତା କି ? ସୀତା କଥା ହେବା ଭିତରେ ସେ

ଲକ୍ଷ୍ୟ କରେ ଭଗବାନ ପାଖରେ ବସିଥିବା ସହପାଠୀ ବକୁଳ କେମିତି ମନତନ ଦେଇ ଶୁଣୁଛି ସେମାନଙ୍କ କଥାବାର୍ତ୍ତା। କଥା ମଝିରେ ବକୁଳ କେବେ କେମିତି ପଶିଆସେ ଆଳାପ ପାଇଁ ସୀତା ସହିତ। ସୀତାକୁ ବକୁଳ ସହିତ କଥା ହେବାକୁ ବହୁତ ଭଲ ଲାଗେ। ମାତ୍ର, ସେହି ଆକର୍ଷଣର ସୁତାଖିଅକୁ ବକୁଳ ନିମିଷକେ କାଟିଦିଏ କାହିଁକି ଯେ କେଜାଣି! ବେଳେବେଳେ ସୀତାକୁ ବକୁଳ ପ୍ରତି ରାଗ ଲାଗେ। ହେଲେ ସୀତା କିଛି କହି ପାରେନି। ନିରବ ରହେ। ଭାବେ, ବକୁଳ ଏତେ ବେରସିକ ପିଲାଟେ ହେଲା କିପରି? ସେ ପୁଣି ଭାବେ ବକୁଳ ପାଠ ସିନା ଭଲ ପଢ଼େ ତାର ବୁଝିବାକୁ କିନ୍ତୁ 'ଭକୁଆ' ଶବ୍ଦରେ ମୋହର ଲଗାଇ ଦିଆଯାଇପାରେ। ମାତ୍ର ଦିନକର ଘଟଣା ସୀତା ମନରେ ଏଇ ଭ୍ରମକୁ ଦୂରୀଭୂତ କରି ଦେଇଥିଲା।

ଗୋଟିଏ କ୍ଲାସ ଓଭର ହେବା ପରେ ଅନ୍ୟ କ୍ଲାସ ହେବାର ଡେରି ଥିଲା। ଶିକ୍ଷକ ଆସି ନ ଥିଲେ ଯେତେବେଳେ ଭଗବାନ ପଛପଟୁ ସୀତାକୁ ଡାକି କହିଲା– ସୀତା! ସୀତା ପଛକୁ ଚାହିଁଲା। ଭଗବାନ କହିଲା– ତୋ ହାତର ତୃଡ଼ି ତ ବହୁତ ଭଲ ଦିଶୁଛି ଆଜି। ସୀତା ଲାଜେଇ ଯାଇଥିଲା ଭଗବାନ ଆଗରେ। କିଛି କହି ପାରି ନ ଥିଲା। ତାର ଭୟ ହୋଇଥିଲା ଭଗବାନର ଏହି କଥାକୁ ଅନ୍ୟ କେହି ଶୁଣି ନାହାନ୍ତି ତ! ସୀତା ଲକ୍ଷ୍ୟ କଲା କ୍ଲାସରେ ଯେ ଯାହାର କାମରେ ବ୍ୟସ୍ତ। ପାଖ ପାଖ ପିଲାମାନଙ୍କ ସହିତ କଥାବର୍ତ୍ତାରେ ମସଗୁଲ। ଏପରି କି ଭଗବାନର କଥା ବକୁଳ ମଧ୍ୟ ଶୁଣି ନ ଥିବ ବୋଲି ତାର ଅନୁଭବ ହେଲା। ସୀତାର ନିରବତା ଲକ୍ଷ୍ୟ କରି ଭଗବାନ କହିଲା– ଦେଖିବା କେମିତି ଦିଶୁଛି ତୃଡ଼ି। ସୀତା କଣ କରିବ ଭାବି ପାରି ନ ଥିଲା। ସେ କଣ ମନା କରିଦେବ ଭଗବାନକୁ? ତେବେ କେମିତି ଦେଖାଇବ ତା ହାତର ତୃଡ଼ି? ହାତକୁ ବଢ଼ାଇ ଦେବକି ପଛକୁ? ନା, ବରଂ ପଟେ ତୃଡ଼ି ହାତରୁ ଖୋଲି ଭଗବନାକୁ ବଢ଼ାଇ ଦେଲେ ଠିକ ହେବ। ଏଇ ଚିନ୍ତା କରି ସୀତା ହାତରୁ ତୃଡ଼ିଟିଏ ଖୋଲି ବଢ଼ାଇ ଦେଲା ଭଗବାନକୁ। ଭଗବାନ ତୃଡ଼ିଟିକୁ ହାତେଇଛି କି ନାଇଁ ଶିକ୍ଷକ ଆସି ପହଞ୍ଚିଲେ କ୍ଲାସରେ। ସେ ଜାଣି ପାରିଲେନି ସୀତା ଭଗବାନକୁ ତୃଡ଼ି ଦେଇଛି। ଭଗବାନ କିନ୍ତୁ ତୃଡ଼ି ଫେରାଇ ଦେବାକୁ ସୀତା ଆଡ଼କୁ ଚାହୁଁଥିଲା। ସୀତା ବି ମଝିରେ ମଝିରେ ପଛକୁ ଚାହିଁଥିଲା ଭଗବାନଠାରୁ ତୃଡ଼ି ନେଇ ତାର ମୁକୁଲା ହାତରେ ତୃଡ଼ିକୁ ଗଳାଇ ଦେବାକୁ। ଶିକ୍ଷକ ଛାତ୍ରଛାତ୍ରୀମାନଙ୍କ ଆଡ଼କୁ ପଛ କରି ବ୍ଲାକବୋର୍ଡରେ ଲେଖିବା ବେଳକୁ ଭଗବାନ ବଢ଼ାଇ ଦେଲା ସୀତା ଆଡ଼କୁ ତୃଡ଼ିଟି। ସୀତା ନେଉ ନେଉ ତା କମ୍ପିତ ହାତରୁ ତୃଡ଼ିଟି ଖସି ପଡ଼ିଲା ଚଟାଣରେ ଶବ୍ଦ ସୃଷ୍ଟି କରି। ଶିକ୍ଷା ପ୍ରଦାନ ରତ ଶିକ୍ଷକଙ୍କ ଦୃଷ୍ଟି ଆକର୍ଷିତ ହେଲା ତୃଡ଼ି ଆଡ଼କୁ। ସେ ଆଶ୍ଚର୍ଯ୍ୟରେ ପଚାରିଲେ ସୀତାକୁ– ଏ ତୃଡ଼ି ପଡ଼ିଲା କେମିତି

ହାତରୁ? ତୁମ ହାତରୁ ପଡ଼ିଥିଲେ ତୁମ ଆଗରେ ପଡ଼ିଥାଆନ୍ତା। ପଛକୁ ଗଲା କେମିତି? ସୀତାର ପଛପଟ ବେଞ୍ଚରେ ବସିଥିବା ଭଗବାନକୁ ପଚାରିଲେ- ତୁମେ ଏ ଚୂଡ଼ିକୁ ସୀତାକୁ ବୋଧହୁଏ ବଢ଼ାଇ ଦେବାବେଳେ ପଡ଼ିଗଲା ନା? ଶିକ୍ଷକ ଶ୍ରେଣୀ ପ୍ରକୋଷ୍ଠ ଭିତରେ ଶିକ୍ଷାଦାନ ସମୟରେ ଏଇ ଛାତ୍ରଛାତ୍ରୀ ଦୁଇଜଣଙ୍କର ପାଠ ଅମନୋଯୋଗିତାକୁ ଶିକ୍ଷକ ସେତିକି ଜୋର ଦେଇ ଦୋଷାରୋପ କରୁନଥିଲେ ବରଂ ସେ ଗୁରୁତ୍ୱ ସହିତ କହୁଥିଲେ ସେମାନଙ୍କର ଉତ୍‌ଶୃଙ୍ଖଳତାକୁ। ଶିକ୍ଷକ ବାରମ୍ୱାର ସୀତା ଓ ଭଗବାନକୁ ପ୍ରଶ୍ନ ପଚାରୁଥିଲେ- ଏ ଚୂଡ଼ି ଆସିଲା କେମିତି ଭଗବାନ ପାଖକୁ? ସୀତା ପାଇଁ ଭଗବାନ ବଜାରରୁ ଚୂଡ଼ି କିଣି ଆଣିଛି କି? ମାତ୍ର ଭଗବାନ ଓ ସୀତାଙ୍କ ପାଟିରୁ ଗୋଟିଏ ବି ଶଦ ବାହାରୁ ନ ଥିଲା। ସତେ ଦୁହେଁ ଏକ ଅକ୍ଷମଣୀୟ ଅପରାଧର ଏକ ଏକ ଅପରାଧୀ। ଶ୍ରେଣୀ ପ୍ରକୋଷ୍ଠ ସ୍ତବ୍ଧ, ନୀରବ, ନିଷ୍କଳ। ସେତେବେଳକୁ ବକୁଳ ତା ବସିଥିବା ସ୍ଥଳରୁ ଉଠପଡ଼ି କହିଲା- ସାର, ମୁ ଜାଣିଛି। କହିବିକି? ଶିକ୍ଷକ ଅନୁମତି ଦେଲେ ବକୁଳକୁ। ବକୁଳ କହିଲା- ବୋଧହୁଏ ସୀତା ତା ହାତରୁ ଚୂଡ଼ି ଖୋଲି ଖେଳାଖେଳି କରିବାବେଳେ ଚୂଡ଼ି ଗଡ଼ି ଆସିଲା ଚଟାଣରେ ଭଗବାନର ଗୋଡ ତଳକୁ। ଭଗବାନ ତାକୁ ଗୋଟାଇ ରଖିଥିଲା ସୀତାକୁ ଦେବାକୁ ଏବଂ ଦେଉ ଦେଉ ତାହା ସୀତା ହାତରୁ ଖସି ପଡ଼ିଲା ସାର! ଭଗବାନ ଓ ସୀତା ଆଡ଼କୁ ଅନାଇ ଅନାଇ ଶିକ୍ଷକ ପଚାରିଲେ- କଣ ସେମିତି କି?

ଭଗବାନ ଓ ସୀତା ମୁଣ୍ଡ ଟୁଙ୍ଗାରି ହଁ କହିଲେ। ଶିକ୍ଷକ ସ୍ୱୀକାରୋକ୍ତି କରି କହିଲେ- ସେମିତି କହୁନ କାହିଁକି ତା ହେଲେ। ତାପରେ ନିଜର ଶିକ୍ଷା ଦାନରେ ଲାଗିପଡ଼ିଲେ।

ସେଦିନ ବକୁଳ ଏକ ମିଛ କଥା କହି ସୀତା ଓ ଭଗବାନକୁ ବଞ୍ଚାଇ ଦେଇଥିଲା ଏକ ଅଘଟଣରୁ। ସେଇଟା ତ ଏକ ବଡ କଥା ମାତ୍ର ସୀତା ଭାବେ ବକୁଳକୁ ସେ ଯେଉଁ 'ଭକୁଆ' ଶଦର ମୋହର ମାରି ଦେଇଥିଲା ମନେ ମନେ ସେ କେତେ ଭୁଲ କରିଥିଲା ଚିହ୍ନିବାକୁ। ବରଂ ସେ ଶଦର ମୋହରଟାକୁ ସେ ଭଗବାନ ଉପରେ ଏପରିକି ତା ନିଜର ଉପରେ ବାଢ଼େଇ ଦେବାର ଉଚିତ ଥିଲା। ସତରେ କେତେ ସହଜରେ ଏକ ଉପସ୍ଥିତ ବିପଦକୁ ଟାଳି ଦେଲା ବକୁଳ। ଏତେ ସହଜ ସମାଧାନଟେ ଭଗବାନ କିମ୍ୱା ସୀତାର ମନରେ କାହିଁକି ଉଦୟ ହେଲା ନି ଯେ!

କାହିଁ ସେଇ କିଶୋରୀ ସମୟର କଥା ମନେ ପଡେ ସୀତାର କେଉଁ କେଉଁ ବିଜନ ବେଳାରେ। ସତରେ ଏବେ ବକୁଳ କଣ ମନେ ରଖିଥିବ ସୀତାକୁ ତା ମାନସ ପଟରେ? ମାଟ୍ରିକ ପରୀକ୍ଷା ସରିବା ପରେ ପରେ ଶେଷଥର ଦେଖା ହୋଇଥିଲା ବକୁଳ

ସହିତ। ବକୁଳ ପାସ କରିଥିଲା ପ୍ରଥମ ଶ୍ରେଣୀରେ ଓ ସୀତା ଦ୍ୱିତୀୟ ଶ୍ରେଣୀରେ। ଉଚ୍ଚତର ଶିକ୍ଷା ପାଇଁ ସ୍କୁଲ ପ୍ରମାଣପତ୍ର ପାଇଁ ସେଦିନ ଯାଇଥିଲା ହାଇସ୍କୁଲକୁ। ଠିକ୍ ସେଦିନ ସୀତା ବି ତା ଅନ୍ୟ ବାନ୍ଧବୀ ଦି'ଜଣ ସହିତ ଯାଇଥିଲା ସ୍କୁଲ ସେଇ 'ସ୍କୁଲ ପରିତ୍ୟାଗ ପ୍ରମାଣ ପତ୍ର' ଆଣିବାକୁ। ବକୁଳ ସୀତା ଓ ତା ସହଚରୀମାନଙ୍କୁ ଦେଖି ଯେତିକି ଖୁସି ହୋଇ ତାହା ସୀତା ଆଗରେ ପ୍ରକାଶ କରିଥିଲା ସୀତା ବକୁଳ ଠାରୁ ସେତିକି ଖୁସି ହେବାର ଆଶା କରି ନ ଥିଲା। ବକୁଳ ସେମାନଙ୍କ ଉଦ୍ଦେଶ୍ୟରେ କହିଥିଲା– ତୁମେମାନେ ଆଜି ସି.ଏଲ.ସି. ନେଇ ଆସିବ ବୋଲି ମୁଁ ସତେ ଯେପରି ଜାଣି ଜାଣି ଆସିଛି। ନା ? ସୀତା କହିଥିଲା– ହୋଇଥିବ। ତୁମକୁ କେହି ଜଣେ ଦେବଦୂତ ଖବର ଦେଇଥିବ। ସୀତାର କଥା ଶୁଣି ବକୁଳ ଆଶ୍ଚର୍ଯ୍ୟ ମିଶା ସ୍ୱରରେ କହିଥିଲା– ଦେବଦୂତ ! କାହିଁ ସେ ଦେବଦୂତ ? ସେ ବା କାହିଁକି ଆସି ମୋତେ ଖବର ଦେବ ଯେ'। ସହଚରୀ ସୀତା କହିଥିଲା– ତା'ହେଲେ ଏହାକୁ ଭାବି ନିଅ ସଂଯୋଗ। ବକୁଳ ସୀତା ଉଦ୍ଦେଶ୍ୟରେ କହିଥିଲା– ସଂଯୋଗ ତ ହେଲା। ମାତ୍ର, ଜାଣିଚ୍ଛ ନା, ଏହା ହେଉଛି ଏକ ବିୟୋଗର ମୁହୂର୍ତ। ଜାଣିଛ ନା ? ସୀତା ଓ ସହଚରୀମାନେ କହିଲେ– ଆଉ କେବେ କେଉଁଠି ଦେଖା ହେବ କି ନା କେଜାଣି, ଏକଥା କହିବାକୁ ଚାହୁଁଛ ତ ? ସହଚରୀ ଲଳିତା କହିଥିଲା– କାହିଁକି ଦେଖା ହେବନି ? ପ୍ରତିଦିନ ଦେଖାହେବ ଜବାହରଲାଲ କଲେଜରେ। ବକୁଳ ମୁଣ୍ଡ ହଲାଇ କହିଲା– ନା, ନା, ସେଇଠି ହେବନି। ମୁଁ ସେଇଠି ପଢ଼ୁନି। ମୋ କାକାଙ୍କ ଘରେ ରହି ପଢ଼ିବି ସୋନପୁରରେ।

ସେଦିନ ସୀତା ଓ ସହଚରୀମାନଙ୍କ ଠାରୁ ବକୁଳ ବିଦାୟ ନେଇଥିଲା। ସତରେ ତାପରେ ବକୁଳ ସହିତ ତାର ଆଉ ଦେଖା ହୋଇ ନି ଏ ଯାଏ। ସେହି ଶେଷ ସାକ୍ଷାତ ଦିନ ବକୁଳ ସାମାନ୍ୟ ପ୍ରଗଲ୍ଭ ହୋଇ ଉଠିଥିଲା। ତାକୁ ଲାଗୁଥିଲା ସେ ଆଉ ବୋଧେ ଭେଟିବନି ଏହି ତିନି ସହପାଠିନୀଙ୍କୁ ଭବିଷ୍ୟତରେ। ସେଥିପାଇଁ ଯାହା କିଛି କହିବାର ଥିଲା କହି ଦେଇଥିଲା ପ୍ରଗଲ୍ଭ ହୋଇ। ସେଇ ପ୍ରଗଲ୍ଭ ବକୁଳର ମୁଖର ଲାସ୍ୟ ଏବେ ବି ସୀତା ମନରୁ ଲିଭି ନାହିଁ। ସେ ଏବେ କୁଆଡେ ଏକ ସୁନ୍ଦରୀ ପତ୍ନୀ ସହିତ ପିଲାପିଲି ସଂସାରକୁ ନେଇ ବସବାସ କରୁଥିବ। କେଜାଣି ? କଣ ଚାକିରି ବାକିରି ପାଇଲା ଯେ' ? ଥରେ ଦି ଥର ମିତା ଓ ଲଳିତାକୁ ପଚାରିଛି ବକୁଳ ବିଷୟରେ। ନିରାଶ ହୋଇଛି। ସୀତାର ଅନୁଭବ ହୁଏ ବକୁଳ ସତରେ ଏକ ନିରୁଦ୍ଦିଷ୍ଟ ପକ୍ଷୀ– ଯିଏ ସେଦିନ ଉଡ଼ି ଯାଇଥିଲା ଦୂରଦିଗନ୍ତର ସେପଟେ ଯେ ତାର ଆଉ ଖୋଜ ଖବର ନାହିଁ।

ଆଉ, ଭଗବାନ ତ ଉତ୍ତୀର୍ଣ୍ଣ ହୋଇ ପାରିଲାନି ମାଟ୍ରିକ ପରୀକ୍ଷାରେ। ସିଏ ଏକ କିରାନା ଦୋକାନ କରି ଜୀବିକା ନିର୍ବାହ କରୁଛି ଏକ ସହରରେ।

ସୀତା ତା ସହଚରୀ ମିତା ଓ ଲଳିତାଙ୍କ ସହିତ ଆଡମିସନ ନେଇଥିଲା ସ୍ଥାନୀୟ କଲେଜରେ। ଏଠାରେ ଥିଲା ସହଶିକ୍ଷା ବ୍ୟବସ୍ଥା। ଏଠାରେ ପୁଅପିଲାଙ୍କ ସଂଖ୍ୟା ତୁଲନାରେ ଝିଅପିଲାଙ୍କ ସଂଖ୍ୟା ଅତିନ୍ୟୂନ। ତେବେ କଲେଜର ପ୍ରଥମ ବର୍ଷରେ ପ୍ରାୟ ଏକ ଶତ ଛାତ୍ର ମଧ୍ୟରେ ଝିଅଥିଲେ ମାତ୍ର ଦଶ ଜଣ।

ସହରଠୁ କଲେଜର ଅବସ୍ଥିତି ପ୍ରାୟ ଏକ କିଲୋମିଟର ଦୂରରେ। ମଝିରେ କିଛି ଧାନ ଜମି ଓ ପଡିଆ। ସହରରେ ସେଇ ଶେଷ ମୁଣ୍ଡରେ ଥାଇ କାନ ଦେଇଥିଲେ ଜଣେ ସ୍ପଷ୍ଟ ଶୁଣିପାରେ ପ୍ରତ୍ୟେକ ପିରିୟଡର ଘଣ୍ଟା ଶବ୍ଦ।

ସୀତ, ମିତା ଓ ଲଳିତା କାହିଁକି, ସମସ୍ତ ଝିଅମାନେ ସହର ଭିତରୁ ଚାଲି ଚାଲି କଲେଜ ଯିବା ଓ ଫେରିବା କରୁଥିଲେ ପଦବ୍ରଜରେ। କେହି ଜଣେ ବି ସାଇକେଲଟିଏ ବ୍ୟବହାର କରୁ ନ ଥିଲେ। ଝିଅମାନେ ଦିଜଣରୁ ତିନି ଚାରି ଜଣ ପର୍ଯ୍ୟନ୍ତ ଦଳ ଦଳ ହୋଇ କଲେଜ ଯାଉଥିଲେ ଓ ଫେରୁଥିଲେ। କିଛି ପୁଅ ପିଲା ଚାଲି ଚାଲି ଯାଉଥିଲେ କଲେଜ ଓ ଗ୍ରାମାଞ୍ଚଳରୁ ଆସୁଥିବା ଛାତ୍ରମାନେ ସାଇକେଲ ବ୍ୟବହାର କରୁଥିଲେ। ସୀତା ତା ସହପାଠିନୀ ମିତା ଓ ଲଳିତା ସହିତ ଏକାଠି ହୋଇ କଲେଜ ଯିବା ଆସିବା କରୁଥିଲା। କେବେ କେମିତି ଅନ୍ୟ ସହପାଠିନୀମାନେ ମଧ୍ୟ ସେମାନଙ୍କ ସହିତ ଯୋଗ ଦେଉଥିଲେ। ତେବେ ଏମିତି କେବେ ଦେଖାଯାଉ ନ ଥିଲା ଯେ ସୀତା ଥିବ ଅନ୍ୟ ଏକ ଗ୍ରୁପରେ ଓ ଲଳିତା ଓ ମିତା ଥିବେ ଅନ୍ୟ ଗ୍ରୁପରେ। ଯେଉଁଠି ସୀତା ଅଛି ସେଇଠି ଅଛନ୍ତି ମିତା ଓ ଲଳିତା। ଯଦି କେବେ ଏହି ସଖୀତ୍ରୟଙ୍କ ମଧ୍ୟରୁ ଜଣେ କେହି ନାହାନ୍ତି, ମାନେ ଧରି ନିଆ ଯାଉଥିଲା ଯେ ସିଏ ସେଦିନ ଅନୁପସ୍ଥିତ।

ସୀତା ଓ ଲଳିତାଙ୍କ ଘର ସହରର ମୁଖ୍ୟ ରାସ୍ତା କଡରେ। ମିତାର ଘର ମୁଖ୍ୟ ରାସ୍ତାର ଉତ୍ତର ପଟକୁ ଥିବା ଏକ ସାହି ଭିତରେ। ପ୍ରଥମେ ମିତା ଆସି ପହଞ୍ଚିବ ଲଳିତା ଘରେ ଓ ସେଇଠୁ ଦୁହେଁ ଆସିବେ ସୀତା ଘରକୁ। ପୂର୍ବ ପ୍ରସ୍ତୁତ ହୋଇ ଅପେକ୍ଷାରେ ଥିବା ସୀତା ଯୋଗ ଦେବ ସେଇ ସଖି ଦ୍ୱୟଙ୍କ ସହିତ ଓ ସେମାନେ କଲେଜ ଯିବେ। ଫେରିବା ସମୟରେ ମଧ୍ୟ ସେମାନେ ଫେରିବେ ଏକ ସଙ୍ଗରେ। କାହାର କ୍ଲାସ ଆଗ ସମ୍ପୂର୍ଣ୍ଣ ହେଉଥିଲେ କିମ୍ବା କ୍ଲାସ ସସପେଣ୍ଡ ହେଉଥିଲେ ମଧ୍ୟ ସିଏ ଅପେକ୍ଷା କରିବ ଅନ୍ୟ ଦି ଜଣଙ୍କୁ। ସେମାନେ ଏକା ଏକା ଚାଲି ଆସି ପାରନ୍ତିନି କଲେଜରୁ ଘରକୁ କିମ୍ବା ଘରୁ କଲେଜକୁ। ରାସ୍ତାର ନିର୍ଜନତା ଯେପରି ଏମାନଙ୍କୁ

ନିରୋଳା କରିପାରେନା । ଆଳାପ ଆଲୋଚନା, ହସଖୁସିରେ କଟିଯାଏ ପଥ । ସେମାନେ ଯିବା ଆସିବା ବେଳେ ଯା'ଆସ କରୁଥାନ୍ତି ସାଇକେଲରେ ଛାତ୍ରମାନେ । ପଛପଟୁ ସାଇକେଲର ଶବ୍ଦ ଶୁଣି ସେମାନଙ୍କୁ ବାଟ ଛାଡ଼ି ଦେବାକୁ ହୁଏ ସେଇ ଅଣଓସାରିଆ ରାସ୍ତାରେ । କେତେବେଳେ ଅପେକ୍ଷାକୃତ ଦ୍ରୁତ ଗତିରେ ଏକ ଦିଗରେ ଚାଲୁଥିବା ଛାତ୍ରଦଳକୁ ମଧ୍ୟ ରାସ୍ତା ଛାଡ଼ିବାକୁ ହୁଏ ସୀତା, ମିତା ଓ ଲଳିତାକୁ । ସେତେବେଳେ କେହି ଉତ୍ଶୃଙ୍ଖଳ ଛାତ୍ର ବାଜେ ମନ୍ତବ୍ୟ ଦିଅନ୍ତି ସେମାନଙ୍କ ପ୍ରତି ତ କେହି କେହି ସେମାନଙ୍କର ସୌନ୍ଦର୍ଯ୍ୟାଦିକୁ ନେଇ ଟିପ୍ପଣୀ ମାରି ଚାଲି ଯାଆନ୍ତି । ସୀତା, ମିତା ଓ ଲଳିତା ସେଗୁଡ଼ିକୁ ନ ଶୁଣିବା ପରି ଅଭିନୟ କରି ଚାଲି ଥାଆନ୍ତି ତାଙ୍କ ରାସ୍ତାରେ । କି ଲାଭ ସେମାନଙ୍କର ମନ୍ତବ୍ୟ ପ୍ରତି ପ୍ରତିବାଦ କରିବାର ? ଅଯଥାରେ ତାହା ସମସ୍ତଙ୍କ ଦୃଷ୍ଟି ଆକର୍ଷଣ କରିବ । କଲେଜରେ ତାହା ଏକ ମୁଖ୍ୟ ପ୍ରସଙ୍ଗ ପାଲଟି ଯାଇ ତାଙ୍କ ପାଇଁ ହେବ ତାହା ଏକ ହଟହଟାର ବିଷୟ । ଘରେ ବାପା ଭାଇ ମାଆ ସମସ୍ତେ ପଚାରିବେ କଣ ହେଲା କଥାଟା । କିପରି ହେଲା ? କଥାକୁ ବଢ଼ାଇବାକୁ ଆଉ କିଏ ଯୋଡ଼ି ଦେବ ଦି'ପଦ ମନରୁ । କିଏ କହିବ ତୁ କାହିଁକି ଜବାବ ଦେଲୁନି ? ଦି ଚାପୁଡ଼ା ମାରି ଦେଇଥାନ୍ତୁ ତା ଗାଲରେ । ଏତେ ଲୋକଙ୍କର ଏତେ ଅଡୁଆ ତଡୁଆ ମନ୍ତବ୍ୟ ଭିତରକୁ କାହିଁକି ସେମାନେ ଟାଣି ହୋଇଯିବେ ? ସହିଯିବା ହେଉଛି ଶ୍ରେୟସ୍କର । ଯେପରି ସହି ଯାଆନ୍ତି ପ୍ରତିଦିନ ପ୍ରମୋଦର ମନ୍ତବ୍ୟକୁ ।

ପ୍ରମୋଦ ସେମାନଙ୍କର କ୍ଲାସର ଛାତ୍ର । କୁଆଡେ ସେ ଏଇ ପୂର୍ବ ଦି'ବର୍ଷ ଅନ୍ୟ ଏକ କଲେଜର ଛାତ୍ର ଭାବେ ଅଧ୍ୟୟନରତ ଥିଲା । ସେଠାରେ ସେ ବିଜ୍ଞାନର ଛାତ୍ର । ବାର୍ଷିକ ପରୀକ୍ଷାରେ ଅକୃତକାର୍ଯ୍ୟ ହେବାରୁ ସେ ଏଥର କଳାରେ ଅଧ୍ୟୟନ କରୁଛି । ସେ କୁଆଡେ ସୀତା, ମିତା ଓ ଲଳିତାଙ୍କ ଟ୍ୟୁଟୋରିଆଲ କ୍ଲାସରେ ସାମ୍ନା ବେଞ୍ଚର ସାମ୍ନା ଧାଡ଼ିରେ ବସେ, ଯେପରିକି ସୀତା ମିତା ଲଳିତାଙ୍କୁ ଠିକ ଭାବେ କଣେଇ କଣେଇ ଦେଖି ପାରିବ । ସୀତା, ମିତା ଓ ଲଳିତା ମଧ୍ୟ ବସନ୍ତି ଅନ୍ୟ ପଟର ସାମ୍ନା ବେଞ୍ଚରେ । କେବଳ ଟ୍ୟୁଟୋରିଆଲ କ୍ଲାସରେ କାହିଁକି ସାଧାରଣ କ୍ଲାସରେ ମଧ୍ୟ ସେ ଚେଷ୍ଟାକରେ କିପରି ସାମ୍ନା ବେଞ୍ଚରେ ବସିବ, ଯଦ୍ଵାରା ଝିଅମାନଙ୍କ ଦୃଷ୍ଟି ଆକର୍ଷଣକାରୀ ହୋଇ ପାରିବ । କ୍ଲାସ ନେଉଥିବା କୌଣସି ଅଧ୍ୟାପକଙ୍କ ଢିଲା ସମୟରେ କିଛି ବାଚାଳତା କରି ସେ ଝିଅମାନଙ୍କ ଦୃଷ୍ଟି ଆକର୍ଷଣ କରିବାକୁ ଚେଷ୍ଟା କରିବ । କୌଣସି ପ୍ରଶ୍ନର ଉତ୍ତର ତାକୁ ନ ପଚରା ଗଲେ ମଧ୍ୟ ଉତ୍ତର ଦେବ, ଭୁଲ ହେଉ ବା ପାସ । ସେଥିରେ ତାର ପରବାୟ ନ ଥିବ । ସମସ୍ତେ ଜାଣନ୍ତି ଯେ ଆଜି କଲେଜରେ ପ୍ରମୋଦ ଉପସ୍ଥିତ ଅଛି କି ନାହିଁ । କୌଣସି ଦିନ ଅନୁପସ୍ଥିତ ରହିଲେ ଅବଶ୍ୟ ବାରି

ହୋଇ ପଡେ ସୀତା, ମିତା ଓ ଲଳିତାଙ୍କୁ। କାରଣ, ସେମାନେ କଲେଜ ଯିବା ଆସିବା
ସମୟରେ ନିଶ୍ଚୟ ସେମାନଙ୍କର ପିଛା କରିବ। କେତେବେଳେ ସେମାନଙ୍କ ପଛେ
ପଛେ ତ ସମଧର୍ମୀ ପିଲାଙ୍କ ସହିତ ଆଲତୁ ଫାଲତୁ ଆଲୋଚନା କରି କଲେଜରୁ
ବସ୍ତି ପର୍ଯ୍ୟନ୍ତ ଚାଲିବ ସାଇକେଲଟିକୁ ହାତରେ ଗଡାଇ ଗଡାଇ। ସେତିକିବେଳେ
ସେ ଚେଷ୍ଟା କରେ ଯେ ତା ପ୍ରତିଟି ଶବ୍ଦ ଯେପରି ସୀତା, ମିତା ଓ ଲଳିତାଙ୍କ କର୍ଣ୍ଣ
କୁହରରେ ପିଟି ହେଉ। ସେ ନିଜକୁ ଅନୁଭବ କରେ ଯେ ଯାହା କହୁଛି ବହୁତ ବଡ
ବଡ କଥା କହୁଛି। ଅନ୍ୟମାନଙ୍କୁ ତାହା ଜଣା ନାହିଁ। ସବୁବେଳେ ସେ ଜିତାପଟରେ
ରହେ। କଥା ମଝିରେ ସେ ହାଁ ହାଁ ହସେ। ଆଉ ତାର ସେହି ହସ ସୀତା, ମିତା ଓ
ଲଳିତା କାହିଁକି, ତା ଚାରିପଟରେ ଗମନରତ ସମସ୍ତ ଛାତ୍ରଛାତ୍ରୀଙ୍କୁ ଜଣାଇ ଦିଏ ଯେ
ପ୍ରମୋଦ ନାମକ ପିଲାଟା ଏଠି ଅଛି। ଗପ ମାରୁଛି। କଥାର ଗୁଲି ମାରୁଛି।
କେତେବେଳେ ସିନେମା ରାଇଜର କଥା ତ କେତେବେଳେ କ୍ରିକେଟ ଜଗତର
କଥା। ସତେୟେପରି ସେ ଜଣେ ସମୀକ୍ଷକ- ସମସ୍ତ ବିଷୟ ତାକୁ ଜଣା। ସେ ତା
କଥାରେ ସୂଚାଇ ଦିଏ ଯେ ତାଙ୍କ ସହରରେ ଚାଲୁଥିବା ଏକମାତ୍ର ସିନେମା ହଲରେ
ପଡୁଥିବା ପ୍ରତ୍ୟେକଟି ସିନେମା ସେ ଦେଖେ। ବେଳେବେଳେ ସିନେମାର ଲୋକପ୍ରିୟ
ଚିତ୍ତାକର୍ଷକ ଡାଇଲଗକୁ ବି ଆବୃତ୍ତି କରେ ସାଙ୍ଗମାନଙ୍କ ଗୁଲିଖଟି ବେଳେ। ଏମିତି ବି
ହୁଏ ଅନେକ ଥର। ସୀତା, ମିତା ଓ ଲଳିତା କଲେଜ ଯିବା ବେଳେ କିମ୍ବା
ଫେରିବାବେଳେ କିଛି ଦୂର ଆଗକୁ ବା ପଛକୁ କେହି ଛାତ୍ରଛାତ୍ରୀ ଗମନଶୀଳ ନଥାନ୍ତି।
ରାସ୍ତାଟି ନିର୍ଜ୍ଜନ ଥାଏ। ପ୍ରମୋଦ ସେତିକିବେଳେ ପଛ ପଟୁ ଆସେ ସିନେମା ସଂଗୀତର
ଦରଖଣ୍ଡିଆ ଗୀତ ଆବୃତ୍ତି କରି। ସେ ଚେଷ୍ଟା କରୁଥାଏ ଜଣାଇ ଦେବାକୁ ଅନ୍ୟମାନଙ୍କୁ
ଯେ ସତେ ଯେପରି ସେ ଭଲ ଗୀତ ଗାଇଜାଣେ। ସେମାନଙ୍କୁ ପ୍ରମୋଦ ଅତିକ୍ରମ
କରେ ଅତି ଧୀର ଗତିରେ। ସେମାନଙ୍କ ଆଗକୁ ଯିବାବେଳେ ସାଇକେଲର ଆଗକୁ
ଝୁଙ୍କିଯାଏ ପ୍ରମୋଦ। ହେଣ୍ଡିଲ ଉପରେ ଥିବା ହାତ ଦୁଇଟିକୁ ଏକ ଷ୍ଟାଇଲ କରିଦିଏ ଓ
ମୁଣ୍ଡକୁ କ୍ରମାଗତ ଭାବେ ତଳକୁ ଓ ସାମ୍ନାକୁ କରି ସର୍ପିଲ ଗତିରେ ଆଗକୁ ଚଳାଏ
ସାଇକେଲ। ସେ ସେତିକି ବେଳେ ନିଜକୁ ନିଶ୍ଚିତ ଭାବେ ଅନୁଭବ କରୁଥାଏ ଜଣେ
ହିରୋ ପରି। ସୀତା, ମିତା ଓ ଲଳିତାଙ୍କ ଆଗରେ ଦେଖାଇ ହେବା ପରି କିଛି ଗୋଟାଏ
ଷ୍ଟାଇଲ ମାରେ ଯେ ସେମାନେ ବୁଝି ପାରନ୍ତି ନି କଣ କହିବାକୁ ଚାହେଁ ପ୍ରମୋଦ
ପ୍ରକୃତରେ। ପୁଣି ବେଳେବେଳେ ପ୍ରମୋଦ ସୀତା, ମିତା ଓ ଲଳିତାଙ୍କୁ ଅତିକ୍ରମ କରି
ଯିବା ପରେ ଆଗକୁ ଯାଇ ଅଟକି ଯାଇଥାଏ, ସାଇକେଲର ଚେନ୍ ଖୋଲି ଯାଇଥିବା
କମ୍ବା ଅନ୍ୟ କିଛି ସାଇକେଲର ତ୍ରୁଟି ବାହାରିଥିବା ଆଳରେ। ସାଇକେଲର ସେଇ

ତୃଟୀ ସୁଧାରିବାକୁ ପ୍ରମୋଦ ରାସ୍ତା ମଝିରେ ଅଟକି ରହେ ତ ସେତିକି ବେଳକୁ ସୀତା, ମିତା ଓ ଲଳିତା ପହଞ୍ଚି ଯାଇଥାନ୍ତି ସେହି ସ୍ଥାନକୁ। ତାପରେ ବୋଧହୁଏ ପ୍ରମୋଦର ସାଇକେଲ ତୃଟୀ ସଜାଡିବା ସମାପ୍ତ ହୋଇଥାଏ। ପ୍ରମୋଦ ତାପରେ ସେମାନଙ୍କ ସହିତ କିଛି ବାକ୍ୟାଲାପ କରି କଲେଜ ପର୍ଯ୍ୟନ୍ତ ଯାଏ କିୟା ଅଧା ବାଟରୁ ସହରର ଶେଷ ମୁଣ୍ଡ ପର୍ଯ୍ୟନ୍ତ ଚାଲି ଆସେ। କେବେ ବାକ୍ୟାଲାପ ପାଇଁ ପାଠ୍ୟ ପୁସ୍ତକ ସମ୍ବନ୍ଧୀୟ ପ୍ରଶ୍ନ ଆରମ୍ଭ କରେ   ତ କେବେ କେବେ କୌଣସି ସାରଙ୍କ ଅଧ୍ୟାପନା ବିଷୟରେ କଥା ଆରମ୍ଭ କରେ। ସୀତା, ମିତା ଓ ଲଳିତା ପ୍ରମୋଦ ସହିତ ବାର୍ତ୍ତାଲାପ କରନ୍ତି ଆବଶ୍ୟକ ମତେ। ପ୍ରମୋଦ ତାର ଆଲାପ ମଝିରେ ସତର୍କ ଥାଏ ଯଥେଷ୍ଟ ଯେ ତାର କଥା ସବୁ ସଂଯମତାର ସୀମା ସରହଦ ଡେଇଁ ନ ଯାଉ। ସେ ସେମାନଙ୍କ ସାମ୍ନାରେ ଦେଖାଇଦେବାକୁ ଚେଷ୍ଟା କରେ ଯେ ସେ କେତେ ଶାନ୍ତ, ସୁଧାର, ଜ୍ଞାନୀ, ମେଧାବୀ ପିଲାଟେ ସତରେ। କିନ୍ତୁ ସୀତା, ମିତା ଓ ଲଳିତା କଣ ଜାଣନ୍ତି ନି ଯେ ପ୍ରମୋଦ ଅନ୍ୟ ଏକ କଲେଜର ଜଣେ ଅସଫଳ ଛାତ୍ର। ଗୋଟାଏ ରାସ୍ତାରେ ଚାଲୁ ଚାଲୁ ସେ ଛୁଣ୍ଡି ପରି ରକ୍ତାକ୍ତ ହୋଇ ପଡିବା ପରେ ସେହି ରାସ୍ତା ଛାଡି ଏବେ ଅନ୍ୟ ରାସ୍ତାକୁ ବାଛି ନେଇଛି ସରଳ ସହଜ ଭାବି। ସେମାନେ ଏତିକି ବି ଜଣେ ନାନୀ ଠାରୁ ଜ୍ଞାତ ହୋଇଛନ୍ତି ଯେ, ପ୍ରମୋଦ ତା ବାପାଙ୍କର ଏକ କୁଲାଙ୍ଗାର ପୁତ୍ର। ଅନ୍ୟ ପୁଅ ଦି ଜଣ ତାଙ୍କର ମେଧାବୀ ଓ ଭଲ ପଢୁଥିବା ବେଳେ ଏଇ ବିଜ୍ଞାନର ଛାତ୍ର ଭାବେ ଦି'ବର୍ଷ କଲେଜରେ ପାଠ ପଢ଼ି ବାପାଙ୍କ ପଦ ମର୍ଯ୍ୟାଦା ଓ ସୁନାମରେ ଲଗାଇ ଦେଇଛି କଳଙ୍କର ଛିଟା।

ସୀତାର ମନେ ପଡେ ସେଇ ପ୍ରମୋଦ ନାମକ ପିଲାଟିକୁ। ଅବଶ୍ୟ ସେ ଇଣ୍ଟରମିଡିଏଟ୍‌ରେ ସେକେଣ୍ଡ କ୍ଲାସରେ ପାସ କଲା ଓ ସୀତା, ମିତା ଓ ଲଳିତା ପଢୁଥିବା କଲେଜରୁ ସ୍ଥାନାନ୍ତର ହୋଇ କୁଆଡେ ବଲାଙ୍ଗିର କଲେଜରେ ଅଧ୍ୟୟନ କଲା। ତା ସହିତ କଲେଜରେ କେବେ ଏକ ଅବିସ୍ମରଣୀୟ ଦିନରେ ଦେଖା ହୋଇଥିଲା ଶେଷ ଥର ପାଇଁ ଯେ ସୀତାର ମନେ ନାହିଁ। ସୀତା ଥରେ ବଲାଙ୍ଗିରକୁ ବସରେ ଚଢ଼ି ଯାଉଥିବା ବେଳେ କିଛି ମୁହୂର୍ତ୍ତ ପାଇଁ ସିଭିଲ କୋଟଠାରେ ବସ ଅଟକି ଥିଲା। ଦି ଚାରିଜଣ ସେଠାରେ ଓହ୍ଲାଇବା ସମୟ ଭିତରେ ସେ ପ୍ରମୋଦକୁ ଦେଖିଥିଲା ଏକ ଓକିଲ ବେଶରେ। ଧଳା ସାର୍ଟ ପେଣ୍ଟ ଉପରେ କଳା କୋର୍ଟ ପିନ୍ଧି ପ୍ରମୋଦ ଅନତିଦୂରରେ ଥିବା ଏକ ପାନ ଦୋକାନ ପାଖରେ ଠିଆ ହୋଇଥିଲା। ପ୍ରାୟ କୋଡିଏ ବର୍ଷ ତଳେ କଲେଜରେ ଶେଷଥର ପାଇଁ ଦେଖିଥିବା ପିଲାଟିକୁ ସେ ଦିନ ଆକସ୍ମିକ ଭାବେ ଦୂରରୁ ଦେଖିବା ପରେ ବେଶ ଚିହ୍ନି ପାରିଥିଲା ସୀତା। କାରଣ ଚେହେରାରେ ପ୍ରମୋଦର

ସେମିତି କିଛି ବିଗିଡ଼ି ଯିବା ପରି ପରିବର୍ତ୍ତନ ହୋଇ ନ ଥିଲା– କେବଳ ସାମାନ୍ୟ ମୋଟା ହୋଇ ପଡ଼ିଥିଲା ଶରୀର। ସୀତା ଶୁଣିଛି ଓ ଲକ୍ଷ୍ୟ ମଧ୍ୟ କରିଛି ଅନେକ କ୍ଷେତ୍ରରେ ଯେ ବିବାହ ପରେ ପରେ ଶରୀରରେ ଏତାଦୃଶ ପରିବର୍ତ୍ତନ ଘଟିଥାଏ। ସୀତାର ସେଦିନ ଇଚ୍ଛା ହୋଇଥିଲା। – ହୁଏ ତ ପ୍ରମୋଦକୁ ପାଖରେ ଭେଟିଥିଲେ ପ୍ରମୋଦ ସହିତ କଥାବାର୍ତ୍ତା ହେବାରେ ସେ ଦ୍ୱିଧାବୋଧ କରି ନଥାନ୍ତା। ପଚାରିଥାନ୍ତା, ଓକିଲାତି କେମିତି ଚାଲିଛି ? ପିଲାଛୁଆ କେତେ ? କେମିତି ଅଛନ୍ତି ? ପତ୍ନୀ ଗୃହିଣୀ ନା କର୍ମଚାରୀ ?

ମନରେ ରହିଗଲା ସେଇ ଅଫୁଟା ପ୍ରଶ୍ନଗୁଡ଼ିକର ଅସନ୍ତୋଷର ଚିହ୍ନ। ଅନତିଦୂରରେ ସେଦିନ କ୍ଷଣ ସମୟ ପାଇଁ ଏକ ଅପସ୍ତୁ ସହପାଠୀକୁ ଦୃଷ୍ଟି ସାମ୍ନାରେ ଦେଖି ମଧ୍ୟ ସୀତା ଓଠରୁ ବାହାରି ପାରିନ ଥିଲା ଗୋଟିଏ ବି ଶବ୍ଦ। ସେହି ଆକାଙ୍କ୍ଷିତ ପ୍ରଶ୍ନମାନେ ଯେ ତାତ୍ପର୍ଯ୍ୟପୂର୍ଣ୍ଣ ନୁହନ୍ତି ସୀତା ଜାଣେ। ସୀତା ଜାଣେ, ପ୍ରମୋଦ ବିଷୟରେ କଥାବାର୍ତ୍ତା ହେବା କିମ୍ବା ତା ବିଷୟରେ ଅଧିକ କିଛି ଜାଣିବା ଦ୍ୱାରା ତାର ଜୀବନରେ କିଛି ପରିବର୍ତ୍ତନ ଆସିବନି। ତଥାପି କେଜାଣି କାହିଁକି କିଛି ହଜିଯିବା ପରି, ହାତରୁ କିଛି ଖସିଯିବା ପରି ଭାବନା ତାକୁ ଜୀବନରେ ପ୍ରଥମ ଥର ପାଇଁ ଆସ୍ୱାଦିତ କଲା। ମନକୁ ମନ ସୀତା ପ୍ରବୋଧନା ଦେଇ ଏତକ କହିଲା ଯେ କଲେଜ ଜୀବନରେ ଅନେକ ଚିତ୍ର ଚରିତ୍ର ଭିତରେ ହଜି ଯାଇଥିବା ପ୍ରମୋଦ ନାମକ ଚିରିତ୍ରଟିଏ ବିଷୟରେ ଏକ ତାଜା ସମ୍ବାଦ ତାର ଜ୍ଞାତ ହେଲା ଯେ ପ୍ରମୋଦ ଓକିଲାତି ବୃତ୍ତିରେ ସଂଗ୍ରାମରତ।

ସୀତାର ସ୍ମୃତିମୟ ଆକାଶରେ ଅନେକ ଉଜ୍ଜ୍ୱଳ ତାରକାଙ୍କ ଭିଡ଼। ସେହି ତାରକିତ ଆକାଶର ଏକ କୋଣରେ ବିନୟ ମହାପାତ୍ରଙ୍କ ସ୍ମୃତି ଅଲିଭା ହୋଇ ରହିଯିବ ନିଶ୍ଚୟ।

ଇଣ୍ଟରମିଡ଼ିଏଟର ପ୍ରଥମ ବର୍ଷ ପଢ଼ିବାବେଳେ ବିନୟ ମହାପାତ୍ର ନୂତନ ଭାବେ ଚାକିରିରେ ଯୋଗଦାନ କରି ଆସିଥିଲେ ଜବାହରଲାଲ କଲେଜକୁ। ସଦ୍ୟ ବିଶ୍ୱବିଦ୍ୟାଳୟ ଛାଡ଼ିଥିବା ଏଇ ଯୁବ ଅଧ୍ୟାପକ କିଛିଦିନ ଭିତରେ ପ୍ରିୟପାତ୍ର ହୋଇ ଉଠିଥିଲେ ସମସ୍ତ ଛାତ୍ରଛାତ୍ରୀଙ୍କ ନିକଟରେ। ଏହି ଲୋକପ୍ରିୟତାରେ ସହାୟକ ହୋଇଥିଲା ତାଙ୍କର ଶାରୀରିକ ଗଠନ, ତାଙ୍କର ବାକ୍‌ଚାତୁରୀ ତଥା ପଠନ କୌଶଳ। ପ୍ରାୟ ସାଢ଼େ ଛଅଫୁଟ ଉଚ୍ଚତାର ମଣିଷଟିଏ। ଗୋରା ତକ ତକ ଚେହେରା। ମୁଖରେ ସବୁବେଳେ ଏକ ହସ ହସ ଭାବ। ତାଙ୍କ ବେଶ ପୋଷାକର ଷ୍ଟାଇଲ ଅତ୍ୟାଧୁନିକ। ଅନ୍ୟ ସମସ୍ତ ଅଧ୍ୟାପକଙ୍କଠାରୁ ସେ ସହଜରେ ବାରି ହୋଇ ପଡ଼ନ୍ତି। ଛାତ୍ରଛାତ୍ରୀଙ୍କ ସହିତ କଥାବାର୍ତ୍ତା କରନ୍ତି ସାଙ୍ଗମାନଙ୍କ ପରି। ତାଙ୍କ ଭିତରେ ଅଧ୍ୟାପକର

ଅହଂ ଭାବ ନଥାଏ। ଅନୁଶାସନ କରିବାର ମନୋବୃତ୍ତି କେବେ ତାଙ୍କ ପାଖରେ ଦେଖା ଦେଇ ନଥିଲା। କ୍ଲାସ ନେବା ପରେ ସେ କହୁଥିଲେ– କେହି ଯଦି ବୁଝି ପାରିନ, ତେବେ କୁହ ପୁଣି ଥରେ ବୁଝାଇ ଦେବି। ଯଦି ଆବଶ୍ୟକ ଅନୁଭବ କର ତେବେ ମୋତେ କ୍ଲାସ ବାହାରେ ମଧ୍ୟ ପଚାରି ବୁଝିପାରିବ କିମ୍ବା ତୁମର ସନ୍ଦେହ ମୋଚନ କରି ପାରିବ।

ବିନୟ ମହାପାତ୍ରଙ୍କର ଅନ୍ୟ ଏକ ସ୍ବତନ୍ତ୍ର ପରିଚୟ ହେଉଛି ସେ ଥିଲେ ଦିଲ୍ଲୀ ବିଶ୍ବବିଦ୍ୟାଳୟର ଛାତ୍ର। ଦିଲ୍ଲୀର ପାଣି ପବନରେ ବର୍ଷ ବର୍ଷ ଧରି ରହି ଆସିଛନ୍ତି ସେ। ଛାତ୍ରଛାତ୍ରୀଙ୍କ ପାଇଁ ସିଏ ସେଥିପାଇଁ ଥିଲେ ଗୌରବ। କାରଣ ଅନ୍ୟ ଅଧ୍ୟାପକମାନେ ଥିଲେ ଓଡ଼ିଶାସ୍ଥିତ ସମ୍ବଲପୁର ବିଶ୍ବବିଦ୍ୟାଳୟର କିମ୍ବା ଉତ୍କଳ ବିଶ୍ବବିଦ୍ୟାଳୟର। ଦିଲ୍ଲୀ ବିଶ୍ବବିଦ୍ୟାଳୟର କୌଣସି ଛାତ୍ର ପୂର୍ବରୁ ଏହି କଲେଜରେ କେବେ ବି ଅଧ୍ୟାପକ ହୋଇ ନଥିଲେ। ଭାରତର ପ୍ରାଣକେନ୍ଦ୍ର ତଥା ରାଜଧାନୀ ସୁଦୂର ଦିଲ୍ଲୀରେ ଓଡ଼ିଶାର କେତେ ଜଣ ପିଲା ବା ଅଧ୍ୟୟନ କରୁଥିଲେ ସେତେବେଲେ ? ଏଇ ଓଡ଼ିଶାର ପଶ୍ଚିମାଞ୍ଚଲର ଏକ ଅବହେଳିତ ଅଞ୍ଚଲରେ ଥିବା କଲେଜର ଛାତ୍ର ଛାତ୍ରୀ ମାନଙ୍କୁ ଜଣା ନ ଥିଲା ଏହି ପ୍ରଶ୍ନର ସଟିକ ଉତ୍ତର। ବିନୟ ମହାପାତ୍ର ପୁଣି ପଶ୍ଚିମାଞ୍ଚଲର– ସମ୍ବଲପୁରର ଏକ ଅଖ୍ୟାତ ପଲ୍ଲୀର। ସେହିପରି ଏକ ଅଖ୍ୟାତ ପଲ୍ଲୀରୁ ଯାଇ ବିଖ୍ୟାତ ଦିଲ୍ଲୀରୁ ସ୍ନାତୋକୋଉର ପରୀକ୍ଷାରେ କୃତୀତ୍ବର ସହିତ ଉତ୍ତୀର୍ଣ୍ଣ ହେବା ସେତେବେଲେ ନଥିଲା ଏକ ସାଧାରଣ କଥା। ପିଲାମାନଙ୍କ ମନରେ ଏକ ଅଲଗା ଧାରଣା ସେଥିପାଇଁ ତାଙ୍କ ପ୍ରତି ସୃଷ୍ଟି ହୋଇଥିଲା। ଏକବିଂଶ ଶତାଦ୍ଦୀର କଥା ଏବକୁ ହୋଇ ସାରିଲାଣି ଦ୍ରୁତ ପରିବର୍ତ୍ତନ। ଗମନାଗମନ ଓ ଯୋଗାଯୋଗ କ୍ଷେତ୍ରରେ ହେଲାଣି ଆଶାତୀତ ଉନ୍ନତି। ମୋବାଇଲ ଫୋନର ଆଗମନ ପୃଥିବୀକୁ କରିଦେଲାଣି ଅନେକ ସଙ୍କୁଚିତ। ମାତ୍ର ସୀତା ସେଇ କଲେଜରେ ପଢୁଥିବାବେଲେ ବିଂଶ ଶତାଦ୍ଦୀର ସତୁରୀ ଦଶକରେ ସେ ସବୁଥିଲା ଅଜଣା ଅଶୁଣା। ଆଜି ହୁଏତ ଏଇ ସହରରୁ ଅନେକ ପିଲା ଯାଇ ଦିଲ୍ଲୀରେ ରହି ବିଭିନ୍ନ ବିଷୟରେ ପାଠ ପଢୁଥିବେ କିମ୍ବା କେଉଁ ଏକ କମ୍ପାନୀରେ ଚାକିରି କରୁଥିବେ, ମାତ୍ର ସେତେବେଲର ବିନୟ ମହାପାତ୍ରଙ୍କ ସମୟରେ ଏହା ନିଶ୍ଚୟ ଥିଲା ଏକ ନିଆରା କଥା।

ବିନୟ ମହାପାତ୍ରଙ୍କ କ୍ଲାସ ଏଟେଣ୍ଡ କରିବା ପାଇଁ ସମସ୍ତ ଛାତ୍ରଙ୍କ ମଧ୍ୟରେ ଉତ୍କଣ୍ଠା, ଆଗ୍ରହ। ସେ ରାଜନୀତି ବିଜ୍ଞାନର ଅଧ୍ୟାପକ। ତାଙ୍କର କ୍ଲାସ ନେବାର ଔପଚାରିକତାରେ ଯେଉଁ ନୂତନତ୍ବ ଥିଲା, କ୍ଲାସ ମଝିରେ ପ୍ରଶ୍ନାଦି ପଚାରିବାର ଯେଉଁ ଷ୍ଟାଇଲ ଥିଲା ଓ ପାଠ୍ୟକ୍ରମ ବହିର୍ଭୁତ ବିଷୟ କ୍ଲାସ ଭିତରେ ଯେପରି ଉତ୍ଥାପନ

କରୁଥିଲେ ସେସବୁ ଅନେକ ପିଲାଙ୍କର ରୋଚକ। କ୍ଲାସ ଭିତରେ ବେଲେବେଲେ ଦିଲ୍ଲୀ କଥା କହୁଥିଲେ। ବେଲେବେଲେ କରେଣ୍ଟ ଟପିକ ଉପରେ ଆଲୋକପାତ କରୁଥିଲେ। ପଚାରୁଥିଲେ ପିଲାଙ୍କୁ ସଦ୍ୟ ଘଟଣା ବିଷୟରେ। ପୁଣି ସାଧାରଣ ପ୍ରଶ୍ନକୁ ପଚାରି ବେଲେବେଲେ ପିଲାଙ୍କ ମନରେ କୌତୁହଲ ସୃଷ୍ଟି କରୁଥିଲେ। ଥରେ ସେ ପଚାରିଥିଲେ– ଭାରତର ରାଜଧାନୀର ନାମ କଣ ? ଅନେକ ପିଲା କହିଥିଲେ ଦିଲ୍ଲୀ। ସେ ସମସ୍ତଙ୍କୁ କହିଥିଲେ ସେହି ଉତ୍ତର ଠିକ ନୁହେ। ତାପରେ ପରେ ଏକ ପ୍ରତ୍ୟୁତ୍ପନ୍ନ ମସ୍ତିଷ୍କସମ୍ପନ୍ନ ଛାତ୍ର କହିଥିଲା– ନିଉ ଦିଲ୍ଲୀ। 'କରେକ୍ଟ' ବୋଲି ବିନୟ ମହାପାତ୍ର କହିବା ପରେ ଛାତ୍ର ଛାତ୍ରୀଙ୍କ ମଧ୍ୟରେ ଏକ ଗୁଞ୍ଜରଣ ଖେଲି ଯାଇଥିଲା। ସେଦିନ ସୀତାର ଅନୁଭବ ହୋଇଥିଲା ଯେ ବିନୟ ସାର ସହଜରେ ପିଲାଙ୍କୁ ଚକିତ କରି ପାରନ୍ତି। ସମସ୍ତ ଛାତ୍ରଛାତ୍ରୀ ଅନୁଭବ କରନ୍ତି ଯେ ରାଜନୀତି ବିଜ୍ଞାନର ଛାତ୍ରମାନେ ବିଶେଷଭାବେ କରେଣ୍ଟ ଜିକେରେ ପଛରେ ପଡ଼ିବା ଉଚିତ ନୁହେ। ପୁଣି ସେମାନେ ଭବିଷ୍ୟତକୁ କେତେ ଇଣ୍ଟରଭ୍ୟୁ, ପ୍ରତିଯୋଗିତା ମୂଲକ ପରୀକ୍ଷାମାନଙ୍କର ସମ୍ମୁଖୀନ ହେବେ। ସେଥିପାଇଁ ସେମାନେ ପ୍ରଶଂସା କରନ୍ତି ବିନୟ ସାରଙ୍କୁ। ସିଏ କଲେଜରେ ଯୋଗ ଦେବା ପରେ ଛାତ୍ରଛାତ୍ରୀଙ୍କ ମନରେ ଖେଲି ଯାଇଛି ଏକ ନୂତନ ଉନ୍ମାଦନା, ଚଲଚଞ୍ଚଲତା– ସେମାନେ ପଢ଼ିବେ ଭଲଭାବେ। ଦେଶବିଦେଶର ହାଲଚାଲ ବିଷୟରେ ସଦା ସଚେତନ ରହିବେ।

ବିନୟ ମହାପାତ୍ରଙ୍କ କ୍ଲାସ ଏତେ ଆକର୍ଷଣୀୟ ହେଉଥିଲା ଯେ ଅଣରାଜନୀତି ବିଜ୍ଞାନର ଛାତ୍ରମାନେ ବି ବେଲେବେଲେ କ୍ଲାସରେ ପଶି ବସି ପଡ଼ୁଥିଲେ। ଦିନେ ଏକ ନୂତନ ପିଲାକୁ କ୍ଲାସରେ ସେ ଠାବ କରି କହିଲେ– ଆଇ ମିନ, ୟୁ ଆର ନଟ ଦି ଷ୍ଟୁଡେଣ୍ଟ ଅଫ ପଲିଟିକାଲ ସାଇନ୍ସ। ପିଲାଟି ସ୍ୱାଭାବିକ ଭାବେ ମାନି ନେଇ କହିଲା– ୟୁ ଆର କରେକ୍ଟ ସାର। ବିନୟ ସାର କହିଥିଲେ ସଙ୍ଗେ ସଙ୍ଗେ– ପରହାପ୍ସ, ୟୁ ଆର ଓନ୍ଲି ଷ୍ଟୁଡେଣ୍ଟ ଅଫ ସାଇନସ୍ ନଟ ଅଫ ପଲିଟିକାଲ। ପିଲାଙ୍କ ମୁଖରେ ଖୁସିର ଭାବ ଖେଲି ଯାଇଥିଲା। ବିନୟ ସାର ନିଶ୍ଚୟ ଅନୁଭବ କରିଥିବେ ଯେ ତାଙ୍କର କ୍ଲାସକୁ ଏତେ ଆକର୍ଷଣୀୟ ଓ ହସଖୁସିଭରା କରି ପାରୁଛନ୍ତି ସେ ଯେ ଅନ୍ୟ ବିଭାଗର ପିଲାମାନେ ମଧ୍ୟ ଆସିବାକୁ କୁଣ୍ଠାବୋଧ କରୁ ନାହାନ୍ତି। ସେ ସେହି ବିଜ୍ଞାନର ଛାତ୍ରକୁ କହିଥିଲେ ବିଦ୍ୟାଲୟର ନିୟମାବଳୀକୁ ଦୃଷ୍ଟିରେ ରଖି– ୟୁ ଆର ନଟ ଏଲାଉଡ। ୟୁ କେନ ଟେକ ପାରମିସନ ଫ୍ରମ ପ୍ରିନସପାଲ। ପ୍ଲିଜ ଆଉଟ। ପିଲାଟି ସେଦିନ ବାହାରି ଯାଇଥିଲା ସିନା, ଆହୁରି କେତେ ଜଣ ଛାତ୍ର ନିୟମିତ ଭାବେ ଯେ ଆସି କ୍ଲାସରେ

ଯୋଗ ଦେଉନଥିଲେ ବିନୟ ସାର ତାହା ଜାଣି ନ ଥିବେ କିମ୍ବା ଜାଣିଥାଇ ମଧ୍ୟ ପ୍ରତିବାଦ କରି ନଥିବେ।

ବିନୟ ସାର କ୍ଲାସ ନେବା ବେଳେ ବେଶୀ ସମୟ ଦେଖୁଥିଲେ ପ୍ରଥମ ଧାଡ଼ିରେ ବସିଥିବା ଛାତ୍ରୀମାନଙ୍କୁ। ମଝିରେ ମଝିରେ ପ୍ରଶ୍ନ ପଚାରି ଦେଇ ପରୀକ୍ଷା କରୁଥିଲେ ତାଙ୍କର କ୍ଲାସରେ କେହି ଅମନଯୋଗୀ ହୋଇ ରହୁଛି କି ? ସେ ପଚାରିବା ବେଳେ ଛାତ୍ରଛାତ୍ରୀମାନଙ୍କ ନାମ ଧରି ଠିଆ ଉଠିବାକୁ କହୁଥିଲେ। ସେ ବେଶ୍ ମନେ ରଖିପାରୁଥିଲେ ଛାତ୍ରଛାତ୍ରୀମାନଙ୍କ ନାମଗୁଡ଼ିକ। ଜଏନ କରିବା ପରେ ତାଙ୍କର ପ୍ରଥମ କ୍ଲାସରେ ସେ ପଚାରିଥିଲେ ଛାତ୍ରଛାତ୍ରୀଙ୍କ ନାମ। ସେଇଠୁ ସେ ମନେ ରଖି ଦେଇଥିଲେ ସୀତା, ମିତା, ଲଳିତା ଓ ପ୍ରମୋଦ ଇତ୍ୟାଦି ନାମ। ନିଜର ପରିଚୟ ପ୍ରଦାନ ପରେ ସେ କହିଥିଲେ- ଆଇ ଥିଙ୍କ୍, ୟୁ ଅଲ ଆର ଟ୍ରେଡିସନାଲ। ଏଠାରେ କେହି ଜଣେ ବି ତ ନାହାନ୍ତି ରିଙ୍କି, ପିଙ୍କି, ଲିଭା ପରି ଆଧୁନିକ ନାମଧାରୀ ପିଲା। ମିତା ଠିଆ ଉଠି କହିଥିଲା- ଆଇ ଏମ ନଟ ଟ୍ରେଡିସନାଲ ସାର। ବିନୟ ସାର କହିଥିଲେ- ଅଫ କୋର୍ସ। ତାପରେ ପରେ ସୀତା କହିଥିଲା- ଉଇ ଆର ନଟ ଏଟ ଫଲ୍ , ସାର। ବାପା ମା ଆମର ନାଁ ଦେଇଛନ୍ତି। ଲଳିତା କହିଥିଲା- ନାଁଟା ପୁରୁଣା ହେଲେ ବି ମନଟା ଆଧୁନିକ ସାର। ବିନୟ ସାର ହଠାତ ସାବାସି ଦେଇ କହିଥିଲେ ଲଳିତାକୁ- ଭେରି ଗୁଡ, ବି ମଡର୍ଣ୍ଣ, ବି ଅପଟୁ ଡେଟ।

ବିନୟ ମହାପାତ୍ରଙ୍କୁ ସମସ୍ତେ ପ୍ରଶଂସା କରନ୍ତି। ତାଙ୍କର ଅମାୟିକ ଭାବ, ଯୁବକ ସୁଲଭ ବ୍ୟବହାର ଦ୍ୱାରା ସମସ୍ତେ ତାଙ୍କୁ କଲେଜର ଅନ୍ୟ ଅଧ୍ୟାପକଙ୍କଠାରୁ ଭିନ୍ନ ମଣିଷ ଭାବେ ଚିନ୍ତା କରନ୍ତି। ତାଙ୍କୁ ଯେଉଁଠି, ଯେତେବେଳେ ବି ଜଣେ ଛାତ୍ର ବା ଛାତ୍ରୀ ପ୍ରଶ୍ନ ପଚାରିପାରେ, ଲାଇବ୍ରେରୀରୁ ତାଙ୍କ ନାମରେ ପୁସ୍ତକ ନେଇପାରେ। ଏପରିକି ତାଙ୍କର ଘରେ ଥିବା ବ୍ୟକ୍ତିଗତ ଲାଇବ୍ରେରୀରୁ ଯେ କେହି ନିସଙ୍କୋଚରେ ପୁସ୍ତକ ନେଇ ପାରେ, ଏଇ ସ୍ୱାଧୀନତା ସେ ଦେଇଛନ୍ତି ଛାତ୍ରଛାତ୍ରୀମାନଙ୍କୁ।

ସୀତା, ମିତା ଓ ଲଳିତା ମଧ୍ୟ ବିନୟ ମହାପାତ୍ରଙ୍କଠାରୁ ପୁସ୍ତକ ଆଣନ୍ତି। ପଢ଼ି ସାରିବା ପରେ ଫେରସ୍ତ କରନ୍ତି। ଏହି ସାଙ୍ଗତ୍ୟ ଏକାଠି ହୋଇ ଅନେକ ଥର ଯାଇଛନ୍ତି ତାଙ୍କର ବସାକୁ ଯେଉଁଠି ସେ ଏକା ରହନ୍ତି ଏକ ଭଡ଼ା ଘରେ।

ସହରର ଶେଷ ଭାଗରେ ପ୍ରାୟ କିଛି ସରକାରୀ ଭଡ଼ା କ୍ୱାଟର। ଜନସାଧାରଣଙ୍କ ଗମନାଗମନରେ ରାସ୍ତାଟା ଅନ୍ୟ ରାସ୍ତା ତୁଲନାରେ ନିଛାଟିଆ ନିଛାଟିଆ ଲାଗେ। ସେଠାରେ ଆଖପାଖରେ ନାହିଁ ଦୋକାନ ବଜାର। କଲୋନୀ ବାସିନ୍ଦାମାନେ ଯିଏ ଯାହାର କାମରେ ବ୍ୟସ୍ତ। ସେଇଠି ଏକ କ୍ୱାଟରରେ ରହନ୍ତି ବିନୟ ମହାପାତ୍ର। ଅନେକ

ଥର ତାଙ୍କ ଘରକୁ ପାଠ୍ୟ ପୁସ୍ତକ ପାଇଁ ଯାଇଛନ୍ତି ଏକା ସାଥିରେ ସୀତା ମିତା ଓ ଲଳିତା ।

କ୍ଵାଟର ବାହାରେ ପ୍ରାୟ ଦଶ ଫୁଟର ଏକ ଖୋଲା ଜାଗା କାନ୍ତୁ କାନ୍ତୁ ଭିତରେ । କ୍ଵାଟର ବାହାର କବାଟ ସବୁବେଳେ ବନ୍ଦ ଥାଏ । ବାହାରେ ଏକ କୁଲିଂ ବେଲ । କବାଟ ସେପଟେ ଏକ ଡ୍ରଇଂ ରୁମ୍ । ସୁ ସଜ୍ଜିତ ସୋଫା ସେଟ ସହିତ ଏକ ଇକ୍ଵାରିଅମ । କୁଲିଂ ବେଲ ବାଜିଲେ ସହାସ୍ୟ ବଦନରେ କବାଟ ଖୋଲନ୍ତି ବିନୟ ମହାପାତ୍ର । ଆମନ୍ତ୍ରଣ କରି ସୋଫା ଉପରେ ବସିବାକୁ ଅନୁରୋଧ କରନ୍ତି ଆଗନ୍ତୁକଙ୍କୁ – ସିଏ ତାଙ୍କଠୁ ବୟସ୍କ ହେଉ କି କନିଷ୍ଠ ହେଉ, କିଛି ଯାଏ ନା ଆସେନା । ସମସ୍ତଙ୍କଠି ସେ ବ୍ୟବହାର କରନ୍ତି ପ୍ଲିଜ ଶବ୍ଦ ।   ଛୋଟକୁ ସମ୍ମାନ ଦେବାରେ କାର୍ପଣ୍ୟତା ନ ଥାଏ ତାଙ୍କଠି । ଏଥିପାଇଁ ଭଲ ଲାଗେ ସୀତା, ମିତା ଓ ଲଳିତାଙ୍କୁ ଯାହାକି ଅନ୍ୟ ଅଧ୍ୟାପକଠୁ ପାଇବା ବିରଳ , ଅସମ୍ଭବ ।

ଅନେକ ଥର ସୀତା ଯାଇଛି ବିନୟ ମହାପାତ୍ରଙ୍କ ବସାକୁ । ଏକଥା ତାଙ୍କ ଘରେ ସମସ୍ତେ ଜାଣନ୍ତି । କେହି କେବେ ମନା କରନ୍ତି ନି କାରଣ ଯେତେବେଳେ ବି ସୀତା ଯାଏ ମିତା ଓ ଲଳିତା ସହିତ ସାଙ୍ଗ ହୋଇ ଯାଏ ।

ମାତ୍ର, ବିନୟ ମହାପାତ୍ରଙ୍କ କ୍ଵାଟରକୁ ଯିବାର ଆକର୍ଷଣ ଲଳିତା ଅନ୍ତରରେ ସୀତା ଓ ମିତାଠାରୁ ମାତ୍ରାଧିକ ସୃଷ୍ଟି ହେବାର କାରଣଟିଏ ଯେ ସୀତା, ମିତାର ଅଲକ୍ଷ୍ୟରେ ଗଢ଼ି ଉଠୁଥିଲା ତାହା ସେ ଦିହେଁ ପ୍ରଥମେ ଜାଣି ନ ଥିଲେ । ପାଠ୍ୟ ପୁସ୍ତକ ବାହାରେ ବିନୟ ମହାପାତ୍ର ଲଳିତାକୁ ଉପନ୍ୟାସମାନ ପଢ଼ିବାକୁ ଦେଉଥିଲେ । ବହି ଫେରସ୍ତ ଦେଲାବେଳେ ଉପନ୍ୟାସଟି କେମିତ ଲାଗିଲା ବୋଲି ଆଲୋଚନା କରୁଥିଲେ । ସୀତା ଓ ମିତା କିନ୍ତୁ ଉପନ୍ୟାସ ପଢ଼ିବାକୁ ଭଲ ପାଉ ନଥିଲେ ଓ ଇଚ୍ଛା ଥିଲେ ବି ପାଠ୍ୟ ପୁସ୍ତକ ଉପରେ ଦୁହେଁ ବେଶୀ ଗୁରୁତ୍ଵ ଦେଉଥିଲେ । ସୀତା ଅନୁଭବ କରୁଥିଲା ଯେ ସେମାନେ ତିନି ସହତରୀ ମହାପାତ୍ରଙ୍କ ଘରକୁ ଯାଉଥିଲେ ବି ବେଶୀ ଆଳାପରତ ରହୁଥିଲେ ଲଳିତା ସଙ୍ଗରେ । ସୀତା ମନରେ ଲଳିତା ପ୍ରତି ଈର୍ଷା ଜାତ ହୋଇଥିଲା ସେଥିପାଇଁ ଏବଂ ସେ ବି ମିତାଠାରେ ଲଳିତା ପ୍ରତି ଈର୍ଷା ଜାତ ହେବାର ଅନୁଭବ କରିପାରି ଥିଲା । ମାତ୍ର, ସୀତା କେବେ କିଛି ପ୍ରତିବାଦ କରି ନ ଥିଲା ବିନୟ ମହାପାତ୍ରଙ୍କ ଘରକୁ ଏକାଠି ଯିବାକୁ । ସେ କେବେ ବି ନିଜର ଈର୍ଷାଳୁ ମନୋଭାବର ସାମାନ୍ୟତମ ସଙ୍କେତ ପ୍ରକାଶ କରି ନଥିଲା ଲଳିତା ପାଖରେ । କାରଣ ସେମାନେ ନିତ୍ୟ ସହଚରୀ ପରି ରହି ଆସୁଥିଲେ , ରହିବେ ମଧ୍ୟ । କେହି କାହାରି ପ୍ରତି ଈର୍ଷା ଅସୂୟା ଭାବ ପ୍ରଦର୍ଶନ କରି ତାଙ୍କର ସୁଦୃଢ଼ ଆନ୍ତରିକତାରେ କଳଙ୍କ ଲଗାଇବାକୁ ଦେବନି । ଏଇ

ସହରର ଲୋକେ, କଲେଜର ଛାତ୍ରଛାତ୍ରୀ କଣ କହିବେ ତାଙ୍କ ମଧ୍ୟରେ ବିଭେଦ ଦେଖି। ହସିବେ, ଛି,ଛି କରିବେ। ଏତେ ଛୋଟ ବୟସରୁ ବି ସେହି ସହଚରୀତ୍ରୟଙ୍କ ମଧ୍ୟରେ ଗଢ଼ି ଉଠିଥିବା ଅନାବିଲ ସଂପର୍କକୁ କଣ ଏପରି ସାମାନ୍ୟ କଥାରେ ଖିନଭିନ୍ କରିଦେବ ସୀତା ? କେବେ ନୁହେଁ। ମନରେ ଦୃଢ଼ତା ରଖେ।

ମାତ୍ର. ଲଲିତା ଭାବି ପାରି ନଥିଲା ସୀତା ଓ ମିତାର ଅନ୍ତରର ଅନୁଭବକୁ। ଗୋଟାଏ ଖୁଣ୍ଟରେ ବନ୍ଧା ହୋଇଥିବା ତିନୋଟି ବାଛୁରୀ ମଧ୍ୟରୁ ଗୋଟାଏ ବାଛୁରୀର ପଘା ଯେ କେତେବେଳେ ହୁଗୁଲା ହୋଇ ଖସି ଯାଉଥିଲା କେହି ଲକ୍ଷ୍ୟ କରି ପାରୁ ନ ଥିଲେ। ଲଲିତା କ୍ରମଶଃ ତାର ସାଧ୍ୟ ସୀମାର ବାହାରେ ଯାହା କିଛି କରିଗଲା ତାହା ନିଶ୍ଚିତ ଭାବେ ସୀତା ଓ ମିତାକୁ ଆଘାତ ଦେଇଥିଲା। ଲଲିତା ଯେ ସୀତା ମିତାଠାରୁ କ୍ରମଶଃ ବିଚ୍ଛିନ୍ନ ହୋଇ ଅନ୍ୟ ଏକ ଭିନ୍ନ ରାସ୍ତାରେ ପ୍ରଧାବିତ ହେଉଥିଲା ତାହା ନିଜେ ମଧ୍ୟ ଜାଣି ପାରି ନଥିଲା। ସେ ବିଭିନ୍ନ ଆଳରେ ସୀତା ମିତାର ଅଜ୍ଞାତସାରରେ ବିନୟ ମହାପାତ୍ରଙ୍କ ଘରକୁ ଯାଉଥିଲା। କଲେଜରେ ମଧ୍ୟ ତାଙ୍କ ସହିତ କଥାବାର୍ତ୍ତା କରୁଥିଲା ନିରୋଳା ଦେଖି ସୀତାମିତାଙ୍କ ଅସମ୍ମତିରେ।

ବିନୟ ମହାପାତ୍ର ଓ ଲଲିତା ମଧ୍ୟରେ ଯେ ଏକ ଅସାମାଜିକ ସଂପର୍କ ଆସ୍ତେ ଆସ୍ତେ ମୁଣ୍ଡ ଟେକି ଉଠିଥିଲା ଏହା ସୀତା ମିତା ବହୁତ ଡେରିରେ ଅନୁଭବ କରିଥିଲେ ଓ ସେ ଦୁହେଁ ଲଲିତାକୁ ଦୂରେଇ ରହିବାକୁ ପରାମର୍ଶ ଦେଇଥିଲେ। ଏପରିକି ଘନିଷ୍ଠ ସହଚରୀଦ୍ୱର ଖାତିରେ ଆକଟ ବି କରିଥିଲେ। ମାତ୍ର, ଲଲିତାକୁ ସେ ଦୁହେଁ ଅଟକାଇ ପାରି ନ ଥିଲେ। ଲଲିତା ଟାଣି ହୋଇ ଯାଇଥିଲା ଏକ ଦୁର୍ବାର ସମ୍ମୋହନର ନୀଳ ଆକର୍ଷଣରେ। ଶେଷକୁ ଏଇଆ ହେଲା ଯେ ଲଲିତା ଝଟକା ଖାଇ ପଡ଼ିଲା ବହୁ ଦୂରରେ ଯେଉଁଠି କି ନ ଥିଲେ ଆଉ ପାଖରେ ବିନୟ ମହାପାତ୍ର– ଲଲିତା ଓ ବିନୟ ମହାପାତ୍ରଙ୍କ ମଧ୍ୟରେ ଯୋଜନ ଯୋଜନ ଅପହଞ୍ଚ ଦୂରତା।

ସୀତା ମନରେ ବିନୟ ମହାପାତ୍ରଙ୍କ ପ୍ରତି ଘୃଣା ଓ ତାଚ୍ଛଲ୍ୟର ଭାବ ସମୁଦ୍ର ଉଲଙ୍ଘିତ ଢେଉ ପରି ବାରମ୍ବାର ଉଠୁଥିଲା ଓ ପଡ଼ୁଥିଲା। ତା ହେଲେ ଇଏ ସେହି ଯୁବ ଅଧ୍ୟାପକ ଯାହାର ପ୍ରଶଂସାରେ କଲେଜର ପ୍ରତି କୋଣ ଅନୁକୋଣ ଦିନେ ମୁଖରିତ ହୋଇ ଉଠିଥିଲା। ଇଏ କଣ ସେହି ଛାତ୍ର ବତ୍ସଲ, ଛାତ୍ର ଶୁଭେଚ୍ଛୁ ନିଆରା ଅଧ୍ୟାପକ ଯିଏ କି ଭଦ୍ରତାର ମୁଖା ପିନ୍ଧି ଅଭଦ୍ରତାର ସୀମା ଉଲ୍ଲଙ୍ଘନ କରୁଥିଲେ। ଏକ ମିଛ ଖୋଲପାର ଆବରଣ ତଳେ ନିଜକୁ ଲୁକ୍କାୟିତ ରଖି ଅନ୍ୟକୁ ପ୍ରତାରଣା ଦେଉଥିଲେ।

ବିନୟ ମହାପାତ୍ରଙ୍କ ଦ୍ୱାରା ପ୍ରତାରିତ ହେବା ପରେ ପରେ ନିଜକୁ ଝାଡ଼ି ଝୁଡ଼ି ଯେତେ ଚେଷ୍ଟା କଲେ ବି ଲଲିତାହିଁ ଦୋଷୀ ହୋଇ ପଡ଼ିଥିଲା ତା ବାପା ବୋଉ ଓ

ଘରର ଅନ୍ୟ ସଦସ୍ୟମାନଙ୍କ ପାଖରେ। ବିନୟ ମହାପାତ୍ର ତ ନିଜକୁ ଏକ ନିରାପଦ ଦୂରତ୍ୱରେ ରଖି ତୀର ଚାଳନା କରି ଆସୁଥିଲେ, ତାଙ୍କର ବା କ୍ଷତି ହୁଅନ୍ତା କୁଆଡୁ? ତାଙ୍କର ନାମରେ କଳଙ୍କର ଛିଟା ଯେ ନ ଲାଗିଛି ତାହା ନୁହେଁ। ସମୟର ବିସ୍ମରଣଶୀଳତା ଗୁଣରେ ତାହା ଧୋଇ ହୋଇ ଯାଇଥିଲା କ୍ରମେ କ୍ରମେ। ଆଉ, ଲଳିତାକୁ ବାରଣ ହୋଇଥିଲା କଲେଜ। କେବଳ ସେ ଆଇ. ଏ. ପରୀକ୍ଷା ଦେବାକୁ ଅନୁମତି ପାଇ ପାରିଲା ଏବଂ ତା ପରେ ପରେ ତାକୁ ବିବାହ କରି ଦିଆଯାଇଥିଲା ନିଜ ସହରଠାରୁ ଦୁଇଶହ କିଲୋମିଟର ଦୂରରେ ଥିବା ଏକ ବ୍ୟବସାୟୀ ସଙ୍ଗରେ।

ଏତେ ଦିନ ଯାଏ ସୀତା, ମିତା ଓ ଲଳିତା ଥିଲେ ସତେ ଯେପରି ଏକ ଓ ଅଭିନ୍ନ। ମାତ୍ର, ଲଳିତା ବିଚ୍ଛିନ୍ନ ହୋଇଗଲା ଅନ୍ୟ ଦି ଜଣଙ୍କଠାରୁ। ବିନୟ ମହାପାତ୍ର ଲଳିତାକୁ ପ୍ରତାରିତ କରିଥିଲେ ସତ, ମାତ୍ର ଅନ୍ୟ ପଟେ ଲଳିତା ପ୍ରତାରଣା କରିଥିଲା ସୀତା ଓ ମିତାକୁ। ସେ ସୀତା ଓ ମିତାର ଅଜ୍ଞାତସାରରେ ବିନୟ ମହାପାତ୍ରଙ୍କ ଘରକୁ ଯାଇଛି ଅନେକ ଥର। ତାଙ୍କ ସହିତ ନିଭୃତ ଆଲାପ ଆଲୋଚନାର ବିଷୟ ବସ୍ତୁ କିଛି ପ୍ରକାଶ କରିନି ପ୍ରିୟ ସଖୀଦ୍ୱୟଙ୍କ ଆଗରେ। ଏଥିପାଇଁ ସୀତା ଓ ମିତାର ମନ ବିଷାକ୍ତ ହୋଇଉଠିଥିଲା ସେଦିନ, ଯେଉଁଦିନ ବିନୟ ମହାପାତ୍ର ଓ ଲଳିତାର ସଂପର୍କର ପ୍ରତ୍ୟେକଟି ପୃଷ୍ଠା ସମସ୍ତଙ୍କ ଅଲକ୍ଷ୍ୟରେ ଉନ୍ମୋଚିତ ହୋଇଥିଲା। ସେମାନଙ୍କ ମନରେ ପ୍ରଶ୍ନ ଉଠିଥିଲା ସେ ଦୁହେଁ ଦିନେ ଯାହାକୁ ନିଜ ନିଜ ଜୀବନର ଦ୍ୱାହି ଦେଇ ସର୍ପାଘାତରୁ ବଞ୍ଚାଇବାକୁ ଚେଷ୍ଟା କରି ନିଜକୁ ବିପନ୍ନ କରିଦେଇଥିଲେ ସିଏ କଣ ଏପରି ଭାବେ ନୀରବ ପ୍ରତାରଣାରେ ସେମାନଙ୍କୁ କ୍ଷତବିକ୍ଷତ କରିବ ବୋଲି କଣ ଭାବି ପାରିଥିଲା। ଦୁହେଁ ସେଥିପାଇଁ ଶପଥ ନେଲେ ଯେ ଲଳିତା ସହିତ ଆଉ ସଂପର୍କ ରଖିବେନି। ଯଦି ରଖିବେ ତାହା ଫରମାଲ। ଲୋକ ଦେଖାଣିଆ। ଆହୁରି ମଧ୍ୟ ଶପଥ କଲେ ଯେ ସେଦୁହେଁ ବିଚ୍ଛିନ୍ନ ହେବେନି। ଦୁଇ ସଖିଙ୍କର ଚିନ୍ତାଧାରା, କାର୍ଯ୍ୟଧାରା ସବୁକିଛି ହେବ ଏକ।

ସୀତା, ମିତା ଆଉ କଲେଜକୁ ଯିବାକୁ ପସନ୍ଦ କଲେନି। ଏପଟେ ସିଟି ଟେନିଂ ପାଇଁ ଫର୍ମ ଆଦି ଦାଖଲ କରିଥିଲେ। ସିଲେକ୍ଟ ହେଲେ। ଦୁହେଁ ହେଲେ ସିଟି ସ୍କୁଲର ଛାତ୍ରୀ। ଟ୍ରେନିଂ ପରେ ପରେ ଦୁହେଁ ପାଇଲେ ଶିକ୍ଷୟତ୍ରୀ ଚାକିରି ସହରର ଉପାନ୍ତ ସ୍କୁଲ ଦୁଇଟିରେ। ଚାକିରିଟି ସେଇ ସଖୀ ଦ୍ୱୟଙ୍କୁ ବିଚ୍ଛିନ୍ନ କଲା ସେଇ କଥା ନୁହେଁ। ସ୍କୁଲ ସମୟ ବାହାରେ ବେଳେବେଳେ କେଉଁଠିକୁ ଯିବାର ଅଛି, ସପିଙ୍ଗ କରିବାର ଅଛି, କୌଣସି ମେଳା ମହୋସ୍ବ, ବିବାହ ଉସ୍ବକୁ ଯିବାର ଅଛି ତ ଦୁହେଁ ବାହାରୁଥିଲେ ଏକ ସଙ୍ଗରେ। ଯେଉଁଠି ସୀତା ନିମନ୍ତ୍ରିତ ସେଇଠି ମିତା ବି। କାରଣ ଏମିତି କେହ ନାହିଁ ଯିଏ ସୀତାକୁ ଜାଣିଛି ଓ ମିତାକୁ ଜାଣିନି କିମ୍ବା ମିତାକୁ ଜାଣିଛି ସୀତାକୁ ଜାଣିନି।

ସେପରି ଉଭୟଙ୍କୁ ଭଲଭାବେ ଜାଣିଥିବା ଯୁଥ ଜଣକ ହେଉଛନ୍ତି ନିରଞ୍ଜନ । ନିରଞ୍ଜନ ସହିତ ସେମାନଙ୍କର ପରିଚୟ ହୋଇଥିଲା ଆବଶ୍ୟକତା ହେତୁ । ଟ୍ରେନିଂର ପାଠ୍ୟକ୍ରମ ସମନ୍ଵୀୟ ଉପକରଣଗୁଡିକର ନିର୍ମାଣ ପାଇଁ ଜଣେ ଚିତ୍ରକାରର ଆବଶ୍ୟକତା ଥିଲା । ବିଭିନ୍ନ ଚିତ୍ର ମାଧ୍ୟମରେ ପିଲାମାନଙ୍କର ପାଠ୍ୟକ୍ରମକୁ ସ୍ପଷ୍ଟ ଧାରଣା ଦେବାକୁ ଦରକାର ହେଉଥିଲା ତତ୍‌ସମ୍ଵନ୍ଧୀୟ ଚିତ୍ରଗୁଡିକ । ଚିତ୍ରଗୁଡିକ ଯେ ଜଣେ ଚିତ୍ରକରଙ୍କ ଦ୍ୱାରା ଚିତ୍ରିତ ହୋଇ ସବୁଠୁ ସୁନ୍ଦର ହୋଇଥିବା ଆବଶ୍ୟକ, ତାହା ନୁହେଁ । ମାତ୍ର ଆଖିକୁ ସୁନ୍ଦର ଦେଖା ଯିବା ନିହାତି ଆବଶ୍ୟକ । ସୀତା ଓ ମିତା ହାତରେ ଚିତ୍ର ଉତ୍‌ରେ ନାହିଁ ଠିକଭାବେ । ଚିତ୍ରକଳା ସ୍ଵତନ୍ତ୍ର ଭାବେ ଏକ ଈଶ୍ୱରଦତ୍ତ କଳା । ଏହା ଯିଏ ପ୍ରାପ୍ତ ହୋଇଛି ସିଏ ହିଁ ଠିକଭାବେ ସମ୍ପନ୍ନ କରିପାରେ । ଅନ୍ୟମାନଙ୍କ ହାତରେ ହୁଏନି । ଏକଦା ଏକ ଚିତ୍ରକାରଙ୍କ ଆବଶ୍ୟକ ପଡୁଥିବା ବେଳେ ସୀତାର ବଡ ଭାଇ ଦିବାକର ନିରଞ୍ଜନକୁ ଡାକି ଆଣିଥିଲେ ସୀତା ଓ ମିତା ପାଖକୁ । ଆବଶ୍ୟକମତେ ଚିତ୍ରାଙ୍କନ ବି କରି ଦେବାକୁ ସେମାନେ ଅନୁରୋଧ କରିଥିଲେ ନିରଞ୍ଜନଙ୍କୁ ।

ନିରଞ୍ଜନ ସୀତାର ବଡଭାଇର ସାଙ୍ଗ । ସେ ଚିତ୍ରକଳାରେ ରୁଚି ରଖନ୍ତି ଓ ଚିତ୍ରକଳା ସ୍କୁଲରେ ଡିପ୍ଲୋମା କରିଛନ୍ତି । କୌଣସି ଏକ ସ୍କୁଲରେ ନିଶ୍ଚୟ ଚାକିରୀ ପାଇଯିବେ ଏଥିରେ ସନ୍ଦେହ ନ ଥିଲା । ନଚେତ ଚିତ୍ରକଳାକୁ ବ୍ୟବସାୟିକ–ବ୍ୟବହାର କରି ମଧ୍ୟ ସୁରୁଖୁରୁରେ ଚଲି ଯାଇ ପାରିବେ ।

ନିରଞ୍ଜନ ପାଇଁ ସୀତାଙ୍କ ଘର ଥିଲା ଉନ୍ମୁକ୍ତ । କାରଣ ସୀତାର ବଡ ଭାଇ ଦିବାକର(କୁନୁ) ସହିତ ସେ ପୂର୍ବରୁ ଅନେକଥର ଘରକୁ ଆସିଥିଲେ । ପରିବାରର ସମସ୍ତେ ବି ତାଙ୍କୁ ଜାଣନ୍ତି । ତାଙ୍କର ଆଚାର ବ୍ୟବହାର ସଂଯତ । ଶାନ୍ତ, ସୁଧାର ପିଲାଟେ । ସୀତା ତାଙ୍କୁ ଡାକୁଥିଲା ‘ବଡଦା’ କୁନୁର ବନ୍ଧୁତ୍ଵର ଖାତିରେ । ଆଉ ନିରଞ୍ଜନ ସୀତାକୁ ଭଉଣୀ ଭଳି ବ୍ୟବହାର କରୁଥିଲେ ଓ ତା ନାମ ଧରି ଡାକୁଥିଲେ ।

ନିରଞ୍ଜନଙ୍କ ପୋଷ୍ଟି ହୋଇଯାଇଥିଲା ଯା’ ଭିତରେ ଏକ ହାଇସ୍କୁଲରେ ଆର୍ଟ ଟିଚର ଭାବେ । ସୀତା ବି ସହରର ଏକ ଉପାନ୍ତ ସ୍କୁଲରେ ଶିକ୍ଷୟତ୍ରୀ ଭାବେ ପୋଷ୍ଟିଂ ହୋଇ ସାରିଥିଲା । ସୀତାର ଡ୍ରଇଂର କିଛି ଆବଶ୍ୟକତା ପଡୁ ନଥିଲେ ବି ନିରଞ୍ଜନ ସୀତା ପାଖକୁ ଆସିବାର ଏକ ଅଭ୍ୟାସରେ ପରିଣତ ହୋଇ ସାରିଥିଲା ।

ନିରଞ୍ଜନ ଆସିଲେ ଘର ଅଗଣାରେ ବସିଥିବା ବାପା କିମ୍ବା ବୋଉ ତାଙ୍କୁ ଘର ଭିତରକୁ ଯିବାକୁ କହୁଥିଲେ । ନିରଞ୍ଜନ ଭିତରକୁ ଯାଇ ସୀତାକୁ ଗୋଟିଏ ଡାକ ଡାକି ଦିଅନ୍ତି ଓ ନିକଟସ୍ଥ ଡ୍ରଇଂ ରୁମରେ ଏକ ସୋଫା ଉପରେ ବସିପଡନ୍ତି । ଏଥିରେ କିଛି ଔପଚାରିକତାର ଆବଶ୍ୟକତା ନ ଥାଏ, ଆଉ ସୀତା ଆସେ ବିନା ଦ୍ଵିଧା ଓ ସଙ୍କୋଚରେ ।

ସାମ୍ନା ସୋଫା ଉପରେ ବସେ। ନିରଞ୍ଜନ ସହିତ କଥାବାର୍ତ୍ତା କରେ ନିରଞ୍ଜନଙ୍କ ସ୍କୁଲ ବିଷୟରେ କେବେ ତ କେବେ ତାଙ୍କ ଘରର ହାଲଚାଲ ବିଷୟରେ, ନିରଞ୍ଜନର ନବବିବାହିତ ବଡ ଭାଉଜଙ୍କ ବିଷୟରେ।

ନିରଞ୍ଜନଙ୍କ ସହିତ ସୀତା କଥାବାର୍ତ୍ତା ହେବାବେଳେ ସ୍ୱାଭାବିକ ଭାବେ ନିରଞ୍ଜନର ମୁଖ ମଣ୍ଡଳକୁ ଦେଖୁଥିଲା ବାରମ୍ବାର। ପ୍ରଥମେ ପ୍ରଥମେ ତା ମନରେ କିଛି ଭାବାନ୍ତର ସୃଷ୍ଟି ହେଉ ନ ଥିଲା ତଦ୍ୱାରା। ମାତ୍ର, ଅନେକ ଦିନ ପରେ ତାର ମନ ଦୋହଲି ଯାଇଥିଲା। ବିଚଳିତ ହୋଇପଡେ ସୀତା ନିରଞ୍ଜନଙ୍କ ମୁଖ ମଣ୍ଡଳକୁ ଚାହିଁ, ବିଶେଷକରି ନିରଞ୍ଜନଙ୍କ ଆଖି ଦୁଇଟି ସହିତ ତାର ଆଖି ଯେତେବେଳେ ମିଶି ଯାଏ। ତାକୁ ଅବଶ ଅବଶ ଲାଗେ। ପାଟି ଅଠାଳିଆ ହୋଇପଡେ। ଏକ ଚଳଚଞ୍ଚଳ ଶିହରଣ ତାର ମେରୁମଜ୍ଜାରକୁ ଥରାଇ ଦେଇ ବାହାରି ଯାଏ ମୁଣ୍ଡରୁ ତଳିପା ପର୍ଯ୍ୟନ୍ତ।

ସୀତା ନିଜକୁ ପ୍ରଶ୍ନ କରେ କାହିଁକି ଏହି ଅନନ୍ୟ ଅନୁଭବ। ଏହା କଣ ପ୍ରେମାନୁଭବ ? ନିଜର ସହଚରୀ ମିତାକୁ ପଚାରେ। ମିତା କିଛି ଜାଣିପାରେନା। ତାର ତ ସେପରି ଅନୁଭବ ହୋଇନି। କେମିତି ଦେବ ସ୍ୱଷ୍ଟୀକରଣ।

କାହାକୁ ଆଉ ପଚାରିନି ସେହି ଅନୁଭବ ବିଷୟରେ। ଏକାନ୍ତ ବ୍ୟକ୍ତିଗତ କଥା ବା ସେ କାହାକୁ ପଚାରିବ ? ମିତା ତାର ଆବାଲ୍ୟ ପ୍ରାଣ ବାନ୍ଧବୀ ବୋଲି ସିନା ଥରେ ପଚାରିଦେଇଥିଲା। ନିଜେ ସେ ସେହି ପ୍ରଶ୍ନର ଉତ୍ତର ପାଇ ସାରିଥିଲା ସମୟର ଉତ୍ତରଣରେ।

ଆହୁରି ବି ତାର ଅନୁଭବ ହୋଇଥିଲା ଅନେକ। ପାଠ୍ୟପୁସ୍ତକାନୁଯାୟୀ ଚିତ୍ର ବରାଦ କରିଥିବା ବେଳେ ନିରଞ୍ଜନ ସହିତ ଆଲାପ କରିଛି ଅନେକଥର। ପ୍ରଥମେ ପ୍ରଥମେ ତାକୁ ନିରଞ୍ଜନଙ୍କ କଥାଗୁଡିକ ଏତେଟା ମଧୁର ଲାଗୁ ନଥିଲା । କଥା ଶେଷ ହେବା ପରେ ସେ ଚାଲି ଯାଉଥିଲେ ନିଜ ଗନ୍ତବ୍ୟ ପଥରେ– ଘରକୁ। ସେତେବେଳେ ତାକୁ ଲାଗୁନ ଥିଲା ଯେ କିଛି କଥା ବାକି ରହିଗଲା କହିବାକୁ। ମାତ୍ର, ଏବେ କାହିଁକି ତାକୁ ଏକ ଶଙ୍କ ଅନୁଭବ ବାନ୍ଧି ରଖେ ? କାହିଁକି ନିରଞ୍ଜନ ସହିତ ଯେତେ ସମୟ ଧରି କଥାବାର୍ତ୍ତା ହେଲେ ବି ବୋର ଲାଗେନା ? ତଥାପି ତାକୁ ଲାଗୁଥାଏ ଆହୁରି କିଛି ଗପିବାକୁ। କାହିଁକି ପୁଣି ନିରଞ୍ଜନ ସହିତ ଆଖିକୁ ଆଖି ମିଳିଗଲେ ଆଉ ଫେରାଇ ଆଣିବାକୁ ଇଚ୍ଛା ହୁଏନି ସୀତାର ଆଗପରି ?

ସୀତା ଅନୁଭବ କରେ ତା ପ୍ରତି ନିରଞ୍ଜନଙ୍କ ବ୍ୟବହାର ବଦଲି ଯାଇଛି ସମ୍ପୂର୍ଣ୍ଣ ଭାବେ। ନିରଞ୍ଜନ ଏବେ ସୀତାକୁ ଏକ ଲୟରେ ଚାହାନ୍ତି ଅପଲକ ନୟନରେ। ସତେ ଯେପରି ସେ କିଛି କଥା କହିବାକୁ ଚାହାନ୍ତି ନୟନରେ ନୟନରେ। ସୀତା କିନ୍ତୁ

ଏକ ଲୟରେ ଚାହିଁ ପାରେନା ନିରଞ୍ଜନଙ୍କ ଆଖି ଦିଟାକୁ। ଲଜ୍ଜାରେ ନତ ହୋଇ ଯାଏ ତା ଆଖି। ଏକ ଅନନୁଭୂତ ଶିହରଣ ଖେଳିଯାଏ ଦେହରେ ତାର।

ଥରେ ନିରଞ୍ଜନ ସୀତାକୁ କହିଥିଲେ- ତୁମେ ଗୋଟିଏ ପଦାର୍ଥକୁ କେତେ ସମୟ ଧରି ଅପଲକ ନୟନରେ ଚାହିଁ ପାରିବ ? ସୀତା ନିରଞ୍ଜନଙ୍କ ଉଦ୍ଦେଶ୍ୟ ବୁଝିପାରି କହିଥିଲା- ସେମିତି କିଛି ମାନେ ନାହିଁ। ଦେଖ, ତାହା ନିର୍ଭର କରେ ସେହି ପଦାର୍ଥ ଉପରେ। ନିରଞ୍ଜନ ବୁଝି ନ ପାରି ପଚାରିଥିଲେ - ମାନେ ? ସୀତା ସ୍ପଷ୍ଟ ଭାବରେ କହିଥିଲା- ଦେଖ, ଯଦି ମୁଣ୍ଡ ଉପରେ ଥିବା ସୂର୍ଯ୍ୟକୁ ଏକ ଲୟରେ ଚାହିଁବି ବୋଲି କହିବ ଚାହିଁ ହେବନି ବେଶୀ ସମୟ। ଯଦି କହିବ ସୁନ୍ଦର ଗୋଲାପ ଫୁଲକୁ ଚାହିଁବାକୁ, ତେବେ ତାକୁ ଢେର ସମୟ ଚାହିଁ ହେବ। ନିରଞ୍ଜନ ତତ୍କ୍ଷଣାତ କହିଥିଲେ- ଆଉ ଯଦି ମୋ ଆଖି ଦୁଇଟିକୁ ? ସୀତା ସାମାନ୍ୟ ସଲ୍ଜରେ କହିଥିଲା- ପାରିବିନି। ନିରଞ୍ଜନ ପଚାରିଥିଲେ- କାହିଁକି ? ସୀତା କହିଥିଲା- ମୁଁ ପଢ଼ିଥିଲି କେଉଁଠ ଗୋଟାଏ, ଦୁଇଟି ଆଖି ସହିତ ଅନ୍ୟ ଦୁଇଟି ଆଖିର ମିଳନ ହେଲେ କୁଆଡେ ଗୋଟାଏ ଆଖିରୁ ତୀର ସବୁ ଛୁଟି ଆସେ ଅନ୍ୟ ଆଖିକୁ। ଆଉ ଅନ୍ୟ ଆଖିଦୁଇଟିକୁ କ୍ଷତ ବିକ୍ଷତ କରି ପକାନ୍ତି ସେଇ ତୀରଗୁଡିକ। ନିରଞ୍ଜନ ପ୍ରଶଂସା କରି କହି ଉଠିଥିଲେ- ବାଃ, ଭାରି ବଢ଼ିଆ କଥା ଜାଣିଛ ତ ! ମୁଁ ଜାଣିନ ଥିଲି। ତା ହେଲେ ଥରେ ପରୀକ୍ଷା କରି ଦେଖିବା ଚାଲ। ସୀତା କିନ୍ତୁ ରୋକଠୋକ ମନା କରିଦେଇ କହିଲା- ନା ବାପା, ନା। କେବଳ ମନା କରି ଦେଇଥିଲା ନୁହେଁ, ସେଠାରୁ ତିରୋହିତ ହୋଇ ଘର ଭିତରକୁ ଚାଲି ଯାଇଥିଲା।

ସେ ଦିନ ସୀତା ମୁହେଁ ମୁହେଁ ମନା କରି ଦେଇଥିଲା ସିନା ଜାଣତରେ ଆଖି ଚାରିଟିର ମିଳନ ପାଇଁ, କିନ୍ତୁ ତାପରେ ପରେ ଅଲକ୍ଷ୍ୟରେ ଅର୍ଥାତ ଅନିର୍ଦ୍ଧାରିତ ଭାବେ ଯେ କେତେଥର ସେଇ ଚାରିଚକ୍ଷୁର ମିଳନ ଘଟିଛି ତାର ହିସାବ ରଖି ହୁଏନା। ସେଇ ମିଳନ ବେଳେ ସେଇ ତୀରମାନଙ୍କ ଦ୍ୱାରା ସୀତା କ୍ଷତବିକ୍ଷତ ହୁଏ। ସେଇ କ୍ଷତବିକ୍ଷତ ହେବାରେ ଏକ ଅନନୁଭୂତ ମଧୁରତା ତାକୁ ଜଡାଇ ଧରେ। ସେଇ ସ୍ୱାଦ ତାକୁ ମତୁଆଲା କରେ। ଏକ ଅତୃପ୍ତ, ଅସନ୍ତୁଷ୍ଟ ଭାବନାରେ ସଡସଡ ହୋଇ ଫେରି ଆସେ ପୁଣି ନିଜତ୍ୱ ଭିତରକୁ।

ନିରଞ୍ଜନ ଦିନେ କହିଥିଲେ-ସୀତା ଆଖିରେ କୁଆଡେ ଯାଦୁ ରହିଛି। ସୀତାର କଜ୍ଜଳପୁରିତ ନୟନ ଦୁଇଟିକୁ ଅଙ୍ଗୁଳି ଟିପରେ ଖୋଲି ଦେଖିଥିଲା ଠିକ ଡାକ୍ତର ଯେପରି ଦେଖନ୍ତି। ସୀତା ମନା କରି ପାରି ନ ଥିଲା। ହଠାତ ନିରଞ୍ଜନ ତା ଆଖି ପାଖକୁ ହାତ ଆଣି ଆଖି ଖୋଲିବାକୁ ଉଦ୍ୟତ ହେବାରୁ ସେ ପଚାରିଥିଲା- କଣ ଲାଖି

ଯାଇଛି କି ଆଖିରେ ? ମୋତେ ତ କିଛି କୁଟା କି ଧୂଳି ଲାଗିଥିବା ପରି ଲାଗୁନି। ନିରଞ୍ଜନ କହିଥିଲେ- ଧୂଳି କି କୁଟା ତ ନାହିଁ। ଅନ୍ୟ ଏକ ଜିନିଷ ଅଛି, ଯାହାକୁ ମୁଁ ଖୋଜୁଛି। ନିରଞ୍ଜନ ପ୍ରତି ସନ୍ଦେହାତ୍ମକ ସ୍ୱରରେ ସୀତା ପଚାରିଲା-ତୁମେ ଅନ୍ୟ କିଛି ଖୋଜୁଛ ନିଶ୍ଚୟ। ଆଖି ଭିତରେ କଣ ଅନ୍ୟ କିଛି ରହି ପାରିବ ? ନିରଞ୍ଜନ କହିଥିଲେ- ହଁ, ହଁ, ତୁମ ଆଖିରେ ରହି ପାରିଛି। ତାହା ବୋଧହୁଏ ହେଉଛି ଯାଦୁ କିମ୍ବା ମାୟା ପରିକା ଜିନିଷ, ଯାହା ମୋତେ ଆକୃଷ୍ଟ କରେ ଶୟନେ, ସପନେ ଓ ଜାଗରଣେ। ତୁମର ଏହି ଆଖି ଦୁଇଟି ମୋ ଆଖି ଆଗରେ ଝୁଲି ଉଠେ ସବୁବେଳେ।

ସୀତାର ବି କହିବାକୁ ଇଚ୍ଛା ହେଉଥିଲା- କେବଳ ତା ନିଜ ଆଖିରେ ନୁହେଁ, ନିରଞ୍ଜନଙ୍କ ଆଖିରେ ମଧ୍ୟ ସେପରି ଆକର୍ଷଣ ରହିଛି, ଯାହାକି ସୀତାକୁ ଆକର୍ଷଣ କରେ। ସୀତାକୁ ତାର ମନର କଥା କହିବାର ସୁଯୋଗ ନ ଦେଇ ନିରଞ୍ଜନ ପୁଣି କହିଲେ- ଆଛା ସୀତା, ମୁଁ ତୁମର ଆଖି ଦୁଇଟିର ଚିତ୍ର ମୋ ତୂଳୀ ଓ କାଗଜରେ ଧରି ରଖିବି ? ତୁମେ ମନା କରିବନି ତ ?

ସୀତା ସହଜ ଗଳାରେ କହିଥିଲା- ମନା ତ କରିବିନି। କିନ୍ତୁ ତୂଳୀରେ ଆଙ୍କିବାର ଦରକାର କଣ ? ମୁଁ ତ ଅଛି। କଣ ମୁଁ କୁଆଡେ ଯାଉଛି ଯେ !

ନିରଞ୍ଜନ ସଙ୍ଗେ ସଙ୍ଗେ କହିଲେ- ବାଃ, ସତରେ କୁଆଡେ ଯିବନି ତ ? ସତ କହୁଛ ତ ?

ସୀତା ମୁହୂର୍ତ୍ତେ ନିରବ ରହିଗଲା। ସେ କାହିଁକି, ପ୍ରତ୍ୟେକ ଝିଅ ତ କୁଆଡେ କୁଆଡେ ହଜି ଯାଆନ୍ତି ଯେ ତାର ଠିକଣା ଜଣା ନଥାଏ। ନିରଞ୍ଜନ ପୁଣି କହିଲେ- ତୁମେ କଣ କାହାର ପତ୍ନୀ, ଭାଉଜ ହୋଇ ଯିବ ନି ? ସେତେବେଳେ କଣ ମୁଁ ତୁମର ଚିତ୍ର ଆଙ୍କି ପାରିବି ? ତୁମର ସେଇ ଦୁର୍ଭେଦ୍ୟ ଇଲାକାର ଅଘୋଷିତ ୧୪୪ ଧାରା ଅତିକ୍ରମ କରି ତୁମ ଆଖି ସାମ୍ନାରେ କଣ ଠିଆ ହୋଇ ପାରିବି ?

ସୀତା ମନ ଭିତରେ ଏକ ଅବ୍ୟକ୍ତ କଥା ଖୁଜବୁଜ ହେଉଥିଲା କହିବାକୁ। ମାତ୍ର, କହି ପାରୁ ନଥିଲା। ତାର ଇଚ୍ଛା ହେଉଥିଲା କହିବାକୁ – ମୋର ଆଖି ଦୁଇଟିକୁ କଣ ତୁମ ପାଖେ ରଖିବନି ଚିରକାଳ ? ଯେଉଁଠି ସ୍ୱୟଂ ଜୀବନ୍ତ ଓ କଥା କୁହା ଆଖି ଦୁଇଟି ତୁମର ପାଖେ ପାଖେ, ତୁମର ରନ୍ଧନଶାଳାରେ, ତୁମର ବିଶ୍ରାମାଗାରରେ, ତୁମର ଶୟନଶୟ୍ୟାର ଧାରରେ ଥିବ ସେଇଠି ତୁମର ଚିତ୍ର ତୂଳୀରେ ତାକୁ ଧରି ରଖିବାର ଆବଶ୍ୟକତା କଣ ?

ସୀତା ତା ମନର ଭାବନାକୁ ପ୍ରକାଶ କରି ପାରି ନ ଥିଲା। ଏତିକି କଥା କହିବାକୁ ତା ଦେହମନରେ ଯେଉଁ ପ୍ରଚୁର ଶକ୍ତିର ଆବଶ୍ୟକତା ଥିଲା ତାହା ପାଖରେ

ସଞ୍ଚିତ ହୋଇ ନ ଥିଲା ସେ ଯାବତ। ହୁଏତ ଭବିଷ୍ୟତରେ କେବେ କହିପାରିବ ସେ କଥା, ଆଜି ନୁହେଁ ଭାବି ସେ କହି ଦେଲା– ଠିକ ଅଛି, ମୁଁ ଯଦି ଅନ୍ୟ କୁଆଡେ ଯାଏ ମୋ ଆଖି ଦୁଇଟିର ଫଟୋ ଷ୍ଟିଡିଓରେ ଉତ୍ତୋଳନ କରାଇ ତୁମକୁ ଦେଇକରି ଯିବି।

ସୀତା ଏତକ କହିଦେଲା ନିରଞ୍ଜନକୁ ପ୍ରତିଶ୍ରୁତ କଣ୍ଠରେ। କିନ୍ତୁ ଫେରି ଗଲା କିଛି ଦିନ ଆଗରୁ ଗଜୁରି ଉଠୁଥିବା ଏକ ସବୁଜ ସମ୍ଭାବନା ଆଡକୁ।

ନିରଞ୍ଜନ ସୀତାଭାଇର ସାଙ୍ଗ। ଆବଶ୍ୟକ ସ୍ଥଲେ ନିରଞ୍ଜନଙ୍କ ଚିତ୍ରକଳାର ସହାୟତା ଲୋଡିଛି ସୀତା। ନିରଞ୍ଜନ ସେଇ ଆଳରେ ଅନେକଥର ସୀତା ପାଖକୁ ଆସିଛନ୍ତି। ତା ଆସିବା ଯିବା ଏକ ଅଭ୍ୟାସରେ ପରିଣତ ହୋଇ ଯାଇଛି। ତା ପାଇଁ କୌଣସି ବାଧା ନାହିଁ, ବିଘ୍ନ ନାହିଁ, ପ୍ରତିବନ୍ଧକ ନାହିଁ। ଉନ୍ମୁକ୍ତ ସଦାବେଳେ ନିରଞ୍ଜନ ପାଇଁ ସେମାନଙ୍କର ଦ୍ୱାର। କାରଣ ସୀତାର ବାପା ବୋଉ ଜାଣନ୍ତି ସେ ତାଙ୍କର ଜାତିର ପିଲା। ଚାକିରି କଲାଣି। ଶାନ୍ତ ସୁଧାର ପିଲାଟେ। ସୀତାକୁ ତା ସହିତ ଛନ୍ଦି ଦେବାକୁ ସେମାନେ ମନସ୍ଥ କରିଛନ୍ତି ଏକଥା ସୀତା ଜାଣେ। ବାପା ବୋଉଙ୍କ ସିଦ୍ଧାନ୍ତ କଥା ଜାଣିବାକୁ ପାଇଥିଲା ସୀତା ତାର ଭଉଣୀ ସାବିତ୍ରୀଠାରୁ। ସେ କହିଥିଲା ସୀତାକୁ।

ସାବିତ୍ରୀଠାରୁ ବାପା ବୋଉଙ୍କ ସିଦ୍ଧାନ୍ତ ଶୁଣିବା ପରେ ସୀତାକୁ ତାହା ସତ୍ୟ ପ୍ରତ୍ୟୟିତ ହୋଇଥିଲା। କାରଣ ନିରଞ୍ଜନ ଯେତେଥର ତାଙ୍କ ଘରକୁ ଆସିଛନ୍ତି ଘରର ସମସ୍ତ ସଦସ୍ୟ ଚଳଚଞ୍ଚଳ ହୋଇ ଉଠନ୍ତି। ବାପା କି ଭାଇ ବାହାର ବାରଣ୍ଡାରେ ଥିଲେ ନିରଞ୍ଜନ ଆସିଲେ କହନ୍ତି– ହଁ, ହଁ, ସୀତା ଅଛି ଘରେ, ଯାଅ। ଅନ୍ୟ କେଉଁ ସହପାଠୀ ସୀତାକୁ ଭେଟିବାକୁ ଆସିଲେ ଯେଉଁ ଔପଚାରିକତା କରାଯାଏ ତାହା ମୋତେ କରାଯାଏନା ନିରଞ୍ଜନ ଆସିଲେ। ପଚରାଯାଏନି କଣ କାମ ଥିଲା ସୀତା ପାଖରେ ? ଅପେକ୍ଷା କର। ସୀତା କଣ କରୁଛି ଦେଖି ଆସେ। ଏଠାରେ ଟିକେ ରୁହ, ଇତ୍ୟାଦି ଇତ୍ୟାଦି। ନିରଞ୍ଜନ ଆସିଲେ ସୀତା ବୋଉ ଚଳଚଞ୍ଚଳ ହୋଇ ପଡନ୍ତି। ସାବିତ୍ରୀ ହାତରେ ଚା' କପ ପଠାଇ ଦିଅନ୍ତି ଡ୍ରଇଂରୁମରେ ସୀତା ସହିତ ଆଲାପରତ ଥିବା ନିରଞ୍ଜନ ପାଖକୁ କେବେ କେବେ କିଛି ପିଠା ମଣ୍ଡା ବା ବିଶେଷ ଖାଦ୍ୟ ଦ୍ରବ୍ୟ ଘରେ ପ୍ରସ୍ତୁତ ହୋଇଥିଲେ ନିଜେ ଯାଇ ପରଶି ଦେଇ ଆସନ୍ତି ନିରଞ୍ଜନଙ୍କୁ। ନିରଞ୍ଜନ ନାହିଁ କଲେ ବି ବଳେଇ ବଳେଇ କହନ୍ତି– ଟିକେ ଖାଇଦିଅ। କଣ ଭାବୁଛ କି ତୁମ ପାଇଁ ଏହା ପ୍ରସ୍ତୁତ ହୋଇଛି ? ସେ କଥା ନୁହେଁ ମା। ଘରେ ଥିଲା ତ, ଟିକେ ଧରି ଆସିଲି।

ବାପା ବୋଉଙ୍କର ପ୍ରସ୍ତାବ ଜାଣିବା ପରେ ସୀତା ତାଙ୍କ ସାମ୍ନାରେ ଲାଜେଇ ଯାଏ ଯେତିକି ନିରଞ୍ଜନଙ୍କ ସାମ୍ନାରେ ପୂର୍ବାପେକ୍ଷା ଉନ୍ମୁକ୍ତ ହୋଇଯାଏ ସେତିକି। ମାତ୍ର ଯେତେବେଳେ ସେ ନିଜକୁ ଭାବିନିଏ ଯେ ସେ ନିରଞ୍ଜନଙ୍କ ଭାବି ପତ୍ନୀ ତା ଭିତରେ

ଏକ ସଲ୍‍ଜ ଭାବ ଢାଙ୍କି ହୋଇ ଯାଏ । ଚାହାଣୀ ତାର ଆନତ ହୋଇଯାଏ । ବାକ୍ ସଂଯମତା ତାକୁ ଧରି ରଖେ ଜାଗ୍ରତ ପ୍ରହରୀ ପରି ।

ସୀତାର ବାପା ନବୀନ ବାବୁ ପତ୍ନୀ ସୁଷମା ସହିତ ସେଦିନ ଏକ ଶୁଭ ଲଗ୍ନରେ ବାହାରି ପଡିଥିଲେ ନିରଞ୍ଜନ ଘରକୁ । ସେମାନଙ୍କର ଉଦ୍ଦେଶ୍ୟ ତାଙ୍କ ଦୁହିତା ସୀତା ସହିତ ନିରଞ୍ଜନଙ୍କ ବିବାହ ପ୍ରସ୍ତାବ ପକାଇବେ । ନିରଞ୍ଜନଙ୍କ ପିତାମାତାଙ୍କଠାରୁ ପ୍ରାଥମିକ ମତାମତ ଲୋଡିବେ । ଯଦି ହୁଏ ଆସନ୍ତା ବର୍ଷ ବିବାହ କରି ନିଜକୁ ଭାରମୁକ୍ତ କରି ଦେବେ । ତାପରେ ପରେ ସାବିତ୍ରୀ ଅଛି । ପୁଣି ବଡ ପୁଅ ପାଇଁ ଭଲ ବୋହୂଟେ ଖୋଜିବାର ଦାୟିତ୍ୱବୋଧ ଅଛି ।

ନିରଞ୍ଜନଙ୍କ ପିତା କହିଲେ- ସୀତାକୁ ଆମେ ଦେଖିଛେ, ଜାଣିଛେ । ତାକୁ ବାହାନିବାର ନାହିଁ । ଭଲ ହେବ ଏ ପ୍ରସ୍ତାବ । ମାତ୍ର ଆସନ୍ତା ଦି ବର୍ଷ ଭିତରେ ଆମର ବିବାହ ଯୋଜନା ନାହିଁ । ସୀତାକୁ ନିରଞ୍ଜନର ଯଦି ପସନ୍ଦ ଅଛି ଆମର କହିବାର କିଛି ନାହିଁ । ନବୀନ ବାବୁ ଓ ସୁଷମା ଦେବୀ ଜାଣନ୍ତି ଭଲଭାବେ ଯେ ସୀତା ଓ ନିରଞ୍ଜନ ଦୁହେଁ ଭଲ ପାଆନ୍ତି ଦୁହେଁ ଦିହିଁକୁ ।

ନବୀନ ବାବୁ ଓ ସୁଷମା ଦେବୀ ରାଜି ହୋଇଥିଲେ ନିରଞ୍ଜନ ବାପାଙ୍କ ପ୍ରସ୍ତାବରେ । ସେମାନେ ଅପେକ୍ଷା କରିବେ ଦି ବର୍ଷ । ବରପକ୍ଷ ଯଦି କନ୍ୟା ଚୟନରେ ସନ୍ତୁଷ୍ଟ, ତେବେ ଅପେକ୍ଷା କଲେ କ୍ଷତି କଣ ? ଯା' ଭିତରେ ଏକ ଭଲ କନ୍ୟା ଦେଖି ତାଙ୍କ ପୁତ୍ର ପାଇଁ ବଧୂ କରି ଆଣିବେ ମଧ୍ୟ । ଯଦି ସମ୍ଭବ ହୁଏ ସୀତା ଓ ନିରଞ୍ଜନର ବିବାହର ଆଗ କିୟ୍ଵା ପଛ ଦି ଦିନ ତାଙ୍କ ପୁତ୍ର ଦିବାକରର ବିବାହ କରାଇ ଦେବେ । ତେଣିକି ସାବିତ୍ରୀ କଥା ପରେ ଦେଖାଯିବ ।

ନିରଞ୍ଜନ ଓ ସୀତାର ବିବାହ ପ୍ରସ୍ତାବ ସ୍ଥିରୀକୃତ ହେବା କଥା ଅନ୍ୟମାନେ ସବୁ ଜାଣିଲେ । ମିତା ବି ଜାଣି ଖୁସି ହେଲା ।

ବିବାହ ପ୍ରସ୍ତାବ ପରେ ପରେ ନିରଞ୍ଜନ ସୀତା ପାଖକୁ ବୁଲି ଆସିବାର ଅନେକାଂଶରେ କମି ଯାଇଥିଲା । ତା ଭିତରେ ଏକ ସଲ୍‍ଜ ଭାବ ପଶି ଆସି ତାର ଗନ୍ତବ୍ୟକୁ ପଥାରୂଢ଼ କରି ଦେଇଥିଲା । ସେ ଭାବୁଥିଲେ, କିଏ ଭଲା କଣ ଭାବି ପାରେ ।

ଏକ ଫ୍ୟାନସି ଦୋକାନରେ କିଛି ପ୍ରସାଧନ ସାମଗ୍ରୀ କିଣିବା ସମୟରେ ନିରଞ୍ଜନ ସୀତା ପାଖକୁ ଚାଲି ଆସି ତା ପାଖେ ଠିଆ ହୋଇଥିଲେ । ସୀତା ନିରଞ୍ଜନଙ୍କ ଆଡକୁ ଚାହିଁ ସାମାନ୍ୟ ଧୀର ଗଳାରେ କହିଲା - କୁଆଡେ ? ସୀତା ମୁଖରେ ଖେଲି ଯାଇଥିଲା ଏକ ସ୍ମିତ ହସର ସରୁ ଧାରଟେ । ନିରଞ୍ଜନ କହିଥିଲେ- ତୁମେ ଯୁଆଡେ ।

ତାପରେ ଦୁହଁଙ୍କର ମିଳିତ ହସ ବାତାବରଣକୁ ଉଲ୍ଲସିତ କରି ଦେଇଥିଲା। ନିରଞ୍ଜନ ତାଙ୍କ ଭଉଣୀ ପାଇଁ କିଛି ଦ୍ରବ୍ୟ କିଣିବା ପରେ ଦୁହେଁ ବାହାରି ପଡିଲେ ଦୋକାନରୁ। ନିରଞ୍ଜନକୁ ସୀତା ସତେ ଯେପରି ଅନେକ କିଛି କହିବାର ଅଛି- ଏପରି ଭାବନା ସୀତା ମନରେ ସ୍ୱାର ହୋଇ ସାରିଥିଲା। କିନ୍ତୁ, ଏଇ ବିବାହ ପ୍ରସ୍ତାବ ପଡିବା ପରେ ନିରଞ୍ଜନ ଯେ ଆଗପରି ଆଉ ସୀତା ପାଖକୁ କଥାବାର୍ତ୍ତା ପାଇଁ ଆସନ୍ତି ନାହିଁ। କଣ କହିବ ସେ ଏବେ ନିରଞ୍ଜନଙ୍କୁ? ତା ପାଖରେ ପୁଣି ଅଛି ନିଜର ପ୍ରିୟ ସଖୀ ମିତା। ମିତା ସେ ଦୁହଁଙ୍କର କଥାବାର୍ତ୍ତାକୁ କିଛି ଖରାପ ଭାବିବନି ତ ?

ନିରଞ୍ଜନ ବାଟ ଭାଙ୍ଗି ଦୂରେଇ ଯିବା ପୂର୍ବରୁ ସୀତା କହିଲା- ଏବେ ତ ଆଉ ମୋତେ ଆସ୍ନ ତୁମେ ଆମ ଘରକୁ, କାହିଁକି ?

ନିରଞ୍ଜନଙ୍କ ଉତ୍ତର ତାଙ୍କ ପାଟିରୁ ବାହାରିବା ପୂର୍ବରୁ ମିତା ସୀତା ଉଦ୍ଦେଶ୍ୟରେ କହି ପକାଇଲା-ଯିବେ କାହିଁକି ? ସେ ତ ତୋ ଯିବା ଅପେକ୍ଷାରେ ତାଙ୍କ ଘରେ ବାଟ ଚାହିଁ ବସିଛନ୍ତି। ମିତା କଥାରେ ସୀତା ହସି ଦେଲା। ନିରଞ୍ଜନ ବି। ଯେ ଯାହା ରାସ୍ତାରେ ଚାଲିଗଲେ ତାପରେ।

ସେଦିନ ସନ୍ଧ୍ୟାର ଅନ୍ଧକାର ସହରକୁ ଗ୍ରାସ କରିବାକୁ ଯିବା ପୂର୍ବରୁ ରାସ୍ତାର କୃତ୍ରିମ ଆଲୋକଗୁଡ଼ିକ ଲାଇଟ୍ ପୋଷ୍ଟରେ ଜଳି ଉଠି ଆଲୋକିତ କରି ଦେଇଥିଲା ସହରକୁ। ଘରେ ଘରେ ଜଳି ଉଠିଥିଲା ବିଜୁଳି ଆଲୁଅ। ସୀତାର ବୋଉ, ବାପା ଓ ସାବିତ୍ରୀ ସଜବାଜ ହେଉଥିଲେ ଆର ସାହିରେ ଥିବା ଏକ ବିବାହ ଉତ୍ସବରେ ଯୋଗାଦାନ କରିବାକୁ। ତାଙ୍କର ରାତ୍ର ଖାଦ୍ୟ ପ୍ରସ୍ତୁତି କରା ଯାଇ ନ ଥିଲା। ସୀତା ଆଜି ରାତିରେ ଖାଦ୍ୟ ପ୍ରସ୍ତୁତ କରୁଥିଲା କେବଳ ତା ନିଜ ପାଇଁ ଏବଂ ବଡଭାଇ ଦିବାକର ପାଇଁ। ମାତ୍ର ବାପା ବୋଉ ଓ ସାବିତ୍ରୀ ଆର ସାହିରେ ଅନୁଷ୍ଠିତ ହେଉଥିବା ବିବାହ ଉତ୍ସବକୁ ଚାଲି ଯିବାର କିଛି ସମୟ ପରେ ଦିବାକର ମଧ୍ୟ ବାହାରକୁ ବୁଲି ବାହାରିଲା। ଯିବାବେଳେ ସୀତାକୁ କହିଗଲା – ମୁଁ ସେଠାରୁ ଖାଇ କରି ଫେରିବି। ମୋ ପାଇଁ ରଖିବୁନି।

ଦିବାକର ଯେ କୌଣସି ବିବାହ ଉତ୍ସବକୁ ଯିବ ଏକଥା ସୀତାକୁ ପୂର୍ବରୁ କହି ନ ଥିଲା କିମ୍ବା ବିବାହ ନିମନ୍ତ୍ରଣ କାର୍ଡ ସୀତା ଦେଖି ନଥିଲା। ସୀତା କହିଲା- ତୁମର ପାଇଁ ତ ମୁଁ ପ୍ରସ୍ତୁତ କରି ସାରିଛି। ଆଗରୁ କହିଲନି କାହିଁକି ?

ଦିବାକର କହିଥିଲା- ମୋତେ କାର୍ଡ ଦେଇନି ମ । ସାଙ୍ଗଟା ଖାଲି କହି ଦେଇଥିଲା- ଆସିବୁ। ମୁଁ ଭୁଲି ଯାଇଥିଲି ଘରେ ଜଣାଇବାକୁ। ନ ଗଲେ ସାଙ୍ଗଟା ଖରାପ ଭାବିବ।

ଦିବାକର ଚାଲିଯିବା ପରେ ସୀତା ବାହାର କବାଟକୁ ଭିତରପଟୁ ବନ୍ଦ କରିଦେଇ ବାକି ପଡ଼ିଥିବା ଘର କାମରେ ନିଜକୁ ଲଗାଇ ଦେଲା ।

କିଛି ସମୟ ପରେ ବାହାର କବାଟରେ କାହାର ଠକ୍ ଠକ୍ ଶବ୍ଦ ଶୁଣି ସେ ଶଙ୍କିତ ହୋଇ ପଡ଼ିଥିଲା । ସେ ଯେ ଘରେ ଏକା ।

ଅଭ୍ୟାସ ମୁତାବକ ସେ କବାଟ ଖୋଲିଲା । ଚମକି ପଡ଼ିଲା ନିରଞ୍ଜନକୁ ଦେଖି । କଣ କରିବ ଏବେ । ପୁଣି ମନକୁ ମନ ଭାବିଲା କିଛି କରିବାର ନାହିଁ । ଅନ୍ୟ ଦିନମାନଙ୍କ ପରି କଥାବାର୍ତା କରି ସ୍ୱାଭାବିକ ବିଦାୟ ଦେବ । ଏଥିରେ ଛାନିଆ ହେବାର କିଛି ନାହିଁ ତ । ନିଜକୁ ସ୍ୱାଭାବିକ କରିବାକୁ ଚେଷ୍ଟା କଲା । ସ୍ୱଭାବସୁଲଭ କଣ୍ଠରେ କହିଲା– ଆସ । ନିରଞ୍ଜନ ଅନ୍ୟ ଦିନମାନଙ୍କ ପରି ଡ୍ରଇଂ ରୁମର ସୋଫା ଉପରେ ବସି ପଡ଼ିଲେ । ସୀତା ବି ଯେମିତି ଅନ୍ୟ ଦିନମାନଙ୍କ ପରି ତାଙ୍କ ସାମ୍ନାରେ ବସିଲା । କଥା ହେବାକୁ କଥା ଆରମ୍ଭ କଲା– ଏଥର ତୁମର ଏକ୍‍ମାସ ଛୁଟି କେବେଠୁ ହେଉଛି ?

ସୀତା ସ୍ୱାଭାବିକ ହେବାକୁ ଚେଷ୍ଟା କରୁଥିଲା ସିନା ହେଇ ପାରୁ ନ ଥିଲା । ପୂର୍ବରୁ ନିରଞ୍ଜନ ବହୁବାର ତାଙ୍କ ଘରକୁ ଆସିଛନ୍ତି । ସେ କେବେ ନିଜକୁ ଆଜିକା ପରି ଭୟାଛନ୍ନ ଭାବ ଭିତରେ ଭେଟି ନାହିଁ । କେବେ ବି ଘରେ ଏକା ଏକା ଥିବା ଭିତରେ ନିରଞ୍ଜନ ସହିତ କଥାବାର୍ତା କରିନି । କରିବାର ମଉକା ପାଇନଥିଲା ସୀତା ।

ନିରଞ୍ଜନଠୁ ସୀତା ତା ପ୍ରଶ୍ନର ଉତ୍ତର ନ ପାଇବା ପୂର୍ବରୁ ପୁଣି କହିଲା– ତୁମେ ବସିଥାଅ । ମୁଁ ଚା' ଆଣୁଛି ।

ନିରଞ୍ଜନ ଲକ୍ଷ୍ୟ କଲେ, କେବେ ବି ସୀତା ତାଙ୍କୁ ଛାଡ଼ି ଅନ୍ୟତ୍ର ଯାଏନି, ଚା ଆଣିବାକୁ ହେଉ ବା ଅନ୍ୟ କାମ ପାଇଁ ହେଉ ।

ନିରଞ୍ଜନ ଯେତେ ଥର ଆସିଛନ୍ତି କେବେ ବି ତାଙ୍କୁ ଛାଡ଼ି ସୀତା ଘର ଭିତରକୁ କିମ୍ବା ଅନ୍ୟତ୍ର ଯାଇନି । କେତେବେଲେ ସାବିତ୍ରୀ ଚା' କପ ଆଣି ଦେଇଯାଏ ତ କେତେବେଲେ ସାବିତ୍ରୀର ବୋଉ । ଆଜି ସୀତାର କଥା ଶୁଣି ନିରଞ୍ଜନ ଗମନ– ଉଦ୍ୟତ ସୀତାକୁ କହିଲେ–

ତୁମେ ବସ ମା । ସାବିତ୍ରୀକୁ କୁହ ସେ ଚା' ଆଣିବ ।

ସୀତା କହିଲା– ସେ ଘରେ ନାହିଁ । ବାପା ବୋଉ ସଙ୍ଗରେ ସେ ତଲ ସାହିକୁ ଏକ ବାହାଘରକୁ ଯାଇଛି ।

ଆଉ ଦିବାକର ? ନିରଞ୍ଜନ ହଠାତ ପ୍ରବଲ ଆଗ୍ରହରେ ପଚାରିଲେ ।

ସୀତା ଉତ୍ତର ଦେଲା– ସେ ବି ତା ସାଙ୍ଗର ଭଉଣୀ ବାହା ଘରକୁ ଯାଇଛି ।

ନିରଞ୍ଜନ କହିଲେ – ତା ହେଲେ ତୁମେ ଘରେ ଏକା ?

ସୀତା ଉତ୍ତରରେ ଆଉ କିଛି କହିବାର ନ ଥିଲା। ଏକ ଭୟାତୁର ଶଙ୍କିତ ଭାବନାରେ ସେ ସେଇଠି ଠିଆ ହୋଇ ରହିଗଲା। ତା ଦେହରେ ଏକ ଅପୂର୍ବ ଶିହରଣ। ନିରଞ୍ଜନ ତାଙ୍କ ଜାଗାରୁ ଉଠି ଆସି ସୀତାର ହାତ ଟାଣି ସୀତାକୁ ସୋଫାରେ ବସାଇ ଦେଇ କହିଲେ– ଆଜି ଚା' ଫା' କିଛି ଦରକାର ନାଇଁ ମ। ସବୁଦିନ ତ ପିଇଛି ତୁମଠୁ। ଯାହା ଅନ୍ୟ ଦିନ ପିଇନି ତୁମଠୁ ତାହା ମୋତେ ଦିଅ ଆଜି। ସୀତା ପଚାରିଦେଲା– କଣ ?

ସୀତା କଥାକଥାରେ ପଚାରିଦେଲା ସିନା ସେ ଜାଣି ପାରିଥିଲା ତାର ସମ୍ଭାବିତ ଉତ୍ତର। ଜଣେ ପୁରୁଷ ସ୍ପର୍ଶ ପାଇନ ଥିବା ବାକ୍ ଦଉ ତରୁଣୀ ନିଜ ଭାବି ପୁରୁଷକୁ ନିରୋଲା ଗୃହାଙ୍ଗନ ଭିତରେ କିପରି ସାମ୍ନା କରିବ ? ନିଜକୁ ଅସହାୟ ମନେ କଲା ସୀତା। କେତେବେଲୁ ସେ ନିରଞ୍ଜନଙ୍କ କରାୟଉ ହୋଇ ସାରିଥିଲା। ସୀତାକୁ ଲାଗୁଥିଲା ସେ ନିରଞ୍ଜନଙ୍କ ଏହି ମଧୁର ଅତ୍ୟାଚାର ପ୍ରତି ପ୍ରତିବାଦ ନ କରି ଭୁଲ କରିଛି। ସେ ଭାବିଲା ଏହାର ପ୍ରତିବାଦ କରିବ। କିନ୍ତୁ ସେ ଏତେ ଦୁର୍ବଲ ଅନୁଭବ କରୁଥିଲା ଯେ ପାରୁନ ଥିଲା। ତଥାପି ମନକୁ ଦୃଢ଼ କଲା ଓ ନିରଞ୍ଜନଙ୍କଠୁ ଦୂରେଇ ଆସି କହିଲା– ଏ ସବୁ ଚଲିବନି। ନିରଞ୍ଜନଙ୍କ ପ୍ରତ୍ୟୁତ୍ତର କଣ ହେଉଛି ଦେଖିବାକୁ ସୀତା ତାଙ୍କ ମୁଖକୁ ଚାହିଁଲା ଓ ଆହୁରି ଭୟଭୀତ ହୋଇ ପଡ଼ିଲା। ଆଖି ଦୁଇଟି ତାଙ୍କର ଲାଲ ଲାଲ ଦିଶୁଥିଲା। ଆଖିର ଦୃଷ୍ଟିଥିଲା ତୀକ୍ଷ୍ଣ । ତାକୁ ଲାଗୁଥିଲା ନିରଞ୍ଜନ ସତେ ଯେପରି ଏକ ହରିଣୀ ଶିକାର ଉଦ୍ଧେଶ୍ୟରେ ଝାଂପ ମାରୁଥିବା ବାଘ ପରି ।

ସୀତା ଲାଭ କ୍ଷତିର ହିସାବ କରୁ କରୁ ସେ ହରାଇ ସାରିଥିଲା ନିଜର ନିଜତ୍ୱ, କୁମାରୀତ୍ୱ। ୟା ଭିତରେ ବିଜୁଲି ସରବରାହରେ ଅଚାନକ ବ୍ୟାଘାତ ହେବା ଓ ପୁଣି ଠିକ ଅବସ୍ଥାକୁ ଆସିବା ବେଲକୁ ନିରଞ୍ଜନ ଆକଣ୍ଠ ଆଘ୍ରାଣ କରି ସାରିଥିଲେ ସୀତା ଦେହର ଗନ୍ଧ। ତାକୁ ଛାଡ଼ି ଦେଇଥିଲେ ସେ ସୋଫା ଉପରେ ପରିତ୍ୟକ୍ତ ଚା ଗ୍ଲାସ ପରି ।

ସୀତା ନିଜର ଅସଂଯତ କେଶବାସକୁ ସଜାଡ଼ି ନେଇଥିଲା ଅଗତ୍ୟା। ଖିନଭିନ୍ ହୋଇ ଯାଇଥିବା ମନକୁ ଏଇ ଅପ୍ରତ୍ୟାଶିତ ଦୁର୍ଘଟଣା ପାଇଁ ଦାୟୀ କରୁଥିଲା ନିଜକୁ ବିବେକ ପାଖରେ।

ନିରଞ୍ଜନ ନିଜକୁ ସଜାଡ଼ି ଦେଇ ସଫା ଉପରେ ବସିଥିଲେ ସତେ ଯେପରି କିଛି ଘଟି ନ ଥିବା ପରି ।

ସୀତା ବାଥରୁମକୁ ଯିବାର ଆବଶ୍ୟକତା ଅନୁଭବ କଲା ଓ ଉଦ୍ୟତ ହେବା ବେଳକୁ ନିରଞ୍ଜନ କହିଲେ– ମୁଁ ଯାଉଛି । କାହାକୁ କହିବନି ଯେ ମୁଁ ଆଜି ଆସିଥିଲି ।

ସୀତା ମୁଣ୍ଡ ହଲାଇ ହଁ କରିଥିଲା । ନା ବା କେମିତି କହିଥାନ୍ତା ?

ନିରଞ୍ଜନ ଥା'ଙ୍କୁ କହି ଚାଲି ଯାଇଥିଲେ ।

ବିବାହ ଉତ୍ସବରୁ ଭୋଜି ଖାଇ ଫେରି ଆସିଥିଲେ ସୀତାର ବାପା, ବୋଉ ଓ ସାବିତ୍ରୀ । ବିଳମ୍ବିତ ରାତିରେ ଦିବାକର ମଧ୍ୟ ଫେରିଥିଲେ ଘରକୁ । କିଛି ବିଶୃଙ୍ଖଳା ଘଟିଥିବାର ସୂଚନା କେହି ପାଇ ନ ଥିଲେ । ସବୁଥିଲା ସ୍ୱାଭାବିକ । ସୀତା ସ୍ୱାଭାବିକ ଭାବେ ରାତ୍ର ଭୋଜନ ଖାଇ ନେଇଥିଲା । ତାକୁ ଭୋକ ହେଉ ନଥିଲେ ମଧ୍ୟ ସେ ଅଗତ୍ୟା ଖାଇ ଦେଇଥିଲା । କାରଣ ସେ ଜାଣିଥିଲା ଯେ ସେ ଖାଇ ନଥିଲେ ବାପା ବୋଉ ପଚାରିଥାନ୍ତେ, ଏତେ ବେଳ ଯାଏ କଣ କରୁଥିଲୁ ତାହେଲେ ।

ନିରଞ୍ଜନ ଅନେକ ଦିନ ଧରି ଆଉ ଆସିନି ସୀତା ପାଖକୁ । ସହର ଭିତରେ କୁଆଡେ ଯିବା ଆସିବା ବେଳେ ନିରଞ୍ଜନଙ୍କୁ ସେ ଦେଖିଛି । ଇଚ୍ଛା ହୋଇଛି ତାଙ୍କୁ ଭେଟିବାକୁ । ସେ ଭାବିଛି ସେ ଦିନର ଅଘଟଣ ପାଇଁ ସେ ହୁଏ ତ ସୀତାକୁ କିଛି କହି ପାରନ୍ତି । ତାକୁ ଲାଗୁଥିଲା ସେ ଦିନର ଘଟଣା ବା ଦୁର୍ଘଟଣା ପାଇଁ ସେ ଅନୁତପ୍ତ କେବେ ବି ନଥିଲେ । ବରଂ ଥିଲେ ଖୁସିରେ । ସେଥିପାଇଁ ସେ ସେଦିନ ଯିବାବେଳେ ତାକୁ ଧନ୍ୟବାଦ ଦେଇଥିଲେ ।

ସେଇ ଘଟଣାକୁ ସୀତା ଦୁର୍ଘଟଣା ବୋଲି ଭାବେ କାହିଁକି ଯେ ! ପ୍ରତ୍ୟେକ ଦୁର୍ଘଟଣା ଘଟିଯାଏ ଅଚାନକ ନିଜର ଇଚ୍ଛା ବିରୁଦ୍ଧରେ, ନିଜର ଅଜ୍ଞାତସାରରେ । ମାତ୍ର, ସେଦିନ ଯାହା ଘଟିଗଲା ସେଥିରେ କଣ ନିରଞ୍ଜଙ୍କ ଅଜ୍ଞତା ଥିଲା ? ସେ କଣ ଜ୍ଞାତସାରରେ ଘଟାଇ ନ ଥିଲେ ସେ ଘଟଣାଟି । ବରଂ ସୀତା ପାଇଁ ଥିଲା ତାହା ଏକ ଦୁର୍ଘଟଣା ବୋଲି ସୀତା ଭାବେ ବେଳେ ବେଳେ । ପୁଣି ଭାବେ– ନା, ନା, ତାହା ନ ଥିଲା ଏକ ଦୁର୍ଘଟଣା । କାରଣ ସେ ତାକୁ ଘଟିବାକୁ ବନ୍ଦ କରି ପାରିଥାନ୍ତା ଚାହିଁଥିଲେ । ସେ ନିରଞ୍ଜନଙ୍କୁ ଦୃଢ଼ ଶବ୍ଦରେ ମନା କରି ଦେଇ ପାରିଥାନ୍ତା । ସେ ମନା କରିନି । ବରଂ ସହଯୋଗ କରିଛି । ତା ମନ ଭିତରେ କାମନାର ଏକ ଲେଲିହାନ ଅଗ୍ନିର ଶିଖା ପ୍ରଜ୍ୱଳିତ ହୋଇ ହଠାତ୍ ତାକୁ କାବୁ କରି ଦେଇଛି । ସବୁ ଅନିଚ୍ଛା, ଭୟ, ଆଶଙ୍କାକୁ ପୋଡାଇ ପାଉଁଶ କରି ଦେଇଥିଲା ସେ ନିଆଁ । ଆଉ ସୀତା ଜଳି ଯାଇଛି କିଛି ମୁହୂର୍ତ ସେଇ ନିଆଁରେ । ନିରଞ୍ଜନ ପାଖରେ ଅସହାୟ ଭାବେ ନିଜକୁ ସମର୍ପଣ କରି ଦେଇଥିଲା । ତାହାହେଲେ ତାହା କଣ ନ ଥିଲା ଏକ ଆକସ୍ମିକ ଭାବେ ପ୍ରାପ୍ତ ନିରୋଲା ସମୟର ବାଞ୍ଛିତ ଦୁଷ୍କାମ୍ୟ ?

ନିରଞ୍ଜନ ସେଦିନ ବିଧିବଦ୍ଧ ଭାବେ ସୀତାକୁ ଭେଟିଥିଲେ। ସେ ସ୍କୁଲ ଛୁଟି ନେଇ ସେଦିନ ଆସି ଥିଲେ ବୋଧେ କିମ୍ବା ବହୁ ପୂର୍ବରୁ ସ୍କଲରୁ ଫେରି ଆସିଥିଲେ ତାକୁ ଭେଟିବାକୁ। ସ୍କୁଲରୁ ସୀତା ସବୁଦିନ ପରି ଘରବାହୁଡ଼ା ଛାତ୍ରଛାତ୍ରୀଙ୍କ ଗହଣରେ ଘରକୁ ଫେରିବା ବେଳକୁ ସ୍କୁଲ ସାମ୍ନାରେ ଥିବା ପାନ ଦୋକାନ ପାଖରୁ ସୀତାକୁ ଡାକି ସେ ଅଟକାଇ ଦେଲେ। ସଙ୍ଗରେ ସୀତାର ସହକର୍ମୀ ଶିକ୍ଷକ କିମ୍ବା ଶିକ୍ଷୟତ୍ରୀ କେହି ନ ଥିଲେ। ନିରଞ୍ଜନ ଧୀର ଓ ଅନୁଚ୍ଚ ସ୍ୱରରେ ପଚାରିଲେ- କିଛି ଅସୁବିଧା ହୋଇ ନ ତ ?

ସୀତା ନିରଞ୍ଜନଙ୍କ କଥା ଶୁଣି ଫିକ୍‌କିନା ହସି ଦେଇ ଆଗକୁ ଚାଲିବାକୁ ମୁହଁ ଫେରାଇ ଆଣିଲା ନିରଞ୍ଜନ ଆଡ଼ୁ। ନିରଞ୍ଜନ ବ୍ୟସ୍ତ ବିବ୍ରତ ସ୍ୱରରେ ପୁଣି କହିଲେ- ବି ସିରିୟସ, ପ୍ଲିଜ। କୁହ।

ସୀତା କହିଲା- ମୁଁ ଜାଣିନି।

ନିରଞ୍ଜନ ଆଉ କିଛି କହିବାକୁ ଯିବାବେଳକୁ ପଛପଟୁ ସୁରମା ଦିଦି ସୀତାକୁ ଡାକି ତାକୁ ଅଟକିବାକୁ କହିଲେ। ଏକା ସାଙ୍ଗରେ ଯିବାକୁ।

ନିରଞ୍ଜନକୁ ସୀତା ସାଥିରେ କଥାବାର୍ତ୍ତା ହେବାର ଦେଖି ସୀତାକୁ କହିଲେ- ଆରେ! ଇଏ ପରା ତୁମର...... ମାନେ ପ୍ରିମ୍ୟାରେଜ ହଜବେଣ୍ଡ ?

ଦୁହେଁ ନିରଞ୍ଜନ ଓ ସୀତା ହସିଦେଇଥିଲେ। ନିରଞ୍ଜନ ସେଠାରୁ ଅପସରି ଯାଇଥିଲେ।

ନିରଞ୍ଜନର ସଦେହ, ଆଶଙ୍କିତ ଭୟ ଦୂର ହୋଇ ପାରି ନ ଥିଲା ମନରୁ। ପୁଣି ପନ୍ଦର କୋଡ଼ିଏ ଦିନ ପରେ ସୀତାକୁ ସ୍କୁଲ ଯିବା ବାଟରେ ଭେଟି ସେଇ କଥା ପଚାରିଥିଲେ ନିରଞ୍ଜନ। ସୀତା କହିଥିଲା- ଏଇ ରାସ୍ତାରେ.....! ଲୋକେ କଣ ଭାବିବେ ? ଘରକୁ ଆସୁନ।

ସୀତା ଭାବୁଥିଲା- ସେଦିନ ସେଇ ଦୁର୍ବଳ ମୁହୂର୍ତ୍ତରେ ତାଙ୍କର ସବଳ ଇଚ୍ଛା ଶକ୍ତିକୁ ସୀତା ଉପରେ ଜୋର କରି ଜାହିର କରିଥିବା କଥା ନିରଞ୍ଜନର ବାରଣ ସତ୍ତ୍ୱେ ଘରେ ଖୋଲି କହିଦେଇଛି ବୋଲି ସେ ଆଶଙ୍କିତ, ଲଜ୍ଜିତ ହୋଇ ପଡ଼ିଛନ୍ତି ବୋଧହୁଏ। ସେଥିପାଇଁ ଘରକୁ ନ ଆସି ରାସ୍ତାରେ ଭେଟୁଛନ୍ତି। ପୁଣି ସେଇ ଦୁର୍ବଳ ମୁହୂର୍ତ୍ତର ପ୍ରାମାଣିକ ସ୍ମୃତି ସ୍ୱରୂପ ତା ଗର୍ଭରେ କାଲେ କିଛି ଅଙ୍କୁର ସୃଷ୍ଟି ହୋଇ ତାଙ୍କୁ ଅସୁବିଧାରେ ପକାଇବ ବୋଲି ସେ ଭୟଭୀତ ବୋଧହୁଏ।

ନିଜର ଅନିୟନ୍ତିତ ପାଶବିକ ପ୍ରବୃତ୍ତିକୁ ଖୁସିରେ ଉପଭୋଗ କରିବା ପରେ କଣ ଏଇ ସଂସାରରେ ପ୍ରତ୍ୟେକ ପୁରୁଷ ଏପରି ଭାବେ ଶଙ୍କିତ ହୋଇ ପଡ଼ନ୍ତି କି ?

ସେଦିନ ସୀତା ସ୍କୁଲ ଛୁଟିରୁ ଫେରି ଗୋଡହାତ ଧୋଇ ଟା କପେ ପିଇଛି କି ନାଇଁ ନିରଞ୍ଜନ ହାଜର ହୋଇଗଲେ । ଚିରାଚରିତ ଭାବେ ସେ ଡ୍ରଇଂ ରୁମକୁ ପ୍ରବେଶ କରି ସୋଫା ଉପରେ ବସି ପଡିଲେ । ସାବିତ୍ରୀ ଡାକି ଦେଲା ସୀତାକୁ । ସୀତା ନିରଞ୍ଜନର ସାମ୍ନା ସୋଫାରେ ବସି ପଡି ଅନ୍ୟାନ୍ୟ କଥା ଆରମ୍ଭ କଲା । ସେ ସୀତାକୁ ସେଇ ପୂର୍ବ ପ୍ରଶ୍ନର ଉତ୍ତର ଦେବାକୁ କହିଲେ- କ'ଣ ? ଯାହା ପଚାରିଥିଲି.. ।

ସୀତା କଥାଟାକୁ ଅତି ହାଲୁକା ଭାବେ ଗ୍ରହଣ କଲା । କହିଲା- ଏଥିରେ ବ୍ୟସ୍ତ ହେବାର କଣ ଅଛି ?

ନିରଞ୍ଜନ ବୁଝାଇବା ଭଙ୍ଗୀରେ କହିଲେ- ବୁଝୁନ ? ଆହୁରି ଦି'ବର୍ଷ ପରେ ପରା ଆମର ବିବାହ । କିଛି ଯଦି...... ଲୋକନିନ୍ଦା ।

ସୀତା ଆହୁରି ସ୍ୱଭାବିକ ହୋଇ କହିଲା- ହେଉ, କଣ ଅଛି । ପୁଣି ଦୃଢ଼ ସ୍ୱରରେ କହିଲା- ପ୍ରଥମ ସ୍ପର୍ଶର ସନ୍ତକୁ ନିଷ୍ପନ୍ନ କରିବା ଠିକ ନୁହେଁ ।

ଶଙ୍କିତ କଣ୍ଠରେ ନିରଞ୍ଜନଙ୍କ କଣ୍ଠରୁ ବାହାରି ପଡିଲା- ତାହେଲେ ଆର ୟୁ ଗୋଇଂ ଟୁ ବି ଏ ମଦର ?

ସୀତା ହସି ଦେଇ ନିରଞ୍ଜନଙ୍କୁ ଭାରମୁକ୍ତ କରିବାକୁ ଯାଇ କହିଲା- ନୋ, ନୋ ।

ନିରଞ୍ଜନ 'ଓଁ ଭଗବାନ' କହି କୃତଜ୍ଞତାରେ ହାତ ଯୋଡି ଦେଇ ଉର୍ଦ୍ଧ୍ୱକୁ ଚାହିଁ ଆଖି ବୁଜି ଦେଇଥିଲା ।

ସୀତା ଅନୁଭବ କରି ପାରିଥିଲା ନିରଞ୍ଜନଙ୍କ ଶଙ୍କାକୁଳ ଅବସ୍ଥା । ଇଚ୍ଛା ତାଡିତ ପୁରୁଷମାନେ ବିବେକହୀନ କୁକାର୍ଯ୍ୟ ସମ୍ପାଦନ ପରେ କେତେ ପଶ୍ଚାତାପରେ ସନ୍ତୁଳିତ ହେଉ ନ ଥିବେ ସତେ !

ସେଦିନ ଅପ୍ରତ୍ୟାଶିତ ଭାବେ ଯାହା ଅଚାନକ ଘଟିଗଲା ଅନ୍ୟମାନଙ୍କ ଅଗୋଚରରେ ତାହା ମନର ସଂଗୁପ୍ତ କୋଠରୀରେ ସ୍ମରଣୀୟ ହୋଇ ରହିବ ଚିରଦିନ ନିଶ୍ଚୟ । ସେହି ଘଟଣାଟି ନ ଥିଲା ବିବେକାନୁମୋଦିତ, ସାମାଜିକ ସ୍ୱୀକୃତ । ତେବେ ସମାଜ ସେ ଦୁହଁଙ୍କୁ କେବେ ଦେବ ସ୍ୱୀକୃତି ସେମାନେ ଚାହିଁ ବସିଥିଲେ । କେବେ ବାଜା ବାଜିବ, କ୍ଷାତି ବନ୍ଧୁ ପରିଜନ ପଡୋଶୀମାନଙ୍କ ଗହଳ ଚହଳରେ କେବେ ଘରମାନ ପୂରି ଉଠିବ । ବାଣ ଫୁଟିବ, ଭୋଜି ଭାତ ହେବ ତାହାରି ଅପେକ୍ଷାର ପରିସମାପ୍ତି କେତେ ଲମ୍ବ ଯେ କେଜାଣି ?

ପ୍ରଥମେ ବର୍ଷା, ବସନ୍ତ ଗଲା, ଶୀତ ବି ଗଲା । ଦ୍ୱିତୀୟ ବର୍ଷ, ବସନ୍ତ ଓ ଶୀତ ବି ଚାଲିଗଲା ଅପେକ୍ଷାର ଅସରନ୍ତି ଦିନମାନଙ୍କୁ ସଙ୍ଗରେ ବୋହି । ତଥାପି ସେହି

ଅସରନ୍ତି ଦିନମାନଙ୍କର ଲମ୍ୱାଧାଡ଼ି ଆଗକୁ ବର୍ତ୍ତମାନ ଓ ଭବିଷ୍ୟତକୁ ଲମ୍ୱିରହିଥିଲା । ଏତେ ଦୂର ଯେ ସୀତାର ଆଖି ପାଉ ନଥିଲା । କେବେ ସେଇ ଅପେକ୍ଷାର ପାହାନ୍ତା ପ୍ରହର ଆସିବ ?

ଗ୍ରୀଷ୍ମର ପ୍ରଭାତକାଳୀନ ମଲ୍ଲୀ ଫୁଲର ଭୁରୁଭୁରୁ ମହକରେ ସୀତାର ମନ ଉଲ୍ଲୁସାଇ ଦେବ ? କେବେ ?

ଏପଟେ ବାପା ବୋଉ ବ୍ୟସ୍ତ ହେଲେଣି । ସେମାନେ ନିରଞ୍ଜନର ବାପାଙ୍କୁ ଖବର ଦିଅନ୍ତି । ସେଆଡୁ ଆସେ ଏକ ଅଳସ ପ୍ରତିଶ୍ରୁତି । ଏପଟେ ସାବିତ୍ରୀର ବିବାହ ବୟସ ହେଲାଣି । ସେ କୁଆଡେ ଜଣକୁ ଭଲ ପାଉଛି । ଦିବାକର ପାଇଁ ଠିଅଟେ ଠିକ ହେଲାଣି । ଏକକାଳୀନ ଦିବାକର ଓ ସୀତାର ବାହାଘର କରାଇ ଦେବାକୁ ସୀତାର ବାପା ବୋଉ ପ୍ରସ୍ତୁତ । ମାତ୍ର, ନିରଞ୍ଜନଙ୍କ ବାପା ନିର୍ବିକାର, ପ୍ରତିଶ୍ରୁତି ପରେ ପ୍ରତିଶ୍ରୁତି । ଅପେକ୍ଷାର ଫର୍ଦ ଫର୍ଦ ହିସାବ କେବେ ସରେନି ।

ପୂର୍ବ ପରି ଆଉ ନିରଞ୍ଜନ ଆସନ୍ତିନି ସୀତା ପାଖକୁ । କେଉଁଠି ଅନିର୍ଦ୍ଧାରିତ ଭାବେ ଦେଖା ହେଲେ ଆକସ୍ମିକ ଭାବେ ତାଙ୍କ ମୁଖରେ କେବଳ ଖେଳି ଯାଏ ସରୁ ହସର ଧାରଟେ । କେବେ କେବେ ପାଖକୁ ଆସି କଥା ପଦେ ଅଧେ ହୁଅନ୍ତି ତ କେବେ ହୁଅନ୍ତିନି । ସୀତା ବେଳେ ବେଳେ ଅହେତୁକ ଭାବେ ଭୟରେ ଶିହରି ଉଠେ । କେଉଁ ଏକ ଅଜଣା ଆଶଙ୍କାଟିଏ ଆସି ତା ମନରୁ ଅନ୍ତର୍ହିତ ହୋଇ ଯାଏ । ତାକୁ ଲାଗେ ନିରଞ୍ଜନ ସତେ ଯେପରି ଏକ ବଢ଼ନ୍ତ ନଈର ନୌକା । ଏଇଲେ ଏଇ କୂଳରେ ଥିଲା । ତାକୁ ଛୁଇଁଥିଲା ସୀତା । ଅଥଚ ଏବେ ତାଠୁ ଅପହଞ୍ଚ ଦୂରତାକୁ ଚାଲି ଗଲାଣି । ଦୂରକୁ ଆହୁରି ଦୂରକୁ ।

ଏତେଦିନ ଧରି ଏତେ ଯତ୍ନରେ ସୀତାର ତାସ ଘରଟି ଭୁଷୁଡ଼ି ଯାଉଥିବାର ଖବର ପାଇଥିଲା ସୀତା ତାର ଅନ୍ୟ ଏକ ସଙ୍ଗିନୀ ପାଖରୁ । ଖବର ଥିଲା ଏଇଆ ଯେ ନିରଞ୍ଜନ ପାଇଁ ତା ବାପାବୋଉ ଠିଅଟେ ଦେଖି ଯାଇଥିଲେ ଅନ୍ୟତ୍ର ।

ସୀତା ବିଶ୍ୱାସ କଲାନି ଖବରକୁ । ନିରଞ୍ଜନ କଣ ତାକୁ ଧକ୍କା ଦେବେ ? ଭୁଲି ଯିବେ ତା ଭଲ ପାଇବାକୁ ଏତେ ସହଜରେ ? କଣ ଭୁଲ ହେଲା ସୀତାର ? ତା ବାପା ବୋଉଙ୍କ ? ଶୁଣା କଥାର ସତ୍ୟତା ପରୀକ୍ଷା ପାଇଁ ମିତାକୁ ଅନୁରୋଧ କଲା । ମିତା ଅନୁସନ୍ଧାନ କରି ଖବର ଆଣିଥିଲା ଯେ କଥାଟି ସତ । ମିତା ସୀତା ଘରକୁ ଆସିଥିଲା ସଞ୍ଜରେ । ସୀତା କାନ୍ଦୁଥିଲା ତୁହାଇ ତୁହାଇ । କାହାକୁ କିଛି କହି ପାରୁ ନ ଥିଲା, ଏପରିକି ନିଜର ପ୍ରାଣପ୍ରିୟ ସହଚରୀକୁ ମଧ୍ୟ । ସୀତାର ଭାଗ୍ୟରେ ଏପରି ପ୍ରତାରଣା ଲେଖା ଥିଲା ? ସୀତାର ବାପା ବାରମ୍ବାର ଏହି ପ୍ରଶ୍ନ ନିଜକୁ ନିଜେ ପଚାରି

ପଚାରି ବାରମ୍ବାର ଏପଟ ସେପଟ ହେଉଥିଲେ। ସେ ସିଦ୍ଧାନ୍ତ ନେଇଥିଲେ –ଯିବେ ନିରଞ୍ଜନଙ୍କ ଘରକୁ। ପଚାରିବେ ସେମାନେ ଚାହାନ୍ତି କଣ। ଯାହା ଇଚ୍ଛା ତାହା ଦେବେ।

ମିତା ସୀତାକୁ ଆଶ୍ୱାସନା ଦେଇ କହୁଥିଲା- ନିରଞ୍ଜନଙ୍କ ପିତାମାତା ସିନା ଝିଅ ଦେଖି ଯାଇଥିଲେ ଅନ୍ୟତ୍ର, ଯାଆନ୍ତୁ। ନିରଞ୍ଜନ କଣ ତୋତେ ଭଲ ପାଆନ୍ତିନି ? ସେ କଣ ତୋତେ ଚାହାନ୍ତି ନି ?

ସୀତା ମନରେ ମଧ୍ୟ ଗୋଟାଏ ପ୍ରଶ୍ନର ପ୍ରତିଧ୍ୱନୀ ସଦାବେଳେ ଅନୁରଣିତ ହେଉଥିଲା- ନିରଞ୍ଜନ କଣ ସତରେ ତାକୁ ପ୍ରତ୍ୟାଖ୍ୟାନ କରି ପାରିବେ ? ତା ମନର ପର୍ଦ୍ଦାରେ ଚିତ୍ରାୟିତ ହୋଇଥିଲା ତାଙ୍କର ସେହି ଦିନର ଦୁଷ୍କର୍ମୀ। ତାଙ୍କର ସେହି କଥା ପଦକ ଏବେ ବି ମନେ ପଡୁଥିଲା। ତାକୁ ଜଡ଼ାଇ ଧରି ସେ କହିଥିଲେ-ତୁମେ ସୀତା ନା, ମୁଁ ତୁମର ରାମ। ଆମର ସଂପର୍କ ଯୁଗ ଯୁଗର। ଏତେ ସହଜରେ ତାକୁ ଭୁଲିଯିବେ କିପରି ? ସୀତା ମିତାକୁ ଅନୁରୋଧ କରି କହିଥିଲା- ନିରଞ୍ଜନକୁ ଖବର ଦେ । ଥରେ ଆସି ସେ ମୋତେ ଭେଟନ୍ତୁ। ତାହା ସ୍କୁଲ ପରିସରରେ ହେଉ କିମ୍ବା ଏଇ ଘରେ ହେଉ ବା ଯେଉଁଠି ବି ହେଉ । ମୋତେ ତାଙ୍କର ଭେଟିବା ନିହାତି ଦରକାର।

ସୀତାର ବୋଉ ଦିବାକରକୁ କହୁଥିଲେ- ନିରଞ୍ଜନ ତ ତୋର ସାଙ୍ଗ। ଥରେ ଡାକି ଆଣ ତାଙ୍କୁ ଆମ ଘରକୁ।

ସୀତା ଚେଷ୍ଟା କରିବ। ଭାଙ୍ଗି ଯାଇଥିବା ଘରକୁ ସଜାଡିବ ଯତ୍ନରେ ମନପ୍ରାଣ ଦେଇ । ହୁଏ ତ ଏବେ ଆସିଛି ଏକ ଧୂଳି ଝଡ। ଆଉ କିଛି ସମୟ ପରେ ତାହା ଚାଲି ଯିବ।

ଏବେ ହୁଏତ ଆସିଛି ଝଡ ବର୍ଷା। ହୁଏତ ଏବେ ଘେରି ରହିଛି କୁହୁଡିର ଅନ୍ଧକାର। କିଛି ସମୟ ପରେ ସମସ୍ତ ଧୂଳିଝଡ ଝଡବର୍ଷା, କୁହୁଡି କୁଆଡେ ମିଳେଇ ଯିବ। ଥମି ଯିବ ଆକାଶର ବିସ୍ତାର୍ଣ୍ଣ କୋଣ ଅନୁକୋଣରେ। ସେଇ ଆକାଶରୁ ଉଙ୍କି ଆସିବ ଏକ ଅରୁଣାଭ ସୂର୍ଯ୍ୟ। ସ୍ୱର୍ଣ୍ଣିମ ସକାଳରେ ପୁଣି ଆକାଶକୁ ଉଡିଯିବ ବସା ଭିତରେ ଗୁମସୁମ ଦୁଃଖରେ ଶୋଇଥିବା ପକ୍ଷୀଟିଏ। ଗଛର ପ୍ରତିଟି ଶାଖାରେ ଫୁଟି ଉଠିବ ପୁଷ୍ପରାଜି। କେତେ ସୁନ୍ଦର ଦିଶିବ ଧରଣୀ।

ନିରଞ୍ଜନ ଯଦି ଚାହାନ୍ତି ତାକୁ କିଛି ପରବାୟ ନାହିଁ। ନ ବାଜୁ ବାଜା, ନ ଆସୁ ରୋଷଣୀ, ନ ଫୁଟୁ ବାଣ, ନ ହେଉ ଭୋଜିଭାତ କିଛି ଚିନ୍ତା ନାହିଁ। ସେ ନିରଞ୍ଜନକୁ ନେଇ ପହଞ୍ଚିବ ରେଜିଷ୍ଟ୍ରି ଅଫିସରେ। ସେଠାରୁ ଫେରିବେ ଦୁହେଁ ପ୍ରମାଣ ପତ୍ର ନେଇ ପତି ପତ୍ନୀର।

ସୀତାର ବାପା ଚାଲି ଯାଇଥିଲେ ନିରଞ୍ଜନ ଘରକୁ। ମିତା ଖବର ଲଗାଇଥିଲା

ନିରଞ୍ଜନ ସହିତ । ଦିବାକର ନିଜର ସହପାଠୀ ନିରଞ୍ଜନକୁ ଥରେ ମାତ୍ର ଘରକୁ ଆଣିବାକୁ ଚେଷ୍ଟା ଚଲାଇଥିଲା ।

ଦିବାକର ଆଗରେ ନିରଞ୍ଜନ ରାଜି ହୋଇଥିଲେ ଥରେ ତାଙ୍କ ଘରକୁ ଯିବାକୁ । ମିତା ଆଗରେ ନିରଞ୍ଜନ ମଧ୍ୟ ସଜ୍ଜତ ହୋଇଥିଲେ ସୀତାକୁ ଭେଟିବାକୁ ।

ମାତ୍ର, ସବୁଥିଲା ପ୍ରତାରଣା । ପ୍ରବଞ୍ଚନାର ନିଷ୍ଠୁରତା । ନିରଞ୍ଜନ ଆଉ ଘରେ ନ ଥିଲେ, ଏଇ ସହରରେ ନ ଥିଲେ– କିଛି ଦିନ ପାଇଁ ନିରୁଦ୍ଦିଷ୍ଟ ହୋଇ ଯାଇଥିଲେ ।

ସୀତାର ବାପା ଯାଇ ଖବର ଆଣିଲେ ଯେ ସେମାନେ ସୀତାକୁ ପସନ୍ଦ କରନ୍ତିନି । ସୀତାର ରଙ୍ଗ କଳା ।

୫ଡ ବିଷୁବ୍ଧ ବାତାହତ ପକ୍ଷୀଟିଏ ପରି ସୀତା ପଡ଼ି ରହିଥିଲା ।

ସତରେ କଣ ନିରଞ୍ଜନ ତାକୁ ପସନ୍ଦ କରନ୍ତିନି ତାର ଦେହର ରଙ୍ଗ କଳା ବୋଲି ? ଏତେ ଦିନ ତା'ହେଲେ କଣ ସେ ଅଭିନୟ କରି ଆସିଥିଲେ ? ଆଉ ସୀତା ଏତେ ବୋକୀ, ସରଳବିଶ୍ୱାସୀ ଯେ ତାଙ୍କୁ ବିଶ୍ୱାସ କରିଥିଲା ଶତ ପ୍ରତିଶତ । ଟିକିଏ ବି ସେଇ ବିଶ୍ୱାସରେ ଖାଦ ନ ଥିଲା । ସେ ଖାଣ୍ଟି ସୁବର୍ଣ୍ଣର ଏକ ଝଲମଲ ପ୍ରତିମା ପରି ତାଙ୍କ ଆଗରେ ଉଭା ହୋଇଥିବାବେଲେ ନିରଞ୍ଜନ ତାକୁ ଏକ ଅବାଞ୍ଛିତ ମୃଣ୍ମୟ ମୂର୍ତ୍ତିଟିଏ ପରି ହତାଦର କରି ଠେଲି ଦେଲେ ଯେ ଭାଙ୍ଗି ଚୁରମାର ହୋଇ ଯାଉଛି ଯାହା । ତାକୁ ଆଉ ଗଢ଼ି ହେବନି, ସଜାଡ଼ି ହେବନି ପୁନଶ୍ଚ ପୂର୍ବପରି ।

ପୁରୁଷମାନେ କଣ ସତରେ ପ୍ରତାରକର ତୀକ୍ଷ୍ଣ ଛୁରୀକୁ ଗୋପନ ରଖି ଏକ ଛଲଛଲ ପ୍ରେମିକର ଅଭିନୟ କରନ୍ତି ? ପ୍ରେମିକାର ମନ ମୋହି ନିଅନ୍ତି । ଶେଷରେ ନିଜର କୁତ୍ସିତ ଅଭିସ୍ତା ମେଣ୍ଟାଇ ନିଅନ୍ତି । ନିଜର ଜୈବିକ କ୍ଷୁଧା ପୂରଣ ପରେ ଫିଙ୍ଗି ଦିଅନ୍ତି ତୃପ୍ତି ଦେଇଥିବା ମଦ ବୋତଲକୁ କାହିଁ କେଉଁ ଅପାନ୍ତରାକୁ । ସେପରି ପୁରୁଷ କେବଳ ନିରଞ୍ଜନ ନୁହନ୍ତି, ବିନୟ ମହାପାତ୍ର ପରି ଆହୁରି ଅନେକ ଅଛନ୍ତି । ସେହି ପୁରୁଷମାନଙ୍କ ମାୟାଜାଲରେ ପଡ଼ି ଛଟପଟ ହୁଅନ୍ତି ଲଳିତା ପରି, ସୀତା ପରି ଆହୁରି ଅସହାୟା ନାରୀ ।

ସେମିତି ବି ଦିନେ ପ୍ରତାରିତ ହୋଇଥିଲା ଫୁଲେଇ । ଫୁଲେଇ ଗରୀବ ଘରର ଝିଅ । ଅନ୍ୟ ଘରେ ଚାକରାଣୀ କାମ କରେ । ବାସନକୁସନ ମାଜେ ଦି ଚାରି ଘରେ । ତାଙ୍କ ଘରେ ତା ବୋଉ ଆଉ ସେ । ବାପା ଚାଲି ଯାଇଥିଲେ ଅନେକ ଦିନରୁ ଆରପାରିକୁ ଅକାଳରେ । ବିବାହ ହୋଇ ନଥିବା ଫୁଲେଇର ଗର୍ଭୋଦୟ ଜଣା ପଡ଼ି ଯାଉଥିଲା ବାହାରକୁ । ସେ କାମ କରୁଥିବା ଘରମାନଙ୍କର ମାଲିକାଣୀମାନେ ଫୁଲେଇକୁ ପରାମର୍ଶ ଦେଉଥିଲେ ତାର ସେହି ପ୍ରେମିକ ପ୍ରବର ସହିତ ବିବାହ କରି ନେବାକୁ । ସେ କହୁଥିଲା

ଯେ ସେ ରାଜି ଅଛନ୍ତି, ମାତ୍ର ପଇସା ପତ୍ର ହେଲେ ସେମାନେ ବିବାହ କରିବେ । ସମାଜଲୋକଙ୍କୁ ଭୋଜିଭାତ ଦେବେ । ସମାଜର ସ୍ୱୀକୃତି ହାସଲ କରିବେ । ଲୋକଙ୍କର ଭ୍ରୁକୁଞ୍ଚନରୁ ରକ୍ଷା ପାଇବେ । ମାତ୍ର ଦେଖୁ ଦେଖୁ ସମୟ ଉପଗତ ହୋଇଗଲା । ଫୁଲେଇ ଜନ୍ମଦେଲା ଏକ ପୁତ୍ରସନ୍ତାନକୁ । ଏଥର ସେହି ପ୍ରେମିକ ପ୍ରବର ଘୋଷଣା କଲା ସେଇଟି ତାର ସନ୍ତାନ ନୁହେଁ, ଅନ୍ୟ କାହାର । ଫୁଲେଇ ପ୍ରତିବାଦ କଲା, ସେହି ପ୍ରତିବାଦରେ ଦୃଢ଼ତା ନ ଥିଲା । କେଉଁଠି ଏକ ଫୁଙ୍କାରେ ମିଳାଇଗଲା । ତାପାଖରେ ନଥିଲା ମାନସିକତା ଓ ଆର୍ଥିକ ବଳ କୌଣସି ଆଇନ ଅଦାଲତକୁ ଯିବାକୁ । କେବଳ କାନ୍ଦିଲା ଆଉ କାନ୍ଦିଲା । କଳଙ୍କର ବୋଝ ବୋହି ସେ ବଞ୍ଚିଛି ନିର୍ଲଜ୍ଜ ଭାବେ । ତା ଛଡ଼ା ଅନ୍ୟ ପନ୍ଥା ନାହିଁ ତାର ।

ଆଜି ହିଁ ବୁଝି ପାରିଛି ସୀତା । ସେଦିନ ସେଇ ନିରୋଳା କୋଠରୀ ଭିତରେ ନିରଞ୍ଜନ ତା ଦେହକୁ ନେଇ ଯେଉଁ ପାଶବିକ ଖେଳ ଖେଳିଥିଲେ ତାଙ୍କର ଦେହ ତୃପ୍ତି ପାଇଁ । ତା ପରେ ପରେ କାଲେ ତାର ଗର୍ଭୋଦୟ ହୋଇ ଯିବକି ଭାବି ଆଶଙ୍କିତ ହୋଇ ପଡ଼ିଥିଲେ । ତାହା ଲୋକପବାଦକୁ ଏଡ଼ାଇବାକୁ ନୁହେଁ । ତାହା ନିଶ୍ଚିତ ରୂପେ ସୀତାଠୁ ନିଜକୁ ମୁକୁଲେଇ ପାରିବାର ରାସ୍ତା ସଫା ରଖିବାକୁ , ଏହା ଏବେ ସେ ହୃଦୟଙ୍ଗମ କରି ପାରୁଛି । ସେ ଏବେ ବି ଜାଣି ପାରୁଛି ଯେ ସେ ତାକୁ ପ୍ରକୃତରେ ଭଲ ପାଉ ନଥିଲେ । ଭଲ ପାଇବାର ମିଛିମିଛିକା ଖେଳ ଖେଳୁଥିଲେ । ଏବଂ ନିଜର ଦୈହିକ ଲାଲସା ଚିରିତାର୍ଥ କରିବା ପରେ ସେ ଆଉ ଆସୁ ନ ଥିଲେ ତା ପାଖକୁ । ଆଜି ସେ ଦିନର ପ୍ରହେଲିକାର କୁହୁଡ଼ି ଅପସରି ଯାଇଛି ସୀତା ଆଖିରୁ ଏବଂ ସେ ଆଜି ସ୍ୱଷ୍ଟ ଦେଖି ପାରୁଛି ପ୍ରତାରକ ନିରଞ୍ଜନଙ୍କୁ ।

ଏଇ ପୁରୁଷ ଜାତି ପ୍ରତି ବିକ୍ଷେଇ ଉଠିଥିଲା ସୀତାର ମନ । ତା ମନରେ ପୁଣି ପ୍ରଶ୍ନ ଉଠିଥିଲା– ଏକ ନାରୀ କଣ ବିବାହ କରିବାର ଅପରିହାର୍ଯ୍ୟ ? ସେ କଣ ଚିର ଦିନ ଅବିବାହିତ ରହି ପାରିବନି ?

ଶେଷକୁ ସୀତା ଦୃଢ଼ତାର ସହିତ ପ୍ରତିଜ୍ଞା କରିଥିଲା– ସେ ଏଇ ପ୍ରତାରିତ ପୁରୁଷ ସାମାଜର ପଦାନତ ହେବନି । ସେ ବଞ୍ଚିବ ଏକ ନିଆରା ଜୀବନ । ଚିରକୁମାରୀ ହୋଇ କାଟି ଦେବ ତାର ସମସ୍ତ ଜୀବନ ପବିତ୍ର, ନିର୍ବେଦ ଅନାକୃଷ୍ଟ ହୋଇ ।

ସେ ବଜ୍ର ସ୍ୱରରେ ଘୋଷଣା କଲା ବାପା ବୋଉଙ୍କ ସାମ୍ନାରେ ଯେ ସେ ବିବାହ କରିବନି ।

ସୀତାର ବାପା ବୋଉ ବହୁତ ବୁଝେଇଲେ ସୀତାକୁ । ବାପା କହିଲେ– କଳା ରଙ୍ଗର ସମସ୍ତ ଝିଅ କଣ ଅବିବାହିତ ହୋଇ ରହି ଯାଉଛନ୍ତି ? କେବଳ କଣ ଧଳା

ପାଇଁ ଏ ସଂସାର ? ସେମାନେ ମନା କଲେ, ଠିକ ଅଛି। ଭାଗ୍ୟରେ ଯିଏ ଲେଖା ଥିବ ମୋ ଝିଅର ସିଏ ଆସିବ, ନିଶ୍ଚୟ ଆସିବ।

ବୋଉ ବୁଝାଇଲେ ସୀତାକୁ– ସାମାନ୍ୟ କଥାରେ ଭାଙ୍ଗି ପଡ଼ିଲେ ହେବ ? ନାରୀ ଜୀବନ ବଡ଼ ଝଡ଼ଝଞ୍ଜାର ଜୀବନରେ ଝିଅ। ସବୁ ଝଡ଼ ବତାସରେ ନିଜକୁ ସୁଦୃଢ଼ କରିବାକୁ ହୁଏ। ଅନେକ ଥର ଭାଙ୍ଗି ପଡ଼ିଲେ ବି ପୁଣି ଠିଆ ହେବାକୁ ହୁଏ। ଗୋଟିଏ ପ୍ରସ୍ତାବ ଭାଙ୍ଗି ଗଲା ବୋଲି କଣ ଏତେ ବଡ଼ ଶପଥ କରି ତା ଜୀବନକୁ ସେ ଅଧୁରା କରି ଦେବ ?

ସୀତା ମନକୁ ମନ ଭାବୁଥିଲା। ବୋଉ କଣ ବୁଝିପାରିବେ ତା ଅନ୍ତର୍ବେଦନା। ନିରଞ୍ଜନ ସହିତ ତାର ପ୍ରସ୍ତାବ କେବଳ ଭାଙ୍ଗିନି, ଭାଙ୍ଗି ଯାଇଛି ତାର ମନ। ସେ ହୋଇଛି ପ୍ରତାରିତା, ଲାଞ୍ଛିତା, ଶୋଷିତା। ହୁଏତ ସେ ନିରୋଲା ଗୃହାଙ୍ଗନ ଭିତରେ ନିରଞ୍ଜନ ସହିତ ଦୈହିକ ମିଳନ କଥା ସେ ଜାଣିଥିଲେ ଏଇ ପ୍ରସ୍ତାବ ଭାଙ୍ଗିବା ପରେ ଏପରି ସ୍ୱାଭାବିକ ଭାବେ ସେ କହୁ ନ ଥାନ୍ତେ ତାକୁ ଆଶ୍ୱାସନାର ଶଦ୍ଦଗୁଡ଼ିକ। ମାତ୍ର, ସେ କାହିଁକି ଜଣାଇବ କାହାକୁ ସେ ଅନାବରଣ ହୋଇ ନଥିବା ବିଷୟ ନିନ୍ଦିତ ହେବାକୁ? ସେଇ କଳଙ୍କିତ ସମୟର ଇତିବୃତ୍ତ ତା ମନ ତଳେ ଡ୍ରାଙ୍କି ହୋଇ ରହିଯାଉ ଚିରଦିନ।

ଅନେକ ପ୍ରସ୍ତାବ ପରେ ପରେ ସୀତା ପାଇଁ ଆସିଛି। ସେମାନେ ସୀତାକୁ ପତ୍ନୀରୂପେ, ବୋହୂ ରୂପେ ନେବାକୁ ପସନ୍ଦ କରିଥିଲେ। ମାତ୍ର, ସୀତାକୁ ଲାଗେ ସେମାନେ ସୀତାକୁ ପତ୍ନୀରୂପେ, ବୋହୂ ରୂପେ ବାଛିବାର ଏକମାତ୍ର କାରଣ ହୋଇପାରେ ତା ଚାକିରି। ମାସ ଶେଷକୁ ଘରକୁ ଆସିବ ମୁଠାଏ ଟଙ୍କା।

ସୀତା ଦର୍ପଣ ସାମ୍ନାରେ ନିଜର ପ୍ରତିବିମ୍ବକୁ ଦେଖେ। ସତରେ ସେ କେତେ କଳା ଓ କଦାକାର। ଅନ୍ୟମାନେ କେତେ ତୋଫା ଜନ୍ମ କରି ସୁନ୍ଦର ଗଠନର। ସେ ନିଜକୁ ନିଜେ ଭାବେ, ଠିକ କରିଛି ସେ ବିବାହ ନ କରି ଶପଥ ତାର ଅପରିବର୍ତ୍ତିତ, ଅଚଳ ଓ ସ୍ଥିର।

ସାବିତ୍ରୀ ବିବାହ କରି ଚାଲି ଯାଇଛି ତାର ଶ୍ୱଶୁରାଳୟକୁ। ବଡ଼ଭାଇ ଦିବାକର ବାହା ହେବା ପରେ ସୀତା ପାଇଛି ଏକ ସୁନ୍ଦର ଭାଉଜ।

ସାବିତ୍ରୀର ବିବାହ ପରେ ସୀତା ଏକା ହୋଇ ଗଲା ଘରେ। ଦିବାକାର ତା ସ୍ତ୍ରୀ ଓ ପିଲାଛୁଆକୁ ଧରି ତା କୋଠରୀରେ। ବୋଉ ଓ ବାପା ଦିନେ ଚାଲିଗଲେ ଆରପାରିକୁ।

ଭାରି ନିଃସଙ୍ଗ ଲାଗେ ସୀତାକୁ। ସେ ବେଳେବେଳେ ଅନୁଭବ କରେ ଏଇ ନିଃସଙ୍ଗତାକୁ କାଟିବାକୁ ବୋଧହୁଏ ମଣିଷ ସଂସାର କରେ, ଜଞ୍ଜାଲ ଭିତରେ ଲେଗେଇଲେ ଘାଣ୍ଟି ହୁଏ।

ସୀତା ସ୍କୁଲ ଯାଏ। ସ୍କୁଲରେ କୁନି କୁନି ପିଲାମାନଙ୍କ ଗହଣରେ ବିତିଯାଏ ସମୟ। ଘରକୁ ଆସିଲେ ନିଃସଙ୍ଗତାକୁ କାଟିବାକୁ ସେ ଅନେକ ସାହିତ୍ୟ ପୁସ୍ତକ ପଢ଼େ। ଗୀତ କବିତା ଲେଖେ। ତଥାପି ବୋର ଲାଗେ ତାକୁ। ସାବିତ୍ରୀ ଆଗରେ ପ୍ରସ୍ତାବ ଦିଏ, ତା ସନ୍ତାନଟିଏ ତାକୁ ଦେବାକୁ। ସାବିତ୍ରୀ ରାଜି ହୋଇ ତା କୁନି ଛୁଆଟିକୁ ଟେକି ଦିଏ ସୀତା ହାତରେ। ସୀତା ତାକୁ ପାଳେ, ପୋଷେ। ସ୍ନେହ ଦିଏ। ବନିଯାଏ ସେ ସନ୍ତାନର ମାଆ। ସେ ଜନ୍ମ କରିନି, ଥନରୁ ଖୀର ଦେଇନି ସତ, ମାତ୍ର ମାତୃତ୍ୱ ଗର୍ବରେ ସେ ଫୁଲି ଉଠେ।

ମିତା

ମିତା ମଙ୍ଗଳୁ ମେହେରଙ୍କ ଝିଅ। ଗୋରା ତକ ତକ ତେହେରା। ସରୁ ମୁଖ। କ୍ଷୀଣ ଅଙ୍ଗ। ପଛକୁ ଲମ୍ବିଥାଏ ଆଣ୍ଠୁ ପର୍ଯ୍ୟନ୍ତ ତାର କେଶଗୁଚ୍ଛର ଲମ୍ବା ବେଣୀ।

ମିତାର ପ୍ରିୟ ସହଚରୀ ସୀତା ଓ ଲଳିତା। ଲଳିତା ବାହା ହୋଇ ବୋହୂ ହେଲାଣି ଅନେକ ଦିନରୁ। ସୀତା ବିବାହ ହୋଇନି ଅଦ୍ୟାବଧି। ସେ ବିବାହ ବୀତସ୍ପୃହ।

ମିତାର ଶୁଭ ପରିଣୟର ଶୁଭ ଶଙ୍ଖ ଏ ଯାଏ ବାଜିନି। କେବେ ଯେ ସେହି ଶଙ୍ଖର ଶବ୍ଦ ନିନାଦିତ ହେବ ତାର ଦିନ ମାସ ବର୍ଷ କିଛି ନିର୍ଦ୍ଧାରିତ ହୋଇ ନାହିଁ। କେଉଁ ରାଇଜରୁ ଏକ ରାଜକୁମାର ଆସି ତାର ପକ୍ଷୀରାଜ ଘୋଡ଼ାରେ ମିତାକୁ ବସାଇ ନେବ ଏକ ଅଜଣା ରାଇଜକୁ ତାର ବି କିଛି ସଠିକତା ନାହିଁ। ତେବେ ମିତା ଯେ ବିବାହ ଉନ୍ମୁଖ ଏକ ପ୍ରତିଶ୍ରୁତ ଦୁହିତା, ଏକଥା କହିବା ବି ଭୁଲ ହେବ।

ସୀତାଠୁ ସମସ୍ତ ଘଟଣା ଶୁଣି ସେ ବି ବିବାହ ବୀତସ୍ପୃହ ହୋଇ ପଡ଼ିଥିଲା। ନିରଞ୍ଜନ ଓ ସୀତା ମଧ୍ୟରେ ଯାହା କିଛି ଘଟୁଥିଲା ସୀତା ସବୁ କଥା ଆସି ମିତାକୁ କୁହେ। ସୀତା ଭାବେ ଆବାଲ୍ୟ ସହଚରୀ ମିତାଠୁ କିଛି କଥା ଲୁଚେଇ ରଖିଲେ ତାକୁ ଦୋଷୀ ଦୋଷୀ ଲାଗିବ। ସୀତା ତାକୁ କିଛି କଥା ଲୁଚେଇ ରଖୁଛି ବୋଲି ଭାବିଲେ ତା ମନରେ କଷ୍ଟ ହେବ। ମିତା ତାକୁ ଅଭିମାନ କରି ଗାଳି ଦେବ। ସେଥିପାଇଁ ସୀତା ସମସ୍ତ ଘଟଣା ମିତା ଆଗରେ ଖୋଲି ଦେଉଥିଲା। କିଛି ଦିନ ପାଇଁ ସୀତା ନିରଞ୍ଜନ ସହିତ ତାର ଘଟିଥିବା ଏକାନ୍ତ ବ୍ୟକ୍ତିଗତ କଥାଟିକୁ ଗୋପନ ରଖିଥିଲା। ମାତ୍ର, ନିରଞ୍ଜନ ଦ୍ୱାରା ସେ ପ୍ରତାରିତ ହେବା ପରେ ସୀତା ତାକୁ ଆଉ ରଖି ପାରି ନଥିଲା ନିଜର ମନର ବାକ୍ସ ଭିତରେ ଆବଦ୍ଧ କରି।

ମିତା ଭାବେ, ନିରଞ୍ଜନ ସେଦିନ ସୀତାକୁ ଭଲ ପାଇବାର ଆୱ୍ଲେଷରେ କେବଳ

ବାନ୍ଧି ରଖି ନଥିଲେ କିଛି ମୁହୂର୍ତ, ବରଂ ସୀତାକୁ ଖେଳିଥିଲେ ଏକ ଖେଳଣା ଭାବି। ଭାବି ପତ୍ନୀର ଦ୍ୱାହି ଦେଇ ସୀତା ଉପରେ କରିଥିଲେ ପାଶବିକ ଅତ୍ୟାଚାର। ମଉଜ କିମ୍ୱା ସୁଖର ନାମରେ ସୀତା ଦେହରେ ଭରି ଦେଇଥିଲେ ବିଷାକ୍ତ କଳଙ୍କ। ସେଇ କଳଙ୍କର ବୋଝରେ ସୀତା ତାର ସୌଭାଗ୍ୟ ହେତୁ ଭାରାକ୍ରାନ୍ତ ହୋଇ ନି ସିନା, ନଚେତ ସେ ହୋଇଥାନ୍ତା କଳଙ୍କିତା, ବର୍ଜିତା। ତା ନାଁରେ ବାଜିଥାନ୍ତା ଅପବାଦର ନାଗରା।

ମିତାର ମନ ବିଷେଇ ଉଠେ ଏଇ ପୁରୁଷ ପ୍ରଧାନ ସମାଜରେ ପୁରୁଷମାନଙ୍କ ଅତ୍ୟାଚାରକୁ ନେଇ, ଏକଚାଟିଆ କାରବାରକୁ ନେଇ।

ସୀତାକୁ ଲାଗେ ନିରଞ୍ଜନ ଦ୍ୱାରା ସୀତା ପ୍ରତାରିତ ହୋଇନି, ହୋଇଛି ସତେ ଯେପରି ସେ ନିଜେ। ବିନୟ ମହାପାତ୍ର ଦ୍ୱାରା ଲଳିତା ପ୍ରତାରିତ ହୋଇନି, ହୋଇଛି ନିଜେ ମିତା। ତାର ଅନୁଭବ ହୁଏ ଏଇ ପୁରୁଷମାନେ ଭଲ ପାଇବାର ମୁଖା ପିନ୍ଧି ପଛପଟେ ଧରିଥାନ୍ତି ଛୁରୀ। ନିଜର ସ୍ୱାର୍ଥ ସାଧନ ପରେ ଛୁରୀକାଘାତ କରି ଫେରାର ହୁଅନ୍ତି। ନିଜର କୁସ୍ୱିତ ବାସନା ପୂରଣ କରିବାକୁ ନାରୀକୁ ପ୍ରଲୁବ୍ଧ କରନ୍ତି ଅଜସ୍ର ମିଠା ମିଠା କଥାରେ। ଆଉ ବିଚାରୀ ନାରୀମାନେ କ୍ଷୁଧାର୍ତ ତୃଷାର୍ତ ଜୀବଟେ ଖାଦ୍ୟ ଓ ପାନୀୟ ପ୍ରତି ଆକର୍ଷିତ ହେବା ପରି ଆକର୍ଷିତ ହୋଇ ଯାଆନ୍ତି। ଶେଷକୁ ସେମାନେ ହରାଇ ବସନ୍ତି ନାରୀତ୍ୱର ସର୍ବଶ୍ରେଷ୍ଠ ସମ୍ପଦ। ହୁଏତ ଏଇ ପୁରୁଷମାନେ ସମସ୍ତେ ଏତାଦୃଶ ଦୁର୍ଗୁଣ ଯୁକ୍ତ ଯଦି, ଏ ସଂସାର ଚଳନ୍ତା କିପରି? କିଛି ସୁପୁରୁଷ ଅଛନ୍ତି ନିଶ୍ଚୟ। କିନ୍ତୁ ଅତି ସ୍ୱଳ୍ପ। ସେମାନଙ୍କୁ ଠାବ କରିବା ମୁସ୍କିଲ। ପୁରୁଷମାନେ ଯେତେବେଳେ ପିତାର ଭୂମିକାରେ ଥାନ୍ତି, କାକା, ମାମୁଁ ଆଦି ସମ୍ମାନସ୍ପଦ ଭୂମିକାରେ ଥାନ୍ତି ସେମାନେ ହୁଏତ ଭଲ, ସୁଶୃଙ୍ଖଳିତ। ମାତ୍ର ସେମାନେ ପ୍ରେମିକର ଭୂମିକାରେ ଥିବାବେଳେ ଠିକ ନ ଥାନ୍ତି। ବୁଝି ହୁଏ ନି ଠିକଭାବେ। ଭାରି ଅସ୍ପଷ୍ଟ ଓ ଅବାଗିଆ ଅକ୍ଷରସବୁ ଲେଖାଥାଏ ପ୍ରେମିକର ମନରେ।

ଅବଶ୍ୟ ଏ କଥା ସତ ଯେ, ପ୍ରେମ ବିଷୟରେ ମିତାର ପ୍ରତ୍ୟକ୍ଷ ଅନୁଭୂତି ନ ଥିଲା। ତାର ନିଜର ପ୍ରେମିକ ପୁରୁଷ କେହି ନ ଥିଲେ। କେହି ତା ପ୍ରତି ଆକୃଷ୍ଟ ହୋଇ ତା ମନକୁ କିଣି ନେବା ପାଇଁ ଅନବରତ ଚେଷ୍ଟା କରି ନ ଥିଲେ।

ବଗିଚାରେ ଅନେକ ଫୁଲ ଫୁଟିଥାଏ। କାହିଁ କେଉଁ ଅପନ୍ତରା କୋଣରେ ଏକ ଅନାକର୍ଷଣୀୟ ଫୁଲକୁ କିଏ ବା ପଚାରେ। ବେଲେବେଲେ ଏପରି ଲାଗେ ମିତାକୁ। ଅଧ୍ୟାପକ ପ୍ରେମିକ ବିନୟ ମହାପାତ୍ର ସଙ୍ଗରେ ସବୁବେଳେ ଥାନ୍ତି ତିନି ସଙ୍ଗାତ ମିତା ନିଜେ ଓ ସୀତା, ଲଳିତା। ବିନୟ ସହିତ ଲଳିତାର ପ୍ରେମ ବଢ଼ି ବଢ଼ି ଯିବାବେଳେ

ମିତା ମନରେ ଏକ ଅପ୍ରକାଶିତ ଈର୍ଷା ଭାବ ଜାତ ହୋଇଥିଲା। ସେ ବିନୟ ମହାପାତ୍ରଙ୍କୁ ଥରେ ଏକାନ୍ତରେ ପଚାରି ଦେଇଥିଲା– ଏଇ ମିତା ପାଖରେ କଣ କିଛି ନାହିଁ ଯାହା ଆପଣଙ୍କୁ ଭଲ ଲାଗିପାରେ ?

ବିନୟ ମହାପାତ୍ର ମିତାର ମନକୁ ଠିକ ଭାବେ ପଢ଼ି ପାରି ନ ଥିଲେ ହଠାତ କେଜାଣି, ସିଧାସଳଖ ପଚାରିଥିଲେ– ତୁମେ କଣ ଚାହଁ, ମୁଁ ପ୍ରକୃତରେ ବୁଝି ପାରୁନି।

ମିତା ସ୍ୱଷ୍ଟଭାବେ ପୁଣି ସେହି ପ୍ରଶ୍ନର ପୁନରାବୃଭି କରିଥିଲା। ବିନୟ ମହାପାତ୍ର କହିଥିଲେ– ଦେଖ ମିତା, ତୁମଠାରେ ଅନେକ ଜିନିଷ ଅଛି ମୋ ପାଇଁ ଆକର୍ଷଣୀୟ। ମାତ୍ର.......

ମାତ୍ର, . . . ଲଳିତାଠାରୁ ତାହା ଶ୍ରେଷ୍ଠତର ନୁହେଁ , ନା ? ଅତି ଈର୍ଷାଳୁ ଭାବେ ବିନୟ ମହାପାତ୍ରଙ୍କ ଅସମାପ୍ତ ବାକ୍ୟକୁ ପୁରଣ କରିଥିଲା ମିତା।

ବିନୟ ମହାପାତ୍ର କହିଥିଲେ– ନୋ ନୋ, ଡୋଣ୍ଟ ଥିଙ୍କ ଲାଇକ ଦିସ। ଯାହାଠାରେ ଯାହା ଅଛି ତାହା ହିଁ ଶ୍ରେଷ୍ଠ। ତାହା ଅନ୍ୟ ସହିତ ତୁଳନୀୟ ନୁହେଁ।

କେମିତି ? ପ୍ରଶ୍ନ ପଚାରି ଅଡୁଆ ପରିସ୍ଥିତିରେ ପକାଇ ଦେଇଥିଲା ବିନୟ ମହାପାତ୍ରଙ୍କୁ ମିତା। ସେ କହିଥିଲେ– ଏହି 'କେମିତି' ପ୍ରଶ୍ନର ଉଭର ତ ମୁଁ ପାଉନି।

ତାହେଲେ ଆପଣ ଲଳିତା ପାଖରେ କଣ ପାଆନ୍ତି ଯେ ଆମେ ମିତା ସୀତା ଦୁହେଁ ଥାଉ ଥାଉ ଲଳିତାକୁ ଭଲ ପାନ୍ତି। ତା ସହିତ ଘଣ୍ଟା ଘଣ୍ଟା କଥା ହୁଅନ୍ତି। ଆମକୁ ଆଖି ଆଡେଇ ଦେଖନ୍ତିନି ବି। ମୋ ଠାରେ କଣ କିଛି ନାହିଁ, ? କୁହନ୍ତୁ।

ବିନୟ ମହାପାତ୍ର କହିଥିଲେ ବୁଝାଇବା ଭଙ୍ଗୀରେ – ଦେଖ ମିତା, ତୁମ ପାଖରେ ଯାହା ଅଛି ସୀତା ଓ ଲଳିତା ପାଖରେ ତାହା ନାହିଁ। ମୁଖ୍ୟତଃ ଦି'ଟି ଜିନିଷ। ଗୋଟାଏ ହେଉଛି ତୁମର ଗୋରା ତକ ତକ ଚର୍ମ ଓ ଅନ୍ୟଟି ହେଉଛି ତୁମର ସ୍ୱୀତ ବକ୍ଷୋଜ। ବିନୟ ମହାପାତ୍ରଙ୍କ କଥା ଶୁଣି ଲାଜେଇ ଯାଇଥିଲା ମିତା ସତ, ମାତ୍ର ଗର୍ବରେ ଫୁଲି ଉଠିଥିଲା ମନେ ମନେ। ସେ ମଥାନତ କରି ବିନୟ ସାମ୍ନାରେ ଠିଆ ହୋଇ ଆଉ ଏବେ କଣ କହିବ ଚିନ୍ତା କରୁଥିଲା।

ବିନୟ ମହାପାତ୍ର କହୁଥିଲେ– ମୁଁ ଦେଖୁଛି ତୁମେ ମୋ ପ୍ରତି ଅସନ୍ତୁଷ୍ଟ। ତୁମେ ଯଦି ଚାହଁ ଆସିପାର ମୋ କ୍ୱାଟରକୁ ଏକା ଏକା।

କଲେଜ ପରିସରର ଏକ କୃଷ୍ଣଚୂଡ଼ା ଗଛମୂଲେ ନିରୋଳାରେ ବିନୟ ମହାପାତ୍ରଙ୍କୁ ମିତା ନିଜର ମନର ଈର୍ଷା ଭାବକୁ ଏକ ଦୁର୍ବଳ ମୁହୂର୍ତରେ ଖୋଲି ଦେଇଥିଲା ସେଦିନ ଓ ସିଏ ମିତାକୁ ଭଲ ପାଇବାର ପ୍ରତିଶ୍ରୁତି ଦେଇ ମିତାକୁ ଆମନ୍ତ୍ରିତ କରିଥିଲେ ନିଜ କ୍ୱାଟରକୁ।

ମିତା କିନ୍ତୁ କେବେ ଯାଇ ପାରି ନ ଥିଲା ବିନୟ ମାହାପାତ୍ରଙ୍କ କ୍ୱାର୍ଟରକୁ ଏକା ଏକା। ରକ୍ଷଣଶୀଳ ମନ ତାର ଚାଣି ନେଇଥିଲା ତାକୁ ପଛକୁ ପଛକୁ। ଯିବା କଥା ଚିନ୍ତା କରିବା ବେଳକୁ ତା ଆଖି ଆଗରେ ଦିଶି ଯାଉଥିଲେ ତାର ମାଆ, ବାପା ଓ ଭାଇ। ଚଳଚିତ୍ର ପରି ତା ଆଖି ଆଗରେ ଉଦ୍‌ଭାସିତ ହେଇ ଉଠିଥିଲା ଅନେକ ଅଶୁଭକର ଘଟଣାବଳୀ। ସମ୍ଭାବିତ ଲୋକନିନ୍ଦାର ଭୟ ତାକୁ ଦୁର୍ବଳ କରିଦେଲା।

ସେ ଯାଇଛି ବିନୟ ମହାପାତ୍ରଙ୍କ କ୍ୱାର୍ଟରକୁ ଅନେକ ଥର ତା ପରେ ପରେ। ମାତ୍ର, ଏକା ନୁହେଁ। କେବଳ ଲଳିତା ସହିତ ତ କେବେ ସୀତା ସହିତ କେବେ। ଫେରି ଆସିଛି କିଛି ପାଠ୍ୟ ପୁସ୍ତକ ଧରି।

ସେଦିନର କଥୋପକଥନକୁ ସମୀକ୍ଷା କରିଛି ମିତା। ମିତା ସତରେ କେତେ ଈର୍ଷାପରାୟଣ ହୋଇ ଉଠି ନ ଥିଲା ନିଜର ପ୍ରିୟ ସହଚରୀ ଲଳିତା ପ୍ରତି। ବିନୟ ମହାପାତ୍ର ସହିତ ଲଳିତାର ପ୍ରେମ ପ୍ରତି ସେ ସହ୍ୟ ନ କରି ପାରିବାର କଣ ଦରକାର। ସୀତା ଓ ମିତା ତାର ଆବାଲ୍ୟ ସାଥୀ। ଲଳିତା ପ୍ରତି ଏପରି ଅହଂ ଭାବ ପୋଷଣ କରିବା ନିହାତି ତା ପାଇଁ ପାପ। ତା ଛଡ଼ା ଲଳିତା ତ କେବେ ବି ମିତାକୁ ହତାଦର କରିନି। ଘୃଣା କରିନି। ନିଜର ପ୍ରିୟ ସଙ୍ଗିନୀ ରୂପେ ତାକୁ ଠିକ ଭାବେ ସମ୍ମାନ କରେ, ଭଲ ପାଏ।

ବିନୟ ମହାପାତ୍ରଙ୍କ ସେ ଦିନର ପ୍ରକାଶିତ ମନୋଭାବ ପ୍ରତି ବି ସମୀକ୍ଷାକରେ ମିତା ଏବେ। ନାରୀର ଚର୍ମ ଓ ବକ୍ଷ କଣ କେବଳ ଭଲ ପାଇବାର ଦୁଇଟି ବସ୍ତୁ। ତେବେ ତା ପାଖରେ ଥିବା ଏଇ ଦୁଇ ବସ୍ତୁ ଅପେକ୍ଷା ଲଳିତାର ଏଇ ଦୁଇ ବସ୍ତୁତ କେବେ ବି ଉଚ୍ଚତର ନୁହେଁ। ତେବେ ବିନୟ ମହାପାତ୍ର ଲଳିତାକୁ ଭଲପାଆନ୍ତି କାହିଁକି ? ମିତାର ହୃଦବୋଧ ହୁଏ ସେଦିନ ବିନୟ ମହାପାତ୍ର ତାକୁ ଭୁଲ କଥା କହିଥିଲେ। ସେ ସେତିକିବେଳେ ଧରି ପାରି ନ ଥିଲା ତାଙ୍କର କଥାର ସତ୍ୟତା। ଜଣେ ଅନ୍ୟକୁ ଭଲ ପାଇବା ପାଇଁ ସେଇ ଦୁଇଟି ବସ୍ତୁ କେବେବି ମୁଖ୍ୟ ଦୁହେଁ। ତାକୁ ଲାଗେ ଅଶ୍ଳୀଳ ଅଶ୍ଳୀଳ। ଭଲ ପାଇବା ପାଇଁ ନିହାତି ଆହୁରି ମହାର୍ଘ ଅଦୃଶ୍ୟ ବସ୍ତୁର ଆବଶ୍ୟକତା ଲୋଡ଼ା ହୁଏ, ଯାହାକି ତା ପାଖରେ ନାହିଁ, ଅଥଚ ଅଛି ଲଳିତା ପାଖରେ।

ଭଲ ପାଇବାର ଉପାଦାନ ବିଷୟରେ ମନ ବୁଡ଼ାଇବା ବେଳେ ମିତା ଉତ୍‌ଫୁଲ୍ଲିତ ହୋଇ ଉଠିଥିଲା। ହଁ, ହଁ, ତାକୁ ତ ଜଣେ ଦିନେ ଭଲ ପାଇଥିଲା। ପ୍ରେମ ପତ୍ର ଲେଖିଥିଲା। ଏକ ସୁନ୍ଦର ମୃଗ ପଛେ ପଛେ ଅନୁଧାବନ କରୁଥିବା ଅନୁଧାବକ ଆଖିରେ ମହୁଲ ବଣ ଭିତରେ ମୃଗଟେ କିୟତକାଲ ଦୃଶ୍ୟମାନ ହୋଇ ପୁଣି କିୟତକାଲ ଅଦୃଶ୍ୟ ହେବା ପରି ସ୍ମତି ତାର ବାହାରି ଆସେ।

ସେଦିନର ସେଇ ଉଦ୍‌ଭ୍ରାନ୍ତ ଯୁବକର କଥା ମନେ ପଡେ ଏବେ। ମିତା ଥିଲା କଲେଜର ପ୍ରଥମ ବର୍ଷର ଛାତ୍ରୀ। ସେ ପ୍ରତିଦିନ କଲେଜ ଯିବା ସମୟରେ ଓ ଫେରିବା ସମୟରେ ଲଲିତା ଓ ସୀତା ସହିତ ଥାଏ। ମିତା ତାଙ୍କ ଘରୁ ବାହାରିଯିବା ପରେ ଏକାକୀ ଫର୍ଲଙ୍ଗେ ବାଟ ଚାଲିଯାଏ ସୀତା କିମ୍ବା ଲଲିତା ଘରଯାଏ ସେମାନଙ୍କୁ ଭେଟିବା ପର୍ଯ୍ୟନ୍ତ। ସେହି ଏକାକୀ ଚାଲୁଥିବା ରାଷ୍ଟାରେ କିମ୍ବା ତାଙ୍କ ଘର ସାମ୍ନାରେ ମିତାକୁ ଯୁବକଟି ଭେଟିଥିଲା ଦି ଚାରିଥର।

ପ୍ରଥମ ଥର ସେ ତାକୁ ଭେଟି ନିଜର ପରିଚୟ ଦେଇ କହିଥିଲା- ମୁଁ ଏଇ ସହରର। କାଦୋପଡାରେ ଘର। ତୁମେ ଚିହ୍ନିଥିବ କି ନାହିଁ ମୋତେ କେଜାଣେ। ମାଟ୍ରିକ ପରୀକ୍ଷାରେ ଗୋଟିଏ କୋଠରୀରେ ବସି ଆମେ ପରୀକ୍ଷା ଦେଇଥିଲେ। ପିଲାଟିର ଭାଷାଥିଲା ଭଦ୍ର, ମାର୍ଜିତ। ପିଲାଟିକୁ କେଉଁଠି ଦେଖିବା ପରି ମନେ ହେଉଥିଲା ମିତାର। ମାତ୍ର ତାର ସମ୍ପୂର୍ଣ୍ଣ ପରିଚୟ ଜଣା ନ ଥିଲା ତାକୁ। ସେ କହିଲା- ନା, ମନେ ପଡୁନି। ପିଲାଟି ତାପରେ କହିଥିଲା- ପ୍ରାଇଭେଟରେ ଇଣ୍ଟରମିଡିଏଟ ପରୀକ୍ଷା ଦେବାକୁ ମୁଁ ପଢୁଛି। ଏଣୁ ଆବଶ୍ୟକ ବେଳେ ତୁମକୁ ଭେଟିବି। ଆଶାକରେ, କିଛି ସାହାଯ୍ୟ କରିବ।

ପିଲାଟିର ଅନୁନୟଭରା ସଂଯତ ଭାଷା ଗୁମ୍ଫିତ ଅନୁରୋଧକୁ ପ୍ରତ୍ୟାଖ୍ୟାନ କରି ପାରି ନଥିଲା ମିତା। ସେ କହିଥିଲା- ଠିକ ଅଛି, ଯେତେବେଳେ ଦରକାର କହିବ। ମୋର ବହି, ଖାତା କିମ୍ବା ନୋଟ ଯାହା ଦରକାର ନେଇଯିବ।

ଦିନେ ସେଇ ପିଲାଟି ତାର ବହି ଖଣ୍ଡେ ନେଇ ଦିଦିନ ପରେ ଫେରାଇ ଦେଇଥିଲା ମିତାକୁ ତା ଘର ସାମ୍ନାରେ ଭେଟି। ମିତା ସେତେବେଳେ କଲେଜରୁ ଫେରୁଥିଲା ଓ ସେଇ ଫେରାଇଥିବା ବହିକୁ ଗ୍ରହଣ କରି ଘରକୁ ଆସିଥିଲା। ତା ଦିଦିନ ପରେ ସେଇ ଯୁବକଟି ଅପେକ୍ଷା କରିଥିଲା ଆଖପାଖ କେଉଁଠି। ମିତା ଘରୁ କଲେଜକୁ ବାହାରିବା ସଙ୍ଗେ ସଙ୍ଗେ ମିତା ପାଖକୁ ଆସି ସହାସ୍ୟ ବଦନରେ କଥା ଆରମ୍ଭ ହେବା ବେଳକୁ ଘଟିଗଲା ଏକ ଅଘଟଣ।

ମିତା ଘରକୁ ଲାଗି ଦୁଇ ପଟେ ଧାଡି ଧାଡି ଦୋକାନ। ପାଖ ଏକ ଦୋକାନରେ ବ୍ୟବସାୟ କରନ୍ତି ମିତାର ଏକ ସମ୍ପର୍କୀୟ କାକା। ସେଦିନ ମିତା ପାଖକୁ ଆସି ସେଇ ଯୁବକଟି ସମ୍ଭାଷଣ ଆରମ୍ଭ କରିବା ବେଳକୁ ସେହି ସମ୍ପର୍କୀୟ କାକା ଆସି ଯୁବକର ଗାଲରେ ଏକ ଶକ୍ତ ଚଟକଣା ଦେଇ ହାତଧରି ପଛକୁ ଟାଣି ନେଲେ। ତାକୁ ନେବାବେଳେ ମିତାକୁ ନିର୍ଦ୍ଦେଶ ଦେଇ କହିଲେ- ତୁ ଯା, କଲେଜ ଯା। ଦେଖୁଛି ମୁଁ ଏ ବଦମାସକୁ।

ଘଟଣାର କିଛି ସୂରାକ ପାଇ ନ ଥିଲା ମିତା। କଣ ପାଇଁ ତାର ସେହି କାକା ତାକୁ ଚଟକଣା ମାରିଲେ ? ଯୁବକଟିର ଦୋଷ କଣ ? ହୁଏ ତ ତାଙ୍କ ଦୋକାନରୁ କିଛି ଧାର ଉଧାର ନେଇ ପରିଶୋଧ କରି ନ ଥିବ ଟଙ୍କା।

ମାତ୍ର, କଥାଟା ଥିଲା ଅନ୍ୟ ପ୍ରକାରର। ପରେ ଜାଣିଲା ମିତା। ସେଦିନ କଲେଜ ଫେରନ୍ତା ମିତାକୁ ପୂର୍ବରୁ ନେଇଥିବା ତାର ପୁସ୍ତକ ଫେରାଇବାବେଲେ ମିତା ସେଇ ଯୁବକ ହାତରୁ ପୁସ୍ତକଟି ନେବାବେଲେ ଖସି ପଡ଼ିଥିଲା ଏକ ଚାରି ଚଉତାର କ୍ଷୁଦ୍ର ଟୁକୁରା। ତାକୁ ନା ଲକ୍ଷ୍ୟ କରି ପାରିଥିଲା ସେଇ ଯୁବକ ନା ମିତା। ଅଦୂରରେ ଥାଇ ତାକୁ ଲକ୍ଷ୍ୟ କରି ପାରିଥିଲେ ସେହି ମିତାର ସମ୍ପର୍କୀୟ କାକା। ଯୁବକଟି ସେଇଠୁ ଚାଲିଯିବା ପରେ ସେଇ କାଗଜ ଟୁକୁରାର ପ୍ରତିଟି ଭାଙ୍ଗ ଖୋଲି ପଢ଼ିଥିଲେ ସିଏ। ସେଥିରେ ଲେଖାଥିଲା – ଆଇ ଲଭ ୟୁ ମିତା। ସେଥିପାଇଁ କାକା ସେ ଉଦ୍‌ଭ୍ରାନ୍ତ ଯୁବକର ଗାଲରେ ଏକ ଶକ୍ତ ଚଟକଣା ଦେଇ ସତର୍କ କରାଇ ଦେଇଥିଲେ ଯେ ଯେପରି ସେ ମିତା ସହିତ କେବେ ବି ସାକ୍ଷାତ ନ ହୁଏ। କାକା ସେହି ଯୁବକକୁ କୁଆଡେ ଭଲଭାବେ ଜାଣିଥିଲେ। ସେ କାକା ମିତାକୁ କିଛି କହି ନଥିଲେ। କେବଲ ବୋଉକୁ କହିଥିଲେ ମିତାକୁ କହି ଦେବାକୁ ଯେ ମିତା ଯେପରି ଆଉ ସେହି ଯୁବକ ସାଥିରେ କଥାବାର୍ତ୍ତା ନ କରେ। ସେ ଯୁବକଟି କୁଆଡେ ଥିଲା ମାଟ୍ରିକ ଫେଲ।

ମିତାକୁ ସେଦିନ ଖରାପ ଲାଗିଥିଲା ପିଲାଟି କାକାଙ୍କଠାରୁ ମାଡ଼ ଖାଇ ଥିବାରୁ। କଲେଜରୁ ଫେରିବା ପର୍ଯ୍ୟନ୍ତ ସେ କିଛି ଜାଣି ନ ଥିଲା ଘଟଣା ସଂପର୍କରେ। ପିଲାଟି ପ୍ରତି ସହାନୁଭୂତି ଜାଗି ଉଠିଥିଲା ତା ମନରେ। ଆହା! ପିଲାଟିର ଦୋଷ କଣ? ଅତି ଶାନ୍ତ, ନମ୍ର ବ୍ୟବହାର କରେ ତା ସାଥିରେ ସେ। କଣ ଦୋଷ ତାର ଯେ କାକାଠୁ ପାଇଛି ଚପୋଟାଘାତ।

କଲେଜରୁ ଫେରି ବୋଉ ପାଖରୁ ଯେତେବେଲେ ମିତା ଜାଣିଲା ସମସ୍ତ ଘଟଣା ସେ ଆଷ୍ଚର୍ଯ୍ୟ ହୋଇଥିଲା। ପିଲାଟି ତାକୁ ତାହେଲେ ମିଛରେ କହୁଥିଲା ପ୍ରାଇଭେଟ୍ ପରୀକ୍ଷାର ପ୍ରସ୍ତୁତି କଥା ?ତାହେଲେ ତାକୁ ପ୍ରେମ ପତ୍ର ଲେଖି ମିଛିମିଛିକା ପ୍ରେମର ଫାଶରେ ପକାଇ ହନ୍ତସନ୍ତ କରିଥାନ୍ତା ? ନା, ପ୍ରକୃତରେ ପିଲାଟିର ମନରେ ମିତାକୁ ଭଲପାଇବାର ଭାବଟେ ଜାଗ୍ରତ ହୋଇଥିଲା ଓ ତାକୁ ଜଣାଇବାକୁ ସତ ସାହସ ନ ପାଇ ଟୁକୁରା କାଗଜରେ ସେ ଗୋପନରେ ଜଣାଇବାକୁ ଚାହୁଁଥିଲା। ଚାହୁଁଥିଲା ମିତାର ସମର୍ଥନ। ହୁଏ ତ ମାଟ୍ରିକ ଫେଲ ହୋଇଥିବ ପ୍ରଥମେ ଓ ପରେ ଉତ୍ତୀର୍ଣ୍ଣ ହୋଇଥିବ ଦ୍ୱିତୀୟ ଚେଷ୍ଟାରେ। କାକା ଅବଗତ ହୋଇ ନ ଥିବେ ହୁଏ ତ ପିଲାଟିର ଦ୍ୱିତୀୟ ଚେଷ୍ଟାର ସଫଲତା ପ୍ରତି।

ସୀତାର ମନ ସେଦିନ ବିକଳ ହୋଇ ଉଠିଥିଲା ଥରେ ସେହି ଯୁବକକୁ ଭେଟି ପଚାରିବାକୁ କଥାଟିର ସତ୍ୟତା। ମାତ୍ର କେବେ ବି ପିଲାଟି ମିତାର ସାମ୍ନାକୁ ଆଉ ଆସି ନ ଥିଲା ଭୟରେ। କାକାଙ୍କର ଭୟରେ ଶେଷ ହୋଇ ଯାଇଥିଲା ତାର ମିତା ପ୍ରେମ। ମିତା ଏବେ ବି ଚିନ୍ତା କରେ– ସତରେ ପ୍ରେମ କେତେ ଅସ୍ପଷ୍ଟ, ବୁଝିବାକୁ ଚେଷ୍ଟା କଲେ ବୁଝି ହୁଏ ନା ସହଜରେ।

ମିତା ଶିକ୍ଷକତା କରେ ସହରର ଶେଷ ମୁଣ୍ଡରେ ଥିବା ଏକ ପ୍ରାଇମେରୀ ସ୍କୁଲରେ। ତାର ପ୍ରତିମାସର ଦରମାକୁ ବାପା ସଞ୍ଚୟ କରି ରଖନ୍ତି ପାସ ବୁକରେ। ଖର୍ଚ୍ଚ ହେବ ସେ ସବୁ ତାର ବିବାହୋତ୍ସବରେ। ମାତ୍ର, ପାତ୍ର ଯୋଗାଡ ହୋଇ ପାରି ନ ଥିଲା ଏଯାଏ। ପିତା ମଙ୍ଗଳୁ ଏଥି ପାଇଁ ପୂର୍ବାପେକ୍ଷା ଅଧିକ ଯତ୍ନଶୀଳ ଓ ତତ୍ପର। ପ୍ରଥମେ ପ୍ରଥମେ ଭାବୁଥିଲେ– ଝିଅଟି ତାଙ୍କର ଶିକ୍ଷିତା, ଗୋରା ଓ ଚାକିରିଆ ହେତୁ ତା ପାଇଁ ପାତ୍ରର ଅଭାବ ରହିବେନି। ମାତ୍ର, ସେ ଦେଖି ଆସିଛନ୍ତି ଯେ ତାଙ୍କ ଭାବନା ମୁତାବକ ତାହା ସତ୍ୟ ନୁହେଁ। ଏବେ ସେ ମନେ ମନେ ବିଭିନ୍ନ ପାତ୍ରର ସନ୍ଧାନ କରନ୍ତି। ନିଜର ଚିହ୍ନା ପରିଚୟ ବ୍ୟକ୍ତି ତଥା ବନ୍ଧୁମାନଙ୍କୁ କହନ୍ତି– ମିତା ପାଇଁ ଗୋଟିଏ ପାତ୍ର ଦେଖ।

କେହି ପ୍ରତିଶ୍ରୁତି ଦିଅନ୍ତି। କେହି କେହି ପଚାରନ୍ତି– କେମିତିଆ ପିଲା ଚାହାନ୍ତି ? କେଉଁ ପ୍ରକାରର ପିଲାର ଦରକାର ତାଙ୍କଠୁ ଶୁଣି କେହି କେହି ନୈରାଶ୍ୟପୂର୍ଣ୍ଣ ବାକ୍ୟରେ କହନ୍ତି ସେମିତିଆ ପିଲା ତ ଆଖିରେ ଦିଶୁନି।

ମିତାର ବାପା ଏବେ ଏପରି ପ୍ରଶ୍ନର ଉତ୍ତର ଦିଅନ୍ତି ନାହିଁ ପୂର୍ବରୁ ଦେଉଥିବା ପରି। ପୂର୍ବରୁ ସେ କହୁଥିଲେ– ଝିଅ ମୋର ଚାକିରି କରୁଛି, ଚାକିରିଆ ଜୋଇଁଟେ ମୋର ଦରକାର। ସେ ଏବେ କହନ୍ତି– ପିଲାଟି ଭଲ ଚରିତ୍ର ହେଲେ ହେଲା, ବ୍ୟବସାୟ କରୁଥାଉ ବା ଚାକିରି, କିଛି ଯାଏ ନା ଆସେନା।

ଦିନ ଗଡିଯାଏ। କେବେ କେବେ ଝିଅ ଦେଖିବାକୁ ମଙ୍ଗଳୁ ଘରକୁ ଆସନ୍ତି ଲୋକମାନେ। ମାତ୍ର, ମିତାର ମନ ଥାଏନା ଲୋକମାନଙ୍କୁ ଦେଖାଇ ହେବାକୁ। ବାପା ବୋଉଙ୍କ ବିରୁଦ୍ଧାଚରଣ କରିବାର ସାହସ ନ ପାଇ ଅଗତ୍ୟା ମିତା ବାହାରେ ସେଇ ଆହୂତ ଅନାହୂତ ଲୋକମାନଙ୍କ ଗହଣକୁ। ପରିବେଷଣ କରେ ଚା' ଜଳଖିଆ ନିଜକୁ ପ୍ରସାଧନ ସାମଗ୍ରୀରେ ବିଭୂଷିତ କରି। ମିତା ମନେ ଭାବେ– ଦେଖାଯାଉ, ତାକୁ କେତେ ଲୋକଙ୍କର ପସନ୍ଦ ହେଉଛି। ତାଠାରେ ଏମିତି କିଛି ଜିନିଷ ରହିଛି କି ନାହିଁ, ଯାହା ଅନ୍ୟମାନଙ୍କୁ ଆକୃଷ୍ଟ କରିବ। ଏଇଆ ହୁଏ ତ ସେ ଜାଣ୍ଣ। ଅନ୍ୟ ଘରକୁ ବୋହୂ ହୋଇ ଯିବା ନ ଯିବା ତା ଉପରେ ନିର୍ଭର କରେ। ଯଦି ପିଲାପକ୍ଷ ତାକୁ ପସନ୍ଦ କରନ୍ତି ଓ ମିତାର ନିଜର ପସନ୍ଦ ନ ଆସେ ତେବେ ସେ ମନା କରିଦେଇ ପାରିବ।

ସେ ଶିକ୍ଷିତା, ଚାକିରିଆ, ତେବେ ଭୟ୍ୟ କାହାକୁ ? କାହିଁକି ? ସେ ତ କୌଣସି ଅଶିକ୍ଷିତା, ଅପାଠୁଆ ଓ ନିରୀହା ଗ୍ରାମ୍ୟ ବାଲିକା ନୁହେଁ ଯେ ଅନ୍ୟମାନଙ୍କ ମର୍ଜି ଉପରେ ନିଜ ଇଚ୍ଛା ଅନିଚ୍ଛାକୁ ବଲି ଚଢ଼ାଇ ଦେବାକୁ ବାଧ୍ୟ ହେବ । ତାର ନିଜର କିଛି ପସନ୍ଦ ଅସନ୍ଦର ରୁଚି ଅରୁଚି ତ ଅଛି । ତାର ସ୍ୱାଧୀନତା ଅଛି । ତାକୁ ସେ ଜାହିର କରିବ । ନିଜର ଭବିଷ୍ୟତକୁ ଅନ୍ଧକାର ଭିତରକୁ ଠେଲି ଦେବ କାହିଁକି ?

ମିତା କିନ୍ତୁ ଚୟନଯୋଗ୍ୟା ହୋଇ ପାରେନି । ବରପକ୍ଷ ଲୋକ ଆସନ୍ତି, ଦେଖି ଚାଲି ଯାଆନ୍ତି । କନ୍ୟା ଦେଖାର ଫଳାଫଳ ଘୋଷଣା କରିବାକୁ ପ୍ରତିଶ୍ରୁତି ଦେଇଯାଆନ୍ତି କିଛି ଲୋକ । ମାତ୍ର, ସେ ପ୍ରତିଶ୍ରୁତି ଫଳପ୍ରସୂ ହୁଏନି । କିଛି ଲୋକ ପ୍ରତିଶ୍ରୁତି ଦିଅନ୍ତି ନି । ନକାରାତ୍ମକ ମନ୍ତବ୍ୟ ଦେଇ ଚାଲିଯାଆନ୍ତି । ମିତା ସେଥିପାଇଁ ବ୍ୟସ୍ତ ହୁଏନି । କାରଣ ବିବାହର ରାସ୍ତାରେ ଚାଲିବାକୁ ତାର ଇଚ୍ଛା ନଥାଏ ଭରପୂର । ନାହିଁ ନାହିଁର ଅଜସ୍ର ସ୍ୱର ଭିତରେ ହଁ'ର ସ୍ୱର ତାର ଅନ୍ତର ଭିତରେ କେଉଁଠି ହଜି ଯାଏ ତ କେତେବେଳେ ସେହି ଏକକ ସ୍ୱରଟି ଅନ୍ୟ ସମସ୍ତ ସ୍ୱରକୁ ପରାଜିତ କରି ଆଗକୁ ବଜ୍ର ଗମ୍ଭୀର ହୋଇ ବାହାରି ଆସେ ।

ମିତାର ଭାଉଜ ଥରେ ମିତାଠାରେ ଲକ୍ଷ୍ୟ କରିଥିଲେ ବିବାହ ବିମୁଖତା । ସେ ଲକ୍ଷ୍ୟ କରିଥିଲେ ତାଙ୍କୁ କୌଣସି ବରପକ୍ଷ ତାଙ୍କ କୁମାରୀ ଜୀବନରେ ଦେଖିବାକୁ ଆସିଲେ ସେତେବେଳକୁ ସେ ଯେପରି ତତ୍ପର ହେଉଥିଲେ, ମିତା ସେପରି ହେଉନଥିଲା । ବରଂ ମିତାଠାରେ ସେ ଦେଖୁଥିଲେ ନିଃସ୍ପୃହ ଭାବ । ଉଦାସୀନତା । ମିତାକୁ ପଚାରିଥିଲେ- ତୁମେ କାହିଁକି ଏପରି ଭାଙ୍ଗି ପଡ଼ୁଛ ? ବାହା ହେବାର ମଜା ଚାଖିବାକୁ କଣ ଚାହୁନ ?

ମିତା ଭାଉଜଙ୍କ ଆଖି ଦିଟାକୁ ଚାହିଁଥିଲା ତାଙ୍କର ଥଟ୍ଟାଳିଆ କଥା ଶୁଣି । ଭାଉଜ ତାର ନିରୁତ୍ସାହ ଭାବକୁ ଦେଖି ଥଟ୍ଟା କରି ଉସ୍ସାହିତ କରିବାକୁ ସେପରି କହିଥିଲେ । ତାକୁ ପଚାରିବାକୁ ଇଚ୍ଛା ହେଉଥିଲା- ମଜାଟା କେତେ ଦିନ ଭାଉଜ ? ତାପରେ ଜଂଜାଳ, ଘାଣ୍ଟି ଚକଟି ହେବାର ସମୟ ଅସମାପ୍ତ । ସେ ସିଧାସଳଖ ପଚାରି ଦେଇଥିଲା- ମୋର ମଜାଫଜା କିଛି ଦରକାର ନାହିଁ ଭାଉଜ । ଭାଉଜ ନୀରବ ରହି ମିତାକୁ ଅନ୍ତସମୀକ୍ଷା କରିବାକୁ ଚାହୁଁଥିଲେ । ମିତା କହିଥିଲା- ଆଚ୍ଛା ଭାଉଜ, ପ୍ରତ୍ୟେକ ଝିଅ କଣ ବିବାହ କରିବାକୁ ବାଧ୍ୟ । ଭାଉଜ ଉତ୍ତର ଦେଇଥିଲେ ଏକ ପ୍ରବଚକ ପରି- ଭଗବାନଙ୍କ ସୃଷ୍ଟିରେ ନାରୀର ସୃଷ୍ଟି ହେଉଛି ପୁରୁଷ ପାଇଁ । ନାରୀର ବିନା ସାହଚର୍ଯ୍ୟରେ ପୁରୁଷର ସୃଷ୍ଟି ଅସମ୍ପୂର୍ଣ୍ଣ, ନିରର୍ଥକ । ଗୋଟିଏ ଡେଙ୍କର ଦୁଇଟି ଫୁଲ ହେଉଛି ନାରୀ ଓ ପୁରୁଷ ।

ଚିର ଅବିବାହିତ ରହିଥିବା କେତୋଟି ସଫଳ ନାରୀ ଓ ପୁରୁଷଙ୍କ ନାମ ଉଦାହରଣ ଦେଇ ମିତା ଥୋଇଲା ଭାଉଜଙ୍କ ସାମ୍ନାରେ। ଭାଉଜ କହିଥିଲେ, ସେହି ପୁରୁଷମାନେ ବି କୌଣସି ନାରୀମାନଙ୍କ ସାହଚର୍ଯ୍ୟରେ ଜୀବନ ଜୀଇଁଥିବେ। ସେଇ ନାରୀମାନେ ବି ନିଶ୍ଚିତ ରୂପେ କୌଣସି ପୁରୁଷର ସାହଚର୍ଯ୍ୟ ପାଇଥିବେ। ଆମେ ଜାଣି ପାରୁନା ସେମାନଙ୍କ ବ୍ୟକ୍ତିଗତ ଜୀବନର ଗୁପ୍ତ ରହସ୍ୟକୁ। କେବଳ ସେମାନଙ୍କ ବିଭିନ୍ନ ଦିଗରେ ଖ୍ୟାତିକୁ ଆମେ ଜାଣିଛେ।

ଭାଉଜଙ୍କ କଥା ମିତାକୁ କିଛି ପ୍ରଭାବିତ କରିଥିଲା ସେ ଦିନ ଯଦିଓ ବିଶେଷ କିଛି ନୂଆ କଥା କହିବା ପରି ମିତାର ଅନୁଭବ ହୋଇନ ଥିଲା।

ସେହିପରି ଅନ୍ୟ ଏକ ଦିନ ସୀତାର କଥା ତାକୁ ଭଲ ଲାଗୁଥିଲା। ସୀତା ମିତାକୁ ପ୍ରବର୍ତ୍ତାଇବା ପରି କହୁଥିଲା- ଦେଖ ମିତା, ପ୍ରତ୍ୟେକ ବ୍ୟକ୍ତିର ଜୀବନ ଭିନ୍ନ ଭିନ୍ନ ଉପାଦାନରେ ଗଢ଼ା। ଯଦି ଗୋଟିଏ ଉପାଦାନରେ ବା ଏକ ରକମର ଏକାଧିକ ଉପାଦାନରେ ଗଢ଼ା ହୋଇଥାନ୍ତା ତେବେ ସେମାନଙ୍କ ବ୍ୟବହାର ଓ ଆଚରଣ ଏକା ପରି ହେଉଥାନ୍ତା। ତୁ ଯେଉଁ ଉପାଦାନରେ ଗଢ଼ା ମୁଁ ଅନ୍ୟ ଉପାଦାନରେ। ମୁଁ ନିରଞ୍ଜନର ଧକ୍କାକୁ ବରଦାସ୍ତ କରି ପାରିଲିନି। ଆଉ କିଏ ହୋଇଥିଲେ ହୁଏ ତ ପାରିଥାନ୍ତା। ତଳସାହିର ମଦନାମୀ ଝିଅ ମଞ୍ଜରୀର କଥା ଦେଖ, ଗୋଟାଏ ନୁହେଁ ତିନୋଟି ପୁଅ ସହିତ ତାର ସଂପର୍କ। ସମସ୍ତ ସଂପର୍କ ତୁଟାଇ ସେ ଚତୁର୍ଥ ପୁଅ ସହିତ ଘର ସଂସାର କରିବାକୁ ଫେରାର ହୋଇଗଲା। ଆଉ, ତୋ ଜୀବନରେ ତ କିଛି ଘଟଣା ଘଟିନି କି ଦୁର୍ଘଟଣା ଘଟିନି। ତୁ ସିଧାସଳଖ ଭବେ ଏକ ମନ ପସନ୍ଦର ପୁଅ ଦେଖି ବାହା ହୋଇ ପଡ।

ସୀତାର ପରାମର୍ଶ ମିତାକୁ ବିବାହ-ମନସ୍କ କରାଇଥିଲା। ତାର ଅଶାନ୍ତ, ଅବ୍ୟସ୍ଥିତ ମନରେ ଆସି ଦେଇଥିଲା ଶାନ୍ତିର ଶୀତଳ ପବନ। ମିତା ରାତ୍ରିର ମଧ୍ୟଭାଗରେ କେବେ କେମିତି ସ୍ୱପ୍ନ ଦେଖୁଥିଲା-ତାର ଶୋଇଥିବା ବିଛଣା ପାଖରେ ସେ କେବଳ ଏକାକୀ ନାହିଁ। ଆଉ ଜଣେ ସୁନ୍ଦର ପୁରୁଷ ଶୋଇଛନ୍ତି। ତାର କପାଳର ଚୂର୍ଣ୍ଣକୁନ୍ତଳକୁ ଆଉଁସି ଦେଉଛନ୍ତି ଅନେକ ମିଠା ମିଠା କଥା କହି। ସେ କହୁଛନ୍ତି-ମିତା, ତୁମେ କେତେ ଭଲ। ତୁମକୁ ପାଇ ମୋ ଜୀବନ ପୂର୍ଣ୍ଣ ହୋଇ ଯାଇଛି। ମିତା ତାଙ୍କ କଥା ସହିତ କଥା ଯୋଡି କହୁଥିଲା- ମୋର ଜୀବନ ବି ଧନ୍ୟ ଯେ ତୁମକୁ ପାଇଛି। ପୁଣି କେବେ ସ୍ୱପ୍ନରେ ଦେଖେ ଏକ କୁନି ମୁନି ପିଲା ତା କୋଳରେ ଶୋଇ କାନ୍ଦୁଛି ରାହା ଧରି, ଆଉ ମିତା ତାକୁ ଶାନ୍ତ କରିବାକୁ ଯାଇ ସ୍ତନ୍ୟପାନ ଦେବାକୁ ଉଦ୍ୟତ ହେଉଛି।

ଆଖିରେ କେତେ ସ୍ୱପ୍ନ ଆସେ। ଧରା ଦିଏ ନି ହାତରେ। ମଧୁର ସ୍ୱପ୍ନ ସବୁ

ମିଳେଇ ଯାଏ ଅଗରବତୀର ଧୂଆଁ ପରି ପବନରେ । ଖାଲି ତାର ମହକ ମନକୁ ଉଲ୍ଲସିତ କରି ରଖେ କିଛି ମୁହୂର୍ତ । ମିତା ମନରେ ଯେଉଁ ସ୍ୱପ୍ନର ପ୍ରଜାପତିମାନେ ଉଡ଼ି ବୁଲୁଥିଲେ ତାକୁ ଧରି ପାରୁ ନ ଥିଲା ମିତା ।

ଆଶ୍ଚର୍ଯ୍ୟ ! ମନ ନ ଥିଲା ବେଳେ ପ୍ରସ୍ତାବ ଆସୁଥିଲା ଅନେକ । ଅଥଚ ତାର ମନ ଥିବାବେଳେ ପ୍ରସ୍ତାବ ଆସୁ ନ ଥିଲା ମୋଟେ । ତାକୁ ବୋର୍ ଲାଗୁଥିଲା ଏଇ ପ୍ରତୀକ୍ଷାର ଲମ୍ୟ ଦିନମାନ ।

ମିତାର ବାପା ବୋଉଙ୍କ ଚେଷ୍ଟା ଅବ୍ୟାହତ ଥାଏ ବରପାତ୍ରଟେ ଖୋଜିବାର । ବୋଉ ବ୍ୟସ୍ତ ହୋଇ ପଡ଼ୁଥିଲେ ମିତାର ଅତିକ୍ରାନ୍ତ ବୟସକୁ ନେଇ । ମିତାକୁ ଏବେ ବତିଶ ଚାଲୁଛି । ବହୁତ ଡେରି ହେଲାଣି । ଆହୁରି ବିଳମ୍ୟ ଅନୁଚିତ ।

ମିତା ପଢ଼ିଥିଲା କେଉଁଠି ଗୋଟାଏ ଉପନ୍ୟାସରେ– ନାରୀ ଯୌବନରେ ସଜଫୁଟା ଗୋଲାପ ପରି ଲୋଭନୀୟ, ବୟସ ଗଡ଼ିଗଲେ ହୋଇପଡେ ଅଲୋଡା, ଅପାଢେୟ । କେହି ଆସନ୍ତିନି ତାକୁ ଜୀବନର ସାଥୀ କରିବାକୁ ।

ମିତା ନିଜକୁ ଦର୍ପଣ ସାମ୍ନାରେ ନିଟେଇ ନିଟେଇ ଦେଖେ । ସତରେ ତାର ଚେହେରାରେ ଯେଉଁ ଔଜଲ୍ୟତା ଥିଲା ତାହା ଆଜି ନାହିଁ । ମଳିନ ପଡ଼ିଗଲାଣି ଚର୍ମ । କିନ୍ତୁ ନିଜକୁ ପ୍ରସାଧନ ସାମଗ୍ରୀରେ ସଜାଇ ହେଲେ ସଜଫୁଟା ଗୋଲାପ ପରି ତ ଦିଶେନି, ଆଖିକୁ ଦିଶେ ସୁନ୍ଦର । କେଜାଣି ଗୋଲାପ ଫୁଲର ମହକ ଆସ୍ତେ ଆସ୍ତେ ନିଭି ଆସୁଥିବା ପରି ତାର ମହକ ଲିଭି ଯାଇଛି ନା କିଛି ଅଛି ଯେ ! ନିଜେ ତ ସେ ଅନେକ ଦିନର ଫୁଲଟିଏ । ନିଜେ କେମିତି ବା ଜାଣିବ ? ଫଳ କଣ ନିଜର ସୌରଭକୁ ନିଜେ ଅନୁଭବ କରିପାରେ ? କେହି ଜଣେ ଆତ୍ମୀୟ ହୋଇ ପାଖକୁ ଆସି ତୋଳି ନେବାକୁ ଚାହିଁଲେ ସିନା ଗୋଲାପ ଖେଳାଇ ଦିଏ ତାର ସୌରଭ ତାର ନାସା ଗହ୍ବର ପାର୍ଶ୍ୱକୁ ।

ଅନେକ ଅପେକ୍ଷା ପରେ ବିଶାଳ ନାମକ ଏକ ପୁଅର ପ୍ରସ୍ତାବ ଆସିଥିଲା ମିତା ସହିତ । ମିତାର ବାପା ବୋଉ ଖୁସି ହୋଇ ଯାଇଥିଲେ । ଏଥର ଯଦି ପିଲା ପକ୍ଷରୁ ମିତାକୁ ପସନ୍ଦ କରନ୍ତି ସେମାନେ କୌଣସି ପ୍ରକାରେ ମନା କରିବେନି । କାରଣ ଅପେକ୍ଷା କରିବାର ବୟସ ଆଉ ନାହିଁ ମିତାର । ଅପେକ୍ଷାର ଶେଷ ସୀମା ବୋଧହୁଏ ଏଇଠାନେ ସମାପ୍ତି ଘଟିବ ।

ବିଶାଳ ନାମକ ପ୍ରସ୍ତାବିତ ପୁଅଟି ଜଣେ ବ୍ୟବସାୟୀ । ସହରର ମୁଖ୍ୟ ସ୍ଥଳରେ ଏକ କପଡ଼ା ଦୋକାନ ଅଛି ତାଙ୍କର । ଦୋକାନ ସେମିତି ମଧ ଚଳେନି । ବାପା ତାର

ଅବସରପ୍ରାପ୍ତ ସରକାରୀ କର୍ମଚାରୀ। ପୁଅଟା କୁଆଡେ କହୁଛି ସେ ଜଣେ ଚାକିରିଆ ଝିଅକୁ ବାହା ହେବ। ସେଥିପାଇଁ ସେମାନେ ପ୍ରସ୍ତାବ ବାଢ଼ିଛନ୍ତି ମିତାକୁ।

ପ୍ରଥମେ ବିଶାଲର ମାଆ ବାପା ଆସି ଦେଖିଗଲେ ମିତାକୁ। ବିଶାଲକୁ ପରବର୍ତ୍ତୀ ପର୍ଯ୍ୟାୟରେ ପ୍ରେରଣ କରିବାର ପ୍ରତିଶ୍ରୁତି ଦେଇଗଲେ।

ନିରୂପିତ ସମୟରେ ବିଶାଲ ଆସିଥିଲା ତାର ଜଣେ ସାଙ୍ଗ ସହିତ ମିତାକୁ ଦେଖି। ମିତାକୁ ଦେଖିଥିଲା। ମିତା ନିଜକୁ ସଜାଇ ଦେଇଥିଲା ପ୍ରସାଧନ ସାମଗ୍ରୀରେ ଯଥା ସୁନ୍ଦର ଓ ସତେଜ କରି ଗଢ଼ି ତୋଲିବାକୁ। ଚା' ଜଳଖିଆ ପରିବେଷଣ କରିଥିଲା। ସେମାନଙ୍କ ସାମ୍ନାରେ ବସିଥିଲା କିଛି ସମୟ। ସେମାନଙ୍କ ପ୍ରଶ୍ନମାନଙ୍କର ସନ୍ତୋଷଜନକ ଉତ୍ତର ଦେଇଥିଲା।

ପରଦା ଫାଙ୍କରୁ ମିତା ଗୋଟିଏ ପୁଅକୁ ଦେଖି ଖୁସି ହୋଇ ଯାଇଥିଲା। ସୌମ୍ୟ ଚେହେରା। ସ୍ମାର୍ଟ। ଗୋରା ଡକଡକ ଚର୍ମ। ମାତ୍ର, ତା ଭାଉଜ ଆସି ତାକୁ କହିଗଲେ ଯେଉଁ ପୁଅଟି ପୂର୍ବ ପଟେ ବସିଛି ସିଏ ତୁମର– ମାନେ ବିଶାଲ। ଭାଉଜଙ୍କ କଥା ଶୁଣି ମିତା ପରଦା ଫାଙ୍କରୁ ଦେଖିବାକୁ ଚେଷ୍ଟା କରିଥିଲା। ମାତ୍ର ବ୍ୟର୍ଥ ହୋଇଥିଲା। ଜଳଖିଆ ପାତ୍ର ଧରି ସେଠାରୁ ଯିବାବେଳେ ଥରେ ପଲକ ପକାଇ ଦେଖିନେଲା ଯା ଆଗରୁ ପର୍ଦା ଫାଙ୍କରୁ ଦେଖିପାରୁ ନଥିବା ପୁଅଟିକୁ। ବେଶ ମୋଟା ଓ କଳା ରଙ୍ଗର ପୁଅଟା। ଶାରୀରିକ ଗଠନକୁ ବାହୁନିବାର ନାହିଁ। ମିତା ମନର ଖୁସି ଭାବଟା ସ୍ୱତଃ ଅଙ୍କୁରି ନ ଥିଲା। ଏତେ ମୋଟା ଓ କଳା ରଙ୍ଗ ଯେ ଗଠନ ଭଲ ଥିଲେ ବି ତାକୁ ଭଲ ଲାଗୁ ନ ଥିଲା। ସେହି ଝଲକର ଦୃଷ୍ଟିପାତରେ ଏତେଟା ଅନୁଭବ କରିବା ପରେ ନତ ନୟନରେ ସେମାନଙ୍କ ଉଦ୍ଦେଶ୍ୟରେ ଜଳଖିଆ ପ୍ଲେଟ ଥୋଇ ନମସ୍କାର ଜଣାଇ ଚାଲି ଆସିଥିଲା। ଭାଉଜ ପାଣି ଗ୍ଲାସ ଦିଟା ଥୋଇ ଦେଇ ଚାଲି ଆସିଥିଲେ ସେମାନଙ୍କ ସାମ୍ନାରୁ। ମିତାର ପୁଣି ଇଚ୍ଛା ହେଉଥିଲା ଆହୁରି ଥରେ ଅନ୍ତତଃ ଦେଖନ୍ତା ସେ ପୁଅଟାକୁ ଯାହା ସହିତ ତାର ଜୀବନ ଯୋଡି ହେବାକୁ ଯାଉଛି।

ଭାଉଜ କହିଲେ ପୁଣି ଚା' ନେଇ ପରିବେଷଣ କରିବାକୁ। ମିତା ପୁଣି ଚା ନେଇ ଥୋଇଲା ସେମାନଙ୍କ ସାମ୍ନାରେ। ବିଶାଲର ସାଙ୍ଗ ତାଙ୍କ ସାମ୍ନାରେ ମିତାକୁ ବସିବାକୁ କହିଲା। ମିତା ସଙ୍କୋଚରେ ବସିଥିଲା। ସେହି ବନ୍ଧୁ ଦ୍ୱୟଙ୍କର ବିଭିନ୍ନ ପ୍ରଶ୍ନର ଉତ୍ତର ଦେବାବେଳେ ସେମାନଙ୍କୁ ଥରେ ଥରେ ଦେଖି ନେଉଥିଲା ଲାଜୁଆ ଲାଜୁଆ ଆଖିରେ। ମିତାର ମନର କ୍ୟାମେରାରେ ଠିକ ଭାବେ ଉଠାଇ ନେଇଥିଲା ବିଶାଲର ଚେହେରା। ମିତା ତ ଏପରି ଏକ ଅନାକର୍ଷଣୀୟ ଚେହେରାଧାରୀକୁ କେବେ ବି ନିଜର ସ୍ୱାମୀ ଭାବେ ଚିନ୍ତା କରି ନଥିଲା। କଣ କରିବ ଏବେ ? ଏମାନେ ଚାଲି ଯିବା

ପରେ ଭାଉଜ ମିତାକୁ ସଙ୍ଗେ ସଙ୍ଗେ ପଚାରିଥିଲେ– କେମିତି ଲାଗିଲା । ମନକୁ ପାଉଛି ତ ? ମିତା କଣ ବା ଉତ୍ତର ଦେବ ?

ବିଶାଳ ଓ ତା ବନ୍ଧୁ ବାହୁଡ଼ି ଯିବା ବେଳେ ଘର ସାମ୍ନାରେ ବାପା ଓ ବୋଉ ବସମ୍ଯଦ ଢ଼ଙ୍ଗରେ ଠିଆ ହୋଇଥିଲେ । ବାପା କହୁଥିଲେ– ଆମର ସମସ୍ତଙ୍କର ପସନ୍ଦ ଅଛି, ଝିଅର ବି । ଆପଣଙ୍କ ପକ୍ଷରୁ ଖବର ଦେଲେ ଆଗକୁ ବଢ଼ିବା । ବାପାଙ୍କଠୁ କଥାଶୁଣି ସେମାନେ ମଟର ସାଇକେଲ ଷ୍ଟାର୍ଟ କରି ଚାଲିଗଲେ କିଛି ଧୂଆଁ ଉଡ଼ାଇ । ଉଡ଼ନ୍ତା ଧୂଆଁ ଝର୍କାର ପରଦା ଡେଇଁ ମିତାର ନାକରେ ବାଜି ଦୁର୍ଗନ୍ଧ କରି ଦେଇଥିଲା ତାର ଘ୍ରାଣେନ୍ଦ୍ରିୟକୁ । ଧୂଆଁ ଯେତିକି ଦୁର୍ଗନ୍ଧ ହୋଇଥିଲା ତା ଠୁ ଅଧିକ ଦୁର୍ଗନ୍ଧ ହୋଇଥିଲା ମିତାର ମନ– ବାପାଙ୍କ କଥା ଶୁଣି । ତାକୁ ତ କେହି ପଚାରିନି ତାର ମତାମତ । ବାପା କେମିତି ବିଶାଳ ସାମ୍ନାରେ କହିଦେଲେ ଯେ ତାର ପସନ୍ଦ ଅଛି ବୋଲି ? ବାପାମାନେ କଣ ଏଇ ସମାଜରେ ଝିଅମାନଙ୍କୁ ଉପେକ୍ଷା କରନ୍ତି ? ନିଜର ପସନ୍ଦ/ଅପସନ୍ଦକୁ ଲଦି ଦିଅନ୍ତି ଝିଅ ଉପରେ ? ଆଉ ଝିଅମାନେ ତାକୁ ବିରୋଧ କରି ପାରନ୍ତିନି । ମାନି ନିଅନ୍ତି ନିର୍ବିବାଦରେ, ନତ ମସ୍ତକରେ ।

ମିତା ପୁଣି ମନକୁ ମନ ଭାବିଲା– ତାକୁ ଯଦି ଭାଉଜ, ବୋଉ କିମ୍ବା ଘରର ଅନ୍ୟ କେହି ତାର ପସନ୍ଦ ଅପସନ୍ଦ କଥା ପଚାରିଥାନ୍ତେ ସେ କଣ ପ୍ରକାଶ କରି ପାରିଥାନ୍ତା ତା ନକାରାମ୍ନକ ମନୋଭାବକୁ ? ଏପରି କରିଥିଲେ ବାପାବୋଉଙ୍କ ମନରେ ନିଶ୍ଚିତ ରୂପେ କ୍ଷତ ସୃଷ୍ଟି ହୋଇଥାନ୍ତା । କାରଣ ସେମାନେ କେହି ବି ଚାହୁଁ ନ ଥିଲେ ମିତାର ବିବାହ ଆଉ ବିଳମ୍ବିତ ହେଉ ବୋଲି । ଏକ ଅଜଣା ଅଶୁଣା ନୂତନ ଅନାଗତ ପ୍ରସ୍ତାବର ଅନିଶ୍ଚିତ ପ୍ରତୀକ୍ଷାର ବିଷଜ୍ୱାଳାରେ ସେମାନେ ଆଉ ଜର୍ଜରିତ ନ ହୁଅନ୍ତୁ ।

ମିତା ନିଜେ କଣ ଅନିଶ୍ଚିତ ପ୍ରତୀକ୍ଷାରେ ସନ୍ତୁଳିତ ହେବାକୁ ଚାହୁଁଥିଲା ? ନିଜକୁ ନିଜେ ପ୍ରଶ୍ନ କଲା । ନା ତ । ତେବେ ସେ କଣ ମନା କରି ଦେଇ ପାରିବ ଯେ ବିଶାଳ ନାମକ ପ୍ରସ୍ତାବିତ ମୋଟା, କଳା ରଙ୍ଗର ପୁଅଟି ତାର ସ୍ୱାମୀ ହେବାକୁ ଅଯୋଗ୍ୟ ବୋଲି ?

ନାଁ, ତାକୁ କେହି ପଚାରି ନ ଥିଲେ । ସମସ୍ତଙ୍କ ଅପେକ୍ଷା ଥିଲା ବିଶାଳ ଘର ପକ୍ଷରୁ ଆସିବାକୁଥିବା ଉତ୍ତରକୁ ।

ସେଦିନ ମିତା ଖୁସି ହୋଇଥିଲା– ବିଶାଳ ଘରୁ ଖବର ଆସିଥିଲା ନାସ୍ତିକତାର । ବିଶାଳ ପସନ୍ଦ କଲାନି ମିତାକୁ । ତାର ନହନହକା ଶରୀରକୁ । ନିଜେ ଏତେ ମୋଟା ମଣିଷଟେ ଏତେ ପତଲା ଝିଅଟିଏକୁ ତାର ଜୀବନ ସାଥୀ ନ କରିବାକୁ ଠିକ ସିଦ୍ଧାନ୍ତ ନେଇଛି ବୋଲି ମିତା ମନେ ମନେ ଧନ୍ୟବାଦ ଦେଇଥିଲା ।

ସେଦିନ ଖବର ପାଇବା ପରେ ବୋଉ ବାପାଙ୍କୁ ପ୍ରବର୍ତ୍ତାଉଥିଲେ- ସବୁ କିଛି ପିଲାର ପସନ୍ଦ ଆସିଛି କେବଳ ଟିକେ ପତଳା ବୋଲି ପିଲା ନାହିଁ କରୁଛି ତ । ତୁମେ ଯାଇ ଟିକେ କୁହ । ବାହା ପରେ ମିତାର ଦେହ ବଦଳି ଯିବନି କି ? ସବୁବେଳେ କଣ ସେମିତି ପତଳା ଥିବ ଯେ !

ମିତା ପ୍ରମାଦ ଗଣିଥିଲା ବୋଉର କଥାରେ । ବାପାଙ୍କ ପ୍ରବୋଧନାରେ ସେମାନେ ଯଦି ରାଜି ହୋଇଯାନ୍ତି, ତେବେ ?

ମିତା ବୋଉକୁ ଡାକି କହିଥିଲା- ବୋଉ, ଯେଉଁଠି ମୂଳରୁ ଆନ୍ତରିକତା ନାହିଁ ସେଠି ଯୋର ଜବରଦସ୍ତି ଆନ୍ତରିକତା ସୃଷ୍ଟି କରିବା ଠିକ ନୁହେଁ ।

ବୋଉ ମିତାକୁ ସମର୍ଥନ କରି କହିଥିଲେ । ମିତା ଯେତେବେଳେ ନାହିଁ କରୁଛି ସେମାନେ ଆଗକୁ ବଢ଼ିବା ଠିକ ହେବନି ଭାବି ସେଇଠି ରହିଗଲେ ।

ପୁଣି ଅସରନ୍ତି ଦିନମାନଙ୍କର ପ୍ରତୀକ୍ଷା । ଅନିଷ୍ଟିତ ଆଶାର ଭେଳା ବାନ୍ଧି ବୈତରଣୀ ପାରି ହେବାର ପ୍ରୟାସ କରିବାକୁ ହେବ ।

ମିତାବାପା ମଙ୍ଗଳୁ ଅଧୀର ହୋଇ ଚିନ୍ତାମଗ୍ନ ଥିଲେ । ସତରେ ବିବାହ ପାଇଁ ଝିଅଟିଏ ବୟସଯୋଗ୍ୟା ହେଲେ ବିବାହ ହୋଇପାରେନି କାହିଁକି ? ଆହୁରି କଣ ସବୁ ଯୋଗ୍ୟତା ତାର ଆବଶ୍ୟକ ? ମିତା ପାଖରେ କି ଗୁଣର ଅଭାବ ଅଛି ? ମିତା ସୁନ୍ଦରୀ, ଗୋରା, ସଚ୍ଚରିତ୍ରା ପୁଣି ଚାକିରିଆ । ପ୍ରତିମାସ ଶେଷକୁ ମୁଠାଏ ଟଙ୍କା ଆସୁଛି ତା ହାତକୁ । ଆଜିର ଯୌତୁକ ଓ ଅର୍ଥ ଲୋଭରେ ବଧୂହତ୍ୟା ଓ ନିର୍ଯ୍ୟାତନାରେ ସମାଜ ଜଡ଼ିତ ଥିବା ବେଳେ, ମିତା ପରି ଏକ ଉପାର୍ଜନକ୍ଷମ ଝିଅକୁ କେହି ପ୍ରତିମାସର ଦରମା ଲୋଭରେ ବୋହୂ କରିବାକୁ ଆସୁନାହାନ୍ତି କାହିଁକି ? ଯିଏ ବା ଆସୁଛନ୍ତି ମିତାକୁ କ୍ଷୀଣାଙ୍ଗୀ ବୋଲି ନାକଚ କରି ଦେଉଛନ୍ତି । ଏଇ ଦୁନିଆରେ ବହୁ କ୍ଷୀଣାଙ୍ଗୀ ଝିଅ, କାଳୀ ଝିଅ, ବଦନାମୀ ଝିଅମାନେ ତ ପୁଣି ବିବାହ କରି ଶ୍ୱଶୁରାଳୟକୁ ଯାଉଛନ୍ତି । ଭାଗ୍ୟବାଦୀ ହୋଇ ପଡ଼ନ୍ତି ମଙ୍ଗଳୁ ମେହେର । କୁଆଡେ ସ୍ୱର୍ଗରେ ବିବାହମାନ ସ୍ଥିରୀକୃତ ହୋଇଥାଏ । ନିର୍ଦ୍ଧାରିତ ସମୟ ନ ଆସିଲେ ତାହା କେବେ ବି ସମ୍ପାଦିତ ହୋଇ ପାରେ ନାହିଁ । ପିତାମାତା କିମ୍ବା ଆତ୍ମୀୟମାନଙ୍କର ଗଳଦଘର୍ମ ଚେଷ୍ଟା ସେଥିରେ ଉନ୍ନତି ଅବନତିର କାଣିଚାଏ ବି ପ୍ରଭାବ ପକାଇ ପାରେ ନି ।

ମଙ୍ଗଳୁ ନିରୁପାୟ, ନିଶ୍ଚେଷ୍ଟ ହୋଇ ବସି ପଡ଼ିଥିଲେ । ହଠାତ ଦିନେ ଖବର ଆସିଲା ଟିଟିଲାଗଡର ଏକ ବରପାତ୍ରର । ପିଲାଟି ଡେଙ୍ଗା, ମଧ୍ୟମ ଧରଣର ଗୋରା, ବୃତ୍ତିରେ ଓକିଲାତି କରନ୍ତି ।

ଓକିଲାତି କଥା ଶୁଣି ମଙ୍ଗଳୁଙ୍କ ମନ ଘୁଞ୍ଚି ଯାଇଥିଲା କିଛି ବାଟ ପଛକୁ ।

ଓକିଲମାନଙ୍କୁ ବିଦ୍ରୁପ କରି ମଶକ ସହିତ ତୁଳନା କରାଯାଏ। ମଶକ ଯେପରି ଅନ୍ୟ ଦେହରୁ ରକ୍ତପାନ କରିଥାଏ ଓ ନିଜେ ଅନ୍ୟ ଦେହରେ ହେଉଥିବା ରକ୍ତକ୍ଷୟ କିମ୍ବା ଶୋଷଣ ଜନିତ ଜୀବାଣୁ ନିକ୍ଷେପଣର ପରିଣତି କଥା ସେ କେବେ ଚିନ୍ତା କରି ପାରେନି ଠିକ୍ ସେପରି ଓକିଲ ଜାତି। ଅବଶ୍ୟ ମଙ୍ଗଳୁ ଶୁଣିଛନ୍ତି ଅନେକଙ୍କ ମୁଖରୁ ଏତାଦୃଶ ଦୁର୍ନାମ। ମାତ୍ର ସେ ଭୁକ୍ତଭୋଗୀ ନୁହନ୍ତି। କେବେ ବି ତାଙ୍କୁ କୌଣସି କୋଟ କଚେରୀର ଆଶ୍ରୟ ନେବାକୁ ପଡ଼ିନି।

ତେବେ ତ ମଙ୍ଗଳୁ ମନା କରି ପାରିବେନି ନବାଗତ ପ୍ରସ୍ତାବକୁ। ଅନ୍ତର ଭିତରେ ଯେତିକି ନାହିଁର ଗୁଞ୍ଜରଣ ଆସୁଥିଲେ ବି ମୁଖରେ କେମିତି ମନା କରି ପାରିବେ ବହୁ ପ୍ରତୀକ୍ଷିତ ଏକ ଅନାହୂତ ପ୍ରସ୍ତାବକୁ ?

ମିତାର ବୋଉ ଖୁସିଥିଲେ ଆଗତ ପ୍ରସ୍ତାବରେ। କେହି କେମିତି କୁଟୁମ୍ବ ଭିତରେ ପ୍ରଶ୍ନ କଲେ– କେମିତି ଚାଲୁଛି ତାଙ୍କର ଓକିଲାତି ? ମଙ୍ଗଳୁ ଓ ତା ବୋଉଙ୍କର ଉତ୍ତର ଥିଲା– ଯେମିତି ଚାଲୁ କଣ ଅଛି। ମିତାର ଦରମା ତ ଅଛି ଚଳିବାକୁ। କଣ ବା ଅସୁବିଧା ହେବ ଯେ !

ମିତା ଏଇ ପ୍ରସ୍ତାବ କଥା ଶୁଣି ଖୁସି ଥିଲା ନିଶ୍ଚୟ। କ୍ରମାଗତ ଅତିକ୍ରାନ୍ତ ବୟସରେ ସେ ସମାଜରେ ହୋଇ ପଡ଼ିବ ଅଲୋଡ଼ା , ଅପାଢ଼େୟ। ସମାଜର ଖୋଲା ବଜାରରେ ସେ ଯଦି ଏକ ଲାଲ ଟକମକ ପାତଲଘଣ୍ଟା। ଆହୁରି କିଛି ସମୟ ପରେ ପଚିସଢ଼ି ନଷ୍ଟ ହୋଇଯିବ। କୌଣସି ଏକ ଗ୍ରାହକର ବ୍ୟାଗ ଭିତରେ ପଶି ଯିବା ହିଁ ହେବ ତା ପାଇଁ ଶ୍ରେୟସ୍କର। ତା ଛଡ଼ା ମିତା ଓକିଲ ସୁଶାନ୍ତଙ୍କର ଚେହେରା ଶୁଣି ଖୁସି ହୋଇ ଯାଇଯାଇଥିଲା। ସେ ଡେଙ୍ଗା, ଗୋରା। ଯା'ହେଉ ଯା' ଆଗରୁ ନାକଚ ହୋଇଥିବା ପାତ୍ର ପରି ସେ ମୋଟା ଓ କଳା ନୁହନ୍ତି।

ସୁଶାନ୍ତ ଦେଖା ଆସିଥିଲେ ମିତାକୁ ତାଙ୍କ ତିନିଜଣ ଓକିଲ ବନ୍ଧୁଙ୍କ ସହିତ। ମିତା ନିଜକୁ ସୁସଜ୍ଜିତ କରି ସମସ୍ତ ପ୍ରକାର ସତର୍କତା ଅବଲମ୍ବନ କରି ବାହାରିଲା ସେମାନଙ୍କ ସାମ୍ନାକୁ। ତାକୁ ଲାଗୁଥିଲା ଏହା ତା ଜୀବନରେ ଏକ ଶେଷ ପରୀକ୍ଷା ଯେପରି। ବିଶ୍ୱବିଦ୍ୟାଳୟର କଠିନ ବିଷୟର ପରୀକ୍ଷା ଦେବାକୁ ପରୀକ୍ଷା କୋଠରୀରେ ବସିବା ପୂର୍ବରୁ ତାର ମନ ଯେତିକି ଆଶଙ୍କା ଅନୁଭବ କରୁଥିଲା ଏହା ନିଶ୍ଚିତ ରୂପେ ତା ଠାରୁ ଅଧିକ। ମନେ ମନେ ନିଜର ଇଷ୍ଟଦେବୀଦେବତାଙ୍କୁ ସ୍ମରଣ କରୁଥାଏ। ସେମାନଙ୍କର କୌଣସି ପ୍ରଶ୍ନର ଉତ୍ତର ଭୁଲ ନ ହେଉ। ସେମାନଙ୍କ ଆଖିରେ ସେ ଦିଶୁ ସୁନ୍ଦରତମ, ଶାନ୍ତ, ସୁଶାନ୍ତ-ଉପଯୁକ୍ତ।

ମିତାର ବାପା ବି ସୁଶାନ୍ତଙ୍କ ଆଗମନରେ ଥିଲେ ସର୍ବାଧିକ ତତ୍ପର। ଦାମୀ

ଦାମୀ ମିଠା ଓ ଫଳାଦି ଆଣିଥିଲେ ଜଳଖିଆର ଆଇଟମ ଭାବେ। ମିତାର ବୋଉକୁ ପରାମର୍ଶ ଦେଉଥିଲେ କେମିତି ଭାବେ ପରଷା ହେବ ଜଳଖିଆ। କାଚ ପାତ୍ରରେ ଦିଆ ଯିବ ନା ଦାମୀ ଦାମୀ ଚିନା ପାତ୍ରରେ ? ପାଣି ଦିଆଯିବ ସୌଖୀନ କାଚ ଗ୍ଲାସରେ ନା ଷ୍ଟିଲ ଗ୍ଲାସରେ। କିପରି ଭାବେ କଥାବାର୍ତ୍ତା କରିବେ ଆଗତ ଅତିଥିମାନଙ୍କ ସହିତ।

ମିତାକୁ ଅନେକ ପ୍ରଶ୍ନ ପଚାରିଥିଲେ ସୁଶାନ୍ତର ବନ୍ଧୁମାନେ। ସବୁ ପ୍ରଶ୍ନର ଉତ୍ତର ସରଳ ଓ ସାବଲୀଳ ଭାବେ ଦକ୍ଷତାର ସହିତ ଦେଇ ପାରିଥିଲା ମିତା। କେଉଁଠି ବି ଜଟିଳ ପ୍ରଶ୍ନର ଉତ୍ତରହୀନତାରେ ଅଟକି ଯାଇ ନି ସେ। ତାକୁ ଲାଗୁଥିଲା ତାର ଉତ୍ତରରେ ସେମାନେ ସନ୍ତୁଷ୍ଟ। ଶେଷକୁ ମିତା ଅବଶ୍ୟ ଅଡୁଆ ଅଡୁଆ ଅନୁଭବ କରିଥିଲା। ସୁଶାନ୍ତର ସାଙ୍ଗମାନେ ମିତାକୁ ବାଧ୍ୟ କରିଥିଲେ ସୁଶାନ୍ତକୁ କିଛି ପ୍ରଶ୍ନ ପଚାରିବାକୁ। ମିତା ତ ସେଥି ପାଇଁ ପ୍ରସ୍ତୁତ ହୋଇ ନଥିଲା । କେବେ ବି ଯ଼ା ପୂର୍ବରୁ ଯେତିକି ବରପାତ୍ରଙ୍କର ସାମ୍ନା କରିଛି, ସେମାନେ କେବେ ବି ଏତାଦୃଶ ଅନୁରୋଧ କରି ନ ଥିଲେ। ମିତା କିଛି ଠିକ କରି ପାରି ନ ଥିଲା। ସେ ଚିନ୍ତା କରିବାକୁ ଅଧିକ ସମୟ ନେବା ଉଚିତ ମଣି ନ ଥିଲା। ତା ମନକୁ ଜୁଟିଲା ସେ ନାରୀ ସ୍ୱାଧୀନତା ଉପରେ ମତାମତ ଦିଅନ୍ତୁ। ସାଙ୍ଗ ଜଣେ ନିରୋଧାତ୍ମକ କଣ୍ଠରେ କହିଲା– ଏ ତ ପ୍ରଶ୍ନ ନୁହେଁ। ପୁରା ଗୋଟାଏ ଡିବେଟର ବିଷୟ। ସୁଶାନ୍ତ ସଙ୍ଗେ ସଙ୍ଗେ ସେହି ସାଙ୍ଗକୁ ନିରବ ରହିବାକୁ ଇଙ୍ଗିତ କରି କହିଥିଲା– ଠିକ ଅଛି, ମୁଁ ମିତା ପଚାରିଥିବା ପ୍ରଶ୍ନର ଉତ୍ତର ଦେଉଛି ଗୋଟିଏ ବାକ୍ୟରେ। ତାପରେ ମିତା ଆଡକୁ ଚାହିଁ ସୁଶାନ୍ତ କହିଥିଲା– ମୁଁ ସମର୍ଥନ କରେ ନାରୀ ସ୍ୱାଧୀନତାକୁ। ଅନ୍ୟ ଜଣେ ବନ୍ଧୁ ପରିହାସ ଛଳରେ କହିଲେ ସୁଶାନ୍ତ ପ୍ରତି– କାହିଁକି ସମର୍ଥନ ନ କରିବ ? ନାରୀ ତ ପୂଜନୀୟା, ବନ୍ଦନୀୟା। ପରିବେଶକୁ ହାଲୁକା କରିବାକୁ ଆଉ ଜଣେ ବନ୍ଧୁ କହିଲେ– ତାହେଲେ ଆମ ସୁଶାନ୍ତ ଭାଇ କଣ ପ୍ରତିଦିନ ଗାଧୁଆପାଧୁଆ ସାରି ଧୂପଦୀପ ଜାଲି ମିତା ଭାଉଜଙ୍କୁ ପୂଜା କରିବା ଉଚିତ ତ ? ସମସ୍ତେ ହସି ଉଠିଲେ ଏକ ସ୍ୱରରେ।

କନ୍ୟାଦେଖା ପର୍ବ ସେଇଠି ଶେଷ ହୋଇଥିଲା।

ଅନ୍ୟାନ୍ୟ ଔପଚାରିକତା ପରିପାଳନ ପରେ ନିର୍ଦ୍ଧାରିତ ହେଇଥିଲା ମିତାର ବିବାହ ତାରିଖ।

ସୀତା ଖବର ପାଇ ଛୁଟି ଆସିଥିଲା ମିତା ପାଖକୁ। ଅନେକ ଖୁସିରେ ଅଭିନନ୍ଦନ ଜଣାଇଥିଲା ମିତାକୁ। ମିତାର ବୈବାହିକ ଜୀବନ ସୁଖମୟ ହେଉ, ସେ ଜଣେ ସଫଳ ପନ୍ନୀର ଭୂମିକା ଠିକଭାବେ ନିର୍ବାହ କରୁ– ଏଇଆ ଥିଲା ସୀତାର କାମନା। ଲଳିତା ବି ଖବର ଦେଇଥିଲା ମିତାକୁ, ସେ ନିଶ୍ଚୟ ଆସିବ ମିତାର ବାହାଘରକୁ।

ନିର୍ଦ୍ଧାରିତ ତାରିଖରେ ଶୁଭ ମୁହୂର୍ତ୍ତରେ ବିବାହ ଅନୁଷ୍ଠିତ ହୋଇଥିଲା ମିତାର। ସମସ୍ତ ଜ୍ଞାତିକୁଟୁମ୍ବ, ବନ୍ଧୁ ପରିଜନ, ପଡୋଶୀ, ଗ୍ରାମବାସୀଙ୍କ ଗହଣରେ ମିତାର ହସ୍ତବନ୍ଧନ ପଡିଥିଲା ସୁଶାନ୍ତ ସହିତ। ଉପସ୍ଥିତ ଥିଲେ ଚଉଦିଗରେ ଦେବତାଗଣ ଅଦୃଶ୍ୟ ଭାବେ ବ୍ରାହ୍ମଣର ମନ୍ତ୍ରୋଚ୍ଚାରଣ ସହିତ। ସୀତା, ଲଳିତା ଦୁହେଁ ଆସିଥିଲେ ମିତାର ବିବାହକୁ। ବିବାହ ରାତିରେ ବିଦାୟ ଦେଇଥିଲେ ମିତାକୁ ଶ୍ୱଶୁରାଳୟକୁ। ମିତାର ବାପାବୋଉ ତ କାନ୍ଦିଥିଲେ ଅନେକ କୋହର ଅସ୍ଫୁଟ ଭାଷାରେ। ସୀତା ଓ ଲଳିତା ମଧ୍ୟ କାନ୍ଦିଥିଲେ ବହୁତ।

କି ବିଚିତ୍ର ଏ ଲୀଳା! ଯେଉଁ ବିବାହକୁ ଅନେକ ଖୋଜାଲୋଡା ଚାଲେ, ବହୁ ପ୍ରତୀକ୍ଷା, ଗଳଦଘର୍ମ ଚେଷ୍ଟା ପରେ ମିଳିଥାଏ। ତାର ସମାପ୍ତିରେ ଥାଏ ଦୁଃଖଦ ଯବନିକା। ଯେଉଁ ଝିଅ ପାଇଁ ବହୁ ଆୟାସରେ ମିଳି ଥାଏ ହାତ ଦିଓଟି, ସେହି ହାତ ଦୁଇଟିରେ ଝିଅର ହାତ ଦି'ଟି ସମର୍ପି ଦେଲେ ମୁଖରେ ଖେଳି ଉଠେନି ପରିତୃପ୍ତିର ହସ ଧାରେ। ବରଂ ଅକୁହା କୋହର ହାବୁକା ହାବୁକା ଚାପରେ ଥରି ଉଠେ ଛାତି। ଆଉ ସେଇ ଦୁଃଖର ସଂକ୍ରମଣ ହେତୁ ପତି ଗୃହାଭିମୁଖୀ ଝିଅ ବି କାନ୍ଦି ଉଠେ। ହେତୁ ପାଇବା ଦିନଠୁ ଯଦିଓ ସେ ଜାଣି ଥାଏ ଯେ ଏଇ ବାପାବୋଉଙ୍କ ଘର ତାର ନୁହେଁ, ସେ ଚାଲିଯିବ ଅନ୍ୟତ୍ର ଏକ ନିଜ ଘର ତୋଳିବାକୁ। ତଥାପି ସେଇ ବହୁ ଆକାଂକ୍ଷିତ ଗୃହକୁ ଗମନୋଦ୍ୟତ ବେଳେ କାହିଁକି ପୁରାତନ ଗୃହର ମାୟା ଜାବୁଡି ଧରେ?

ପୁରାତନ ପ୍ରତି ଯେତିକି ଆସକ୍ତି ଆସିଲେ ବି ନୂତନ ସଂରଚନା ପାଇଁ ମନର କେଉଁ ଏକ ନିରାପଦ ସ୍ଥାନରେ ସଂଗୋପିତ ଥାଏ ଅନେକ ଇଚ୍ଛା। ସେ ନୂତନ ଭାବେ ଗଢିବ ନୀଡଟିଏ ନିଜର ହାତ ପରଶରେ ଅତି ଅଭିନବ ଭାବେ, ଲହୁ ଲୁହ ଦେଇ। ସେଇ ନୂତନ ଘରର ରାଜା ହେବେ ତାର ସ୍ବାମୀ ଦେବତା ଓ ସେ ହେବ ରାଣୀ। ସେଇ ଘରେ ଥିବ ଅସୁମାରୀ ସ୍ବପ୍ନ ଆଉ ସମ୍ଭାବନା। ସୁଖର ବୋଝାବୋଝି ଫୁଲର ସ୍ତବକମାନ। ବସନ୍ତର ବାତାୟନରୁ ଭାସି ଆସୁଥିବା କେଉଁ ନାଁ ନ ଜଣା ଫୁଲର ମହକଟିଏ ପରି ଉଲ୍ଲସିତ କରି ଦେଉଥିବ ତାର ତନୁମନ, ସମଗ୍ର ସଭାକୁ।

ମିତାକୁ ଏକାକିନୀ କରି ଛାଡି ଯାଇଥିଲେ ତାର ଲେଖାଯୋଖାର ଭାଉଜ ଜୀବନର ବହୁ ଅଭିଲଷିତ ବାସର ଶଯ୍ୟାରେ। ମିତା ଅପେକ୍ଷା କରିଥିଲା ସ୍ବାମୀ ସୁଶାନ୍ତକୁ ଜୀବନର ସର୍ବଶ୍ରେଷ୍ଠ, ପରମ ଆକାଂକ୍ଷିତ ପୁରୁଷକୁ। ମିତା ଭାବୁଥିଲା ସେ ଠିକ ଏପରି ପୁରୁଷକୁ ତ ଖୋଜିଛି ଅନେକ - ଯିଏ ଡେଙ୍ଗା, ଗୋରା, ନାକତଲେ ଦି ଗୋଛା ପରଜାପଟିଆ ନିଶ।

କେତେ ଅଭିଲଷିତ ଥିଲା ଏଇ ମୁହୂର୍ତ୍ତ ସତେ! ଏହି ମୁହୂର୍ତ୍ତକୁ ହାତ ପାହାନ୍ତାରେ

ପାଇବାକୁ ସେ କେତେ ଦିନ ମାନସିକତାର ଆସକ୍ତିରେ ଟାଣି ନ ହୋଇଛି । ଏହାକୁ ରଙ୍ଗୀନ କରିବାର ପରିକଳ୍ପନାମାନ ତା ମନକୁ ମନକୁ ଆପଣାଛାଏଁ ମାଡ଼ି ଆସି ଚାଲି ଯାଇଛି । ସେ ଭାବିଥିଲା ଏହି ମୁହୂର୍ତ୍ତକୁ ସେ କରିବ ସଦୁପଯୋଗ । ଏହାକୁ କରିବ ସ୍ମତିମୟ । ମାତ୍ର ସେ ଏବେ ଅନୁଭବ କରୁଛି ନିଜକୁ ଦୁର୍ବଳରୁ ଦୁର୍ବଳତର । ତାର ଜୀବନର ସହଚର ପ୍ରଥମ ସାକ୍ଷାତ ପାଇଁ ଆସିବା ସମୟ ଯେତିକି ବିଳମ୍ବିତ ହେଉଛି ସେ ସେତିକି ଦୁର୍ବଳ ହୋଇ ପଡ଼ୁଛି । ଏକ ଅଜଣା ଭୟରେ ଥରି ଉଠୁଛି ତାର ତନୁ ମନ ।

ସୁଶାନ୍ତ ପଶି ଆସିଲେ ମିତାର ପ୍ରକୋଷ୍ଠ ଭିତରକୁ ଓ ଭିତର ପଟୁ ବନ୍ଦ କରିଦେଲେ କବାଟ । ମିତାର ତାଲୁରୁ ତଳିଆ ଯାଏ ତଡ଼ିତ ପ୍ରବାହ ପରି ଏକ ଶୀତ୍କାର ଗତି କରିଗଲା ।

ମିତା ବସିଥିଲା ମଥା ନତ କରି ନୀରବ ନିଷ୍ଫଳ ହୋଇ । ମୁଣ୍ଡରେ ତାର ମୁଖଢ଼ଙ୍କା ଓଢ଼ଣୀ ।

ସୁଶାନ୍ତ ତା ନିକଟରେ ବସି କହିଲେ– କିଏ ଆସିଛି ଦେଖ ତୁମ ପାଖକୁ ।

ମିତା ମଥା ଟେକି ଦେଖି ପାରୁ ନ ଥିଲା । ଅଜସ୍ର ଓଜନରେ ତାର ମୁଣ୍ଡ ଭାରି ହୋଇ ପଡ଼ିଥିଲା ଯେପରି । ତାକୁ ଟେକିବାକୁ ତାର ସାମର୍ଥ୍ୟ ନ ଥିଲା । ତାର ନିରବତା ଲକ୍ଷ୍ୟ କରି ସୁଶାନ୍ତ କହିଲେ– ଏ ଆଡ଼େ ଦେଖିବନି ? କିଛି କହିବନି ?

ସତରେ ମିତା ଅନୁଭବ କରୁଥିଲା– ତାର କହିବାର ଶକ୍ତି ବି ନାହିଁ । ପାଟି ଦୁଇଟି ସମ୍ପୂର୍ଣ୍ଣ ଅଠାଲିଆ, ଶୁଷ୍କ ।

ସେଦିନ ବୈଠକ ପ୍ରକୋଷ୍ଠରେ ତାକୁ ଦେଖିବାକୁ ଆସିଥିବା ସୁଶାନ୍ତ ଓ ତାଙ୍କ ସାଥିମାନଙ୍କ ସହିତ ମିତା ତ ଠିକ୍ କଥାବାର୍ତ୍ତା ହେଇ ପାରୁଥିଲା । ଆଜି କାହିଁକି ସେ ବାକ୍ଶୂନ୍ୟ ? ଅଥଚ ଟ୍ରେନ ଗାଡ଼ିର ଛୁକ ଛୁକ ପରି ତାର ହୃତସ୍ପନ୍ଦନ ବୃଦ୍ଧି ପାଇବାରେ ଲାଗିଛି ବହୁ ଗୁଣରେ । ସୁଶାନ୍ତ ଏଥର ଖୁସ୍‌ ପରି ନିରବ ନିଷ୍ଫଳ ଥିବା ମିତାର ଓଢ଼ଣୀକୁ ଉଠାଇ ଦେଇ ଦୁଇ ହାତରେ ତୋଳି ଆଣିଲେ ମିତାର ମୁଖ ମଣ୍ଡଳକୁ ନିଜର ଓ ଆଡ଼କୁ । ଆଙ୍କିଦେଲେ ଏକ ଉତ୍ତପ୍ତ ଚୁମ୍ବନ ମିତାର ମୁଲାୟମ କପୋଲରେ ।

ମିତାର କର୍ତ୍ତୃତ୍ୱ କିଛି ନ ଥିଲା । କେତେବେଲେ ନିଜକୁ ସମର୍ପି ଦେଇଥିଲା ସୁଶାନ୍ତ ନିକଟରେ ସେ ନିଜେ ବି ଜାଣି ପାରି ନ ଥିଲା ।

ସକାଳ ପାହି ଯାଉଥିଲା ଗୋଟିଏ ପଲକର ନିଦରେ । ମାତ୍ର ଉଠି ନ ଥିଲେ ସୁଶାନ୍ତ ଓ ମିତା । ବାହାରୁ କବାଟର କରାଘାତ ଶୁଣି ମିତା ଧଡ଼ପଡ଼ ହୋଇ ଉଠି ପଡ଼ିଲା । ଦର୍ପଣ ସାମ୍ନାରେ ନିଜର କେଶ ବାସ ସଜାଡ଼ି ବାହାରି ପଡ଼ିଲା ପ୍ରକୋଷ୍ଠ

ଭିତରୁ । ଦେଖିଲା ସୂର୍ଯ୍ୟଙ୍କ ସୁନେଲି କିରଣ ବିଛାଇ ହେଲାଣି ସବୁଆଡେ । ଚାରିଆଡେ ବର୍ଣ୍ଣମୟ । ପକ୍ଷୀମାନଙ୍କ କାକଲିରେ ଭରପୁର ରାତିର ନିଶବ୍ଦ ପରିବେଶ । ଚଳଚଞ୍ଚଳ ପୃଥିବୀ ଚାଲିଛି ଏକ ସୁସୁପ୍ତିର ଦିନଟେ କଟାଇ । ମିତାକୁ ଲାଗିଲା ତାର ଜୀବନର ଏଇ ଆରମ୍ଭ ହେଲା ପୁନର୍ଜନ୍ମ । ଆଜିର ସକାଳ ପରି ତାର ଜୀବନ ହେଉ ବର୍ଣ୍ଣମୟ । ଭଗବାନଙ୍କ ଉଦ୍ଦେଶ୍ୟରେ ହାତ ଯୋଡି ମନେ ମନେ ଅନୁନାସିକ ସ୍ୱରରେ କହିଗଲା— ହେ ପ୍ରଭୁ ! ଆଜିର ଏଇ ସକାଳ ପରି ଆମର ଯୁଗ୍ମ ଜୀବନକୁ ବର୍ଣ୍ଣମୟ, ଉଦ୍ଭାସିତ, ହରଷିତ, ପବିତ୍ର କର ।

ସ୍ନାନାଦି ନିତ୍ୟକର୍ମ ସାରି ମିତା ପଶି ଯାଇଥିଲା ପୂଜା କୋଠରୀକୁ । ପୂଜା ପାଠ କାର୍ଯ୍ୟ ସାରି ତାର ମନୋବାଞ୍ଛାକୁ ପ୍ରଭୁଙ୍କ ପାଖରେ ପୁଣି ଦୋହରାଇ ଗୃହ କାର୍ଯ୍ୟ ପାଇଁ ବାହାରି ଆସିଥିଲା । ଶାଶୁ କହିଲେ ମିତାକୁ— ଆଜି ତୁ ରାନ୍ଧିବୁ । ତୋ ହାତ ପରଷା ଖାଇବେ ପରିବାର ଓ ବନ୍ଧୁବର୍ଗ ।

ମିତା ଲାଗି ପଡିଲା ରନ୍ଧନ କାର୍ଯ୍ୟରେ । ତାକୁ ସାହାଯ୍ୟ କରିବାକୁ ଶାଶୁ ଓ ସଂପର୍କୀୟ ନଣନ୍ଦ ଜଣେ ସବୁବେଳେ ପାଖେ ପାଖେ ଥିଲେ । ମିତା ଅତି ଯତ୍ନର ସହିତ ସମସ୍ତ ବ୍ୟଞ୍ଜନାଦି ପ୍ରସ୍ତୁତ କଲା । ତା ହାତରନ୍ଧାକୁ କେହି ଅପସନ୍ଦ କରନ୍ତିନି ତା ବୋଉ ଘରେ । ଆଜି ଏଠାରେ କିଏ କେମିତି କହୁଛି ଦେଖାଯାଉ, ମନେ ମନେ ଚିନ୍ତା କଲା ମିତା ।

ପରେ ଜାଣିପାରିଲା ଯେ ତା ହାତରନ୍ଧାକୁ ସମସ୍ତଙ୍କୁ ପସନ୍ଦ ହୋଇଛି । ତାର ହାତର ପରଷରେ ସମସ୍ତ ଖାଦ୍ୟ ଦ୍ରବ୍ୟ ସୁସ୍ୱାଦୁଯୁକ୍ତ ହୋଇଥିଲା ।

କେବଳ ରନ୍ଧନ କାହିଁକି ମିତାର ସମସ୍ତ କାର୍ଯ୍ୟକୁ ପ୍ରଶଂସା । ତାର ଚାଲିଚଳନ, ଆଚାର ବ୍ୟବହାରର ପ୍ରଶଂସା ସାଇ ପଡିଶାରେ ସୁନାମ ଆଣି ଦେଇଥିଲା ।

କେତେବେଳେ ବିତିଗଲା ପନ୍ଦର ଦିନ ମିତା ଜାଣି ପାରିଲାନି । ସାମାଜିକ ପ୍ରଥାନୁସାରେ ମିତା ଏବେ କିଛି ଦିନ ପାଇଁ ନିଜ ପିତାମାତା ଘରକୁ ଯିବ । ସେଠି ଆଠଦଶ ଦିନ ରହି ପୁଣି ଫେରି ଆସିବ ଶ୍ୱଶୁରାଳୟକୁ । ମିତା ସେହି ଫେରିବାର ଦିନକୁ ଉପଲକ୍ଷ୍ୟ କରି ସ୍କୁଲରେ ଛୁଟି ଆବେଦନ କରିଥିଲା । ପିତ୍ରାଳୟକୁ ଫେରିଲେ ସେ ତ ପୁଣି ସ୍କୁଲରେ ଯୋଗଦାନ କରିବ ।

ପିତ୍ରାଳୟକୁ ଆସି ମିତା ସ୍କୁଲରେ ଯୋଗଦାନ କରିଥିଲା । ଦଶଦିନ ବିତିଗଲା । ଅନେକ ଦିନ ସୀତା ଆସେ ତାଙ୍କ ଘରକୁ । ତାର ସ୍ୱାମୀ, ଶାଶୁ ଶ୍ୱଶୁର, ଘରଦ୍ୱାର ଆଦି ବିଷୟରେ ଗପସପ କରି ଫେରେ । ସ୍କୁଲ ସମୟରେ ଛାତ୍ରଛାତ୍ରୀ ସହକର୍ମୀଙ୍କ ଗହଣରେ କଟି ଯାଉଥିଲା ସମୟ । ମାତ୍ର ରାତିରେ ମନେ ପଡନ୍ତି ତାର ଧୂସରିତ

ପୃଥିବୀକୁ ସବୁଜ ସୁନ୍ଦର କରିବାକୁ ଆସିଥିବା ସୁଶାନ୍ତ । ତାଙ୍କର ଅଭାବରେ ନିଦ ସହଜରେ ଆସୁ ନ ଥିଲା । ତାଙ୍କ କଥା ଭାବି ଭାବି କେତେବେଳେ ତାକୁ ନିଦ ଆସି ଯାଉଥିଲା ଅବଶ୍ୟ ତାକୁ ଜଣା ପଡୁ ନ ଥିଲା ତାଙ୍କର ଅଭାବ ।

ତାକୁ ଶ୍ୱଶୁରାଳୟକୁ ଯିବାକୁ ହେବ । ସୁଶାନ୍ତ ଆସିଥିଲେ ମିତାକୁ ନେଇଯିବା ପାଇଁ ସଙ୍ଗରେ । ମିତାର ବାପା ବୋଉ ପ୍ରସ୍ତାବ ଦେଇଥିଲେ ମିତା ଏଠାରେ ରହୁ ତାର ବଦଲି ନ ହେବା ଯାଏ । ପ୍ରତ୍ୟେକ ଶନିବାର ସ୍କୁଲ ସାରି ମିତା ଯିବ ତାର ଶ୍ୱଶୁରାଳୟକୁ ଏବଂ ପୁଣି ଫେରି ଆସିବ ସୋମବାର ସକାଳୁ ସ୍କୁଲ ସମୟ ପୂର୍ବରୁ । ବସ୍‌ରେ ଯାତାୟତର ସୁବିଧା ବି ଅଛି ।

ସୁଶାନ୍ତ ରାଜି ହୋଇ ନ ଥିଲେ । କହିଥିଲେ ବାପାବୋଉ ଏଥିରେ ରାଜି ହେବେନି । ମିତା ବାପାମାଆ ଜୋର କରି ନ ଥିଲେ ତାଙ୍କର ପ୍ରସ୍ତାବକୁ ଲଦି ଦେବାକୁ ସୁଶାନ୍ତଙ୍କ ଉପରେ ।

ମିତା ଏକମାସ ଛୁଟି ଆବେଦନ କରି ଚାଲିଗଲା ଶ୍ୱଶୁରାଳୟକୁ ।

ମିତା ଏକାନ୍ତରେ ସୁଶାନ୍ତକୁ ପଚାରିଥିଲେ- ବାପା ବୋଉଙ୍କ ପ୍ରସ୍ତାବକୁ ତୁମେ ଖରାପ ବୁଝିନ ତ ?

ସ୍ୱଭାବିକ ସ୍ୱରରେ ସୁଶାନ୍ତ କହିଲେ- ଖରାପ ବୁଝିବି କାହିଁକି ? ଉତ୍ତମ ପ୍ରସ୍ତାବ । ଏପଟେ ଛୁଟି ନେବାକୁ ପଡିବ ନି, ସେପଟେ ଶ୍ୱଶୁର ଘରେ ବି ବୋହୂର ଲମ୍ୱ ଦିନର ଅନୁପସ୍ଥିତି ହେବନି । କିନ୍ତୁ କଥା କଣ ଜାଣିଛ ?

ମିତା ମୁଣ୍ଡ ଟୁଙ୍ଗାରି ନାସ୍ତିକତାର ସୂଚନା ଦେଲା ।

ଜାଣିଛ ନା, ଲୋକେ କହିବେ ମିତାର ଚାକିରି ଲୋଭରେ ବୋହୂ କରିଛି ମେହେର ବୁଢ଼ା ।

ମିତା ପ୍ରତିବାଦ ସ୍ୱରରେ କହିଲା- ଲୋକ କଥାକୁ ତୁମେମାନେ ଏତେ ପ୍ରାଧାନ୍ୟ ଦିଅ ?

ସୁଶାନ୍ତ ମିତାର ଆହୁରି ପାଖକୁ ଚାଲି ଆସି କହିଲେ- ପରକଥାକୁ କିଏ ଜୋର ଦେଉଛି ମ । ତୁମେ କହିଲ- ତୁମେ ତୁମ ବାପଘରେ ରହିବ, ତୁମକୁ ଭଲ ଲାଗିବ ? ଛି, କି ଡହଳ ବିକଳ ଜୀବନ । ପାଣି ବୋତଲଟା କିଣା ହୋଇ ଆସିଥିବ । ଶୋଷରେ ତଣ୍ଟି ଶୁଖି ଯାଉଥିବ, ଅଥଚ ବ୍ୟାଗ ଭିତରୁ ବୋତଲ କାଢ଼ି ପିଇପାରୁ ନ ଥିବ ।

ସୁଶାନ୍ତଙ୍କ ଶ୍ଳେଷାତ୍ମକ କଥାର ଗୁଢ଼ାର୍ଥ ବୁଝି ମିତା ହସି ଦେଇଥିଲା ।

ସୁଶାନ୍ତ ପ୍ରତିଶ୍ରୁତି ଦେଇଥିଲା ମିତାକୁ । ସେ ଯାଇ ମିତାର ବଦଲି ପାଇଁ ଲାଗିବ ।

ଏଇ ସହରକୁ ତାର ବଦଲି କରାଇ ଆଣିବେ। ଏଥିପାଇଁ ଆବଶ୍ୟକ ହେଲେ ରାଜନୈତିକ ଚାପ ପକାଇବେ।

ମିତାର ବଦଲି ଆବେଦନ ପତ୍ରରେ ମିତାର ଦସ୍ତଖତ ନେବା ପରେ ସୁଶାନ୍ତ ସଂପୃକ୍ତ କାର୍ଯ୍ୟାଳୟକୁ ଯାଇ କାର୍ଯ୍ୟ ଆରମ୍ଭ କରାଇ ଦେଲେ। ପର୍ଯ୍ୟାୟକ୍ରମେ ସେହି ଆବେଦନ ପତ୍ରଟି ଅନୁମୋଦିତ ହୋଇ ପହଞ୍ଚିଲା ଭୁବନେଶ୍ୱରର ଶିକ୍ଷା ବିଭାଗରେ। ମିତାର ବଦଲି ପାଇଁ ଏଇ ଲମ୍ବା ଧାଁ ଦୌଡର କାରଣ ହେଉଛି ମିତାର ବିବାହ ହୋଇଛି ଅନ୍ୟ ଏକ ଶିକ୍ଷା ଜିଲ୍ଲାରେ। ସେଥିପାଇଁ ରାଜଧାନୀର ସର୍ବୋଚ୍ଚ କାର୍ଯ୍ୟାଳୟରୁ ତାର ବଦଲି ଆଦେଶ କରାଇବାକୁ ପଡିବ। ନଚେତ ନାହିଁ।

ସୁଶାନ୍ତ କ୍ରମାନ୍ୱୟରେ ଦୌଡିଥିଲେ ଭୁବନେଶ୍ୱର ଏକାଧିକ ବାର। ପ୍ରତ୍ୟେକ ଥର ସେ ଆଶା ନେଇ ଫେରୁଥିଲେ। ଫାଇଲର ଗତି ଏଥର ଏତିକି ଦୂର ଯାଇଛି, ଆର ଥରକୁ ସେତିକି ଦୂର ହେଲା, ଶେଷକୁ ଆଉ ଦି'ଚାରି ପାହୁଣ୍ଡ ଯିବା ପରେ ହୋଇ ଯିବ ଅଭିଳସିତ କାର୍ଯ୍ୟ।

ଶେଷକୁ ସଫଳକାମ ହୋଇଥିଲେ ସୁଶାନ୍ତ। ପତ୍ନୀର ମୂଳ ଜିଲ୍ଲାସ୍କୁଲରୁ ବଦଲି ହୋଇ ଯାଇଥିଲା ଇପ୍ସିତ ଜିଲ୍ଲାକୁ। ବର୍ତ୍ତମାନ ନୂତନ ଜିଲ୍ଲାର ଜିଲ୍ଲାଶିକ୍ଷାଧ୍ୟକ୍ଷ ପଦବୀ ଖାଲିଥିବା ଏକ ସ୍ଥାନରେ ଅବସ୍ଥାପନ କରିବେ। ସେଇଟି ହେଲା ଗୁରୁତ୍ୱପୂର୍ଣ୍ଣ।

ସୁଶାନ୍ତ ଜିଲ୍ଲାଶିକ୍ଷାଧ୍ୟକ୍ଷଙ୍କ ସହିତ ଯୋଗାଯୋଗ କଲେ ପତ୍ନୀ ମିତାର ପୋଷ୍ଟିଂ ସୁଶାନ୍ତ ରହୁଥିବା ଟିଟିଲାଗଡ ସହରରେ କରାଇବାକୁ। ଜଣା ପଡିଲା ଯେ ସହର ଭିତରେ ଜାଗା ଖାଲି ନାହିଁ। ଯଦି ସୁଶାନ୍ତ ଚାହିଁବେ ସହରର ପାଖାପାଖି ଏକ ଗ୍ରାମାଞ୍ଚଲ ସ୍କୁଲରେ ଅବସ୍ଥାପିତ କରାଯିବ ମିତାକୁ। ପରେ ସୁବିଧା ସୁଯୋଗ ଦେଖି ପୁଣି ସହର ଭିତରକୁ ଆଣିବାକୁ ପ୍ରତିଶ୍ରୁତି ଦେଇଥିଲେ ସେ।

ସେହି ପ୍ରତିଶ୍ରୁତିର ଆୱାଜ ଫଂଫା ପରି ପ୍ରତୀୟମାନ ହେଉଥିଲା ସୁଶାନ୍ତଙ୍କୁ। ବୋଧହୁଏ ସେ ଅନେକ ଜଟିଲତାର ସରଳ ସମାଧାନ ଏପରି ଭାବେ କରିବାକୁ ଚାହାନ୍ତି। ବହୁ ଦୂରରୁ ଦୌଡି ଦୌଡି ଆସି ଲକ୍ଷ୍ୟ ସ୍ଥଳର ଅନତି ଦୂରରେ ଥକି ପଡି ବସି ପଡିବା ପରି ଲାଗୁଥିଲା ସୁଶାନ୍ତଙ୍କୁ।

କ'ଣ ବା କରାଯାଇପାରେ? ନିଜ ହାତରେ ବା ହାତ ପାହାନ୍ତାରେ ସବୁ ଜିନିଷ ଥାଏ ନା। ଅନେକ ଚେଷ୍ଟାର ସ୍ୱେଦ ନିଃସରଣର ବିନିମୟରେ କିଛି ସଫଳତାକୁ ଅକ୍ତିଆର ହୁଏତ କରି ହୁଏ। ମାତ୍ର, କିଛି କାର୍ଯ୍ୟକୁ ଛୁଇଁ ହୁଏନା। ସତେ ଯେପରି ତାହା ଅବଧାରିତ, ଅପହଞ୍ଚ, ସମୟ ସାପେକ୍ଷ। ସେଇଠି ସାଲିସ କରିବାକୁ ହୁଏ।

ସାଲିସ କରି ନେଇଥିଲେ ସୁଶାନ୍ତ। ପତ୍ନୀଠୁ ମତାମତ ଲୋଡିଥିଲେ। ଟିଟିଲାଗଡଠୁ

ବାର କିଲୋମିଟର ଦୂରବର୍ତ୍ତୀ ଗାଁରେ ମିତାର ପୋଷ୍ଟିଂ କରାଇବେ ବର୍ତ୍ତମାନ। ସୁବିଧା ଦେଖି ବଦଲିରେ କିମ୍ବା ଡେପୁଟେସନରେ ଟାଉନ ଭିତରକୁ ଆଣିପାରିବେ ମିତାକୁ।

ପ୍ରସ୍ତାବମତେ ମିତାର ଅବସ୍ଥାପନ ହୋଇଥିଲା ହଳଦୀ ନାମକ ସ୍କୁଲରେ। ମିତାକୁ ପ୍ରତିଦିନ ଦଶଟାବେଳେ ନିଜ ମୋଟର ସାଇକେଲରେ ଆସି ସ୍କୁଲରେ ଛାଡ଼ି ଯାଆନ୍ତି ସୁଶାନ୍ତ। ପୁଣି ଚାରିଟା ପୂର୍ବରୁ ସ୍କୁଲରୁ ଫେରାଇନେବାକୁ ଚାଲି ଆସନ୍ତି ସେ।

ମିତାକୁ ନେବା ଆଣିବାରେ ସୁଶାନ୍ତ ପାଇଁ କିଛି ଭିଡ଼ କାମ ନୁହେଁ। କଚେରୀରେ ତାଙ୍କର ଉପସ୍ଥିତି ପ୍ରାରମ୍ଭ ଓ ଶେଷ ବେଳାରେ ଆବଶ୍ୟକ ଥିଲେ ଏହି ସଙ୍କଟ ଉପୁଜେ। ତଥାପି କାମ ଚଲାଇ ଦିଅନ୍ତି ଜୁନିୟର ଅଧ୍ୱକ୍ଷାଙ୍କ ଦ୍ୱାରା। ମିତା ଅନୁଭବ କରେ ତାର ସ୍ୱାମୀ ଜଣେ ସରକାରୀ କର୍ମଚାରୀ ହୋଇଥିଲେ ଏତିକି ସୁବିଧା ହୋଇ ନ ଥାନ୍ତା। ତାହା ହୋଇଥିଲେ ସେ ଏତେଟା ମୁକ୍ତ ଭାବେ ନେବା ଆଣିବା କରି ପାରନ୍ତେ ନାହିଁ। ତାଙ୍କର ଚାକିରିକୁ ସେ ଦଶଟାବେଳକୁ ବାଧ୍ୟ ଯାଆନ୍ତେ ଏବଂ ଚାରିଟାବେଳକୁ ତାକୁ ସ୍କୁଲକୁ ନେଇ ଆସିପାରନ୍ତେ ନାହିଁ। କାରଣ ସରକାରୀ କାର୍ଯ୍ୟାଳୟମାନଙ୍କ ଛୁଟି ହୁଏ ପାଞ୍ଚଟା ବେଳକୁ।

ମିତା ହେଲା ଅନ୍ତସତ୍ତ୍ୱା। ଡାକ୍ତର ପରାମର୍ଶ ଦେଲେ ମିତାର ବିଶ୍ରାମ ଆବଶ୍ୟକ। ମନା କଲେ ତାର ଟାଉନରୁ କୋଡ଼ିଏ କିଲୋମିଟର ଦୂର ଖାଲଖମା ରାସ୍ତା ଦେଇ ପ୍ରତିଦିନ ଦୌଡ଼ିବାକୁ। କେତେବେଳେ ଗର୍ଭସ୍ରାବ ହୋଇ ଯିବାର ଆଶଙ୍କାକୁ ଏଡ଼ାଇ ଦିଆଯାଇ ନ ପାରେ।

ଶଙ୍କିତ ହୋଇ ପଡ଼ିଲା ମିତା। ନିରାପଦର ବଳୟ ଭିତରେ ସେ କେମିତି ରହିବ ? ଛୁଟିନେବ କି ଏବେଠୁ ? ସରକାର ତ ପ୍ରସବକାଳୀନ ଛୁଟି ଦିଅନ୍ତି ତିନିମାସ। ତାକୁ ସେ ଉପଭୋଗ କରିବ ପ୍ରସବାନ୍ତରେ। ଏବେ ଆଗକୁ ଆଗକୁ ଆହୁରି ଅଛି ସାତ ମାସ ବାକି। ସମାଧାନର ରାସ୍ତା କଣ ?

ମିତାର ଶାଶୁ ମିତାକୁ ପ୍ରସ୍ତାବ ଦେଲେ- ଗୋଟାଏ ଘର ଯଦି ମିଳନ୍ତା ତୋ ସ୍କୁଲଗାଁରେ, ସେଠି ତୁ ଆଉ ମୁଁ ରହି ଯାଆନ୍ତେ।

ପ୍ରସ୍ତାବଟି ମନ୍ଦ ନୁହେଁ। ମାତ୍ର ସେଇ ଗାଁରେ ଭଡ଼ା ଘର ମିଳେ କି ନା ମିତାକୁ ଜଣା ନାହିଁ। ବୁଝିବାକୁ ହେବ। ଗାଁଟା ଗାଉଁଲୀ ତ। ଅବଶ୍ୟ ଏବେ ଏବେ ସ୍ପର୍ଶ କରୁଛି ସହରୀ ପାଣି ପବନ। ଗାଁ ମୁଣ୍ଡରେ ଏବେ ଖୋଲିଛି ଏକ ପକୁଡ଼ି ଓ ଚା ଦୋକାନ। ତା ପାଖକୁ ଲାଗି ରହିଛି ଏକ ସାଇକେଲ ମରାମତି ଦୋକାନ। ସେଇ ଗାଁରେ କୌଣସି ସରକାରୀ କାର୍ଯ୍ୟାଳୟ ନାହିଁ ଯେ କର୍ମଚାରୀଙ୍କ ଆବଶ୍ୟକତା ଅନୁସାରେ କୌଣସି ଗାଁବାଲା ଭଡ଼ା ଘର ତିଆରି କରିଥିବ।

ତା ପରଦିନ ମିତାକୁ ସ୍କୁଲ ଛାଡ଼ି ନେବା ପରେ ମିତା ସ୍ମରଣ କରାଇ ଦେଲା ସୁଶାନ୍ତଙ୍କୁ ଭଡ଼ା ଘରର ସନ୍ଧାନ ନେବାକୁ ସ୍କୁଲଗାଁରେ।

କୌଣସି ଜଣେ ଭଦ୍ରବ୍ୟକ୍ତିଙ୍କୁ ସୁଶାନ୍ତ ପୁଚ୍ଛା କରିବାରୁ ଜଣା ପଡ଼ିଲା ଯେ ସେଇ ଗାଁର କେହି ଭଡ଼ା ଦେବା ଉଦ୍ଦେଶ୍ୟରେ ଗୃହ ନିର୍ମାଣ କରି ନାହାନ୍ତି। ମାତ୍ର ସେଇ ଗାଁର ଏକ ପରିବାର ସହରରେ ରହୁଥିବାରୁ ତାଙ୍କ ଗୃହଟି ପରିତ୍ୟକ୍ତ ଅବସ୍ଥାରେ ପଡ଼ିଛି। ସେହି ଗୃହକର୍ତ୍ତା ଯଦି ଚାହାନ୍ତି ତେବେ ସେ ଗୃହରେ ରହି ପାରନ୍ତେ ସୁଶାନ୍ତ ପରିବାର।

କି ବିଚିତ୍ର ଯୋଗ, ଭାବିଲା ସୁଶାନ୍ତ। କାହାକୁ ସହରାଭିମୁଖୀ ହେବାକୁ ଗାଁରେ ଘରକୁ ଛାଡ଼ି ଦେବାକୁ ପଡୁଛି ତ କାହାକୁ ସହର ଛାଡ଼ି ଦେବାକୁ ଗାଁରେ ଘର ଦରକାର ପଡୁଛି। ଖବର ନେଲା ସୁଶାନ୍ତ ସେହି ବ୍ୟକ୍ତିର। ଜାଣିବାକୁ ପାଇଲେଯେ ସେ ବ୍ୟକ୍ତି ଜଣକ ସୁଶାନ୍ତ ରହୁଥିବା ସହରରେ ଭଡ଼ା ଘର ନେଇ ରହନ୍ତି ନିଜ ପିଲାଛୁଆଙ୍କୁ ଉଚ୍ଚଶିକ୍ଷା ଦେବାକୁ। ସେହି ବ୍ୟକ୍ତିଙ୍କୁ ଭେଟିଲେ ସୁଶାନ୍ତ। ପ୍ରସ୍ତାବ ଦେଲେ ତାଙ୍କ ଘରେ ସେମାନେ ରହିବାର ଆବଶ୍ୟକ ପଡୁଛି। ଭଦ୍ରବ୍ୟକ୍ତି ଖୁସିରେ ରାଜି ହୋଇଗଲେ। କାରଣ ଘରଟିଏ ମାନବଶୂନ୍ୟ ହୋଇ ରହିଲେ ଘରର ଆୟୁଷରେ ହ୍ରାସ ଘଟିଥାଏ। ମଣିଷ ବାସ କଲେ ଘରର ରକ୍ଷଣାବେକ୍ଷଣ ଠିକ ଭାବେ ହେବାରୁ ତାର ଆୟୁଷ ବୃଦ୍ଧି ହୁଏ। ଭଦ୍ରବ୍ୟକ୍ତିଟି ଅତି ଅଳ୍ପ ଭଡ଼ାରେ ଘରଟି ଦେଇଦେଲେ ସୁଶାନ୍ତଙ୍କୁ।

ମିତା ସହିତ ତା ସ୍କୁଲ ଗାଁରେ ରହିବା ପ୍ରସ୍ତାବଟା ଦେଇଦେଲେ ସିନା ମିତାର ଶାଶୁ ଉପରଠାଉରିଆ, ହେଲେ ସମସ୍ୟାଟା ହେଲା, ମିତାଶାଶୁ ମିତା ପାଖରେ ରହିବେ କିପରି? ଏପଟେ ସୁଶାନ୍ତଙ୍କ ବାପା ରହିଲେ ଘରେ। ସୁଶାନ୍ତ ରହିବ ପୁଣି ଏଠାରେ। ତାଙ୍କର ଦେହପା'ର ହେପାଜତ କରିବ କିଏ? ରନ୍ଧାବଢ଼ା କରି ସେମାନଙ୍କୁ ଖାଇବାକୁ ଦେବ କିଏ? ମିତା ଶାଶୁ ସେଠାକୁ ଗଲେ ଏଠାରେ ଘର ଅଚଳ। ସିଏ ପ୍ରସ୍ତାବ ଦେଲେ, ସୁଶାନ୍ତ ଓ ମିତା ଦି ଜଣ ରହନ୍ତୁ ସେହି ସ୍କୁଲ ଗାଁରେ। ଭଡ଼ା ଘରେ। ଏପରି କଲେ ମଧ୍ୟ ସୁଶାନ୍ତକୁ ଅସୁବିଧା। ତାର ଅଫିସ ଛାଡ଼ି ସେ ସେଇଠି ରହିଲେ ତାର ଅଫିସ କାର୍ଯ୍ୟ ବୁଝିବ କିଏ? ଅନ୍ୟନେ୍ୟାପାୟ ହୋଇ ସୁଶାନ୍ତକୁ ବିକଳ୍ପ ବ୍ୟବସ୍ଥା କରିବାକୁ ହେଲା। ତାଙ୍କ ଜୁନିୟର ଓକିଲ ହାତରେ ଅଫିସଟାକୁ ଛାଡ଼ି ଦେବାକୁ ପଡ଼ିଲା। ତାଛଡ଼ା ସେ ତ ପ୍ରତିଦିନ କଟେରୀକୁ ସେଇ ସ୍କୁଲଗାଁରୁ ଆସିବେ। କୋର୍ଟ/ ଅଫିସ ସମୟର ବାହାରେ ବି ତାଙ୍କ ନିଜ ଅଫିସ ଖୋଲି କିଛି ସମୟ ରହି ପାରିବେ ନିଜର କ୍ଲାଏଣ୍ଟମାନଙ୍କ ସହିତ ପରାମର୍ଶ କରିବାକୁ। କେବଳ ସେ ସନ୍ଧ୍ୟାବେଳକୁ ମିତା ପାଖରେ

ପହଞ୍ଚିଯିବା ଦରକାର । ମାତ୍ର, ମିତାର ବୋଲହାକ କରିବାକୁ ଜଣେ ଝିଅ ପାଖରେ ଆବଶ୍ୟକ, ଯିଏ ଘରର ପାଇଟି ବି କରି ପାରୁଥିବ ।

ମିତା ଓ ସୁଶାନ୍ତଙ୍କ ପ୍ରଚେଷ୍ଟାରେ ସେହି ଗାଁରେ ମିଳିଗଲା ଝିଅଟିଏ, ଯିଏ କି ମିତା ପାଖେ ପାଖେ ରହିବ । ସକାଳୁ କିଛି ସମୟ ଦେବ ଓ ଅପରାହ୍ନରେ କିଛି ସମୟ । ସନ୍ଧ୍ୟାରେ ଫେରିଯିବ ତା ଘରକୁ ।

ମିତାକୁ ଖାଁ ଖାଁ ଲାଗୁଥିଲା ଘରଟା । ସହରରେ ଆଜନ୍ମ ବଢ଼ି ଆସିଥିବା ଝିଅଟେ ଅନ୍ୟ ସହରକୁ ବୋହୂ ହୋଇ ଯାଇଛି । ଏବେ ଗ୍ରାମ୍ୟ ପରିବେଶରେ ତାକୁ ରହିବାକୁ ପଡୁଛି । କିଛିଟା ଭଲ ବି ଲାଗୁଛି ତାକୁ । ସହରର ଘୋଘା ନାହିଁ ଏଠାରେ । ଗୋଟିଏ ଶାନ୍ତ ସମାହିତ ପରିବେଶ । ସକାଳୁ ଉଠି ନିତ୍ୟକର୍ମ ସାରିବା ପରେ ପରେ ଭୋଜନ ପ୍ରସ୍ତୁତିରେ ବିତିଯାଏ ସମୟ । ସ୍କୁଲ ଯିବା ସମୟ ଆସି ଉପସ୍ଥିତ ହୁଏ ତାପରେ । ସୁଶାନ୍ତ ଯାଆନ୍ତି କୋର୍ଟକୁ କିଛି ସମୟ ପୂର୍ବରୁ । ମିତା ଯାଏ ସ୍କୁଲ । ତାକୁ ଗୃହ କର୍ମରେ ସହଯୋଗ କରୁଥିବା ସବିତା ନାମ୍ନୀ ଝିଅଟି ତା ଘରକୁ ଚାଲିଯାଏ । ମିତା ଘରେ ତାଲା ପକାଇ ଗାଁ ମୁଣ୍ଡ ସ୍କୁଲକୁ ଯାଏ ପଦବ୍ରଜରେ । ପୁଣି ଫେରି ଆସେ ଚାରିଟା ବେଳକୁ । ତାପରେ ରାତ୍ରି ଭୋଜନ ପାଇଁ ଲାଗି ପଡେ । କିଛି ଭିଡ ନ ଥାଏ ତା ପାଇଁ । ଦି'ଜଣଙ୍କର ରନ୍ଧା । ଅଳ୍ପ ସମୟ ଲାଗେ । ସବିତା ଆସିଯାଏ ସିଏ ସ୍କୁଲରୁ ଫେରିବା ପରେ ପରେ । ପାଖ ଟ୍ୟୁବଓ୍ୱେଲରୁ ପାଣି ଆଣିଦିଏ । ବାସନକୁସନ ମାଜି ସଫା କରେ । ଘର ଓଲାଏ ଏବଂ ଆବଶ୍ୟକ ହେଲେ ଗାଁରେ ଥିବା ଏକମାତ୍ର କିରାନା ଦୋକାନରୁ ଦରକାରୀ ଜିନିଷ କିଣି ଆଣିଦିଏ ।

ସବିତାକୁ ପସନ୍ଦ ଲାଗେ ମିତାର । ଗଉଡ଼ ଜାତିର ଝିଅଟା । ଏଇ ଗାଁ ସ୍କୁଲରେ ପଞ୍ଚମ ଶ୍ରେଣୀ ପଢ଼ା ଶେଷ ପରେ ପଢ଼ାରେ ତାର ଡୋରି ବନ୍ଧା ହୋଇଥିଲା । ବାପା ତାର ଏକ କ୍ଷୁଦ୍ରଚାଷୀ । ସହରକୁ ଆଉ ଛାଡ଼ିନି ଝିଅକୁ ଉଚ୍ଚ ଶିକ୍ଷା ଦେବାକୁ । ବୟସ ତାର କୋଡ଼ିଏ ବାଇଶି ହେବ । କୌଣସି ପାତ୍ର ଠିକ ହେଲେ ବାହା ଦେଇ ଦେବ ସବିତାକୁ ।

ଦିନେ ଅପରାହ୍ଣରେ ମିତା ସ୍କୁଲରୁ ଆସି ଘରେ ବସିଥାଏ ଅଳସରେ । ଅପେକ୍ଷା କରିଥାଏ ସ୍ୱାମୀ ସୁଶାନ୍ତଙ୍କ ଆଗମନକୁ । ସୁଶାନ୍ତ ଆସିବାର ତଥାପି ଅନେକ ବାକି । ବାହାରେ ତାଙ୍କ ଘର ସାମ୍ନାରେ କାହାର ଗାଡ଼ି ଅଟିକିବାର ଶବ୍ଦ ଶୁଣି ମିତା ନିରେଖି ଦେଖିଲା । ଜଣେ ଯୁବକ ତାଙ୍କ ଘର ଆଡକୁ ଆସୁଛନ୍ତି । ମିତା ସଞ୍ଜାତ ହୋଇ ଠିଆ ହେଲା ।

ଯୁବକଟି ଘର ସାମ୍ନାରେ ଠିଆ ହୋଇ 'ଓ ଓକିଲ ସାହେବ' କହି ଡାକ ପକାଇଲେ ।

ମିତା ସାମାନ୍ୟ ସାମ୍ଭାକୁ ବାହାରି ଉଭର ଦେଲା– କଣ କାମ ଥିଲାକି ?

ଯୁବକଟି ଉଭର ଦେଲା– କିଛି କାମ ନାହିଁ । ତା'ଠି ମୋର କି କାମ ?

ମିତା କିଛି ବୁଝିପାରିଲାନି ଏଇ ଆଗନ୍ତୁକ ଯୁବକଙ୍କୁ । ପଚାରିଲା କଣ ପାଇଁ ଖୋଜୁଥିଲେ କି ?

ସେ ସହଜରେ କହିଲେ– ଗରମ ଚା ଟିକେ ପିଇଥାନ୍ତି ନୂଆ ଭାଉଜଙ୍କ ହାତରୁ, ମାନେ ଓକିଲ ସାହେବଙ୍କ ଡ଼୍ୟାସଙ୍କ ଠାରୁ ।

ମିତା ଭାବିଲା, କେଉଁ ବିକୃତ ମସ୍ତିଷ୍କ ଲୋକଟିଏ ପଶି ଆସିଲା କେଜାଣି । ନିଜକୁ ଅସହଜ ଓ ନିରୁପାୟ ମନେ କଲା । ଘରେ ଯେ ସେ ଏକା । ସବିତା ବି କାମ ସାରି ଚାଲି ଗଲାଣି ତା ଘରକୁ । ଅସୁରକ୍ଷିତ ବି ମନେ କଲା । ଡରିଗଲା ସାମାନ୍ୟ । ତଥାପି ସେ ସାହସର ସହିତ କହିଲା– ଆପଣଙ୍କ ପରିଚୟଟା, ପ୍ଲିଜ ! ମୁଁ ତ ଚିହ୍ନିନି ଆପଣଙ୍କୁ ।

ଯୁବକଟି କହିଲା– ମୋତେ ଚିହ୍ନ ନାହାନ୍ତି ? ଓକିଲ ସାହେବ ଠିକ ଚିହ୍ନିଛି ମୋତେ । ହଁ, ମୁଁ ବି ତ ଆପଣଙ୍କୁ ଚିହ୍ନିନି । ଆପଣ ଓକିଲ ସାହେବଙ୍କର କଣ ହେବେ କି ?

– ମିସେସ । ତତ୍କ୍ଷଣାତ କହି ଦେଲା ମିତା ।

– ଓଃ, ଆପଣ ତା'ହେଲେ । ଟିକିଏ ରହି ଯାଇ ପୁଣି ସେ କହିଲେ– ତା ହେଲେ ଚା ଟିକେ ହେଉ ।

ମିତା ଭାବିଲା, କି ଅଭୁତ ଲୋକଟା । ନିଜର ପରିଚୟ ଦେଉନି । ଚା ପାଇଁ ବାଧ୍ୟ କରୁଛି । ସତେ ଯେପରି ଚା'ଟା ନିହାତି ଦରକାର । ନ ହେଲେ ନ ଚଲେ । ମିତା ଭାବିଲା, ଏଇ ଉଦ୍ଭ୍ରାନ୍ତ ପ୍ରତ୍ୟୟିତ ଯୁବକକୁ କୌଣସି ପ୍ରକାରେ ବିଦା କରିଦେଲେ ୫ମେଲା ତୁଟିବ ।

ମିତା ମୁଣ୍ଡରୁ ଖସି ଯାଉଥିବା ଓଢ଼ଣୀଟିକୁ ଟାଣି ଦେଇ କହିଲା– ସରି, ଚା ସରି ଯାଇଛି । ଅଣା ହୋଇନି ନୂଆ ।

ବୁଝିପାରିବା ପରି ସ୍ଵରରେ ଯୁବକଟି କହିଲା– ଠିକ ଅଛି । ଆଉ କେବେ ପିଇବା ।

ଯିବାକୁ ଉଦ୍ୟତ ହେଲା ଯୁବକଟି । ପୁଣି ଲେଉଟି ପଡି କହିଲା– ଆଛା ଭାଉଜ, ତୁମେ ତ କହିଲନି ଓକିଲ ସାହେବ ଘରେ ଅଛନ୍ତି କି ନାହିଁ ବୋଲି । ଯଦି ଅଛନ୍ତି ନିଘୋଟ ନିଦରେ ଶୋଇ ପଡିଛନ୍ତି, ନା ?

ମିତା କିଛି କହି ପାରିଲାନି ପ୍ରତ୍ୟୁଉରରେ । ନିରବ ରହିଲା କିଛି ମୁହୂର୍ତ ।

ଯୁବକଟି କହିଲା ପୁଣି– କଚେରୀରୁ ଆସିନି ଏଯାଏ ବୋଧହୁଏ। ଆସିଲେ କହିବ ମୋହନ ପଣ୍ଡା ଆସିଥିଲା।

ମିତା 'ଠିକ ଅଛି' କହି ମନେ ମନେ କାମନା କଲା, ଆଉ ସେ ଫେରି ଆସି କିଛି ନ କହୁ। ସିଧା ବାହୋରେ ଥିବା ତା ଟୁହ୍ୱିଲର ଷ୍ଟାଟ କରି ଚାଲିଯାଉ।

ଚାଲିଗଲା ସେ ଅପରିଚିତ, ବାଚାଳ, ଅସଂଯତ ଯୁବକଟି। ଆଶ୍ୱସ୍ତି ଅନୁଭବ କଲା ମିତା। ବଡ ଅଡୁଆ ପରିସ୍ଥିତିରେ ପଡି ଯାଇଥିଲା ସେ।

ସ୍ୱାମୀ ସୁଶାନ୍ତ ଫେରିବାବେଳକୁ ସନ୍ଧ୍ୟାର ଆଲୋକରେ ମହଲଣ ପଡି ଆସୁଥିଲା। କିନ୍ତୁ ମିତା ମନରେ ମୋହନ ପଣ୍ଡାର କଥାଗୁଡିକ ସତେଜ ହୋଇ ରହିଥିଲା। ମିତା ଆମୂଳଚୂଳ ବର୍ଣ୍ଣନା କଲା ସ୍ୱାମୀ ସାମ୍ନାରେ।

ସୁଶାନ୍ତ ମିତାଠୁ ସବୁ କଥା ଶୁଣି ହସି ଦେଇ କହିଲେ– ସେ ସେମିତି କୌତୁକିଆ ପିଲାଟା ଛୋଟବେଳୁ। ବାହା ସାହା ହୋଇ ଛୁଆ ପିଲାର ବାପା ହେଲାଣି, ତଥାପି ତାର ସେଇ ମଜାଳିଆ ପ୍ରକୃତି ରହିଛି।

ମିତା କହିଲା– ମୁଁ ତ ଡରି ଯାଇଥିଲି ତା କଥାକୁ। ଭାବିଥିଲି ବିକୃତ ମସ୍ତିଷ୍କ କି ବୋଲି।

ସୁଶାନ୍ତ କହିଲେ– ନା, ନା। ଡରିବାର କିଛି ନାହିଁ। ଭଲ ପିଲାଟା। ତାର କଥାଟା ସେମିତି। ଏଇ ଆଗକୁ ତାର ଗାଁ। ଏଠୁ ପାଞ୍ଚ କିଲୋମିଟର।

–କଣ କରନ୍ତି ସେ? ମିତା ଜାଣିବାକୁ ଚାହିଁଲା।

ସୁଶାନ୍ତ ଉତ୍ତର ଦେଇଥିଲେ– ଏଇ ତହସିଲ ଅଫିସରେ କିରାଣୀ କାମ କରେ। ପ୍ରତି ଶନିବାର ଦିନ ଗାଁକୁ ଯାଏ।

ମିତା ପଚାରିଲେ– ତୁମେ ତାକୁ ଭଲ ଭାବେ ଜାଣିଛ ତା' ହେଲେ।

ସୁଶାନ୍ତ କହିଲେ– ଆଚ୍ଛା କଥା, ଜାଣିବିନି ? ମୋ କ୍ଲାସମେଟ ପରା। ତା ସହିତ ପଢ଼ିଛି ବର୍ଷ ବର୍ଷ ଧରି। କିଛି ସମୟ ନିରବ ରହି ମିତାକୁ ମନେ ପକାଇବାକୁ କହିଲେ– ମନେ ପକାଅ। ବିବାହ ପରେ ଆମର ରିସେପସନ ଦିନ ଆମେ ଦିହେଁ ବସିଥିଲେ ଫୁଲ ଆଉ ରଙ୍ଗ ବେରଙ୍ଗ କାଗଜରେ ସଜା ହୋଇଥିବା ମଣ୍ଡପରେ। ଅତିଥିମାନେ ଆସୁଥିଲେ, ଯାଉଥିଲେ। ଜଣେ ଲୋକ ଆସି ଅଭୟ ମୁଦ୍ରାରେ କହିଥିଲେ ଆମ ସାମ୍ନାରେ ଠିଆ ହୋଇ– ଏହି ବିବାହ ଉତ୍ସବରେ ଆମେ ଯୋଗଦାନ କରି ନବ ଦମ୍ପତିଙ୍କୁ ଆମ୍ଭର ଶୁଭାର୍ଶିବାଦ ପ୍ରଦାନ କଲୁ।

ତା ପରେ ମୁଁ ହସି ହସି ତା ହାତ ଧରି ତାକୁ ଟାଣି ଆଣିଥିଲି ମୋ ପାଖକୁ। ମୁଁ ଜାଣିପାରିଲି, ବିବାହ ନିମନ୍ତ୍ରଣ କାର୍ଡରେ ଚିରାଚରିତ ଭାବେ ଯେପରି ଉଲ୍ଲେଖ

କରାଯାଏ ଅତିଥିମାନଙ୍କୁ ନିମନ୍ତ୍ରଣ କରିବା ପାଇଁ ଠିକ୍ ସେପରି ପ୍ରତ୍ୟୁତ୍ତରରେ ସେ କହୁଛି । ମୁଁ ତାକୁ କହିଲି –'ଆମେ ତାକୁ ଗ୍ରହଣ କଲୁ' । ତାପରେ ମୁଁ ତାକୁ ତୁମ ସହିତ ପରିଚୟ କରାଇ ଦେଇଥିଲି । ଏ ହେଉଛି ମୋର କ୍ଲାସ ମେଟ । ସବୁବେଳେ ଖୁସ ମିଜାଜରେ ରହିବାବାଲା । ଭାରି ମଜାକିଆ ଏଇ ।

ମିତା ମନେ ପକାଇଲା ସେଇ ରିସେପସନ ଦିନର କଥା । ହଠାତ୍ କିନ୍ତୁ ମନେ ପଡ଼ୁ ନ ଥିଲା । ଶହ ଶହ ଲୋକଙ୍କ ଆଗମନ ଓ ପ୍ରସ୍ଥାନ ଭିତରେ ନିଜେ ଏକ ସଖୀ କଣ୍ଠେଇ ପରି ଘଣ୍ଟା ଘଣ୍ଟା ବସି ନିଜକୁ ଏକ ନବବିବାହିତ ବଧୂ ଭାବେ ପରିଚୟ ଦେବାର କର୍ତ୍ତବ୍ୟବୋଧ ଭିତରେ ସ୍ୱାମୀଙ୍କ ଏକ ମଜାକିଆ ବନ୍ଧୁଙ୍କର ମଜାକିଆ କଥାକୁ ସେ ଗୁରୁତ୍ୱାରୋପ କରି ନ ଥିଲା ।

ତା ପର ଦିନ ସାଢ଼େ ନ'ଟା ପାଖାପାଖି । ମିତା ସ୍କୁଲ ଯିବାକୁ ଓ ସୁଶାନ୍ତଙ୍କୁ କଚେରୀ ପଠାଇବାକୁ ପ୍ରସ୍ତୁତ ହେଉଥିବା ବେଳେ ବାହାରେ ସୁଶାନ୍ତଙ୍କୁ କେହି ଜଣେ ଡାକିଲା– ଓ...ଓକିଲ ସାହେବ ।

ମିତା ଜାଣି ପାରିଲା ସୁଶାନ୍ତଙ୍କୁ ଡାକିବାର ଭଙ୍ଗୀ ଓ କଣ୍ଠ ସ୍ୱରରୁ ଯେ ସେ ଆଉ କେହି ନୁହନ୍ତି ମୋହନ ପଣ୍ଡାଙ୍କ ବ୍ୟତୀତ । ଏତିକି ବେଳକୁ ଘରେ ଥିଲେ ସୁଶାନ୍ତ । ମିତା ବାହାରକୁ ନ ବାହାରି ନିଜ କାର୍ଯ୍ୟରେ ଲାଗିପଡ଼ିଥିଲା । ସୁଶାନ୍ତ ବାହାରକୁ ବାହାରି ମୋହନ ପଣ୍ଡା ପାଖକୁ ଗଲେ । କହିଲେ– କଣ କିହୋ କିରାଣୀ ସାହେବ । ଗାଁରୁ ଫେରୁଛ ବୋଧହୁଏ । ମୋଟର ସାଇକେଲର ପଛପଟେ ବନ୍ଧା ହୋଇଥିବା ଭର୍ତ୍ତି ବ୍ୟାଗକୁ ଦେଖି କହିଥିଲେ ସୁଶାନ୍ତ । କିଛି ଅଂଶ ହଲଦିଆ ଟହଟହ ହୋଇଥିବା ବଡ ଏକ ଅମୃତଭଣ୍ଡା ସେଇ ବ୍ୟାଗରୁ ମୋହନ ପଣ୍ଡା କାଢ଼ି ସାରିଥିଲେ । ସୁଶାନ୍ତର କଥା ଶୁଣି ମୋହନ ପଣ୍ଡା କହିଲେ– କିରାନୀଟା ସବୁବେଳେ କିରାନୀ । ସାହେବ କେବେ ହୋଇ ପାରେନି ଭାଇ । କିରାନୀ ଆଉ ସାହେବ ଭିତରେ ଆକାଶ ପାତାଳ ଫରକ ।

ସୁଶାନ୍ତ ମୋହନର କଥାକୁ ସମର୍ଥନ କରନ୍ତୁ ବା ନ କରନ୍ତୁ କିଛି ସୂଚନା ଦେଇ ମୋହନ ପ୍ରତି ପ୍ରତିବାଦ କରି କହିଲେ– ଓକିଲ ଓ ସାହେବ ଭିତରେ ବି ତ ଫରକ ଅଛି । ତୁମେ କେମିତି ମୋତେ ଓକିଲ ସାହେବ ବୋଲି କହୁଛ ?

ମୋହନ ପଣ୍ଡା କହିଲେ– ଓକିଲ ମାନେ ସ୍ୱାଧୀନ । କିରାନୀ ପରି ସାହେବଙ୍କ ଆୟତ୍ତାଧୀନ ନୁହନ୍ତି ।

ମୋହନ ପଣ୍ଡାର ଯୁକ୍ତି ପ୍ରତି ମନୋନିବେଶ ନ କରି ସୁଶାନ୍ତ କହିଲେ– ପରେ ସେ ବିଷୟରେ ଆଲୋଚନା କରିବା । ଆ ଘରକୁ ।

ମୋହନ ପଣ୍ଡା ଅମୃତ ଭଣ୍ଡା ହାତରେ ଧରି ସୁଶାନ୍ତର ପଛେ ପଛେ ଆସୁ ଆସୁ

କହିଲା- ଆମ ବାଡ଼ି ପଟ ଗଛର ଏଇ ଅମୃତଭଣ୍ଡା। ତୁମ ପାଇଁ ଆଣି ଆସିଛି ଗୋଟାଏ। ସୁଶାନ୍ତ ଆଡ଼କୁ ବଢ଼ାଇ ଦେଲା ଅମୃତ ଭଣ୍ଡା। ମୋହନ ପଣ୍ଡା ହାତରୁ ଗ୍ରହଣ କରୁ କରୁ ପାଖରେ ଥିବା ଚୌକି ଉପରେ ବସିବାକୁ ମୋହନକୁ ଅନୁରୋଧ କଲେ ଓ ପତ୍ନୀ ମିତା ପ୍ରତି ଡକା ପକାଇ କହିଲେ- ନିଅ, ରଖ।

ମୁଣ୍ଡରେ ଓଢ଼ଣା ଟାଣି ଭିତରୁ ବାହାରି ଆସି ସୁଶାନ୍ତ ହାତରୁ ଅମୃତଭଣ୍ଡା ଗ୍ରହଣ କଲା ମିତା। ସେତେବେଳକୁ ମୋହନ ସ୍ୱାଭାବିକ ସ୍ୱରରେ ମମତାକୁ ନମସ୍କାର ଜଣାଇ କହିଲା- ଭାଉଜ ନମସ୍କାର।

ମିତା ପ୍ରତିନମସ୍କାର ଗ୍ରହଣ କରିବା ବେଳେ ତା ଉଠରେ ହସର ଝଲକଟିଏ ଖେଳି ଯାଇଥିଲା। ସେଦିନର ସେହି ଭୟ ସଞ୍ଚାର କରୁଥିବା ବ୍ୟକ୍ତିଟି ଯେ ଅନ୍ୟ ଦିନରେ ତା ଓଠରେ ହସ ଖେଳାଇ ପାରିବ ଏକଥା ମିତା ଭାବି ପାରିନ ଥିଲା।

ମୋହନର ମିତା ପ୍ରତି ସମ୍ବୋଧନ ପ୍ରତି ଏକ ଥଟ୍ଟାଳିଆ ପ୍ରତିବାଦ ଜଣାଇ କହିଲା- ଆରେ, ତାଙ୍କୁ ତୁ ଭାଉଜ ବୋଲି ଡାକିଲୁ କେମିତି ? ତୁ ତ ମୋଠୁ ବଡ଼। ମିତାର ଦେଢ଼ଶୁର ହେବୁ ସିନା।

ମୋହନ ପ୍ରତିବାଦ କରି କହିଲା- ମୁଁ ଆଗ ବାହା ହେଲି ବୋଲି କଣ ମୁଁ ବଡ଼ ? ମୋ ସ୍ତ୍ରୀଟା ମୋତେ ଆଗରୁ ମିଳିଗଲା ବୋଲି ମୁଁ ସିନା ବାହା ହେଇ ପଡ଼ିଲି। ଏ ଯାଏ ଯଦି ମିଳି ନ ଥାନ୍ତା ମୁଁ ତ ବାହା ହୋଇ ନ ଥାନ୍ତି।

ସୁଶାନ୍ତ ହସି ହସି କହିଲେ- ଥାନ୍ତା ଫାନ୍ତା କଥା ଛାଡ଼। ଯାହା ହେଇଛି ତାକୁ ଧର।

ମୋହନ ଦୃଢ଼ ସ୍ୱରରେ କହିଲା, ମୁଁ ଭାଉଜ ବୋଲି ଡାକିବି ସିଏ 'ଓ' କରିବେ କି ନାହିଁ ପଚାରିଲୁ।

ସୁଶାନ୍ତ କହିଲେ- ତୁ ଗୋଟିଏ କଥା କର, ତୋ ବୋର୍ଡ ସାର୍ଟିଫିକେଟଟା ଆଣିବୁ ଆର ଥରକୁ ଆସିଲେ। ଦେଖିବା କିଏ ସାନ କିଏ ବଡ଼।

ମୋହନ କହିଲା- ଆରେ, ତୁ ତ ମୋଠି ଓକିଲାତି ଲଗାଇଲୁଣି। ସବୁ କଥାରେ ପ୍ରମାଣ। ମୁଁ ପ୍ରମାଣ ପତ୍ର ଆଣିବିନରେ ବାପା। ଆଉ ଭାଉଜ ବୋଲି ବି ତାଙ୍କୁ ଡାକିବିନି। ସିଏ ମୋ ଭାଇ ବୋହୂ।

ସମାଧାନ ଓ ସନ୍ତୋଷ ଆଣିବାକୁ ସୁଶାନ୍ତ କହିଲେ- ଆଚ୍ଛା, ତାହେଲେ ମୋର କହିବାର କିଛି ନାହିଁ। ଏ ବିଷୟଟି ତୁମ ଦୁହିଁଙ୍କର କଥା। ତୁ ଏବେ ଥରେ ଡାକ 'ଭାଉଜ' ବୋଲି। ଆଉ ଥରେ ଡାକ 'ଭାଇବୋହୂ' ବୋଲି। ମିତା ଯେଉଁ କଥାରେ 'ଓ' କରିବେ ସିଏ ତୋର ସେଇଆ।

ମୋହନ ଆଶାୟୀ ହୋଇ ଡାକିଲେ ପ୍ରଥମେ ଭାଉଜ ବୋଲି।

ମିତାକୁ ଭଲ ଲାଗୁନ ଥିଲା ଏହି ନାଟକୀୟତା। ଲଜ୍ଜାରେ ସେ ପ୍ରତ୍ୟୁତ୍ତର ଦେଇ ପାରୁନ ଥିଲେ। ସିଏ ବା କିପରି ସ୍ଥିର କରିବେ ଯେ ମୋହନ ହେବେ ତାର ଦେବର ବା ଦେଢଶୁର। କୁମାରୀ କନ୍ୟାଟିଏ ନବବଧୂ ସାଜି ଅଜଣା ଅଶୁଣା ଘରକୁ ଆସିବା ପରେ କେହି ତାର ପରିଚିତ ହୋଇ ନଥାନ୍ତି। ସ୍ୱାମୀ, ଶାଶ୍ତୁ, ଶ୍ୱଶୁରଙ୍କ ଇଙ୍ଗିତରେ ସମସ୍ତଙ୍କୁ ସେ ଚିହ୍ନେ। ତା ସହିତ ଅନ୍ୟମାନଙ୍କ ସଂପର୍କ ନିର୍ଦ୍ଧାରିତ ହୁଏ ସେଇ ଶାଶ୍ତୁ, ଶ୍ୱଶୁରାଦିଙ୍କ ଦ୍ୱାରା। ସେମାନଙ୍କର ନିର୍ଦ୍ଦେଶକୁ ସେ ମାନି ନିଏ ଚିରଦିନ ପାଇଁ। ଆଜି ସେ କିପରି 'ଭାଉଜ' କିମ୍ୱା 'ଭାଇବୋହୂ' ଡାକରେ 'ଓ' କହି ପ୍ରତ୍ୟୁତ୍ତର ଦେବ ? ତାଛଡ଼ା ଏଇଟା ସଂପର୍କ ଚିହ୍ନଟ ପାଇଁ ଏକ ଆଲୋଚନା ନୁହେଁ। ଦୁଇ ବନ୍ଧୁ ଭିତରେ ମଜା, ଠଟ୍ଟା ପରିହାସର ଏକ ଅନାହୂତ ବୈଠକ।

ଭାଉଜ ଓ ଭାଇବୋହୂର ଡାକରେ ମିତା କିଛି ପ୍ରତ୍ୟୁତ୍ତର ଦେଲାନି। ନିରବ ରହିଲା ସତେ ନ ଶୁଣିବା ପରି।

ମୋହନ ଉଠିପଡ଼ି କହିଲା- ମୋର ଯିବାର ଅଛି। ଡେରି ହେଲାଣି। ଦ କୋର୍ଟ ଇଜ ଏଡଜର୍ଣ୍ଡ ଟୁଡେ। ପରେ ବିଚାର ହେବ।

ସୁଶାନ୍ତ ହସି ଦେଇ କହିଥିଲା- ଆରେ ତୁ ତ ପକ୍କା ଜର୍ଜ ପାଲଟି ଗଲୁଣି।

ଗମନ ଉଦ୍ୟତ ମୋହନକୁ ଅଟକାଇବାକୁ ସ୍ୱାମୀଙ୍କୁ ଇଙ୍ଗିତ ଦେଇ ଟ୍ରେରେ ଦି କପ ଚା' ଧରି ମିତା ବାହାରି ଆସିଲା।

ସୁଶାନ୍ତ ବଡ ପାଟିରେ କହିଲା- ଗରମ ଚା, ଗରମ ଚା। ମୋହନର ମୁଖକୁ ଚାହିଁ ସୁଶାନ୍ତ କହିଲେ- ସେଦିନ ତୁ ଯାହା ମାଗିଥିଲୁ ଆଜି ମିଳୁଛି।

ନମ୍ର ଓ ଧୀର ସ୍ୱରରେ ପରିହାସ କରି ମୋହନ କହିଲା- ଚା'ଗୁଣ୍ଠ ନ ଥିଲା ତ! କାଲେ କିଶା ହୋଇ ନ ଥିବ ଭାବି ଆଜି ଆଉ ମାଗି ନ ଥିଲି।

ହସିଦେଲେ ସୁଶାନ୍ତ। ଏକ ନିରବ ହସର ଫୁଆରା ବି ଫୁଟି ଉଠିଥିଲା ମିତାର ଓଠରେ।

ଚା ଆସର ପରେ ମୋହନ ପଣ୍ଡା ଚାଲିଯାଇଥିଲେ ନିଜର ଗନ୍ତବ୍ୟ ପଥରେ। ମିତା ବାଟେଇ ଦେଇଥିଲା ସ୍ୱାମୀ ସୁଶାନ୍ତକୁ କଟେରୀ ଯିବା ପାଇଁ। ନିଜେ ବି ବାହାରିବାକୁ ପ୍ରସ୍ତୁତ ହେଲା ନିଜର କର୍ମସ୍ଥଳୀ ଗାଁସ୍କୁଲକୁ।

ସ୍କୁଲଗାଁରେ ମିତାର ଦିନଗୁଡ଼ିକ ଥିଲା ଆନନ୍ଦମୟ, ସୁଖକର। ଯୁଗ୍ମ ଜୀବନର ଅୟମାରମ୍ଭ ମିତା ଚାଖି ନେଇଥିଲା ଜୀବନର ଅନାସ୍ୱାଦିତ ସ୍ୱାଦକୁ। ଏକାକୀତ୍ୱ ଜୀବନରୁ ମୁକୁଳି ଆସି ସେ ନାଚି ଉଠିଥିଲା ଯୁଗଳ ଜୀବନର ବିଭିନ୍ନ ଛନ୍ଦ, ତାଲ ଲୟରେ। କେତେ ଅଳ୍ପ ସମୟରେ ସେ ବି ସ୍ୱାଦ ଚାଖିନେଲା ମାତୃତ୍ୱର।

ସମ୍ଭାବିତ ଗର୍ଭ ବେଦନାର କିଛି ଦିନ ପୂର୍ବରୁ ମିତା ଛୁଟି ନେଇ ରହିଥିଲା ଘରେ। ଶାଶୁ ଶ୍ୱଶୁର ରହୁଥିବା ଟିଟିଲାଗଡ ବାସଗୃହରେ। ସ୍କୁଲଗାଁର ଘରକୁ ଛାଡ଼ି ନ ଥିଲେ। ଭବିଷ୍ୟତରେ ସେଠାରେ ରହିବାର ସିଦ୍ଧାନ୍ତ ହେବ କି ନା ସ୍ଥିର ହୋଇ ନଥିଲା।

ଭବିଷ୍ୟତରେ ସହର ଭିତରର ସ୍କୁଲଟିଏକୁ ମିତାର ବଦଳି ହେବା ପରେ ଘରଟା ଛାଡ଼ିବାକୁ ମିତାର ଇଚ୍ଛାଥିଲା। ମିତାକୁ ବହୁତ ସୁବିଧା ହେଉଥିଲା ଗାଁରେ ରହି ସ୍କୁଲକୁ ଯିବାକୁ।

ମାତ୍ର, ସେଦିନ ଗର୍ଭ ବେଦନା ହେବା ସଙ୍ଗେ ସଙ୍ଗେ ମିତା ଡାକ୍ତରଖାନାରେ ଭର୍ତ୍ତି ହେବା ପାଇଁ ଯାଇଥିଲା ଓ ସେଠାରେ ପାଇଥିଲା ଏକ ନିରାପଦ ମାତୃତ୍ୱ। ସେ ଏକ ପୁତ୍ର ସନ୍ତାନର ଜନନୀ ହୋଇ ଫେରିଥିଲା ନିଜର ଶାଶୁ ଘରକୁ। ନବଜାତ ଶିଶୁର ସେବା ଯନ୍, ଲାଳନପାଳନର ମୁଖ୍ୟକାର୍ଯ୍ୟ କରୁଥିଲେ ଶାଶୁ ତାର। ନେଇଥିବା ଛୁଟି ସରିଯାଇଥିଲେ ମଧ୍ୟ ମିତା ଆଉ ସ୍କୁଲଗାଁରେ ରହି ପାରି ନଥିଲା। ରହିବାର ଇଚ୍ଛା ବଳବତ୍ତର ହୋଇ ଥିଲେ ମଧ୍ୟ ସ୍କୁଲ ଗାଁରେ ରହି ପାରି ନ ଥିଲା ମିତା। କାରଣ, ନିଜର ନବଜାତ ଶିଶୁର ସେବା ଯନ୍ କରି ସମସ୍ତ ଗୃହକାର୍ଯ୍ୟ, ରନ୍ଧାବଢ଼ା କରିବାକୁ ମିତାକୁ ସମୟ ଅଣ୍ଟିବନି ସ୍କୁଲ ଯିବାକୁ। ତାଛଡ଼ା ମିତାର ଶାଶୁ କହିଥିଲେ- ଏତେ ବକଟେ ଛୁଆକୁ ମୁଁ ଛାଡ଼ିବିନି ବାହାରେ ରହିବାକୁ। ଗର୍ଭ ନଷ୍ଟର ଆଶଙ୍କା ଥିବାରୁ ସିନା ଡାକ୍ତର ପରାମର୍ଶକ୍ରମେ ମିତା ରହି ଯାଇଥିଲା ସ୍କୁଲଗାଁରେ। ଏବେ ତ ସେ ତାଙ୍କର ବୋହୂ। ଶାଶୁ ଘରେ ରହିବ ନିଶ୍ଚୟ। ଅଗତ୍ୟା ଛାଡ଼ି ଦେଇଥିଲେ ସେ ସ୍କୁଲଗାଁରେ ଥିବା ଭଡ଼ା ଘର। ପ୍ରତିଦିନ ଦଶଟାବେଳକୁ ମିତାକୁ ସୁଶାନ୍ତ ଛାଡ଼ି ଦେଇ ଯାଉଥିଲେ ସ୍କୁଲରେ ଓ ଚାରିଟା ବେଳକୁ ନେଇ ଯାଉଥିଲେ ସ୍କୁଲକୁ।

ଦିନକର କଥା। ସ୍କୁଲରେ ଛାଡ଼ି ଦେଇ ସୁଶାନ୍ତ ଚାଲି ଯାଇଥିଲେ କଚେରୀ। ଜଣେ ରାଜନେତାଙ୍କ ମୃତ୍ୟୁରେ ସ୍କୁଲ ଛୁଟି ଘୋଷିତ ହୋଇଥିଲା ଛୁଟି ହେବାର ଅନେକ ସମୟ ପୂର୍ବରୁ। ନିଜର ସହକର୍ମୀମାନେ ଚାଲି ଯାଇଥିଲେ ଯେ ଯାହାର ବାଟରେ। ତିନିଜଣ ଶିକ୍ଷକ ଓ ଦୁଇଜଣ ଶିକ୍ଷୟତ୍ରୀ ସେଇ ସ୍କୁଲରେ। ଶିକ୍ଷୟତ୍ରୀ ଦ୍ୱୟ ହେଲେ ମିତା ଓ ଜୟନ୍ତୀ ଦିଦି। ଜୟନ୍ତୀ ଦିଦି ଏଇ ପାଖ ଗାଁର। ସାଇକେଲରେ ଆସନ୍ତି ଓ ଯାଆନ୍ତି। ଶିକ୍ଷକମାନେ ଚାଲିଯିବା ପରେ ଜୟନ୍ତୀ ଦିଦି କେମିତି ବା ମିତାକୁ ଛାଡ଼ି ଦେଇ ଚାଲିଯିବେ ଏକାକୀ କରି। ଅପେକ୍ଷା କରିଥିଲେ ଦିହେଁ ସ୍କୁଲ ସାମ୍ନା ବରଗଛ ମୂଳେ ସୁଶାନ୍ତଙ୍କ ଆଗମନକୁ। ଅପରାହ୍ଣ ଚାରିଟା ହେବାକୁ ଆହୁରି ଅଛି ଘଣ୍ଟାଏ ବାକି।

ହଠାତ ତାଙ୍କ ସାମ୍ନାରେ ଜଣେ ମୋଟର ସାଇକେଲ ଆରୋହୀ ବନ୍ଦ କଲେ ଗତି। ଯାନ୍ତ୍ରିକ ତ୍ରୁଟିରୁ ବନ୍ଦ ହେଲା ଗାଡ଼ିଟା ନା ଜାଣି ଜାଣି ବନ୍ଦ କଲେ ଆରୋହୀ

ଜଣକ ମିତା ଓ ଜୟନ୍ତୀ ଦିଦି ଜାଣି ପାରିଲେନି। ଆରୋହୀ ଆଡକୁ ଦୃଷ୍ଟି ନିକ୍ଷେପ କରି ଦେଖିବା ବେଳକୁ ମିତା ଜାଣି ପାରିଲେ ଆରୋହୀ ଜଣକ ହେଉଛନ୍ତି ମୋହନ ପଣ୍ଡା। ସେ ମିତାକୁ ଲକ୍ଷ୍ୟ କରି କହିଲେ– ଗାଁକୁ ଯାଉଥିଲି। ଆଜି ଛୁଟି ହେଲା ହାଯ୍ୟରୁ ତ।

ମିତାର ପାଟିରୁ ହଠାତ ଉତ୍ତର ବାହାରି ପଡିଲା– ଆମର ବି ପରା। ସିଏ ସବୁଦିନ ପରି ଆସିବେ ଚାରିଟାରେ। ମୋହନ ପଣ୍ଡା ହାତ ଘଣ୍ଟାକୁ ଦେଖିଲେ। କହିଲେ– ଆହୁରି ଘଣ୍ଟାଏ ବାକି। ଯଦି କହିବ, ମୁଁ ଛାଡି ଦେବି ତୁମକୁ।

ଖୁସିରେ ରାଜି ହୋଇ ଯାଇଥିଲା ମିତା। ତାଙ୍କର ସାଗ୍ରହ ଆଗତୁରା ପ୍ରସ୍ତାବକୁ ମନା କରି ପାରିବ କେମିତି ?

ସହକର୍ମୀ ଜୟନ୍ତୀ ଦିଦିଙ୍କୁ ଇଙ୍ଗିତ କରି ମିତା କହିଲା– ଇଏ ତାଙ୍କର ସାଙ୍ଗ। ଆଗକୁ ତାଙ୍କର ଗାଁ। ମୋ ପାଇଁ ତୁମେ କେତେ ଆଉ ଅପେକ୍ଷା କରିବ। ମୁଁ ଯାଉଛି। ତୁମେ ବି ଯାଅ।

ସାଇକେଲରେ ଜୟନ୍ତୀ ଦିଦି ଚାଲିଗଲେ। ମିତା ମୋହନ ପଣ୍ଡାଙ୍କ ମୋଟର ସାଇକେଲର ପଛପଟେ ବସି ପଡିଲା। ଚାଲିଲା ଗାଡି ଟିଟିଲାଗଡ ଅଭିମୁଖେ। ମୋହନ ପଣ୍ଡା କଥା ଆରମ୍ଭ କଲେ। କଥା ତ ନୁହେଁ ପ୍ରଶ୍ନ କଲେ– ମୋ ଗାଡିରେ ବସିବାକୁ କେମିତି ରାଜି ହେଲ ? ମୋହନ ପଣ୍ଡାଙ୍କ ଆକସ୍ମିକ ଅଖାଡୁଆ ପ୍ରଶ୍ନରେ ଘବରାଇ ଗଲା ମିତା। ସ୍ୱଭାବିକ ହେବାକୁ ଯାଇ କହିଲା– ତୁମେ କହିଲ, ମୁଁ ରାଜି ହେଲି। ତୁମେ ତ ଅଚିହ୍ନା କେହି ନୁହ ଯେ ଅରାଜି ହୋଇଥାନ୍ତି।

ଠିକ ଅଛି। ସେ ଦିନ ସମାଧାନ ହୋଇ ନଥିବା କଥାଟା ଆଜି ସମାଧାନ କରିଦେଲ। ଏହା ଦ୍ୱାରା ପ୍ରମାଣ କରିଦେଲ ଯେ ମୁଁ ତୁମର ଦେଢ଼ଶୁର ନୁହେଁ।

ମିତା ଚମକି ପଡିବା ପରି ଭାବିଲା, ସତେ ତ ସେ ମୋହନ ପଣ୍ଡାଙ୍କ ଗାଡିରେ ବସିବାପାଇଁ ସମ୍ମତ ହେବା ପୂର୍ବରୁ ତ ସେ ଦିନର ସଂପର୍କ ନିର୍ଦ୍ଧାରଣର ଅସମାହିତ କଥାଟିକୁ ମନେ ପକାଇ ନ ଥିଲା। ସେ ଗୃହରେ ପହଞ୍ଚିବାର ଆତୁରତାରେ ରାଜି ହୋଇ ପଡିଥିଲା। ସେ ଏବେ କଣ କହିବ ?

ମିତାର ନିରବତାର ସୁଯୋଗ ନେଇ ମୋହନ ପଣ୍ଡା କହିଲେ–ରାଜି ତ ?

ମିତା ଏଥର କହିଲା–ଦେଖ, ସିଏ ଯାହା କହିବେ ସେଥିରେ ମୁଁ ରାଜି। ବିବାହ ପରେ ସମସ୍ତ ସଂପର୍କ ଯୋଡା ଯାଏ ଶାଶୁଘରର ସଂପର୍କ ହିସାବରେ।

ମୋହନ ପଣ୍ଡା ତଥାପି ଦାବୀ କରିବା ସ୍ୱରରେ କହିଲେ– ତୁମେ ଯାହା କୁହ ଜମୋର ଆପତ୍ତି ନାହିଁ। କିନ୍ତୁ, ଏକଥା ସତ ଯେ କୌଣସି ଦେଢ଼ଶୁର ସଙ୍ଗରେ କୌଣସି ଭାଇବୋହୂ ମୋଟର ସାଇକେଲରେ ବସିବାର ଦୃଷ୍ଟାନ୍ତ ନାହିଁ।

ମିତା। ନିଜର ସିଦ୍ଧାନ୍ତ ଜଣାଇ କହିଲା—କିଛି ନ ହେଲେ ବି ମୁଁ ତୁମର 'ବନ୍ଧୁପତ୍ନୀ'।

ଗାଡ଼ି ଚାଲିଥିଲା ସ୍ୱାଭାବିକ ଗତିରେ। ମୋହନ ପଣ୍ଡା ସେହି ସଂପର୍କ ନିର୍ଦ୍ଧାରଣର କଥାଟାକୁ ଆଉ ଗୁରୁତ୍ୱ ଦେଲେନି। ସେହି କଥାଟା ଉଠିଥିଲା ହାସ ପରିହାସ ଛଳରେ। ବେଶୀ ଗୁରୁତ୍ୱ ଦେଲେ ତାହା ଏକ ଗୁରୁତର ବିଷୟ ଓ ତାହା ନିହାତି ନିର୍ଦ୍ଧାରିତ ହେବା ଉଚିତ ବୋଲି ମନକୁ ଚିନ୍ତା ଆସିବ। କିନ୍ତୁ ସେଇ କଥାଟି ସେମିତି ନୁହେ। ପ୍ରକୃତରେ ଗୁଳିଖଟିରେ ହଠାତ ଉତ୍ଥାପିତ ହୋଇ ହଠାତ ପରିତ୍ୟାଗ ହୋଇଯିବା ପରି ଏକ ବିଷୟ। ମୋହନ ପଣ୍ଡା ନିରବ ରହିଲେ। ମିତା ବି।

ଏତେବେଳକୁ ସହରର ପାଖାପାଖି ଆସି ଯାଇଥିଲେ ସେମାନେ।

ଦୁହେଁ ନିରବ। ମିତା ସୌଜନ୍ୟ ଦେଖାଇ କହିଲା— ତୁମର ଗୋଟିଏ ଝିଅ ଅଛି ପରା ? ମୋହନ ପଣ୍ଡା ହଁ କହିଥିଲେ। ମିତା କହିଲା— ଦିନେ କେବେ ଆସ ଫାମିଲି ସହିତ ଆମ ଘରକୁ।

—ଠିକ ଅଛି। ସୁବିଧା ଦେଖି ଆସିବା।

ତାପରେ ପୁଣି ନିରବତା। ମିତା କିଛି କଥା ଆରମ୍ଭ କରିବାର ନ ଥିଲା। ମୋହନ ପଣ୍ଡା ବି ନିରବ ରହି ଗାଡ଼ି ଚାଲନା କରୁଥିଲେ। ଏତେ ଚଳ ଚଞ୍ଚଳ ବାଚାଳ ଲୋକଟା ନିରବ ରହିଲେ କିପରି ? ମିତା ଆଶ୍ଚର୍ଯ୍ୟ ହେଲା। ତାର ସନ୍ଦେହ ହେଲା, ସଂପର୍କ ନିର୍ଦ୍ଧାରଣରେ ପୂର୍ଣ୍ଣଚ୍ଛେଦଟେ ସେ ଟାଣି ନ ଥିବାରୁ ସେ ବୋଧହୁଏ ଅସନ୍ତୁଷ୍ଟ।

ମିତା କିନ୍ତୁ ତାହା ପଚାରିବାର ଉଚିତ ହେବ ନାହିଁ ବୋଲି ଭାବି ଥିଲା।

ମିତା ଘର ଆସି ଯାଇଥିଲା। ମୋହନ ବ୍ରେକ କଷିଲେ। ମିତା ଓହ୍ଲାଇ ପଡ଼ିଲା ମୋଟର ସାଇକେଲରୁ। ମିତା ସୌଜନ୍ୟମୂଳକ ସମ୍ଭାଷଣ କରି କହିଲା— ଆସ ଘରକୁ। ମୁଁ ଚା' ଟିକେ ପିଅ ଯିବ।

ମୋହନ ପଣ୍ଡା ମନା କରି କହିଲେ— ମୁଁ ଯାଏଁ। ଆଜି ଡେରି ହେଲାଣି। ଅନ୍ୟ କେବେ ପିଇବି।

ବେଶୀ ବାଧ୍ୟ କରିବାକୁ ମିତାର ବିବେକ ମନା କରୁଥିଲା। ସେ ତାଙ୍କ ଗାଁ ପାଖାପାଖି ପହଞ୍ଚିଥିଲେ ଓ ମିତାକୁ ଘରେ ପହଞ୍ଚାଇଦେବାକୁ ପୁଣି ଫେରିଲେ ଏଠାକୁ। ମିତା ପାଇଁ ତାକୁ ଦ୍ୱିତୀୟ ବାର ଯାତ୍ରା କରିବାକୁ ହେଲା। ସେ କିଛି ନ କହି କେବଳ କହିଲେ— ଧନ୍ୟବାଦ।

ମୋହନ ପଣ୍ଡା ମୁରୁକି ହସିଲେ। ଧନ୍ୟବାଦ ଗ୍ରହଣ କରି ଗାଡ଼ି ଷ୍ଟାଟ କରି ଚାଲିଗଲେ।

କାନ୍ଧରୁ ଖସି ଆସୁଥିବା ଭେନିଟି ବ୍ୟାଗକୁ ଉପରକୁ ଠେଲି ଦେଉ ଦେଉ ଘର କବାଟ ପାଖରେ ପହଞ୍ଚି ସାରିଥିଲା ମିତା। ସେତେବେଳେ ମନେ ପଡିଲା ତା ପୁଅ କଥା, ଯିଏ କି ଶାଶୁ ପାଖରେ ଥିବ ଓ ତା ବୋଉର ଥନରୁ ମଧୁର କ୍ଷୀର ଢୋକିବାକୁ ଅପେକ୍ଷା କରିଥିବ।

ସୁଶାନ୍ତ ପତ୍ନୀକୁ ଦେଖି ଆଶ୍ଚର୍ଯ୍ୟ ହୋଇ ପଚାରିଲେ ? ତୁମେ ଫେରିଲଣି ? ମୁଁ ଯିବାକୁ ବାହାରୁଥିଲି। କେମିତି ଆସିଲ ?

ମିତା କହିଥିଲା ଅଚାନକ ଛୁଟି ଘୋଷିତ ହୋଇଥିବା ବିଷୟ ଓ ଅଚାନକ ମୋହନ ପଣ୍ଡା ସହିତ ଭେଟ ପଡି ଯାଇଥିବା ବ୍ୟସ୍ୟ।

ସ୍ୱାମୀ ସୁଶାନ୍ତ କିଛି କହିଲେନି। ନିରବ ରହିଲେ। ସେ କହିଲେନି ଯେ ମୋ ସାଙ୍ଗ ଜଣକଙ୍କ ଗାଡିର ପଛପଟେ ସହଯାତ୍ରୀ ହୋଇ ମୋ ପତ୍ନୀ କାହିଁକି ଆସିବ ? ଲୋକେ ଦେଖିଲେ କଣ ଟିକାଟିପ୍ପଣୀ ଦେବେ ନି କି ? ଅନ୍ୟ ପକ୍ଷରେ ସେ କହିଲେ ନାହିଁ ଯେ ଠିକ କଲ ମୋହନ ସଙ୍ଗରେ ଆସି। ଚାରିଟା ପର୍ଯ୍ୟନ୍ତ ସେହି ସ୍କୁଲରେ ଏକାକୀ ରହି ଭାରି ବୋର ହୋଇଥାନ୍ତ।

ସ୍ୱାମୀଙ୍କର ମନ୍ତବ୍ୟହୀନ ନିରୁଭରତାରୁ ମିତା ବୁଝିପାରିଲାନି ସ୍ୱାମୀଙ୍କୁ ଯେ ମୋହନ ପଣ୍ଡା ସହିତ ଘରକୁ ଫେରିବାରେ ତାଙ୍କ ସମର୍ଥନ ଅଛି ନା ଅଛି ପ୍ରତିବାଦ। ସେ ଯଦି କିଛି ବି କହିଥାନ୍ତେ ତଦନୁସାରେ ସେ ସତର୍କ ହୋଇ ଚଳିଥାନ୍ତା ଭବିଷ୍ୟତକୁ। ହୁଏ ତ କେବେ ଅଚାନକ ଅନିର୍ଦ୍ଧାରିତ ଭାବେ ଛୁଟି ହୋଇପାରେ ଓ ଅନ୍ୟ କିଏ ଜଣେ ତାକୁ ଲିଫ୍ଟ ଦେବାକୁ କହିପାରେ। ସ୍ୱାମୀ ଯଦି ଚାହାନ୍ତି ସେ ଆସନ୍ତା, ଯଦି ନ ଚାହାନ୍ତି ସେ ତାଙ୍କୁ ଏକା ଅପେକ୍ଷା କରନ୍ତା ତାଙ୍କ ଯିବା ପର୍ଯ୍ୟନ୍ତ। କିନ୍ତୁ ବୁଝି ପାରିଲାନି ସ୍ୱାମୀଙ୍କୁ।

ଥରେ ଥରେ ଏମିତି ହୁଏ ସ୍ୱାମୀ ସୁଶାନ୍ତଙ୍କୁ ବୁଝିପାରେନି ମିତା। ତାକୁ ଲାଗେ ସୁଶାନ୍ତଙ୍କ ମନ ଏକ ଗଭୀର କୂପ। ସେଥିରେ ଅପହଞ୍ଚ ପାଣି। ପାଣି ଭିତରେ କଣ କଣ ଜିନିଷ କିଛି ସଂଗୁପ୍ତ ରଖିଛନ୍ତି ସେ ଦେଖି ପାରେନା। ଜାଣି ପାରେନା। କୂପ ଭିତରକୁ ବୁଡ ମାରି ପାରିବାର କୌଶଳ କଳା ତାକୁ ଅଜ୍ଞାତ।

ମିତା ଥରେ ପିତ୍ରାଳୟକୁ ଯାଇଥିବା ବେଳେ ସୀତା ସହିତ ସାକ୍ଷାତ ହୋଇ ଯାଇଥିଲା ସ୍ୱାଭାବିକ ଭାବେ। ସୀତାର ମନରେ ଏକ ପ୍ରଶ୍ନ ପଚାରିବାର ପ୍ରବଣତା ବହୁ ଶକ୍ତ ହୋଇ ଉଠିଥିଲା। ସୀତା ମିତାକୁ ପ୍ରଶ୍ନ ପଚାରିବା ପୂର୍ବରୁ କହିଥିଲା- ମିତା, ମୁଁ ଗୋଟିଏ କଥା ପଚାରିବି ତୁ ସତ ସତ କହିବୁ ?

ମିତା ହସି ଦେଇ କହିଲା- ମୁଁ ତୋତେ କେବେ ମିଛ କହିଛି ?

ସୀତା ପୁଣି କହିଲା– କିଛି ଖରାପ ଭାବିବୁ ନି ତ ?

ମିତା କହିଲା– କଣ ଏତେ ସିରିୟସ ହେଉଛୁ ଯେ ମୁଁ ବିଟ୍ ପାରୁନି । କଥାଟି କଣ ?

ସୀତା ଆରମ୍ଭ କଲା– ଟିଟିଲାଗଡର ଜଣେ ଅପରିଚିତା ସହିତ ଏକ ବାହାଘରବେଳେ ପରିଚୟ ହେଲା । ମୁଁ କହିଲି ମୋ ସାଙ୍ଗ ଜଣେ ସେଠି ବାହା ହୋଇଛି । ସେ ଶିକ୍ଷୟତ୍ରୀ କାମ କରେ । ତା ନାଁ ହେଉଛି ମିତା ।

ମହିଲା ଜଣକ ଠଉରାଇ ପାରୁନ ଥିଲେ । ମୁଁ ଆହୁରି ଚିହ୍ନଟ କରାଇବାକୁ କହିଲି ତାଙ୍କ ସ୍ୱାମୀଙ୍କ ନାମ ସୁଶାନ୍ତ ମେହେର । ତାଙ୍କ ପାଟିରୁ ବାହାରି ପଡିଲା – ଓ ସୁପରଭାଉଜର... । ତାପରେ ସେ ଜିଭ କାମୁଡି ଚୁପ ରହିଗଲେ ।

ମୁଁ ଆଶ୍ଚର୍ଯ୍ୟ ହେଲି । ମୁଁ ଜାଣି ଜାଣି ରହସ୍ୟ ଖୋଲିବାକୁ ଯାଇ କହିଲି– ନା, ନା, ସେ ଓକିଲ । ସୁପରଭାଇଜର ନୁଅନ୍ତି ।

ମହିଲା ଜଣକ କହିଲେ– ତୁମେ ଜାଣିନ କି ? ସେଇ ଓକିଲଙ୍କର ଏକ ସୁପରଭାଇଜର ସହିତ ଇୟେ ଅଛି ମ । ସେମାନଙ୍କର ଏକ ଝିଅ ବି ଅଛି ।

ସୀତା ପୁଣି କହିଲା– ମୁଁ ତ ଶୁଣି ବିଶ୍ୱାସ କରି ପାରିଲିନି । କେମିତି ମିତାର ବାପା ଓ ଅନ୍ୟମାନେ ଜାଣିପାରିଲେନି ଯେ !

ସୀତାଠୁ ତା ସ୍ୱାମୀ ବିରୁଦ୍ଧରେ ଏକ ମାରାତ୍ମକ କଥାଶୁଣି ବିଶ୍ୱାସ କରି ପାରୁନ ଥିଲା ମିତା । ତା କାନଗୁଣ୍ଠା ଝାଇଁ ଝାଇଁ ହେଲା । ସେ ବର୍ତ୍ତମାନ କେଉଁଠି ଅଛି ଜାଣି ପାରିଲାନି । ତାର ଚତୁଃପାର୍ଶ୍ୱ ଘୁରିବାକୁ ଲାଗିଲା । ତା ମନକୁ ଏକ ଅବାରିତ ପ୍ରଶ୍ନର ଶକ୍ତ ଧକ୍କା ବାରମ୍ବାର ଆଘାତ କରୁଥାଏ– ତାହା ହେଲେ ସେ ଠକାମୀରେ ପଡି ଯାଇଛି । ଏକ ମିଛ ସ୍ୱାମୀ ପାଇ ସେ ଭାବୁଛି ସେ ପାଇଛି ଜଣେ ଅମୂଲ୍ୟ ରନ୍, ଦୁର୍ଲଭ ପୁରୁଷ । ମିତାର ମନେ ଭାବନା ହେଲା– ତେବେ କିଏ ହୋଇପାରେ ତାର ସଉତୁଣୀ ?

ମିତାର ମନେ ପଡିଲା । ବିବାହର କେଇଦିନ ବିତି ଯାଇଥିଲା ମିତାର । ଅପରାହ୍ନ ବେଳକୁ ଜଣେ ସୁନ୍ଦରୀ ସ୍ତ୍ରୀ ହାତରେ ଏକ ଫୁଲତୋଡା ଏବଂ ଏକ ଉପହାର ଭେଟି ଧରି ପହଞ୍ଚିଥିଲେ ସୁଶାନ୍ତଙ୍କ ଘରେ । ସଙ୍ଗରେ ତାଙ୍କର ଥିଲା ନୂଆ ନୂଆ ଚାଲି ଶିଖୁଥିବା ଏକ ଝିଅ ।

ମିତାର ଶାଶୁ ଡ୍ରଇଂରୁମରେ ସେମାନଙ୍କୁ ବସାଇ ଦେଇ ସୁଶାନ୍ତକୁ ଡାକି କହିଲେ– ସ୍ନିଗ୍ଧା ଆସିଛି ।

ସୁଶାନ୍ତ ବେଡରୁମରେ ଗଡିପଡି ସାମ୍ନା ଟିଭି ଅନ କରି କିଛି ଦୃଶ୍ୟ ଦେଖୁଥିଲେ । ବୋଉଙ୍କ ଡାକରେ ସେ ସିଧା ସେଇ ମହିଲାଙ୍କ ନିକଟକୁ ନ ଯାଇ ସୁଶାନ୍ତ ପାଇଁ ଚା

ପ୍ରସ୍ତୁତ କରୁଥିବା ମିତାଙ୍କ ପାଖକୁ ଚାଲି ଆସି କହିଥିଲେ- ମିତା, ଏଇ ଯିଏ ଆସିଛନ୍ତି, ମୋର ଜଣେ ସହପାଠିନୀ, ବିଚାରୀ ବାହା ହେବାର ଦି ମାସ ପରେ କୁଆଡେ ସ୍ୱାମୀ ତାର ଫେରାର ହୋଇ ଯାଇଛି ଯେ ପତା ମିଳୁନି। ଆମ ବାହା ଘରକୁ ଆସି ନ ଥିଲେ ତ, ଆଜି ଆସିଛନ୍ତି। ଆସ ତାଙ୍କୁ ଭେଟିବା।

ମିତା ମନରେ ସେଇ ସ୍ତ୍ରୀଙ୍କ ପ୍ରତି ପ୍ରଚୁର ସମବେଦନା ଜାତ ହୋଇଥିଲା। ଆହା ! ବିଚାରୀର ଭାଗ୍ୟ କି ଦୁର୍ବଳ। ପୁଣି ସେହି ନିଖୋଜ ସ୍ୱାମୀ ପ୍ରତି ତାର ଭାବନା ହେଲା- ଏପରି ବେପରୁଆ, ଦାୟିତ୍ୱହୀନ ଲୋକମାନେ କାହିଁକି ବାହା ହୁଅନ୍ତି ଯେ' ! କଣ ଅନ୍ୟକୁ ତିଲ ତିଲ କରି ମାରିବାକୁ ?

ସୁଶାନ୍ତ ସହିତ ମିତା ଯାଇ ସେହି ଆଗନ୍ତୁକା ମହିଳାଙ୍କ ସାମ୍ନାରେ ଠିଆ ହୋଇଥିଲା ମିତା। ମିତାକୁ ଲାଗୁଥିଲା କେତେ ହତଭାଗିନୀ ସତେ ଏଇ ମହିଳା ଜଣକ ? ଦେହରେ ଯୌବନର ଢେଉ। ପାଖରେ ଏକ କୁନି ଝିଅ। ଜୀବନର ସୁଖ ସୋହାଗର ଫଗୁଣ ତାଙ୍କର ହଜି ଯାଇଛି କେଉଁ ଅଗମ୍ୟ ଇଲାକାରେ।

ଫୁଲତୋଡା ଓ ଉପହାର ପେଟିକୁ ଗ୍ରହଣ କରି ରଖି ଦେଇଥିଲା ମିତା ପାଖ ମେଲା ସୋଫା ଉପରେ। ବସି ପଡିଲା ସେଇ ଭଦ୍ର ମହିଳାଙ୍କ ପାଖରେ ଟିକିଏ ସମବେଦନା ଜଣାଇବାକୁ। ମିତା କହିଥିଲା- ସିଏ କୁଆଡେ ଗଲେ କିଛି ଖୋଜ ଖବର ନାଇଁ ?

ମହିଳା ଜଣକ ମୁହଁକୁ ତଳକୁ କରି- କିଛି ଖୋଜଖବର ନାହିଁ ପରା। ପେପର ଆଡଭାଟାଇଜମେଣ୍ଟ, ପୋଲିସ କମ୍ପ୍ଲେନ ସବୁ କିଛି କରାଯାଇଥିଲା।

ମିତା ପଚାରିଲା- ରେଡିଓ ଟିଭିରେ ପ୍ରଚାର କରିଥିଲେ ?

– ହଁ, ହଁ, ସବୁ କରାଯାଇଛି। ମହିଳା ଜଣକ ହତାଶ ସ୍ୱରରେ କହିଲେ।

– ଆଚ୍ଛା, ଚାଲିଯିବାର କାରଣଟା କଣ ଆପଣ ଠଉରାଇ ପାରୁଛନ୍ତି ?

ସେ ନାସ୍ତିକତାର ମୁଣ୍ଡ ହଲାଇ କହିଲେ- କିଛି ଜଣା ପଡୁନି ପରା।

ପାଖ ସୋଫା ଉପରେ ବସି ପଡିଥିବା ସୁଶାନ୍ତ ମିତାକୁ ନିର୍ଦ୍ଦେଶ ଦେଇ କହିଲେ କିଛି ଜଳଖିଆ ଚା' ଆଣିବାକୁ। ମିତା ଘର ଭିତରକୁ ଉଠିଗଲା।

ସୁଶାନ୍ତ କୁନି ଝିଅକୁ ବାହୁ ବନ୍ଧନୀକୁ ଆଣି ଗେଲ କରୁଥିଲେ।

ମିତା ଚା ଜଳଖିଆ ଆଣି ଟିପୟ ଉପରେ ରଖିଲା। ଦି'ଚାରିଟା ସଲ୍ଟ ବିସ୍କୁଟ ଆଣି ଗୋଟାକୁ ସେଇ କୁନିଝିଅ ହାତରେ ଧରାଇ ଦେଲା। ଗେହ୍ଲାରେ କହିଲା- ଖାଅ, ବିସ୍କୁଟ ଖାଅ।

ସ୍ତ୍ରୀଙ୍କ ମିତାକୁ ବାଧ୍ୟ କଲା ତାଙ୍କ ସହିତ ଜଳଖିଆ ଗ୍ରହଣରେ ଭାଗ ନେବାକୁ।

ଅଗତ୍ୟା ମିତା ସିଗ୍ନା ସହିତ ବସି ରହି ଗୋଟାଏ ମିଠାକୁ ଟିକିଏ ଟିକିଏ କରି ଚୋବାଇବାକୁ ବାଧ୍ୟ ହୋଇଥିଲା ।

ଚା ଆସର ପରେ ସେଇ ମା ଝିଅ ବିଦାୟ ନେଇଥିଲେ । ବିଦାୟବେଳେ ଟିକି ଝିଅଟି ମିତା ଓ ସୁଶାନ୍ତ ଉଦ୍ଦେଶ୍ୟରେ ବାଏ ବାଏ ଆଣ୍ଟି ବାଏ ବାଏ ଅଙ୍କଲ କହି ହାତ ହଲାଇଥିଲା ।

ମିତାକୁ ଆକର୍ଷିତ କରିଥିଲା ଛୋଟ ଝିଅଟି । ସେ ଭାବୁଥିଲା ତାର ଏମିତି ଗୋଟାଏ ସୁନ୍ଦର ଝିଅଟେ ଭଲା ଆସନ୍ତା କୋଳକୁ ।

ସେଦିନ ସେଇ ଅଭାଗିନୀ ସୁପରଭାଇଜର ପ୍ରତି ସଞ୍ଚିତ ପ୍ରଚୁର ସମବେଦନା ଆଜି ନିମିଷକେ ଅପସରି ଯାଇଥିଲା ମିତାର ମନରୁ । ସେହି ସ୍ଥାନରେ ଜମି ଉଠିଥିଲା ଈର୍ଷା, ଅସୂୟା ଓ ସନ୍ଦେହର କୁହେଳିକା । ମିତା ମନରେ ଏକ ଭାବନା ଦୃଢ଼ରୁ ଦୃଢ଼ତର ହେଉଥିଲା ଯେ ସୀତାକଥିତ ସେହି ସୁପରଭାଇଜର ଜଣକ ଆଉ କେହି ନୁହେଁ ସେହି ତଥାକଥିତ ସଉତୁଣୀ ବ୍ୟତୀତ । ଭଗବାନଙ୍କୁ ସେ ମନେ ମନେ ପ୍ରାର୍ଥନା କଲା ସେହି ଫେରାର ହୋଇଥିବା ସ୍ୱାମୀ ତାର ଫେରି ଆସୁ ତା ସଂସାରକୁ । ସ୍ୱତଃ ନିବାରିତ ହୋଇଯିବ ସୁଶାନ୍ତ ସିଗ୍ନାଠାରୁ ।

ମିତା ମନରେ ବିଷାକ୍ତ ବିକ୍ଷିପ୍ତ ଚିନ୍ତା– ତାକୁ କାହିଁକି ଛନ୍ଦି ଦେଲେ ଏପରି ଚରିତ୍ରହୀନ, ପରନାରୀ ଆସକ୍ତ ପୁରୁଷ ପ୍ରତି ତାର ବାପା ମାଆ ? ସେମାନେ ସତରେ ଜାଣି ନଥିଲେକି ସୁଶାନ୍ତଙ୍କ ଏହି କଳଙ୍କିତ କାର୍ଯ୍ୟକୁ ବିବାହ ପୂର୍ବରୁ ? ମିତା ଦୃଢ଼ ନିଶ୍ଚିତ ହୋଇ ପାରୁ ନଥିଲା । ମିତାକୁ ଲାଗୁଥିଲା ତା ବାପା ବୋଉ ବୋଧହୁଏ କଥାଟା ଜାଣି ନ ଥିବେ ଏଯାଏ । କି ଆଶ୍ଚର୍ଯ୍ୟ ! ଦୁନିଆସାରା ଯେଉଁ କଥାକୁ ଜାଣିଥାନ୍ତି ତାତ୍ପର୍ଯ୍ୟହୀନ, ଅର୍ଥହୀନ ଭାବେ ସେହି କଥାକୁ ସେହିମାନେ ଜାଣି ପାରି ନଥାନ୍ତି ଯେଉଁମାନେ ନିହାତି ଜାଣିବା ଆବଶ୍ୟକ । ତଦ୍ୱାରା ସେମାନଙ୍କର କ୍ଷତି ହୁଏ ଅପୂରଣୀୟ । ଏକ ଖଣ୍ଡ ବିଖଣ୍ଡିତ ଉଇହୁଙ୍କା ବେଷ୍ଟିତ ଦୁର୍ବଳ ମୂଳଦୁଆ ଉପରେ ଗଢ଼ି ତୋଳନ୍ତି ସ୍ୱପ୍ନର ଓଜନିଆ ମହଲ । ଅଚାନକ କେତେବେଳେ ଦୁଲଦାଲ ହୋଇ ଧସି ପଡ଼ିବ ନିଶ୍ଚୟ ।

ମିତା ଅନୁଭବ କଲା ସେ ପଡ଼ିଯିବ । ସୀତାକୁ କହିଲା– ମୋ ମୁଣ୍ଡଟା କେମିତି କଣ ହେଇ ଯାଉଛି ସୀତା । ଟିକିଏ ପାଣି ଆଣ ତ ପିଇବି ।

ସୀତା ଦୌଡ଼ିଯାଇ ପାଣି ଆଣି ପିଆଇଲା ମିତାକୁ । ମିତାର ମୁହଁରେ ଓଦା ହାତଟାକୁ ତାର ବୁଲାଇ ଆଣିଲା ।

ସୀତା ଅନୁଭବ କଲା, ମିତାକୁ ତା ସ୍ୱାମୀଙ୍କ ଲୁକ୍କାୟିତ କାହାଣୀ କହି, ତାଙ୍କର

ଚରିତ୍ର ସଂହାର କରି ଭୁଲ କରିଛି ବୋଧେ। ପୁଣି ଭାବିଲା ମିତା ବା କେତେଦିନ ଅନ୍ଧାରରେ ରହିଥାନ୍ତା। ସୁନ୍ଦର ସୁନ୍ଦର ପାଖୁଡ଼ାଯୁକ୍ତ ଏକ କୀଟଦ୍ରଷ୍ଟ କୁସୁମକୁ ସେ କେତେଦିନ ଭାବୁଥାନ୍ତା ଯେ ଏହା ଅକ୍ଷତ, ଅନାଘ୍ରାଣିତ ?

ମିତାକୁ ଜଣାଇ ଦେଇ ଠିକ କରିଛି ସୀତା। ସୀତା ଜାଣେ ମିତା ଏଥିରେ ଭାଙ୍ଗି ପଡ଼ିବ । ସ୍ୱାମୀ ପ୍ରତି ମନ ତାର ବିଷେଇ ଉଠିବ। ହେଲେ ବି କିଛି ଗୋଟେ ସମାଧାନ ତ ହୋଇ ପାରିବ। ଅତୀତକୁ ଭୁଲି ଯିବାକୁ ମିତା ସୁଶାନ୍ତକୁ ଆକଟ କରିପାରିବ।

ହତାଶା, ଦୁଃଖରେ ଭାଙ୍ଗି ପଡ଼ିଥିବା ମିତାକୁ ସୀତା ପ୍ରବୋଧନା ଦେଇ କହିଲା- ଭାଙ୍ଗି ପଡ଼ନା ମିତା। ଯାହା ପୂର୍ବରୁ ହେଇ ଯାଇଛି, ତାକୁ ଆଉ ସଜାଡି ହେବନି। ତୋର ଭାଗ୍ୟରେ ବୋଧହୁଏ ଏଅଁ ଲେଖାଥିଲା। ବିବାହ ପୂର୍ବରୁ ତୁମ ଘରେ କେହି ଜାଣି ପାରିଲେ ନାହିଁ। ଏବେ ତୁ ଦୃଢ଼ ହୁଅ। ତାଙ୍କୁ ଆକଟ କର। ନିଜର କର। ସବୁ ସମାଧାନ ଆପଣା ଛାଁ ଛାଁ ହୋଇଯିବ।

ମିତାକୁ ବେଳେବେଳେ ବିଶ୍ୱାସ ଲାଗୁନ ଥିଲା ସେହି ଶୁଣା କଥାକୁ। ତାକୁ ଏତେ ଭଲ ପାଉଥିବା ବିବାହିତ ସ୍ୱାମୀ କ'ଣ ତା'ଠି ଲୁଚାଇ ରଖିଛନ୍ତି ଏହି ସଂଗୁପ୍ତ କଥାକୁ? ସେ ସୀତାକୁ ପଚାରିଲା ସନ୍ଦେହ ଦୃଷ୍ଟିରେ- ସୀତା, ତୋ ଶୁଣା କଥା କଣ ସତ ?

ସୀତା ମିତା ମନରେ ଆମ୍ବିଶ୍ୱାସ ଓ ଦୃଢ଼ତା ସୃଷ୍ଟି କରିବାକୁ କହିଲା- ତୁ ନିଜେ ପରୀକ୍ଷା କର। ତାଙ୍କୁ ପଚାର। ଭାଙ୍ଗି ପଡ଼ନା। ଦୃଢ଼ ହୁଅ। ସତ୍ୟ ସହିତ ମୁକାବିଲା କର।

ମିତା ପିତ୍ରାଳୟରୁ ଶ୍ୱଶୁରାଳୟକୁ ଫେରି ଯାଇଥିଲା ପୂର୍ବ ନିର୍ଦ୍ଧାରିତ ସମୟାନୁସାରେ। ପହଞ୍ଚିବାର ପ୍ରଥମ ରାତିରେ ମିତା ସୁଶାନ୍ତକୁ ପଚାରିବ ସେହି ଶୁଣା କଥାର ସତ୍ୟତା। ମନ ତାର ବିକଳ ହୋଇ ଉଠୁଥାଏ। କଣ ହୋଇପାରେ ସୁଶାନ୍ତଙ୍କ ଉତ୍ତର ?

ରାତିରେ ଗୃହ କାର୍ଯ୍ୟ ସାରି ମିତା ସ୍ୱାଭାବିକ ଭାବେ ଶୟନ କକ୍ଷକୁ ଆସିଥିଲା। ସୁଶାନ୍ତ ଚେଙ୍ଁ ଥିଲେ। ଗଡ଼ି ପଡ଼ିଥିଲେ ଖଟରେ। ମିତା ତାଙ୍କ ପାଖକୁ ଯାଇ କହିଲା- ଆଜି ଗୋଟାଏ କଥା ପଚାରିବି । ସତ ସତ କହିବ ତ ?

ସୁଶାନ୍ତ ସରଳ ଗଳାରେ କହିଲେ- ମିଛ କାହିଁକି କହିବି ? କି କଥା, ପଚାରୁନ ?

ସିଧା ସଲଖ ମିତା ପ୍ରଶ୍ନକଲା- ଜଣେ ସୁପରଭାଇଜର ସହିତ ତୁମର ସଂପର୍କ ଅଛି ? ତାର ଏକ ଛୋଟ ଝିଅ ବି ଅଛି ?

– କିଏ କହିଲା ତୁମକୁ? ସାମାନ୍ୟ ବିଚଳିତ କଣ୍ଠରେ ପଚାରିଲେ ସୁଶାନ୍ତ।

ମିତା ଦୃଢ଼ ସ୍ୱରରେ କହିଲା– ଯିଏ ବି କହୁ, କଥାଟି ସତ ନା ମିଛ?

ସୁଶାନ୍ତ ଦେଖିଲେ ମିତା ନଚୋଡ଼ବନ୍ଧା ସ୍ୱରରେ କେବଳ ସକାରାମ୍ନକ କିମ୍ବା ନକାରାମ୍ନକ ଉତ୍ତର ଚାହେଁ। ତାଙ୍କର ଉତ୍ତର ଆକାଂକ୍ଷିତ ମନ ଅପେକ୍ଷା କରି ଚାହିଁ ରହିଛି ସୁଶାନ୍ତର ଆଖି ଦି'ଟାକୁ।

ସୁଶାନ୍ତ କଣ କହିବେ? ସ୍ୱୀକାର କରିନେବେ ସ୍ନିଗ୍ଧା ସହିତ ତାଙ୍କର ସଂପର୍କ? ଯଦି କଥାଟାକୁ ଲୁଚାଇ ଦେବେ ଭବିଷ୍ୟତରେ କଣ ମିତା ଜାଣିବନି? ସତ କେବେ ଲୁଚି ରହେନା ବୋଲି ଏକ ପ୍ରବାଦ ଅଛି ପରା।

ସୁଶାନ୍ତ କହିଲେ– ହଁ, ମିତା, ତୁମର ପ୍ରଶ୍ନର ଉତ୍ତରକୁ ମୁଁ 'ନାହିଁ' ବୋଲି କହିପାରିବିନି। ସିଏ ଏକ ଅଘଟଣ ଘଟି ଯାଇଛି।

ମିତା କାନ୍ଦି ପକାଇଲା। ରୁଦ୍ଧ କଣ୍ଠରୁ ତାର ଖଣ୍ଡିତ ଖଣ୍ଡିତ ଶବ୍ଦ ସବୁ ବାହାରୁଥିଲା– ଅଘଟଣ ହେଉକି ଯାହା ହେଉ, ତୁମର ଗୋଟାଏ ପତ୍ନୀ ଥାଉ ଥାଉ ମୋତେ ବାହା ହେଉଥିଲ କାହିଁକି?

ଆଶ୍ୱାସନା ଦେଇ ସୁଶାନ୍ତ ମିତାକୁ ବୁଝାଇବାକୁ କହିଲେ– ତୁମେ ଭୁଲ ବୁଝୁଛ ମିତା, ସିଏ ମୋର ପତ୍ନୀ ନୁହେଁ, ତୁମେ ହିଁ ମୋର ପତ୍ନୀ।

ମିତା ରାଜି ନ ହୋଇ ଯୁକ୍ତି ବାଢ଼ିଥିଲା– ଯା ସହିତ ତୁମର ସଂପର୍କ ରହିଛି ଓ ତୁମର ରକ୍ତରୁ ଏକ କନ୍ୟା ସନ୍ତାନ ଜନ୍ମ ନେଇଛି ତାକୁ କଣ କୁହାଯିବ ତାହାହେଲେ?

ସୁଶାନ୍ତ ଚିନ୍ତା କଲେ– କଣ କୁହା ଯାଇ ପାରିବ ତାଙ୍କ ସହିତ ସିଗ୍ଧାର ସଂପର୍କକୁ। ପୂର୍ବତନ ପ୍ରେମିକ? ରକ୍ଷିତା? ନା ଆଉ କିଛି ଅନ୍ୟ ନାମରେ ନାମିତ ହୋଇ ପାରିବ ସିଗ୍ଧା।

ସ୍ନିଗ୍ଧା ସୁଶାନ୍ତର ପତ୍ନୀ ହୋଇ ପାରିଥାନ୍ତା। ସୁଶାନ୍ତର କିଛି ଆପତ୍ତି କରିବାର ନ ଥିଲା। ମାତ୍ର, ସବୁ କିଛି ବିଗିଡ଼ି ଯାଇଥିଲା ଦିନେ ସ୍ନିଗ୍ଧାର ଅପରିମାଣଦର୍ଶିତା ହେତୁ। ସ୍ନିଗ୍ଧା ଶଙ୍ଖା ସିନ୍ଦୁର ପିନ୍ଧି ସୁଶାନ୍ତର ପତ୍ନୀ ରୂପେ ସଂସାରରେ ପାଇଥାନ୍ତା ସ୍ୱୀକୃତି। କିନ୍ତୁ ତାର ଭାଗ୍ୟ ବଦଳି ଯାଇଥିଲା ଅଚାନକ। ସେ ହଠାତ୍ ହୋଇପଡ଼ିଲା ଅଲୋଡ଼ା, ଅବାଞ୍ଛିତା।

ସ୍ନିଗ୍ଧା ସୁଶାନ୍ତର ସହପାଠିନୀ। କଲେଜରୁ ସ୍ନିଗ୍ଧା ସହିତ ସେ ପଢ଼ିଛି। ସ୍ନିଗ୍ଧା ଏକ ସୁନ୍ଦରୀ ଆକର୍ଷକ ଝିଅ। ଘରେ ତାର ବିଧବା ମା'। ବିଭିନ୍ନ ଆଳରେ ସୁଶାନ୍ତ ଅନେକ ଥର ଯାଇଛି ତାଙ୍କ ଘରକୁ। ବାରମ୍ବାର ଯିବା ଆସିବା ଭିତରେ ସେ ଅନୁଭବ କରିଥିଲା ତା ପାଇଁ ସ୍ନିଗ୍ଧା ଘର ଉନ୍ମୁକ୍ତ। କିଛି ପ୍ରତିବନ୍ଧକ ନାହିଁ। ଯେତେବେଳେ

ପହଞ୍ଚିଲେ   ସ୍ନିଗ୍ଧା ଆମନ୍ତ୍ରଣ କରେ ହସ ହସ ବଦନରେ। ବସିବାକୁ   କୁହେ। ସ୍ନିଗ୍ଧାର ବୋଉ ବି ସମ୍ଭାଷଣ କରନ୍ତି ତା ସହିତ, ପଢ଼ାଶୁଣା ବିଷୟରେ, ତାଙ୍କ ଘର ବିଷୟରେ । ସୁଶାନ୍ତକୁ ଲାଗେ ତାର ଅନ୍ୟ ଜଣେ ବୋଉ ଅଛନ୍ତି ଯେପରି- ମାତୃସୁଲଭ ସ୍ନେହ ଦେବାରେ କାର୍ପଣ୍ୟ ଦେଖାନ୍ତି ନାହିଁ। ଆଉ ସ୍ନିଗ୍ଧାକୁ ଡାକି କହନ୍ତି- ଇଏ ମୋ ପୁଅ କରି   ସ୍ନିଗ୍ଧା। ତୁ ତାକୁ ବଡ ଭାଇର ମାନ୍ୟ ଦେଇ ବ୍ୟବହାର କରିବୁ।

ମାତ୍ର, ପରିସ୍ଥିତି, ପରିବେଶ, ଯୌବନର ସଂଯମହୀନତା ସ୍ନିଗ୍ଧା ଓ ସୁଶାନ୍ତର ସଂପର୍କକୁ ନିର୍ଦ୍ଧାରିତ ବାଡ ଭିତରେ   ବାନ୍ଧି ରଖି ପାରି ନ ଥିଲା। ସ୍ନିଗ୍ଧା ଆଖିରେ ଲାଗିଥିଲା ସୁଶାନ୍ତକୁ ନେଇ ସ୍ୱପ୍ନ। ସୁଶାନ୍ତଙ୍କ ଆଖିରେ ଲାଗିଥିଲା   ସ୍ନିଗ୍ଧାର ସ୍ୱପ୍ନ। ସେ ଦୁହେଁ ମାନି ନ ଥିଲେ   ସ୍ନିଗ୍ଧାବୋଉଙ୍କ ପ୍ରଣୀଧିତ ସଂପର୍କକୁ। ସୁଶାନ୍ତ ଓ ସ୍ନିଗ୍ଧା ମସଗୁଲ ହୋଇ ଉଠିଥିଲେ ନୂଆ ସଂପର୍କକୁ ନେଇ। ସ୍ନିଗ୍ଧାର ଗର୍ଭରେ ସୁଶାନ୍ତର ସନ୍ତକ ବଢ଼ିବାର କଥା   ସ୍ନିଗ୍ଧା ଜଣାଇ ଦେଇଥିଲା ସୁଶାନ୍ତକୁ। ସିଏ ବି ପ୍ରସ୍ତାବ ଦେଇଥିଲା ଦୁହେଁ ଆଜୀବନ ରହିବେ ଗୋଟାଏ ଛାଟ ତଳେ।

ସୁଶାନ୍ତର ଆପଭି ନ ଥିଲା ସ୍ନିଗ୍ଧାକୁ ପତ୍ନୀର ମାନ୍ୟତା ଦେବାକୁ। ସମ ଜାତିର ଝିଅ ସେ। ମାତ୍ର ସେ ଚାହିଁ ନ ଥିଲା ବିବାହ ପୂର୍ବରୁ ତାର ପତ୍ନୀ ଗର୍ଭବତୀ ହୋଇ ତାଙ୍କ ଘରର ନବବଧୂ ସାଜୁ। କାରଣ ତାର ବିବାହ   ସମୟ ଆହୁରି ଦି ବର୍ଷ ଡେରି ଥିଲା। ତା ଭଉଣୀର ବିବାହ ପରେ ହିଁ ତାର ବିବାହ ହେବ। ସେଥିପାଇଁ କୌଣସି ଏକ ନର୍ସିଂ ହୋମର ଆଶ୍ରୟ ନେଇ ଗର୍ଭ ନଷ୍ଟ କରିବାର ଯୋଜନା ପ୍ରସ୍ତୁତ କରିଥିଲା ସୁଶାନ୍ତ।

ସ୍ନିଗ୍ଧା କିନ୍ତୁ ରାଜି ହୋଇ ନ ଥିଲା। ସେ କହୁଥିଲା- ଆମର ପ୍ରଥମ ପ୍ରେମର ପ୍ରଥମ ସନ୍ତାନକୁ ତୁମେ ନିଶ୍ଚିହ୍ନ କରି ଦେବାକୁ ଚାହୁଁଛ ? ମୁଁ ପାରିବନି। କ୍ଷମା କରିବ ପ୍ଲିଜ।

ସ୍ନିଗ୍ଧା ଆଉ ସୁଶାନ୍ତ ଦୁଇଟି ସମାନ୍ତର ରେଖା। କେହି କାହାକୁ ମାନିବାକୁ ନାରାଜ। ସୁଶାନ୍ତ ଚାହୁଁଥିଲା, ସ୍ନିଗ୍ଧା ଯଦି ଏତେ ନଛୋଡବନ୍ଦା ଓ ନିଜ ସିଦ୍ଧାନ୍ତକୁ ନେଇ ଏତେ ଦୃଢ଼ ନିଶ୍ଚିତ, ତେବେ ତାହା ସହିତ ଜୀବନର ସମସ୍ତ ବାଟ ଚାଲିବାର ପ୍ରତିଶ୍ରୁତି ପାଇଥିଲେ ବି ଚଲିବ କେମିତି ? ତାକୁ ଏମିତି   ବେଖାତିର କାହିଁକି ? ଯଦି ସୁଶାନ୍ତ ମନା କରି ଦିଏ ଯେ ତାର ଗର୍ଭରେ ବଢୁଥିବା ଭ୍ରୁଣଟି ତାର ନୁହେଁ, କଣ କରିବ ସ୍ନିଗ୍ଧା।

ଗୋଟାଏ ଧ୍ରୁବ ସତ୍ୟକୁ କେମିତି ମିଛ ବୋଲି କହିପାରିବ ସୁଶାନ୍ତ ? ଯିଏ ତାକୁ ଆଜୀବନ ସାଇତା ମହାର୍ଘ ପଦାର୍ଥକୁ ତାର ହାତରେ ସମର୍ପଣ କରି ଦେଇଛି,

ତାକୁ କେମିତି ପଦାଘାତ କରି ଘଉଡାଇ ଦେବ ? ସ୍ନିଗ୍ଧା ହୁଏ ତ ଏ ଆଘାତରେ ଆମ୍ଭହତ୍ୟା କରି ଦେଇପାରେ। ଏଥିପାଇଁ କିଏ ଦୋଷୀ ହେବ ? ଗୋଟାଏ ହସଖୁସିର ମସଗୁଲ ଥିବା, ଖିଲଖିଲ ହସୁଥିବା ଫୁଲଟିଏ ଅକାଳରେ ଝଡ଼ି ପଡ଼ିବ ସିନା। ନୀଡ ରଚନା ଉଦ୍ୟତ ପକ୍ଷୀଟିଏ ତାର ଥଣ୍ଟରେ କୁଟାକାଠି ଧରି ମନ ଫୁଲଣା ଗୀତ ଗାଇ ଗାଇ ଉଡୁଥିବାବେଳେ କେଉଁ ଏକ କ୍ରୁଦ୍ଧ ବ୍ୟାଧର ଶରାଘାତରେ ଟଳି ପଡ଼ିବ ସିନା ! କି ବିକଳ ମର୍ମନ୍ତୁଦ ଦୁର୍ଘଟଣା ସତେ !

ସୁଶାନ୍ତ ଆଉ ସ୍ନିଗ୍ଧାକୁ ବାଧ୍ୟ କରି ପାରୁ ନ ଥିଲା ଗର୍ଭନଷ୍ଟ ପାଇଁ। ସମୟ ଗଡ଼ି ଚାଲିଥିଲା।

ସେଦିନ କିନ୍ତୁ ଅଚାନକ ଦୃଶ୍ୟ ବଦଳି ଯାଉଥିଲା ଅପ୍ରତ୍ୟାଶିତ ଭାବେ।

ସେ ଏକ ରୌଦ୍ରଦଗ୍ଧ ଅପରାହ୍ନର କଥା। ସୁଶାନ୍ତ ଚିନ୍ତା କଲା ଶେଷ ପ୍ରୟାସ କରିବ ସ୍ନିଗ୍ଧାକୁ ମନାଇବାକୁ। ସେ ଶୁଣିଥିଲା ନାରୀମାନେ କୁଆଡେ ସୁନାପ୍ରିୟ। ଅଳଙ୍କାର ପ୍ରତି ସେମାନଙ୍କର ଥାଏ ଅସମାପ୍ତ ଆକର୍ଷଣ। ସୁଶାନ୍ତ ଏକ ସୁଦୃଶ୍ୟ ସୁନାହାର କ୍ରୟ କଲା ଏକ ସୁନାଗହଣା ଦୋକାନରୁ। ପକେଟରେ ତାକୁ ପୁରାଇଲା ଏବଂ ଚାଲିଲା ସ୍ନିଗ୍ଧା ଘରକୁ।

ସହରର ମୁଖ୍ୟ ରାସ୍ତାରୁ ଲମ୍ବି ଯାଇଛି ଏକ ଅଣଓସାରିଆ ଗଲି। ଚାରୋଟି ଗୃହ ପରେ ସ୍ନିଗ୍ଧାର ଘର। ଘରର ପ୍ରାରମ୍ଭରେ ଗୋଟିଏ ଛୋଟ କୋଠରୀ– ବୈଠକଖାନା। ତା ପଛକୁ ଦୁଇଟି ବେଡରୁମ। ପ୍ରଥମେ ପ୍ରଥମେ ସ୍ନିଗ୍ଧା ସହିତ ସଂପର୍କର ଚାରା ଚେରଉଥିବା ସମୟରେ ସୁଶାନ୍ତ ଆସି ଠିଆ ହେଉଥିଲା ଏହି ଗଲିର ଏକ ଝରକା ସାମ୍ନାରେ। ଝରକା ଖୋଲା ଥିଲେ ଠିକଭାବେ ପରିଦୃଶ୍ୟ ହେଉଥିଲା ସ୍ନିଗ୍ଧାର ବେଡରୁମ। ଝରକା ବନ୍ଦ ଥିଲେ ଦି'ଚାରିଥର ଠକ ଠକ ଆବାଜ କଲେ ସ୍ନିଗ୍ଧା ଆସି ଖୋଲି ଦେଉଥିଲା ଝରକାର କାବାଟ। ନିର୍ଦ୍ଦେଶ ଦେଉଥିଲା କେତେବେଳେ ସେ ବୈଠକଖାନାକୁ ଆସିବାକୁ ତ କେତେବେଳେ ମନା କରୁଥିଲା ନିଜକୁ ବୋଉର ସତର୍କ ଦୃଷ୍ଟିରୁ ବଞ୍ଚାଇବାକୁ। ମାତ୍ର, ପରେ ସମୟକ୍ରମେ ସ୍ନିଗ୍ଧାବୋଉଙ୍କ ନିରବ ସମ୍ମତିର ସବୁଜ ସଙ୍କେତ ପାଇ ସୁଶାନ୍ତ ଅବାଧରେ ବୈଠକଖାନାକୁ ଆସି ପାରୁଥିଲା। କେବେ ବି ତା ପାଇଁ ବାରଣ ନ ଥିଲା ବନ୍ଦ ଦ୍ୱାରର କବାଟ ଉନ୍ମୁକ୍ତ ହେବାକୁ। ସ୍ନିଗ୍ଧା ବୋଉ କବାଟ ଖୋଲି ଦେଇ ସୁଶାନ୍ତକୁ କହୁଥିଲେ– ସ୍ନିଗ୍ଧା ଭିତରେ ଅଛି, ଯାଅ ବାବୁ।

ସେଦିନ ଦାମୀ ସୁନାହାରଟିଏ ପକେଟରେ ଭରି ସୁଶାନ୍ତ ସ୍ନିଗ୍ଧା ପାଖକୁ ଯିବାବେଳେ ଅନୁଭବ କଲା ହୁଏ ତ ସେ ଅବେଳରେ ବାହାରିଛି। ଏବେ ସ୍ନିଗ୍ଧା ବୋଉ ମଧ୍ୟାହ୍ନ ଭୋଜନ ପରେ ଶୋଇଥିବେ ବୋଧହୁଏ ଆରାମରେ। ତାଙ୍କୁ କାହିଁକି

ଡିଷ୍ଟର୍ବ କରିବ ସେ। ଏଇ ଚିନ୍ତାରେ ସେ ସ୍ୱତଃପ୍ରବୃତ୍ତ ହୋଇ ଚାଲି ଯାଇଥିଲା ସେଇ ଝରକା ପାଖକୁ ଯେଉଁଠି ସେ ତାର ଆସିବାର ପ୍ରମାଣ ସ୍ୱରୂପ ଠକ ଠକ କରୁଥିଲା।

ଝରକା କବାଟକୁ ଠକ୍ ଠକ୍ କଲା । ନିରୁଉର। ସୁଶାନ୍ତର ମନେ ପଡିଲା, ସ୍ନିଗ୍ଧା ତ କୁହେ ଯେ ସେ କେବେ ଦ୍ୱିପ୍ରହରରେ ଶୁଏନି। ତେବେ ସ୍ନିଗ୍ଧା କଣ ଏଇ ଝର୍କା ସଂଲଗ୍ନ କୋଠରୀରେ ଅନୁପସ୍ଥିତ ? କର୍ଣ୍ଣଦେଇ ଶୁଣିଲା ସୁଶାନ୍ତ। କୋଠରୀ ଭିତରେ ଫୁସଫୁସ କଣ୍ଠସ୍ୱର ଶୁଭୁଛି। ତାହେଲେ କୋଠରୀ ଭିତରେ ସ୍ନିଗ୍ଧା ଭିନ୍ନ ଅନ୍ୟ କେହି ଜଣେ ଉପସ୍ଥିତ ଅଛି ନିଶ୍ଚୟ।

ଗଭୀର ଉସ୍ତୁକତା ଓ ଆବେଗ ତାଡିତ ହୋଇ ସୁଶାନ୍ତ ଠେଲି ଦେଲା ଝର୍କା କବାଟକୁ। ଖୋଲିଗଲା ଝର୍କା ଅନାୟସରେ। ଭିତର ପଟୁ ଛିଟକିଣି ଲାଗି ନଥିଲା ନିଶ୍ଚୟ। ସୁଶାନ୍ତର ଆଖି ସାମ୍ନାରେ ଯାହା ଦେଖିଲା ତାର ବିଶ୍ୱାସ ହେଲାନି। ଆଖି ବୁଜି ଦେଲା ସେ। ସ୍ନିଗ୍ଧା ଅନ୍ୟ ଏକ ପୁରୁଷର ବାହୁ ବନ୍ଧନୀ ଭିତରେ ଥାଇ ଚୁମା ଖାଉଛି । ଆରାମରେ ନିଜକୁ ସମର୍ପି ଦେଇଛି ସେଇ ପୁରୁଷ ପାଖରେ।

କଣ କରିବ ସୁଶାନ୍ତ ? କିଂ କର୍ଉବ୍ୟ ବିମୂଢ଼ତାରେ କିଛି ସମୟ ଠିଆ ହୋଇ ରହିଗଲା ସେ। କବାଟଟି ଖୋଲିଯିବା ଓ ଅନ୍ୟ କାହାର ଉପସ୍ଥିତି ପ୍ରତି ଜ୍ଞାତ ହୋଇ ପ୍ରେମୀଯୁଗଲ ଉଠି ପଡି ହଠାତ ଅସଂଯତ କେଶବାସକୁ ସଜାଡିବାରେ ଲାଗିଲେ। ସୁଶାନ୍ତ ଝର୍କା କବାଟକୁ ଟାଣି ବନ୍ଦ କରିଦେଲେ।

କଣ କରିବେ ଏବେ ? ସ୍ନିଗ୍ଧା ପାଖକୁ ଯାଇ ତା ଗାଲରେ ଦି ଚାରି ଚଟକଣା ମାରିଦେବେ କି ? ସେଇ ପୁରୁଷ ପିଲାଟାକୁ ବହେ ଗାଲି ଦେବେ କି ?

ଏମିତି ଚିନ୍ତା କରୁ କରୁ ପୁରୁଷ ପିଲାଟି ବୈଠକଖାନାର କବାଟ ଖୋଲି ଭିତରୁ ବାହାରିଗଲା ଗଲି ରାସ୍ତାରେ। ସୁଶାନ୍ତ ଚିହ୍ନ ପାରିଲେ ତାକୁ। ସେ ପିଲାଟା ବି ଜାଣେ ତାଙ୍କୁ । ସେ ହେଉଛି ବିମଲ। ସ୍ନିଗ୍ଧାର ବୋଲହାକ କରେ ସେ। ସ୍ନିଗ୍ଧା ତାକୁ ଚିହ୍ନାଇ ଦେଇ ଦିନେ କହିଥିଲା– ଏଇ ମୋର ଜଣେ ମାମୁଁ ପୁଅ ଭାଇ, ବିମଲ।

ନିରବରେ, ଅତି ସନ୍ତର୍ପଣରେ ପଲାୟନର ରାସ୍ତା ଧରିଥିବା ବିମଲକୁ ଡାକି ଦେବାକୁ ସୁଶାନ୍ତର ଇଚ୍ଛା ହେଉଥିଲା। ଇଚ୍ଛା ହେଉଥିଲା ପଚାରିଦେବାକୁ– କେବେଠୁ ଲାଗିଛି ଏ ଲୀଲା ? ମାତ୍ର, ପଚାରିଲା ନି। ସବୁର ମୂଳ ମଣ୍ଜି ତ ସ୍ନିଗ୍ଧା। ତାର ସମ୍ମତିରେ ତ ଚାଲିଛି ସବୁ କିଛି। ଯା'କୁ ଗାଲି ଗୁଲଜ କଲେ ଲାଭ କଣ ?

ବିଷେଇ ଗଲା ସୁଶାନ୍ତର ମନ। ସେ ଯାହାକୁ ଏତେ ପବିତ୍ର, ଅନୁରାଗୀ ବୋଲି ଭାବି ଆସିଥିଲା ଏଯାଏ, ସେ କଣ ସତରେ ଏତେ ପ୍ରତାରକ ? ତେବେ ସେ ତା ସହିତ କଣ ଏତେ ଦିନ ଧରି ମିଛର ଖେଲ ଖେଲି ଆସିଛି ? ତା ଗର୍ଭରେ ବଡୁଥିବା

ସନ୍ତାନଟି ତାହେଲେ ଏଇ ବିମଳର ନ ହୋଇଥିବ ବୋଲି କଣ ମାନେ ଅଛି ? ପାଷାଣ୍ଡି, ଭଲ ବୋକା ଧରିଛି ମୋତେ, ନିଜକୁ ଧିକ୍କାର କଲେ ସୁଶାନ୍ତ। ହଁ, ଅସ୍ୱୀକାର କରିବ ସେ ଭୁଣକୁ। ବିଚ୍ଛିନ୍ନ ହେବ ସେ ସ୍ନିଗ୍ଧାଠୁ। ସେ ତାର ପତ୍ନୀ ହେବାକୁ ଦେଇ ଥିବାର ପ୍ରତିଶ୍ରୁତିର ଅକ୍ଷର ସବୁକୁ ଲିଭାଇ ଦେବ। ହଁ, ହଁ, ଲିଭାଇ ଦେବ। ଫେରି ଆସିଥିଲା ଘରକୁ ସୁଶାନ୍ତ ସେଦିନ ଅନେକ ମନକଷ୍ଟ ନେଇ।

ସୁଶାନ୍ତ ଚିନ୍ତା କରି ପାରୁନ ଥିଲା, ସତରେ ନାରୀ କେତେ ରହସ୍ୟମୟୀ ହୋଇ ନ ପାରେ। ତାର ସବୁ କଥାକୁ ଅତି ଆପଣାର ଲାଗେ। ନିରୀହ ନିରୀହ ଲାଗେ। ମାତ୍ର, ତା ଭିତରେ ଭରି ରହିଥାଏ ହଲାହଲ। ସେଇ ସଂଗୁପ୍ତ ହଲାହଲର ସାମାନ୍ୟତମ ସୁରାକ ମଧ୍ୟ ପାଇ ପାରେନା ପ୍ରେମୀ ପୁରୁଷ। କେତେ ପ୍ରତାରିକା, ନଷ୍ଟ ଚରିତ୍ରା ହୋଇ ପାରେ ସେ ଏକ ଆକର୍ଷଣୀୟ ଓ କମନୀୟ ରୂପରେ ପ୍ରଲୋଭିତ କରି ଅନ୍ୟକୁ।

ସୁଶାନ୍ତ ଚିନ୍ତା କଲା, ସେ ପାଷାଣ୍ଡି ସ୍ନିଗ୍ଧା ସହିତ ଆଉ କଥାବାର୍ତ୍ତା ହେବନି। ସଂପର୍କ ଛିନ୍ନ କରିଦେବ। ସେ ତାର ଯେମିତି କରୁ ସୁଶାନ୍ତର ଯାଏ ଆସେ କେତେ ? ଚଉଠିଆ କାଗଜ ଖଣ୍ଡେ ଆଣି ଲେଖିଲେ ସୁଶାନ୍ତ।

"ସ୍ନିଗ୍ଧା ମୁଁ ଏଯାଏ ଅନ୍ଧ ଥିଲି। ତୁମ ଓ ମୋ ଭିତରେ ଇସ୍ପାତର ଏକ ଶକ୍ତ ଅନମନୀୟ ଦଣ୍ଡର ସେତୁ ଥିଲା ବୋଲି ଭାବିଥିଲି। କିନ୍ତୁ, ସେଇ ସେତୁର ଦଣ୍ଡଟି ଥିଲା ପ୍ରକୃତରେ ଏକ ଉଇଖିଆ କାଠଖଣ୍ଡକର। ତାହା ଆଜି ଭାଙ୍ଗି ଚୁରମାର ହୋଇ ଯାଇଛି। ତାକୁ ଯେତେ ଯୋଡିଲେ ବି ଯୋଡି ହେବନି। ତୁମେ ଭୁଲିଯାଅ ସୁଶାନ୍ତ ବୋଲି କେହି ଜଣେ ଅଛି ବୋଲି ଏଇ ପୃଥିବୀରେ। ବିମଳ ହିଁ ତୁମର ସବୁକିଛି। ତୁମ ଭିତରେ ଆଲୋକ ଦେଖିବାକୁ ଅପେକ୍ଷାରେ ଥିବା ଜୀବନଟି ମୋର ନୁହେଁ, ବିମଳର ତାହା ନିଶ୍ଚୟ।

ମୋତେ ଭୁଲିଯିବ। ମୁଁ ବି ଭୁଲିଯିବି ତୁମକୁ ନିଶ୍ଚୟ। ତୁମେ ଆରାମରେ ତୁମର ସୁଖରେ ସଂସାର ଗଢ଼ ବିମଳ ସହ। ମୋର ଶୁଭାଶୀର୍ବାଦ ଅଛି ତୁମର ସାଥେ ସାଥେ। ତୁମର ଜୀବନ ହେଉ ସୁଖମୟ, ପୁଷ୍ପମୟ, ମହକମୟ।

ଇତି, ତୁମର କେହି ନୁହେ।"

ଚାରି ଚଉତା କରି ଏକ ଲଫାପା ଭିତରେ ପୁରାଇ ଦେଲା ସୁଶାନ୍ତ କାଗଜ ଖଣ୍ଡକୁ। ଗୋଟିଏ ଧାପରେ ସେ ଚାଲିଗଲା ସ୍ନିଗ୍ଧା ଘରକୁ। ଡାକବାଲା ଚିଠି ପକାଇ ଦେଇ ଚାଲି ଯିବା ପରି ବାହାର କବାଟ ଫାଙ୍କରେ ଗଳାଇ ଦେଲେ ସୁଶାନ୍ତ। ଚାଲି ଆସିବାକୁ ଉଦ୍ୟତ ହେବା ବେଳକୁ ହଠାତ କବାଟ ଖୋଲି ଗଲା ଓ ପଛରୁ ଉକାରା ଆସିଲା – ପୁଅ ସୁଶାନ୍ତ। ଆସ, ସ୍ନିଗ୍ଧାକୁ ଡାକି ଦେଉଛି।

ସ୍ନିଗ୍ଧା ବିରୁଦ୍ଧରେ ସିନା ସୁଶାନ୍ତର ମନ ବିଷାକ୍ତ ହୋଇ ଉଠିଛି, ତା ବୋଉ ପ୍ରତି ନୁହେଁ। ସେ କେତେ ସରଳା, ସ୍ନେହ ବସଲା। ତାଙ୍କର ସ୍ନେହ ଓ ସରଳତାର ସୁଯୋଗ ପାଇ ସିନା ସେ ସ୍ନିଗ୍ଧା ପରି ଏକ ସୁନ୍ଦରୀ ଝିଅର ସାନ୍ନିଧ୍ୟ ପାଇ ପାରିଥିଲା। ତାଙ୍କର ସ୍ନେହବୋଲା ଡାକକୁ କର୍ଣ୍ଣପାତ ନ କରି କିପରି ଚାଲିଯିବେ ସୁଶାନ୍ତ? ବିବେକ ତାଙ୍କର ବାଧା ଦେଲା। ତଥାପି ସେ ସ୍ନିଗ୍ଧା ସହିତ ମିଶିବ କାହିଁକି? ଯାହା କହିବାର ତ ସେଇ ଲଫାପାରେ ଥିବା ଚିଠିରେ କହି ଦେଇଛି। ତଥାପି କହିଲା– ମୁଁ ଆସୁଛି, ମାଉସୀ। ମୋର ଜରୁରୀ କାମ ଅଛି। ତୁମେ ଚିଠିଟା ଦେଇ ଦେବ ସ୍ନିଗ୍ଧାକୁ।

ସୁଶାନ୍ତ ଚାଲି ଆସିଥିଲେ ଅଗତ୍ୟା। ଆକଟ କରି ପାରିନ ଥିଲେ ସ୍ନିଗ୍ଧାବୋଉ ସୁଶାନ୍ତକୁ।

ଦିଦିନ ବିତିଗଲା। ସୁଶାନ୍ତ ପାଖ ମାଡିଲେନି ସ୍ନିଗ୍ଧା ଘର ଆଡେ। ତୃତୀୟ ଦିନ ସ୍ନିଗ୍ଧା ଘରେ କାମ କରୁଥିବା ଚାକରାଣୀ ଆସି ସୁଶାନ୍ତଙ୍କୁ କହିଗଲା– କଣ ଜରୁରୀ କାମ ଅଛି, ମାଉସୀ ଘରକୁ ଆସିବେ। ମାଉସୀ ଖବର ଦେଇଛନ୍ତି।

ସ୍ନିଗ୍ଧା ନୁହେ, ମାଉସୀ। ସ୍ଥିର କଲା ସୁଶାନ୍ତ ଯିବ। କଣ କହିବେ ମାଉସୀ? ଗ୍ରହଣ କର ମୋର ସୁନାନାକୀ ଝିଅକୁ? ଚଳିବନି। ଦୃଢ଼ତାର ସହିତ ସେ ପ୍ରତ୍ୟାଖ୍ୟାନ ବାଣୀ ଶୁଣାଇଦେବ। ଗୋଟାଏ ଅଲକ୍ଷଣୀ କୁଚରିତ୍ରା ଝିଅକୁ ଗ୍ରହଣ କରି ତାର ଜୀବନକୁ ସେ ବରବାଦ କରିବନି।

ମାଉସୀ ଘରକୁ ଯାଇ ପହଞ୍ଚିଲା। ମାଉସୀ ତାକୁ ଦେଖିବା ମାତ୍ରେ ପଚାରିଲେ– କଣ ସେ ତୁମେ ଦେଇଥିବା ଚିଠିରେ ଲେଖିଛି ବାବୁ। ପଢ଼ିବା ପରେ କାନ୍ଦୁଛି ଯେ କାନ୍ଦୁଛି। କାରଣ କଣ ପଚାରିଲେ କହୁନି। ଖାଇନି ଦି ଦିନ ହେଲା।

ସୁଶାନ୍ତ ନିରବ ରହିଲେ– କଣ କହିବେ କି– ତୁମର ସୁନାନାକୀ ଝିଅଟି ବେଶ ଚରିତ୍ରବାନ। ଗୋଟିଏ ପୁରୁଷ ସହିତ ସଂପର୍କ ସ୍ଥାପନ କରି ସନ୍ତୁଷ୍ଟ ନୁହେଁ। ଏକାଧିକ ପୁରୁଷ ତାର କାମ୍ୟ। କିନ୍ତୁ ସେମିତି କିଛି ନ କହି କହିଦେଲେ– କିଛି ଲେଖିନି ମାଉସୀ? ଏତକ କହି ସ୍ନିଗ୍ଧାର ବେଡରୁମ ଆଡକୁ ଲମ୍ବି ଗଲା ସୁଶାନ୍ତର ଦୃଷ୍ଟି।

ସ୍ନିଗ୍ଧାର କୋଠରୀରେ ପାଦ ଦେଉ ଦେଉ ସ୍ନିଗ୍ଧା ଲୋଟି ପଡିଲା ସୁଶାନ୍ତର ପାଦତଳେ। କାନ୍ଦି କାନ୍ଦି କହୁଥିଲା– ମୋର ଭୁଲ ହୋଇ ଯାଇଛି ସୁଶାନ୍ତ। ଥରେ ମୋତେ କ୍ଷମା କରି ଦେବନି?

ସ୍ନିଗ୍ଧା ଲୁହଭରା ଡବଡବ ଆଖିରେ ଚାହିଁଲା ସୁଶାନ୍ତକୁ। ସତେକି ସୁଶାନ୍ତର ପାଷାଣ ହୃଦୟ ତରଳି ଯିବ ସେହି କରୁଣ ଚାହାଣୀରେ। ସ୍ନିଗ୍ଧା ବ୍ୟାକୁଳ କଣ୍ଠରେ କହିଥିଲା ଅନେକ କଥା। କହିଥିଲା–ଦେଖ ସୁଶାନ୍ତ! ବାପା ଚାଲିଯିବା ପରେ ଆମ

ଘରର ସାହା ଭରସା ହେଇ ରହି ଆସିଛି ବିମଳ। ସେ ଆମ ଘରର ସବୁ କିଛି କାମ କରିଛି ଯେତେବେଳେ ଯାହା ଆବଶ୍ୟକ ପଡିଛି ଜଣେ ବିଶ୍ୱସ୍ତ ଚାକର ପରି। ଜଣେ ଚାକର ଓ ବିମଳ ମଧ୍ୟରେ ଫରକ ଏତିକି ଯେ ଜଣେ ଚାକରର ଆନ୍ତରିକତା ନ ଥାଏ କାମରେ। ସେ କେବଳ ନିଜର କର୍ତ୍ତବ୍ୟ ପାଳନ କରେ ନିଜର ପାଉଣା ପାଇଁ। କିନ୍ତୁ ବିମଳ ସବୁବେଳେ ଆମ ପାଖରେ ପାଖରେ ରହିଛି। ମୋତେ ବଡ ଭଉଣୀ ମାନ୍ୟ କରେ। ବୋଉକୁ ମାଉସୀ। ମୋ ପ୍ଳସ୍ଟୁ ବେଳକୁ ବାପା ଚାଲି ଯାଇଥିଲେ ଆରପାରିକୁ। ମୋର ପାଠପଢ଼ା, କଲେଜକୁ ଯିବା ଆସିବା ଇତ୍ୟାଦିରେ ଯେଉଁଠି ଯେତିକି ସାହାଯ୍ୟ ଦରକାର ପଡିଛି ସବୁଠିରେ ସେ କରିଛି। ଯେତେବେଳେ ଯାହା କିଛି କାଗଜ ପତ୍ର ଆବଶ୍ୟକ ପଡିଲେ ସବୁକିଛି ସେ ଯୋଗାଡ କରିଛି ମୋର ବି.ଏ. ପରେ ବି.ଇ.ଡ଼ି. ହେବା ପର୍ଯ୍ୟନ୍ତ। କେବେ ସେ ମୋତେ ଖରାପ ଆଖିରେ ଦେଖିନି। ମୋଠୁ ଦି'ବର୍ଷ ସାନ ବି ସେ ହେବ। କେବେ ମୋ କିମ୍ବା ବୋଉର ଦେହ ଅସୁସ୍ଥ ହେଲେ ଡାକ୍ତର ପାଖକୁ ନେଇଛି। ମୋ ହାତ ଧରି ରିକ୍ସା ଉପରକୁ ଚଢ଼ାଇଛି, ଉତାରିଛି। ତାର ଦୃଷ୍ଟିରେ କେବେ କଳୁଷ ପଶିବାର ମୁଁ ଜାଣି ନ ଥିଲି। ମୋର ସେ ଭାଇ ଓ ମୁଁ ତାର ବଡ ଭଉଣୀ। ମୋତେ ଡାକେ ନାନୀ। ଆମ ଦୁହିଁଙ୍କ ଭିତରେ ଏକ ପବିତ୍ର ସଂପର୍କ, ଏକୋଦର ଭାଇ ଭଉଣୀ ପରି।

ମାତ୍ର, ଅନେକ ଦିନ ହେବ ସେ ମୋତେ ପ୍ରଥମେ କହିଥିଲା– ନାନୀ, ଗୋଟାଏ କଥା ମାଗିବି, ତୁମେ ରାଜି ହେବ ତ! ଆଉ ଏଥି ପାଇଁ ଭୁଲ ବୁଝିବନି?

ମୁଁ ସ୍ୱାଭାବିକ ଭାବେ କହିଥିଲି– ତୋ କଥାକୁ କେବେ କଣ ଖରାପ ଭାବିଛି? ତଥାପି ମୋ ମନରେ ଗୋଟାଏ ସନ୍ଦେହ ଜାତ ହେଉଥିଲା।

ଏମିତି କଣ ମାଗିବାର ଅଛି ଯେ ଆଜି ବିମଳ ଆଗରୁ ପ୍ରତିଶ୍ରୁତି ମାଗି ନେଉଛି।

ତାପରେ ବିମଳ ଏକ ପ୍ରଶ୍ନିଳ ଇଙ୍ଗିତ କରି କହିଥିଲା– ତୁମର ଦେହ, କେବଳ ଥରୁଟିଏ ମାତ୍ର।

ଅପ୍ରତ୍ୟାଶିତ ଭାବେ ମୁଁ ରାଗି ଯାଇଥିଲି ମନେ ମନେ। ମୋ ଡାହାଣ ହାତ ବିମଳର ଗାଲ ଉପରେ ଦି ଚାପୁଡା ପକାଇବାକୁ ଉଦ୍ୟତ ହେଉଥିଲା। କିଂ କର୍ତ୍ତବ୍ୟ ବିମୂଢ଼ତା ଜନିତ କିଛି ସମୟର ନିରବତା ଭିତରେ– ପ୍ଲିଜ ନାନୀ, କିଛି ଖରାପ ବୁଝିବନି, ରାଜି ହୁଅ ନା।

ମୁଁ ଚିନ୍ତା କରି ପାରୁଥିଲି ଯେ ମୁଁ ସୁଶାନ୍ତର ଗୋଟା ପଣେ। ଏ ଦେହ ମନ ତାଙ୍କଠାରେ ସମର୍ପି ଦେଇଛି। ତାଙ୍କର ରକ୍ତ ବିନ୍ଦୁ ନୂତନ ଜୀବନ ନେବାକୁ ବଢୁଛି ମୋ ଗର୍ଭରେ। କେମିତି ବିମଳକୁ ଥରୁଟିଏ ହେଲେ ବି ସ୍ପର୍ଶ କରାଇ ଦେବ ଏଇ

ପବିତ୍ର ଦେହଟାକୁ। ବଜ୍ର କଣ୍ଠରେ ସ୍ନିଗ୍ଧା କହିଥିଲା – ନୋ, ନେଭର। ଅନ୍ୟ ପକ୍ଷେ ଚିନ୍ତା କରି ପାରୁଥିଲି, ବିମଳ ଆମ ମାଆ ଝିଅଙ୍କ ପାଇଁ କଣ ନ କରିଛି ? ସତେ ଯେପରି ଆମ ନିଜ ପରିବାରର ଜଣେ ସଦସ୍ୟ। ଏତେ ନିଷ୍କପଟ-ସହାୟତା ଓ ସହୃଦୟତାର କଣ କିଛି ମୂଲ୍ୟ ନାହିଁ ବିମଳ ପାଇଁ ? କେବେ କିଛି ମାଗି ନଥିବା ବିମଳକୁ କଣ ସେ ଆଜି ଥରୁଟେ ଯାହା ମାଗୁଛି ଦେଇ ପାରିବନି ?

ତାପରେ ବିମଳ ମୋତେ ସୁନ୍ଦର ଉପମା ଦେଇ ବୁଝାଇବାକୁ ଚେଷ୍ଟା କରିଥିଲା। ମୁଁ ଗୋଟିଏ ହୋଟେଲ ବୟ। ସବୁବେଳେ ସୁସ୍ବାଦୁ ଖାଦ୍ୟ ପରିବେଷଣ କରୁଛି ଗ୍ରାହକମାନଙ୍କୁ। ପରିବେଷଣ ବେଳେ ସୁସ୍ବାଦୁ ଖାଦ୍ୟର ବାସ୍ନାରେ ମୋ ପାଟିରୁ ଲାଳ ବାହାରି ପଡୁଛି। ତାକୁ ଟିକେ ଚାଖିବାର କଣ ମୋର ଭୁଲ ?

ମୁଁ ପ୍ରତିବାଦ କରି କହିଥିଲି– ନିହାତି ଭାବେ ଭୁଲ, ବିମଳ ! ତଥାପି ବୋଧହୁଏ ସେ ନିଜକୁ ଆୟତ୍ତ କରି ରଖିପାରିନ ଥିଲା। ତାର କ୍ଷୁଧିତ ମନ ମୋ ଦେହର ସ୍ପର୍ଶ ପାଇଁ ଥିଲା ବ୍ୟାକୁଳ, ବଦ୍ଧପରିକର। ସୁଯୋଗ ଖୋଜୁଥିଲା କେଉଁଠି କେତେବେଳେ ସୁଯୋଗ ଉଣ୍ଟି ତାର ଅଭିଳାଷ ସାର୍ଥକ କରିନେବ।

ସେହି ଦୁର୍ଘଟଣା ଘଟିବା ଦିନ ବୋଉ ଆଉ ମୁଁ ଦିନବେଳା ଖରା ସମୟରେ ନିଜ ନିଜ କୋଠରୀରେ ଶୋଇ ପଡିଥିଲେ। ଖରାର ପ୍ରାବଲ୍ୟକୁ ରୋଧିବାକୁ ମୁଁ ପରିଧାନ କରିଥିଲି ଝିନ ବସ୍ତ୍ର। ନିଦ ଆଖିକୁ ମାଡି ଆସୁଥିଲା କେତେବେଳେ ଜାଣି ନ ଥିଲି। ହଠାତ ମୋ ନିଦ ଭାଙ୍ଗି ଯାଇଥିଲା ମୋ ଛାତିରେ କାହାର ସ୍ପର୍ଶ ଅନୁଭବ କରି। ଦେଖିଲି ମୋତେ ଅକ୍ତିଆର କରି ନେଲାଣି ବିମଳ। ପ୍ରତିରୋଧ କରିବାକୁ ତତ୍ପର ହୋଇ ଉଠିଲି। କିନ୍ତୁ ତାର ଶକ୍ତ ଶକ୍ତି ପାଖରେ ମୁଁ କ୍ରମେ ଦୁର୍ବଳରୁ ଦୁର୍ବଳତର ହୋଇ ପଡୁଥିଲି। ସତ କହୁଛି ସୁଶାନ୍ତ, ସେତେବେଳେ ଭାବିଥିଲି ଅବଶ୍ୟ, ସେଇ ହୋଟେଲ ବୟଟା ସୁସ୍ବାଦୁ ଖାଦ୍ୟ ପାତ୍ରକୁ ଅଇଣ୍ଠା କରି ଖାଇବାକୁ ଲାଗିଲାଣି ଯେତେବେଳେ ତାଠୁ ଛଡାଇ ଆଣି ଲାଭ କଣ ? ବରଂ ସେ ତୃପ୍ତ ହେଉ। ସନ୍ତୁଷ୍ଟ ହେଉ। ଅନେକ ନେହୁରା ହୋଇ ଥରଟିଏ ମାଗୁଥିବା ଜିନିଷଟେ ତାକୁ ସ୍ବହସ୍ତରେ ସମର୍ପଣ କରି ନ ଦେଲେ ବି ସେ ଯୋର ଦବରଦସ୍ତ ତାଠୁ ଛଡାଇ ନେଇ ଶାନ୍ତ ସମାହିତ ହେଉ।

ସ୍ନିଗ୍ଧା ଏକ ନିଶ୍ବାସରେ ସୁଶାନ୍ତ ଆଗରେ ବର୍ଣ୍ଣନା କରିଗଲା ବିମଳ ସହିତ ଘଟିଥିବା ଦୁର୍ଘଟଣା ବିଷୟରେ। କ୍ଷମା ମାଗି ସୁଶାନ୍ତକୁ କହିଥିଲା– ସବୁ ସତକଥା ତ ଖୋଲି କହି ଦେଲି, କ୍ଷମା ଦେବନି ?

ସୁଶାନ୍ତ କ୍ଷମା କରି ପାରିନ ଥିଲା ସ୍ନିଗ୍ଧାକୁ। ସେ ଯାହା ବି ହେଉ ସ୍ନିଗ୍ଧା ଭୁଲ କରିଛି।   ସେ ଅନ୍ୟ ପୁରୁଷ ସହ ସଂପର୍କ ସ୍ଥାପିତ କରିଛି। ସେ ଘୃଣ୍ୟା, ପତିତା,

ତ୍ୟାଜ୍ୟା। ସେ ବିଶ୍ୱାସ କଲାନି ସେହି ଦିନ ଯେ ସେଇ ସ୍ନିଗ୍‌ଧା-ବର୍ଷିତ ଦିନ ହିଁ ଥିଲା ସେମାନଙ୍କର ପ୍ରଥମ ମିଳନ। ହୁଏ ତ ଏପରି ହୋଇଥାଇ ପାରେ ସେ ଯାହାକୁ ନିଜର ଭ୍ରୁଣ ବୋଲି ଭାବି ଆସିଛି ତାହା ହୁଏ ତ ହୋଇ ଥାଇ ପାରେ ବିମଳର। ସ୍ନିଗ୍‌ଧା ପ୍ରତି ଏକ ଘୃଣା ଭାବ ଜାଗି ଉଠିଥିଲା ସୁଶାନ୍ତର ମନରେ। ସେଦିନ ସ୍ନିଗ୍‌ଧାକୁ ଛାଡି ଚାଲି ଆସିଥିଲା ସେଇ ସହରରେ। ତାର ଓକିଲାତି ପାଠ ମଧ୍ୟ ସେତେବେଳକୁ ସରି ଆସିଥିଲା। କେବଳ ପରୀକ୍ଷା ବାକି ଥିଲା।

ତାପରେ ସ୍ନିଗ୍‌ଧା ହୋଇଥିଲା ପରିତ୍ୟକ୍ତା। କେବଳ ସୁଶାନ୍ତ ଦ୍ୱାରା ନୁହେଁ, ବିମଳ ଦ୍ୱାରା ମଧ୍ୟ। କେବଳ ବିମଳ ଦ୍ୱାରା ନୁହେଁ, ସମାଜ ଦ୍ୱାରା ମଧ୍ୟ। ବିମଳ ମନା କରିଦେଇଥିଲା ସ୍ନିଗ୍‌ଧାକୁ ପତ୍ନୀ କରିବା ପାଇଁ। ଏକେ ତ ସେ ସ୍ନିଗ୍‌ଧାଠୁ ସାନ, ଦ୍ୱିତୀୟରେ ସେ ତାର ଘରୋଇ ସଂପର୍କୀୟ ଜଣେ ନାନୀ। ତା ସହିତ ବାହାର ଦୁନିଆକୁ ଦୃଶ୍ୟମାନ ହେଉଛି ଏକ ପବିତ୍ର ସଂପର୍କ। ସ୍ନିଗ୍‌ଧା କିନ୍ତୁ ଏକ ପ୍ରହେଳିକାମୟ ଆଶାର ପଛରେ ଧାଈଁ ଧାଈଁ ଆଶା ରଖିଥିଲା- ଆଜି ନ ହେଲେ କାଲି ତାକୁ ସ୍ୱୀକାର କରିବେ ସୁଶାନ୍ତ। ସେଥିପାଇଁ ସେ ଗର୍ଭ ନଷ୍ଟ କରି ନଥିଲା। ଭୂମିଷ୍ଠ ହେବାକୁ ଦେଇଥିଲା ତାର ପ୍ରଥମ ପ୍ରେମର ପ୍ରଥମ ସନ୍ତାନକୁ। ଅନ୍ୟନ୍ୟୋପାୟ ହୋଇ ସେ ବଦଳି ଆସିଥିଲା ଅନ୍ୟ ଏକ ସହରକୁ। ସେଠାରେ ପୂର୍ବ ପରି ଆଉ ଘୃଣା, କଳଙ୍କର ବୋଝ ବୋହିବାକୁ ତାକୁ ପଡି ନ ଥିଲା। ସେ ସେହି ନୂତନ ସହରରେ ପ୍ରଚାର କରିଥିଲା ଯେ ବିବାହର ଛଅମାସ ପରେ ସ୍ୱାମୀ ତାର କୁଆଡେ ନିରୁଦ୍ଦିଷ୍ଟ ହୋଇ ଯାଇଛନ୍ତି । ତାଙ୍କର ପତ୍ତା ମିଳିନି ଏ ଯାଏ।

ମିଛ ଆଉ କଳଙ୍କକୁ ଯେତେ ସୁନ୍ଦର ସୁନ୍ଦର ଆବରଣ ଦେଇ ଢାଙ୍କିଲେ ବି ତାହା ଲୁଚି ପାରେନା। ଦିନେ ନା ଦିନେ ତାର କଦାକାର ରୂପ ଲୋକଲୋଚନକୁ ଆସେ। ଆଜି ଏକଥା ଅନୁଭବ କରୁଛି ସୁଶାନ୍ତ। ମିତା ଆଜି ଅବଗତ ହୋଇଛି ସ୍ନିଗ୍‌ଧା ଓ ତାର ଅତୀତ ଜୀବନ ବିଷୟରେ। କଣ ତେବେ ସେ ସବୁ ସତ୍ୟ କଥାକୁ ସ୍ୱୀକାର କରିନେବ ମିତା ଆଗରେ ? ମିତା କଣ ତାକୁ ଏକ ନିରପରାଧ ଓ ପବିତ୍ର ପୁରୁଷ ଭାବି ତା ପ୍ରତି ଥିବା ତାର ସୋହାଗକୁ ପୂର୍ବବତ ଅକ୍ଷୁର୍ଣ୍ଣ ରଖିବ ? ନା, ସବୁ କଥା କୁହାଯାଇ ପାରେନା ସତ ସତ, ତାହା ଯଦି ଅପ୍ରିୟ ହୋଇଥାଏ। ସୁଶାନ୍ତ ଅନୁଭବ କଲା- ସତ୍ୟ ପ୍ରକାଶ କଲେ ମିତା ନିଶ୍ଚୟ ଭାଙ୍ଗି ପଡିବ। ତେଣୁ ଉତ୍ତର ପ୍ରତୀକ୍ଷାରେ ଗଭୀର ଉଦ୍‌ବେଗ ସହିତ ତା ମୁଖକୁ ଚାହିଁ ରହିଥିବା ତା ପତ୍ନୀ ମିତାକୁ କହିଲା- କଥାଟା ସେମିତି ନୁହେଁ, ମିତା। ମୁଁ ଳ ପଢୁଥିବା ବେଳେ ସ୍ନିଗ୍‌ଧା-ସହରରେ ରହୁଥିଲି। ସ୍ନିଗ୍‌ଧା ମୋର କଲେଜ ମେଟ୍ ଥିଲା। ତାର ଏକ ସଂପର୍କୀୟ ଭାଇ ସହିତ ତାର

ମିଳାମିଶା ଚାଲିଥିଲା ଏବଂ ସେଇ ଛୋଟ ଝିଅ କଥା କହୁଛ ସିଏ ହେଉଛି ସେଇ ତାର ଭାଇର। ସେ ମୋତେ ସେହି ଘଟଣାରେ ଫସାଇବାକୁ ଚାହୁଁଥିଲା। ତୁମେ କାହାଠୁ ଶୁଣିଛ ଏ କଥା ? ତୁମେ ତ କହିବାକୁ ନାରାଜ। ସିଏ ଭୁଲ ଶୁଣିଛି ଏକଥା। ଏହା ମୋ ପ୍ରତି ଏକ ଅପବାଦ ଅଣାଯାଇଛି।

ସୁଶାନ୍ତର କଥାକୁ ମିତା କେତେ ଦୂର ବିଶ୍ୱାସ କରିଥିଲା ସେଦିନ କେଜାଣି, ତାର ଉଦ୍‌ବେଗ, ଆଶଙ୍କା କିଞ୍ଚିତା ନିହାତି ହ୍ରାସ ପାଇଥିଲା। ମିତା ମନରେ ସେଦିନ ସେଇ ସୁନ୍ଦରୀ ସ୍ନିଗ୍‌ଧା ପ୍ରତି ଜାତ ହୋଇଥିଲା ଘୃଣା। ତାପ୍ରତି ସନ୍ଦେହ ଜାତ ବି ହୋଇଥିଲା। ନିଜ ସ୍ୱାମୀ ଫେରାର ଥିବା କଥା ସେ ମିତାକୁ କହିଥିଲା । ସତେ! ସତରେ ଏଥିପାଇଁ ନାରୀକୁ କୁହନ୍ତି ରହସ୍ୟମୟୀ, ଛଳନାମୟୀ? ତାର ମାୟା ଦେବଙ୍କୁ ଅଗୋଚର ମଧ୍ୟ ? ମିତା ଜାଣେ ନାରୀ ହେଲେ ବି ବୁଝି ପାରୁ ନଥିଲା ଅନ୍ୟ ଜଣେ ନାରୀକୁ। କିଛି ବୁଝିଲେ ବି କିଛି ଅବୁଝା ରହି ଯାଉଥିଲା।

ମିତା ମନରେ ଯେଉଁ କ୍ଷତ ସୃଷ୍ଟି ହୋଇଥିଲା ସେହି କ୍ଷତର ଜ୍ୱଳନ ଓ ପୀଡାକୁ କିଛି ପରିମାଣରେ ହ୍ରାସ କରି ଦେଇଥିଲା ମଲମର ପ୍ରଲେପ ପରି ସୁଶାନ୍ତର ପ୍ରବୋଧନା ଓ ସତ୍ୟ ପ୍ରତ୍ୟୟିତ ସମ୍ଭାଷଣଗୁଡ଼ିକ।

ସୁଶାନ୍ତ ବହୁ ସତର୍କତା ଅବଲମ୍ବନ କରିଥିଲେ ସ୍ନିଗ୍‌ଧା ସହିତ ତାଙ୍କର ସଂପର୍କର କାହାଣୀକୁ ବର୍ଣ୍ଣନା କରିବାବେଳେ ମିତା ଆଗରେ। ମିତା ମନରେ ନିଶ୍ଚିତ ଭାବେ ଆଘାତ ଲାଗିବ, କ୍ଷତ ସୃଷ୍ଟି ହେବ ସେ ଜାଣନ୍ତି। ମାତ୍ର, କ୍ଷତଟା ଯେପରି ମାରାତ୍ମକ ନ ହୁଏ, ଏକା ଥରକେ ତାକୁ ଦୁଃଖର ସ୍ରୋତ ଭସାଇ ନନିଏ, ସେଥିପ୍ରତି ସତର୍କ ଥିଲେ ସୁଶାନ୍ତ। ସେଥିପାଇଁ ମିତା ସାମ୍ନାରେ ଲୁଚାଇ ରଖିଥିଲେ ଅସଲ କଥାଟାକୁ।

ସେଦିନ ଘଟଣାଟିକୁ ସ୍ନିଗ୍‌ଧା ଓ ସୁଶାନ୍ତ ମଧ୍ୟରେ ବହୁ ମନାନ୍ତର, ବିତର୍କର ଯୁଦ୍ଧ ପରେ ସ୍ୱାକ୍ଷରିତ ହୋଇଥିଲା ଏକ ଅଲିଖିତ ଚୁକ୍ତିପତ୍ର।

ମିତା ସହିତ ସୁଶାନ୍ତର ବିବାହ ପ୍ରସ୍ତାବ ଚୂଡାନ୍ତ ହେବା ପରେ ସ୍ନିଗ୍‌ଧା ଅପ୍ରତ୍ୟାଶିତ ଭାବେ ପହଞ୍ଚି ଥିଲା ସୁଶାନ୍ତ ଘରକୁ। ସଙ୍ଗରେ ବି ନେଇ ଥିଲା ତାର ଛୋଟ ଝିଅକୁ। ଘରେ ଥିଲେ ସେତେବେଳେ ସୁଶାନ୍ତର ବାପା ବୋଉ। ସେ ନିଜର ପରିଚୟ ଦେଇଥିଲା ସୁଶାନ୍ତର ପତ୍ନୀ ଭାବେ ଏବଂ ସେହି ଛୋଟ ଝିଅକୁ ସୁଶାନ୍ତର କନ୍ୟା ରୂପେ। ସୁଶାନ୍ତର ପିତାମାତା ତାଜୁବ ହୋଇ ଯାଇଥିଲେ ସେଯାବତ ଅଜ୍ଞାତ ଥିବା ପୁତ୍ରର କୁକର୍ମ ପ୍ରତି।

ପିତାମାତାଙ୍କ ଆଗରେ ସୁଶାନ୍ତ କହି ପାରି ନ ଥିଲେ ଯେ ଏଇ ନାରୀକୁ ମୁଁ ଚିହ୍ନେ ନା ଜାଣେ ନା ବୋଲି। ସେ ସ୍ୱୀକାର କରିଥିଲେ ତାଙ୍କ ସହିତ ସ୍ନିଗ୍‌ଧୋର ସଂପର୍କକୁ। ମାତ୍ର, ସ୍ୱୀକାର କରି ନଥିଲେ ସେଇ ଛୋଟ ଝିଅକୁ। ସ୍ନିଗ୍‌ଧା ବିରୋଧରେ

ସ୍ୱର ଉତ୍ତୋଳନ କରି ସେମାନଙ୍କ ଆଗରେ ଖୋଲି ଦେଇଥିଲେ ବି ବିମଳ ସହିତ ସ୍ନିଗ୍ଧାର କଳଙ୍କିତ କର୍ମକୁ।

ସୁଶାନ୍ତ ଘରେ ଏକ ଆକସ୍ମିକ ଝଡ। ତାହାକୁ ଶାନ୍ତ କରିବାକୁ ହେବ କିଛି ବୁଝାମଣା ଜରିଆରେ। ନଚେତ ଏପଟେ ଲୋକନିନ୍ଦା ସେପଟେ ଲୋକନିନ୍ଦା। ଏପଟେ ସ୍ନିଗ୍ଧାକୁ ଗ୍ରହଣ କଲେ ଶୁଣିବାକୁ ପଡିବ ଲୋକମାନଙ୍କଠାରୁ ସୁଶାନ୍ତର ଦୁଶ୍ଚରିତ୍ରର ଦୁର୍ନାମ। ପ୍ରତ୍ୟାଖିତ ହୋଇଯିବ ମିତା ସହିତ ପ୍ରସ୍ତାବ। ଅନ୍ୟ ପଟେ ମିତାକୁ ପ୍ରତ୍ୟାଖ୍ୟାନ କଲେ ବି କଳଙ୍କର ଟୀକା ଲିଭିବନି। ସ୍ନିଗ୍ଧା କୋଟ କଚେରୀର ଆଶ୍ରୟ ନେବ। ହନ୍ତସନ୍ତ ହେବାକୁ ପଡିବ।

ସୁଶାନ୍ତକୁ ବୋଉ ନିଛାଟିଆ କୋଠରୀକୁ ଡାକି ପ୍ରବର୍ତ୍ତାଇ ଥିଲେ– ସୁନ୍ଦର ଅଛି, ଚାକିରି କରୁଛି। ତାକୁ ଗ୍ରହଣ କରି ନେଉନୁ?

ସୁଶାନ୍ତ ମନା କରି ବୋଉଙ୍କୁ ଅନୁମତି ମାଗିଥିଲେ– ସ୍ନିଗ୍ଧା ସହିତ ତାଙ୍କୁ କିଛି ସମୟ ବାର୍ତ୍ତାଳାପ କରିବାକୁ।

ସ୍ନିଗ୍ଧା ଓ ସୁଶାନ୍ତ ଥିଲେ ଗୋଟିଏ କୋଠରୀରେ। ସ୍ନିଗ୍ଧା ଛୋଟ ଝିଅଟିକୁ ସୁଶାନ୍ତ ବୋଉ ରଖିଥିଲେ ଗେଲ ଆଦର କରି।

ସ୍ନିଗ୍ଧାକୁ ଧମକାଇବାକୁ ଯାଇ ସୁଶାନ୍ତ କହିଥିଲା– ମୋ ଜୀବନରେ କଣ୍ଟା ହୋଇ ଠିଆ ହୁଅନି କହୁଛି, ସ୍ନିଗ୍ଧା। ଅବସ୍ଥା ଖରାପ ହେବ କହୁଛି।

– ମୁଁ କଣ୍ଟା ହୋଇ ଠିଆ ହେବାକୁ ଆସିନି ସୁଶାନ୍ତ। ମୁଁ ଆସିଛି ଆମ ଜୀବନକୁ ସୁନ୍ଦର କରି ଗଢ଼ିବାର ପ୍ରତିଶ୍ରୁତି ଦେବାକୁ। ଦୃଢ଼ କଣ୍ଠରେ ଜବାବ ଦେଉଥିଲା ସ୍ନିଗ୍ଧା।

– 'ଆମର' ବୋଲି କୁହନି। ତୁମେ ଜଣେ ବେଶ୍ୟା। ଗୋଟିଏ ବେଶ୍ୟାକୁ ନେଇ ମୁଁ ଜୀବନକୁ ନଷ୍ଟ କରିବାକୁ ଦେବିନି।

– ପ୍ଲିଜ ସେପରି ଖରାପ ଶଢ଼ରେ ମୋତେ ନାମିତ କରନି। ଯଦି ମୋତେ ଗ୍ରହଣ କରିବାକୁ ନାରାଜ, ତାହେଲେ ତୁମର ଛୋଟ ଝିଅକୁ ତୁମେ ରଖ। ମୁଁ ଚାଲିଯିବି।

– ମୋର ଝିଅ? ବିମଳକୁ ଦେଉନ ତାକୁ।

– ଝିଅଟା ପରା ତୁମର। ତୁମକୁ ରାଣ ପକାଇ ଯେତେ କହିଲେ ବି ବିଶ୍ୱାସ ହେଉନି? ଆଚ୍ଛା, ଗୋଟିଏ କଥା କରିବା ଚାଲ। ଚାଲ ଡି.ଏନ୍.ଏ. ଟେଷ୍ଟ କରିବା। ସେ ତୁମର ନା ବିମଳର ତାପରେ ମୁଁ ମାନି ନେବି।

– ସେ ଟେଷ୍ଟ ପେଷ୍ଟ କଥା ମୁଁ ମାନିବି ନି। କଣ ଦରକାର ସେ ଟେଷ୍ଟ? ଆଚ୍ଛା, ମୁଁ ତ ମନା କରୁଥିଲି ତୁମକୁ, ମାନିଲ? କାହିଁକି ରଖିଲ ତାକୁ ନଷ୍ଟ ନ କରି? କଣ ନା ପ୍ରଥମ ପ୍ରେମର ସନ୍ତକ। ଖବର କାଗଜରେ ଅନେକ ଦିନ ବାହାରେ,

କେଉଁଠି ରାସ୍ତାକଡରେ ପାପଗର୍ଭର ଛୁଆ କେହି ଛାଡି ଦେଇଛି। କେଉଁଠି କୁକୁର କାମୁଡି ଖାଉଛି କଅଁଳା ଛୁଆଟାକୁ। ତୁମେ ସେମିତି ନଷ୍ଟ କରି ଦେଲନି ? ଭୁଲ କରିବ ତୁମେ ଆଉ ମୋତେ ହତ୍ତସତ୍ତ କରି ମାରିବ, ନା ? ପଳାଅ ଏଠୁ କହୁଛି ସିଧା ସିଧା, ଯଦି ଭଲ ଅବସ୍ଥା ଚାହଁ। ନ ହେଲେ ତୁମର ଚିହ୍ନ ବର୍ଣ୍ଣ ଲୋପ କରିଦେବି କହୁଛି।

ଡରି ଯାଇଥିଲା ସ୍ନିଗ୍ଧା। କିଏ ଅଛି ତାର ତାକୁ ରକ୍ଷା କରିବାକୁ ? ଆଇନ ? ପୁଲିସ ? କିଛି ଲାଭ ନାହିଁ। ଯଦି ଆଇନ ଓ ପୁଲିସ ତାକୁ ସୁଶାନ୍ତ ହାତରେ ଦେଇ ପାରିବ, ସୁଶାନ୍ତର ପ୍ରେମ କଣ ତାକୁ ଦେଇ ପାରିବ ?

କାନ୍ଦି ଉଠିଲା ସ୍ନିଗ୍ଧା ନିରୁପାୟ ହୋଇ। ସୁଶାନ୍ତ ବୁଝାଇବା କଣ୍ଠରେ କହିଲା- ତୁମେ ଦେଖ ଅନ୍ୟ କେଉଁଠି ସ୍ନିଗ୍ଧା। ତୁମର ଯୌବନ ଅଛି। ସୁନ୍ଦର ଚେହେରା ଅଛି। ମୋଟା ଦରମା ଅଛି ତୁମର। କେଉଁଠି କେହି ଜଣେ ଦୟାବନ୍ତ ଗରୀବ ଟୋକା ମିଲି ଯାଇପାରନ୍ତି। ମୋତେ ଆଉ ହତ୍ତସତ୍ତ କରନି ପ୍ଲିଜ୍ !

ଲୋତକପୂର୍ଣ୍ଣ ନୟନରେ ସେଇଠୁ ଉଠି ଚାଲି ଯାଇଥିଲା ସ୍ନିଗ୍ଧା। ସୁଶାନ୍ତ ବୋଉଠୁ ନିଜ ଛୋଟ ଝିଅକୁ ନେଇ। ସୁଶାନ୍ତ ବୋଉ ଯାହା କିଛି ପଚାରିଥିଲେ କିଛି ଉତ୍ତର ଦେଇ ନ ଥିଲା ସ୍ନିଗ୍ଧା।

ସ୍ନିଗ୍ଧାରେ ସେତିକିରେ ହାରି ଯିବାର ଝିଅ ନଥିଲା। ସେ ଏକାନ୍ତରେ ସୁଶାନ୍ତକୁ ଭେଟି ପୁଣି ନ୍ୟାୟଲୟର ଦ୍ୱାରସ୍ଥ ହେବାର, ମହିଳା କମିସନ ନିକଟରେ ଅଭିଯୋଗ ଥୋଇବାର ଯୋଜନା ଜଣାଇଥିଲା।

ସୁଶାନ୍ତ ଚିନ୍ତା କରିଥିଲେ, ଏସବୁରେ ଅଛି ଅନେକ ବିପଦ। ସେ ସ୍ନିଗ୍ଧାକୁ ବୁଝାଇଥିଲେ- କୁହ, ସ୍ନିଗ୍ଧା ! ତୁମେ କଣ ଚାହଁ ? ମୋ ବାପା ମାଆଙ୍କ ଇଚ୍ଛା ଅନୁସାରେ ମୁଁ ମିତାକୁ ବିବାହ କରିବିନି ? ସେମାନଙ୍କ ଚିର ଅଭିଲଷିତ ସ୍ୱପ୍ନକୁ ଦଲିଚକିଟି ଦେଇ ଲୋକନିନ୍ଦା ଅଳନ୍ଧୁରେ ସେମାନଙ୍କୁ ପୋତି ଦେବି ?

ସ୍ନିଗ୍ଧା କହିଥିଲା- ମୁଁ ସେ କଥା କହୁନି ତ। ମୁଁ ଚାହେଁ ମୋତେ ତୁମେ ଗ୍ରହଣ କର। ଗ୍ରହଣ କର ତୁମର ଛୋଟ ଝିଅକୁ।

ସୁଶାନ୍ତ କହିଥିଲେ- ଠିକ ଅଛି, ମୁଁ ତୁମକୁ ଗ୍ରହଣ କରିବି ଗୋଟିଏ ସର୍ତ୍ତରେ। ତୁମେ ମୋ ସ୍ନେହ ସୋହାଗ ସବୁ କିଛି ପାଇବ। ମାତ୍ର, ଗୁପ୍ତରେ। ମିତାର ଅଗୋଚରରେ।

– ତା କେମିତି ସମ୍ଭବ ? ପଚାରିଥିଲା ସ୍ନିଗ୍ଧା।

– ସମ୍ଭବ ହେବ ପ୍ରଥମ କିଛି ମାସ, ବର୍ଷ ପରେ। ସେ ଆସ୍ତେ ଆସ୍ତେ ଜାଣ୍ଣ ପରେ ସହିଯିବ।

ସ୍ନିଗ୍ଧା ମାନି ନେଇଥିଲା ଉପସ୍ଥାପିତ ସର୍ତ୍ତକୁ । ସେ ଜିତି ଯାଇଥିଲା । ହେଉ ପଛେ ଦ୍ୱିତୀୟା ଭାବେ, ସଉତୁଣୀ ଭାବେ ସେ ଲାଭ କରି ପାରିଲା ସୁଶାନ୍ତଠୁ ସ୍ୱାମୀତ୍ୱ । ତା ଛୋଟ ଝିଅ ପାଇଁ ସେ ପାଇ ପାରିଲା ଏକ ନିରାପଦ ଆଶ୍ରୟ । ନିଜ ପାଇଁ ବି ।

ମିତା ଆଗରେ ସୁଶାନ୍ତ ବର୍ଣ୍ଣନା କରି ନଥିଲା ସ୍ନିଗ୍ଧା ସହିତ ତାର ଅଲିଖିତ ଚୁକ୍ତିକୁ । କେବଳ ସେ ଜଣାଇ ଦେଇଥିଲା ଯେ ସ୍ନିଗ୍ଧା ହେଉଛି ସୁଶାନ୍ତଙ୍କ ପ୍ରତ୍ୟାଖିତ ପ୍ରେମିକା ।

ସୁଶାନ୍ତ କଣ୍ଠରୁ ମିତା ଶୁଣି ନେଇଥିଲା ଏକ ପ୍ରେମର କାହାଣୀ ସତେ ଯେପରି ସୁଶାନ୍ତ କୌଣସି ଏକ ପୁସ୍ତକରୁ ପଢ଼ି ତାକୁ ଶୁଣାଉଛନ୍ତି । କୌଣସି ପ୍ରେମ କାହାଣୀ ଶୁଣିବାରେ ଥାଏ ଆନନ୍ଦ, ହର୍ଷ, ବିଷାଦର ସ୍ୱାଦ । ଶ୍ରୋତାକୁ ତାହା କରେ ବିମୋହିତ । ମାତ୍ର ସୁଶାନ୍ତ ବର୍ଣ୍ଣିତ ପ୍ରେମ କାହାଣୀ କାହାଣୀ ନ ଥିଲା, ଥିଲା ଜୀବନ୍ତ ଘଟଣାବଳୀର ସମାହାର । ପୁସ୍ତକରେ ପଠିତ ପ୍ରେମ କାହାଣୀ ପରି ଏହା କିଛି ଦିନ ପରେ ମନରୁ ତିରୋହିତ ହେବା ପରି କାହାଣୀ ନୁହେଁ । ଏଠାରେ ସୃଷ୍ଟି ହେଉଛି ମିତାର ଜୀବନ ଦୁର୍ଦ୍ଧାର କାହାଣୀ । ମିତାକୁ ଲାଗୁଥିଲା ଏହି କାହାଣୀରେ ତାର ସ୍ୱଚ୍ଛନ୍ଦ ଭବିଷ୍ୟତକୁ କେହି ଜଣେ ବାନ୍ଧି ଫିଙ୍ଗି ଦେଉଛି ଅନ୍ଧକାର ଭିତରକୁ । ଏହି କାହାଣୀର ଶେଷ ନାହିଁ, ନିଜେ ଏହି କାହାଣୀର ଜଣେ ନାୟିକା ନିଶ୍ଚୟ ।

ମିତା ଭାବେ, କାହିଁକି ତା ଜୀବନକୁ ପଶି ଆସିଲା ଏତେ ଦ୍ୱନ୍ଦ ଓ ଅଶାନ୍ତି ? ବିବାହର ପ୍ରଥମ କିଛି କାଳ ସତରେ କେତେ ଶାନ୍ତିରେ ଅତିବାହିତ ହୋଇଗଲା ତାର । ସୁଶାନ୍ତ ତାକୁ ମନେ ହେଉଥିଲେ ଦୁନିଆଁର ସବୁଠାରୁ ବଡ ପ୍ରେମିକ । ତାଙ୍କର ପ୍ରେମ ମିତାଠାରେ ଅଜାଡ଼ି ଦେଇଛନ୍ତି । ତାକୁ ଭଲ ପାଇଛନ୍ତି ଆପ୍ରାଣ । ମିତା ବିନା ସେ ବର୍ତ୍ତି ପାରିବେ ନାହିଁ । ସୁଶାନ୍ତ ହେଉଛନ୍ତି ମିତା ସର୍ବସ୍ୱ ଓ ମିତା ହେଉଛି ସୁଶାନ୍ତ ସର୍ବସ୍ୱ । ମାତ୍ର, ସ୍ନିଗ୍ଧା ନାମ୍ନୀ ନାରୀର ଜୀବନ ଚିତ୍ର ସୁଶାନ୍ତ କାଗଜ ଉପରେ ଯେଉଁ ଦିନ ଆବିଷ୍କାର କରିଥିଲା ମିତା ପାଇଁ ସୁଶାନ୍ତ ହୋଇ ଉଠିଥିଲେ ଦିନକୁ ଦିନ କୁହେଳିକାଚ୍ଛନ୍ନ ଏକ ଶୀତ ସକାଳ ପରି ଅସ୍ପଷ୍ଟ । ଘନ କୁହୁଡ଼ି ଓ ସଫେଦ ଅନ୍ଧକାର ଭିତରେ କେତେ ଯେ ଅଛି ଅନାବିଷ୍କୃତ ଘଟଣାରାଜି ମିତାକୁ ଜଣା ନ ଥିଲା । ଧୀରେ ଧୀରେ ଅନ୍ଧକାର ଅପସରି ଯିବା ପରେ ଆଲୋକିତ ହେଉଥିଲା ଦୃଶ୍ୟପଟ । ସ୍ୱାମୀ ସୁଶାନ୍ତଙ୍କର ଇତିହାସ, ଚରିତ୍ର ଦିନକୁ ଦିନ ତା ପାଇଁ ହୋଇ ଉଠିଥିଲା ସ୍ପଷ୍ଟରୁ ସ୍ପଷ୍ଟତର ।

ମିତା ବେଳେବେଳେ ଭାବେ, ଦୁନିଆଁର ଯେ କୌଣସି ନାରୀ ପୁରୁଷଠାରେ ଏକାଧିପତ୍ୟ ଜାହିର କରିବାକୁ ଚାହେଁ କାହିଁକି ? ପୁରୁଷର ସ୍ନେହ ସୋହାଗର

କାଣିଚାଏ ବି ଅନ୍ୟ କୁଆଡେ ବିଛାଇ ହେଲେ ତାର ପ୍ରେମୀ ନାରୀର ମନରେ ବ୍ୟଥାର ସାହାନାଇ ବାଜି ଉଠେ କାହିଁକି ?

ସେ କାହିଁକି ଉତ୍‌ଫଣ ସର୍ପ ପରି ହୋଇ ଉଠେ ଅସହିଷ୍ଣୁ। ନିଜକୁ ସମୀକ୍ଷା କରେ ମିତା। ସୁଶାନ୍ତ ସ୍ନିଗ୍ଧାକୁ ପ୍ରେମ କରନ୍ତୁ ତାର କଣ କ୍ଷତି ଅଛି ? ତା ପ୍ରତି ତ କିଛି ଊଣା ରଖନ୍ତି ନି ସେ। ଭାବି ନିଏ ସିନା ଏପରି ଉଦାରପଣର ଭାବନା, ମନର କେଉଁ କୋଣ ଅନୁକେଣରୁ ସେହି ଅସହିଷ୍ଣୁ ଭାବ ଲୁଚି ରହିଥାଏ ଯେ ବେଳେବେଳେ ତାହା ତାକୁ ସନ୍ତୁଳିତ କରେ, ଆଦୋଳିତ କରେ। କଦାଏ।

ତାର ଜୀବନ ସତରେ ଏକ ଅସଫଳ ଓ ଅପାଡେୟତାର କାହାଣୀ– ମିତା ଭାବେ। ତା ଉପରେ କେଉଁ ଅପଦେବତାର ଅଭିଶାପ ପଡିଛି ନିଶ୍ଚୟ। ବୋଧେ ତା ଭାଗ୍ୟରେ ଏଇଆ ହିଁ ନିର୍ଦ୍ଧାରିତ ଥିଲା। ତାକୁ ଜୀଇଁବାକୁ ହେବ ଏ ଜୀବନ।– ଏହା ଯେତେ ବି ନୁଖୁରା, ଅନାସକ୍ତ ହେଉ। ସେ ହସି ଦେବ, କୃତ୍ରିମତାରେ ହେଉ ପଛକେ।

ମିତା ବଞ୍ଚେ। ସ୍ୱାମୀ ସହିତ ଯୁଗ୍ମ ଜୀବନ ବିତାଏ। ନିଜର ସନ୍ତାନକୁ ଲାଳନ ପାଳନ କରେ। ଶାଶୁ ଶ୍ୱଶୁରଙ୍କ ସେବା ଯତ୍ନ କରେ। ସ୍କୁଲ ଯାଏ ପ୍ରତିଦିନ। ମାସ ଶେଷକୁ ମୁଠାଏ ଟଙ୍କା ଆଣେ। ସୁଶାନ୍ତ ହାତକୁ ବଢ଼ାଇ ଦିଏ। ଏକ ପକ୍କା ଗୃହିଣୀଟିଏ ହୋଇ ସଂସାର ନଉକା ବାହି ନିଏ।

ସ୍ନିଗ୍ଧା ସହିତ ସ୍ୱାମୀ ସୁଶାନ୍ତଙ୍କ ଆକର୍ଷଣକୁ ଭାବିନିଏ ଏହା ପୁରୁଷୋଚିତ। ହେହସୁହା ହୋଇଯାଏ ଆଦ୍ୟ–ବିଦ୍ରୋହାମ୍ଲକ ଭାବନା ସବୁ। ସେ ଭାବିନିଏ ବିଦ୍ରୋହର, ବାରଣର କିଛି ମାନେ ନାହିଁ ସୁଶାନ୍ତଠାରେ।

ସୁଶାନ୍ତକୁ ସେ ଅନେକଥର ବାରଣ କରିଛି। କୌଣସି ରାତିରେ ସେ ଘରେ ଅନୁପସ୍ଥିତ ନ ରହନ୍ତୁ। ସନ୍ଧ୍ୟାବେଳକୁ ଗୋଠ ବାହୁଡା ଗୋରୁ ପରି, ନୀଡ ବାହୁଡା ପକ୍ଷୀ ପରି ଫେରି ଆସନ୍ତୁ ମିତା ପାଖକୁ। ମାତ୍ର, ସୁଶାନ୍ତ ଫେରନ୍ତି ବହୁ ବିଳମ୍ବିତ ରାତ୍ରିରେ, ଯେତେବେଳକୁ ମିତା ସୁଶାନ୍ତର ଅପେକ୍ଷାରେ କ୍ଲାନ୍ତ ହୋଇ ଶୋଇ ପଡିଥାଏ। କେବେକେବେ ଫେରନ୍ତି ସେ ରାତିରେ ତ କେବେକେବେ ସକାଳକୁ ଦେହରେ ଅନେକ ଆଳସ୍ୟ ଓ କ୍ଲାନ୍ତି ନେଇ। ବିଳମ୍ବିତ ରାତ୍ରି ବାହୁଡାର କିୟ ଅନୁପସ୍ଥିତିର କାରଣ ପଚାରିଲେ ମିତାକୁ ଉତ୍ତର ମିଳେ– ଆଜି ବାର୍‌ରେ ଭୋଜି ଥିଲା, ଜର୍ଜ ସାହେବଙ୍କ ବଦଳି ପରେ ଫେଆରୱେଲ ଥିଲା। ଅମୁକ ଓକିଲ ସାଙ୍ଗ ଘରେ ଗୋଟାଏ କେସର ବ୍ରିଫ ପ୍ରସ୍ତୁତ କରୁ କରୁ ରାତ୍ରି ଅନେକ ହେବାରୁ ରହିଯିବାକୁ ପଡିଲା। ମିତା ପ୍ରଥମେ ପ୍ରଥମେ ହୁଏତ ବିଶ୍ୱାସ କରି ନେଉଥିଲା ସ୍ୱାମୀଙ୍କର ଏତାଦୃଶ ଅର୍ଥହୀନ ଛଳନା ସବୁକୁ। ପରେ ପରେ ବୁଝିନେଲା ସେହି ଛଳନାର ଅନ୍ତରାଳରେ ଲୁଚିଥିବା

ନିଛକ ସତ୍ୟକୁ। ସେଇ ସବୁ ଛଲନାର ନିର୍ଯ୍ୟାସ ହେଉଛି ଗୋଟିଏ ଶବ୍ଦ– ସ୍ନିଗ୍ଧା। ତାର ସ୍ୱାମୀଙ୍କର ଆଉ ଜଣେ ପତ୍ନୀ ତ ପୁଣି ଅଛି। ତା ପାଇଁ ତ କିଛି ସମୟ ଦେବେ ତା ସ୍ୱାମୀ। ମିତା ସହି ଯାଉଥିଲା ସମସ୍ତ ଗରଳ ପ୍ରାୟ ଘଟଣାକୁ ଢୋକି ଢୋକି– ନ ସହିବାର ଗତ୍ୟନ୍ତର ନ ଥିଲା ଗୋଟିଏ ସାମାଜିକ ଜୀବନ ଜୀଇଁବାକୁ।

ନୀରବରେ ସହିଯିବାର ଶେଷ ସୀମାରେ ପହଞ୍ଚିବା ପୂର୍ବରୁ ମିତା ଆଗରୁ ପ୍ରୟାସ କରିଛି ବଦଲି ଯିବାକୁ ନିଜେ, ନିଜେ ବଦଲି ଯିବ ଓ ତାର ପ୍ରଭାବରେ ବଦଲାଇ ଦେବ ସୁଶାନ୍ତକୁ। କୁହାଯାଏ, ସମାଜର ଡାଳରେ ନାରୀ ଓ ପୁରୁଷ ଦୁଇଟି ଫୁଲ। ଗୋଟିଏ ବ୍ୟତିରେକେ ଅନ୍ୟଟିର ସ୍ଥିତି ଅକଳ୍ପନୀୟ। ସମାଜରେ ଦୁହିଁଙ୍କର ସମାନ ଅଧିକାର ରହିଛି। ତେବେ କାହିଁକି ପୁରୁଷ ସଦାବେଳେ ନାରୀକୁ ତାର ଅକ୍ତିଆରରେ ରଖିଛି ବଶୀଭୂତ କରି। ତାର ନିର୍ଦ୍ଦେଶରେ ନାରୀ ନାଚୁଛି, ଉଠୁଛି, ବସୁଛି ? ସେ ଯାହା ଅନ୍ୟାୟ କରୁ, ଅତ୍ୟାଚାର କରୁ ନାରୀ ତାର ସ୍ୱର ଉତ୍ତୋଳନ କରି ପାରୁନି ? ଯାହା ବା କରୁଛି ନିର୍ଜନ ବେଳା ଭୂମିରେ ଏକ ‘ଆ’ ଚିତ୍କାର କରି କୁଆଡେ ମିଳେଇ ଯାଉଛି। ସେ ଏକାଧିକ ସ୍ତ୍ରୀ ସହିତ ସଂପର୍କ ରଖି ପାରିବ, ସେ ସ୍ତ୍ରୀ ପୋଷି ପାରିବ। ଆଉ ନାରୀ ତଦ୍ରୁପ ଏକାଧିକ ପୁରୁଷ ସହିତ ସଂପର୍କ ରଖିଲେ ତାକୁ କୁହାଯାଉଛି କଳଙ୍କିନୀ, ବେଶ୍ୟା। ଅଜସ୍ର ଛି ଛି ଶବ୍ଦ ତା ପାଇଁ ସଜାଇ ରଖାଯାଉଛି ତୀର ପରି ଟୋକିବାକୁ। ଆଉ, ପୁରୁଷର ଲମ୍ପଟତାକୁ କୁହାଯାଉଛି ପୌରୁଷ, ଦାମ୍ପତ୍ୟ ପଣ। ଏଥିପାଇଁ ପୁରୁଷ ନିଏ ବାହାବା।

ମିତା ଅନେକ ଚିନ୍ତା କରେ। ସେ ଅନେକଥର ବାରଣ କରିଛି ବିଳମ୍ବିତ ରାତ୍ରିର ନିଶଦ ପ୍ରହରରେ ଘରକୁ ନ ଫେରି ଅନ୍ତତଃ ରାତ୍ରିର ପ୍ରଥମ ପ୍ରହରରେ ସୁଶାନ୍ତ ଫେରନ୍ତୁ। ସୁଶାନ୍ତ କିନ୍ତୁ କର୍ଣ୍ଣପାତ କରନ୍ତିନି। ଦିନେ ସେଥିପାଇଁ ସୁଶାନ୍ତ ମନରେ ଏକ ଧକ୍କା ଦ୍ୱାରା ସମ୍ଭବିତ ପରିବର୍ତ୍ତନ ଆଣିବାର ପ୍ରୟାସ କରିବାକୁ ଯୋଜନା କରିଥିଲା ମାନସିକ ସ୍ତରରେ ମିତା। ତାର ଯୋଜନା ଥିଲା ଏହିପରି– ସେ ବି ଦିନେ ଚାଲି ଯିବ ଅନ୍ୟ ଏକ ପୁରୁଷ ଘରକୁ, ଯେଉଁଠି ତା ପାଇଁ ଥିବ ବଳବଉର ସୁରକ୍ଷାର ବଳୟ, ମାତ୍ର ସୁଶାନ୍ତଙ୍କ ଅନୁଭବ ହେବ ଯେ ସ୍ତ୍ରୀ ତାଙ୍କର ଅନ୍ୟତ୍ର ଯାଇଛି। ଅନ୍ୟ ପୁରୁଷ ସହିତ ତାର ସଂପର୍କ ଯୋଡିଛି। ତାଙ୍କ ମନରେ ଏପରି ଏକ ମିଛଭ୍ରମ ସୃଷ୍ଟି ହେଲେ ତାକୁ ବିରୋଧ କରିବେ ସେ। ବାରଣ କରିବେ। ତାପରେ ମିତା ତାଙ୍କୁ ଜବାବ ଦେବ। କହିବ– ନିଜେ ପ୍ରଥମେ ଠିକ ହୁଅ, ତାପରେ ଅନ୍ୟକୁ କହିବ। ଛୁଞ୍ଚିକୁ କେବେ କୁହ ନାହିଁ ନିଜେ ଚାଲୁଣୀ ହୋଇ। ତାପରେ ହୁଏତ ତାଙ୍କର ଜ୍ଞାନୋଦୟ ହେବ। ସେ ହୁଏ ତ ବୁଝି ପାରିବେ ଜଣେ ବିବାହିତା ନାରୀର ବିପର୍ଯ୍ୟସ୍ତ ମନସ୍ତତ୍ତ୍ୱକୁ। ସେ ହୁଏତ

ବୁଝିପାରିବେ ସେ କିପରି ଅବିଚାରିତ ଭାବେ ଆପଣାର କରିବା ବେଳେ ପରୋକ୍ଷ ଭାବେ ଉପେକ୍ଷା କରୁଛନ୍ତି ମିତାକୁ। ହଁ, ସେ ସ୍କୁଲ ଯିବା ଦିନ ଆଉ ଫେରିବନି ଗୃହକୁ। ମୋହନ ପଣ୍ଡାଙ୍କୁ ସ୍କୁଲ ସାମ୍ନା ରାସ୍ତାରେ ଦେଖିବା ବେଳେ କହିବ, ଭାଇ, ତୁମ ଘରକୁ ଦିନେ ତ ଡାକିଲନି ? ଆଜି ତୁମ ଗାଡି ପଛ ପଟେ ବସିବି। ଯିବି ତୁମ ଘରକୁ। ଭାଉଜ ସହିତ ଦି ଚାରିଦିନ ରହି ଫେରିବି। ତାପରେ ଜଣେ ବନ୍ଧୁ ପତ୍ନୀର ଆଦର, ଆଗ୍ରହକୁ ଧକ୍କା ଦେଇ ପାରିବେ ନି ମୋହନ ପଣ୍ଡା। ଗାଡିର ପଛ ପଟରେ ବସିବାକୁ ସେ କହିବେ। ସେ ବସିବ ଓ ପହଞ୍ଚିବ ତାଙ୍କ ଘରେ। କିଛି ଖବର ଉବର ଦେବନି ତା ତରଫରୁ ସୁଶାନ୍ତଙ୍କୁ। ସେ ଆସି ଫେରିଯିବେ ସ୍କୁଲ ଛୁଟି ହେବାର ଦେଖି। ପାଇବେନି ତାକୁ। ପରେ କୌଣସି ସୂତ୍ରରୁ ମୋହନ ପଣ୍ଡା ଘରେ ତାକୁ ଆବିଷ୍କାର କରି ତାଙ୍କର ମନରେ ସନ୍ଦେହ ହେବ ତାଙ୍କର ତାର ଚରିତ୍ର ପ୍ରତି। ସେଇଠୁ ସେ କହିବ ପ୍ରଥମେ ନିଜେ ଠିକ ହୁଅ। ଯିଏ ନିଜେ ଜ୍ଞାତସାରରେ ଅନେକ ଭୁଲ କରୁଛି, ଭୁଲ ଦ୍ୱାରା ଅନ୍ୟକୁ କଷ୍ଟ ଦେଉଛି ସେ ପୁଣି ଅନ୍ୟର ଭୁଲକୁ ଧରିବାକୁ କିମ୍ବା ସଜାଡିବାକୁ କେଉଁଠି ଅଧିକାର ପାଇଛି ? ନିଜେ ସୁଶାନ୍ତ ଅନ୍ୟ ଏକ ନାରୀ ଗୃହକୁ ବାରମ୍ବାର ଯିବାରେ ଟିକିଏ କୁଣ୍ଠାବୋଧ କରୁ ନ ଥିବା ବେଳେ ତାଙ୍କର ପତ୍ନୀ ଜଣେ ଅନ୍ୟ ପୁରୁଷ ଘରକୁ ଥରଟିଏ ଆସିଛି ଯେତେବେଳେ ତାକୁ ଅବିଶ୍ୱାସ କରିବାର କ'ଣ ଦରକାର ଅଛି ?

ମିତା କିନ୍ତୁ ତା'ର ଏହି କଳ୍ପିତ ପରୀକ୍ଷାକୁ ରୂପାୟନ କରି ପାରିଲାନି। ସେଇ ସ୍କୁଲ ସାମ୍ନାରେ ବାଇକ୍‌ରେ ମନ୍ଥର ଗତିରେ ଚାଲି ଯାଉଥିବା ମୋହନ ପଣ୍ଡାକୁ କେବେ ବି ତା କଳ୍ପନା ମୁତାବକ ଭାଷା କହି ପାରିଲାନି, ରୁହ, ମୁଁ ତୁମ ଘରକୁ ଯିବାର ଅଛି ଅତିଥି ହୋଇ। ମିତା ମନରେ ଏକ ଏକ ଅଜଣା ଭୟ ମାଡ଼ିବ ସେ ମୋହନ ପଣ୍ଡାଙ୍କୁ ଦେଖି ତାର କଳ୍ପନାର ରୂପ ଦେବାକୁ ଚିନ୍ତା କଲେ। ଦେହ ଶୀତେଇ ଉଠେ। ତାକୁ ଲାଗେ, ସେହି ରୂପାୟନରେ ସେ ନିଜର ସର୍ବନାଶ କରିବାକୁ ଯାଉଛି ଯେପରି। ବିଦ୍ରୋହର ଏକ ଅଭିନବ ଅସ୍ତ୍ର ଦ୍ୱାରା କଳଙ୍କିତ ବ୍ୟକ୍ତିକୁ ଆଘାତ କରିବାକୁ ଯାଇ ନିଜେ ହୋଇପଡୁଛି କ୍ଷତବିକ୍ଷତ, ରକ୍ତାକ୍ତ। ତାକୁ ଅନୁଭବ ହୋଇଛି ନାରୀ ହେଇଛି ପୁରୁଷର ଯୁଗେ ଯୁଗେ ବଶ୍ୟ, ପୁରୁଷ ଯେତେ ସ୍ୱେଚ୍ଛାଚାରୀ, ଲମ୍ପଟ ହେଉ ପଛକେ। ପୁରୁଷର ସମସ୍ତ ଉଦ୍ଧତ ଖାମଖିଆଲିକୁ ସେ ନିରବରେ ମାନିବାକୁ ବାଧ୍ୟ। ଏହା ବିନା ତାର ଗତ୍ୟନ୍ତର ନାହିଁ।

ଅତି ଶାନ୍ତ ଓ ନିସ୍ପୃହ ଭାବେ ଚାଲିଥିଲା ମିତାର ଜୀବନ। ସବୁ ଦୁଃଖର ଗରଳକୁ ପିଇ ପିଇ ସେ ନୀଳକଣ୍ଠ ପାଲଟି ଯାଇଥିଲା। ତା ଜୀବନର ଚଲାପଥରେ ସ୍ନିଗ୍ଧା

ନାମ୍ନୀ ଯେଉଁ କଣ୍ଟକ ଗୁଲ୍ମଟି ବେଷ୍ଟିତ ହୋଇଥିଲା ତାକୁ ପାର ହେବାକୁ ମିତା ଚାଲି ଶିଖିଲା। କଣ୍ଟକଠୁ ବହୁ ଦୂରତ୍ବ ରକ୍ଷା କରି ଚାଲିଲା। କଣ୍ଟାଟି ପଡିଥାଉ ରାସ୍ତାରେ। ସେ ବାଟଭାଙ୍ଗି ଚାଲିଯିବ ରାସ୍ତାଟି ଯେତେ ପ୍ରଶସ୍ତ ହେଉ କି ଅଣଓସାରିଆ ହେଉ। ସେଇ କଣ୍ଟକଗୁଲ୍ମକୁ ମିତା ଡେଇଁ ଯିବ ଲଙ୍ଘ ପ୍ରଦାନ କରି। ସେଥିରେ ତାର ଜୀବନରେ ଅଛି ଶାନ୍ତି, ପରିତୃପ୍ତି, ମୋକ୍ଷ। ଆଉ ପ୍ରକାରାନ୍ତରେ ସେ କଣ୍ଟକଗୁଲ୍ମକୁ କେବେ ବି ଚାହିଁବନି ରାସ୍ତାରୁ ହଟାଇବାକୁ। ରାସ୍ତାରୁ ସଫା କରିବାକୁ। ଅସମ୍ଭବ ତାହା, କାରଣ ସେହି କଣ୍ଟକଗୁଲ୍ମକୁ ପ୍ରତିପାଳନ କରନ୍ତି ସୁଶାନ୍ତ, ନିଜର ବିବାହିତ ସ୍ବାମୀ।

କିନ୍ତୁ, ସ୍ବାମୀ ସୁଶାନ୍ତ ଅବିଚାରିତ ଭାବେ ନିଜର କୁକର୍ମ ସାମ୍ରାଜ୍ୟ ବିସ୍ତାର କରିଚାଲିଥିଲେ। ମିତା ସେହି କଥା ପ୍ରତି ଆଖି ବୁଜି ଦେଇଥିଲା। ସେ କେବଳ ଦେଖୁଥିଲା ନିଜକୁ, ନିଜର ପୁତ୍ର ସନ୍ତାନକୁ ଓ ଶାଶୁ ଶ୍ୱଶୁରଙ୍କୁ। ସେମାନଙ୍କର ସୁଖ ଦୁଃଖ କଥା ବୁଝୁଥିଲା। ଜଣେ ଗୃହିଣୀର ଯାହା କିଛି କର୍ତ୍ତବ୍ୟ ଥାଏ କେଉଁଥିଲେ ଊଣା କରୁ ନ ଥିଲା ମିତା। କେବଳ ଶାଶୁଶ୍ୱଶୁର ପାଇଁ ନୁହେଁ, ଏତେ ହତାଦର ସତ୍ତ୍ବେ ମଧ୍ୟ ନିଜର ବିବାହିତ ସ୍ବାମୀଙ୍କୁ କେମିତି ସେ ହତାଦର କରିପାରିବ ଜାଣି ପାରୁ ନ ଥିଲା? ତାଙ୍କର ସୁଖ ଦୁଃଖ ଦେଖିବା ତାର ପରମ କର୍ତ୍ତବ୍ୟ। ତାଙ୍କର ସୁଖଦୁଃଖର ସେ ସହଭାଗୀ। ତାଙ୍କର କୌଣସି କାର୍ଯ୍ୟରେ ଅବହେଳା କରେନି ମିତା।

କିନ୍ତୁ, ସହିବାର ଗୋଟିଏ ଶେଷତମ ସୀମା ଥାଏ। ସେହି ସୀମା ଅତିକ୍ରମ କରିଯିବା ପରେ ମଣିଷ ଆଉ ସହିବାର ବଳୟ ଭିତରେ ରହିପାରେନା। ସେ ଚାଲିଯାଏ ଅନ୍ୟ ଏକ ଭିନ୍ନ ବଳୟ ଭିତରକୁ। ଆଉ ତାକୁ ପୂର୍ବ ବଳୟ ଭିତରେ ଖୋଜିଲେ ମିଳେନା। ଜୀବନ ତାକୁ ଲାଗେ ତୁଚ୍ଛ, ବିଷାକ୍ତ। ମୃତ୍ୟୁ ତାକୁ ହାତଠାରି ଡାକିନିଏ– ଆ, ତୋର ଦୁଃଖର ଅବସାନ କରିବି ମୁଁ। ହାହାକାର, ଅଶାନ୍ତି, ବିରକ୍ତିକର ପରିସ୍ଥିତିରେ କେତେଦିନ ରହିବୁ ଆଉ? ଆ, ମୁଁ ବାଢ଼ି ଦେବି ପରମ ଶାନ୍ତି।

ସେଦିନର ଘଟଣା ମିତାର ଅଜାଣତରେ ଘଟି ଯାଇଥିଲା। ଯାହାବି ସେଦିନ କରିଥିଲା ତାର କିଛି ଆୟଉ ନ ଥିଲା। ସେ ଆଉ ଚାହିଁ ନ ଥିଲା ସ୍ବାମୀ ନାମକ ଏକ ଭଦ୍ର ଦାନବର ହାତରେ କ୍ରୀଡ଼ନକ ହୋଇ ଖେଲେଇ ହେବାକୁ।

ମିତା କିଛି ଦିନ ପାଇଁ ଯାଇଥିଲା ପିତ୍ରାଳୟକୁ। ଫେରିବାର ନିର୍ଦ୍ଧାରିତ ଦିବସର ଗୋଟିଏ ଦିନ ପୂର୍ବରୁ ସେ ଫେରିଥିଲା ସ୍ବାମୀଗୃହକୁ। କାରଣ, ସେହି ସ୍ବାମୀଙ୍କ ସହର ଦେଇ ସେ ପିତାଙ୍କ ସହିତ ଯାଇଥିଲା ଏକ ସାମାଜିକ ଉତ୍ସବକୁ ଓ ଫେରିଥିଲା ସେହିଦିନ। ସେ ସେଦିନ ସୁଶାନ୍ତଙ୍କୁ ପୂର୍ବ ସୂଚନା କିଛି ନ ଦେଇ ପିତାଙ୍କ ସହିତ ପହଞ୍ଚିଥିଲା ତା ଶ୍ୱଶୁର ଘରେ। ସେ ଦିନକ ପୂର୍ବରୁ ପହଞ୍ଚିଥିଲା କାରଣ ପୁଣି ଆସନ୍ତାକାଲି

ଆଉ ଥରେ ସଜବାଜ ହୋଇ କାହିଁକି ଆସିବ ? ଏଇ ଫେରନ୍ତା ରାସ୍ତାରେ ରହିଗଲେ ତ କାମ ସରିବ । ବୃଦ୍ଧ ପିତାଙ୍କୁ ଆଉ କାହିଁକି ଆସନ୍ତାକାଲି ହଇରାଣ କରି ତାଙ୍କୁ ଛାଡ଼ିବାକୁ କହିବ ?

ମିତା ନିଜର ଶିଶୁ ପୁତ୍ର ଓ ପିତାଙ୍କ ସହିତ ପ୍ରତ୍ୟୁଷରେ ଆସି ପହଞ୍ଚିଥିଲା ନିଜ ଘର ସାମ୍ନାରେ । ମିତା ବନ୍ଦ କବାଟକୁ ଖଟ୍ ଖଟ୍ ଆବାଜ କଲା । ଭିତରୁ କାହାର ସୋର ଶବ୍ଦ ନାହିଁ ।

ମିତାର ଶ୍ୱଶୁର ନ ଥିଲେ ଘରେ । ତୀର୍ଥ ଭ୍ରମଣ ହେତୁ ଗୃହରେ ଅନୁପସ୍ଥିତ ଥିଲେ । ବୋଧେ ସୁଶାନ୍ତ ଶୋଇ ପଡ଼ିଥିବେ ଗଭୀର ନିଦ୍ରାରେ । ଏତେବେଳକୁ ତ ରାତିର ଅନ୍ଧକାର ଅପସରି ଯାଇ ଆଲୋକ ଆସିବାର ଉପକ୍ରମ କରୁଛି । ସୂର୍ଯ୍ୟ ପୂର୍ବାକାଶରେ ନିଜକୁ ଜାହିର କରି ନାହାନ୍ତି ଏ ଯାଏ ।

ଆଉ ଥରେ କବାଟକୁ ଖଟ୍ ଖଟ୍ କଲା ମିତା । କିଛି ମୁହୂର୍ତ ଅତିକ୍ରାନ୍ତ ହେବା ପରେ କବାଟ ଖୋଲା ହେଲା । ଭିତର ପଟୁ କବାଟ ଖୋଲି ମିତାକୁ ଦେଖି ଯିଏ ହଠାତ ଗୃହ ଭିତରକୁ ଦୌଡ଼ିଗଲା ନିଜକୁ ଲୁଚାଇବା ଭଙ୍ଗୀରେ ସେ ନ ଥିଲେ ସୁଶାନ୍ତ । ମିତା ଭାବୁଥିଲା ସୁଶାନ୍ତ ଘରେ ଏକା । ସିଏ ହିଁ କବାଟ ଖୋଲିବେ ଆସି । କିନ୍ତୁ କବାଟ ଖୋଲିଲା ସ୍ୱରଧା । ତାର ବିପର୍ଯ୍ୟସ୍ତ କେଶରାଶି, ଅସଜଡ଼ା ଅଙ୍ଗାଭରଣ ଦେଖି ମିତା ଜାଣି ପାରିଲା– ଏଇ ଠକ ଠକ ଶବ୍ଦ ବାରମ୍ବାର ଶୁଣି ସେ ସୁଶାନ୍ତର ଶଯ୍ୟାରୁ ଅଗତ୍ୟା ଉଠି ଆସିଛି କବାଟ ଖୋଲିବାକୁ । କିନ୍ତୁ ଭାବି ପାରି ନ ଥିଲା ଯେ ତା କବାଟ ସାମ୍ନାରେ ଠିଆ ହୋଇଛି ମିତା । ଏପରି ଏକ ଅଭାବନୀୟ ଘଟଣାରେ ମିତା ତାର କର୍ତ୍ତବ୍ୟ କଣ କିଛି ଠିକ କରି ପାରିନ ଥିଲା । ତା ପଛରେ ଠିଆ ହୋଇଥିବା ପିତା ଏହି ଦୃଶ୍ୟକୁ କିପରି ସହ୍ୟ କରି ପାରିଥିବେ ?

କଣ କରିବ ମିତା ? କହିବ କି , ଯା ପଲା, ଦୋଚାରୁଣୀ, ଦୂରେ ଥାଇ ପର ଘରକୁ ଭାଙ୍ଗି ପାରିଲୁନି ବୋଲି ପାଖକୁ ଆସିଛୁ ? ଜାଣିଛୁ ନା ଏଇଲେ ତୋତେ ଚାଷ୍ଠୁଣିରେ ପିଟି ପିଟି ଗଉଡ଼ାଇ ଦେବି । ସୁଶାନ୍ତ ତୋର ଯିଏ ବି ହେଉ, ତୁ ମୋର କେହି ନୋହୁ । ନା ମିତା କହିବ– ଠିକ କରିଛୁ ଏଠାକୁ ଆସି, ଆଉ କେତେ ଦିନ ଦୂରେ ଦୂରେ ରହିବ । ତୁମେ ମୋର ବଡ଼ ଭଉଣୀ । ଏଥର ଏଇ ଘର ଭିତରେ ଦି ଜଣ ଦି' ରାଣୀ ହୋଇ ରହିବା ।

କଣ କହିବ ମିତା ସ୍ୱରଧାକୁ ? ? କଣ କହିବ ସ୍ୱାମୀ ସୁଶାନ୍ତଙ୍କୁ ? କଣ କହିବ ପିତାଙ୍କୁ ?

କିଛି ଠିକ କରି ପାରିଲାନି । ଘାବରେଇ ଗଲା ଅସମ୍ଭବ ଭାବେ । ଅତି ଆତୁର

ହୋଇ କିଛି ଏକ ସମାଧାନର ରାସ୍ତା ଖୋଜିବାବେଳେ କିଛି ଗୋଟେ ପାଇ ଯାଇଥିବା ପରି ଦୌଡ଼ି ଯାଇଥିଲା ଏକ କୋଠରୀକୁ। ଭିତର ପଟୁ ବନ୍ଦ କରି ଦେଇଥିଲା କବାଟ। ଆଃ! କି ପରମ ଶାନ୍ତି। ଏଥର ସେ ଏହି ବନ୍ଦ କବାଟ ଭିତରେ ହିଁ ରହିଯିବ । ମୋତେ ଖୋଲିବନି ଆଉ। ବାହାରର କୋଲାହଲ, ଅଶାନ୍ତ ଘୋ ଘୋ ତାକୁ ବିଚଳିତ କରିବନି।

ଏଇ କିଛି ସମୟ ପୂର୍ବରୁ ଶାନ୍ତ, ସ୍ତବ୍ଧ ଥିବା ପରିବେଶ ବିଷ୍ବୁବ୍ଧ କୋଲାହଲରେ ଭରି ଉଠିଥିଲା।

ହଠାତ ସମସ୍ତଙ୍କ ଦୃଷ୍ଟି ଆକର୍ଷିତ ହୋଇଥିଲା ସ୍ନିଗ୍ଧାର ଠିଆ ଲିସା ଚିଲ୍ଲାଇବା ଆଡକୁ। ଲିସା ବଡ ପାଟିରେ ଡାକ ଛାଡୁଥିଲା- ଫାଶୀ, ଫାଶୀ, ଆଣ୍ଡି ଫାଶୀ।

ସମସ୍ତେ ଦୌଡ଼ି ଗଲେ ସେ ଠିଆ ହୋଇଥିବା ଝର୍କା ପାଖକୁ। ସେ ପୁଣି ପ୍ରକୋଷ୍ଠ ଆଡ଼କୁ ଅଙ୍ଗୁଲି ନିର୍ଦ୍ଦେଶ କରି କହିଲା - ଆଣ୍ଡି ଫାଶୀ। କେହି ସଠିକ ଭାବେ କିଛି ବୁଝି ନ ପାରିଲେ ବି ଫାଶୀ ପରି ଏକ ହୃଦୟ ବିଦାରକ କାର୍ଯ୍ୟ କେଉଁଠି ଘଟିବାକୁ ଯାଉଛି। ବୋଧହୁଏ 'ଫାଶୀ' ଶବ୍ଦର ପ୍ରକୃତ ଅର୍ଥ ଲିସା ବୁଝି ପାରିନି। କୌଣସି ଫିଲ୍ମରେ କିମ୍ବା ଟେଲିଭିଜନରେ ଫାଶୀରୁ ଝୁଲି ପଡ଼ିବା ଦୃଶ୍ୟ ଦେଖିଛି ସେ। ସମସ୍ତେ ଝର୍କା ଆଡ଼କୁ ଦୌଡ଼ି ଯାଇ ଦର ଆଉଜା ଝରକା କବାଟକୁ ଖୋଲି ଦିଅନ୍ତି ତ ଦେଖି ବିସ୍ମିତ ଓ ସ୍ତମ୍ଭୀଭୂତ ହୋଇ ପଡ଼ନ୍ତି। ଗୋଟିଏ ଟେବୁଲ ଆଣି ସିଲିଂ ଫ୍ୟାନ ତଳେ ପକାଇ ଠିଆ ହୋଇଛି ମିତା। ଫ୍ୟାନ ଦେହରେ ଲଗା ହୋଇଛି ମୃତ୍ୟୁର ଫାଶ– ଏକ ଦଉଡ଼ି। ଏଇଲେ ମିତା ଝୁଲି ପଡ଼ିବ। ସୁଶାନ୍ତ, ମିତାର ବାପା, ସ୍ନିଗ୍ଧା ସମସ୍ତେ ରଡ଼ି ଛାଡିଲେ - ମିତା କବାଟ ଖୋଲ, କବାଟ ଖୋଲ। କରନା ସୁଇସାଇଡ ପ୍ଲିଜ। ଅନ୍ୟ କାହାର ଶବ୍ଦ ଶୁଣି ନ ଥିଲା ମିତା । ନିଜ ଗଳାରେ ଫାଶ ଲଗାଇ ଝୁଲି ପଡ଼ିବାବେଳକୁ ସୁଶାନ୍ତ ଧକ୍କା ପରେ ଧକ୍କା ମାରି କବାଟକୁ ଖୋଲିବାକୁ ଚେଷ୍ଟା କଲେ। ହଠାତ ଝୁଲି ପଡ଼ିଲା ମିତା ଗୋଡ଼ରେ ଟେବୁଲଟିକୁ ଠେଲି ଦେଇ। ହେ ଭଗବାନ, ହେ ଭଗବାନ ବୋଲି ବିଲାପ କରୁଥିଲେ ମିତାର ବାପା। ସ୍ନିଗ୍ଧା ସ୍ତମ୍ଭୀଭୂତ ହୋଇ ଠିଆ ହୋଇଥିଲା । ସୁଶାନ୍ତ ଶେଷ ପ୍ରୟାସ କରି ଧକ୍କା ମାରୁଥିଲେ କବାଟକୁ। ହଠାତ ଖୋଲିଗଲା କବାଟ। ସୁଶାନ୍ତ ଦୌଡ଼ି ଯାଇ ଝୁଲନ୍ତା ଗୋଡ଼ ଦୁଇଟିକୁ ଟେକି ଧରିଲେ ମିତାର, ଯେପରି ବେକର ଫାସ ହୁଗୁଲା ହୋଇଯିବ। ମିତାର ବାପା ଦୌଡ଼ି ଆସି ପଡ଼ିଥିବା ଟେବୁଲକୁ ଠିଆ କରି ଚଢ଼ିଗଲେ ଉପରକୁ। ମିତା ବେକରୁ ଫାସଟିକୁ କାଢ଼ିଦେଲେ। ସମ୍ଭାଲି ଧରିଲେ ମିତାକୁ। ବେହୋସ ହୋଇ ପଡ଼ିଥିଲା ମିତା। ଦୁହେଁ ଜୋଇଁ ଓ ଶ୍ଵଶୁର ଆଣି ମିତାକୁ ତଳେ ଶୁଆଇ ହାତ ପଙ୍ଖା କରି ପବନ ମାରିଲେ ମିତା

ଦେହରେ। କିଛି ସମୟ ପରେ ମିତା ଦେହରେ ଜୀବନ ସଞ୍ଚାର ହେଲା। ମିତା ଫେରି ଆସିଲା ମୃତ୍ୟୁଲୋକରୁ। ମିତାର ବାପା ଏକ ଗ୍ଲାସରେ ପାଣି ଆଣି ମିତାକୁ କହିଲେ— ପାଣିଟିକେ ପି'ଦେ ମା! ଏତକ କହି ବାଷ୍ପାକୁଳ କଣ୍ଠରେ କାନ୍ଦି ପକାଇଲେ ବୃଦ୍ଧ। ଏ କଣ କରିବାକୁ ଯାଇଥିଲୁ ମା? ଏଇ ବାପାଙ୍କୁ ଛାଡ଼ି ତୁ କଣ ମୋଠୁ ଆଗରେ ଚାଲି ଯାଇଥାନ୍ତୁ?

ସୁଶାନ୍ତ ନିଜେ ଏକ ବଡ଼ ବିପଦରୁ ରକ୍ଷା ପାଇ ଯାଇଥିବା ପରି ମନେ କରି ନିଶ୍ୱାସ ମାରୁଥିଲେ। ସେ ଇଙ୍ଗିତ ଦେଲେ ସ୍ନିଗ୍ଧା ତାର ଝିଅକୁ ଧରି ଅବିଲମ୍ବେ ତା ଘରକୁ ଚାଲିଯାଉ।

କେହି ପଚାରୁ ନଥିଲେ ମିତାକୁ କାହିଁକି ଏପରି ଆତ୍ମଘାତୀ ପଦକ୍ଷେପ ନେଉଥିଲା ମିତା। କାରଣ, ସମସ୍ତେ ଜାଣନ୍ତି ତାର କାରଣ ଭଲ ଭାବେ।

ମିତାର ବାପା କିଛି ଦୋଷାରୋପ କରି କହୁ ନଥିଲେ ସୁଶାନ୍ତଙ୍କୁ। କାରଣ ସେ ଜାଣିଥିଲେ, କହି କିଛି ଲାଭ ନାହିଁ। ଘର ବୁଡ଼ି ଆଷ୍ଟୁଏ ପାଣି ହୋଇ ଗଲାଣି। ନେଡ଼ିଗୁଡ କହୁଣିକୁ ବହି ଗଲାଣି। ସେ ବିକଳ ଭାବେ କାନ୍ଦୁଥିଲେ। ସୁଶାନ୍ତଙ୍କୁ କହିଲେ— ଗୋଟିଏ ଗାଡ଼ି ଡାକି ଆଣ ପ୍ଲିଜ, ମିତାକୁ ମୁଁ ନେଇ ଯାଏ କିଛି ଦିନ ପାଇଁ ଆମ ଘରକୁ।

ସୁଶାନ୍ତ ବାଧ୍ୟ ଛାତ୍ର ପରି ଘରୁ ନିଷ୍କ୍ରାନ୍ତ ହୋଇଥିଲେ। ତାପରେ ଘର ସାମ୍ନାକୁ ଆସିଥିଲା ଏକ କାର। ମିତାକୁ ନେଇ ତା ବାପା ଘରକୁ ଫେରିଲେ।

ପିତ୍ରାଳୟରେ କିଛି ଦିନ ରହିଥିଲା ମିତା। ବେଶୀ ଦିନ ନୁହେଁ। ସେ ପଟେ ସ୍କୁଲର କର୍ତ୍ତବ୍ୟର ଆହ୍ୱାନ। ସ୍ୱାମୀଙ୍କ ଆବାସ ଯେତିକି ବିରକ୍ତିକର ଓ ଅନାକର୍ଷଣୀୟ ହେଉ ପଛକେ ସେଇଠି ରହିବାକୁହିଁ ହେବ। ତାହା ଏଥିପାଇଁ ନୁହେଁ କେବଳ ଯେ ସେ ତାର ପୁତ୍ର ସନ୍ତାନକୁ ବଢ଼ାଇବ, ଗଢ଼ାଇବ। ଏଥିପାଇଁ ଯେ ସେ ସମାଜରେ ନିଜକୁ ଜଣେ ସଫଳ ନାରୀ ଭାବେ ଦେଖାଇବାକୁ ହେବ। ନିଜେ ଜଳି ଜଳି ବଞ୍ଚିରହିଥିଲେ ବି ଦୁନଆଁକୁ କହିବ ମୁଁ ବେଶ ଆରାମରେ ଅଛି ମୋର ଶାଶୁ, ଶ୍ୱଶୁର, ପୁତ୍ର ଭରପୁର ପରିବାରକୁ ନେଇ।

ତେବେ, ସ୍ୱାମୀ ସୁଶାନ୍ତଙ୍କ ଏତେ ପ୍ରବଞ୍ଚନାର ପ୍ରତିବାଦ ମିତା ପାଖରେ କ'ଣ ଟିକିଏ ବି ନାହିଁ? ସେ ତେବେ ପୂର୍ବରୁ ବିରୋଧ କରୁଥିଲା କାହିଁକି? ସେ ତ ପୂର୍ବରୁ ସ୍ନିଗ୍ଧାକୁ ଗ୍ରହଣ କରି ନେଇଥାନ୍ତା ନିଜର ଜଣେବଡ ଭଉଣୀ ଭାବେ। ନିଜକୁ ସମ୍ଭାଳି ନେଇଥାନ୍ତା ତାକୁ ସଉତୁଣୀ ଭାବେ।

ସବୁକିଛିକୁ ସହି ଯାଇଥିଲା ମିତା। ମାତ୍ର, ସହ୍ୟ କରି ପାରିନ ଥିଲା ତା ସୁଦ୍ଧା

ଓ କପାଳର ସିନ୍ଦୁରକୁ। ସେହି ଆତ୍ମହତ୍ୟାର ବିଫଳ ପ୍ରୟାସର ପରବର୍ତ୍ତୀ ଦିନଠାରୁ ସେ ପରିତ୍ୟାଗ କରିଛି ସିନ୍ଦୁରକୁ। ତାର କପାଳ, ସୁନ୍ଦା ଏକ ଅବିବାହିତ ଝିଅ ପରି ସଫା। ତାର ଆଗ୍ରହ ନାହିଁ ଆଉ ସିନ୍ଦୁର ପ୍ରତି। ଦଶଦିଗପାଳଙ୍କୁ ସାକ୍ଷୀ ରଖି ବିବାହ ବେଦୀରେ ଯେଉଁ ସିନ୍ଦୁର ପିନ୍ଧାଇଥିଲେ ସୁଶାନ୍ତ ତାର ମୂଲ୍ୟ କଣ?

ମିତା ନିରାଭରଣ ମୁଖ ମଣ୍ଡଳ, ସିନ୍ଦୁରବିହୀନ ମୁଖ ମଣ୍ଡଳକୁ ଦେଖି ମିତାର ଶାଶୁ ଦିନେ ମିତାକୁ ପଚାରିଥିଲେ- ମିତା, ସିନ୍ଦୁର ଲଗାଉନୁ କାହିଁକି? ମିତା ଧୈର୍ଯ୍ୟ ସହିତ ଶାଶୁଙ୍କୁ କହିଥିଲା- ମୋତେ ସେ କଥା ଦୟାକରି ପଚାରନା ବୋଉ। ଏତିକି ବି ଜାଣି ରଖ ଯେ ଆଉ କେବେ ବି ମୋର କପାଳରେ ସିନ୍ଦୁର ଲାଗିବନି।

ସଧବା ନାରୀର ସମ୍ପତ୍ତି ହେଉଛି ସିନ୍ଦୁର, ମା। ଅତି ଧୀର ଗଳାରେ ଉପଦେଶ ଦେଉଥିଲେ ଶାଶୁ।

ମିତା ପ୍ରତିବାଦ କରି କହିଥିଲା- ତୁମେ ଭୁଲ କହିଛ, ବୋଉ। ସଧବା ନାରୀର ସମ୍ପତ୍ତି ହେଉଛି ସ୍ୱାମୀ। ସିନ୍ଦୁର କେବଳ ତାର ପ୍ରତିନିଧିତ୍ୱ କରେ। ଆଉ, ତୁମେ ତ ଜାଣ ମୋର ସ୍ୱାମୀଙ୍କ କଥା, ସେ କେତେ ପତ୍ନୀ ସୋହାଗୀ।

ମିତାର ଶାଶୁ ଆଉ କିଛି କହି ନ ଥିଲେ ମିତାକୁ। ସେ ଚାହୁଁଥିଲେ ମିତା ଜଣେ ବାଧ୍ୟ ବୋହୂ ଭାବେ ଘରେ ରହି ଗୃହ କାର୍ଯ୍ୟ କରୁ। ପୁତ୍ରର କୁକର୍ମକୁ ତ ସେ ସୁକର୍ମ ବୋଲି କହି ପାରିବେନି।

ସୁଶାନ୍ତ ଦିନେ ପଚାରି ଥିଲେ ମିତାକୁ- ମିତା, ତୁମେ ଆଜି ସିନ୍ଦୁର ଲଗାଇ ନ ଯେ! ତୁମେ ଭଲ ଦେଖା ଯାଉନ।

ମିତା ଉତ୍‌ଫଣ ହୋଇ ବିଦ୍ରୋହାତ୍ମକ ସ୍ୱରରେ ଜବାବ ଦେଇଥିଲା- ଜଣେ ପୁରୁଷର କେବଳ ଜଣେ ନାରୀକୁ ସିନ୍ଦୁର ପିନ୍ଧାଇବାର ଅଧିକାର ଅଛି। ତୁମେ ମୋତେ ସିନ୍ଦୁର ପିନ୍ଧାଇବା ପୂର୍ବରୁ ସତର ସିନ୍ଦୁର ଦେଇ ସାରିଥିଲ ତୁମର ପତ୍ନୀ ସିଗ୍‌ଧାକୁ। ମିଛ ସିନ୍ଦୁରର ମୂଲ୍ୟ କଣ? କେବଳ ପ୍ରତାରଣା, ପ୍ରବଞ୍ଚନା। ନୁହେ କି? ଆଉ ମୁଁ ଭଲ ଦେଖା ଯାଏ କି ଦେଖା ନ ଯାଏ, ସେଥିରେ ତୁମର ଯାଏ ଆସେ କେତେ? ଯିଏ ତୁମର ଭଲ ଦେଖା ଯିବାର କଥା ସେ ତ ସେପଟେ ସଜ ହୋଇ ବସିଛି ତୁମ ଅପେକ୍ଷାରେ, ଯାଅ।

ମିତାର ମୁଖରୁ ତୀର ପରି ଛୁଟି ଆସୁଥିବା କଥାର ସାମ୍ନା କରି ପାରି ନ ଥିଲେ ସୁଶାନ୍ତ। ପାରିବାର ନୈତିକ ସାହସ ନ ଥିଲା ବି ତାଙ୍କ ପାଖରେ। ପୁଣି ଭୟ ଥିଲା କାଳେ ମିତା ପୁଣି ସେଦିନର ଅଘଟଣର ପୁନରାବୃତ୍ତି ଘଟାଇ ପାରେ।

ମିତା ଶ୍ୱଶୁରାଳୟରେ ଜଣେ ବୋହୂ। ସଫେଦ ରଙ୍ଗହୀନ ତାର ଜୀବନର

ଆକାଶ । ଯେଉଁ ଇନ୍ଦ୍ରଧନୁର ରଙ୍ଗ ନେଇ ଆସିଥିଲା ଏହି ଆକାଶକୁ ସେଇ ଇନ୍ଦ୍ରଧନୁର ରଙ୍ଗ ହଜି ଯାଇଛି । ଯେଉଁ ସୂର୍ଯ୍ୟ ଆଲୋକର ରୋଷଣୀ ତଳେ ନୀଡ଼ ରଚନା କରିବାକୁ, ବାୟା ଚଢ଼େଇର ବସା ପରି ଖୁସିରେ ଝୁଲି ଝୁଲି ତମାମ ଜୀବନ ବିତାଇବ ବୋଲି ସେ ଭାବିଥିଲା ସେହି ସ୍ୱାମୀ ରୂପକ ସୂର୍ଯ୍ୟ ତା ପାଇଁ ନିଷ୍ଠୁର । ସେହି ସୂର୍ଯ୍ୟର ଉତ୍ତପ୍ତ ତାପରେ ମିତା ଆଜି ଭାଜି ହେଉଛି କେବଳ ଉତ୍ତପ୍ତ କଡ଼େଇରେ ଜୀଆନ୍ତା ମାଛ ପରି ।

ଲଳିତା

ଲଳିତା ହେଉଛି ସୀତା ଓ ମିତାର ଅନ୍ୟତମ ସହଚରୀ, ସହପାଠିନୀ, ସଖୀ।

ପ୍ରାଥମିକ ସ୍କୁଲରେ ଅଧ୍ୟୟନ କରୁଥିବା ସମୟରେ କୌଣସି ଏକ ଗଣେଶ ଚତୁର୍ଥୀ ଦିନ ଗଣେଶ ପ୍ରଭୁଙ୍କୁ ପୁଷ୍ପମାଲ୍ୟ ଅର୍ପଣ କରିବାର ଅଭିଲାଷ ନେଇ ପୁଷ୍ପ ଚୟନ ପାଇଁ ଲଳିତା ବି ଯାଇଥିଲା ମିତା ଓ ସୀତା ସହିତ। ଦୁର୍ଭାଗ୍ୟବଶତଃ କାଳ ସର୍ପ ଦଂଶନ କରିଥିଲା ଲଳିତାକୁ। ମାତ୍ର, ମିତା ଓ ସୀତାଙ୍କ ଉପସ୍ଥିତ ବୁଦ୍ଧି ହେତୁ ଲଳିତାକୁ ବଞ୍ଚାଇ ଦେଇ ପାରିଥିଲେ ଏହି ସହଚରୀ ଦ୍ୱୟ ନିଜକୁ ବିପଦର ଗହ୍ବର ଭିତରକୁ ଫିଙ୍ଗିଦେଇ।

ଲଳିତା କେବେ ବି ସାଙ୍ଗ ଛାଡିନି ସୀତା ଓ ମିତାର। ସେଇ ବାଲ୍ୟ ଜୀବନର ପ୍ରାଣ ଦେବା ପରି ଘଟଣା ସଖ୍ୟ ତ୍ରୟଙ୍କୁ ବାନ୍ଧି ରଖିଛି ଜୀବନସାରା।

ପ୍ରତିଦିନ ସ୍କୁଲ ଯିବାବେଳେ ଲଳିତା ବାହରେ ନିଜ ଘରୁ ମିତା ଘରକୁ। ମିତାକୁ ସଙ୍ଗରେ ନେଇ ରାସ୍ତାକଡରେ ଥିବା ସୀତା ଘରେ ପହଞ୍ଚେ। ସୀତା ସହ ତିନିଜଣ ଯାଆନ୍ତି ପ୍ରତିଦିନ ସ୍କୁଲ। ସ୍କୁଲ ଶିକ୍ଷା ସମାପ୍ତି ପରେ ପହଞ୍ଚିଲେ କଲେଜ ସ୍ତରକୁ।

ସ୍କୁଲ ଜୀବନର ସ୍ମୃତିଗୁଡିକ ତାର ଅନୁକୂଳ। ଜହ୍ନ ଉଭା ଆକାଶରେ ସୁଦୀପ୍ତ ତାରାଗୁଡିକ ପାହାନ୍ତା ପ୍ରହରକୁ ଲିଭି ଲିଭି ଆସିବା ପରି ଲିଭି ଗଲାଣି ସେ ସ୍ମୃତି ସମୂହ। କେବଳ ଧ୍ରୁବତାରା ପରି ଜକ ଜକ ହୋଇ ଉଜ୍ଜଳ ହୋଇ ରହିଛି ସେହି ସର୍ପାଘାତ ଘଟଣାଟି। ତାପରେ ଲଳିତାର ସ୍ମୃତିବହୁଳ ଦିନଗୁଡିକ ଜୀବନ୍ତ ହୋଇ ଉଠେ କଲେଜକୁ ନେଇ, ଜଣେ ଦିଜଣ ପ୍ରେମିକ ପରି ତା ପଛେ ପଛେ ବୁଲୁଥିବା ଯୁବକଙ୍କୁ ନେଇ।

ଲଳିତା ପଢ଼ିଥିଲା ସ୍ଥାନୀୟ ପ୍ରାଥମିକ ବାଳିକା ବିଦ୍ୟାଳୟରେ। ହାଇସ୍କୁଲରେ ମଧ୍ୟ ପଢ଼ିଥିଲା ସ୍ଥାନୀୟ ବାଳିକା ହାଇସ୍କୁଲରେ। ପୁଅ ପିଲାଙ୍କ ସହିତ ତାର ପ୍ରକୃତ

କଥାବାର୍ତ୍ତା ଆରମ୍ଭ ହୋଇଥିଲା କଲେଜରେ। ସ୍କୁଲ ସମୟ ବାହାରେ ଯେ ଅନ୍ୟ ପୁଅ ପିଲାଙ୍କ ସହିତ ତାର ଯେ ପରିଚୟ, ଆଲାପ ଆଦି ହେଉ ନ ଥିଲା ତାହା ନୁହେଁ। ସେ ସବୁଥିଲା ତାତ୍ପର୍ଯ୍ୟହୀନ। ଉଦ୍ଦୀପନାହୀନ, ଆସକ୍ତିବିହୀନ।

ଲଳିତା ଲକ୍ଷ୍ୟ କରୁଥିଲା ମିତା ଓ ସୀତା ସହିତ ଅପରିଚିତ ପିଲାମାନେ ଆସି କଥାବର୍ତ୍ତା କରୁଥିଲେ ଫୁସୁରୁଫାସୁରୁ। ମାତ୍ର ତା ସହିତ ସେପରି ଅନାବଶ୍ୟକୀୟ ବାର୍ତ୍ତାଳାପ କରିବାକୁ କେହି ଆସୁ ନ ଥିଲେ। ଏଇ କାରଣ ହିଁ ସେମାନଙ୍କଠୁ ତାକୁ ଦୂରେଇ ରଖିଥିଲା ନିଶ୍ଚୟ।

ଏଇ ଛୋଟ ସହରରେ ଖାନଦାନୀ ପରିବାର ଭିତରେ ସର୍ବାଗ୍ରେ ଅଛନ୍ତି ଶ୍ୟାମସୁନ୍ଦର ଜୈନ। ବଡ ବ୍ୟବସାୟୀ। କାହିଁ କେତେଦିନରୁ ତାଙ୍କ ଘରେ ଅଛି ଟ୍ରକଗାଡି, ମୋଟର ସାଇକେଲ। ଏଇ ବ୍ୟବସାୟ ପରିଚାଳନା ଓ ନିୟନ୍ତ୍ରଣ ହୁଏ ତାଙ୍କ ହାତରେ। ତାଙ୍କର ଯେଉଁ ଖାନଦାନୀ ଘରର ସମ୍ଭ୍ରାନ୍ତପଣିଆ ଅନେକଙ୍କ ମନରେ ନିଶ୍ଚିତଭାବେ ସୃଷ୍ଟି କରି ରଖିଥିଲା ଏକ ସମ୍ଭ୍ରମତା ଓ ଭୟ। ଜଣେ ସମ୍ମାନାସ୍ପଦ ନାଗରିକ ଭାବେ ଅଗ୍ରଗଣ୍ୟ ହୁଅନ୍ତି ଶ୍ୟାମବାବୁ ତାଙ୍କ ଛୋଟ ସହରରେ। କେବଳ ଯେ ତାଙ୍କଠାରେ ମହାମାୟୀ ଲକ୍ଷ୍ମୀଙ୍କ ପ୍ରସନ୍ନତା ହେତୁ ଲୋକଙ୍କ ଖାତିର ରହିଛି ତାହା ନୁହେଁ, ତାଙ୍କର ବୁଦ୍ଧିବିଦ୍ୟା, ନିରହଙ୍କାର ମନୋଭାବ, ସମସ୍ତଙ୍କୁ ସସ୍ନେହ ବାଣ୍ଟିବାର ଉଦାରପଣିଆ ତାଙ୍କୁ ପ୍ରିୟ କରାଇଥାଏ ଅନ୍ୟମାନଙ୍କ ସାମ୍ନାରେ। ମିତା ହେଉଛି ସେହି ଶ୍ୟାମସୁନ୍ଦର ଜୈନଙ୍କ ଏକମାତ୍ର ଦୁଲାଲୀ। ତା ସହିତ ସଖୀଭାବ ରଖିବାର କେତେ ଜଣଙ୍କର ବା ସାହସ ଅଛି ?

ସୀତା, ଲଳିତା ଓ ମିତା ଏକତ୍ର ସ୍କୁଲ କଲେଜ ଯିବାବେଳେ ରାସ୍ତାରେ ଯେତେବେଳେ ସୀତା ଓ ମିତା ବାର୍ତ୍ତାମଗ୍ନ ଥାନ୍ତି। ଲଳିତା ସେମାନଙ୍କ କଥା ଶୁଣି ଯାଉଥାଏ କେବଳ। ଲଳିତାକୁ ବେଳେବେଳେ ଲାଗେ- ଏପରି କେହି ଜଣେ କଣ ନାହାନ୍ତି ଯିଏ କି ତା ସହିତ କଥାବାର୍ତ୍ତା କରନ୍ତା ଅନବରତ।

ପ୍ରମୋଦ ନାମକ ପୁଅପିଲା ତା ସହିତ କଲେଜ ଜୀବନରେ ବାର୍ତ୍ତାଳାପ କରିବାକୁ ଚାହୁଁଛି ବୋଲି ଜାଣି ପାରିଥିଲା ଲଳିତା। ପ୍ରମୋଦ ତା ସାଙ୍ଗମାନଙ୍କ ସହିତ କଲେଜ ଯିବା ରାସ୍ତାରେ ଆସୁଥିଲା ପ୍ରତିଦିନ। ମିତା, ଲଳିତା ଓ ସୀତା ପଦବ୍ରଜରେ ହିଁ ପ୍ରତ୍ୟେକଦିନ କଲେଜ ଯା'ନ୍ତି। କାରଣ ସହରର ଶେଷ ସୀମାରୁ କଲେଜ ହେବ ଅଧ କିଲୋମିଟର ରାସ୍ତା। ତା ଛଡା ଝିଅମାନେ ସାଇକେଲ ଚଢ଼ିବାର ଦିନ ସେତେବେଳେ ଭଲଭାବେ ଆସିନଥିଲା। ଏଇ ସହରର ମୁଖ୍ୟ ରାସ୍ତାରେ ସେଥର ଜଣେ ଝିଅ ସାଇକେଲରେ ଚଢ଼ି ଚାଲିଯିବା ପରେ ତା ଉପରେ ଅନେକ ଚର୍ଚ୍ଚା ହେଉଥିଲା। କିଏ

ସେ ଝିଅ ? କାହାର ଝିଅ ? ଇଏ ବୋଧହୁଏ ଏଇ ସହରର ପ୍ରଥମ ସାଇକେଲ ଚଢ଼ାଳୀ ଝିଅ ଭାବେ ନାମ ରଖିବ, ଯଦି ଏଇ ସହରର ଇତିହାସ କେହି ଜଣେ ଲେଖୁଥାଏ । ତେଣୁ ସୀତା, ମିତା ଓ ଲଳିତା ସାଇକେଲ ଚଢ଼ି ଶିଖିବାର ପ୍ରଶ୍ନ ହିଁ ନ ଥିଲା ।

ସୀତା, ମିତା ଓ ଲଳିତା ଚାଲି ଚାଲି କଲେଜ ଆସୁଥିବାବେଳେ ପଛପଟୁ ଅନ୍ୟ ପିଲାଙ୍କର କଥାବାର୍ତ୍ତା ଶୁଭେ ଲଳିତାକୁ । ସେହି ପଛପଟର ପିଲାମାନେ ଅତିକ୍ରମ କରି ଯାଆନ୍ତି କିଛି ସମୟ ପରେ ସେମାନଙ୍କୁ । ମାତ୍ର, ଲଳିତା ବ୍ୟତିକ୍ରମ ଦେଖିଥିଲା ଦିନେ । ପଛପଟେ ଆବୁରୁଜାବୁରୁ କଥାବାର୍ତ୍ତା ହେଉଥିବା କେତେ ଜଣ ପିଲା ଯେ ତାଙ୍କୁ ଅତିକ୍ରମ କରୁ ନାହାନ୍ତି କାହିଁକି ? ସେଇ ଅଣ ଓସାରିଆ ରାସ୍ତାରେ ଯେ ସେମାନେ ତାଙ୍କର ନିକଟବର୍ତ୍ତୀ ହେଲେଣି ଭାବି ସେମାନଙ୍କ ଅତିକ୍ରମଣ ପାଇଁ ଅନେକଥର ସଂଭ୍ରମତାରେ ଛାଡ଼ି ଦେଇ ସାରିଲେଣି ରାସ୍ତା । ପଛକୁ ଲେଉଟି ଦେଖିଥିଲା ଲଳିତା । ତିନିଜଣ ପୁଅପିଲାଙ୍କ ଚାଲିରେ ସମତାଲ ଦେଇ ସାଇକେଲରେ ବସି ଧୀର ଗତିରେ ଚାଲିଛି ପ୍ରମୋଦ । ତାର ଡାହାଣ ହାତ ସାଇକେଲ ହେଣ୍ଡିଲରେ ତ ଅନ୍ୟ ହାତଟି ବାମ ପଟେ ଥିବା ପୁଅ ପିଲାର କାନ୍ଧ ଉପରେ ।

ପ୍ରମୋଦକୁ ଏମିତି ଚିହ୍ନି ପାରିଛି ଲଳିତା । ସେ ଅନ୍ୟାଗତ ଏକ ଛାତ୍ର । ଏଇ ସହରର କୌଣସି ହାଇସ୍କୁଲରେ କରୁ ନ ଥିଲା ଅଧ୍ୟୟନ । କୁଆଡ଼େ ସେ ଅନ୍ୟ କଲେଜରେ ପଢ଼ୁଥିଲା ବିଜ୍ଞାନର ଛାତ୍ର ଭାବେ । ସେଇଠି ସେ ବୋର୍ଡ ପରୀକ୍ଷାରେ ଅକୃତକାର୍ଯ୍ୟ ହେବାରୁ ଏଇଠି ଆସି ନିଜକୁ ଅନ୍ତର୍ଭୁକ୍ତ କରିଛି କଲାର ପ୍ରଥମ ବାର୍ଷିକ ଛାତ୍ର ଭାବେ । ଏଇ କଥାଟି ସତ ସତ ପରି ଲାଗେ ଲଳିତାକୁ, କାରଣ ଅପେକ୍ଷାକୃତ ଭାବେ ଟିକିଏ ବୟସ୍କ ଲାଗେ ପ୍ରମୋଦ ।

କଲେଜ ଆସିବା ଓ ଯିବା ରାସ୍ତାରେ ପ୍ରମୋଦ ପ୍ରାୟ ପ୍ରତିଦିନ ତାକୁ ଅତିକ୍ରମ କରେ । କେବେ ନିରୋଳାରେ ତ କେବେ ଗହଳିପୂର୍ଣ୍ଣ ରାସ୍ତାରେ । ନିରୋଳା ରାସ୍ତାରେ ସୀତା, ମିତା ଓ ଲଳିତା ଚାଲୁଥିବାବେଳେ ଯେତେବେଳେ ପ୍ରମୋଦ ସେମାନଙ୍କ ପାଖକୁ ଆସେ ତା କଣ୍ଠରେ ଫୁଟି ଉଠେ ସିନେମା ସଙ୍ଗୀତର ସୁମଧୁର ସ୍ୱର । ଏ ବନର ଛାଇ....... ।

ମନେ ପଡ଼େ ଲଳିତା ଏଇ ସହରରେ ଥିବା ଏକମାତ୍ର ଗୁହାଲ ପରି ସିନେମା ପ୍ରକୋଷ୍ଠ ଭିତରେ ଦେଖିଥିବା ସିନେମା । କେତେ ଆକର୍ଷଣୀୟ, ଚିତ୍ତାକର୍ଷକ ଗୀତ ସତେ ! କେବଳ ଏଇ ଗୋଟିଏ ଗୀତ ନୁହେଁ, ଆହୁରି ଆହୁରି ହଟ୍ ହିନ୍ଦୀ ଗୀତ ବି ପ୍ରମୋଦ ଗାଇଥାଏ ଅନେକଥର । ଲଳିତାକୁ ଲକ୍ଷ୍ୟ କରି ପ୍ରମୋଦ ଗାଇଥାଏ ବୋଧହୁଏ

ଗୀତ। ନା ମିତା କି ସୀତା ଉଦ୍ଦେଶ୍ୟରେ, କେଜାଣି ? ଲଳିତା, ସୀତା ଓ ମିତାକୁ ପଚାରେ– ଏଇ ପୁଅପିଲାକୁ ଚିହ୍ନିଛ କି କିଏ ?

ପ୍ରଥମେ ଲଳିତା ବି ଚିହ୍ନି ନ ଥିଲା ପ୍ରମୋଦକୁ। ମାତ୍ର, ଟ୍ୟୁଟୋରିଆଲ କ୍ଲାସର ପ୍ରଥମ ସାକ୍ଷାତରେ ସେ ଦେଖିଥିଲା ପ୍ରମୋଦକୁ। ପ୍ରମୋଦ ଓ ଲଳିତା ଗୋଟିଏ ଟ୍ୟୁଟୋରିଆଲ କ୍ଲାସର ଛାତ୍ର। ସେଠି ନ ଥାନ୍ତି ମିତା ଓ ସୀତା। ସେମାନଙ୍କର ରୋଲ ନମ୍ବର ଥିଲା ଦୂରରେ। ଅର୍ଥାତ, ପ୍ରଥମ ଷୋହଳ ଜଣ ପିଲାଙ୍କ ଭିତରେ ନୁହେଁ। ଲଳିତାର ରୋଲ ନମ୍ବର ଥିଲା ଦଶ ଓ ପ୍ରମୋଦର ଥିଲା ଚଉଦ। ତେଣୁ ଗୋଟାଏ ଟ୍ୟୁଟୋରିଆଲ କ୍ଲାସର ଛାତ୍ରଛାତ୍ରୀ ଏମାନେ।

ମିତା ଓ ସୀତା କହନ୍ତି– ତୁ ଚିହ୍ନିଛୁ ସିନା ତୋ ରୋଲ ନମ୍ବର ପାଖାପାଖି ବୋଲି, ଜେନେରାଲ କ୍ଲାସରେ କିଏ କାହାକୁ ଚିହ୍ନି ପାରିବ ? ଝିଅ ପିଲାଙ୍କ ପଛ ପଟେ ତ ପୁଅପିଲାମାନେ ବସିବାର ପ୍ରଥା ଚଲି ଆସୁଛି ସହଶିକ୍ଷା ପ୍ରଣାଳୀରେ।

ଲଳିତା ସୀତା ଓ ମିତାକୁ କୁହେ– ହଁ, ମୁଁ ଚିହ୍ନିଛି କିଛି। ସେ ଆମ ଟ୍ୟୁଟୋରିଆଲ କ୍ଲାସର। ମୋତେ ଲାଗେ ଭାରି ଚୁଲବୁଲିଆ। ଚଗଲା ଚଗଲା ଲାଗେ ପିଲାଟିକୁ। ସ୍ଥିର ହୋଇ ରହିପାରେନା। ପ୍ରତ୍ୟେକଥର ଇଣ୍ଟରନାଲ ଏସେସମେଣ୍ଟର ମାର୍କ ପଚାରେ ମୋତେ। କିନ୍ତୁ, ମୁଁ ପଚାରିଲେ ତା ମାର୍କ କୁହେନି। କୁହେ– ଛାଡ। ତୁମ ନମ୍ବର ବୋଧହୁଏ କ୍ଲାସରେ ହାଏଷ୍ଟ।

ସେଇ ପ୍ରମୋଦ। କାହିଁକି ନିଛାଟିଆ ରାସ୍ତାରେ କଲେଜ ଯିବା ରାସ୍ତାରେ ବା ଫେରନ୍ତା ରାସ୍ତାରେ ସୀତା ମିତା ଓ ଲଳିତାକୁ ଦେଖି ଗାଇ ପକାଏ କେତୋଟି ଗୀତ ହିଟ ସିନେମାର। ସେ ପୁଣି ତା ଗୀତର ସ୍ବରକୁ ହଠାତ ବନ୍ଦ କରି ଦିଏ। ସଙ୍ଗୀତର ସ୍ବର ସୀତା, ମିତା ଓ ଲଳିତାର କର୍ଣ୍ଣ କୁହରରେ ପହଞ୍ଚି ଏକ ସୁନ୍ଦର ଅନୁରଣନ ସୃଷ୍ଟି କରିବା ବେଳକୁ ହିଁ ବନ୍ଦ ହୁଏ ଗୀତ। କାହିଁକି ପୁରା ଗୀତଟା ଗାଏନି ପ୍ରମୋଦ ? ଲଳିତାକୁ ଇଚ୍ଛା ହୁଏ ସେ ପଚାରନ୍ତା କି ପ୍ରମୋଦକୁ– ତୁମେ କଣ ସେଇ ଗୀତର ପଦଟାକୁ ପୁରା ଜାଣିନ କି ? ଯଦି ଜାଣିଛ, ପୁରା ପଦଟା ଭଲା ଗାଅନ୍ତା। କିନ୍ତୁ ଲଳିତା କେବେ ବି ପଚାରି ପାରେନା।

ଲଳିତା ଭାବେ– କି ଆବଶ୍ୟକ ତା'ର। ତାକୁ ପଚାରିଲେ, ସେ ଫୁଲିବ ଆମ୍ଭଗର୍ବରେ। ସବୁଆଡେ ପ୍ରଚାର କରିବ ଲଳିତା ନାମ୍ନୀ ସହପାଠିନୀ ମୋର ଗୀତରେ ମୁଗ୍ଧ ହୋଇ ମୋତେ ଏମିତି କହିଲା, ସେମିତି କହିଲା। ଅନ୍ୟ ପିଲାମାନେ ଈର୍ଷା ହେବେ ଲଳିତାକୁ।

ଲଳିତା ନୀରବ ରହିଲା।

ତାପରେ ପରେ ଲଳିତାର ଜୀବନ ପରିଧିକୁ କେତେବେଲେ ଲମ୍ବି ଆସିଥିଲା ଏକ ଅସ୍ପଷ୍ଟ ଛାଇ। ଯାହା ବେଲକୁ ବେଲ ସ୍ପଷ୍ଟରୁ ସ୍ପଷ୍ଟତର ହେଲା। ଗାଢ଼ରୁ ଗାଢ଼ତର। ସେ ଛାଇଟା ସାର ବିନୟ ମହାପାତ୍ରଙ୍କର।

ବିନୟ ମହାପାତ୍ର ସେହି ବର୍ଷ ଏଇ କଲେଜରେ ଯୋଗଦାନ କରିଥିଲେ, ଯେଉଁବର୍ଷ ଏମାନେ ପ୍ରଥମ ବର୍ଷରେ କଲେଜରେ ପାଦ ଦେଇଥିଲେ। ସେ କେବଲ କଲେଜରେ ପାଦ ଦେଇ ନଥିଲେ ଲଳିତାର ଜୀବନ ଭିତରକୁ ପଶି ଆସିଥିଲେ କହିଲେ ଭୁଲ ହେବ ନାହିଁ। ଅନେକ ପାହୁଣ୍ଡ ସେ ପଶି ଆସିଥିଲେ ତା ଜୀବନକୁ। କେବଲ ତା ଜୀବନ ଭିତରକୁ ନୁହେଁ, ସୀତା ଓ ମିତାର ଜୀବନ ଭିତରକୁ ମଧ୍ୟ କିଛି କିଛି ଅନୁପ୍ରବେଶ କରି ଯାଇଥିଲେ।

ବିନୟ ମହାପାତ୍ର ସଦ୍ୟ ପିଜି ସମାପ୍ତ କରିଥିବା ଜଣେ ମେଧାବୀ ଛାତ୍ର। ଦିଲ୍ଲୀସ୍ଥିତ ଏକ ବିଶ୍ୱବିଦ୍ୟାଳୟରେ ହାସଲ କରିଥିଲେ ସ୍ୱର୍ଣ୍ଣ ପଦକ। ସେ ଓଡ଼ିଶାର ଏକ ଅଖ୍ୟାତ ପଲ୍ଲୀରୁ ଯାଇଥିଲେ ଭାରତର ରାଜଧାନୀ ଦିଲ୍ଲୀ ନଗରୀକୁ। ସେଠାରେ ସେ କଟାଇଛନ୍ତି ଚାରିବର୍ଷ। କୁତବମିନାର, ପାର୍ଲାମେଣ୍ଟ ଭବନ, ରାଷ୍ଟ୍ରପତି ଭବନ ଇତ୍ୟାଦି ଐତିହାସିକ ଦୁର୍ଗମାନଙ୍କ ବିଷୟରେ ସେ ସବିଶେଷ ବର୍ଣ୍ଣନା କରିପାରନ୍ତି ତାଙ୍କର କ୍ଲାସ ନେବାବେଲେ। ତାଙ୍କର କ୍ଲାସ ନେବାବେଲେ ତାଙ୍କର ଛାତ୍ରଛାତ୍ରୀମାନେ ତନ୍ମୟ ହୋଇ ଶୁଣୁଥାନ୍ତି ତାଙ୍କୁ। ତାଙ୍କର କଥନରେ ପାଠ୍ୟାନ୍ତର୍ଗତ ବିଷୟଥାଏ ସ୍ୱଳ୍ପ ଓ ବାହ୍ୟ କଥା ଥାଏ ଭରପୁର, ଯାହାକି ଛାତ୍ରମାନଙ୍କୁ ଲାଗୁଥାଏ ଅପୂର୍ବ। କେହିକେବେ ଦିଲ୍ଲୀ ଦେଖି ନ ଥିବା ଏଇ ଓଡ଼ିଶାର କେଉଁ ଏକ କୋଣରେ ଥିବା ଛୋଟ କଲେଜର ଛାତ୍ରଛାତ୍ରୀଙ୍କର କେତେ ବା ବାହ୍ୟଜ୍ଞାନ ହେବ?

କଥାର ବିଷୟବସ୍ତୁରେ ଯାହା ଥାଉ ବା ନ ଥାଉ ବିନୟ ମହାପାତ୍ରଙ୍କ କଥନ ଶୈଲୀ ହିଁ ଆକୃଷ୍ଟ କରେ ସମସ୍ତଙ୍କୁ। ତାଙ୍କର ଆକର୍ଷଣୀୟ ଆଖି ଯୋଡିକ ଟାଣି ରଖେ ଲଳିତାକୁ। କ୍ଲାସରେ ପଢ଼ାଇବାବେଲେ ଅନେକଥର ତାଙ୍କର ଦୃଷ୍ଟି ପଡେ ଲଳିତା ଉପରେ। ଲଳିତାକୁ ସେ କ୍ଲାସ ନେବା ମଝିରେ ମଝିରେ ପଚାରି ଦିଅନ୍ତି ବି ପ୍ରଶ୍ନ। ଲଳିତା ଉତ୍ତର ଦିଏ ଠିକ ଠିକ। ସେ ପାଏ ଧନ୍ୟବାଦ ପ୍ରତ୍ୟେକଥର।

କ୍ଲାସ ଶେଷ ହେବା ପରେ କେତେ ଜଣ ଆଗ୍ରହୀ ଛାତ୍ରଛାତ୍ରୀ ପଚାରନ୍ତି ବିନୟ ମହାପାତ୍ରଙ୍କୁ ଯେ ସେଇ ପଠିତ ଚେପ୍ଟର ପାଇଁ ଦ୍ରଷ୍ଟବ୍ୟ ପୁସ୍ତକ କେଉଁ ଲେଖକଙ୍କର ଭଲ? ବିନୟ ମହାପାତ୍ର ଉଚ୍ଚାରଣ କରନ୍ତି ଦୁଇ ତିନୋଟି ଅଥରଙ୍କ ନାମ। ସେପରି ଦିନେ ଲଳିତା ପଚାରିଥିଲା ବିନୟ ମହାପାତ୍ରଙ୍କୁ ରେଫରେନ୍ ବୁକ ବାବଦରେ। ତା ପରଦିନ ସେ କହିଥିବା ପୁସ୍ତକ କଲେଜ ଗ୍ରନ୍ଥାଗାରରେ ମିଲି ନଥିବାର ଅଭିଯୋଗ

କରିଥିଲା ଲଳିତା । ବିନୟ ମହାପାତ୍ର କହିଲେ- ଇଫ୍ ୟୁ ଆର ଇନ୍‌ଟେରେଷ୍ଟ, ମୋଟି ଅଛି, ଆସି ନେଇଯାଇ ପାରିବ ମୋ ବସାରୁ ।

ବିନୟ ମହାପାତ୍ର କେଉଁଠି ରହନ୍ତି ଲଳିତା ଜାଣିଥିଲା । ରାଜି ହୋଇଥିଲା ପୁସ୍ତକ ତାଙ୍କଠାରୁ ଆଣିବାକୁ ।

ଲଳିତା ତା ପ୍ରିୟ ସଙ୍ଗିନୀ ସୀତା ଓ ମିତାଙ୍କ ସହିତ ସେଦିନ ଚାଲି ଯାଇଥିଲା ବିନୟ ମହାପାତ୍ରଙ୍କ କ୍ୱାଟରକୁ ।

ସଖୀ ତ୍ରୟ ବିନୟ ମହାପାତ୍ରଙ୍କ କ୍ୱାଟର ସାମ୍ନାରେ ଠିଆ ହେଲେ । ଭିତର ପଟୁ ବନ୍ଦ କବାଟ । ଦୃଷ୍ଟି ପଡିଲା ଦ୍ୱାରବନ୍ଦ କୋଣରେ ସ୍ଥିତ କଲିଂ ବେଲକୁ । ଲଳିତା ଚିପିଦେଲା ସେଇ ବେଲଟିକୁ । ଅପେକ୍ଷା କଲା ଭିତର ପଟୁ କେତେବେଲେ ଖୋଲିବେ କବାଟ ସାର ବିନୟ ମହାପାତ୍ର ।

ବିନୟ ମହାପାତ୍ର ଆସିଲେ । କହିଲେ- ଆରେ, ତୁମେମାନେ ? ଆସ , ଆସ କହି ପାଛୋଟି ନେଲେ ଭିତରକୁ । ପ୍ରଥମ କୋଠରୀରେ ସଜ୍ଜିତ ସୋଫା ଉପରେ ବସିବାକୁ ଅନୁରୋଧ କଲେ ।

ଲଳିତା ଦେଖି ବିମୋହିତ ହୋଇ ପଡିଲା ବିନୟ ମହାପାତ୍ରଙ୍କୁ । କଲେଜରେ ଯାହାକୁ ବୁଟସୁଟ ପିନ୍ଧି ଥିବାର ଦେଖିଥିଲା ଏଠାରେ ତାହା ନୁହେଁ । ଏଠାରେ ତାଙ୍କ ଦେହରେ ଖଣ୍ଡେ ହାପ ଗଞ୍ଜି ଓ ଖଣ୍ଡେ ଟ୍ରାଉଜର । କଲେଜରେ ଦେଖିଥିବା ଫୁଲପେଣ୍ଟ ଓ ଫୁଲ ସାର୍ଟପିନ୍ଧା ସାରଙ୍କର କେବଲ ପାପୁଲିକୁ ଦେଖି ପାରିଥିଲା ଲଳିତା ଆଜି ପର୍ଯ୍ୟନ୍ତ । ଏବେ ଦେଖୁଛି ତାଙ୍କ ଗଞ୍ଜି ବାହାରେ ଥିବା ଖୋଲା ବାହୁ ଓ ସ୍ୱର୍ଦ୍ଧିତ ବକ୍ଷରୁ ବାହାରୁକୁ ବାହାରି ଆସିଥିବା ରୋମାବଲୀ, ଯାହାକି ଗୋରା ତକ ତକ ଚର୍ମ ଉପରେ ସୃଷ୍ଟି କରୁଥିଲା ଅନୁପମ ସୌନ୍ଦର୍ଯ୍ୟ ।

ଲଳିତା, ସୀତା ଓ ମିତା ସୋଫା ଉପରେ ଅତି ସଙ୍କୋଚଣରେ ବସିଲେ । ବିନୟ ମହାପାତ୍ର ତାଙ୍କ ସାମ୍ନାରେ ବସି ପଚାରିଲେ- କଣ, ଚା' ଚଲିବ ତ ?

ଲାଜେଇ ଗଲେ ସୀତା ଓ ମିତା । ସେମାନେ ତ ସାରଙ୍କ ଅତିଥ ନୁହନ୍ତି । ସାର ତ ପୁଣି ଅବିବାହିତ ଓ ଘରେ ସେ ଏକା ରହନ୍ତି । କିଏ ବା ଚା' ପ୍ରସ୍ତୁତ କରି ପରିବେଷଣ କରିବ ? ଲଳିତା କହିଲା- ଚା' ତ ଚଲେ, ହେଲେ ତିଆରି କରିବ କିଏ ?

ବିନୟ ମହାପାତ୍ର କହିଲେ- ଆରେ, ଗୋଟିଏ ଜିନିଷର ଆବଶ୍ୟକତା ଯେତେବେଲେ ଥାଏ ତାହା ହାତକୁ ଆସିବାକୁ କିଛି ଅସୁବିଧା ହୁଏ ? ଯେମିତି ହେଉ ଆସେ । କିଏ ଆଣିଦେବ, କେମିତି ଆଣିଦେବ, ତାହା ସରୁ ଗୌଣ ବିଷୟ । ଆଉ

ତୁମର ଯଦି ଚା ଆବଶ୍ୟକ ମୁଁ ତିଆରି ଦେବି। ଜାଣିଛ ନା ମୁଁ ଦିଲ୍ଲୀରେ ପଢୁଥିବାବେଳେ ନିଜେ ମୋ କ୍ୱାଟରରେ ଚା' ତିଆରି କରି ପିଉଥିଲି। ସବୁ ସରଞ୍ଜାମ ଥିଲା ମୋଠି।

ଲଳିତା ସଂଭ୍ରମତା ସହିତ କହିଲା– ନା ସାର, ନା। ଆମର ଚା' ଦରକାର ନାହିଁ। ସୀତା, ମିତା ମଧ୍ୟ କଥାକୁ ସମର୍ଥନ ଜଣାଇଲେ।

ବିନୟ ସାର କହିଲେ– ଦେଖ, ପୂର୍ବରୁ ତୁମର ଇଚ୍ଛା ଥିଲା ଚା' ଖାଇବାର। ମୋ ଘରକୁ ମୋର ଛାତ୍ରୀମାନେ ପ୍ରଥମ ପାଦ ଦେଇଛନ୍ତି ଆଜି। ମୋର ବି କର୍ତ୍ତବ୍ୟ ହେଉଛି କିଛି ନ ହେଲେ ବି କପେ ଲେଖାଏଁ ଚା ତ ଦେଇ ପାରିବି। ଏବେ ବାରଣ କରୁଛ କାହିଁକି ? ମୁଁ ନିଜେ ତିଆରିବି ବୋଲି ନା ?

ଲଳିତା ବିନୟ ମହାପାତ୍ରଙ୍କ କଥା ପ୍ରତି ସମର୍ଥନ ଜଣାଇ କହିଲା– ହଁ, ସାର, ଆପଣ ଚା' ତିଆରିବେ, ଆଉ ଆମେ ପିଇବୁ ? ଏ କିପରି କଥା ?

ଆଚ୍ଛା ଠିକ ଅଛି। ତୁମେ ଯାଅ ତିନି ଜଣ କିଚେନ୍କୁ। ତିଆରି କର ଚା'। ସମସ୍ତେ ପିଇବା।

ଅଗତ୍ୟା ଲଳିତା ଡ୍ରଇଂରୁମ ସଂଲଗ୍ନ କିଚେନରୁମ ଭିତରକୁ ପଶିଲା। ତାକୁ କିଛି ପଚାରିବାକୁ ପଡିଲାନି, ସାର, ଦୁଧ କେଉଁଠି, ଚା'ଗୁଣ୍ଡ କେଉଁଠି ଅଛି ବୋଲି। ଆଖି ସାମ୍ନାରେ ଗ୍ୟାସ ଷ୍ଟୋପ, ତା ପାଖେ ସସ୍ପେନ୍ସ ଓ ଚା'ଛଣା। ଟ୍ରାନସପ୍ଲାନ୍ଟ କାଚ ଡବାମାନଙ୍କରେ ଚିନି ଚା'ଗୁଣ୍ଡ ଆଦି ରଖା ଯାଇଥିଲା। ଦୁଧ ପାଇଁ ଲଳିତା ଫ୍ରିଜ ନିକଟକୁ ଗଲା। ଖୋଲି ଦେଖିଲା ସେଇଠିହିଁ ଅଛି ଦୁଧ।

ଚା' ପ୍ରସ୍ତୁତ କରି ଚାରି କପ ଚା' ଟ୍ରେରେ ଧରି ଟିପୟ ଉପରେ ରଖିଲା। ସାରଙ୍କ ଆଡକୁ ବଢ଼ାଇ ଦେଲା ଗୋଟିଏ କପ।

ବିନୟ ସାର ଲଳିତା ଚା' ଆଣିବାର ଦେଖି କହିଲେ– ସାବାସ, ସବୁ ଜିନିଷ ତ ପାଇଗଲ। ଖୋଜିବାକୁ କି ପଚାରିବାକୁ ପଡିଲାନି। ସତେ ଯେପରି ଏଇ ଘରର ତୁମେ ଜଣେ ସଦସ୍ୟ। କେଉଁଠି କଣ ଅଛି ସବୁ କିଛି ଜାଣିଛ।

ଲଳିତା ସାମାନ୍ୟ ଲାଜେଇ ଯାଇ କହିଲା– ସବୁତ ମିଳିଗଲା ସାର ଆଖି ସାମ୍ନାରେ। ପଚାରନ୍ତି କାହିଁକି ?

ଚା'ରେ ପ୍ରଥମ ଚୁମୁକ ଦେଇ ବିନୟ ସାର କହିଲେ– ଚମତ୍କାର ଚା' କରି ଜାଣିଛ ଲଳିତା। ମୋତେ ଟିକେ ଶିଖାଇ ଦିଅନ୍ତ ନି ?

ଲଳିତା କହିଲା– ଆପଣ ମିଛରେ ମୋର ପ୍ରଶଂସା କରୁଛନ୍ତି ସାର। ମୁଁ ଜାଣେନି ବୋଲି ବୋଉ ମୋତେ ଗାଲି କରେ। ଏପଟେ ଆପଣ କହୁଛନ୍ତି ଚମତ୍କାର।

ମିତା ଲଳିତାର କଥାରେ ସଂଯୋଗ କରି କହିଲା- ତା'ହେଲେ ତୋ ବୋଉ ତିଆରି ଚା' ତ ଚମକ୍ରାର ରୁ ଅତି ଚମକ୍ରାର ଲାଗୁଥିବ।

ସମସ୍ତେ ହସି ପକାଇଲେ।

ବିନୟ ମହାପାତ୍ର ଅନ୍ୟାନ୍ୟ କଥାର ପସରା ଆରମ୍ଭ କରୁଥିଲେ। ମିତା ଓ ସୀତା କହିଲେ- ସାର ବହିଦେଲେ ଆମେ ଚାଲିଯାନ୍ତୁ।

ବିନୟ ମହାପାତ୍ର ଚା'ର ଶେଷ ଢୋକ ଗିଲି କହିଲେ- ଠିକ ଅଛି, ବହି ଦେଉଛି। ମାତ୍ର, ଆର ଥରକୁ ଚା ତିଆରିବ ମିତା, ତା ଆରଥରକୁ ସୀତା। କାହା ଚା' ସବୁଠୁ ବେଶୀ ଭଲ ଦେଖିବା।

ଲଳିତା ପଚାରିଲା- କଣ କିଛି ପୁରସ୍କାରର ବ୍ୟବସ୍ଥା ଅଛି କି ?

ସାର କହିଲେ- ହଁ, ହଁ, ନିଶ୍ଚୟ। ମନ ଯଦି ଖୁସି ହେଇଗଲା ଚା'ରେ, ପୁରସ୍କାରଟା କେତେ ବାଟରେ ରହିବ ଯେ !

ବିନୟ ସାରଙ୍କଠୁ ପୁସ୍ତକ ଧରି ନିଜ ନିଜ ଘରକୁ ଫେରି ଆସିଥିଲେ ତିନି ସଙ୍ଗାତ।

ସେଦିନ ଖୁବ୍ ଖୁସି ଥିଲେ ତିନି ସଙ୍ଗାତ ବିନୟ ସାରଙ୍କ ଅମାୟିକ ବ୍ୟବହାରରେ। ପ୍ରକାଶ୍ୟରେ ପରସ୍ପର ପ୍ରତି କୁହାକୁହି ନ ହେଲେ ବି ତାଙ୍କ ମନ ଭିତରେ ପୁଣି ଥରେ ନୁହେଁ ବାରମ୍ବାର ଏହି କ୍ୱାଟରକୁ ଆସିବାକୁ ସେମାନଙ୍କର ଦ୍ୱିଧା ବୋଧ ନ ଥିଲା।

କେବଳ କ୍ୱାଟର ନୁହେଁ। କଲେଜ ପରିସର ଭିତରେ ମଧ୍ୟ ବିନୟ ମହାପାତ୍ର ଛାତ୍ରଛାତ୍ରୀଙ୍କ ସହିତ ଦ୍ୱିଧାହୀନ ଭାବେ ଆଳାପ ଆଲୋଚନା କରନ୍ତି। ସେଥିପାଇଁ ଯେତେବେଳେ ଲିଜର ଥାଏ ବିନୟ ମହାପାତ୍ରଙ୍କ ଛାତ୍ରଛାତ୍ରୀମାନଙ୍କ ଭିଡ ଜମେ ତାଙ୍କ ସଙ୍ଗରେ। କେତେ ଜଣ ପିଲା ସାରଙ୍କୁ ବ୍ୟାଡମିଣ୍ଟନ ଫିଲ୍ଡକୁ ଆମନ୍ତ୍ରଣ କଲେଣି ଖେଳିବାକୁ। ସାର ବାରଣ କରି ପାରି ନାହାନ୍ତି। ସେମାନଙ୍କ ସହିତ ସେ ଖେଳନ୍ତି।

ନିଜ ଛାତ୍ରମାନଙ୍କ ସହିତ ମିଶି ଖେଳ ଖେଳିବା ନିହାତି ଏକ ଅସୁନ୍ଦର କଥା। ଏହା ଗୁରୁମାନଙ୍କ ସମ୍ମାନରେ ଆଞ୍ଚ ଆଣୁଛି ନିଶ୍ଚୟ। ଏହି ବିଷୟ ପ୍ରତି କଲେଜର ପୁରୁଣା ଓ ବୟସ୍କ ଅଧ୍ୟାପକ କେତେ ଜଣ ବିଷୋଦ୍ଗାର କଲେଣି। ବିନୟ ମହାପାତ୍ରଙ୍କୁ ଡାକି ମନା କଲେଣି ପିଲାଙ୍କ ସହିତ ମିଶି ଖେଳ ଖେଳିବାକୁ। ସେମାନେ କହିଲେ, ଛାତ୍ର ଓ ଅଧ୍ୟାପକ ମଧ୍ୟରେ ଏକ ଶୃଙ୍ଖଳାଗତ ସଂପର୍କ ଆବଶ୍ୟକ। ଅଧ୍ୟାପକମାନେ ଏମିତି ଢିଲା ହୋଇଗଲେ, ସହଜ ଉପଲବ୍ଧ କିମ୍ବା ଶସ୍ତା ଅମାୟିକ ହୋଇ ପଡିଲେ ସେମାନଙ୍କର ସମ୍ମାନ ବୋଲି ଆଉ ରହିଲା କଣ ?

ନିଜର ସହକର୍ମୀ ଅଧ୍ୟାପକମାନଙ୍କୁ ମହାପାତ୍ର ସାର କହିଥିଲେ- ଦେଖନ୍ତୁ ସାର, ଆଇ ହେଭ କମ ଆଉଟ ଜଷ୍ଟ ଫ୍ରମ ୟୁନିଭରସିଟି। ମୋର ବ୍ୟାଡମିଣ୍ଟନ ଖେଳିବାର ସଉକ ଓ ଅଭ୍ୟାସ ଅଛି। ଆପଣମାନଙ୍କ ଭିତରୁ ଖେଳିବାକୁ କେହି ଜଣେ ବି ବାହାରିଲେ ନାହିଁ। ପଚାରିଛି ଜଣେ ଦି ଜଣଙ୍କୁ। ପିଲାଙ୍କ ପକ୍ଷରୁ ଆମନ୍ତ୍ରଣ ଆସିଲା। ଖେଳୁଛି। ଏହା ଯଦି ମୋର ଭୁଲ, ପ୍ଲିଜ ଏକ୍ସକ୍ୟୁଜ ମି।

ବିନୟ ମହାପାତ୍ରଙ୍କ ବଶମ୍ୟଦତା ଓ ସବିନୟ ସମ୍ଭାଷଣରେ ସନ୍ତୁଷ୍ଟ ହୋଇ ଯାଇଥିଲେ ବିରୋଧ ଅଧ୍ୟାପକଗଣ। କେହି କହି ପାରିଲେନି ଯେ ଆପଣ ଏ ଅଭ୍ୟାସ ଛାଡନ୍ତୁ, ଆଉ ଆମେ ଆସନ୍ତୁ ଖେଳିବା ବ୍ୟାଡମିଣ୍ଟନ। ଅବଶ୍ୟ କଲେଜର ପିଇଟି ଟିଚର ନ ଥିଲେ ସେଠାରେ। ସେ ଥିଲେ ବା କଣ ଅଧିକ ହୋଇଥାନ୍ତା ଯେ! ସେ ତ ପିଲାଙ୍କ ସହିତ ଖେଳିବାକୁ ନିଯୁକ୍ତ।

ଅନେକ ଦିନରୁ ଲଳିତା କଥାବାର୍ତ୍ତା ହୋଇ ପାରିନି ସାର ମହାପାତ୍ରଙ୍କ ସହିତ। ପଚାରି ପାରିନି ସେ ବୁଝିପାରୁନ ଥିବା କନସେପ୍ଟକୁ। ଛାତ୍ରଛାତ୍ରୀଙ୍କ ବ୍ୟସ୍ତ ବଳୟ ଭିତରେ ବିନୟ ମହାପାତ୍ର ହଜି ଯା'ନ୍ତି। ଲଳିତା ଚାହେଁ କେହି ନ ଥିବେ ପାଖରେ କେବଳ ସେ ହିଁ ମନ ତନ ଧ୍ୟାନ ଦେଇଥିବ ପାଠ୍ୟ ପୁସ୍ତକ ଉପରେ । ବିନୟ ମହାପାତ୍ରଙ୍କ ସୁମିଷ୍ଟ, ସୁସ୍ପଷ୍ଟ ବକ୍ତବ୍ୟଗୁଡ଼ିକୁ। ମାତ୍ର, ଅନେକ ଦିନ ଚାଲିଯାଏ। ଲଳିତା ମନରେ କବିତାର ଧାଡିଟେ ଉଙ୍କି ମାରେ। ଲେଖିଯାଏ- ଯେତେ ପାଖେ ଥିଲେ ସେତେ ଦୂରେ ଥାଅ, ମିଳି ପାର ନାହିଁ ମୋତେ, ନଖୋଜିଲେ ମଧ୍ୟ ମିଳି ଯାଆନ୍ତି କି ଅଚାନକ ମୋର ହାତେ।

ମନକୁ ମନ ଉତୁରି ଆସିଥିବା କବିତାଟିକୁ ଖଣ୍ଡେ ଛୋଟ କାଗଜ ଟୁକୁରାରେ ଲେଖି ଦେଇଥିଲା ଲଳିତା। ପଠିତ ପୁସ୍ତକ ଭିତରେ ଚାପି ହୋଇ ରହି ଯାଇଥିଲା କେଉଁଠି ଲଳିତାର ଜ୍ଞାତସାରରେ ନ ଥିଲା।

ଲଳିତା ପରବର୍ତ୍ତୀ ପୁସ୍ତକ ବିନୟ ମହାପାତ୍ରଙ୍କଠାରୁ ଆଣି ପୂର୍ବ ପୁସ୍ତକ ଫେରସ୍ତ କରି ଦେଇଥିଲା। ନିଜର ପଠନ ପ୍ରକୋଷ୍ଠରେ ପୁସ୍ତକଟିକୁ ପଢ଼ିବାକୁ ଉଦ୍ୟତ ହେବାକୁ ଉନ୍ମୋଚନ କଲା କିଛି ପୃଷ୍ଠା। ଦେଖି ଆଶ୍ଚର୍ଯ୍ୟ ହେଲା ଏକ କାଗଜ ଖଣ୍ଡରେ ଲେଖା ଅଛି-

ଖୋଜିବା ଜିନିଷ ମିଳି ଯାଏ ଯଦି
ଖୋଜିବା ମାତ୍ରକେ ସିଧା
ସେଥି କି ଆନନ୍ଦ ସେଥି କି ବା ସ୍ୱାଦ
ଯଦି ଥାଏ ନାହିଁ ବାଧା।

ଲଳିତାକୁ ବୁଝିବାକୁ ଡେରି ହେଲାନି ଯେ ସେ ଲେଖିଥିବା କବିତାଟି ତାର ଅଜ୍ଞାତସାରରେ ବିନୟ ସାରଙ୍କ ପୁସ୍ତକରେ ପ୍ରେରିତ ହୋଇ ଯାଇଛି। ଆଉ ବିନୟସାର ତାର ପ୍ରତ୍ୟୁଉରରେ ଏହି ସୁନ୍ଦର କବିତା ତାକୁ ପ୍ରେରଣ କରିଛନ୍ତି।

ଲଳିତା ଜାଣି ପାରିଲା ଯେ ସାର ବି ସାହିତ୍ୟର ଜଣେ ଉପାସକ। ଭଲ ଦକ୍ଷତା ଅଛି କବିତା ରଚନାରେ। ସେ ନିଜକୁ ଗର୍ବିତ ଅନୁଭବ କଲା ଯେ ତାର ଅଜ୍ଞାତସାରରେ ସାରଙ୍କ ପତ୍ର ବିନିମୟ ହୋଇ ଯାଇଛି। ପତ୍ର ବିନିମୟ ତଥା ଭାବ ବିନିମୟରେ ରହିଛି ତାଙ୍କର ନିର୍ଦ୍ଦ୍ୱନ୍ଦ ସହମତି। ନିଜର ପ୍ରିୟ ସଙ୍ଗିନୀ ସୀତା ଓ ମିତାଙ୍କ ଉପସ୍ଥିତିରେ ସାରଙ୍କୁ ମନରେ ଜମାଟ ବାନ୍ଧୁଥିବା କଥାକୁ କହି ହୁଏନି ସାରଙ୍କୁ। ଏମିତି ପତ୍ର ମାଧ୍ୟମରେ ତ କହି ହେବ। ଏହା ହେଉଛି ସୁଗମ, ନିରାପଦ, ସ୍ୱଚ୍ଛନ୍ଦ ରାସ୍ତାଟିଏ ଲଳିତା ପାଇଁ।

ସେଦିନ କ୍ଲାସ ଓଭର ହେବା ପରେ ପରେ ଅନ୍ୟ ଦିନମାନଙ୍କ ପରି ସାର ବିନୟ ମହାପାତ୍ର ତାଙ୍କର ସ୍ୱଭାବ ସୁଲଭ ଢେଗା ଢେଗା ପଦପାତରେ ମାଡ଼ି ଚାଲି ନ ଥିଲେ ଅଧ୍ୟାପକମାନଙ୍କ ପାଇଁ ଉଦ୍ଦିଷ୍ଟ ଥିବା କମନରୁମକୁ। ଅତି ଧୀର ଗତିରେ କ୍ଲାସରୁ ବାହାରିବା ପୂର୍ବରୁ ଚକ୍ ଆଦି ପଠନୀୟ ସାମଗ୍ରୀକୁ ସଂଗ୍ରହ କରୁଥିଲେ ଧୀରେ ଧୀରେ। ସେତେବେଳକୁ ଅର୍ଦ୍ଧାଧିକ ପିଲା ଚାଲି ଯାଇଥିଲେ ନିଜ ନିଜର ପରବର୍ତ୍ତୀ କ୍ଲାସ ଆଡ଼କୁ। ଲଳିତା ଅନୁମାନ କଲା ସାର ବୋଧହୁଏ ତାକୁହିଁ ଅପେକ୍ଷା କରିଛନ୍ତି। ଗର୍ବିତ ହେଲା ସେ। ତାହା ହୁଏତ ସୁମିଷ୍ଟ ବିପଦ୍‌ଜନକ ମିଶ୍ରିତ ସ୍ୱର୍ଦ୍ଧିତ ଗର୍ବ। ମିତା ଓ ସୀତା ସହିତ ଲଳିତା ପ୍ରକୋଷ୍ଠ ଭିତରୁ ବାହାରିବାବେଳକୁ ସାର ମହାପାତ୍ରଙ୍କ ସହିତ ସାକ୍ଷାତ ହେଲା ପ୍ରକୋଷ୍ଠ ସଂଲଗ୍ନ ବାରଣ୍ଡାରେ। ସାର ପଚାରିଲେ– କଣ, ଏଥର ଦେଇଥିବା ବହିଟା ଠିକ ଠିକ ବୁଝି ହେଉଛି ତ ?

ଲଳିତା ହଠାତ କିଛି ଉଉର ଦେଇ ନ ପାରି କହିଲା– ହେଉଛି ଯେ, ମୁଁ ପଢ଼ି ପାରିନି ବେଶୀ। ଏଇତ ସେ ବହିଟା ଧରିଛି। କଥା ହେଉ ହେଉ ସାର ମହାପାତ୍ର ଓ ଲଳିତା ଅତିକ୍ରମ କରି ସାରିଥିଲେ ବାରଣ୍ଡା। ଆଗରେ ମୁକ୍ତାକାଶର ବିରାଟ ପ୍ରାଙ୍ଗଣ। ପ୍ରାଙ୍ଗଣର ସେ ପଟେ ଲେକଚର୍ସ୍ କମନରୁମ। ସାର ସେଠାକୁ ଚାଲିଯିବେ ଓ ଲଳିତା ସଙ୍ଗାତ ସୀତା ଓ ମିତା ସହିତ ମଧ୍ୟ ଚାଲିଯିବ ସମୀପରେ ଥିବା ଗାର୍ଲସ କମନ ରୁମକୁ। ସୀତା ଓ ମିତା ପଛରେ ପଡ଼ି ଯାଇଥିଲେ କେତେ ପାହୁଣ୍ଡର। ସାରଙ୍କର ଚାଲିବାର କ୍ଷିପ୍ରତା ନ ଥିଲା। ଲଳିତା ପଚାରିଥିଲା– ସାର, ଆପଣଙ୍କର ଏବେ ଲିଜର ଅଛି ନା କ୍ଲାସ ନେବେ ? ସାର କହିଲେ– ଲିଜର ଅଛି ବୋଲି ତ ତୁମ ସହିତ କଥା ହେଇ ପାରୁଛି। ଦେଖ୍‌ନୁ, ହେଇ ମହାନ୍ତି ସାର, ଲୁନା ସାର ଲେକଚର୍ସ୍ କମନରୁମରୁ

ବାହାରି କ୍ଲାସ ପ୍ରକୋଷ୍ଠ ଅଭିମୁଖେ ବାହାରି ସାରିଲେଣି । ସାର ପାଲଟା ପ୍ରଶ୍ନ କରି ଲଳିତାକୁ ପଚାରିଲେ ତୁମର କଣ କ୍ଲାସ ଅଛି ଏବେ ? ମୁଣ୍ଡ ହଲାଇ ନାହିଁ ଜଣାଇଲା ଲଳିତା ।

ଆଗକୁ ଚାଲୁ ଚାଲୁ ସାର ମହାପାତ୍ର କହିଲେ– ଖରା କେତେ କାଟୁଛି, ନୁହଁ ? ଚାଲ ସେଇ ଆକାଶମାଲ୍ଲୀ ଗଛ ତଳକୁ । ସୁନ୍ଦର ଛାଇ ଅଛି । ସେଇ ଗଛ ମୂଳକୁ ଯାଇ ଲଳିତା ଓ ସାର ମହାପାତ୍ର ଅତି ଧୀରେ ଧୀରେ ଆସୁଥିବା ସୀତା ଓ ମିତାକୁ ଅପେକ୍ଷା କରିଥିଲେ ଦୁହେଁ । ସମସ୍ତଙ୍କ ଅଲକ୍ଷ୍ୟରେ ସାର ମହାପାତ୍ରଙ୍କ ଦୁଷ୍ଟ ପାଦ ଗୋଟିଏ ଲମ୍ଭି ଆସିଥିଲା ଲଳିତାର ପାଦାଙ୍ଗୁଲି ନିକଟକୁ । ସାର ଲଳିତାର ପାଦରେ ଚାପ ଦେଇ ଫେରାଇ ନେଇଥିଲେ ପାଦଟିକୁ ଯଥାସ୍ଥାନକୁ । ଲଳିତା ଦେହରେ ଖେଳି ଯାଇଥିଲା ରୋମାଞ୍ଚ । ଏକ ଶୀତ ଶିହରୀ ତାର ମୁଣ୍ଡର ପଛ ପଟୁ ବାହାରି ଉତୁରି ଗଲା ମେରୁଦଣ୍ଡ ମଧ୍ୟ ଦେଇ । ସେ ନିଜକୁ ନିଜେ ପ୍ରଶ୍ନ କଲା– ସାର କଣ ଜାଣି ଜାଣି ତାର ପଦାଙ୍ଗୁଲିକୁ ମାଡ଼ି ଦେଲେ ନା ତାଙ୍କା । ଅଜ୍ଞାତସାରରେ ମାଡ଼ି ହୋଇ ଯାଇଛି । ଲଳିତା ଦୃଢ଼ ନିଶ୍ଚିତ ହେଲା ଯେ ଏହା ହେଉଛି ସାରଙ୍କର ଜ୍ଞାତସାରର କାର୍ଯ୍ୟ । କାରଣ, ଅକସ୍ମାତ ଅଜ୍ଞାତସାରରେ ମାଡ଼ି ହୋଇଥିଲେ ସାର ନିଶ୍ଚିତ ଭାବେ ନମ୍ର କଣ୍ଠରେ କହିଥାନ୍ତେ 'ବିଷ୍ଣୁ' ବା ଏକ୍କ୍ୟୁଜ୍ ମି ପ୍ଲିଜ ।

ଲଳିତା ମନରେ ଅନେକ ପ୍ରଶ୍ନର ଢେଉ । ତେବେ ସାର ଚାହାନ୍ତି କଣ ? ସେଇ ମୃଦୁ ଅଙ୍ଗୁଲି ଚାପର ଅନ୍ୟ ନାମ କଣ ପ୍ରେମ ? ସାର ମହାପାତ୍ରଙ୍କର ଏତାଦୃଶ ବ୍ୟବହାର ପ୍ରଦର୍ଶନରେ ଲଳିତା କଣ ପ୍ରତିକ୍ରିୟା ପ୍ରକାଶ କରିବ ?

ଲଳିତାର ତାଲୁ ଶୁଖୀ ଶୁଖୀ ଆସିଲା । କଣ୍ଠ ସ୍ୱର କର୍କଶ ଓ ଧୀର ହେଲା । ମାତ୍ର କିଛି ଉତ୍ତର ଦେଇ ପାରି ନ ଥିଲା ଲଳିତା ଭାଷାରେ, ଭାବରେ ଇଙ୍ଗିତରେ । କେବଳ ନୀରବରେ ସମର୍ଥନ କରି ନେଇଥିଲା ମହାପାତ୍ର ସାରଙ୍କୁ ।

ସେତେବେଳକୁ ଗଛମୂଳକୁ ପହଞ୍ଚି ସାରିଥିଲେ ସୀତା ଓ ମିତା । ସାମାନ୍ୟ କିଛି ବାର୍ତ୍ତାଲାପ ପରେ ନିଜ ନିଜର କମନରୁମ ଆଡ଼କୁ ଫେରି ଯାଇଥିଲେ ସମସ୍ତେ ।

ଲଳିତା ସେଦିନ ଭାବି ପାରିନ ଥିଲା ସାର ବିନୟ ମହାପାତ୍ର ଏପରି ବ୍ୟବହାର ଦେଖାଇବେ ବୋଲି । ସେହି ବ୍ୟବହାର ନିଶ୍ଚିତ ଭାବେ ଜଣେ ସାରଙ୍କଠାରୁ ଆଶା କରାଯାଇ ନ ପାରେ– ଏକଥା ଲଳିତା ନିଶ୍ଚିତ ରୂପେ ଜାଣିଥିଲା ।

ତେବେ ଏପରି ଅଭଦ୍ରୋଚିତ ବ୍ୟବହାର ପ୍ରତି କାହିଁକି ଲଳିତା ପ୍ରତିବାଦର କ୍ଷୀଣତମ ସ୍ୱରଟିଏ ବି ଉଚ୍ଚାରଣ କରି ପାରି ନ ଥିଲା । ବରଂ, କାହିଁକି କେଜାଣି ସେ

ନିଜକୁ ଦୁର୍ବଳରୁ ଦୁର୍ବଳତର ଅନୁଭବ କରୁଥିଲା। ତା ମନରେ ଏକ ଉଡ଼ନ୍ତା ଉଡ଼ନ୍ତା ଭାବ ଜାଗରୁକ ହୋଇ ତାକୁ ଉତ୍ଫୁଲ୍ଲ କରି ଦେଉଥିଲା।

କେବଳ ସେଦିନର ଘଟଣା ନୁହେଁ, ବିନୟ ମହାପାତ୍ରଙ୍କ ତଦୃପ ବ୍ୟବହାର ଆଉ ଦିନେ ସେ ପାଇଥିଲା ପୁସ୍ତକ ଫେରସ୍ତ ବେଳେ। ସେ ଫେରସ୍ତ କରୁଥିବା ପୁସ୍ତକକୁ ଗ୍ରହଣ କରିବାବେଳେ ସେ ତା ଆଙ୍ଗୁଠିକୁ ଟିପୁଟି ଦେଇଥିଲେ ମୃଦୁ ଭାବେ। ସେଠିକି ବେଳେ ତା ସମୀପରେ ଦଣ୍ଡାୟମାନ ହୋଇଥିଲେ ତାର ସଖୀ ଦ୍ୱୟ– ସୀତା ଓ ମିତା। ସେମାନେ ସେହି ମୃଦୁ ଟିପୁଟାକୁ ଲକ୍ଷ୍ୟ କଲେ କି ନାହିଁ କେଜାଣି ସେମାନେ ଏସଂକ୍ରାନ୍ତରେ ଲଳିତାକୁ କିଛି ପ୍ରଶ୍ନ ପଚାରି ନ ଥିଲେ କି ସାରଙ୍କ ଦୁର୍ବ୍ୟବହାର କଥା କିଛି ବି ଉତ୍ଥାପନ କରୁ ନ ଥିଲେ। ଲଳିତାକୁ ଅନୁଭବ ହେଉଥିଲା ସାର ମହାପାତ୍ର ତା ପ୍ରତି ସନ୍ତୁଷ୍ଟ ବିଶେଷ ଭାବେ। ଲଳିତାର ଏକ ବିଶିଷ୍ଟ ଗୁଣ ହେଉ ବା ସୌନ୍ଦର୍ଯ୍ୟ ପ୍ରତି ସେ ଆକର୍ଷିତ ନିଶ୍ଚିତ ଭାବେ, ଯାହାକି ସେ ଅନ୍ୟ ସଖୀ ଦ୍ୱୟଙ୍କଠାରେ ପାଇ ପାରି ନାହାନ୍ତି। ସେଥିପାଇଁ ଲଳିତା ନିଜକୁ ଗର୍ବିତ ଅନୁଭବ କରୁଥିଲା। ଅନ୍ୟ ସଙ୍ଗିନୀଦ୍ୱୟଙ୍କଠାରୁ ସେ ନିଜକୁ ଏକ ଭିନ୍ନ ଉପାଦାନରେ ଗଢ଼ା ବୋଲି ଅନୁଭବ କରୁଥିଲା।

କିନ୍ତୁ ତାର ଏହି ଅବଧାରଣା ସେହି ଦିନ ପରାହତ ହୋଇଥିଲା, ଯେଉଁଦିନ ସେ ଲଜିକ କ୍ଲାସରୁ ଫେରିବା ପରେ ସୀତାମିତାକୁ କମନରୁମରେ ନ ପାଇ ଶେଷକୁ ଲାଇବ୍ରେରୀ ହଲର ଆବିଷ୍କାର କରିଥିଲା ବିନୟ ମହାପାତ୍ରଙ୍କ ସହିତ ବହୁ ହସଖୁସିର ଆସରରେ। ବିନୟ ମହାପାତ୍ର ମିତା ଓ ସୀତା ସହିତ କେତେ ଅମାୟିକ ଭାବେ କଥାବାର୍ତ୍ତା କରୁଛନ୍ତି ଓ ମଝିରେ ମଝିରେ ହସର ଫୁଆରା ଛୁଟି ଆସୁଛି ସେହି ସ୍ଥଳରୁ। ସେହି ସ୍ଥଳକୁ ଯିବାକୁ ବାହାରିଥିବା ଲଳିତା ଦୂରରୁ ଏହି ଦୃଶ୍ୟ ଦେଖି ଖସି ଆସିଥିଲା କମନରୁମକୁ। କାହିଁକି କେଜାଣି ତାର ଇଚ୍ଛା ହେଲାନି ସେମାନଙ୍କ ସହିତ ମିଶିବାକୁ। କାହିଁକି କେଜାଣି ତାର ଇଚ୍ଛା ହେଲା ମିତା ଓ ସୀତା ତାର ଏକ ପ୍ରିୟତମ ବସ୍ତୁଟିଏକୁ ତାର ଅଲକ୍ଷ୍ୟରେ ଲୁଚାଇ ନେଇ ଯାଉଛନ୍ତି। ଏପରିକି ଲଳିତାକୁ ଲାଗିଲା ସାର ମହାପାତ୍ର ସତେ ଯେପରି ଛଳନା କରି ଆସିଛନ୍ତି ତା ସହିତ ଏଯାଏ। ତା ସହିତ ତ ଏପରି ହସ ଖୁସିରେ କଥା ହୁଅନ୍ତି ନାହିଁ? ସେ ଆଜି ସେଠାରେ ଅନୁପସ୍ଥିତ ଥିବାରୁ ବୋଧହୁଏ ଏପରି ହସଖୁସିରେ ଅଛନ୍ତି ସେ।

ମିତା ଓ ସୀତା ତାର ପ୍ରାଣସମ ସଙ୍ଗିନୀ। ସେମାନେ ଯଦି ଅନ୍ୟ କାହା ସହିତ ମିଶିଲେ ସେଥିରେ ଲଳିତାର ଈର୍ଷା ହେବାର କଣ ଅଛି? ଜଣେ ନାରୀ ଅନ୍ୟ ନାରୀର ପ୍ରେମ, ଭଲ ପାଇବାକୁ କଣ ଏତେ ଟିକିଏ ବି ସହ୍ୟ କରି ପାରେନା? ନିଜକୁ ଭଲ

ପାଉଥିବା ପରି ମନେ ହେଉଥିବା ଜଣେ ପୁରୁଷ ସାଥିରେ ଅନ୍ୟ ରମଣୀକୁ ଦେଖି ନାରୀ କାହିଁକି ଏତେ ଈର୍ଷାତୁରା ହୋଇଉଠେ ? ଲଳିତା ବିଚଳିତା ହୋଇ ପଡ଼ୁଥିଲା।

ସେଦିନ ସୀତା ଓ ମିତା ପରବର୍ତ୍ତୀ କ୍ଲାସ ଆରମ୍ଭ ହେବାବେଳକୁ ଲଳିତା ପାଖକୁ ଚାଲି ଆସିଥିଲେ ଏକତ୍ରିତ ହେବାକୁ। ମାତ୍ର, ସେମାନେ ସାର ମହାପାତ୍ରଙ୍କ ସହିତ ଆଳାପ ଆଲୋଚନା କଥା ମୋଟେ ପ୍ରକାଶ କରି ନ ଥିଲେ ଆଗତୁରା ଲଳିତା ପାଖରେ। ଲଳିତା ବି ପରୀକ୍ଷା କରୁଥିଲା ସେମାନେ ତାକୁ କହିବେ କି ନା। କଲେଜର ସମସ୍ତ କ୍ଲାସ ସାରି ଗୃହାଭିମୁଖୀ ହେବାବେଳକୁ ଲଳିତା କଥାର ମଞ୍ଜି କାଢ଼ିବାକୁ କହିଲା– ଆଜି ତ ବିନୟ ସାର ସହିତ ଦେଖା ହେଲାନି। ସୀତା, ମିତା କହିଲେ– ଏଇ ଦେଖ, ଆମେ ତାଙ୍କୁ ଭେଟି ଥିଲୁ ଲାଇବ୍ରେରୀ ହଲରେ ଓ ଖଣ୍ଡେ ଖଣ୍ଡେ ବହି ଆଣିଛୁ ତାଙ୍କଠୁ।

ଲଳିତା ଦେଖିଲା ମିତା ହାତରେ ଅଛି ବିଭୂତି ପଟ୍ଟନାୟକଙ୍କ ପୁସ୍ତକ ବଧୂ ନିରୂପମା ଓ ସୀତା ହାତରେ ଅଛି ଟମକକାଙ୍କ କୁଟୀର। ଲଳିତାକୁ ଭାରି ଈର୍ଷା ଲାଗୁଥିଲା। ସେ ରାଗକୁ ଚାପି କହିଲା– ମୋ ପାଇଁ ବହିଟେ ଆଣିଲ ନି ? ତୁମେ ଦୁହେଁ ଭାରି ଇଏ ଦେଖୁଛି। ଲଳିତାର ଫୁଲେଇ କଥା ଶୁଣି ମିତା କହିଲା– ଏଇ ଦୁଇ ଖଣ୍ଡ ବହିକୁ କଣ ଆମେ ମିଲି ମିଶି ପଢ଼ିପାରିବାନି ? ଯଦି ତୁ ଆଗ ପଢ଼ିବାକୁ ଚାହୁଁ ନେଇ ଯା ଯେଉଁ ବହି ଚାହୁଁଛୁ। ମିତାର କଥା ଶୁଣି ସୀତା ତାର ବହିଟାକୁ ଲଳିତାଆଡ଼କୁ ବଢ଼ାଇ ଦେଇଥିଲା।

ଲଳିତାର ବାକ୍ୟାଳାପ ଓ ବ୍ୟବହାରରେ ସୀତା ମିତା ଅସଙ୍ଗତି ଲକ୍ଷ୍ୟ କରିଥିଲେ। ହେଲେ ନୀରବରେ ସହ୍ୟ କରିଗଲେ।

ବିନୟ ମହାପାତ୍ର ଚାରିଦିନ ଛୁଟୀରେ ଘରକୁ ଯାଇଥିଲେ। ତାଙ୍କର କ୍ଲାସଗୁଡ଼ିକ ସସପେଣ୍ଡ ହୋଇ ଯାଇଥିଲା। ଆଶ୍ଚର୍ଯ୍ୟ ହୋଇଥିଲା ଲଳିତା, ସାର ଘରକୁ ଗଲେ ବୋଲି ସେ ତାଙ୍କର ଅନୁପସ୍ଥିତିର କାରଣ ପୁଛା କଲାରୁ ସିନା ସେ ଅବଗତ ହେଲା, ଯିବା ପୂର୍ବରୁ ତ ସାର କେବେ ଲଳିତାକୁ କହି ପାରିଥାନ୍ତେ। ଏପରିକି ସୀତା ମିତା ମଧ୍ୟ ଏ ବିଷୟରେ ଜାଣି ନାହାନ୍ତି।

ଲଳିତାକୁ ଲାଗିଲା ସାର ମହାପାତ୍ରଙ୍କ ଅନୁପସ୍ଥିତିରେ କଲେଜଟି ଶ୍ରୀହୀନ ଦିଶୁଛି। ସବୁଆଡ଼େ ଖାଁ ଖାଁ ଶୂନ୍ୟତା। ତାକୁ ଏମିତି ଅନୁଭବ କେବେ ତ ହୋଇ ନ ଥିଲା। ପାଖରେ ଅଛନ୍ତି ଦି' ଜଣ ସଙ୍ଗିନୀ। ସେ ତ ସବୁବେଳେ କୋଲାହଲ ଭିତରେ ଅଛି। ତଥାପି କାହିଁକି କେଜାଣି ତା ମନ ଭିତରେ ଏକ ଶୂନ୍ୟତା ଅନୁଭବ ହେଉଛି। କେହି ଜଣେ ପ୍ରିୟ ଲୋକ ଯେପରି କେଉଁଠି ହଜି ଯାଇଥିବା ପରି ମନେ ହେଉଛି। ଲଳିତା

ଚିନ୍ତା କଲା ଆହୁରି ତିନିଦିନ ସାର ମହାପାତ୍ରଙ୍କ ଅନୁପସ୍ଥିତିକୁ କେମିତ ସହ୍ୟ କରିବ ? କଲେଜକୁ ନ ଆସି ଘରେ ରହିଯିବ କି ? ପୁଣି ଚିନ୍ତା କଲା– ଘରେ ତାକୁ ଆହୁରି ବେଶୀ ଶୂନ୍ୟତା ମାଡ଼ି ବସିବ ନିଶ୍ଚୟ। ଏଠି ସାଙ୍ଗ ସାଥି ମେଲରେ କିଛି କୋଲାହଲରେ ସାମିଲ ହେବାକୁ ପଡ଼ୁଛି ତାକୁ।

ମହାପାତ୍ର ସାର ଆସିଥିଲେ ସେଦିନ। ନିଜର ମନର ଭାବନାକୁ ରୂପାୟିତ କରି ଖଣ୍ଡେ ଚିଠି ଲେଖିଥିଲା ଲଲିତା। କୌଶଳକ୍ରମେ ମହାପାତ୍ର ସାରଙ୍କୁ ତାହା ଧରାଇ ଦେଲା ସମସ୍ତଙ୍କ ଅଲକ୍ଷ୍ୟରେ। ଚିଠିରେ ଲେଖାଥିଲା, ସାର, ଏଇ ଚିଠିଟି ଲେଖୁଛି ଆପଣଙ୍କ ଅନୁପସ୍ଥିତିକୁ ସହ୍ୟ କରି ନ ପାରି। ଆପଣଙ୍କୁ କଣ କିଛି ଲାଗେ ନାହିଁ ଯେ ଆପଣଙ୍କର ପ୍ରିୟ କେହି ଅଛନ୍ତି ଓ ଆପଣଙ୍କ ପ୍ରସ୍ତାବିତ ଅନୁପସ୍ଥିତି ପ୍ରିୟଜନଙ୍କୁ ଅସହ୍ୟ ହୋଇ ପଡ଼ିବ। ଆପଣ ଯିବା ପୂର୍ବରୁ ସେହି ପ୍ରିୟଜନଙ୍କୁ ଜଣାଇ ଦେଇ ଥିଲେ କଣଟା ବା କ୍ଷତି ହୋଇଥାନ୍ତା ଆପଣଙ୍କର ? ଆଶା କରେ, ଭବିଷ୍ୟତକୁ ଏପରି ଭୁଲ କରିବେନି। 'ଭୁଲ' ଶବ୍ଦରେ ଆପଣଙ୍କର ପ୍ରସ୍ତାବିତ ଅନୁପସ୍ଥିତିର ବାର୍ତ୍ତାକୁ ନ ଜଣାଇବାରେ ମୁଁ ପ୍ରୟୋଗ କରୁଛି। ଏହା ହୁଏତ ଠିକ କି ବେଠିକ ମୁଁ ଜାଣି ପାରୁନି। ଆପଣ ବିଚାର କରିବେ।

ଏଇ କଲେଜର ରସହୀନ ପରିବେଶ ଆପଣଙ୍କ ଉପସ୍ଥିତିରେ ପ୍ରାଣବନ୍ତ ହୋଇଉଠେ। ଆପଣ ଯେଉଁଠି ଅଛନ୍ତି ସେଇଠି ଯେପରି ବସନ୍ତ ଅଛି। ପ୍ରତିଟି ଡାଲ ପତ୍ର ଗହଲରେ ଫୁଲର ସମାବେଶ। ସୁବାସରେ ସବୁଆଡ଼େ ମହ ମହ ଭାସି ଉଠୁଛି। କିନ୍ତୁ ଆପଣ ନ ଥିଲେ ମୋତେ ଲାଗୁଛି ମୁଁ ଏକ ମରୁଭୂମିର ଏକ ନିରାଶ୍ରୟ ବାଟୋଇ। ଖାଁ ଖାଁ ଶୂନ୍ୟତା ଓ ଶୁଖିଲା ତର୍ଷ୍ଟରେ ଖୋଜୁଛି ରାସ୍ତା କେଉଁଠାରେ ଅଛି ମରୁ ଉଦ୍ୟାନ– ଓଏସିସ। ସମୟ ଚାଲି ଯାଉଛି ଅତି ଧୀର ପଦରେ ତା ପାହୁଣ୍ଡ ପକାଇ। ମାତ୍ର, ସେହି ମରୁରେ ଚାଲିବାର ଶେଷ ହେଉନି।

ମୋତେ ଲାଗେ ସାର, ଏଇ ବୈଜ୍ଞାନିକ ଯୁଗରେ ଏପରି ଏକ ଫୋନ ତିଆରି ହୁଅନ୍ତା ଯାହାକୁ ଯୁଆଡ଼େ ଯାଇ ନେଇ ହୁଅନ୍ତା, ଫୋନରେ ତାର ନ ଥାନ୍ତା, ତାକୁ ମୋବାଇଲ ଫୋନ କୁହାଯାଆନ୍ତା। ତା'ହେଲେ ମୁଁ ଚାଲି ଯାଆନ୍ତି ଆମ ଘର ବାଡ଼ିପଟ ବଗିଚାକୁ ଓ ସେଇଠି ବସି ଆପଣଙ୍କୁ ଫୋନ ଲଗାନ୍ତି। ଆରାମରେ କଥାବାର୍ତ୍ତା ହୋଇପାରନ୍ତେ। ମାତ୍ର, କାହିଁ ଏ ନିକଟ ଭବିଷ୍ୟତରେ ସେଇ ଯନ୍ତ ତିଆରି ହେବର ସମ୍ଭାବନା ନାହିଁ, ଯଦି ହେବ ଆମର ପରବର୍ତ୍ତୀ ପିଢ଼ି ପାଇଁ ତାହା ବ୍ୟବହାର୍ଯ୍ୟ ହେବ।

ମୋର ଅନୁଭବ ଉପରେ ବର୍ଣ୍ଣନା କଲି। ଆପଣଙ୍କୁ କଣ ମୋ ପରି ଅନୁଭବ ହୁଏନି ? ଜଣାଇବେ।

ଆପଣଙ୍କର

'ଆପଣଙ୍କ' ପରେ କଣ ଲେଖିବ ଲଳିତା ଭାବି ପାରିଲାନି– 'ଛାତ୍ରୀ' ଶବ୍ଦ ଲେଖିବ ନା 'ପ୍ରେମିକା' ଶବ୍ଦ ଲେଖିବ ? ବରଂ କିଛି ନ ଲେଖି ଛାଡ଼ି ଦିଆଯାଉ। ମହାପାତ୍ର ସାର ନିର୍ଣ୍ଣୟ କରିବେ ସେହି ଶବ୍ଦଟିକୁ। ତା ତଳେ ନିଜର ନାମ ଲେଖି ମୋଡ ପରେ ମୋଡ କରି ରଖି ଦେଇଥିଲା କାଗଜଟୁକୁ ନିଜର ପକେଟ ଭିତରେ।

ତା ପରଦିନ ମହାପାତ୍ର ସାର ଲଳିତାକୁ ଏକାନ୍ତରେ କହିଥିଲେ – ୟୋର ଥଟ୍ ଇଜ ଏକଜେଟଲି ଇକ୍ୱାଲ ଉଇଥ ମି। ଆହୁରି ପ୍ରଶଂସା କରି କହିଲେ–ମୁଁ କିନ୍ତୁ ତୁମ ପରି ଭାଷା ଦେଇ ଭାବକୁ ଏତେ ସୁନ୍ଦର ଭାବରେ ପ୍ରକାଶ କରି ପାରିବିନି। ଥାଙ୍କୁ ଫର ୟୋର ଲେଟର।

ଏପରି ଅନେକ ଭାବାବେଗକୁ ବହନ କରାଇ ଲଳିତା ଲେଖିଛି ଅନେକ ପ୍ରେମ ପତ୍ର ସାର ମହାପାତ୍ରଙ୍କ ପାଖକୁ। ସାର ମହାପାତ୍ର ମଧ୍ୟ ଲେଖିଛନ୍ତି ପ୍ରେମ ପତ୍ର ଲଳିତା ପାଖକୁ। ଲେକଚର୍ସ କମନରୁମରୁ କ୍ଲାସମାନଙ୍କୁ ଯିବାକୁ ହେଲେ ଅତିକ୍ରମ କରିବାକୁ ହୁଏ ଏକ ଛୋଟ ପଡ଼ିଆ। ସେଇ ପଡ଼ିଆରେ ଏଠି ସେଠି କିଛି ଗଛ। ଯିବା ରାସ୍ତାରେ ଟିକିଏ ବାଙ୍କେଇ ଗଲେ ପଡ଼େ ଏକ ଆକାଶମଲ୍ଲୀ ଗଛ। ସେହି ଗଛ ମୂଳରେ ପ୍ରେମ ପତ୍ରଟିକୁ ମୋଡ଼ା ମୋଡ଼ି କରି ପକାଇ ଦେଇଥାଏ ଲଳିତା। ଆଉ ପୂର୍ବ ନିର୍ଦ୍ଦେଶ ମୁତାବକ ତାକୁ ଉଠାଇ ନିଅନ୍ତି ସାର ମହାପାତ୍ର। ମହାପାତ୍ର ସାର ମଧ୍ୟ ସେମିତି ଏଇ ଗଛ ମୂଳରେ ଫିଙ୍ଗି ଦେଇଥାନ୍ତି ନିଜ ମନବେଦନାର ପ୍ରତଲିପିକୁ ସେଇ ଆକାଶମଲ୍ଲୀ ଗଛର ମୂଳରେ ଯାହାକି ଅପେକ୍ଷା କରିଥାଏ ନିଜର ପ୍ରିୟଜନର ହାତର ସ୍ପର୍ଶକୁ। ଉପରୁ ଭାସି ଉଠୁଥାଏ ଆକାଶ ମଲ୍ଲୀର ଭୁରୁ ଭୁରୁ ବାସ୍ନା। ଆଉ ସେଇ ଲୋଚାକୋଚା ଚିଠି ଭିତରୁ କେଉଁ ଅଜଣା ଶବ୍ଦଲିପିର ଯାଦୁରେ ପୁଲକିତ ହୋଇ ଉଠୁଥାଏ ମନପ୍ରାଣ।

ପୁସ୍ତକ ମାଧ୍ୟମରେ ପତ୍ର ପ୍ରେରଣ ବେଳେ ବାନ୍ଧବୀ ସୀତା, ମିତାଙ୍କଠି ଧରା ପଡ଼ିଯିବାର ଆଶଙ୍କାରୁ ମୁକ୍ତି ପାଇବାକୁ ଲଳିତା ଉଦ୍ଭାବନ କରିଥିଲା ଏହି ଅଭିନବ ଉପାୟ।

କିନ୍ତୁ ଲଳିତା ବି ଏହି ଅଭିନବ ପ୍ରଣାଳୀରେ ବି ଦିନେ ଧରା ପଡ଼ି ଯାଇଥିଲା। ସେଦିନ ସେ ସୀତା ମିତା ଓ ସୁପ୍ରିୟା ସହିତ ସେହି ଗଛ ମୂଳ ବାଟ ଦେଇ ଲାଇବ୍ରେରୀ ହଲକୁ ଯାଉଥିବା ବେଳେ ଲେଖିଥିବା ଏକ ପତ୍ରକୁ ସେହି ଗଛମୂଳରେ ଫିଙ୍ଗି ଦେବା ବେଳକୁ ସୁପ୍ରିୟା ଦେଖି ପାରିଲା ଯେ ଲଳିତା କିଛି ଗୋଟାଏ କାଗଜ ଫିଙ୍ଗିଛି। ସେ ଉଠାଇ ଆଣିଲା କୌତୁହଲରେ ଓ ସୀତା ମିତାଙ୍କ ଦୃଷ୍ଟି ଆକର୍ଷଣ କଲା। ଲଳିତାର

ମୁଣ୍ଡାକାନ ଭାଉଁ ଭାଉଁ ହେଲା। ଅପରାଧ ଧରାପଡ଼ି ଯାଇ କିଂକର୍ତ୍ତବ୍ୟ ବିମୂଢ଼ ଅବସ୍ଥାରେ ରହିଗଲା।

ସୁପ୍ରିୟା, ସୀତା ଓ ମିତା ଉହୁଙ୍କି ଦେଖିଲେ ପତ୍ରରେ ଲେଖା ଅଛି— ସାର, ଗତକାଲି ପଢ଼ାଇଥିବା ଚେପ୍‌ଟରଟିକୁ ଠିକ୍‌ ବୁଝି ହେଲାନି। ଆଜି ସନ୍ଧ୍ୟାରେ ମୁଁ ଆପଣଙ୍କ ବସାକୁ ଯିବି। ବୁଝାଇଦେବେ। ଆପଣଙ୍କର ଲଲିତା।

ସୀତା ମିତା ପରସ୍ପର ମୁହଁ ଦେଖାଦେଖି ହେଲେ। ସେମାନେ ଜାଣନ୍ତି ସାର ମହାପାତ୍ର ଲଲିତାକୁ ଅଧିକ ଭଲ ପାଆନ୍ତି। ସେମାନଙ୍କ ମନରେ ସନ୍ଦେହ ବି ଜାତ ହୋଇଥିଲା ଏ ଦୁହିଁଙ୍କ ମଧ୍ୟରେ ପ୍ରେମ ପତ୍ର ଆଦାନପ୍ରଦାନ ଚାଲିଛି। ଆଜି ତାହା ପ୍ରମାଣିତ ହୋଇ ଯାଇଛି।

ଲଲିତା ଭାବୁଥିଲା ଚିଠିରେ କଣ ବା ଲେଖିଛି ଯେ ତାକୁ ଭୟ ଲାଗିବ। ସେତ ପ୍ରେମ ପତ୍ର ନୁହେଁ। ଏକ ସୂଚନା ସମ୍ବଳିତ ପତ୍ର। ତାର ଗମନର ସୂଚନା ଛଡ଼ା ଅନ୍ୟ କିଛି ପ୍ରେମ କଥା ବା ଭାବାବେଗର ବର୍ଣ୍ଣନା ନାହିଁ। ଲଲିତା ମନକୁ ଦୃଢ଼ କଲା। ସୀତା ମିତାକୁ କହିଥିଲା— ତୁମ ଦିଜଣଙ୍କୁ ତ ଆଜି ସାରଙ୍କ ପାଖକୁ ଯିବାକୁ କହିଥାନ୍ତି। ପୁଣି କହିଲା— ସାରଙ୍କ ବେଶୀ କ୍ଲାସ ଥିଲେ ଦେଖା ହୋଇ ପାରେନି ତ ସେଥିପାଇଁ ଏଇ ଗଛ ତଳେ ଚିଠିଟି ପକାଇ ଦେଇଛି। ସାର ଆସିଲେ ଦେଖିବେ ବୋଲି।

ଅତି ନିର୍ଲଜ ଭାବେ ଲଲିତା ସାଙ୍ଗସାଥିଙ୍କୁ ଶାନ୍ତ୍ବନା ଦେଲା। ନିଜେ ନିର୍ଭୁଲ ଓ ଅକଳଙ୍କିତ ରୂପେ ସେମାନଙ୍କଠାରେ ଦେଖାଇ ହେଲା।

କଥାଟି କିନ୍ତୁ ବିଜୁଳି ବେଗରେ କଲେଜର ଚାରିଆଡ଼େ ପ୍ରଚାର ହୋଇ ଯାଇଥିଲା। ସେଇ ନିର୍ଦ୍ଦିଷ୍ଟ ଆକାଶମଲ୍ଲୀ ଗଛର ମୂଳ ସାର ମହାପାତ୍ର ଓ ଲଲିତାର ବାର୍ତ୍ତା ସଂଯୋଗର ସ୍ଥଲ ଏହା ସମସ୍ତେ ଜାଣିଲେ। ହୁଏ ତ ସୁପ୍ରିୟା ନାମକ ଛାତ୍ରୀ ଯଦି ସଙ୍ଗରେ ନ ଥାନ୍ତା ଏହି କଥା ପ୍ରଘଟ ହୋଇ ନ ଥାନ୍ତା। ସୀତା, ମିତା ଓ ଲଲିତା ପରସ୍ପର ସହଭାଗୀ। ଜଣକର ଦୋଷ ଦୁର୍ବଳତା, ଦୁର୍ନାମକୁ ଅନ୍ୟ ଆଗରେ ପ୍ରଚାର କରିବାକୁ ଚାହାନ୍ତିନି ସେମାନେ।

ସେଦିନ କିନ୍ତୁ ସନ୍ଧ୍ୟାରେ ଲଲିତା ଯାଇ ନ ଥିଲା ସାର ମହାପାତ୍ରଙ୍କ କ୍ବାଟରକୁ। କାରଣ, କେବଳ ସାର ମହାପାତ୍ର ସେଇ ଚିଠି ପାଇ ନ ଥିଲେ, କଲେଜର ସମସ୍ତ ଛାତ୍ର ଛାତ୍ରୀ ସେଇ ଚିଠିର ସନ୍ଦେଶ ପାଇଥିଲେ। ଏହା ସହିତ ଏତେ ଚମକପ୍ରଦ ଓ ରୋଚକ କାହାଣୀ ପ୍ରଚାର ହୋଇ ଯାଇଥିଲା। ସୀତା ଓ ମିତା ମଧ୍ୟ ମନା କରି ଦେଇଥିଲେ ତା ସହିତ ସାର ମହାପାତ୍ରଙ୍କ ଘରକୁ ଯିବାକୁ।

ସେଦିନ ନୁହେଁ ଅନ୍ୟ ଏକ ଅନିର୍ଦ୍ଧାରିତ ଦିବସ ଓ ସମୟରେ ଏକା ଏକା

ପହଞ୍ଚି ଯାଇଥିଲା ମହାପାତ୍ର ସାରଙ୍କ କ୍ୱାଟରକୁ ଲଳିତା। ନିଜକୁ ନିରାପଦ ଓ ସ୍ୱଚ୍ଛନ୍ଦ ଅନୁଭବ କରିଥିଲା ସେଠାରେ ପହଞ୍ଚି।

କଲିଂ ବେଲ ଦେବା ମାତ୍ରେ ସାର ମହାପାତ୍ର ବାଟର କବାଟ ଖୋଲି ଦେଇଥିଲେ ଓ ସଙ୍ଗେ ସଙ୍ଗେ ପଶି ଯାଇଥିଲା ଲଳିତା।

ଭିତର ପଟୁ ସ୍ୱାଭାବିକ ଭାବେ କବାଟ ବନ୍ଦ କରି ଫେରିଗଲେ ମହାପାତ୍ର ସାର ଡ୍ରଇଂରୁମକୁ। ସାର ମହାପାତ୍ରଙ୍କର ବସିବାକୁ ଅନୁରୋଧ କରିବାର ପୂର୍ବରୁ ଲଳିତା ବସି ପଡ଼ିଥିଲା ସୋଫା ଉପରେ। କାହିଁକି ସେ ମହାପାତ୍ର ସାରଙ୍କର ବସିବାକୁ ଅନୁରୋଧ କରିବାର ଘସରା ଶବ୍ଦଗୁଡ଼ିକୁ ଅପେକ୍ଷା କରି ଠିଆ ହୋଇଥାନ୍ତା। ସେ ଜାଣେ, ମହାପାତ୍ର ସାର ନିଶ୍ଚୟ ବସିବାକୁ ଅନୁରୋଧ କରିବେ ଏବଂ ଏହା ବି ସେ ଜାଣେ ଯେ, ଏହି ସୋଫାଟି ତା ପରି କେହି ଅତିଥି ଅଭ୍ୟାଗତଙ୍କ ପାଇଁ ଅଭିପ୍ରେତ।

ଦୁଇଟିକିଆ ସିଟର ସୋଫା ଉପରେ ବସିଥିଲା ଲଳିତା। ମହାପାତ୍ର ସାର ଆସି ବସିଲେ ତାପାଖକୁ ଲାଗି ଅନ୍ୟ ଏକ ଖାଲି ଥିବା ସିଟରେ। ଲଳିତା ଆଶ୍ଚର୍ଯ୍ୟ ହେଲା। ମାତ୍ର, କିଛି ଭୟ ଓ ସଙ୍କୋଚ ଲାଗିଲାନି ତାକୁ। ଅନ୍ୟ ଦିନ ସୀତା ମିତାଙ୍କ ସହିତ ସେ ଯେତେବେଳେ ଆସେ ସେ ଦୂରଛଡ଼ା ହୋଇ ବସନ୍ତି ସାମ୍ନା ସୋଫାରେ। ଆଜି କିନ୍ତୁ ସାର ମହାପାତ୍ର ଏତେ ଲାଗିକରି ବସିଛନ୍ତି ଯେ ତାଙ୍କ ଦେହର ଗନ୍ଧ ଲଳିତାର ଗ୍ରାଣେନ୍ଦିୟକୁ ଆଚ୍ଛନ୍ନ କରି ଦେଉଛି।

ଲଳିତା କଣ କରିବ? ତାର ଓଠ ଦିଟା କିଛି କହିବାକୁ ଉଦ୍ୟତ ହେବା ବେଳକୁ ଥରିବାକୁ ଆରମ୍ଭ ହେଲେଣି। କାହିଁକି ତା ମନରେ ଏକ ଆନାହୂତ ଉଦ୍‍ବେଳନ ତାକୁ ବ୍ୟତିବ୍ୟସ୍ତ କରୁଛି? କାହିଁକି ତା ଆପାଦମସ୍ତକ ଥର ଥର ଲାଗୁଛି। ଏକ ଧୀର ଶିହରଣରେ ସେ କମ୍ପି ଉଠୁଛି। କେବେ ତ ତା ଜୀବନରେ ଏପରି ଅନୁଭବି ନ ଥିଲା ଲଳିତା।

ସାର ପଚାରିଲେ- ପାଠର କେଉଁ ଅଂଶଟି ବୁଝି ପାରିଲ ନି ଲଳିତା?

ଲଳିତା କମ୍ପିତ କଣ୍ଠରେ କହିଲା- ସବୁ ବୁଝିଛି ତ।

ମହାପାତ୍ର ସାର ବୁଝିଗଲେ- ସେ ଥିଲା ଏକ ବାହାନା। ପୂର୍ବରୁ ଲଳିତା ଚାପ୍ଟରଟି ଅବୁଝା ରହିବାର କଥା କହୁଥିଲା। ଏବେ କହୁଛି ସବୁ ବୁଝିଛି। ତେବେ ଏଠାକୁ ଏକାନ୍ତ ଆସିବାର ମାନେ ଅଭିସାର ରଚନା ନୁହେଁ କି? ସେ ପ୍ରକାଶ୍ୟରେ ଆଉ ସେ କହନ୍ତା ବି କିପରି? ଏକ ମିଛ କଥାର ଆଶ୍ରୟ ନ ନେଇ କେମିତି ଆସିଥାନ୍ତା ଲଳିତା?

ତା ହେଲେ. . . . . .? ଅଧୀର କଣ୍ଠରେ କହିଲେ ସାର ମହାପାତ୍ର। କୁଣ୍ଠାଇପକାଇଲେ ସାର ଲଳିତାକୁ ଓ ତାର କପୋଲରେ ଆଙ୍କିଦେଲେ ଏକ ଶକ୍ତ

ଗାଢ଼ ଚୁମ୍ବନ । ଲଲିତା କିଛି ପ୍ରତିବାଦ କଲାନି । ଅତି ଦୁର୍ବଳ ଭାବେ ଲୋଟି ପଡ଼ିଲା ମହାପାତ୍ରଙ୍କ ଦେହ ଉପରେ ।

ଲଲିତା ଯେ ଏତେ ନିର୍ଲଜ ଭାବେ ନିଜକୁ ସମର୍ପଣ କରି ଦେଇପାରେ ତାଙ୍କ ପାଖରେ- ମହାପାତ୍ର ସାର ସାମାନ୍ୟ ଆଶ୍ଚର୍ଯ୍ୟ ହୋଇ ଯାଇଥିଲେ । ସହଜଲଭ୍ୟ ଲଲିତାର ପରିସ୍ଥିତିର ଫାଇଦା ସେ ଉଠାଇବେ ନାହିଁ କାହିଁକି ? ସତରେ ସେ ବି ତ ଲାଳାୟିତ ଥିଲେ ଲଲିତାକୁ ପାଇବାକୁ ଏପରି ଏକ ନିରୋଳା କୋଠରୀରେ । ସତରେ କେତେ ସ୍ୱପ୍ନରେ ସ୍ୱପ୍ନରେ ବିଭୋର ହୋଇ ନ ଥିଲେ ସେ ଲଲିତାକୁ ନେଇ । କାଳ ବିଳମ୍ବ ନ କରି ସେ ସମର୍ପିତା ଲଲିତାକୁ ଦୁଇ ହାତରେ ଉଠାଇ ନେଲେ ବେଡରୁମ ଭିତରକୁ ।

ସେତେବେଳକୁ ନଈଁ ଆସୁଥିଲା କ୍ରମାଚ୍ଛାଦିତ ଅନ୍ଧକାର । ସାର ମହାପାତ୍ରଙ୍କଠୁ ବିଦାୟ ନେଇ ଫେରି ଆସିଥିଲା ଘରକୁ ଲଲିତା । ଆସିବାବେଳେ ମହାପାତ୍ର ସାର କହିଥିଲେ- ପୁଣି କେବେ ?

ଲଲିତା କେଉଁ ତାରିଖ ଦିନ ନିର୍ଦ୍ଧାରଣ କରି କହିବ ପୁଣି ଥରେ ଆସିବାକୁ ? ପ୍ରଶ୍ନର ଉଭର ବିଳମ୍ବ ହେବା ଦେଖି ଲଲିତାକୁ ବୁଝି ପାରିଲେନି- ସେ ଭାବିଲେ - ସେ ବୋଧହୁଏ ଚାହୁଁନି ଆଜିର ଘଟଣାର ପୁନରାବୃତ୍ତିକୁ । ଆଜି ଥିଲା ପ୍ରଥମ ଓ ଶେଷ । ସେ କହିଲେ- ପଢ଼ା ଯାଇଥିବା ଚେପ୍ଟର ବୁଝି ନ ପାରିଲେ ତ ଆସିବ ?

ଲଲିତା କିଛି ଉଭର ଦେଇ ନ ଥିଲା, ଫିକ୍‌ଟିନା ହସି ଦେଇ ଚାଲି ଯାଇଥିଲା । ମହାପାତ୍ର ସାର କିନ୍ତୁ ଜାଣି ପାରିଥିଲେ ଲଲିତାର ନିସ୍ତରଙ୍ଗ ମନ ଭିତରେ ଯେ ଅଜସ୍ର ତରଙ୍କର ସୁଅ ଭରି ରହିଛି ।

ସେଦିନ ଲଲିତା ସାର ମହାପାତ୍ରଙ୍କଠାରୁ ଯାହା ପାଇଥିଲା ହୁଏ ତ ସେ ବହୁଦିନରୁ ତାହା ପାଇବାକୁ ତା ମନରେ ଅନ୍ଧାରୀ କୋଣରେ ଏକ ଅଦମ୍ୟ ଇଚ୍ଛା ବସା ବାନ୍ଧିଥିଲା । ସମୟ ସୁଯୋଗକୁ ସେ ଅପେକ୍ଷା କରିଥିଲା । ଲଲିତା ନିଜକୁ ଏକ ମୁକ୍ତ ବିହଙ୍ଗ ପରି ଅନୁଭବ କରୁଥିଲା । ତା ଡେଣାରେ ଅମାପ ବଳ ସେ ଉଡ଼ିବ ଆଉ ଉଡ଼ିବ । ଯେଉଁଠି ଇଚ୍ଛା ସେଇଠି ସେ ବସିବ, ମନ ଭରି ଝରଣାର ଜଳପାନ କରିବ । ଜଙ୍ଗଲରୁ ନାଁ ନ ଜଣା ଫଳର ସ୍ୱାଦ ଚାଖିବ, ସେଦିନ ଯେପରି ଏକ ଅନାସ୍ୱାଦିତ ଫଳର ସ୍ୱାଦ ଚାଖିଥିଲା ସାର ମହାପାତ୍ରଙ୍କଠାରୁ । ଏକ ଅନନୁଭୂତ ଅଭିଜ୍ଞତା ହାସଲ କରି ଲଲିତା ନିଜକୁ ଗର୍ବିତ ଅନୁଭବ କରୁଥିଲା । ସେ ଏକ ପଦାର୍ଥ ପାଇ ଯାଇଛି ଯାହାକି ତା ସାଙ୍ଗମାନେ କେହି ପାଇ ପାରି ନାହାନ୍ତି । ଖୁସିରେ ସେ ଫାଟି ପଡ଼ିଥିଲା । କିନ୍ତୁ କାହାକୁ କହିବ ତାର ପ୍ରାପ୍ତିର ବାର୍ତ୍ତା । ତାହା ଯେ ଅକଥ୍ୟ, ଅପ୍ରକାଶ୍ୟ, ଗୋପନୀୟ । ଗୋପନୀୟତାରେହିଁ ତାର ସୌନ୍ଦର୍ଯ୍ୟ ରକ୍ଷା ପାଏ । ପ୍ରକାଶ୍ୟରେ ତାର ଚରିତ୍ରହାନୀ

ଘଟିବ। ସେ ହେବ କଳଙ୍କିନୀ। ସବୁଆଡେ ବାଜିବ ନିନ୍ଦାର ନାଗରା। ନିଜର ମନ ଭିତରେ ସଂଗୁପ୍ତ ଆନନ୍ଦକୁ ଚାପି ରଖିଥିଲା ଲଳିତା। ତଥାପି ସୀତା, ମିତା ସହିତ ସାଙ୍ଗ ହେବା ବେଳେ କେମିତି କେତେବେଳେ ତାର ମାତ୍ରାଧିକ ଆନନ୍ଦରୁ ସୁଡ଼କାଏ ବାହାରି ଆସଥିଲା ତାର ଅଲକ୍ଷ୍ୟରେ ଯେ କେଜାଣି ମିତା ତାକୁ ପଚାରିଥିଲା- ତୁ ତ ବହୁତ ଖୁସି ଜଣାପଡ଼ୁଛୁ ଏଇ କେତେ ଦିନ ହେବ। କଣ କିଛି ପାଇଛୁ କି ୟା' ଭିତରେ ? କଥାଟାକୁ 'ନା ତ' ଶବ୍ଦରେ ବାଆଁରେଇ ଦେଇଥିଲା ଲଳିତା। ନିଜକୁ କାଇଁଛ ପରି ସଂଯତ କଲା, ନିଜର ହାତଗୋଡକୁ ଭିତରକୁ ଯାକିଯୁକି।

କେମିତି ଯେ ମିତା ଠଉରାଇ ନେଇଥିଲା ତାର ସଂଗୋପିତ ମନର ପ୍ରେମାନନ୍ଦକୁ କେଜାଣି ? ଲଳିତା କିଛି ଭାବି ପାରି ନ ଥିଲା। ମିତା ପଚାରିଥିଲା ଲଳିତାକୁ- ତୁ ତ ମହାପାତ୍ର ସାରଙ୍କ କ୍ଲାସକୁ ଯିବାକୁ ବେଶୀ ତତ୍ପର ଜଣା ପଡ଼ୁଛୁ। ମହାପାତ୍ର ସାର ତୋତେ ବେଶୀ ସମୟ ଦେଖନ୍ତି କ୍ଲାସରେ ପଢ଼ାଇବାବେଳେ। ତୁ ବି ତାଙ୍କୁ ଅଧିକ ପ୍ରଶ୍ନ ପଚାରୁ ତାଙ୍କ ପଠିତ ବିଷୟରେ। ତୋ ଓ ତାଙ୍କ ଭିତରେ ଏକ ହୃସଖୁସିର ଭାବ ସୁପ୍ରତିଷ୍ଠିତ ଯେପରି। କଥା କଣ କି ଲଳିତା ? ଲଳିତା ସୀତାକୁ ମଧ୍ୟ ବାଆଁରେଇ ଦେଇ କହିଥିଲା- ତୁ ଭୁଲ କହୁଛୁ ସୀତା। ସେମିତି ତ କିଛି ନୂଆ କଥା ନୁହେଁ। ମୁଁ ପୂର୍ବରୁ ଯେପରି ପ୍ରଶ୍ନ କରେ ଏବେ ବି ତ ସେପରି। ସେ ମୋତେ ଅଧିକ ଥର ଦେଖନ୍ତି କି ନ ଦେଖନ୍ତି ମୁଁ ତ ଜାଣିନି। ପୁଣି ମୋର ଦୋଷ କଣ ଅଛି ଏଥିରେ ?

ସୀତା ଲଳିତାର କଥାକୁ ମାନି ନେଲା ସ୍ୱଭାବିକ ଭାବେ। ମାତ୍ର, ତା ମନରେ ସୃଷ୍ଟି ହୋଇଥିଲା ଅସନ୍ତୋଷ। ସେ ସଖୀ ସୁଲକ୍ଷଣୀ ବ୍ୟବହାରରେ ଲଳିତାକୁ ସତର୍କ କରାଇ ଦେବାକୁ ଯାଉଥିଲା କିଛି ଅଘଟଣ ଘଟିବା ପୂର୍ବରୁ ସତର୍କ ରହୁ। ପତଙ୍ଗ ପରି ସେ ଝାସ ନ ଦେଉ ପ୍ରେମର ଅନଳ ଗର୍ଭକୁ। ପ୍ରେମ ସ୍ୱର୍ଗୀୟ ହେଲେ ବି ତାହା ନର୍କ ପରି କଷ୍ଟ ପ୍ରଦାୟକ ମଧ୍ୟ। ଅନେକ କଣ୍ଠାର ମୁନିଆଁ ଦାଢ଼ରେ ଫୋଡ଼ି ହୋଇ ରକ୍ତାକ୍ତ ହେବାକୁ ହୁଏ। ସୀତା ଅନେକ କିଛି ଉପଦେଶ ଦେବାର ଥିଲା ଲଳିତାକୁ। ସେ ବି ଲଳିତାର ସମ ବୟସୀ ହେଲେ ବି ସେ ନିଜକୁ ଏକ ବୟସ୍କା ଅଭିଜ୍ଞା ନାରୀ ପରି ମନେ କରୁଥିଲା। କାରଣ ସେ ଅନେକ ପ୍ରେମ କାହାଣୀକୁ ମନେ ମନେ ସମୀକ୍ଷା କରେ। ତାଛଡ଼ା ତା ଆଖପାଖରେ, ନିଜ ସହରରେ ଘଟିଥିବା ପ୍ରେମ କାହାଣୀଗୁଡ଼ିକର ପରିଣତି ପ୍ରତି ସଚେତନ ଥାଏ।

ଲଳିତା ନିଜକୁ ନିଜେ ପଚାରିଲା- ସୀତା ତ ମିତାର ସନ୍ଦେହକୁ ସତ୍ୟ ବୋଲି ପ୍ରକାଶ କଲାନି କାହିଁକି ? କାହିଁକି ସେ କଥାଟାକୁ ଏଡ଼ାଇ ଦେଇଥିଲା ସେମାନଙ୍କଠାରେ। ସେ ଦୁହେଁ ତ ତାର ଆବାଲ୍ୟ ସଙ୍ଗିନୀ। ଜୀବନ ସଙ୍ଗିନୀ। ସେମାନଙ୍କୁ ତାର ଅନ୍ତରର

କଥା ଲୁଚାଇ ରଖି ସେ ଭୁଲ କରିଛି ନିଶ୍ଚୟ। ଭୁଲ କରିଛି ଜାଣି ଜାଣି ଏଥି ପାଇଁ ଯେ ସେ ନିଜକୁ ବିପଦମୁକ୍ତ ରଖିବ ତଦ୍ୱାରା। ତା ଛଡ଼ା ପ୍ରତ୍ୟେକ ନାରୀର କିଛିନା କିଛି ସଂଗୋପନୀୟତା ରହିଛି, ଯାହାକୁ ଅନ୍ୟ ଆଗରେ ପ୍ରକାଶ କରି ହୁଏନା। ଏକଥା ସେ ପଢ଼ିଥିଲା ଏକ ଉପନ୍ୟାସରେ। ତାର ସେହି ସଂଗୋପିତ ବିଷୟଟି ବୋଧହୁଏ ତାର ବ୍ୟକ୍ତିଗତ। ସେଥିପାଇଁ ସେ ମିତା ଓ ସୀତାକୁ ନ କହି କିଛି ଭୁଲ କରିନି।

ସତ୍ୟକୁ କିନ୍ତୁ ଯେତେ ରେଜେଇ, ପାଲ, ଅଲିଆ ଆବର୍ଜନା, ସୁବାସିତ ଫୁଲ ଦେଇ ଢାଙ୍କି ହୁଏନା। ତାହା ସ୍ୱାଭାବିକ ଭାବେ ଦିନେ ନା ଦିନେ ପଦାକୁ ବାହାରି ଆସେ– ଏକଥା ଅନୁଭବ କରିଥିଲା ଲଳିତା ଆଉ ଏକ ବିଷର୍ଣ୍ଣ ସନ୍ଧ୍ୟାର ପରିସମାପ୍ତି ବେଳାରେ।

କେଉଁ ଏକ ପ୍ରଲୋଭନର ଲମ୍ବା ଜିହ୍ୱାରେ ଟାଣି ହୋଇ ଆସିଥିଲା ଲଳିତା ସେଦିନ ସାର ମହାପାତ୍ରଙ୍କ ଘରକୁ। ଘରେ କହିଥିଲା ମୁଁ ଯାଉଛି ମିତା ଘରକୁ। କିନ୍ତୁ ମିତା କିମ୍ୱା ସୀତା ପାଖକୁ ଯାଇ ନ ଥିଲା ସେ। ସିଧା ସିଧା ଚାଲି ଆସିଥିଲା ସହରର ଶେଷ ମୁଣ୍ଡରେ ଥିବା ବ୍ଲକ କଲୋନୀସ୍ଥିତ ମହାପାତ୍ରଙ୍କ କ୍ୱାଟରକୁ। କେତେ ଆକାଂକ୍ଷିତ ଏହି ଆଗମନ ତା ପାଇଁ। କେତେ ଉନ୍ମାଦନା ଭରି ହୋଇଯାଏ ଆପେ ଆପେ ମନରେ। ଏଇ କିଛି ସମୟ ପୂର୍ବରୁ ତ ଏପରି ଅନୁଭବ ତାର ହେଉ ନ ଥିଲା। ସେ ପୂର୍ବରୁ ଆସିଛି ଅନେକ ବାର ମିତା ସୀତା ସହିତ। ତେବେ କାହିଁକି ଯେ ଏତେ ଉଚ୍ଛନ୍ନ ହୋଇ ପଡୁଛି ଏଠାକୁ ଆସିବାକୁ। ସେ ସବୁ ଭାବିବାକୁ ତାର ବେଳ ନ ଥିଲା। ତଥାପି ସେ ଆସିବାବେଳେ ସତର୍କତା ଅବଲମ୍ୱନ କରୁଥିଲା। ଏବେ କିଏ ଚିହ୍ନା ଲୋକ ପଚାରିଲେ ସେ କହିବ ଯେ ସେ ଯାଉଛି ମହାପାତ୍ରଙ୍କ ନିକଟକୁ ଡାଉଟ କ୍ଲିଅର କରିବାକୁ। ସେଥି ପାଇଁ ହାତରେ ଏକ ମୋଟା ବହି ବି ଧରିଥାଏ।

ଆସିବା ରାସ୍ତାର ନିକଟତମ ଛକ ପାଖରେ କିନ୍ତୁ ଲଳିତା ଚମକି ପଡ଼ିଥିଲା ଏକ ସଙ୍ଗୀତର ଅଧାପତରିଆ ଗାନରୁ– ଏକଲା ଏକଲା କେନଆଡେ ଯାଉଛୁ..। ଠିକ ତାକୁ ଗୀତ ଗାଇ ଯେମିତି ଦୃଷ୍ଟି ଆକର୍ଷଣ କରେ ପ୍ରମୋଦ, ତା କ୍ଲାସମେଟ। ଲଳିତା ଗୀତ ଆସୁଥିବା ଦିଗକୁ ଲକ୍ଷ୍ୟ କଲା। ଦେଖିଲା, ସେଇ ପ୍ରମୋଦ ହଁ ସେହି ଏକଲା ଏକଲା ଗୀତକୁ ଗାଉଛି ତା ଉଦ୍ଦେଶ୍ୟରେ ନିଶ୍ଚୟ। ଲଳିତାକୁ ଲାଗିଲା ସେଟିକିରେ ତା ଆମ୍ଭ ସନ୍ତୋଷ। କାହାକୁ ଦେଖି ଗୀତଟିଏର ପ୍ରଥମ ପାଦ ବୋଲିଦେବା। ଆଉ ବା କଣ କରିପାରେ ? ସେ ଏକ କଲଭଟ ପାଖରେ ଦୁଇ ତିନି ଜଣ ସାଙ୍ଗ ସହିତ ଗପ କରୁଥିବ ବୋଧହୁଏ। ଏତକ ଭାବି ଚାଲିଲା ଲଳିତା ତାର ଗନ୍ତବ୍ୟ ପଥରେ।

ସାର ମହାପାତ୍ରଙ୍କ କ୍ୱାଟର ପାଖକୁ ପହଞ୍ଚି ଦେଖେତ କ୍ୱାଟର ସାମ୍ନାରେ ପଡ଼ିଛି

ଏକ ତାଲା। ଲଳିତା ବ୍ୟର୍ଥ ମନୋରଥ ନେଇ ଫେରି ଆସିଥିଲା। ପାଞ୍ଚଛଅ ପାହୁଣ୍ଡ ପଛକୁ ଫେରିଛି କି ନାହିଁ ମହାପାତ୍ର ସାର ପହଞ୍ଚିଗଲେ ସ୍କୁଟରରେ। ଲଳିତାକୁ ଦେଖି କହିଲେ, ଗୁଡ ଚାନ୍ସ। ତୁମେ ଫେରି ଯାଉଥିଲ ନା ? ମୁଁ ଆସିଗଲି। ଆସ ଭିତରକୁ। ଲଳିତାର ମୁହଁ ସତେଜ ହୋଇ ଉଠିଲା। ହସ ହସ ବଦନରେ ପଶି ଯାଇଥିଲା ମହାପାତ୍ର ସାରଙ୍କ କ୍ୱାଟର ଭିତରକୁ। ସ୍ୱଭାବିକ ଭାବେ ମହାପାତ୍ର ସାର ଭିତରପଟୁ କବାଟ ବନ୍ଦ କରି ଦେଲେ।

ପୂର୍ବ ଥର ପରି ସୋଫା ଉପରେ ବସି ପଡିଲା ଲଳିତା। ମହାପାତ୍ର ସାର କହିଲେ- ଆସ ଆଜି ବେଡ ରୁମରେ ବସିବା। କିଛି ଆପତ୍ତି କରିବାର କଣ ଅଛି ଲଳିତାର ? ସେ ସ୍ୱଭାବିକ ଭାବେ ଚାଲିଗଲା ବେଡରୁମକୁ। ବେଡରୁମର ହେଙ୍ଗରରୁ ଆଣି ଡ୍ରେସ ବଦଲାଇଲେ ସାର। ଲଳିତା ଲକ୍ଷ୍ୟ କରୁଥିଲା ସାର ମହାପାତ୍ରଙ୍କ ବ୍ୟବହାରରେ ସେ କିପରି ଆତ୍ମ ସନ୍ତୋଷ ଲାଭ କରୁଛି। ବେଡ ଉପରେ ବସିଥିବା ଲଳିତା ପାଖକୁ ଲାଗି ବସି ପଡିଲେ ମହାପାତ୍ର ସାର। କହିଲେ- ଆଜି କେଉଁ ବିଷୟ ତୁମର ଅବୁଝ। ରହିଲା ? କୁହ। ଲଳିତା ଏକାଥରକେ ବହିରୁ ଚିରୁଡ଼ାଏ ପୃଷ୍ଠା ଓଲଟାଇ କହିଲା- ଏଇ ଚେପଟରଟି। ମହାପାତ୍ର ସାର କହିଲେ- ଏଠି ତ ଚାପଟର ନାହିଁ। ଏହା ତ ଚେପଟରର ମଧ୍ୟ ଭାଗ। ଲଳିତା ପରେ କିଛି କହିଲାନି। ଟିକିଏ ନିରବ ରହି କହିଲା- ମୋର ତ ମୁଣ୍ଡ ଝିମ ଝିମ ହେଉଛି ସାର। ମୁଁ ଟିକିଏ ଶୋଇବି, ଯଦି କିଛି ଭାବିବେନି। ମହାପାତ୍ର ସାର କହିଲେ- ତୁମର ଯଦି ମୁଣ୍ଡ ଝିମ ଝିମ ହେଉଥିଲା ଏଠାକୁ ଆସିଲ କାହିଁକି ? ତୁମେ ଯଦି ନିରୋଲାରେ ମୋ କୋଠରୀରୁ ବାହାରି ନ ପାର ମୁଁ ଫସି ଯିବି। ବଦନାମ ହେଇଯିବି।

ଲଳିତା କହିଲା- ବଦନାମକୁ ଆପଣଙ୍କ ଏତେ ଡର ?

ମହାପାତ୍ର ସାର କହିଲେ- ବୁଝିଲ ଲଳିତା ! ଦୁନିଆଁରେ ଅନେକ ରକମର ଡରିବାର ଜିନିଷ ଅଛି। କିଛି ଟେନଜିବୁଲ କିଛି ଅନଟେନଜିବୁଲ। ସେହି ଅନଟେନଜିବୁଲ ଜିନିଷ ଭିତରୁ 'ବଦନାମ' ଗୋଟିଏ। ସମସ୍ତେ ଯେ ଏହାକୁ ଡରନ୍ତି ସେମିତି ମାନେ ନାହିଁ। ଯେଉଁମାନେ ଚାରି ଦଉଡି କାଟିଥାନ୍ତି ସେମାନଙ୍କର ପରବାଏ ନ ଥାଏ ବଦନାମକୁ।

ଲଳିତା କହିଲା- ବଦନାମକୁ ନ ଡରିବାର ଗୋଟିଏ ଉପାୟ ଅଛି, ଜାଣିଛ ? ମହାପାତ୍ର ସାର ପଚାରିଲେ- କଣ ସେ ଉପାୟ। ଶେଷ ସମାଧାନ। ମହାପାତ୍ର ସାର ବୁଝି ନ ପାରି କହିଲେ - ଶେଷ ସମାଧାନ ମାନେ ? ମାନେ ବୁଝି ପାରୁନାହାନ୍ତି ? ଦେଖନ୍ତୁ ମୁଁ ଆପଣଙ୍କ ନିକଟକୁ ପାଠ ପଢ଼ିବାକୁ ଆସିଛି ମାତ୍ର ଆପଣଙ୍କୁ ମୋତେ

ବୁଝାଇବାକୁ ପଡ଼ିବ, ଦେଖୁଛି। ଠିକ ଅଛି, ସୁନ୍ଦର ଭାବେ ବୁଝାଇ ଦେଉଛି ଏକ ଉଦାହରଣ ଦେଇ। ଧରିନିଅ ଗୋଟିଏ ଝିଅକୁ ଗୋଟିଏ ପୁଅ ଭଲ ପାଉଛି। ତା ପଛରେ ଗୋଡ଼ାଉଛି। ସମାଜ ଦେଖୁଛି ଏହା ଏକ ଅନୈତିକ କାର୍ଯ୍ୟ। ବଦନାମ ହେଉଛନ୍ତି ଦୁଇ ଜଣ- ମାନେ ପୁଅ ଓ ଝିଅ। ଶେଷ ସମାଧାନ କରିଦେଲେ ହେଲା। କାମ ଶେଷ। ମାନେ, ବୁଝିଲେ ତ, ଶେଷ ସମାଧାନର ଅର୍ଥ ? ମହାପାତ୍ର କହିଲେ- ଓହୋ ! 'ବିବାହ'କୁ କହୁଛ ତ ? ସମର୍ଥନ କରି ଲଳିତା କହିଲା- ହଁ, ହଁ, ଠିକ ସେଇଆ ହେଉଛି ଶେଷ ସମାଧାନ।

ମହାପାତ୍ର ସାର କହିଲେ- ସେମିତି ହୋଇ ନ ପାରେ ବି। ପିଲାଟି ମସ୍ତି କରିବାକୁ ଝିଅ ସଙ୍ଗରେ ଲାଗିଥିବ, ବିବାହ ପ୍ରତି ତାର ଲକ୍ଷ୍ୟ ନ ଥିବ। ତେବେ ହେବ କେମିତି ? ଲଳିତା କହିଲା- ହେବ କଣ ? ବଦନାମଟା ହେବ ମହା-ବଦନାମ।

ସାର ମହାପାତ୍ର ଅତ୍ୟଧିକ ରୋମାଞ୍ଚିତ ହୋଇ ଶାୟିତ ଲଳିତାକୁ କହିଲେ- ତୁମେ ତ ବହୁତ କଥା ଜାଣିଛ ଲଳିତା। ଏତେ କହି ତା ଉପରେ ଲୋଟି ପଡ଼ିଲେ।

ହଠାତ୍ ଶୁଭିଲା ବାହାର କବାଟରେ କାହାର କରାଘାତର ଠକ୍ ଠକ୍ ଶବ୍ଦ। ଚମକି ପଡ଼ିଲେ ମହାପାତ୍ର ସାର। ଚମକି ପଡ଼ିଲା ତତୋଧିକ ଲଳିତା। ନିଜକୁ ପ୍ରସ୍ତୁତ କରିନେଲେ ସ୍ୱଭାବିକ ହେବାକୁ। ସତେ ବା ସେମାନଙ୍କ ଭିତରେ କିଛି ଘଟିନି ଅଘଟଣ। ଜଣେ ଗୁରୁ , ଅନ୍ୟ ଜଣେ ତାଙ୍କର ଶିଷ୍ୟା। ବେଡ଼ରୁମ ଛାଡ଼ି ସୋଫା ଉପରକୁ ଆସିଲେ। ପାଠ ପଢ଼ିବା ଓ ପଢ଼ାଇବା ଉଦ୍ଦେଶ୍ୟରେ ଦୁହେଁ ବସି ପଡ଼ିଲେ ସୋଫା ଉପରେ।

ପରେ ପୁଣି କବାଟର ଠକ ଠକ ଶବ୍ଦ। କେହି ତ ଆସିବାର ନ ଥିଲା ? ଲଳିତା ଭାବିଲା- ସୀତା ଓ ମିତା ଆସିଲେ କି ? କିମ୍ବା ଆସିଲେ କୌଣସି ଛାତ୍ର ଛାତ୍ରୀ ପାଠ୍ୟ ବିଷୟରେ କିଛି ଆଲୋଚନା ପାଇଁ। ସତ କଥା ଜଣା ପଡ଼ିବା ପୂର୍ବରୁ ମହାପାତ୍ର ସାର ଚାଲି ଯାଇଥିଲେ ବାହାର କବାଟ ଖୋଲିବାକୁ। କବାଟର ଚିଟକିନି ଖୋଲି ଦେଇ ମହାପାତ୍ର ସାର ଦେଖିଲେ ଯେ କବାଟ ଖୋଲୁନି ଭିତରପଟୁ। ସେ ଜାଣି ପାରିଲେ ବାହାରପଟୁ ଲଗାଇ ଦିଆ ଯାଇଛି ଶିକୁଳି। ସେ କବାଟ ଫାଙ୍କରୁ ମଧ୍ୟ ଦେଖି ପାରିଲେ କେବଳ ଶିକୁଳି ନୁହେଁ ଠୁକ୍ ଦିଆ ଯାଇଛି ଏକ ଶକ୍ତ ତାଲା ଏବଂ ବାହାରେ ଶୁଭୁଛି ମୃଦୁ କୋଲାହଲ କିଛି ଲୋକଙ୍କର।

ମହାପାତ୍ର ସାର ଫେରିଗଲେ ତତ୍‍କ୍ଷଣାତ ସୋଫା ଉପରେ ସଂଶୟାଚ୍ଛନ୍ନ ହୋଇ ବସିଥିବା ଲଳିତା ପାଖକୁ। ସତର୍କ କରାଇ ଦେଲେ ଘଟଣା ବିଷୟରେ। ଯଦି କେହି

ପଚାରିଲେ କହିବ, ମୁଁ ସାରଙ୍କ ନିକଟକୁ ଡାଉଟ୍ କ୍ଲିଅର କରିବାକୁ ଆସିଥିଲି। ସାର ଏଠି ସୋଫା ଉପରେ ବସି ପଢ଼ାଉଥିଲା ବେଳେ ଶୁଭିଲା କାହାର ଠକ୍ ଠକ୍ ଶବ୍ଦ।

ବାହାରପଟୁ କାହର ଠକ୍ ଠକ୍ ଶବ୍ଦ ଆଉ ଶୁଭିଲାନି। କେବଳ ଏକ ନିରବ ବିସ୍ଫୋରଣର ଭୟାନକ ପରିଣତି ଘଟିବ ବୋଲି ମହାପାତ୍ର ଓ ଲଳିତା ଭାବୁଥିଲେ। କବାଟ ପାଖକୁ ଆସିଲେ ଶୁଭୁଥିଲା କିଛି ଉପସ୍ଥିତ ଅସ୍ପଷ୍ଟ ସ୍ୱରମାନଙ୍କର କୋଲାହଲ।

କ'ଣ କରିବେ ଲଳିତା ଓ ମହାପାତ୍ର ସାର। କିଂକର୍ତ୍ତବ୍ୟ ବିମୂଢ଼ ହୋଇ ଜଣେ ଅନ୍ୟ ଜଣକୁ ଦେଖା ଦେଖି ହେଲେ। ଲଳିତା ବାହାର କବାଟ ପାଖକୁ ଯାଇ କବାଟ ଖଡ ଖଡ କରି ଡାକିଲା- କିଏ ଅଛ?

ସେପଟୁ ଏକ ଶକ୍ତ ସ୍ୱର ଶୁଭିଲା- ରୁହ, ଖୋଲା ଯିବ। ଶ୍ୟାମ ସୁନ୍ଦର ଜୈନ ଆସନ୍ତୁ।

ଲଳିତା ଥରି ଉଠିଲା। ତା ବାପାଙ୍କୁ ଡକାଯାଇଛି ଏଠାକୁ? ସେ ତ ତାଙ୍କ ଘରେ ମିତା ସୀତା ଘରକୁ ଯିବାର ଛଲନା କରିଥିଲା। ଏବେ ଏଠାରେ ତାକୁ ଦେଖି କଣ ଭାବିବେ ପିତା? କଣ କହିବେ? ଲଳିତାର କାନମୁଣ୍ଡାଠାରେ ଗରମ ଅନୁଭବ କଲା। ଝାଇଁ ଝାଇଁ ହେଲା। ଚାରିଆଡେ ଦିଶିଲା ଅନ୍ଧକାରମୟ। ସେ ଭାବିଲା, ଏଠି ଆସି ବାହାର କବାଟରେ ତାଲା ଲଗାଇ ବାପାଙ୍କୁ ଡକାଇବାର କାର୍ଯ୍ୟ ପଛରେ ତାର ସହପାଠୀ ପ୍ରମୋଦର ହାତ ଅଛି ନିଶ୍ଚୟ। କାରଣ ସେ ଏଠାକୁ ଆସିବାବେଳେ ଦେଖିଥିଲା ଓ ଲଳିତାକୁ ପାଇବାକୁ ସେ ମନେ ମନେ ପ୍ରଲୁବ୍ଧ ହୁଏ। ହାରାମଖୋର କେଉଁଠିକାର- ମନେ ମନେ ଗାଳି ଦେଲା ପ୍ରମୋଦକୁ।

କିଛି ସମୟ ପରେ କବାଟ ଖୋଲିଲା। ଲଳିତା ଓ ମହାପାତ୍ର ସାର ପ୍ରଥମେ ଦେଖିଲେ ଶ୍ୟାମସୁନ୍ଦର ଜୈନଙ୍କୁ ଓ ତାଙ୍କ ପଛେ ପଛେ ଦଶପନ୍ଦର ଜଣ ଛାତ୍ରଙ୍କୁ। ମହାପାତ୍ର ସାରଙ୍କୁ ପ୍ରମୋଦ ପଚାରିଲା- ସାର, ଭିତରେ ଆଉ କିଏ ଅଛନ୍ତି? ସାର ନାଚାର ହୋଇ କହିଲେ- କେହି ନାହିଁ। ଶ୍ୟାମ ସୁନ୍ଦର ଜୈନଙ୍କୁ ଛାତ୍ର ମଧ୍ୟରୁ ଜଣେ କହିଲା- ଦେଖନ୍ତୁ ସାର, ପରିସ୍ଥିତି। ଆପଣଙ୍କ ଝିଅ ଲଳିତା କେବଳ ଏଠାରେ। ଆପଣ କଣ ଭାବୁଛନ୍ତି ଯେ ପାଠ ପଢ଼ିବାକୁ ଆପଣଙ୍କ ଝିଅ ଏଠାକୁ ଆସିଛି? ସମବେତ ଛାତ୍ରମାନଙ୍କ ଗହଣରେ ଥିବା କେହି ଜଣେ ଜନତା ଉଚ୍ଚ ସ୍ୱରରେ କହିଲା- ପୋଲିସକୁ ଦିଆଯାଉ ଏ ଦୁଇଜଣଙ୍କୁ। ଡାକ୍ତରୀ ମାଇନା ହେଉ।

ଶ୍ୟାମ ସୁନ୍ଦର ଜୈନ ଅତି ନମ୍ର ଓ ଭଦ୍ର ଭାବରେ କହିଲେ- ଦେଖନ୍ତୁ, ମୋ ଝିଅର ଭୁଲ ଥାଇପାରେ, ମୁଁ ମନା କରୁନି। ଏହାକୁ ପୋଲିସକୁ ଦେବା କାହିଁକି?

ମୋତେ ଏହାର ସମାଧାନର ରାସ୍ତା ଖୋଜିବାକୁ ଦିଅନ୍ତୁ। ଦେଖିବେ, ଆଉ ଦିନେ ଲଳିତା ଏଠାକୁ ଆସିବନି।

ଅନ୍ୟ ଜଣେ ବିଦ୍ରୋହାମ୍ନକ ସ୍ୱରରେ କହିଲା– ମହାପାତ୍ର ସାର ଭଲ ଲୋକ ନୁହନ୍ତି। ମାର୍କ ଦେବାବେଳେ ଝିଅମାନଙ୍କୁ ବେଶୀ। ଏଇ ଲଳିତାକୁ ସବୁଠୁ ବେଶୀ ବେଶୀ ଦିଅନ୍ତି କମ ଲେଖିଲେ ବି। ଆଉ ପୁଅ ପିଲା ଯେତେ ଭଲ ଲେଖିଲେ ବି ମାର୍କ ଦିଅନ୍ତିନି ଠିକ ଭାବେ। ନିଜର ଛାତ୍ରୀକୁ ଫସାଇବା ଅନ୍ୟାୟ, ଆଇନର ଅବମାନନା, ନୀତି ବିରୋଧ କାର୍ଯ୍ୟ। ଆମେ ଛାଡିବୁନି ଆଜି। ଶ୍ୟାମ ସୁନ୍ଦର ଜୈନ ଛାତ୍ରମାନଙ୍କୁ ଯୋଡ ହସ୍ତରେ କହିଲେ– ଏ ଥରକ ପାଇଁ ମୋତେ ଛାଡନ୍ତୁ। ମୋ ଘରର ସମସ୍ୟା ମୁଁ ନିଜେ ସମାଧାନ କରିବି।

ଏତେ ବେଳକୁ ଲଳିତା ଛିଡା ହୋଇଥିଲା ସେଇ କବାଟ ପାଖରେ ନତ ମସ୍ତକରେ ଖୁଣ୍ଟିଏ ପରି, ସତେ ଯେପରି ତା ଅଣ୍ଟା ପର୍ଯ୍ୟନ୍ତ ମାଟିରେ ପୋତି ଦିଆ ଯାଇଛି। କିଛି କହିବା ପାଇଁ ପ୍ରତିରୋଧର ଭାଷା ନ ଥିଲା ପାଟିରେ। ଆଉ ମହାପାତ୍ର ସାର ମଧ୍ୟ ଉତ୍ୟକ୍ତ ଛାତ୍ରମାନଙ୍କ ସାମ୍ନାରେ ନିରବ ରହିଥିଲେ।

ବହୁ କଷ୍ଟରେ ଲଳିତାକୁ ପିତାଙ୍କ ସଙ୍ଗରେ ଘରକୁ ଛାଡିଲେ ଛାତ୍ରମାନେ। ମହାପାତ୍ର ସାର ଭିତରପଟୁ କବାଟ ଦେଇ ଛାତ୍ରମାନଙ୍କୁ ଚାଲି ଯିବାକୁ କହିଲେ। ଜଣେ ଛାତ୍ର କବାଟ ବନ୍ଦ କରିବାବେଳେ କହିଲା– ଏ ସବୁ କିନ୍ତୁ ଭଲ କଥା ନୁହେଁ ସାର। ପ୍ରତ୍ୟେକ ପୁଅପିଲାକୁ ପୁଅ ଭାବେ ଓ ପ୍ରତ୍ୟେକ ଝିଅପିଲାକୁ ଝିଅ ଭାବେ ଦେଖିବା ପ୍ରତ୍ୟେକ ଅଧ୍ୟାପକଙ୍କ ନୈତିକ ଧର୍ମ।

ମହାପାତ୍ର ସାର କହିଲେ– ଜଣେ ମୋ ନିକଟକୁ ତାଙ୍କ ଡାଉଟ କ୍ଲିଅର କରିବାକୁ ଆସିଲେ ମୁଁ କେବେ ମନା କରିଛି? ତୁମେମାନଙ୍କ ଭିତରୁ ବି ତ ଅନେକେ କେହି କେହି ଆସିଛ ଅନେକ ଥର। ତୁମେମାନେ ମୋତେ ଓ ଲଳିତାକୁ ନେଇ ଯାହା ଭାବିଛ ତାହା ଠିକ ନୁହେଁ।

– ଠିକ କି ବେଠିକ ଆପଣ କହିଲେ ହେବ? କରିବା କି ଲଳିତାର ଡାକ୍ତର ମାଇନା? ଯିବୁ କି ଆମେ ପୋଲିସକୁ?

ନିରବ ରହିଲେ ମହାପାତ୍ର ସାର। ପଦଟିଏ ବି ଶବ୍ଦ ବାହାରିଲାନି ତାଙ୍କ ପାଟିରୁ ଛାତ୍ରଟିର ସ୍ୱର୍ଦ୍ଧିତ କଣ୍ଠରୁ ଚ୍ୟାଲେଞ୍ଜମୂଳକ କଥା ଶୁଣି।

ଧୀରେ ଧୀରେ ପିଲାମାନେ ତିରୋହିତ ହୋଇ ଯାଇଥିଲେ ସେଠାରୁ।

ଶ୍ୟାମସୁନ୍ଦର ଜୈନ ନିଜ ଦୁହିତାକୁ ନେଇ ଘରେ ପହଞ୍ଚିଲେ। ତାଙ୍କର ଇଚ୍ଛା ହେଉ ନ ଥିଲା ତା ସହିତ କିଛି କଥା ହେବାକୁ। ତାଙ୍କର ଇଚ୍ଛା ହେଉଥିଲା ଲଳିତାକୁ

ଖାଲି ମାରନ୍ତେ ଆଉ ମାରନ୍ତେ ଲହୁଲୁହାଣ ହେବା ପର୍ଯ୍ୟନ୍ତ । ମାତ୍ର ବିଷୟଟି କଣ କେବଳ ମାଡ଼ରେ ସମାଧାନ ହୋଇ ପାରିବ ? ତାଙ୍କର ସୁନାମରେ କଳଙ୍କ ଲଗାଇ ଦେଇଥିବା କଳଙ୍କର ଦାଗ କ'ଣ ଲିଭି ପାରିବ ? ଏବେ ତ ସହରସାରାର ଆଖି କେନ୍ଦ୍ରିତ ହୋଇଥିବ ତାଙ୍କ ଘର ଉପରକୁ ।   ସହର ସାରା ଏବେ ଚର୍ଚ୍ଚା ଚାଲିଥିବ ତାଙ୍କର ଝିଅ ଓ ସେ କୁଲାଙ୍ଗାର ଅଧ୍ୟାପକର କୁକର୍ମ ବିଷୟରେ ।

ଲଳିତାକୁ ସଙ୍ଗରେ ଆଣି ଶ୍ୟାମସୁନ୍ଦର ଘରେ ପହଞ୍ଚି କେବଳ ପତ୍ନୀଙ୍କୁ କହିଥିଲେ– ସମ୍ଭାଳ ତୁମର ଗୁଣମଣୀକୁ । ତାପରେ ସେ ତାଙ୍କର ଗୃହ ସଂଲଗ୍ନ ଦୋକାନକୁ ଚାଲି ଆସିଥିଲେ । ଲଳିତାର ବୋଉ ଯଶୋଦା ଆଶ୍ଚର୍ଯ୍ୟ ହୋଇ ଯାଇଥିଲେ ସ୍ୱାମୀଙ୍କର ଏତାଦୃଶ କଥନରେ । ଲଳିତାକୁ ଦେଖିଲେ, ସିଏ ଏକ ଅପରାଧୀ ପରି ନିରବ ରହିଛି । ପାଖକୁ ଆସୁନି, ଦୂରଛଡା ହେଇ ରହୁଛି । ତା ପଢ଼ା କୋଠରୀର ଟେବୁଲ ଉପରେ ମୁଣ୍ଡ ରଖି ଚୌକି ଉପରେ ବସିଛି ଚୁପଚାପ ହୋଇ ।

ଶ୍ୟାମସୁନ୍ଦର ଏତେ ଶୀଘ୍ର ଦୋକାନ ଗୃହକୁ ଚାଲିଗଲେ ଯେ ପଚାରି ପାରିଲେନି କିଛି । ସେ ଦୋକାନଗୃହରେ ଥିଲେ କିଛି ବ୍ୟକ୍ତିଗତ କଥା ପଚାରି ହୁଏନି । କାରଣ ସେଠାରେ ଥାନ୍ତି ପରିଚିତ ଅପରିଚିତ ଗ୍ରାହକମାନେ ।

ଅଗତ୍ୟା ଯଶୋଦା ଲଳିତା ପାଖକୁ ଯାଇ ଠିଆ ହୋଇ ପଚାରିଲେ– କଣ ହୋଇଛି ଯଶୋଦା ?

ଅସନ୍ତୁଷ୍ଟ ସ୍ୱରରେ ସେ କହିଲା– କିଛି ହୋଇନି ।

ଯଶୋଦା କହିଲେ– କିଛି ହୋଇନି ତ ତୋ ବାପା   ତୋତେ ସମ୍ଭାଳିବାକୁ ରାଗରେ କହିଗଲେ କାହିଁକି ? କଣ ଅସମ୍ଭାଳ କଥା କରିଛୁ ନିଶ୍ଚୟ ।

ବୋଉ ଯଶୋଦାଙ୍କ ମୁଖକୁ ଚାହିଁ ଲଳିତା କହିଲା– କଣ କରିଛି ? କେତେଟା ବଦମାସ ପିଲା ଚକ୍ରାନ୍ତ କରିଛନ୍ତି ମୋତେ ବଦନାମ କରିବାକୁ । ମହାପାତ୍ର ସାରଙ୍କୁ ବି ବଦନାମ କରିବାକୁ ।

ଯଶୋଦା ବୁଝିପାରିଲେନି ପୁରା ଭାବେ । କହିଲେ– ବୁଝାଇ କରି କୁହ, କଣ ହୋଇଛି ତୋ ସହିତ ମହାପାତ୍ର ସାରଙ୍କ ।

– କିଛି ହୋଇନି । ମୁଁ   ଆଜି ଡାଉଟ କ୍ଲିଅର କରିବାକୁ ମହାପାତ୍ର ସାରଙ୍କ ଘରକୁ ଯାଇଥିଲି । କିଛି ପିଲା ବାହାରୁ ତାଲା ମାରି ବାପାଙ୍କୁ ଡାକି ନେଇଥିଲେ ସେଠାକୁ ।

ଯଶୋଦା କଥାଟାକୁ ବୁଝି ପାରିଥିଲେ ଏଥର । ଯଶୋଦା ଆଶ୍ଚର୍ଯ୍ୟ ହେଲେ ଲଳିତା ଆଜି ମହାପାତ୍ର ସାରଙ୍କ ଘରକୁ ଏକା ଏକା ତା ହେଲେ ଯାଇଛି । ସେତ ମିତା

ସୀତା ପାଖକୁ ଯାଉଛି ବୋଲି ତାଙ୍କୁ କହି ଯାଇଥିଲା। ଯଶୋଦା ପଚାରିଲେ- ତୁ ଏକା ଏକା ମହାପାତ୍ର ସାରଙ୍କ ଘରକୁ ଯାଇଥିଲୁ? ମୋତେ ତ କହିନୁ। ବରଂ ତୁ ମିତା ସୀତା ଘରକୁ ଯିବା କଥା କହି ଯାଇଥିଲୁ।

ଧରା ପଡ଼ିଯାଇଥିଲା ଯଶୋଦା ବୋଉ ଆଗରେ ଲଳିତା। କିଛି ପ୍ରତିରୋଧ କରି ପାରି ନ ଥିଲା। କିଛି ମିଛର ପ୍ରଲେପ ଦେଇ କଥାଟାକୁ ଭିନ୍ନ ଆଡ଼କୁ ମୋଡ଼ି ପାରିନ ଥିଲା।

ଯଶୋଦା ରାଗି ଯାଇ କହିଲେ- ହଇରେ ପୋଡ଼ା ମୁହାଁ। ତୁ ଲୁଚିଛପି ଏତେ କାଣ୍ଡ କରି ଆମକୁ ଦାଣ୍ଡରେ ଠିଆ କରିବୁ। ଆମକୁ ଦୁର୍ନାମ ଦେଲୁଣି ଯେ!

ଲଳିତା ଥିଲା ନିରବ ନିଷ୍କଳ।

ବୋଉ ଯଶୋଦା ଏଥର ଚଢ଼ା ଗଳାରେ କହିଲେ- ତୁନି ହୋଇ ରହିଲୁ କଣ? କୁହ କଣ ହୋଇଛି ସତ ସତ।

ବୋଉଙ୍କ ଆଖିରେ ନିଜର ଆଖି ମିଶାଇ ଲଳିତା ଶଙ୍କିତ ସ୍ୱରରେ କହିଲା। ତଥାପି ସେହି ସ୍ୱରରେ ଥିଲା ଗଭୀର ଆତ୍ମ ପ୍ରତ୍ୟୟ।- ବୋଉ, ମୁଁ ମହାପାତ୍ର ସାରଙ୍କୁ ଭଲ ପାଏ। ସେ ବି ମୋତେ ଭଲ ପାଆନ୍ତି।

ଯଶୋଦା ଆଉ ଠିଆ ହୋଇ ରହିପାରିଲେ ନି। ମୁଣ୍ଡ ତାଙ୍କର ଝାଉଁ ଝାଉଁ କରି ବୁଲିଗଲା। ଏ କଣ କହୁଛି ଲଳିତା? କେବେ ଭଲ ପାଇଲେ ଦୁହେଁ ଦୁହିଁଙ୍କୁ? ଏହାର ଲେଶମାତ୍ର ସୂଚନା ତ ସେ ପାଇ ନ ଥିଲେ ଆଗରୁ। ୪୫ବର୍ଷ ହେବାର କିଛି ସୂଚନା ନ ପାଇ ତାଙ୍କ ଘରେ ଆଣ୍ଠୁବୁଡ଼ା ପାଣି।

ବୋଉଙ୍କ ନିରବତା ଦେଖି ଲଳିତା ପୁଣି କହିଲା- ଆମେ ଦୁହେଁ ବିବାହ କରିବୁ।

ପୃଥିବୀ ତଳର ମାଟି ଖସି ଯାଉଥିବା ପରି ଅନୁଭବ ହେଲା ଯଶୋଦାଙ୍କୁ। ସାର ମହାପାତ୍ର ଯେ ଅନ୍ୟ ଜାତିର।

କେବେଠୁ ଏମାନଙ୍କର ଭଲ ପାଇବାର ଗଢ଼ି ଉଠିଲା? ଶେଷକୁ ବିବାହର ସିଦ୍ଧାନ୍ତରେ ପହଞ୍ଚି ଗଲେଣି ଦୁହେଁ। ଆଶ୍ଚର୍ଯ୍ୟ ହେଲେ ଯଶୋଦା। ଏକଥା କଣ ସୀତା ମିତା ଜାଣନ୍ତି? ସେମାନେ ତ ତାଙ୍କୁ କିଛି ସୂଚନା ବି ଦେଇ ନାହାନ୍ତି। ଏବେ କଣ କରିବେ ସିଏ ଯେ। ପାହାଡ଼ ପରି ଓଜନଟିଏ ଥୋଇ ଦେଇଛି ଲଳିତା ତାଙ୍କ ମୁଣ୍ଡ ଉପରେ ଯେପରି।

ସ୍ୱାମୀ ଶ୍ୟାମସୁନ୍ଦରଙ୍କୁ ଡାକିବାକୁ ଯଶୋଦା ଦୋକାନ ଗୃହକୁ ଉହୁଙ୍କି ଦେଖିଲେ। ଗ୍ରାହକ ନାହାନ୍ତି। ସେ ଡାକିଲେ- ହଇହେ, ଟିକିଏ ଆସ ଏଆଡ଼େ।

ଶ୍ୟାମସୁନ୍ଦର ବାବୁ ଘର ଭିତରକୁ ପଶି ଆସିଲେ। ଜଣା ପଡୁଥିଲା ତାଙ୍କର ଚାଲିରେ ଥିଲା ଅଜସ୍ର ଓଜନର ଗୋଡ଼ ଦିଟା। ମୁଣ୍ଡରେ ଏକ ଅସାମାହିତ ପ୍ରଶ୍ନ। ତାଙ୍କର ଏକମାତ୍ର ଅଲିଅଳୀ ଝିଅଟେ ପିତାମାତାଙ୍କ ଅଜ୍ଞାତରେ ଏପରି କାଣ୍ଡ ଭିଆଇ ପାରିଲା ? ତାଙ୍କର ମାନ ସମ୍ମାନର କଳଙ୍କିତ ରୂପ ସେମାନେ ଏବେ ଅବଗତ ହୋଇ ସାରିଥିଲେ ନିଶ୍ଚୟ। କାରଣ ଦୁର୍ନାମର ନିଆଁ କ୍ଷିପ୍ରଗତିରେ ପ୍ରସାରିତ ହୁଏ।

ସ୍ୱାମୀ ଶ୍ୟାମସୁନ୍ଦର ଯଶୋଦାଙ୍କ ନିକଟସ୍ଥ ହୁଅନ୍ତେ ଯଶୋଦା କହିଲେ— ଜାଣିଛ ? ଦୁହେଁ ଦିହିଁଙ୍କି ଭଲ ପାଆନ୍ତି। ବିବାହ କରିବାକୁ ଚାହାନ୍ତି।

ଶ୍ୟାମସୁନ୍ଦରଙ୍କ କଣ୍ଠରୁ ତତ୍‌କ୍ଷଣାତ ବାହାରି ଆସିଲା– ଭଲ କଥା, ବିବାହ କରାଇ ଦେବା।

ସ୍ୱାମୀଙ୍କର ଏତେ ସହଜ ସ୍ୱୀକୃତିରେ ଚକିତ ହେଲେ ପତ୍ନୀ ଯଶୋଦା। ସେ ଭାବିଲେ ସ୍ୱାମୀ ତାଙ୍କର ବିଦ୍ରୂପ, ପରିହାସ କରୁଛନ୍ତି। ବିବାହ ହିଁ ଏକ ମାତ୍ର ସରଳ ସମାଧାନ ? ବୁଝିଲ? ଜାଣିଛ ତ, ରାମଶଙ୍କର ଝିଅ ପ୍ରେମ କରୁଥିବା ପୁଅଟିକୁ ଦି ଚାପୁଡ଼ା ଦେଇ ଝିଅକୁ ଗାଳି ଦେବାରୁ ବେକରେ ରସି ଦେଇଦେଲା ଝିଅଟି। ଜାଣିଛ ? ପ୍ରେମର କୁପରିଣତିକୁ ନେଇ କେତେ ସମ୍ବାଦ ଆସୁଛି ପ୍ରତିଦିନ ଖବର କାଗଜରେ।

ଉଜ୍ଜ୍ୱଳି ଉଠିଲା ଯଶୋଦାଙ୍କ ମ୍ଲାନ ବଦନ। ତଥାପି ସେ କହିଲେ–ମହାପାତ୍ର ସାର ତ ଅନ୍ୟ ଜାତିର। ଶ୍ୟାମସୁନ୍ଦର କହିଲେ– ଉଚ୍ଚ ଜାତିର ପୁଅ। କ୍ଷତି କଣ ? ମନ୍ଦିରରେ ବିବାହ କରାଇବା। ଯୌତୁକ ଆଦି କିଛିରେ କମ କରିବାନି।

ସନ୍ଧ୍ୟାର ଅନ୍ଧାର ମାଡ଼ି ଆସୁଥିଲା ସହର ଭିତରକୁ। ଅନ୍ଧାରକୁ ଘଉଡ଼ାଇ ଦେବାକୁ ବୁଜୁଲି ଆଲୁଅର ବନ୍ୟା ରାସ୍ତାରେ ଘରର କୋଣ ଅନୁକୋଣରେ ପର୍ଯ୍ୟାପ୍ତ ଥିଲା। କନ୍ୟାର ପ୍ରଣୟ ବ୍ୟାପାରର ଝାମେଲାର ଅନ୍ଧକାରକୁ ମଧ୍ୟ ବିଦ୍ୟୁରିତ କରି ସମାଧାନର ରାସ୍ତାଟିଏ ବାହାରି ଆସିଥିଲା।

ଶ୍ୟାମସୁନ୍ଦରଙ୍କର ଦୋକାନ ବନ୍ଦ କରିବାର ସମୟ ହେଲାଣି। ସେ ସ୍ଥିର କଲେ ତାଙ୍କର ଭାଇ ରାମଶଙ୍କର ସହିତ ଯିବେ ମହାପାତ୍ର ସାରଙ୍କ ବସାକୁ। ଫିଟିଥିବା ଗୋଟିଏ ରାସ୍ତାକୁ ବିପଦମୁକ୍ତ କରିବାକୁ।

ମହାପାତ୍ର ସାର ଘରେ ଥିଲେ। ଶ୍ୟାମସୁନ୍ଦର ବାବୁ ଓ ତାଙ୍କ ଭାଇଙ୍କୁ ସାଦରେ ଡାକି ସୋଫା ଉପରେ ବସିବାକୁ ଦେଇଥିଲେ। ନିଜ ମନ ଭିତରେ ସନ୍ଦେହ ଓ ଭୟର ତରଙ୍ଗ ସୃଷ୍ଟି ହେଉଥିଲେ ମଧ୍ୟ ସେ ବାହାରକୁ ସ୍ଥିତପ୍ରଜ୍ଞ ପରି ପ୍ରକାଶିତ ହେବାକୁ ଚେଷ୍ଟା କରୁଥିଲେ।

ଶ୍ୟାମସୁନ୍ଦର ବାବୁ କହିଲେ- ସାର, ଯାହା ତ ଘଟି ଯାଇଛି ଯାଇଛି। ମୋ
ଝିଅ କହୁଛି ଆପଣ ଦୁହେଁ ଦୁହିଁଙ୍କି ଭଲ ପାଆନ୍ତି ଓ ବିବାହ କରିବାକୁ ଚାହାନ୍ତି।

ମହାପାତ୍ର ସାରଙ୍କ ମୁଖ ମଣ୍ଡଳ କଳା ପଡିଗଲା ଶ୍ୟାମ ସୁନ୍ଦରଙ୍କ ଠାରୁ
ବିବାହ ପ୍ରସ୍ତାବ ଶୁଣି। ତାଙ୍କର ତ ପ୍ରସ୍ତାବ ନାହିଁ ଲଳିତାକୁ ବିବାହ କରିବାର। ସେ
କେବେ ବି ତ ଲଳିତା ଆଗରେ କହି ନାହାନ୍ତି। ଲଳିତା ବି ତାଙ୍କୁ କେବେ ସେ
କଥା କେବେ ପ୍ରକାଶ କରିନି। ଆଜି ଗୋଟିଏ ଅଘଟଣ ପରେ ଏଇ କନ୍ୟାପିତା
ଆସି ତାଙ୍କୁ ବ୍ଲେକମେଲ କରିବାକୁ ଚାହୁଁନାହାନ୍ତି ତ ? ମହାପାତ୍ର ସାର ମନେ ମନେ
ଭାବିଲେ, ସତରେ କଣ ଦୁନିଆଁର ସମସ୍ତ ଝିଅ ପ୍ରେମର ଅର୍ଥ ମାନେ କଣ ବୁଝନ୍ତି
ବିବାହ ? ସାମାନ୍ୟ ପ୍ରେମ କିୟା ମଉଜ ଟିକିଏ ପାଇଗଲେ ସେମାନେ ବିବାହର
ସ୍ୱପ୍ନ ଦେଖନ୍ତି ? ସତରେ ବିବାହ ଓ ଦେହର ମିଳନ ଭିତରେ କେତେ ଫରକ-
ଆକାଶ ପାତାଳ ପରି। ଦେହର ମିଳନ କ୍ଷଣିକ ପାଇଁ। ଦେହର କ୍ଷୁଧା ତୃପ୍ତି ପରେ
ସମାପ୍ତ ହୋଇ ଯାଏ ତାର ଆକର୍ଷଣ। ଆଉ ମନର ମିଳନରେ ନିବିଡତାରେ ସୃଷ୍ଟି
ହୁଏ ବିବାହର ସୌଧ। ପରବର୍ତ୍ତୀ ଜୀବନକୁ ଯୁଗ୍ମଭାବେ ଜୀଇଁବାର ଏକ ଶାଶ୍ୱତ
ରୂପ। ସେଥିର ଆବେଦନ ଅନନ୍ତ। ଆକର୍ଷଣ ଅଳିକ ନୁହେଁ, କ୍ଷଣିକ ନୁହେଁ। ମହାପାତ୍ର
ସାର ତ କେବେ କଳ୍ପନା କରି ନ ଥିଲେ ଲଳିତା ନାମ୍ନୀ ଝିଅକୁ ବିବାହ ପାଇଁ।
ତାଛଡା ଲଳିତା ପରି ଝିଅଟିଏକୁ ନେଇ କଣ ଘର ସଂସାର କରି ହେବ ? କେବେ
ନୁହେଁ। ଯାହାକୁ ପ୍ରେମ କରି ହୁଏ ତାକୁ ହୁଏ ତ ବିବାହ କରି ହୁଏ ନା, ଆଉ
ଯାହାକୁ ବିବାହ କରିହୁଏ ତାକୁ ପ୍ରେମ କରିବାକୁ ବାଧ୍ୟ। ନା,ନା, ସେ ଲଳିତାକୁ
ଚାହାନ୍ତି ନି।

ମହାପାତ୍ର ସାରଙ୍କ ଭାବନରେ ବାଧା ସୃଷ୍ଟି କରି ଶ୍ୟାମସୁନ୍ଦର ବାବୁଙ୍କ ଭାଇ
ପଚାରିଲେ- ଲଳିତା ଯାହା କହୁଛି କଣ ସତ ? ଆପଣ ରାଜି ତ ବିବାହ ପାଇଁ ।

ମହାପାତ୍ର ସାର କହିଲେ ଦୃଢ଼ତାକୁ କଣ୍ଠରେ ଜୋରରେ ଭର୍ତ୍ତି କରି- ସବୁ ମିଛ
କଥା। ମନଗଢ଼ା କଥା। ମୁଁ ଲଳିତାକୁ ପ୍ରେମ କରି ନାହିଁ। ବିବାହର ପ୍ରଶ୍ନ ତ ବହୁ
ଦୂରର କଥା।

ମହାପାତ୍ର ସାରଙ୍କ କଥା ଶୁଣି ଝାଲେଇ ଗଲେ ଶ୍ୟାମସୁନ୍ଦର ବାବୁ। କଣ
କରିବେ ? କେମିତି ତାହେଲେ ଲଳିତା ଏତେ ବଡ ମହନୀୟ କଥା ପ୍ରକାଶ କଲା।
ପ୍ରେମ କଥାଟା ହୁଏ ତ ସତ ହୋଇଥାଇ ପାରେ, ମାତ୍ର ସେ ଚାହାନ୍ତି ନି ଲଳିତାକୁ
ନିଜର ଜୀବନ ସଙ୍ଗିନୀ କରିବାକୁ।

ଶ୍ୟାମସୁନ୍ଦର ବାବୁ ସନ୍ଦେହରେ ପୁଣି ପ୍ରଶ୍ନ କଲେ-ତା ହେଲେ ସେ ଭଲ

ପାଇବା, ଆପଣଙ୍କ ପାଖକୁ ସେ ବାରମ୍ବାର ଆସିବା, ଛାତ୍ରମାନେ ଉଭୟଙ୍କୁ ଆପଣଙ୍କ ବସା ଭିତରେ ଥିବାବେଲେ ବାହାରେ ତାଲା ପକାଇବା କଣ ସବୁ ମିଛ ?

ମହାପାତ୍ର ସାର ଟିକିଏ ନିରବ ରହିବା ପରେ କହିଲେ– ଦେଖନ୍ତୁ। ମୁଁ କହି ପାରିବି ନି ଲଲିତା ମୋତେ ପ୍ରେମ କରେ। ପ୍ରେମ ଚିଠି ଲେଖେ। ମୁଁ କିନ୍ତୁ କହିବି ମୁଁ ତାକୁ ପ୍ରେମ କରିନି। ପ୍ରେମଟା ଓ ବିବାହଟା ଉଭୟ ପକ୍ଷକୁ ନେଇ ହୁଏ। ଗୋଟିଏ ପକ୍ଷକୁ ନେଇ ହୋଇପାରେନା। ଆପଣମାନେ ତ ଏକଥା ଭଲ ଭାବେ ଜାଣନ୍ତି।

ସ୍ୱଗତୋକ୍ତି କଲେ ଶ୍ୟାମସୁନ୍ଦର। ତା'ହେଲେ ଲଲିତାର ପ୍ରେମ କଣ ଏକ ପାଖିଆ ? ତୁଚ୍ଛାରେ ତୁଚ୍ଛାରେ ସେ ସ୍ୱପ୍ନ ଦେଖୁଛି। ସେ ହୁଏ ତ ବୁଝି ପାରିନି ମହାପାତ୍ର ସାରଙ୍କୁ।

ଶ୍ୟାମସୁନ୍ଦରଙ୍କ ଭାଇଙ୍କୁ କିନ୍ତୁ ମନେ ହେଲା ମହାପାତ୍ର ସାର ଠକୁଛନ୍ତି। ସେ କହିଲେ– ଆପଣ ଯାହା କହୁଛନ୍ତି ଯଦି ସତ, ତେବେ ଲଲିତାର ନାମରେ ଏବେ ଯେଉଁ କଲଙ୍କ ଲାଗିଲା ସେଥିପାଇଁ ଆପଣ କଣ ଦାୟୀ ନୁହନ୍ତି ?

ଶ୍ୟାମସୁନ୍ଦର କହିଲେ– ଆପଣଙ୍କ ଭୁଲ କ'ଣ କେଉଁଠି ବି ନାହିଁ ? ଆପଣ ଭଲ ପାଆନ୍ତିନି ଲଲିତାକୁ ଯଦି କଥାଟା ଏତେ ଆଗକୁ ବଢ଼ିଲା କେମିତି ?

ମହାପାତ୍ର ସାର କହିଲେ– ଏକ୍‌କ୍ୟୁଜ୍‌ ମି। ମୁଁ କହି ପାରିବିନି। କେବଲ ଏତିକି ଜାଣେ ସେ ମୋତେ ଭଲ ପାଏ, ପ୍ରେମ ପତ୍ର ଲେଖେ।

ଶ୍ୟାମସୁନ୍ଦରଙ୍କ ଭାଇ କହିଲେ – ଦେଖାଇ ପାରିବେ ତା ପ୍ରେମ ପତ୍ର ?

ହଁ, ହଁ, ନିଶ୍ଚୟ କହି ମହାପାତ୍ର ସାର ଅନ୍ୟ କୋଠରୀ ଭିତରକୁ ଯାଇ କିଛି ସମୟ ପରେ ବାହାରି ଆସିଲେ କିଛି ପ୍ରେମ ପତ୍ର ନେଇ। ସେଗୁଡ଼ିକୁ ଶ୍ୟାମ ସୁନ୍ଦରଙ୍କ ହାତକୁ ବଢ଼ାଇ ଦେଇ କହିଲେ, ଦେଖନ୍ତୁ ଏହା ଲଲିତାର ଚିଠି ନା ଅନ୍ୟ କାହାର।

ଶ୍ୟାମସୁନ୍ଦର ବାବୁ ଦେଖିଲେ ଏଇ ତ ଲଲିତାର ହସ୍ତାକ୍ଷର।

ସମସ୍ତ ଚିଠିକୁ ପକେଟରେ ଭର୍ତ୍ତି କରି ଶ୍ୟାମସୁନ୍ଦର ବାବୁ ଘରକୁ ଫେରିବାକୁ ଉଦ୍ୟତ ହେଲେ। ଭାଇଙ୍କୁ କହିଲେ– ଚାଲ ଯିବା ଲଲିତାକୁ ପଚାରିବା ଏଇ ଚିଠିଗୁଡ଼ା ସେ ଲେଖିଛି ନା ନାହିଁ।

ଲଲିତା ପାଖକୁ ଆସି ଚିଠିଗୁଡ଼ିକୁ ଫୋପାଡ଼ି ଦେଇ ଶ୍ୟାମସୁନ୍ଦର କହିଲେ– ଏଗୁଡ଼ା ତୋର ଚିଠି ? ଆଉ ସେ ତ କିଛି ତୋ ପାଖକୁ ଲେଖିଥିବେ ପ୍ରତ୍ୟୁତ୍ତରରେ। ସେସବୁ ଦେଲୁ ମୋତେ ମୁଁ ତାଙ୍କ ପାଖକୁ ଯାଏଁ।

ଲଲିତା ଚମକି ପଡିଲା ତା ପ୍ରେମ ପତ୍ରଗୁଡିକ ବାପାଙ୍କଠାରୁ ପାଇ। ସେ ତ ସେଇ ପ୍ରେମ ପତ୍ରଗୁଡିକୁ ନଷ୍ଟ କରି ଦେବାକୁ ମହାପାତ୍ର ସାରଙ୍କୁ କହିଥିଲା। ଆଉ

ମହାପାତ୍ର ସାରଙ୍କ କଥା ମାନି ତା ପାଖରେ ଥିବା ତାଙ୍କର ସମସ୍ତ ଚିଠିକୁ ସେ ଟିକି ଟିକି କରି ଚିରି ଘର ସାମ୍ନାରେ ଥିବା ନର୍ଦ୍ଦମାରେ ଫୋପାଡ଼ି ଦେଇଥିଲା । ଗୋଟିଏ ବି ପତ୍ର ତା ପାଖେ ଏବେ ନାହିଁ । କଣ ଦେଖାଇବ ଏବେ ବାପାଙ୍କୁ ?

ଲଳିତାର ବାପା ଚାଲିଗଲେ ଆର କୋଠରୀକୁ । ବୋଉ ସହିତ କଣ କଥାବାର୍ତ୍ତା ହେଉଥିଲେ ନିମ୍ନ ସ୍ୱରରେ । ଲଳିତା ସେଥିରୁ କିଛି ବୁଝି ପାରୁ ନ ଥିଲା । ସେ ବି ବୁଝି ପାରୁ ନ ଥିଲା ମହାପାତ୍ର ସାରଙ୍କୁ । ତାହେଲେ ମହାପାତ୍ର ସାର ତାକୁ ଧକ୍କା ଦେବାକୁ କଣ ଏଇ ପତ୍ର ସବୁକୁ ରଖିଥିଲେ ?

ଲଳିତା ବୋଉ ଆର କୋଠରୀରୁ ବାହାରି ଆସି ଲଳିତା ଉଦ୍ଦେଶ୍ୟରେ କହିଲେ– ତୁ ଏକ ପାଖିଆ ଭଲ ପାଇଲେ କଣ ହେବ ? ସେ ପରା ମନା କରୁଛନ୍ତି । ଜୋର ଯବରଦସ୍ତି କିଛି କରିବାକୁ ବାପା ଚାହାନ୍ତି ନି । ଆଜିଠୁ ଘରୁ ବାହାରିବା ବନ୍ଦ । ତୋ କଲେଜ ପାଠ ଆଜିଠୁ ବନ୍ଦ ।

ବୋଉଙ୍କଠାରୁ ଏଇ ବଜ୍ର ଗମ୍ଭୀର ନିଷେଧାଦେଶ ଶୁଣି ସ୍ତବ୍ଧ ହୋଇ ପଡ଼ିଥିଲା ଲଳିତା । ତାକୁ ଏତେ କଡ଼ା ଅନୁଶାସନ ଭିତରେ ରହିବାକୁ ଦୁଃଖ ଲାଗୁ ନ ଥିଲା । ତାକୁ ଦୁଃଖ ଲାଗୁଥିଲା ମହାପାତ୍ର ସାରଙ୍କ ଅସ୍ୱୀକାରକୁ । ତେବେ ସେ କାହିଁକି ପ୍ରଥମରୁ ମନା କରି ଦେଲେନି ତାକୁ । ସେ ପ୍ରଥମ ପ୍ରେମପତ୍ର ପାଇବା ପରେ ତାକୁ ମନା କରି ଦେଇ ପାରିଥାନ୍ତେ । ବରଂ ଆଗ୍ରହ ପ୍ରକାଶ କରି ତା ମନ ଭିତରେ ପ୍ରେମର ପ୍ରଦୀପକୁ ପ୍ରଜ୍ୱଳିତ କରି ରଖିଲେ । ଆଉ, ଶେଷକୁ ଫୁଂ କରି ଫୁଙ୍ଗି ନିଭାଇ ଦେଉଛନ୍ତି ସେହି ଦୀପକୁ । ସତରେ ଏତେ ପ୍ରତାରକ, ବେଦରଦୀ, କପଟୀ ସେଇ ସାର ଜଣକ ? ସେ କଣ କେବେ ଭାବିଥିଲା ଯାହାକୁ ନେଇ ସେ ହସି ହସି ସ୍ୱାଗତ ଜଣାଉଥିଲେ, ଇନ୍‌ଟର୍‌ନାଲ ପରୀକ୍ଷାରେ ଅଧିକ ମାର୍କ ଦେଉଥିଲେ, ଅନ୍ୟମାନଙ୍କ ସାମ୍ନାରେ ତାର ପ୍ରଶଂସା କରୁଥିଲେ ଏବଂ ତାର ତନୁଲତାରେ ସେ ଗୁଡ଼ାଇ ହୋଇ ସୁଖଭୋଗ କରିଥିଲେ ତାକୁ କଣ ଏତେ ସହଜରେ ହତାଦର କରି ଉଚ୍ଛିଷ୍ଟ ଦ୍ରବ୍ୟକୁ ଫିଙ୍ଗି ଦେବା ପରି ଫୋପାଡ଼ି ଦେବେ ? ଛି, ଛି । ତାଙ୍କୁ ନେଇ ସେ ପୁଣି ବିବାହ ସ୍ୱପ୍ନ ଦେଖିଥିଲା । ଏକଥା ସୀତା ମିତା ଜାଣିଲେ କଣ ନ ଭାବିବେ ତାକୁ । ଲଳିତାର ଇଚ୍ଛା ହେଉଥିଲା ଏବେ ସେ ଆତ୍ମହତ୍ୟା କରି ପକାନ୍ତା । କିନ୍ତୁ କେଉଁଠି ? ତାକୁ ଗୋଡ଼େ ଗୋଡ଼େ ଜଗିଛନ୍ତି ତା ବୋଉ । ଲଳିତା ଆଖିରୁ ଗଡ଼ି ଚାଲିଥିଲା ଅଜସ୍ର ଅଶ୍ରୁ ଆଉ ଅଶ୍ରୁ । ତାର ଇଚ୍ଛା ହେଉଥିଲା ସେ ଯାଆନ୍ତା ମହାପାତ୍ର ସାରଙ୍କ ପାଖକୁ । ତାର ହାଇହିଲ ଚପଲ ଖୋଲି ତାଙ୍କ ଗାଲରେ ଦି ପାହାର ପକାଇ କହନ୍ତା– ମୋର ପ୍ରେମ କଣ ଏକ ପାଖିଆ । ତୁ ମୋ ପାଖକୁ ଗୋଟିଏ ବି ପତ୍ର ଲେଖିନୁ ? କପଟ କରି ମୋ ଚିଠି ସବୁକୁ ସାଇତି

ରଖିଥିଲୁ ନିଜେ, ଆଉ ତୋ ଚିଠିକୁ ନଷ୍ଟ କରି ଦେବାକୁ କହିଥିଲୁ ମୋତେ । ଆଉ ମୁଁ ବୋକୀ ତୋ କଥାକୁ ମାନି ସତରେ ନଷ୍ଟ କରି ଦେଇଥିଲି ତୋ ଲିଖିତ ପ୍ରେମ ପତ୍ର ସବୁକୁ । ଏ ଥିଲା ତୋ ଚକ୍ରାନ୍ତ ନା ? ତୁ ମୋତେ ପ୍ରେମ କରିବା, ତୋ ବେଡ଼୍‌ରୁମ ଭିତରୁକୁ ମୋତେ ନେଇ ଖିନ୍‌ଭିନ କରିବା କଣ ମିଛ ? ଧପ୍‌ପାବାଜ । ତୋ ମନରେ ଏତେ ଗୁମ୍‌ର ରଖି ମୋ ସହିତ ତୁ ନାଟକ କରି ଆସିଥିଲୁ ତା ହେଲେ ? ମୋ ଆଖି ଆଗରେ ମିଛ ଅଭିନୟ କରି ମୋତେ ନଷ୍ଟ କରି ଦେଲୁ ? କାହିଁକି ? ମୁଁ କି ଦୋଷ କରିଥିଲି ତୋର ?

ଲଳିତା ନା ଯାଇ ପାରିଥିଲା ମହାପାତ୍ର ସାର ପାଖକୁ ନା ଅନ୍ୟ କୌଣସି ମାଧ୍ୟମରେ ତାର ଗାଲି ଦି ପଦ ତାଙ୍କ ନିକଟକୁ ପହଞ୍ଚାଇ ପାରିଥିଲା । (କାହାଣୀ ଲେଖା ହେବାବେଳକୁ ମୋବାଇଲ ଫୋନ ଉଭାବନ ହୋଇ ନ ଥିଲା) ତା ପାଇଁ ସମସ୍ତ ରାସ୍ତା ବନ୍ଦ । ଘରର ଚୌହଦୀ ଭିତରେ ସେ ବନ୍ଦୀ । ତା ପାଇଁ ପ୍ରଣିଧାନ ହେଲା କଡ଼ା ଅନୁଶାସନ । କଡ଼ା ସୁରକ୍ଷାର ବଳୟ । କେବଳ କାନ୍ଦି କାନ୍ଦି ଗୁମୁରି ଗୁମୁରି ବନ୍ଦୀ ଜୀବନ କାଟିଲା ଲଳିତା । କେବେ କେମିତି ଆସନ୍ତି ସୀତା, ମିତା । ଆଶ୍ୱାସନା ଦିଅନ୍ତି ଲଳିତାକୁ । ସମବେଦନା ଜଣାନ୍ତି । ପଡ଼ୋଶୀ ଘରର ଅବିବାହିତ ଝିଅ ସନ୍ତୋଷିନୀ ବି ବେଳେ ବେଳେ ଆସେ ଲଳିତା ପାଖକୁ । ସେ କୁହେ– ପୁରୁଷ ଜାତି ଏମିତି ଧପ୍‌ପାବାଜ । ନାରୀ ଦେହରେ କି ଅମୃତ ଥାଏ ଯେ କେଜାଣି ସେହି ସ୍ୱାଦ ଆସ୍ୱାଦନ ପାଇଁ ପାଗଳ ହୋଇ ଉଠେ ସେ । ତାପରେ ତାକୁ ଅପାଙ୍‌କ୍ତେୟ, ଅବାଞ୍ଛିତ ବସ୍ତୁ ପରି ଫୋପାଡ଼ି ଦିଏ । ଅନ୍ୟ ଜଣେ ବୟସ୍କା ଝିଅ ସନ୍ତୋଷିନୀର କଥାରେ ଯୋଡ଼େ– ସନ୍ତୋଷିନୀ ଠିକ ଚିହ୍ନିଛି ପୁରୁଷ ଜାତିକୁ । ମାତ୍ର, ନାରୀ କଣ ବିନା ପୁରୁଷର ସାହଚାର୍ଯ୍ୟରେ ତିଷ୍ଠି ପାରିବ ? ବଞ୍ଚିପାରିବ ଏ ଧରାଧାମରେ ? ପୁରୁଷ ଯେତେ ଧକ୍‌କା ଦେଉ, ପ୍ରତାରଣା କରୁ ନାରୀ ପୁରୁଷଠାରେ ସମର୍ପିତ ହେବାକୁ ବାଧ୍ୟ । ନାରୀ ଓ ପୁରୁଷର ମିଳନରେ ତିଷ୍ଠି ରହିଛି ଏ ଜଗତ ।

ଲଳିତା ତର୍ଜମା କରେ ସୀତା ଓ ମିତାର କଥାକୁ । ନିଜ ଜୀବନରେ ଅଙ୍ଗେ ନିଭାଇଥିବା ଘଟଣା ସମୂହକୁ ସମୀକ୍ଷା କରେ । ପୁରୁଷ ଓ ନାରୀର ମିଳନ ଅବଶ୍ୟମ୍ଭାବୀ । ତାହା ଦେହର ହେଉ କି ମନର । ଦେହର ସୌନ୍ଦର୍ଯ୍ୟ ପରସ୍ପରକୁ ଆକର୍ଷଣ କରେ । ସେହି ଆକର୍ଷଣର ସ୍ଥାୟିତ୍ୱ ସ୍ୱଳ୍ପ କାଳ । ଭୋଗବିଳାସ ଏହାର ଲକ୍ଷ୍ୟ । ମାତ୍ର , ମନର ଆକର୍ଷଣ ହେଉଛି ଶାଶ୍ୱତ, ଚିରକାଳ ରହିଥାଏ ତାହା ଅକ୍ଷତ ହୋଇ । ମହାପାତ୍ର ସାରଙ୍କ ତା ସହିତ ସମ୍ପର୍କ ଥିଲା ବୋଧହୁଏ ଦେହଜ । ନ ହେଲେ ଏତେ ଦୁର୍ବଳ ଭାବେ କାଠ ପରି ଭାଙ୍ଗି ଚୁନା ହୋଇଗଲା ଅକାଳରେ କାହିଁକି ? ପ୍ରକୃତରେ ସେପରି

ଦେହଜ ପ୍ରେମର ମୂଲ୍ୟ କଣ ? ତୁମ୍ବକର ସମମେରୁ ଆକର୍ଷିତ ହେବାରେ ଯେତିକି
ଆନନ୍ଦ, ସୁଖ ଓ ରୋମାଞ୍ଚ ଥାଏ, ତୋତେଧିକ ଦୁଃଖ, କଷ୍ଟ, ଅନୁଶୋଚନା ଥାଏ
ବିଷମମେରୁର ବିକର୍ଷଣରେ। ଲଲିତା ଖୋଜେ ସେହି ଶାଶ୍ୱତ ପ୍ରେମକୁ। ସେହି ସ୍ୱର୍ଗୀୟ
ମନଜ ପ୍ରେମ କେଉଁଠ ଥାଏ ତାହା ହେଲେ ? ଏକ ପ୍ରକାର ଘୃଣା ଭାବ ଆସେ ତାର
ମନକୁ। ନିଜକୁ ନିଜେ ଘୃଣା କରେ। କେଉଁ ଏକ ଅଲଂଘନୀୟ ଆକର୍ଷଣରେ ସେ
ବାରମ୍ବାର ଆକର୍ଷିତ ହୋଇ ଯାଇଥିଲା ମହାପାତ୍ର ସାରଙ୍କ ପାଖକୁ। ସେ ଭୁଲ କରିଛି
ନିଶ୍ଚୟ। ସେ ନିଜର କୃତକର୍ମକୁ ଘୃଣା କରି ବସିଲା। ଘୃଣା କରି ବସିଲା ବି ମହାପାତ୍ର
ସାରଙ୍କୁ।

ପୁଣି ଭାବେ, ସେ ଆଉ ଭେଟି ପାରିବନି ସେହି ସରି ଯାଇଥିବା ନାଟକୀୟ
ମୁହୂର୍ତ୍ତମାନଙ୍କୁ, ସାର ମହାପାତ୍ରଙ୍କୁ। ତାର ପାଠପଢ଼ା ଶେଷ, ପ୍ରେମ କରିବା ବି ଶେଷ।
ତାକୁ କୁଆଡେ ଦୂର ଦୂରାନ୍ତର ଗାଁକୁ ବା ସହରକୁ ପଠାଇ ଦେବାର ବ୍ୟବସ୍ଥା କରୁଛନ୍ତି
ଜୋରସୋରରେ ବାପା। ଜୋଇଁଟିଏ ଖୋଜୁଛନ୍ତି ଅତି ବ୍ୟସ୍ତ ବିବ୍ରତ ହୋଇ। ମିଳିବା
ମାତ୍ରେ ସଙ୍ଗେ ସଙ୍ଗେ ତାର ବିବାହ କରାଇ ଦେବେ। କେଉଁ ଅଜଣା ଅଶୁଣା ପୁଅଟିଏ
ହାତରେ ତାଙ୍କର ଝିଅକୁ ସମର୍ପଣ କରି ଦେବେ ଯେ କେଜାଣି ? ଆଉ ଲଲିତା ତାକୁ
ସ୍ୱାମୀ ଭାବରେ ଗ୍ରହଣ କରିବାକୁ ବାଧ୍ୟ। ନାହିଁ ତାର ଚଏସ। ସେ କରିଥିବା ଭୁଲ
ପାଇଁ ତାକୁ ହରାଇବାକୁ ପଡିଛି ତାର ସ୍ୱାଧୀନତା।

ଦି ଚାରିଥର ଅଚିହ୍ନା, ଅପରିଚିତ ଲୋକମାନେ ଆସି ଦେଖି ଗଲେଣି ଲଲିତାକୁ।
ଲଲିତା ଯନ୍ତ୍ର ଚାଲିତ କଣ୍ଢେଇ ପରି ସେମାନଙ୍କ ଆଗକୁ ଯାଇ ଠିଆ ହୋଇଛି।
ସେମାନଙ୍କ ପାଇଁ ଚା ଜଳଖିଆ ବାଢ଼ିଛି। ସେମାନଙ୍କର ମନ ମୁତାବକ ପ୍ରଶ୍ନମାନଙ୍କର
ଉତ୍ତର ଦେଇଛି। ମାତ୍ର, ଫଳାଫଳ ଘୋଷିତ ହୋଇ ନ ଥିଲା ଏତେ ବେଳ ଯାଏ।
ଲଲିତାର ପିତାମାତା ଭୟଭୀତ ହୋଇ ପଡନ୍ତି। ଆଶଙ୍କା କରନ୍ତି ସେହି ବିବାହ ପାଇଁ
ଆସୁଥିବା ଲୋକମାନଙ୍କର କର୍ଣ୍ଣକୁହରରେ ଲଲିତାର କଳଙ୍କର ଢାଉ ଢାଉ ଶଢ ପଶିନି
ତ ? ସେମାନେ ସେଥି ପାଇଁ ଲଲିତାକୁ ତ୍ୟାଜ୍ୟ କରୁ ନାହାନ୍ତି ତ ?

ହଠାତ ଦିନେ ଖୁସିର ଖବର ଆସିଲା। କଣ୍ଟାକଟର ବିରବଲଙ୍କ ପୁତ୍ର ମାଣିକ
ସହିତ ଲଲିତାର ନିର୍ବନ୍ଧ ଠିକ ହେଲା। ଉଲ୍ଲସିତ ହେଲେ ଲଲିତାର ପିତାମାତା। ଶଙ୍କିତ
ମନରେ ଭଗବାନଙ୍କୁ ପ୍ରାର୍ଥନା କଲେ ଲଲିତାର ଅପକର୍ମ କେବେ ବି ସେମାନଙ୍କର
ଦୃଷ୍ଟି ଗୋଚରକୁ ନ ଆସୁ, ଅନ୍ତତଃ ବିବାହ ଶେଷ ହେବା ପର୍ଯ୍ୟନ୍ତ।

ଲଲିତାର ଇଚ୍ଛା ଯାହା, ଅନିଚ୍ଛା ତାହା। ତାର ନିଜର ସ୍ୱାଧୀନତା କଣ ବା
ଥିଲା ଯେ ! ସେ ତ ନିଜର ଅପରାଧରେ ବନ୍ଦୀ। ଗୋଟାଏ ବନ୍ଦୀର କଣ ଗୋଟାଏ

ସ୍ୱାଧୀନତା ଥାଏ ? ସେ କଣ କହି ପାରିବ ଯେ ଏପରି ପୁଅକୁ ମୁଁ ବାହା ହେବିନି, ସେମିତି ପୁଅକୁ ବାହା ହେବିନି। ବାପା ବୋଉଙ୍କ ପସନ୍ଦକୁ ସେ ମାନି ନେବାକୁ ବାଧ୍ୟ, ଯାହା ହାତରେ ସେମାନେ ସମର୍ପି ଦେଲେ ବି ତାହା ତାର ଗ୍ରହଣୀୟ- ସେ ହୋଇପାରେ କୁନ୍ଦା, ବେଡ଼ା, କେଣ୍ଟା, ଛୋଟା କିମ୍ବ କାଳ।

କିଛିଦିନ ପରେ ଲଳିତାର ବିବାହ ହୋଇଥିଲା ବହୁତ ଧୁମଧାମରେ। ଲଳିତା ହୋଇଥିଲା ସ୍ୱାଧୀନ। ବନ୍ଦୀ ପ୍ରକୋଷ୍ଠରୁ ମୁକୁଳି ଯାଇ ସେ ପହଞ୍ଚିଥିଲା ଭିନ୍ନ ଏକ ଇଲାକାରେ। ସେଇ ଭିନ୍ନ ପୃଥିବୀରେ ସ୍ୱଚ୍ଛନ୍ଦରେ ବୁଲିବାର ତାର ସୁଯୋଗ ଥିଲା। ସେ ସେତେବେଳକୁ ଝିଅରୁ ବୋହୂକୁ ପରିବର୍ତ୍ତିତ ହୋଇ ସାରିଥିଲା।

ଲଳିତାର ସ୍ୱାମୀ ମାଣିକଚାନ୍ଦ ଅଗ୍ରୱାଲ। ବିଶିଷ୍ଟ ବ୍ୟବସାୟୀ, ବିନୋଦ ବିହାରୀ ଅଗ୍ରୱାଲଙ୍କ ଏକମାତ୍ର ପୁତ୍ର। ଅନେକ ଦିଅଁ ଦେବତାଙ୍କ ପୂଜାର୍ଚ୍ଚନା ପରେ ପ୍ରାପ୍ତ ହୋଇଥିଲେ ମାଣିକ ଚାନ୍ଦକୁ। ମାଣିକଚାନ୍ଦଙ୍କ ମାତା ଆଉ ନ ଥିଲେ, ଆରପାରିକୁ ଚାଲି ଯାଇଥିଲେ ଏଇ ଦି ବର୍ଷ ତଳେ। ଘରେ ଜଣେ ସଂପର୍କୀୟ ଭଉଣୀକୁ ଆଣି ବିନୋଦ ବିହାରୀ ଆଶ୍ରୟ ଦେଇଥିଲେ। ସେ ଘରର ସମସ୍ତ ପାଇଟି, ରନ୍ଧାବଢ଼ା କରି ଦେଉଥିଲା ପତ୍ନୀ ଚାଲିଯିବା ପରେ। ବିନୋଦବିହାରୀ ଚାହୁଁଥିଲେ ପୁଅକୁ ବାହା କରାଇବେ। ତାଙ୍କ ଘରକୁ ଆଣିବେ ବୋହୂଟିଏ। ତାପରେ ତାଙ୍କର ସେଇ ସଂପର୍କୀୟା ଭଉଣୀ ଯଦି ଚାହେଁ ସେ ଫେରିଯାଇ ପାରେ ନିଜ ଘରକୁ, ରହିଲେ ବି ଆପତ୍ତି ଉଠାଇବେନି ବିନୋଦ ବିହାରୀ। ଯିଏ ଅସୁବିଧା ବେଳେ ତାଙ୍କ ପରିବାରକୁ ଏତେ ସାହାଯ୍ୟ ସହଯୋଗ ଦେଇ ଆସିଛି, ଘରକୁ ବୋହୂଟିଏ ଆସିଗଲା ପରେ ତାହାର ଅବଶ୍ୟକ ନାହିଁ ବୋଲି ତାକୁ କଣ ବାହାର କରିଦେବେ ? ଏତିକି ଅବିବେକୀ ତଥା ଅମଣିଷ ହୋଇ ପାରିବେନି ବିନୋଦ ବିହାରୀ।

ମାଣିକ ଚାନ୍ଦଙ୍କ ବିବାହ ମାସେ ଦି'ମାସ ପୁରୁ ନ ପୁରୁଣୁ ବିନୋଦ ବିହାରରୀଙ୍କ ସେଇ ଭଉଣୀ ଯାଇ କହିଲେ- ତୋ ଘର ସମ୍ଭାଳିବାକୁ ତ ବୋହୂ ଆସିଲା, ମୁଁ ଆଉ କାହିଁକି ରହିବି ? ଯିବି ଏଥର। ବିନୋଦବିହାରୀ ତାକୁ ରହିବାକୁ ଆକଟ କରୁଥିଲେ ବି ସେ ରହି ନ ଥିଲେ। ଚାଲି ଯାଇଥିଲେ ନିଜ ଗୃହକୁ।

ଲଳିତା ହାତରେ ଘର ଦାୟିତ୍ୱ। ଘର ଓଳାଇବା କାମଠୁ ଆରମ୍ଭ କରି ବେଡରୁମର ବେଡସିଟ୍ ବଦଳାଇବା କାମ ତାର। ଏତେ କାମ କଲେ ବି ବେଶୀ କଷ୍ଟ ଅନୁଭବ କରି ନ ଥିଲା ଲଳିତା। ଯେହେତୁ ମାତ୍ର ତିନି ଜଣଙ୍କର କାମ। ବୃଦ୍ଧ ଶ୍ୱଶୁର, ସ୍ୱାମୀ ଓ ସେ। ତିନି ଜଣଙ୍କର ପାଇଟି ବା କେତେ ? କଲେଜରେ ଛାତ୍ରୀ ଥିବାବେଳେ ସେ ତ ଗୃହକାର୍ଯ୍ୟରେ ବୋଉକୁ ସାହାଯ୍ୟ କରୁଥିଲା। ପୁଣି ତାର କଲେଜ ଯିବା ଅଚାନକ

ବନ୍ଦ ହେବା ପରେ ଗୃହକାର୍ଯ୍ୟରେ ବେଶୀ ଲାଗିଥିଲା। କାରଣ, ଆଉ ତାର ପାଠ ପଢ଼ିବାକୁ କିଛି ନ ଥିଲା। ଏକା ଏକା ବସି ବସି ବୋର ଲାଗୁଥିଲା ଓ ସେଇ ବୋରଡମ୍‌କୁ କଟାଇବାକୁ ସେ ବୋଉର ବିନା ବୋଲହାକରେ ବି କରି ପକାଉଥିଲା ବାକି ପଡ଼ିଥିବା କାମମାନ। ସେଇ ସମୟଟିହିଁ ତାକୁ କିଛିଟା ଗୃହ ନିପୁଣା କରିବାକୁ ସୁଯୋଗ ଦେଇଥିଲା।

କିଛି ଦିନ ପରେ ବିନୋଦ ବିହାରୀଙ୍କର ଦେହାନ୍ତ ହୋଇ ଯାଇଥିଲା। ଲଳିତାର ଗୃହକାର୍ଯ୍ୟ ଆହୁରି କିଛି ଅଂଶ କମି ଯାଇଥିଲା। ମାତ୍ର, ତାକୁ ଖାଁ ଖାଁ ଲାଗୁଥିଲା ଘରଟା। ଶ୍ୱଶୁର ଚାଲିଯିବା ପରେ ସେ ଗୃହରେ ଏକାକୀ। ସ୍ୱାମୀ ମାଣିକଚାନ୍ଦ ସକାଳୁ ବାହାରି ଯାଆନ୍ତି ସାମାନ୍ୟ ଜଳଯୋଗ କରି ନିଜର ବେପାର ବୁଝିବାକୁ। ମଧ୍ୟାହ୍ନ ଭୋଜନ ପାଇଁ ଫେରନ୍ତି ଦୁଇଟାକୁ ଆଉ ତାପରେ ଫେରନ୍ତି ରାତି ନଅ/ଦଶଟା ବେଳକୁ।

ଲଳିତା ସବୁକିଛି ବନ୍ଦୋବସ୍ତ କରେ ସ୍ୱାମୀ ମାଣିକଚାନ୍ଦ ପାଇଁ। ସେ ଫେରିବା ବାଟକୁ ଚାହିଁ ବସିଥାଏ ଖାଦ୍ୟପଦାର୍ଥ ରନ୍ଧନ କାର୍ଯ୍ୟ ସାରି। ସେ ଫେରନ୍ତି ନିଜ କାର୍ଯ୍ୟରୁ। ଲଳିତାକୁ ଭଲ ପାଆନ୍ତି। ଆସ୍ତେ ଆସ୍ତେ ନିକଟତର ହୁଅନ୍ତି। ପ୍ରେମ ଏକ କେମିତି ଜିନିଷ ଲଳିତା ଚିନ୍ତା କରି ପାରେନା। ପ୍ରେମରୁ ପ୍ରଣୟ ହୁଏ ନା ପ୍ରଣୟରୁ ପ୍ରେମ ? ମୁସ୍କିଲ ଠିକ ଭାବେ କହିବା। ବୋଧହୁଏ ଦୁଇ କଥା ସତ। ନିଜ ଗୃହକାର୍ଯ୍ୟରେ ନିଜକୁ ମଗ୍ନ ରଖିବା ବେଳେ ଭୁଲି ହୋଇ ଯାଏ ତା କଲେଜ ଜୀବନ କଥା ଓ କାହାଣୀମାନ। କେବେ କେବେ ମାଣିକଚାନ୍ଦ ଲଳିତାକୁ କୁଣ୍ଢେଇ ପକାଇ କହନ୍ତି– ତୁମେ କେତେ ସୁନ୍ଦର ! ମୋ ପାଇଁ ତୁମକୁ ସତରେ ଗଢ଼ିଛି ବିଧାତା। ଲଳିତା ନାଟକର ଜଣେ ସଫଳ ଅଭିନେତ୍ରୀ କହିବା ପରି କୁହେ– ତୁମେ ମୋ ଇହପର କାଳର ଦେବତା। ତୁମେ ମୋ କପାଳ ସିନ୍ଦୁର ଓ ହାତର ଶଙ୍ଖା। ତୁମ ପାଇଁ ମୁଁ ସୁନ୍ଦର ଓ ମୋ ପାଇଁ ତୁମେ ସୁନ୍ଦର।

ସମୟ ପାଇଲେ ମାଣିଚାନ୍ଦ ସହିତ ଲଳିତା ବୁଲିଯାଏ କେବେକେମିତି ଗୋଦାମ ଘର ଆଡକୁ। ବିରାଟ ଏକ ପାଚେରୀ ଘେରା ପଡ଼ିଆ ଭିତରେ ବାଡ଼କୁ ଲାଗି ଲମ୍ବିଛି ଘରମାନ। କେଉଁଠି ଧାନ ତ କେଉଁଠି ମହୁଲ ଭର୍ତ୍ତି ହୋଇ ରହିଛି। ଏସବୁ ଶସ୍ତାଥିବା ସମୟରେ କିଣାଯାଏ ଓ ମହଙ୍ଗା ସମୟରେ ଚଢ଼ା ଦରରେ ବିକ୍ରି କରାଯାଏ।

ଏମିତି ଚାଲେ ଲଳିତାର ପାରିବାରିକ ଜୀବନ। ଦେଢ଼ବର୍ଷ ପରେ ତା କୋଳକୁ ଆସେ ଏକ ପୁତ୍ର ସନ୍ତାନ। ଲଳିତା ବନିଯାଏ ଜନନୀ। ଏକ କୁନ୍‌ମୁନ୍‌ ଛୁଆର ଲାଳନ ପାଳନ କରୁ କରୁ ଛୁଆଟି ତାକୁ ଡାକେ ମା, ମା। ଛୁଆଟିକୁ ଗେଲକରେ ଲଳିତା, ତା

ଗାଲରେ ଚୁମ୍ବନ ଦିଏ। ତାକୁ ଥନରୁ ଖୀର ପିଆଏ। ତାକୁ ମଖାଏ, ଘସେ। ତାର ବର୍ଦ୍ଧନ ପରିପୁଷ୍ଟି ପାଇଁ ସବୁକିଛି କରେ। ପୁତ୍ର ସନ୍ତାନଟି ବଢ଼େ ଆସ୍ତେ ଆସ୍ତେ। ତାର ନାମ ରଖାଯାଇ ଥାଏ ଲିପୁନ।

ଗୋରା ତକ ତକ ଚେହେରା ଲିପୁନର। ଦିଶେ ଠିକ ତା ବାପା ମାଣିକଚାନ୍ଦ ପରି। ଲିପୁନକୁ ଛାତିରେ ଚାପି ଧରି ମାଣିକ ଚାନ୍ଦ କହନ୍ତି– ତୁମର ଚେହେରା ଓ ମୋ ଚେହେରା ମିଶାମିଶିରେ କେତେ ସୁନ୍ଦର ହେଇଛି ଆମ ଲିପୁନ। ଆମ ଲିପୁନ ଭଲ ପାଠ ପଢ଼ିବ। ବଡ ଲୋକ ହେବ। ଲଳିତା ଓଠରେ ହସର ଫୁଆରା ଫୁଟେ। ଲଳିତା ଲିପୁନକୁ ମାଣିକଚାନ୍ଦ ହାତରୁ ଟାଣି ଆଣି କହେ– ମୋ ପୁଅ ତା ମା'ର ସ୍ୱପ୍ନ ପୂରଣ କରିବ, ନା ବାପା ? ଛୋଟ ଲିପୁନ ଉଁ, ଉଁ କରି ପ୍ରତ୍ୟୁତ୍ତର ଦିଏ। ମାଣିକଚାନ୍ଦ ହସି ହସି ଖୁସି ହୋଇଯାନ୍ତି ଶିଶୁଟିର ଅବୋଧ୍ୟ ଭାଷାର ସୂଚିତ ସମର୍ଥନକୁ ଗ୍ରହଣ କରି।

ଲିପୁନ ବଢ଼େ ଦିନକୁ ଦିନ। ତିନି ବର୍ଷ ବୟସର ହେବା ପରେ ଲିପୁନକୁ ଆଡମିସନ କରାଯାଏ ପବ୍ଲିକ ସ୍କୁଲର କେଜି ଠାନ କ୍ଲାସରେ। ଲିପୁନ କୁ ବାରମ୍ବାର ଦୋହରାଇ ଦୋହରାଇ ରାଇମଗୁଡ଼ିକ ଘୋଷାଯାଏ।

ମାଣିଚାନ୍ଦ ନିଜେ ନିଜର ଛୋଟ ଶିଶୁକୁ ପଢ଼ାଇବାର ଇଚ୍ଛାଥିଲେ ବି ପଢ଼ାଇପାରୁ ନ ଥିଲେ। ସେ ନିଜର ବ୍ୟବସାୟ ଆଦିରେ ଦିନସାରା ବ୍ୟସ୍ତ ରହୁଥିଲେ। କେବେ କେମିତି ରାତିରେ ମଧ୍ୟ ବ୍ୟସ୍ତ ରହୁଥିଲେ। ରାତିରେ ରାତିରେ ଘରକୁ ନ ଆସି ନିଜର ଫାର୍ମ ହାଉସରେ ଶୋଇବାକୁ ପଡୁଥିଲା।

ଏଥର ସେ ଏକ ସ୍ଟୋନ କ୍ରସର ମେସିନ ବସାଇ ବ୍ୟବସାୟକୁ ବଢ଼ାଇବାକୁ ଚାହିଁ ଉଦ୍ୟମ ଜାରି ରଖିଛନ୍ତି। କ୍ରସର ମେସିନ ଓ ଯନ୍ତ୍ରାଦି ବସାଯାଇଛି ତାଙ୍କ ଫାର୍ମ ହାଉସର ପଛପଟକୁ। ତାହା କାର୍ଯ୍ୟକାରୀ ହୋଇ ନ ଥାଏ ସେ ଯାଏ। ସରକାରଙ୍କ ବିଭିନ୍ନ କାର୍ଯ୍ୟାଳୟରେ କାଗଜପତ୍ର ପ୍ରସ୍ତୁତି ଚାଲିଥାଏ। ହଠାତ ଦିନେ ଦେଖନ୍ତି ମାଣିକଚାନ୍ଦ ଯେ ମୋଟରକୁ ଖୋଲି କେହି ଚୋରି କରି ନେଇ ଯାଇଛି। ଅବିଶ୍ୱାସ ଲାଗିଲା ମାଣିକଚାନ୍ଦଙ୍କୁ। ତାଙ୍କ ଫାର୍ମ ହାଉସରୁ କେବେ କିଛି ଚୋରି ହେବାର ସେ ଜାଣି ନ ଥିଲେ। ତାଙ୍କୁ ସେଥିପାଇଁ ଆଶ୍ଚର୍ଯ୍ୟ ଲାଗିଥିଲା। ଏତେ ବଡ ମୋଟରକୁ କେମିତି ଚୋରମାନେ ଖୋଲି ନେଇଛନ୍ତି, ଅଥଚ ମାଣିକଚାନ୍ଦଙ୍କୁ ଜଣା ନାହିଁ। ତାଙ୍କୁ ସତର୍କ ରହିବାକୁ ହେବ। ହେଲେ ଅନ୍ୟ ଯନ୍ତ୍ରାଂଶମାନ ମଧ୍ୟ ଚୋରି ହୋଇ ଯିବାର ଆଶଙ୍କା ରହିଛି। ସେଥିପାଇଁ ଫାର୍ମ ହାଉସରେ ଜଣେ ଚୌକିଦାର ସତର୍କ ଦୃଷ୍ଟିରେ ରାତିରେ ଜଗାଇବାକୁ ପଡ଼ିବ। ଜଣେ ଲୋକକୁ ନିଯୁକ୍ତି କଲେ ମାଣିକଚାନ୍ଦ। କିଛି ଦିନ ଶୋଇଲେ ମଧ୍ୟ ନିଜେ। ଅନ୍ତତଃ କ୍ରସର ମିଲଟା ଚାଲୁ ହେବା ପର୍ଯ୍ୟନ୍ତ ସେ

ଶୋଇବେ । କ୍ୱାସର ଚାଲୁ ହେଲେ ଅନ୍ୟାନ୍ୟ କର୍ମଚାରୀ ଆସି ଏଠାରେ ରହିଲେ ତାଙ୍କର ଚିନ୍ତା କମିଯିବ । ରାତିରେ ଏଠାରେ ଜଗି ଶୋଇବାକୁ ପଡ଼ିବନି ।

ରାତିଦିନ ନିଜର ବ୍ୟସ୍ତତା ଭିତରେ ସେ ନିଜ ପୁତ୍ର ଲିପୁନର ପଢ଼ା କଥା ବୁଝି ପାରୁ ନ ଥିଲେ । ସେ ଚାହୁଁଥିଲେ ସେ ନିଜେ ଲିପୁନକୁ ପାଖରେ ବସାଇ ପଢ଼ାନ୍ତେ । ମାତ୍ର ତାହା ସମ୍ଭବ ନ ଥିଲା ତାଙ୍କ ପକ୍ଷରେ । ସେଥିପାଇଁ ସେ ଏହି ଦାୟିତ୍ୱ ନ୍ୟସ୍ତ କରିଥିଲେ ଲଲିତା ଉପରେ । ଲଲିତା ସମୟ ବଲିବା ବେଲେ ସେ ଦେଖିବ ଲିପୁନର ପଢ଼ାଶୁଣା । ଗୃହକାର୍ଯ୍ୟ କରିବା ଭିତରେ ଲଲିତା ପାଇଁ ସମୟ ନ ଥିଲା ଲିପୁନକୁ ପଢ଼ାଇବା ପାଇଁ । ଲଲିତା ପ୍ରସ୍ତାବ ଦେଇଥିଲା ଗୋଟିଏ ଭଲ ଟ୍ୟୁସନ ମାଷ୍ଟର ଆସିଲେ ତାକୁ ପଢ଼ାନ୍ତେ । ପଢ଼ିବାର ଗୋଟାଏ ନିରୂପିତ ସମୟ ରହିବା ଦରକାର । ଠିକ ସମୟ ନିର୍ଘଣ୍ଟରେ ପଢ଼ିଲେ ପିଲାର ପଢ଼ିବାର ଆଗ୍ରହ ରହିବ । ପାଠ ଠିକଭାବେ ହେବ ।

ଲଲିତାର ପ୍ରସ୍ତାବରେ ରାଜି ହେଲେ ମାଣିକଚାନ୍ଦ । ଖୋଜି ଆଣିଲେ ଜଣେ ଟ୍ୟୁସନ ମାଷ୍ଟରକୁ । ଧୀରେନ ସାର୍ ଆସି ପ୍ରତିଦିନ ସକାଲେ ଓ ସନ୍ଧ୍ୟାରେ ଲିପୁନକୁ ଟ୍ୟୁସନ ପଢ଼ାଇଲେ ।

ବାହାର ବାରଣ୍ଡାରେ ଟ୍ୟୁସନ ପଢ଼ାହୁଏ । ଲଲିତା ତା ସଂଲଗ୍ନ କୋଠରୀମାନଙ୍କରେ କାର୍ଯ୍ୟରତ ଥାଏ । ଟ୍ୟୁସନ ପଢ଼ାଇବା ଭିତରେ ଟ୍ୟୁସନ ସାରଙ୍କ ପାଇଁ ଚା' କପେ ଆଣି ଧରାଇ ଦିଏ । ଟ୍ୟୁସନ ସାର ତାକୁ ଗ୍ରହଣ କରନ୍ତି । ଚା' କପଟିଏ ଦେବାକୁ ଭୁଲେନି ଲଲିତା । କାରଣ ଏହି ସାମାନ୍ୟତମ ସୌଜନ୍ୟ ଯଦି ନ ଜଣାଇବ ସେ ପିଲାର ପଢ଼ାପଢ଼ିରେ ବିଶେଷ ଧ୍ୟାନ ଦେବେ ବା କିପରି ?

ଲିପୁନ ପରୀକ୍ଷାରେ ଭଲ କରେ । କ୍ଲାସରେ ଫାଷ୍ଟ ହୁଏ । ଟ୍ୟୁସନ ମାଷ୍ଟରକୁ ବଦଲାଇବାର ଆବଶ୍ୟକ ପଡ଼େନି । ଲିପୁନ କେଜି ୱାନ ପରେ କେଜି ଟୁ ଓ କେଜି ଟୁ ପରେ କ୍ଲାସ ୱାନ୍‌ରେ ପଢ଼େ ।

ଦିନେ ହଠାତ ଚହଲ ସୃଷ୍ଟି ହୁଏ ଯେ ଲିପୁନକୁ ପିଲା ଚୋରମାନେ ଚୋରାଇ ନେଇଛନ୍ତି । ଟ୍ୟୁସନ ମାଷ୍ଟର ପଢ଼ାଇବାକୁ ଆସି ଦେଖନ୍ତି ଯେ ଲିପୁନ ଘରେ ନାହିଁ । ମାତା ଲଲିତାକୁ ପଚାରିବାରୁ କହନ୍ତି– ଏଇଲେ ଥିଲା । ସ୍କୁଲରୁ ଆସି ବାହାରେ ଖେଲୁଥିଲା । ସେ ନିଜେ ଘର ଭିତରେ ଗୃହକାର୍ଯ୍ୟରେ ବ୍ୟସ୍ତଥିଲେ ।

କୁଆଡେ ଗଲା ଲିପୁନ ? ଖୋଜା ହେଲା ପଡୋଶୀ ଗୃହମାନଙ୍କରେ । ଆଖ ପାଖରେ । କାହିଁ କେଉଁଠି ନାହିଁ । କେହି ତ ଲିପୁନକୁ ଦେଖିଥିବାର କୁହନ୍ତି ନି । ତେବେ ଲିପୁନ ତା ମନକୁ ମନ ଯିବ ବା କୁଆଡେ ? କେବେ କୁଆଡେ ଯାଏନି । ନିଶ୍ଚୟ ପିଲା ଚୋରମାନେ ତାକୁ ଚୋରାଇ ନେଇଛନ୍ତି ରାସ୍ତାକଡରେ ଖେଲୁଥିବା ବେଲେ ।

ସହର ସାରା ସମସ୍ତେ ଆତଙ୍କିତ । ପିଲାମାନଙ୍କୁ ସମସ୍ତେ ଆକଟ କରି ରଖିଛନ୍ତି । କାଲେ ପିଲା ଚୋର ଦଲ କେଉଁ ଛଟକରେ ଚୋରାଇ ନେବେ ତାଙ୍କର ପିଲାକୁ । ପିଲା ଚୋରମାନେ ସକ୍ରିୟ ହୋଇ ପଡିଛନ୍ତି । ସେମାନେ ବିଭିନ୍ନ ଉପାୟରେ ପିଲାମାନଙ୍କୁ ଚୋରି କରିଥାନ୍ତି । କୋମଲମତି ନିରୀହ ପିଲାମାନଙ୍କୁ କୌଣସି ଖାଦ୍ୟ ପଦାର୍ଥର ପ୍ରଲୋଭନ ଦେଖାଇଥାନ୍ତି । ପିଲାଏ ଆକୃଷ୍ଟ ହୋଇ ତାଙ୍କ ଆଡକୁ ଗଲେ ତାଙ୍କର ଆୟତ୍ତରୁ ବାହାରି ଫେରି ପାରନ୍ତି ନି ପିତାମାତା ପାଖକୁ । କେତେବେଳେ ଚକେଲେଟ ଦେଇ ଆକୃଷ୍ଟ କରିଥାନ୍ତି ତ କେତେବେଳେ ନିରୋଲା ଦେଖି କ୍ଲୋରୋଫର୍ମ ପରି ନିଶ୍ଚେତକ ଦ୍ରବ୍ୟ ଶୁଂଘାଇ ଅଚେତ କରି ଦିଅନ୍ତି । ତାପରେ ଗାଡିରେ ବସାଇ ନେଇ ଯାଆନ୍ତି ତାଙ୍କର ସୁରକ୍ଷିତ ଏକ ନିଭୃତ ସ୍ଥାନକୁ । ତାପରେ ପିଲାଟିକୁ କେଉଁ କାର୍ଯ୍ୟରେ ବ୍ୟବହାର କରନ୍ତି ତାର ହିସାବ ଥାଏନା । ହୁଏ ତ କେଉଁଠି ବିକ୍ରି ହୁଏ ବହୁ ମୂଲ୍ୟରେ । କେଉଁଠି ପିଲାର ମାଂସ ବିକ୍ରି ହୁଏ । ଏହିପରି କୁକର୍ମର ହୃଦୟ ବିଦାରକ ଦୃଷ୍ଟାନ୍ତ ଅନେକଥର ଲୋକଲୋଚନକୁ ଆସିଥାଏ । ପର୍ଦାଫାସ ହୋଇଥାଏ ଅଚାନକ । ସମ୍ବାଦପତ୍ରମାନଙ୍କର ପ୍ରଥମ ପୃଷ୍ଠାର ପ୍ରଥମ ଶିରୋନାମାରେ ଚମକ ଆଣିଥାଏ ।

କଣ ହେବ ଲିପୁନର ଅବସ୍ଥା ? ମିଲିବ କି ନ ମିଲିବ ଆଉ ଲିପୁନ ? ଖୁବ କାନ୍ଦୁଥିଲା ଲଲିତା । ମାଣିକଚାନ୍ଦ କଣ କରିବେ ଚିନ୍ତା କରି ପାରୁ ନ ଥିଲେ । ପୋଲିସକୁ ଜଣାଇଲେ । ପୋଲିସ ଲଲିତାକୁ ପଚାରିଗଲା । ଲଲିତା ଅନୁରୋଧ କରିଥିଲା ପୋଲିସ ଇନସ୍ପେକ୍ଟରକୁ ଖୋଜି ଆଣିଦେବାକୁ ଲିପୁନକୁ । ଇନସ୍ପେକ୍ଟର ସାହେବ ଶାନ୍ତ୍ବନା ଦେଇଥିଲେ ଲଲିତାକୁ । ପ୍ରତିଶ୍ରୁତି ଦେଇଥିଲେ- ସବୁ ପ୍ରକାର ଚେଷ୍ଟା କରିବେ ସେ ।

ତା ପରଦିନ ଲଲିତା ଘରର ଫୋନ ଗର୍ଜି ଉଠିଥିଲା । ଲଲିତା ଉଦ୍‌ବେଗ ସହିତ ଫୋନ ଉଠାଇଥିଲା । ସେ ପଟୁ କେହି ଜଣେ ଭୟଭୀତ କରାଇବା ସ୍ୱରରେ କହିଥିଲା- ଲିପୁନକୁ ପାଇବାକୁ ଚାହଁ ଯଦି ପାଞ୍ଚ ଲକ୍ଷ ଟଙ୍କା। ଧରି ସମ୍ବଲପୁର ରେଲୱେ ଷ୍ଟେସନ ପାଖରେ ଥିବା ଏକ ପରିତ୍ୟକ୍ତ କୂଥ ପାଖକୁ ଅପରାହ୍ନ ଛଅଟା ବେଲକୁ ଆସ । ସାବଧାନ, କେବଲ ଜଣେ ବ୍ୟକ୍ତି ଆସିବ ଏବଂ ଏକଥା ଯଦି ପୋଲିସକୁ ଖବର କର, ଜାଣ ଲିପୁନର ଶବ ବି ଦେଖି ପାରିବ ନି ।

କଥାଟାକୁ ଲଲିତା ଅତି ସଂଗୋପଣରେ ପ୍ରକାଶ କଲା ସ୍ୱାମୀ ମାଣିକଚାନ୍ଦଙ୍କ ନିକଟରେ । ମାଣିକଚାନ୍ଦ ସିଦ୍ଧାନ୍ତ ନେଲେ କାହାକୁ କହିବେନି, ପୋଲିସକୁ ବି । ତାଙ୍କୁ ତାଙ୍କର ପୁଅ ଲିପୁନ ଦରକାର । ପାଞ୍ଚ ଲକ୍ଷ ଟଙ୍କା ତାଙ୍କ ପାଇଁ ଯୋଗାଡ କରିବା ସାଧ୍ୟ ବର୍ହିଭୂତ କଥା ନୁହେଁ । ଟଙ୍କା ଯୋଗାଡ କରି ସେ ସମ୍ବଲପୁର ଗଲେ । ସଙ୍ଗରେ ବି ଗଲା ଲଲିତା । ମାତ୍ର ଦି' ଜଣ ସେ ପରିତ୍ୟକ୍ତ କୂପ ପାଖକୁ ଯାଇ ପାରିବେନି । ମନା

ଅଛି। ଲଲିତା ପ୍ଲାଟଫର୍ମ ଭିତରେ ଥିବେ ଓ ମାଣିକଚାନ୍ଦ ସେଇ ନିର୍ଦ୍ଦିଷ୍ଟ ସ୍ଥାନରେ ପଇଚରା ମାରିବେ।

ଅନେକ ଆଶଙ୍କିତ ଦ୍ୱନ୍ଦ ଭିତରେ ମାଣିକଚାନ୍ଦ ସଙ୍ଗରେ ସମ୍ବଲପୁର ରେଲ ଷ୍ଟେସନ ପାଖରେ ପହଞ୍ଚିଲେ ଲଲିତା ଓ ମାଣିକଚାନ୍ଦ ନିର୍ଦ୍ଧାରିତ ସମୟର ଦୁଇ ଘଣ୍ଟା ପୂର୍ବରୁ। ପ୍ରଥମେ ତ ପରିତ୍ୟକ୍ତ କୂଅର ଠିକଣା ଖୋଜିବାକୁ ହେବ। ତାପରେ ସିନା ନିର୍ଦ୍ଧାରିତ ସମୟର ଦଶପନ୍ଦର ମିନିଟ ଆଗରୁ ମାଣିକଚାନ୍ଦ ପଇଚରା ମାରିବେ।

ଖୁସି ହୋଇ ଯାଇଥିଲେ ସେମାନେ ଏକ ପରିତ୍ୟକ୍ତ କୂଅର ସମ୍ବଲପୁର ରେଲ ଷ୍ଟେସନ ପାଖରେ ସନ୍ଧାନ ପାଇ। ନିର୍ଦ୍ଧାରିତ ସମୟର ପୂର୍ବରୁ ହାତରେ ଏକ ଟଙ୍କା। ମୁଣା ଧରି ପଇଁତରା ମାରିଲେ ମାଣିକଚାନ୍ଦ। ଲଲିତା ରହିଲେ ପ୍ଲାଟଫର୍ମ ଭିତରେ। କୂଅ ଆଡକୁ କାହର ଗତି ନ ଥାଏ। ତଥାପି କେହି ଜଣେ ଆସି ତାକୁ ଯଦି ପଚାରେ କାହିଁକି ସିଏ ଏଠାରେ ଚହଲ ମାରୁଛନ୍ତି, କଣ କହିବେ ମାଣିକଚାନ୍ଦ?

ନିର୍ଦ୍ଧାରିତ ସମୟ ଆସିଲା। କେହି ଲୋକ ତ ଆସିଲେନି। ମାଣିକଚାନ୍ଦଙ୍କ ଛାତି ଧଡ୍ ଧଡ୍ ହେଲା। ହୁଏତ ତାଙ୍କର ଘଣ୍ଟା ଟିକିଏ ବିଳମ୍ବରେ ଚାଲୁଥାଇ ପାରେ। ତଥାପି ପନ୍ଦର ମିନିଟ ପର୍ଯ୍ୟନ୍ତ ଅପେକ୍ଷା କଲେ। ଅଧଘଣ୍ଟା ବିତିଗଲା। ଏପଟେ ଲଲିତା ଦେଖି ପାରୁଛନ୍ତି ପ୍ଲାଟଫର୍ମର ଏକ କୋଣରେ ଠିଆ ହୋଇ ମାଣିକଚାନ୍ଦଙ୍କୁ। ତାଙ୍କ ପାଖକୁ କେହି ଆସୁ ନାହାନ୍ତି।

ବ୍ୟର୍ଥ ମନୋରଥ ନେଇ ମାଣିକଚାନ୍ଦ ଫେରି ଆସିଲେ ଲଲିତା ପାଖକୁ। ପଚାରିଲେ– ତୁମେ ଠିକ ଶୁଣିଥିଲ ତ ଫୋନରୁ ସମୟ ଓ ଦିନକୁ?

ଲଲିତା ଠିକ ଶୁଣିଥିବାର ସୂଚନା ନେଇ କାନ୍ଦି ଉଠିଲା କହି କହି– କୁଆଡେ ଗଲା ମୋ ଧନରେ। ଆଉ ମିଳିବୁକି ନାଇଁ ରେ।

ସେଦିନ ଲଲିତା ରିସିଭର ଧରିଥିବା ଫୋନଟା କଣ ମିଛ! ତାହା କଣ ପିଲାଚୋରମାନଙ୍କ ନ ଥିଲା? ଯଦି ନ ଥିଲା ଅନ୍ୟ କେହି ତାକୁ ଫୋନ କରି କାହିଁକି ଏମିତି ହଇରାଣ ହରକତ କରିବ? ମାଣିକଚାନ୍ଦ କିମ୍ବା ଲଲିତା ତ କାହାରି ଅନିଷ୍ଟ କରି ନାହାନ୍ତି। କାହା ସହିତ ତାଙ୍କର ଶତ୍ରୁତା ନାହିଁ। ଯଦି ପିଲାଚୋରଙ୍କର ସେହି ଫୋନ କଲଟା ଥିଲା ତେବେ ସେହି ନିର୍ଦ୍ଦିଷ୍ଟ ଜାଗାକୁ ଟଙ୍କା ନେବା ପାଇଁ ଆସିଲେ ନି କାହିଁକି? ତେବେ ଲିପୁନର ଅବସ୍ଥା କେମିତି ଥିବ? ତାକୁ ସେମାନେ ଫେରାଇବେ ନା ନାହିଁ? ଲିପୁନକୁ ଚୋରି କରିବାର ଉଦ୍ଦେଶ୍ୟ କଣ?

ବ୍ୟର୍ଥ, ବିଫଳ ହୋଇଥିଲା ସମସ୍ତ ପ୍ରୟାସ। ଲିପୁନର ପତ୍ତା ମିଳି ନ ଥିଲା। ତାର ଗୁଲୁଗୁଲିଆ କଥା, ତାର ସ୍ମୃତି କେବଳ ମାତା ଲଲିତାକୁ ଦଗ୍ଧ କରି ଦେଉଥିଲା

ତାହା ନୁହେଁ, ପିତା, ଟ୍ୟୁସନ ମାଷ୍ଟର, ପାଖ ପଡ଼ିଶା, ସ୍କୁଲ ଟିଚର ସମସ୍ତଙ୍କୁ ଦୁଃଖର ସ୍ରୋତରେ ଭସାଇ ଦେଇଥିଲା।

ସୀତା, ମିତା ଲଲିତା ଘରକୁ ଆସିଥିଲେ। ଆଶ୍ୱାସନା ଦେଇ ଚାଲି ଯାଇଥିଲେ। ବୟସ ଅଛି, ସମୟ ଅଛି, ଗୋଟିଏ ଫଳ କୁଆଡ଼େ ହଜି ଗଲା, ନିଖୋଜ ହୋଇଗଲା ତ ଅନ୍ୟ ଏକ ଫଳର ଅପେକ୍ଷା କରାଯାଉ। ତାକୁ ଅଣାଯାଉ ଓ ସୁରକ୍ଷାର ବଳୟରେ ରଖାଯାଉ। ଯାହା ଘଟି ଯାଇଛି ତାକୁ ଅନୁତାପ କରି କିଛି ଲାଭ ନାହିଁ। ସେହି କଥାକୁ ଘାଣ୍ଟି ଚକଟି ଯେତିକି ହେବ, ପାଇବ ସେତିକି ଦୁଃଖ। ସେତିକି ବ୍ୟଥା। ସେତିକି ମନସ୍ତାପ। ବରଂ, ପୁରୁଣାକୁ ଭୁଲି ନୂତନ ସମ୍ଭାବନାକୁ ପାଥେୟ କରିବା ବୁଦ୍ଧିମାନର କାର୍ଯ୍ୟ। ଏହା ଥିଲା ସୀତା ଓ ମିତାର ଅଭିବ୍ୟକ୍ତି।

ସୀତା ଓ ମିତାକୁ ପାଖରେ ପାଇ ଲଲିତା ବହୁତ କାନ୍ଦିଥିଲା। ତା ଭିତରେ କୋହର ହାବୁକା ହାବୁକା ଢେଉ ତାକୁ ଅଶ୍ରୁସିକ୍ତ କରି ଦେଲା।

ସୀତା, ମିତା ଚାଲିଗଲେ ଆଶ୍ୱାସନା ଦେଇ। ମାଣିକଚାନ୍ଦ ବି ଆଉ ବାରମ୍ୱାର ଲିପୁନକୁ ମନେ ପକାଇ ଝୁରି ହେଲେନି। ପାଖ ପଡ଼ିଶା ଲୋକମାନେ, ସ୍କୁଲ ମାଷ୍ଟର, ଟିଉସନ ଟିଚର କେହି ବି ଆଉ ଲଲିତାକୁ ଲିପୁନ ବିଷୟରେ କାଳକ୍ରମେ ପଚାରିଲେ ନାହିଁ। ମାତ୍ର ହୃଦୟର ଅଭ୍ୟନ୍ତରରୁ ଯେତେବେଳେ ଲିପୁନର ସ୍ମୃତି କର ଲେଉଟାଏ ଲଲିତା କାନ୍ଦେ ଆଉ କାନ୍ଦେ। ଆଖିରୁ ପାଣି ଝରି ତା ଛାତିକୁ ଭିଜାଇ ଦିଏ।

ଯେ କୌଣସି ନିରୋଳା ମୁହୂର୍ତ୍ତ ଲଲିତା ପାଇଁ ବିପଦ ଆଣି ଦିଏ। ଲିପୁନର ସ୍ମୃତି ତାକୁ ତିଲ ତିଲ କରି ଦଗ୍ଧ କରେ। ଲଲିତା ପୁଣ ସ୍ମୃତିରେ ଦଗ୍ଧ ହୁଏ, କିନ୍ତୁ କ୍ଷାର ହୁଏନା। ପୁଣି ଅବଶିଷ୍ଟାଂଶ ରହିଯାଇଥାଏ, ପରେ ଆଉ କେତେ ଥର ପୋଡ଼ିବା ପାଇଁ।

ଲିପୁନର ସ୍ମୃତିର ଓଜନ ଲଲିତା ମନରେ ଆସ୍ତେ ଆସ୍ତେ ହାଲୁକା ହୋଇ ଆସିବା ବେଳକୁ ତା କୋଳରେ ଆଉ ଜଣେ ଲିପୁନ ଆସି ଯାଇଥିଲା। ସେ ଥିଲା ତାର ଦ୍ୱିତୀୟ ସନ୍ତାନ। ଲଲିତା ଜିଦ ଧରି କହିଥିଲା ଏଇ ପୁଅର ନାମ ଦେବ ଲିପୁନ। କାହିଁକି ନା, ତଦ୍ଦ୍ୱାରା ସେ ପ୍ରଥମ ସନ୍ତାନର ବିଦଗ୍ଧ ସ୍ମୃତିକୁ ଭୁଲି ଯାଇ ପାରିବ। ମାଣିକଚାନ୍ଦ କିନ୍ତୁ ରାଜି ନ ଥିଲେ ଏଇ ପ୍ରସ୍ତାବିତ ନାମକରଣରେ। ସେ ଆଶଙ୍କା କରୁଥିଲେ ପ୍ରଥମ ସନ୍ତାନ ଦୁର୍ଭାଗ୍ୟ ପରି ଯଦି ଏହି ସମନାମଧାରୀ ଦ୍ୱିତୀୟ ସନ୍ତାନର ଭାଗ୍ୟ ହେଇପଡ଼େ ? ଲଲିତା ଯୁକ୍ତି କରୁଥିଲା ଦୁନିଆଁର ପ୍ରତ୍ୟେକ ବ୍ୟକ୍ତିର ଭାଗ୍ୟ ଅଲଗା ଅଲଗା। ନାମ ଅନୁସାରେ କେବେ କାହାରି ଭାଗ୍ୟ ନିର୍ଦ୍ଧାରଣ କରି ନ ଥାଏ ବିଧାତା। ସମନାମଧାରୀ ଜଣେ ଆଇ.ଏ.ଏସ. ଅଫିସର ହୋଇ ଶୀତତାପ ନିୟନ୍ତ୍ରିତ କୋଠରୀ ଭିତରେ ବସିଥାଏ ତ ଆଉ ସେହି ନାମଧାରୀ ଅନ୍ୟ ଜଣେ ବିଲରେ ମାଟି କାଦୁଅରେ ଖଟି ଖଟି ଜୀବନ

କଟାଏ। ଲଳିତା କେବଳ ଯୁକ୍ତି କରୁଥିଲା ଯେ ପ୍ରଥମ ପୁତ୍ର ନାମ ହିଁ ତାକୁ ଦ୍ୱିତୀୟ ପୁତ୍ରର ସ୍ଥିତିକୁ ଲୁପ୍ତ କରିବ। ତାକୁ ସଦାବେଳେ ଲାଗିବ ଯେ ତାର ଗୋଟିଏ ପୁଅ, ତାର ନାମ ଥିଲା ଲିପୁନ। ଏବେ ବି ଅଛି ଲିପୁନ। ଆଉ ଭବିଷ୍ୟତରେ ବି ରହିବ ଲିପୁନ। ଲଳିତା କଥାରେ ମାଣିକଚାନ୍ଦ ଆଉ ବେଶୀ ବାଧା ଦେଇ ନ ଥିଲେ। ମାତ୍ର ହୃଦୟର ଅଶାନ୍ତ ବକ୍ଷରେ ଟିକିଏ ଶାନ୍ତି ଆସି ଦେବାରେ ଯଦି ଏକ ନାମକରଣର ପ୍ରୟୋଜନ ହୁଏ ସେଥିରେ ଅରାଜି ହେବାର ବିଜ୍ଞଲୋକର ପରିଚୟ ନୁହେଁ ନିଶ୍ଚୟ।

ଲିପୁନ ଆସ୍ତେ ଆସ୍ତେ ବଡ ହୁଏ। ନିଜ କାମ ନିଜେ କରି ଜାଣେ। ଲଳିତାକୁ ଆଉ ସହଯୋଗ କରିବାକୁ ହୁଏ ନା ତା ଗାଧୋଇବା, ଝାଡା ଯିବା ଇତ୍ୟାଦି ନିତ୍ୟ ନୈମିତ୍ତିକ କାର୍ଯ୍ୟରେ।

ମାଣିକଚାନ୍ଦ ଲିପୁନକୁ ଏଥର ଏକ ଆବାସିକ ସ୍କୁଲରେ ଦେବେ। ପିଲାର ସମସ୍ତ ଦାୟିତ୍ୱ ସ୍କୁଲର। ଟଙ୍କା କେବଳ ତାଙ୍କର। ପିଲାଟି ମେଧାବୀ ଛାତ୍ର ହୋଇ ବାହାରିବ। ସ୍କୁଲର କଡା ନିରାପତ୍ତା ଭିତରେ ରହିବ ଲିପୁନ। ପିଲା ଚୋରଙ୍କର ସେଠାକୁ ଅନୁପ୍ରବେଶ ନ ଥିବ।

ସେଇଆ କଲେ ଲଳିତା ଓ ମାଣିକଚାନ୍ଦ। ଲିପୁନକୁ ଛାଡିଦେଲେ ବରଗଡର ଏକ ଆବାସିକ ସ୍କୁଲରେ।

ଘରେ କେବଳ ମାଣିକଚାନ୍ଦ ଓ ଲଳିତା। ମାଣିକଚାନ୍ଦ ତାଙ୍କ ବ୍ୟବସାୟ କ୍ଷେତ୍ରକୁ ଚାଲିଯିବା ପରେ ଘରେ କେବଳ ଲଳିତା। ଖାଁ ଖାଁ ତାକୁ ଗୋଡାଇ ଆସେ। ପ୍ରଥମ ଲିପୁନ ତାକୁ ଡାକେ– ମାଆ, ମାଆ।

ଲଳିତା ଏକ ଭ୍ରମ ଧାରଣାରେ ଏତେ ଦିନ ରହି ଆସିଥିଲା କୌଣସି ସମ ନାମକରଣରେ ଜଣକୁ ଭୁଲି ହୁଏନି କି ଜଣକୁ ସ୍ମୃତିବହୁଳ କରି ହୁଏନି। ଏକଥା ଏବେ ସେ ଅନୁଭବ କରେ। ଲିପୁନ ନାମଧାରୀ ପୁତ୍ର କଥା ଯେତେବେଳେ ଭାବେ ତା ମନରେ ଲିପୁନ ଦୁଇଭାଗ ହୋଇଯାଏ– ପ୍ରଥମ ଲିପୁନ, ଦ୍ୱିତୀୟ ଲିପୁନ। ଜଣେ ଥାଏ ଅତୀତରେ ଆଉ ଥାଏ ବର୍ତ୍ତମାନରେ। ଜଣେ ଥାଏ ମନର ନିଭୃତ ଇଲାକାରେ ତ ଅନ୍ୟ ଜଣେ ଥାଏ ଏକ ଆବାସିକ ବିଦ୍ୟାଳୟର ପରିସର ଭିତରେ। ଜଣକୁ ମାଗିଲେ ଜବାବ ମିଳେନା, ଅନ୍ୟକୁ ଡାକିଲେ ଜବାବ ଦିଏ।

ନିରୋଳା ମୁହୂର୍ତ୍ତରେ ସେହି ପ୍ରଥମ ଲିପୁନ ଲଳିତାକୁ ଡରାଏ। ମାତ୍ର ତାର ଅବସ୍ଥିତି ଜାଣି ପାରେନା ଲଳିତା। କେଉଁଠୁ ଆସୁଛି ସେ ସ୍ୱର। କେଉଁଠି ପ୍ରଥମ ପପୁନର ପାଟି? ତାକୁ ତାର ପାପୁଲି ଦେଇ ବନ୍ଦ କରିଦେବ ସେ।

ଦିନକୁ ଦିନ ଭୟଙ୍କର ହୋଇଉଠେ ଲଳିତା ପାଖରେ ପ୍ରଥମ ଲିପୁନ। ଖାଁ ଖାଁ

ନିର୍ଜନତା ବେଳେ, ଅଧା ଚେଇଁଥିବା ଅଧା ସୁପ୍ତଥିବାବେଳେ ସେ ଆସେ। ଅନେକ ଦୁର୍ବୋଧ୍ୟ ଭାଷାରେ ଲଳିତାକୁ ଗାଳିମନ୍ଦ କରେ। ବୋଧହୁଏ ତାର ନିଖୋଜ ହେବା ପାଇଁ ଲଳିତା ହିଁ ଦାୟୀ। ସେ କୁହେ, ମୁଁ କେବଳ ନିଖୋଜ ହୋଇନି ମରିଯାଇଛି।

ଲଳିତା ପ୍ରତିବାଦ କରି କୁହେ– ଗୋଟିଏ ପୁତ୍ରର ମୃତ୍ୟୁ ପାଇଁ ଗୋଟାଏ ମାଆ ଦାୟୀ ହୋଇ ନ ପାରେ। ସେଥିପାଇଁ ଅନ୍ୟ କେହି ନାରୀ ହୋଇପାରେ, ରାକ୍ଷସୀ ହୋଇପାରେ, ବୋଉଟିଏ କେବେ ବି ନୁହେଁ।

ଲଳିତା ଏତକ ମନକୁ ମନ କହି କେବଳ କାନ୍ଦେ ଆଉ କାନ୍ଦେ। ଅର୍ଦ୍ଧସୁପ୍ତ ଅବସ୍ଥାରୁ ପାଖରେ ଥିବା ମାଣିକଚାନ୍ଦ ଉଠି ଲଳିତାକୁ ପଚାରନ୍ତି, କଣ ହୋଇଛି ? କି ସ୍ୱପ୍ନ ଦେଖିଲ ?

ଲଳିତା କୁହେ– ଲିପୁନ ଆସିଥିଲା ସ୍ୱପ୍ନରେ, ପ୍ରଥମ ଲିପୁନ।

ଥୟ ଧରି ମାଣିକଚାନ୍ଦ ଲଳିତାକୁ ଶୁଆଇ ଦିଅନ୍ତି। କିନ୍ତୁ ଲଳିତା ଆଖିରେ ନିଦ ନଥାଏ।

କେବେକେବେ ସୀତା ତ କେବେକେବେ ମିତା ଲଳିତାକୁ ଫୋନ କରି ବୁଝନ୍ତି କେମିତି ଅଛି ସେ। ଲଳିତା କୁହେ ତା ଅନୁଭବର କଥା। ସେମାନେ ବୁଝି ପାରନ୍ତି ଲଳିତାର ପ୍ରଥମ ସନ୍ତାନର ନିଖୋଜ ହେବା ପରେ ମାନସିକ ଶାନ୍ତି ନାହିଁ। ଲଳିତାକୁ ଲାଗେ ସୀତା ଯେପରି ତାର ପରାମର୍ଶଦାତା। ତାର ଅନୁଭବ ଅନେକ। ମିତାର ବି କିଛି କମ ନୁହେଁ।

ଥରେ ଲଳିତା ସୀତାକୁ ପଚାରିଲା– ଏମିତି କେମିତି ହୁଏ ମିତା ? ମୁଁ ନିରୋଳାରେ ଥିବାବେଳେ ଲାଗେ ଆତ୍ମହତ୍ୟା କରିଦେବାକୁ।   ମୁଁ ତାର କାରଣ ଖୋଜେ। ଅତୀତର ଏକ ଅପ୍ରକାଶ୍ୟ ଭୁଲକୁ ନେଇ ସେଇ ଦୁଷ୍ଟ ଇଚ୍ଛାର ଚେର ମେଳାଇଥାଏ ଅକ୍ଟୋପସର କବଳରୁ ନିଜକୁ ମୁକୁଳାଇବାକୁ କଷ୍ଟସାଧ୍ୟ ହୋଇ

ସୀତା ପରାମର୍ଶ ଦିଏ। ତୋର ନିଜର ଯିଏ ପ୍ରିୟତମ ତା ଆଗରେ ପ୍ରକାଶ କରିଦେ ସେ ଭୁଲ, ସେ ଅପ୍ରକାଶିତ କଥାକୁ। ଲାଘବ ହୋଇଯିବ ମନ।ଯଦି ଅପ୍ରକାଶ୍ୟ କଥା ପ୍ରକାଶ କରିଦେଲେ କିଛି କ୍ଷତି ହେବାର ସମ୍ଭାବନା ଥାଏ କାଗଜ କଲମରେ ଲେଖିପକା ତୋର ଭୁଲକୁ ବର୍ଣ୍ଣନା କରି। ଦେଖିବୁ ମନଟା ସଫା ହୋଇଯିବ। ତାକୁ ତୁ ଲୁଚାଇବାକୁ ଚାହୁଁ, ତେବେ ତାକୁ ଚିରି ପକା ଖଣ୍ଡ ଖଣ୍ଡ କରି।

ଲଳିତାକୁ ବିଶ୍ୱାସ ଲାଗିଲାନି। ମଣିଷର ମନର ଦୁଃଖକୁ କଣ ଏତେ ସହଜରେ ଦୂର କରାଯାଇ ପାରିବ ?

ରାତ୍ରିର ବିନିଦ୍ର ପ୍ରହରରେ ଲଳିତା ଉଠି ପଡେ। କିଛି କାଗଜ ଓ କଲମଟିଏ ଧରି ବସିପଡେ। ଲେଖେ ଯାହା ଇଚ୍ଛା ତାହା।

ମାଣିକଚାନ୍ଦ ଦେଖନ୍ତି। ଲଳିତାକୁ ପଚାରନ୍ତି– କଣ କରୁଛ ? ଶୋଉନ କାହିଁକି ? ଦେହ ଖରାପ ହେବ ଯେ ଅନିଦ୍ରା ରହି।

ଲଳିତା କହେ–ଲେଖୁଛି, ଯାହା ଇଚ୍ଛା ତାହା।

ସାହିତ୍ୟର 'ସ' ଅକ୍ଷର ଜାଣି ନ ଥିବା ଓ କେବଳ ପଇସା ପଛେ ଦୌଡୁଥିବା ମାଣିକଚାନ୍ଦ କହନ୍ତି– କଣ ମିଳିବ ସେ ଲେଖାରୁ ? ଦେହ ଖରାପ ହେବ ଯାହା, ଶୁଅ। ଲେଖୁଛ ଯଦି ଲେଖ 'ରାମ' 'ରାମ' ୧୦୮ ଥର।

ମନକୁ ମନ ହସେ ଲଳିତା। କେମିତି ବୁଝାଇବ ଯେ ବିନିଦ୍ର ରଜନୀରେ ଲେଖିଲେଖି ସକାଳକୁ ଭେଟିଲେବି ଖରାପ ହେବନି ଦେହ। ମନ ସଫା ସୁତୁରା ହୋଇଯାଇଥିବ ସେତେବେଳକୁ। ମନ ହାଲୁକା ହୋଇଯାଏ। ଆଉ ଯେଉଁ ଗଳ୍ପ କି କବିତାଟିଏ ସେହି ରାତିର ଯନ୍ତ୍ରଣା ଦ୍ୱାରା ତାର କଲମ ମନରୁ ଜନ୍ମ ନେଇଥାଏ ଅନ୍ୟ ପାଠକକୁ ଆନନ୍ଦ ଦେଇପାରେ। ହୁଏତ ଲଳିତାର ଲେଖାଟି ଅନ୍ୟ କେହି ବଡ ଲେଖକ ପରି ପ୍ରସିଦ୍ଧ ହୋଇ ନ ପାରେ,ନ କରୁ। କିଛି କୁହେନି ଲଳିତା– କେବଳ ମାଣିକଚାନ୍ଦ ପ୍ରତି କେବଳ ହସର ଖିଅଟିଏ ଫିଙ୍ଗି ଦିଏ ଓ ମୁଖ ଭଙ୍ଗୀରେ ଯେଉଁ ଭାବ ପ୍ରକାଶ କରେ ତାହାର ଭାବ ବୁଝାପଡିଯାଏ–ତୁମେ ଶୁଅ ଆରାମରେ। ମୁଁ ଲେଖିଲେ ମୋ ଦେହ ମନ ଭଲ ରହିବ। ପୁଣି କେତେବେଳେ କୁହେ– ମୁଁ ଆଗରୁ ଲେଖୁଥିଲି, ଜାଣିଛ ନା ? ମୋର ଲେଖା କଲେଜ ମାଗାଜିନରେ ପ୍ରକାଶ ପାଇଥିଲା। ସାଙ୍ଗମାନେ ବହୁତ ତାରିଫ କରିଥିଲେ।

ମାଣିକଚାନ୍ଦ କିଛି କହନ୍ତି ନି। କିଛି ବି ପଢ଼ନ୍ତି ନି କଣ ଲେଖନ୍ତି ସେ ନିଜର ସ୍ତ୍ରୀ।

ନିଜର ଲେଖାକୁ ପଢ଼ାଇବାକୁ , ମତାମତ ଲୋଡିବାକୁ କେହି ନାହାନ୍ତି ଘରେ।

ସୀତା ଏପଟେ ଲଳିତାକୁ ପ୍ରସ୍ୟୋହିତ କରେ। ଲେଖାଲେଖି ଚାଲୁ ରଖିବାକୁ ସୀତା ସେଥିପାଇଁ ତାର ଲେଖା ଅଭ୍ୟାସକୁ ଜାରି ରଖେ। ୟା' ଭିତରେ ସରକାରଙ୍କ ଦ୍ୱାରା ସୁଲଭରେ ଉପଲବ୍ଧ ହେଉଥିବାରୁ ପ୍ରାୟ ଅଧିକାଂଶ ଘରେ ଲ୍ୟାଣ୍ଡଫୋନର ଆଦୃତି। ସୀତା ଘରେ ଲ୍ୟାଣ୍ଡଫୋନ, ଲଳିତା ଘରେ ଲ୍ୟାଣ୍ଡଫୋନ। ଲଳିତା ସୀତାକୁ ଆମନ୍ତ୍ରଣ କରେ ତା ଘରକୁ। ଆ, ଆମ ଘରେ କିଛି ଦିନନ ରହିକି ଯିବୁ। ସ୍କୁଲ ଛାଡି ଆସି ନ ପାରିଲେ ବି ଅନ୍ତତଃ ଛୁଟି ସମୟରେ ତ ଆସି ପାରିବୁ। ତୁ ଆସିଲେ ମୋ ଲେଖା ସବୁ ଦେଖିବୁ। ପରାମର୍ଶ ଦେବୁ କେମିତି ହେବା କଥା। ମୋର ବଡ ସମସ୍ୟା

ହେଉଛି ଗଳ୍ପର ନାମକରଣ। କାହାଣୀ ଲେଖି ଦେବା ପରେ ମୁଁ ସଠିକ ତଥା ଆମ୍ଭ ସନ୍ତୋଷ ପାଇଲା ପରି ଶିରୋନାମାଟିଏ ଦେଇ ପାରେନା।

ସୀତାର ଅନୁରୋଧ ରକ୍ଷା କରି ଯାଇଥିଲା ଲଲିତାର ଘରକୁ ଦିନେ। ସଙ୍ଗରେ ମିତାକୁ ନେବାକୁ ବିଫଳ ହୋଇଥିଲା। ମିତା ଯାଇ ପାରିନ ଥିଲା ତାର ଘରର ଜଂଜାଲ ଛାଡ଼ି।

ଚାରିଦିନ ରହିବାର ଯୋଜନା ନେଇ ଖ୍ରୀଷ୍ଟମାସ ଛୁଟିରେ ସୀତା ଯାଇଥିଲା ଲଲିତା ଘରକୁ। ପ୍ରଥମ ଦିନ ଲଲିତା ଓ ମିତା ରାତ୍ରି ଭୋଜନ ସାରିବା ପରେ ଗୋଟିଏ କୋଠରୀରେ ଶୋଇଲେ ଦିହେଁ। ଅଲଗା କୋଠରୀରେ ଶୋଇଲେ ମାଣିକଚାନ୍ଦ। ଲଲିତା ମିତାକୁ ତାର ଗଳ୍ପ କବିତା ସବୁ ଦେଇ କହିଲା ତୁ ପଢ଼ ଗୋଟିକୁ ଗୋଟି। ତାପରେ ମୋ ଦୋଷ ତ୍ରୁଟି କହ। କେମିତି ଲେଖିଥିଲେ ଆହୁରି ଭଲ ହୋଇଥାନ୍ତା ସେପରି ପରାମର୍ଶ ବି ଦେବୁ। ମୋର ପ୍ରସ୍ତାବିତ ଏକାଧିକ ଶିରୋନାମାରୁ କେଉଁଟି ସବୁଠୁ ସୁନ୍ଦର ଜଣାଇବୁ। ଆବଶ୍ୟକ ସ୍ଥଳେ ତୁ ନିଜେ ନାମକରଣ କରିବୁ, ମୋର ଆପଢ଼ି ନାହିଁ।

ସୀତା ଦେଖିଲା ଆଠ ଦଶଟି ଗପ ଅଛି। କବିତା ଅଛି କୋଡ଼ିଏ ଖଣ୍ଡେ। ସେ ଚିନ୍ତା କଲା, ଦିନକୁ ଦୁଇଟି ଗପ ଓ ପାଞ୍ଚଟି କବିତା। ଯିବାବେଳକୁ ଲଲିତାର ଲେଖା ଆଉ କିଛି ଅପଠିତ ହୋଇ ରହି ନ ଥିବ।

ଶୀତ ରାତିର ଦ୍ୱିତୀୟ ପ୍ରହରେ ଦୁଇ ସଙ୍ଗିନୀ ଶୋଇଥାନ୍ତି ଦେହକୁ ଦେହ ଲଗାଲଗି ହୋଇ। ସୀତା ଢାଙ୍କି ହୋଇଥିବା ବେଡସିଟ ଭିତରୁ ବାମ ହାତରେ ଧରିଥିବା ଲଲିତାର ଗଳ୍ପକୁ ଆଖି ସାମ୍ନାକୁ ଆଣି ପଢ଼ିବାକୁ ଆରମ୍ଭ କଲା।

ଗଳ୍ପର ଶିରୋନାମା ଅଛି ଏକାଧିକ- ପତିଦ୍ରୋହୀ, ବିଷାକ୍ତ ଫଗୁଣ, ରାକ୍ଷସୀ।

ସହରର ଏକ କଲୋନୀ। ନାମ ତାର ଅଫିସରର୍ସ କଲୋନୀ। କଲୋନୀର ଏକ କୋଣରେ ମିତ୍ରଭାନୁ ସିଂଙ୍କର ଘର। ବାହାରେ ଝୁଲୁଛି ଏକ ନାମ ଫଳକ। ସେଥିରେ ଲେଖାଅଛି ମିତ୍ରଭାନୁ ସିଂ।

ମିତ୍ରଭାନୁ ସିଂ ଏଇ ସହରର ଜଣେ ବ୍ୟସ୍ତ ଅଫିସର। ସରକାର ତାଙ୍କୁ ଯୋଗାଇ ଦେଇଛନ୍ତି ଏହି କ୍ୱାଟର।ଏଠିରେ ରହନ୍ତି ତାଙ୍କ ପତ୍ନୀ ସୁଜାତା ଓ ସେ। ଏବେ ତାଙ୍କ ସହିତ ଏକ କୁନିମନି ପୁଅ। ଘର ଭିତରକୁ ପ୍ରଥମେ ପଶୁ ପଶୁ ଏକ ନାତିଦୀର୍ଘ ବାରଣ୍ଡା। ସେଠୁ ଭିତରକୁ ଗଲେ ଇଂରାଜୀ ଅକ୍ଷରର ଟି ଆକାରର ଏକ ବାରଣ୍ଡା। ସେଇ ବାରଣ୍ଡାର ଅନ୍ୟ କୋଠରୀ, ଯଥା ବେଡ଼ରୁମ, ଷ୍ଟୋରରୁମ ଓ କିଚେନରୁମ ଓ ଲେଟ୍ରିନ ବାଥରୁମକୁ ରାସ୍ତା।

ଘରେ ଥାନ୍ତି ସୁଜାତା । ସକାଳୁ ଉଠିବାବେଳଠୁ ଘର କାମ କରନ୍ତି । ଘରୁ ବାହାରକୁ ବାହାରିବାର ଆବଶ୍ୟକ ପଡ଼େନି । ସହରରେ କେବେ କେମିତି ଯାନିଯାତ୍ରା ହେଲେ ବାହାରନ୍ତି । ତାଙ୍କୁ ଘର କାମରେ ସାହାଯ୍ୟ କରିବାକୁ ଏକ ସ୍ତ୍ରୀ ଲୋକ ଅସି ଘର କାମ କରି ଚାଲି ଯାଏ । ବାସନକୁସନ ମାଜିଦିଏ । ମଇଲା କପଡ଼ା ସଫା କରେ । ଘର ଓଲାଏ ।

ଏଇ ଘରକୁ ଆଉ ଜଣେ ଆସନ୍ତି । ଶାନ୍ତନୁ ସାର । ମିତ୍ରଭାନୁ ସିଂଙ୍କର ଏକମାତ୍ର ପୁତ୍ର ଟିଟୁ କୁ ଟିଉସନ ପଢ଼ାଇବାକୁ ସକାଳବେଳା ଓ ସଂଧ୍ୟାବେଳା ।

ବାହାର ବାରଣ୍ଡାରେ ଟିଉସନ ପଢ଼ାହୁଏ । ଶାନ୍ତନୁ ସାର ଟିଟୁକୁ ପଢ଼ାଉଥାନ୍ତି ରାଇମଠୁ ଆରମ୍ଭ କରି ପଣିକିଆ ପାଞ୍ଚ ଖଡ଼ା ପର୍ଯ୍ୟନ୍ତ । ପଢ଼ାଇବା ଭିତରେ ସୁଜାତା ଆସନ୍ତି ଚାକପେ ଧରି ଟିଉସନ ସାରଙ୍କ ପାଖକୁ । ତାଙ୍କ ଟେବୁଲ ଉପରେ ଥୋଇ ଦେଇ ଚାଲି ଯା'ନ୍ତି ପୁଣି ଘର ଭିତରକୁ । କେବେ କେମିତି ପଚାରି ଦିଅନ୍ତି– କେମିତି ପଢ଼ୁଛି ଟିଟୁ? ଠିକ ଠିକ ମନେ ରଖୁଛି ନା ନାଇଁ? ଶାନ୍ତନୁ ସାର କହନ୍ତି– ଠିକ ଅଛି । ବ୍ୟସ୍ତ ହୁଅନ୍ତୁନି । ତାକୁ ଜଣେ ମେଧାବୀ ଛାତ୍ରରୂପେ ବାହାର କରିବାର ମୋ ଉପରେ ଛାଡ଼ି ଦିଅନ୍ତୁ ।

ଖୁସି ହୁଅନ୍ତି ସୁଜାତା । ଶାନ୍ତନୁ ସହିତ କଥା ହେବାବେଳେ ଶାନ୍ତନୁ ସୁଜାତା ର ଆଖିକୁ ଆଖି ମିଲାଇ କଥା ହୁଅନ୍ତି । ସୁଜାତା ମନରେ ଏକ ବିଦ୍ୟୁତର ଚମକ ଖେଳିଯାଏ ମୁଣ୍ଡରୁ ଗୋଡ ପର୍ଯ୍ୟନ୍ତ । ଦେହରେ ଶିହରଣ । ସେ ଆନମନା ହୋଇ ପଡନ୍ତି ।

ଶାନ୍ତନୁ ଜଣେ ହୃଷ୍ଟପୃଷ୍ଟ ଯୁବକ । ସୌମ୍ୟ ଚେହେରା । ଶାନ୍ତ ଓ ଭଦ୍ର ବ୍ୟବହାର ତାଙ୍କର । ସୁଜାତା ଆକୃଷ୍ଟ ହୋଇପଡେ । ପଦେ ଦିପଦ କଥାରେ ମନ ମନେନା । ଦିନକୁ ଦିନ ଟିଉସନ ସରିବା ପରେ ଅନେକ କଥା ହୁଏ । ତାଙ୍କ ଘରେ କିଏ କିଏ ଅଛନ୍ତି । କଣ କରନ୍ତି । କଥା ଚାଲୁ ଚାଲୁ ଚାଲି ଯାନ୍ତି ସେମାନେ ଦେଶ ବିଦେଶର କଥା ଆଡକୁ । ସକାଳ ଟିଉସନ ସରୁ ସରୁ ଦୈନିକ ଖବର କାଗଜ ହକର ଦେଇ ଯାଇଥାଏ । ଶାନ୍ତନୁ ଟିଉସନ ସରିବା ପରେ ପଢ଼ନ୍ତି । ପଢ଼ୁ ପଢ଼ୁ ଅଧଘଣ୍ଟା ହୋଇଯାଏ । ତା ପରେ ସେ ଯା'ନ୍ତି ତାଙ୍କ ଘରକୁ । ଶାନ୍ତନୁଙ୍କ ଘରେ କାମ ନ ଥାଏ । ସେ ଜଣେ ବେକାରୀ ଯୁବକ । ଗ୍ରାଜୁଏସନ ପରେ ଚାକିରୀ ଅନ୍ଵେଷଣରେ ଥାନ୍ତି । ବେକାର ବସିଥିବା ବେଳେ ଟିଉସନ କରି କିଛି ହାତଖର୍ଚ୍ଚ ବାହାର କରିବାରେ କ୍ଷତି କଣ ?

ଦଶଟା ପୂର୍ବରୁ ମିତ୍ରଭାନୁ ସଂ ବାହାରି ଯାନ୍ତି ଘରୁ ଅଫିସ ଅଭିମୁଖେ । ମଧ୍ୟାହ୍ନ ଭୋଜନ ପାଇଁ ଆସନ୍ତି ଦେଢଟା ବେଳେ । ଯାଆନ୍ତି ପୁଣି ଦୁଇ କିମ୍ୱା ଅଢ଼େଇଟାକୁ ।

ଫେରିବା ସମୟର ଠିକଣା ନାହିଁ। ପାଞ୍ଚଟାରେ ତ ଫେରିବାର କଥା। ମାତ୍ର, ଅଫିସର କାମ ଏତେ ବେଶୀ ଯେ ସେ ସବୁକୁ ସାରି ଫେରୁ ଫେରୁ ହୁଏ ସାତଟା ଆଠଟା।

ଘରେ ସୁଜାତାକୁ ଭାରି ବୋର ଲାଗେ। ହାତରେ କଣ କାମ ଥାଏ ଯେ! ଚାକରାଣୀ ତ ସବୁକିଛି କରିଯାଏ। ସ୍ୱାମୀ ସ୍ତ୍ରୀ ଓ ଛୋଟ ଶିଶୁ ଜଣକର ଘର। ଖାଦ୍ୟ ପ୍ରସ୍ତୁତିରେ କେତେ ସମୟ ଲାଗିବ ଯେ!

ରନ୍ଧାଘରୁ ଏକ ପାତ୍ର ଆଣି ଗୋରସବାଲାଠୁ ଗୋରସ ଆଣି ଫ୍ରିଜ ଭିତରେ ରଖି ଦିଅନ୍ତି। କେବେ କୌଣସି ଜିନିଷଟିଏର ଆବଶ୍ୟକ ହଠାତ ପଡିଲେ ପାଖ କିରାନା ଦୋକାନରୁ କିଣି ଆଣି ଦିଅନ୍ତି। ଏଥିରେ ଶାନ୍ତନୁ କିଛି ଦ୍ୱିଧାବୋଧ କରନ୍ତି ନାହିଁ।

ଦିନେ ସୁଜାତାର ମୁଣ୍ଡ ବ୍ୟଥା ହେଲା ଭୀଷଣ। ଚା ପ୍ରସ୍ତୁତ କରି ସେ ଶାନ୍ତନୁ ସାରଙ୍କୁ ଟିଉସନ ପଢ଼ାଇବା ଭିତରେ ଦେଇ ପାରି ନ ଥିଲେ। ଟିଉସନ ସାର ଟିଉସନ ଛୁଟି କରି ଗୃହକୁ ବାହୁଡ଼ି ଯିବାବେଳକୁ ସୁଜାତା ପଛ ପଟୁ ଡାକି କହିଲେ– ଶାନ୍ତନୁ ସାର, ଟିକେ ଶୁଣନ୍ତୁ।

ଶାନ୍ତନୁ ଓଲଟି ଦେଖିଲେ ସୁଜାତା ମାଡାମ ଦ୍ୱାରବନ୍ଧର ପରଦା ଆଢୁଆଲରେ ଠିଆ ହୋଇଛନ୍ତି। ତାଙ୍କୁ ଦେଖି କହିଲେ– ଆଜି ଚା’ ଦେଇ ପାରିଲିନି। ଖରାପ ଭାବିବେ ନି। ମୁଣ୍ଡ ବହୁତ ଧରିଛି ତ।

ଶାନ୍ତନୁ ସଂଭ୍ରମତାର ସହିତ ପଚାରିଲେ– ମୁଣ୍ଡ ବ୍ୟଥା ପାଇଁ କଣ କିଛି ଔଷଧ କିଛି ଖାଇଲେଣି ନା ନାଇଁ?

ମାଡାମ ଉତ୍ତର ଦେଲେ–କିଛି ଖାଇନି ଯେ...। ମୁଣ୍ଡରେ ଲଗାଇବାର ଏକ ମେଡିସିନ ଥିଲା ଯେ ତାକୁ ଖୋଜି ଖୋଜି ପାଇଲିନି। ଆପଣ ଯଦି ମାର୍କେଟରୁ .... ।

ହଁ, ହଁ, ମୁଁ ମାର୍କେଟରୁ ଗୋଟିଏ ନେଇ ଆସୁଛି। ଏତକ କହି ଶାନ୍ତନୁ ଔଷଧର ନାମ ପଚାରି ସଙ୍ଗେ ସଙ୍ଗେ ସହର ଆଡକୁ ଗଲେ।

ଫେରିବା ପରେ ମାଡାମ କହିଲେ–ଦେଖ, ଆପଣଙ୍କୁ ଔଷଧ କିଣି ପଠାଇଲି, ଅଥଚ ଟଙ୍କା ଦେଇନି। ଏତକ କହି ପଚାଶ ଟଙ୍କା ଧରାଇ ଦେଲେ।

ଟଙ୍କା ଗ୍ରହଣ କରି ଶାନ୍ତନୁ ଔଷଧ ଡବାଟିକୁ ମାଡାମଙ୍କୁ ଧରାଇ ଦେବା ବେଳେ ମାଡାମ କହିଲେ– ଖୋଲନ୍ତୁ।

ଖୋଲା ଡବାଟିକୁ ତାଙ୍କ ମୁଖ ସାମ୍ନାକୁ ଆଣି ଧରାଇ ଦେବା ଉଦ୍ଦେଶ୍ୟରେ ଟେକି ଧରିବା ବେଳକୁ ମାଡାମ ପାଖରେ ପଡିଥିବା ଏକ ଚୌକି ଉପରେ ବସି କହିଲେ– ଲଗାଇଲ ମୋ କପାଳରେ।

ଶାନ୍ତନୁ ବିନା ଦ୍ୱିଧାରେ ମାଡାମଙ୍କ ମୁଣ୍ଡରେ ଔଷଧ ଘସି ଦେଲେ। ସେ ଆନମନା

ହୋଇପଡିଲେ। କି ସୁନ୍ଦର ମୁଖ ମଣ୍ଡଳ ସତେ ମାଡାମଙ୍କର। କପାଳ ଚୂର୍ଣ୍ଣ କୁନ୍ତଳ ସବୁକୁ ଆଡେଇ ଦେଇ ଔଷଧ ଘସିବାବେଳେ ଶାନ୍ତନୁଙ୍କ ଦେହରେ ଖେଳିଗଲା ଶିହରଣ। ଏକ ଅନନୁଭୂତ ଶିହରଣରେ ତାଙ୍କ ଦେହ କମ୍ପି ଉଠୁଥାଏ। ସେ ବିସ୍ମିତ ହେଉଥିଲେ- ନାରୀ ଦେହରେ ଏପରି କଣ ଥାଏ ଯେ ତାକୁ ଛୁଇଁ ଦେଲେ ଖେଳି ଯାଏ ବିଦ୍ୟୁତ। ଶାନ୍ତନୁ ଦେଖିଲେ ଔଷଧର କରାମତିରେ ହେଉକି ତାଙ୍କର ହାତ ସ୍ପର୍ଶରେ ମାଡାମ ପରମ ଶାନ୍ତିରେ ଆଖି ବୁଜି ଆରାମ ଅନୁଭବ କରୁଛନ୍ତି। ଆପଣାଛାଏ ଶାନ୍ତନୁଙ୍କର ଆଖି ପଡିଗଲା ମାଡାମଙ୍କ ଛାତି ଉପରକୁ। ତାଙ୍କର ଉନ୍ନତ ବକ୍ଷ ସ୍ଥଳରୁ ଖସି ପଡିଛି ଶାଢ଼ୀ। ଉନ୍ନତ ବକ୍ଷ ଯୁଗଳକୁ ଆବୃତ କରିଛି ବ୍ଲାଉଜ ନାମକ ଅନ୍ତର୍ବାସ। କେଉଁ ଏକ ଅଜଣା ମୋହରେ ବଶୀଭୂତ ହେବାରୁ ଶାନ୍ତନୁ ଚୁମ୍ବକୀୟ ଶକ୍ତିରେ ଆକୃଷ୍ଟ ହୋଇ ସେହି ସୌନ୍ଦର୍ଯ୍ୟର କେନ୍ଦ୍ର ସ୍ଥଳକୁ ହାତ ବଢ଼ାଇଲେ। ହଠାତ ତାଙ୍କର ପଛ ପଟୁ କେହି ଜଣେ ଡାକି ଦେଲା ଯେପରି- ଏ କଣ କରୁଛୁ ଶାନ୍ତନୁ। ଏ ହେଉଛନ୍ତି ମାଡାମ। ଜଣେ ଓ. ଏ. ଏସ. ଅଫିସର ତଥା ମାଜିଷ୍ଟେଟଙ୍କ ପତ୍ନୀ। କିଛି ଅପକର୍ମ କରିବା ପୂର୍ବରୁ ତାର ପରିଣତି ପ୍ରତି ସଜାଗ ହୁଅ। ଜେଲର ଅନ୍ଧାର କୋଠରୀ ଭିତରେ ସଢ଼ିବାକୁ ପ୍ରସ୍ତୁତ ହୋଇଛୁ ତ ?

ମୋହଗ୍ରସ୍ତ ଉଦ୍ୟତ ହାତ ଫେରି ଆସିଲା ନିଜ ସ୍ଥାନକୁ। ମାଡାମ ଆଖି ଖୋଲି ଦେଖିଲେ ଶାନ୍ତନୁକୁ। କହିଲେ ଭଲ ଲାଗୁଛି ଏବେ। ଏହା ଆପଣଙ୍କର ହାତର କରାମତି ନିଶ୍ଚୟ।

ଶାନ୍ତନୁ କଣ ଉତ୍ତର ଦେବେ ? କିଛି ଭାବି ପାରିଲେନି। ତାଙ୍କର ହାତର ବା କଣ ଯାଦୁ ଅଛି ଯେ ଜଣକର ମୁଣ୍ଡବ୍ୟଥା ଆରାମ ହୋଇଯିବ ସ୍ପର୍ଶରେ।

ଏତିକିବେଳକୁ ଟିଟୁ ଡାକ ପକାଇଲା ଘର ଭିତରୁ- ବୋଉ, ଖାଇବାକୁ ଦେ। ଭୋକ ହେଲାଣି।

ସୁଜାତା ମାଡାମ ଘର ଭିତରକୁ ଚାଲିଗଲେ। ଶାନ୍ତନୁ ଫେରିଲେ ନିଜ ଘରକୁ।

ଶାନ୍ତନୁ କିଛି ବୁଝି ପାରିଲେନି ଠିକ ଭାବେ ସୁଜାତା ମାଡାମଙ୍କୁ। କଣ ଚାହାନ୍ତି ମାଡାମ ? ଅନ୍ୟ ଏକ ଦିନରେ କିନ୍ତୁ ଶାନ୍ତନୁ ବୁଝି ଯାଇଥିଲେ କଣ ଚାହାନ୍ତି ମାଡାମ।

ସେଦିନ ମାଡାମ ତାଙ୍କ ବେଡ଼ରୁମରେ ଶୋଇଥିଲେ। ଟିଉସନ ପଢ଼ାଇବା ଦୃଶ୍ୟ ଦେଖାଯାଏ ବାରଣ୍ଡା ସଂଲଗ୍ନ କାନ୍ଥରେ ଥିବା ଝରକାକୁ ଖୋଲି ଦେଲେ ସେଦିନ ଝରକା ଖୋଲାଥିଲା। ନିଜର ଆଗମନରେ ସୂଚନା ଜଣାଇ ପ୍ରତିଦିନ ପରି ସେଇ ଅପରାହ୍ନରେ ଟିଟୁ ଆସ ପଢ଼ିବା ବୋଲି ଡାକିଦେଲେ ଶାନ୍ତନୁ।

ମାଡାମ ସେପଟୁ ଉତ୍ତର ଦେଲେ- ଆଜି ଟିଉସନ ବନ୍ଦ। ଟିଟୁ ଯାଇଛି ଅଫିସ ପିଅନ ସଙ୍ଗରେ ମୀନା ବଜାରକୁ।   ଆସନ୍ତୁ ଭିତରକୁ।

ସନ୍ଦେହରେ ଅଟକି ଗଲା ଶାନ୍ତନୁଙ୍କ ଗୋଡ ଦିଟି। ପୁଣି ଆମନ୍ତ୍ରଣ। ଶାନ୍ତନୁ ଅଗତ୍ୟା ପଶିଲେ ବେଡରୁମକୁ। ମାଡାମ କହିଲେ, କେହି ନାହାନ୍ତି ମ ଘରେ। ଆସନ୍ତୁ, ଆସନ୍ତୁ। ବସନ୍ତୁ।

ଶାନ୍ତନୁ ବୁଝି ପାରି ନ ଥିଲେ ମାଡାମଙ୍କ ଉଦ୍ଦେଶ୍ୟ। ତଥାପି ଟିକିଏ ପଛଘୁଞ୍ଚା ଦେଇ ଠିଆ ହେବା ବେଳକୁ ମାଡାମ କହିଲେ- ସେଦିନ ତୁମ ହାତର ସ୍ପର୍ଶରେ ମୋ ମୁଣ୍ଡବ୍ୟଥା ପୁରାପୁରି ଆରାମ ହୋଇଯାଇଥିଲା। ଆଜି ମୋ ଦେହସାରା ଦରଜ, ଶାନ୍ତନୁ।

ଶାନ୍ତନୁ ମାଡି ଚାଲିଥିଲେ ଆଗକୁ। ସ୍ପର୍ଶ ଦେଇଗଲେ ମାଡାମଙ୍କ ଦେହରେ। ମାଡାମ ଶେଷକୁ କହିଲେ, ଆଃ କି ଶାନ୍ତି!

ଶାନ୍ତନୁ ଜାଣିଲେ ମାଡାମ ଖରାଦିନର ଜଣେ ତୃଷିତ ପଥିକ। ତାଙ୍କର ଚାଲିବା ରାସ୍ତାରେ ଅନେକ ଥର ପାଣି ପିଇବାର ଆବଶ୍ୟକତା ରହିଛି। ସେ ସେଥିପାଇଁ ସଙ୍ଗରେ ଏକ ବୋତଲ ଧରିଛନ୍ତି। ଅଥଚ ତୃଷା ମେଣ୍ଟୁନି ସେଠିରେ। ସେ କେଉଁ ଏକ ସରବତ ବୋତଲର ସନ୍ଧାନରେ ଥିଲେ ଯାହାକୁ ପାନ କଲେ ତାଙ୍କର ତୃଷା ମେଣ୍ଟିବ। ପାଇବେ ପରମ ତୃପ୍ତି।

ଥରେ ନୁହେଁ ଅନେକ ଥର ଶାନ୍ତନୁଠାରୁ ମାଡାମ ଜଳପାନ କରୁଥିଲେ ଗୋପନରେ। ଏଇ ଜଳପାନ ଯେ ନିଷିଦ୍ଧ, ଆଇନଅନୁସାରେ ଦଣ୍ଡନୀୟ, ଏହା ସ୍ୱାମୀଙ୍କର ଗୋଚରକୁ ଆସିଲେ ପୋଡିଯିବ ତାଙ୍କର ସଂସାର, ସେ ହେବେ ଲୋକହସା, ସମାଜରେ ଦେଖାଇ ପାରିବେନି ତାଙ୍କର କଳଙ୍କିତ ମୁଖ, ଏସବୁ କଥା ସୁଜାତା ମାଡାମଙ୍କ ମନକୁ ଆନ୍ଦୋଳିତ କରି ନ ଥିଲା। ଅତି ତୃଷାର୍ତ ବ୍ୟକ୍ତି ଯେପରି ଜଳର ବିଶୁଦ୍ଧତା ପ୍ରତି ଦୃଷ୍ଟି ନିକ୍ଷେପ ନକରି ତୃଷା ମେଣ୍ଟାଇବାକୁ ପାନ କରିଦିଏ ଲୋଭନୀୟ ଜଳକୁ, କିଛି ବାଛ ବିଚାର ନ ଥାଏ ତା ପାଖରେ, ଠିକ ସେପରି ଥିଲେ ମାଡାମ।

ସେଦିନ କିନ୍ତୁ ମାଡାମଙ୍କ ଆଖିରେ ଅନ୍ଧକାର ମାଡି ଆସିଥିଲା। ପୁଅ ଟିଟୁକୁ ବେଡମିକ୍ସନ ଓ କର୍କ ଦେଇ ପାଖ ପଡିଶା ଘର ପୁଅ ସହିତ ଖେଳିବାକୁ ପଠାଇ ଦେଇଥିଲେ। ସେ କାହିଁକି ପୁଣି ଫେରି ଆସିଲା। କିଛି ସମୟ ପରେ ଯେ କେଜାଣି। ଶାନ୍ତନୁ ସହିତ ସେ ବେଡରେ ଥିବାବେଳେ ଦେଖି ପକାଇଥିଲା ଟିଟୁ। ସୁଜାତା ମାଡାମ ହଠାତ ନିଜର କେଶବାସ ସଜାଇ ଦେଇ ଟିଟୁ ପାଖକୁ ଯାଇ କହିଲେ- କାହିଁକି ପୁଣି ଫେରିଲୁ ଟିଟୁ?

ହାତରେ ଥରିଥିବା କର୍କକୁ ଦେଖାଇ ଟିଟୁ କହିଲା- ଏ ପୁରୁଣା କର୍କକୁ ନେଇ

ଯାଇଥିଲି ତ । ନୂଆଁ ନେବାକୁ ଆସିଲି । ମୁହୂର୍ତ୍ତେ ରହି ଯାଇ ପୁଣି ଟିଟୁ କହିଲା-
ବୋଉ, ତୁମେ ତ କହୁଥିଲ ସାର ଆଜି ଆସିବେନି ବୋଲି । ତାଙ୍କୁ ଜର ହେଉଛି
କହିଥିଲ । ଏଇ ତ ଏବେ ତୁମ ଦେହ ଉପରେ ଶୋଇଥିଲେ । ସେପରି ଶୋଇଲେ
ଦେହର ଜ୍ୱର କଣ ଛାଡି ଯାଏ କି ?

 କିଛି ଉତ୍ତର ଦେଇ ପାରି ନ ଥିଲେ ମାଡାମ । ରାଗରେ କହିଲେ- ଯା, ଯା
ଖେଳିବୁ ଯା ।

ଟିଟୁ ଚାଲି ଯାଇଥିଲା ବୋଉର ରାଗ ତମ ତମ ମୁଖକୁ ଦେଖି ।

ଅତିଶୟ ହତଭମ୍ବ ହୋଇ ମାଡାମ କହିଲେ ଶାନ୍ତନୁକୁ- କଣ କରିବା ? ମୁଁ
ମରିଯିବି, ଶାନ୍ତନୁ । କିପରି ବଞ୍ଚିବା ? ସବୁ କଥା ତ ସମସ୍ତେ ଜାଣି ଯିବେ ।

ଟିଟୁ ତ ନିଶ୍ଚୟ ତା ଡାଡିଙ୍କୁ ପଚାରିବ ସେଇ ପ୍ରଶ୍ନ ।

ଶାନ୍ତନୁ ବି ଭୟଭୀତ ହୋଇ ପଡିଥିଲେ । କିଂ କର୍ତ୍ତବ୍ୟ ବିମୂଢ଼ ହୋଇ ଠିଆ
ହୋଇଥିଲେ ଖୁଣ୍ଟଟିଏ ପରି ।

ସୁଜାତା ମାଡାମ ଶାନ୍ତନୁଙ୍କ କାନ୍ଧକୁ ହଲାଇ ଦେଇ କହିଲେ- କିଛି ଗୋଟାଏ
କର ଶାନ୍ତନୁ, ଯଦ୍ୱାରା ଆମର ଇଜ୍ଜତ ବଞ୍ଚିଯିବ ।

ତାପରେ ଚାଲି ଯାଇଥିଲେ ଶାନ୍ତନୁ କ୍ୟାଟର ବାହାରକୁ ।

ତାପର ଦିନ ସହରରେ ଚାଞ୍ଚଲ୍ୟକର ସମ୍ବାଦ- ମିତ୍ରଭାନୁ ସିଂଙ୍କର ପୁତ୍ର ଟିଟୁ
ନିରୁଦ୍ଦିଷ୍ଟ । ପିଲା ଚୋରଙ୍କ ହାବୁଡରେ ପଡିଥିବା ଆଶଙ୍କା ।

ପୋଲିସକୁ ଖବର ଦିଆଗଲା । ପୋଲିସ ଆସି ପଚରାଉଚୁରା କଲା ସମସ୍ତଙ୍କୁ-
ମିତ୍ରଭାନୁ ସିଂଙ୍କୁ, ସୁଜାତା ମାଡାମଙ୍କୁ, ଘରର ଚାକରାଣୀକୁ, ଟିଉସନ ମାଷ୍ଟରଙ୍କୁ,
ପଡୋଶୀ ଘରର ଛୋଟ ପୁଅକୁ ଓ ଅନ୍ୟମାନଙ୍କୁ । ସମସ୍ତଙ୍କର ବୟାନରୁ ପୋଲିସ
ଜାଣିବାକୁ ପାଇଲା ଯେ ସେ ଦିନ ଟିଉସନ ମାଷ୍ଟରଙ୍କ ଜ୍ୱର ହେଉଥିବାରୁ ସେ ଆସି ନ
ଥିଲେ ଟିଟୁକୁ ପଢ଼ାଇବାକୁ । ତାଙ୍କର ଅନୁପସ୍ଥିତ ହେତୁ ଟିଟୁ ବ୍ୟାଡମିଣ୍ଟନ ଖେଳିବାକୁ
ଗଲା ପଡୋଶୀ ଘର ପୁଅ ସହିତ ।। ଖେଳ ସାରି ଘରକୁ ଫେରିବା ବେଳକୁ ଆଉ
ଆସିଲା ନାହିଁ ଘରକୁ । ସମ୍ଭବତଃ ସେଠାରୁ କେଉଁ ପିଲାଚୋର ତାକୁ ଚୋରାଇ
ନେଇ ଯାଇଛି ।

ପୋଲିସ ପ୍ରତିଶ୍ରୁତି ଦେବାକୁ ଯାଇ କହିଲା- ଆମେ ଚେଷ୍ଟା କରି ଦେଖୁଛୁ ।
ଖବର କାଗଜରେ ନିରୁଦ୍ଦିଷ୍ଟ ଶିରୋନାମାରେ ଟିଟୁର ଫଟୋ ବାହାରିଲା । ଟିଭିରେ
ପ୍ରସାରିତହେଲା ବି । ଟିଟୁର ସନ୍ଧାନ ଦେବା ବ୍ୟକ୍ତିକୁ ଉପଯୁକ୍ତ ପୁରସ୍କାରର ଘୋଷଣା
ବି ହେଲା ମିତ୍ରଭାନୁ ସିଂଙ୍କ ତରଫରୁ ।

ସୁଜାତା ଦିନରାତି କାନ୍ଦି କାନ୍ଦି ତା ଆଖି ଦୁଇଟି ଫୁଲି ଉଠିଥିଲା। ସ୍ୱାମୀ ମିତ୍ରଭାନୁ ସିଂ ତାଙ୍କୁ ପ୍ରବୋଧନା ଦେଉଥିଲେ। ପ୍ରବୋଧୁ ନ ଥିଲେ ସେ। ମିତ୍ରଭାନୁ ଭାବୁଥିଲେ ପ୍ରକୃତରେ କେତେ ବାଧେ ଏକ ଜନ୍ମିତ ସନ୍ତାନକୁ ହରାଇବାରେ।

ସୁଜାତା କାହାକୁ ଜଣାଇବ ଦୁଃଖ? ଏପଟକୁ ଗଲେ ଅଗ୍ନିରେ ପୋଡ଼ିଯିବ, ଅନ୍ୟ ପଟକୁ ଗଲେ ଅତଳ ଜଳରେ ବୁଡ଼ି ମରିବ। ସୁଜାତା ଚୁପ ହୋଇ ନିରବ ନିଷ୍କଳ ଭାବେ ଠିଆ ହେବା ଛଡ଼ା ଅନ୍ୟ ଉପାୟ କିଛି ନ ଥିଲା। ଚିଟୁର ଅଭାବ ଯେ ଅନୁଭବ କରୁଥିଲା ମର୍ମେ ମର୍ମେ। ତାର ମୁଖ ଝୁଲି ଯାଏ ଆଖି ସାମ୍ନାରେ। ତା ମନରେ ଭାଷାହୀନ ପ୍ରଶ୍ନ, ତା ହେଲେ ଶାନ୍ତନୁ ଚିଟୁକୁ ନେଲେ କେଉଁଠିକି? କେତେ ଦିନ ପରେ ଛାଡ଼ିବେ? ପିଲା ଚୋରଙ୍କ ହାବୁଡ଼ରେ ଯଦି ଦେଇ ଦେଇଛନ୍ତି ସେମାନେ ଛାଡ଼ିବେ ନା ନାହିଁ ଆଉ?

ସେଦିନ ଅପରାହ୍ନରେ ଶାନ୍ତନୁ ଆସିଥିଲେ ସୁଜାତା ମାଡାମ ପାଖକୁ। ଏକାକୀ ଥିଲେ ସୁଜାତା ଘରେ। ଅତି ବ୍ୟସ୍ତ ହୋଇ ସେ ପଚାରିଥିଲେ, କଣ କଲ ମୋ ପୁଅକୁ ଶାନ୍ତନୁ? କେଉଁଠି ଅଛି? କେମିତି ଅଛି?

ଶାନ୍ତନୁ ସାବଧାନ ରହିବାକୁ ଇଙ୍ଗିତ ଦେଇ କହିଲେ- ପ୍ରଥମେ ନିଜକୁ ବଞ୍ଚାନ୍ତୁ ମାଡାମ। ପରେ ପୁଅ କଥା ଚିନ୍ତା କରିବେ। ଶୁଣନ୍ତୁ, ଆପଣ ଓ ମୋ ସଂପର୍କକୁ କେହି ସନ୍ଦେହ କରି ପାରନ୍ତି। ତାକୁ ଡାଇଭଟ କରିବାକୁ ଆପଣ ସାହେବଙ୍କୁ କହନ୍ତୁ ଆଜି ଏକ ଫୋନ ଆସିଥିଲା। ଘରକୁ ଯେ ପାଞ୍ଚଲକ୍ଷ ଟଙ୍କା ଦେଲେ ସେମାନେ ଚିଟୁକୁ ଫେରାଇ ଦେବେ। ସହରର ଶେଷ ମୁଣ୍ଡରେ ଥିବା ସୁବର୍ଣ୍ଣରେଖା ନଈର ପୋଲ ପାଖରେ ସନ୍ଧ୍ୟାବେଳକୁ ସେମାନେ ଆସନ୍ତାକାଲି ଅପେକ୍ଷା କରିଥିବେ। ଯଦି ଏଥା ପୋଲିସକୁ ଜଣାନ୍ତି ସେମାନେ ପୁଅକୁ ମାରି ଦେବେ।

ଅଫିସ ଫେରିବା ପର୍ଯ୍ୟନ୍ତ ଅପେକ୍ଷା କଲେନି ସୁଜାତା। ଘରୁ ଫୋନ କରି ଡକାଇଲେ ସ୍ୱାମୀଙ୍କୁ। କହିଲେ ଅଜଣା ବ୍ୟକ୍ତିଙ୍କ ଫୋନ ସମ୍ବନ୍ଧରେ। ମିତ୍ରଭାନୁ ସିଂ ପଚାରିଲେ କେତେବେଲେ ଆସିଥିଲା ଫୋନ?

ସୁଜାତା କହିଲେ- ଠିକ ଚାରି ଘଣ୍ଟା ପାଞ୍ଚ ମିନିଟ ବେଳକୁ।

ଲ୍ୟାଣ୍ଡ ଫୋନର କଲ। କଲର ଆଇଡି ନ ଲଗାଇ ବହୁତ ଭୁଲ କରିଛନ୍ତି ବୋଲି ପଞ୍ଚାଇ ହେଲେ ମିତ୍ରଭାନୁ। ତଥାପି ସେ ବି.ଏସ.ଏନ.ଏଲ.କୁ ଇନକ୍ବାରୀ କରାଇବେ ପୋଲିସ ମାଧ୍ୟମରେ।

ବାହାରି ଗଲେ ଘରୁ। ଫେରିଲେ।

ସୁଜାତାକୁ କହିଲେ- ଯା ବି ହେଉ, ପାଞ୍ଚ ଲକ୍ଷ ଟଙ୍କା ଆଜି ଆରେଞ୍ଜ କରିବାକୁ ହେବ।

କିଛି ଟଙ୍କା। କର୍ମଚାରୀଙ୍କ ଠାରୁ, କିଛି ଅଫିସ ଫଣ୍ଡରୁ, କିଛି ସାଙ୍ଗମାନଙ୍କଠାରୁ ସଂଗ୍ରହ କରି ପ୍ରସ୍ତୁତ ହେଲେ ମିତ୍ରଭାନୁ ସଂ।

ଆଜି ସନ୍ଧ୍ୟା ସମୟକୁ ଅପେକ୍ଷା। ସହରର ଶେଷ ମୁଣ୍ଡରେ ସୁବର୍ଣ୍ଣରେଖା ନଦୀ। ତା ଉପରେ ବ୍ରିଜ। ସେ ପାଖକୁ ଏକାକୀ ଯିବେ ମିତ୍ରଭାନୁ। ତାଙ୍କୁ ଭୟ ଲାଗୁଥିଲା ଯେତିକି ସନ୍ଦେହ ଲାଗୁଥିଲା ସେତିକି।

ଅସୁସ୍ଥ ଲାଗୁଥିଲା। ବିପି ବଢ଼ି ଯାଇଥିଲା ମିତ୍ରଭାନୁଙ୍କର। ଅପରାହ୍ନ ବେଳକୁ ଡାକ୍ତର ପାଖକୁ ଯାଇ ପରାମର୍ଶ କରି ଔଷଧ ଖାଇଲେ।

ହଠାତ ପୋଲସରୁ ଖବର ଆସିଲା, ସୁବର୍ଣ୍ଣରେଖା ନଦୀର ପ୍ରାୟ କୋଡିଏ କିଲୋମିଟର ତଳକୁ ଏକ ଗାଁର ନଦୀଘାଟ ପାଖରେ ପଡିଛି ଏକ ଶିଶୁର ଶବ। ଶବ ଚିହ୍ନଟ ପାଇଁ ମିତ୍ରଭାନୁଙ୍କୁ ଯିବାକୁ ହେବ ପୋଲିସ ସଙ୍ଗରେ।

ବଡ ଆଶଙ୍କା ଓ ଉଦଗ୍ରୀବ ହୋଇ ଗଲେ ମିତ୍ରଭାନୁ। ଯିବାବେଳକୁ ମୁହସଞ୍ଜ। ଶବକୁ ଦେଖିଲେ। କାନ୍ଦି ଉଠିଲେ ଭୋ ଭୋ ମିତ୍ରଭାନୁ। ସେ ହିଁ ଥିଲା ଟିଟୁର ଶବ।

ଆଜି ସନ୍ଧ୍ୟା ସମୟକୁ ପାଞ୍ଚ ଲକ୍ଷ ଟଙ୍କା ଦାବୀକରୁଥିବା ଚୋରଦଳ ଦିନ ଧାର୍ଯ୍ୟ କରିଥିବା ବେଳକୁ ତା ପୂର୍ବରୁ କାହିଁକି ଟିଟୁକୁ ମାରି ପାଣିରେ ଫିଙ୍ଗିଦେଲେ କିଛି ବୁଝି ପାରିଲେନି କେହି।

କିନ୍ତୁ ଠିକ ବୁଝିଥିଲା ଜଣେ– ସୁଜାତା। ହେଲେ କାହାକୁ କହିବ ? ସବୁଠୁ ଶକ୍ତ ଅଠାରେ ବନ୍ଦ ହୋଇଛି ତାର ପାଟି। ସୁଜାତା ଭୀଷଣ ରାଗ ହେଉଥିଲା ଶାନ୍ତନୁକୁ। ଶେଷକୁ ଶାନ୍ତନୁ ତୁମେ ଟିଟୁକୁ ମାରି ଦେଲ ? ମୁଁ କଣ ତୁମକୁ ସେଇଆ କରିବାକୁ କହିଥିଲି ? ପୁଣି ଭାବିଲେ– ହଁ, ହଁ, କହିଥିଲି ତ ସେଇଆ। ନହେଲେ ଆଜି ନ ହେଲେ କାଲି ସେ କହିଥାନ୍ତା ଯେ ଶାନ୍ତନୁ ସାର ବୋଉ ଦେହରେ. . . . . . ଛି, ଛି, କି କାଣ୍ଡ କଲା ସତରେ ସେ ନିଜେ। ସେ ବଞ୍ଚିବା ଦରକାର ନୁହେଁ। ମରିଯିବା ନିଶ୍ଚିତ ଭାବେ ଶ୍ରେୟସ୍କର।

ଗଳ୍ପଟି ଏଇଠି ଶେଷ। ଗଳ୍ପ ପଢ଼ା ଶେଷ ହେବା ବେଳକୁ ସୀତା ଦେଖେ ତ ଲଳିତା ଶୋଇ ପଡିଲାଣି। ତାର ନିଦ୍ରାଭଙ୍ଗ କରି ପଚାରିବାକୁ ଇଚ୍ଛା ହେଉଥିଲା କେତୋଟି ପ୍ରଶ୍ନ। ସୀତା ପୁଣି ଭାବିଲା– ସୁସୁପ୍ତିରେ ଶୋଇଥାଉ ସେ। ସକାଳୁ ପଚାରିବ।

ପାହାନ୍ତା ପ୍ରହରକୁ ଦୁଇ ସଙ୍ଗିନୀଙ୍କର ନିଦ ଭାଙ୍ଗିଲା। ଖଟ ଉପରେ ବସି ସୀତା କହିଲା ଲଳିତାକୁ, ଭଲ ହୋଇଛି ସେଇ ଗଳ୍ପ ଯେଉଁ ଗଳ୍ପରେ ତୁ ଲେଖିଛୁ ଏକ ମିଛ ପିଲା ଚୋରୀ ଘଟଣାକୁ।

ଲଳିତା ନିରବ ରହିଲା।

ସୀତା ପୁଣି ପଚାରିଲା– ଆଚ୍ଛା ଲଳିତା, ତୁ ଏତେ ଚମତ୍କାର ପ୍ଲଟ୍‌ଟେ ପାଇଲୁ କେଉଁଠୁ ? ମୁଁ ଭାବୁଛି, ତୋ ଜୀବନର ଅନେକଟା ସତ୍ୟ ଏଠାରେ ପ୍ରକାଶ କରି ଦେଇଛୁ । କାରଣ ଗଳ୍ପର ନାୟିକା ସୁଜାତା ତାର ପୁଅକୁ ହରାଇଛି ଏବଂ ତୁ ବି ତୋ ପୁଅକୁ ହରାଇଛୁ ସେଇ ପିଲାଚୋରୀ ମାଧ୍ୟମରେ ।

ଲଳିତା କାନ୍ଦି ଉଠିଲା ଭୋ ଭୋ । କହିଲା– ତୁ ଠିକ୍ କହିଛୁ ସୀତା । ସେହି ସୁଜାତା ହିଁ ମୁଁ । ମୁଁ ସେହି କଳଙ୍କିନୀ ।

ବାହାରେ କେହି ଜଣେ କବାଟ ଠକ ଠକ କରିବାର ଶବ୍ଦ ଶୁଭିଲା । ଏଯାଏ ସକାଳ ଆସି ଯାଇଥିଲା ଓ ସେମାନେ କବାଟ ଖୋଲିବାର କଥା । ଏଥିପାଇଁ ବୋଧହୁଏ ମାଣିକଚାନ୍ଦ କବାଟ ଖୋଲିବାକୁ ଡାକୁଛନ୍ତି ।

କ୍ରନ୍ଦନରତା ଲଳିତାକୁ କାନ୍ଦ ବନ୍ଦକରିବାକୁ ନିର୍ଦ୍ଦେଶ ଦେଇ ସୀତା କବାଟ ଖୋଲିଲା ।

କବାଟ ଖୋଲିବା ମାତ୍ରେ ମାଣିକଚାନ୍ଦ କହିଲେ– ଲଳିତା କାନ୍ଦୁଛି ନା ମାଡାମ ? ଦେଖନ୍ତୁ, ମୁଁ କେତେ ପରେଶାନ ହେଉଛି । କେହି ନାରୀ କଣ ତାହାର ପୁଅକୁ ହରାଉ ନାହିଁ ? ଯା'ର ପୁଅଟେ ଚାଲିଗଲା ବୋଲି ସେ' ପାଗେଲୀ ପ୍ରାୟ ହେଇଗଲା । ରାତ୍ରି ନେଇଥିଲି ତାକୁ ଚିକିତ୍ସା ପାଇଁ । ଡାକ୍ତର କହିଛନ୍ତି ତାକୁ ନ କନ୍ଦାଇବାକୁ । ଖୁସିରେ ରଖିବାକୁ କହିଛନ୍ତି । ଦେଖନ୍ତୁ ମାଡାମ ! ତାକୁ ଟିକେ ବୁଝାନ୍ତୁ ।

ମାଣିକଚାନ୍ଦ ଏତକ କହି ଚାଲିଗଲେ ନିଜର ନିତ୍ୟକର୍ମ ପାଇଁ ବାଡି ପଟକୁ ।

ଲଳିତା ଉଠିଲା । କହିଲା ତୁ ହେଉଛୁ ପ୍ରଥମ ବ୍ୟକ୍ତି ସୀତା, ଯିଏ ମୋର ସେଇ ଅକୁହା କାହାଣୀ ଜାଣି ପାରିଛି । ପ୍ଲିଜ କାହାକୁ କହିବୁନି । ମୋର ଜେଲ ହୋଇଯିବ । ମୋ ସ୍ୱାମୀର ଇଜ୍ଜତ ଚାଲିଯିବ ।

ସୀତା ପ୍ରତିଶ୍ରୁତି ଦେଇ କହିଲା– ମୋ ଭିତରେ ଏକଥା ରହିଲା ଲଳିତା । ଜଉମୁଦ ଦେଇ ରଖିଲି । ମୁଁ ମରିବା ପର୍ଯ୍ୟନ୍ତ ବାହାରିବନି ।

ସୀତା ତା ପରେ ଗତ ରାତିରେ ପଢ଼ିଥିବା ଗଳ୍ପକୁ ଦୁଇ ହାତରେ ଧରି ଫରଫର କରି ଚିରି ଦେଇ ଟିକି ଟିକି କରିଦେଲା । ସେସବୁକୁ ଲଳିତାର ହାତରେ ଗୁଞ୍ଜିଦେଇ କହିଲା– ଯା, ଫିଙ୍ଗି ଦେ ଅଳିଆ ଗଦାକୁ ।

ସମାପ୍ତ

www.ingramcontent.com/pod-product-compliance
Lightning Source LLC
Chambersburg PA
CBHW020154120726
47903CB00007B/2553